दास्तान और भी है
(उपन्यास)

दास्तान और भी है

वीरेन्द्र ओझा

हिन्द युग्म

ISBN: 978-81-19555-52-9

प्रकाशक :
हिंद युग्म
सी-31, सेक्टर-20, नोएडा (उ.प्र.)-201301
फोन- 0120-4374046

मुद्रक : न्यूटेक प्रिंट सर्विसेस इंडिया, फ़रीदाबाद
कला-निर्देशन : विजेन्द्र एस विज

पहला संस्करण : अप्रैल 2024
मूल्य : ₹499

Daastan Aur Bhi Hai
by *Virendra Ojha*

Published By
Hind Yugm
C-31, Sector-20, Noida (UP)-201301
Phone- 0120-4374046
Email : sampadak@hindyugm.com
Website : www.hindyugm.com

First Edition: Apr 2024
Price: ₹499

आमुख

यह उपन्यास एक आत्म- संवाद है जिसमें भावना का विमर्श-आत्मविमर्श है और कथ्य शब्दानुभूति के माध्यम से एक रूप ग्रहण करने लगते हैं। शब्द व्यक्तियों की पहचान बनते हैं-उनकी स्वयं की अनुभूतियों का स्रोत हो जाते हैं। कहानी के पात्रों की अन्तर्निहित अनुभूतियों का संसार उद्घाटित होकर कथा के प्रवाह को निरंतर तीव्र करता रहता है।

यह आत्म-संवाद बहुत दिनों से मेरे भीतर चल रहा था। यह संवाद पुराना है पर लेखन अभी हाल का है, संवाद जीवन-सत्यों का प्रस्फुटन करते हैं। उपन्यास में एक व्यक्ति उपस्थित होता है और वह अपनी कहानी कहने लगता है। उसकी कहानी में किसी निश्चित दर्शन या सिद्धांत की अपेक्षा परिस्थिति के अनुरूप एक दृष्टि की अभिव्यक्ति है, वह अजीब-सा व्यक्ति है, अस्थिर लगता है पर उसकी दृष्टि में निश्चितता है। कहानी के विकास के साथ-साथ उसकी अस्थिरता उसकी एक पहचान बनने लगती है। वह कई बार सांकेतिक रूप से अपनी बात कहता है और उसकी सांकेतिकता कथ्य का अनिवार्य भाग बन जाती है। अपनी कहानी कहने वाला व्यक्ति एक असमर्थता के साथ अपनी कहानी कह रहा है और यह असमर्थता उसकी एक बड़ी ताक़त है। उसकी असमर्थता का भान कहानी का केंद्र-बिंदु है और इसी पर उसका पूरा संघर्ष टिका है। वह क्या करना चाहता है उसको भी नहीं पता पर कुछ अलग करना चाहता है।

कहानी में पात्रों का वैविध्य है और अपनी बात कहते समय पात्र अपनी अनुभूति को अभिव्यक्त करते समय एक स्वतंत्रत सत्ता की शरण में जाते हैं। यह स्वतंत्र सत्ता 'भाषा' विविधता के साथ कथ्य में उपस्थित होती है; पात्र प्रतीक-शिल्प-भाषा शैली के मोह से परे अपना उच्छ्वास करते हैं। आत्मीयता एवं संवेदनशीलता की व्यापक अभिव्यक्ति को समाहित करते हुए पात्र अपने परिवेश के साथ उपस्थित होकर एक

बेलौस सहज स्वाभाविक भाषा और भंगिमा के साथ अपनापन लिए हुए अपनी बात कहते हैं जिसमें वह अभिव्यक्ति के लिए संघर्ष से जूझते नहीं हैं बल्कि जीवन के अनुभवों को जीते अन्य पात्रों को संवाद के लिए आमंत्रित करते किरदार दिखते हैं। कथ्य को सीधे भोगने-जीने और प्रस्तुत करने के यथार्थपरक प्रयास में आंचलिकता स्वयमेव एक माध्यम के रूप में सम्मुख आने लगती है। यह आंचलिकता कहीं से भी आरोपित नहीं है। यह आंचलिक भाषा मन के अछूते तारों को झंकृत करती है और उसकी कोमलतम अनुभूति में एक रसमयता है जो लोकजीवन के नज़दीक ले जाती है, जैसे पगडंडियों पर चलते हुए पदचिह्न बनने लगते हैं सपाट सड़कों के निशानों से एकदम अलग। कुछ वैसा ही इस कहानी साथ होता गया, पगडंडियों पर बनते निशान समय के साथ अमिट होते गए और कथानक जीवन की सहज लय के साथ रागबद्ध होता गया।

उपन्यास का नायक क्रांतिदर्शी है। वह अपने जीवन के एक घने अँधेरे से निकलकर पुनः एक घने अँधेरे में प्रवेश करता है, समाज के लिए एक उजाले की तलाश में। उपन्यास में नाटकीयता है पर उस नाटकीयता में कितनी विश्वसनीयता है इसका फ़ैसला मैं पाठकों पर छोड़ देता हूँ। कथा-कलेवर कई लेयरों की समानांतर कथा से युक्त है जो एक शहर के सामाजिक-सांस्कृतिक-वैचारिक जीवन से आरंभ होता है और कहानी मनोरंजन के साथ-साथ पाठकों को सोचने के लिए प्रेरित करती है। यह कथा निकली अवश्य एक शहर से है पर इसका कथासार सार्वभौमिक है और देश काल से परे हर उस व्यक्ति के जीवन का अभिन्न अंग है जिसमें अपने परिवेश से बेपरवाह जीवन में कुछ अलग करने की चाहत है।

एक पूरा उपन्यास लिखने का कभी प्रयास हुआ ही नहीं। एक कहानी हर रोज़ लिखी जा रही थी छोटे -छोटे खंडों में एक ख़्वाब की शक्ल में और समय के प्रवाह के साथ ख़्वाबों का ढेर इकट्ठा होता गया जो एक समग्रता में आपके सम्मुख प्रस्तुत है। जिन लोगों ने कहानी को पहले खंडों में नियमित पढ़ा और अपनी टिप्पणियाँ दीं, मैं उनका बहुत ही शुक्रगुज़ार हूँ क्योंकि उनके विचार-प्रवाह ने कथा-तंतु को आगे ले जाने में बहुत सहायता की।

यह प्रश्न हमेशा ही उठता रहा है पाठकों के मध्य-यह कथा किसकी है; यह एक काल्पनिक कथा है या एक आत्मकथा, इसके पात्र सजीव हैं या काल्पनिक ? यह हर उस व्यक्ति की कहानी है जिसने जीवन में बेपरवाह परिस्थितियों के दबाव के बड़े ख़्वाब देखे और रूढ़ियों को तोड़ने को संकल्पित हैं। पात्र बहुत ही सजीव हैं और आम

जीवन से उठाए गए हैं। पात्र आम व्यक्ति ही हैं पर इनके चरित्र कालजयी हैं, इनके नाम बदल सकते हैं पर परिवेश और चरित्र बरक़रार रहता है। जीवन की अनुभूतियाँ एवं अनुभवित सत्य कथा को निरंतर प्रवाह देते रहे पर कथा में कल्पनाशीलता का प्राधान्य है और कोई भी साम्यता संयोगवश ही है।

मैंने हमेशा उन लोगों के साथ न्याय कम ही किया जो मेरे जीवन के नज़दीक रहे। मैंने उनका समय अपने दीवानेपन को दिया और सिफ़त यह है कि वह शिकायत भी नहीं करते। यह उनकी सदाशयता है या मुझसे उम्मीद ही छोड़ बैठे हैं, यह एक विचारणीय प्रश्न है, पर उनको धन्यवाद ज्ञापित करने के लिए मेरे पास कोई शब्द नहीं है सिवाय यह कहने के, तुम्हारा साथ होना मेरी एक उपलब्धि है। मैं शुक्रगुज़ार हूँ उस कोरोना-काल का जब मैंने यह उपन्यास लिखना आरंभ किया था और जीवन में बहुत से नायाब लोगों का एक आभासी दुनिया के माध्यम से प्रवेश हुआ, जो मुझे याद दिलाते थे- आज की कहानी अभी नहीं आई, मैं सुबह से कई बार फ़ेसबुक देख चुका हूँ। अगर इनका साथ न मिलता तब मैं यह कथा गढ़ ही नहीं सकता था। प्रोफ़ेसर अजय जेटली, विभागाध्यक्ष दृश्य कला विभाग, इलाहाबाद विश्वविद्यालय का बहुत-बहुत आभार मुख-पृष्ठ की संकल्पना के लिए। भरत ठाकुर का बहुत आभार मुख-पृष्ठ के रंग-संयोजन एवं छायाचित्र में सलाह के लिए। उपन्यास को एक अंतिम रूप देने और संपादन का एक बड़ा काम डीआरएम बंगले भुसावल के परिसर में हुआ, इति का सहयोग जीवन में तो रहा ही उसका समय मैंने सदैव अपने दीवानेपन को दिया, उसका परिसर भी मेरे दीवानेपन को समर्पित रहा। हिंद-युग्म का आभार, बग़ैर प्रकाशक के कोई भी लेखन पाठकों से रूबरू नहीं हो सकता। एक आंचलिक शिल्प, वृहद् कलेवर, कई लेयरों की समानांतर कथा से युक्त उपन्यास कई बार बाज़ार के सिद्धांतों से सामंजस्य नहीं रखता। पर साहित्य के प्रति समर्पित प्रकाशन केंद्र ने पाठकों के मध्य इसको लाने के प्रयत्न में जो उत्साह दिखाया उसके प्रति मेरा आभार।

माँ पर लिखना मुझे हमेशा ही आनंदित करता रहा शायद इसका कारण मेरे जीवन की रिक्तता रही है। मैं शुक्रगुज़ार हूँ अपनी माँ का जिसके चरित्र से बहुत कुछ सीखा और बहुत से उसके साथ के संवाद कहानी को कहीं-न-कहीं प्रभावित करते रहे। मेरे घर-परिवार-परिवेश-मेरे पिता-सहोदरों-मित्रों-सहकर्मियों का चरित्र एवं उनके साथ बिताया गया मेरा जीवन एवं अवलोकन कई बार मुझे प्रेरणा देता रहा कहानी के संवाद सृजन में, धन्यवाद उनका जीवन में साथ देने के लिए।

मैं भी उपन्यास के नायक की भाँति अपनी बात कहने के लिए एक असमर्थता के बोध से गुज़रता रहा। यह उपन्यास रुका नहीं इसको रोकना पड़ा। एक असमर्थता के

कारण कहानी अभी पूरी हुई नहीं... पर एक अधूरी कहानी भी एक संपूर्ण कहानी है।

पेश है- 'एक ग़ैर मामूली दास्तान' के बाद

'दास्तान और भी है' जो उपजी है संस्कारों के शहर प्रयागराज-इलाहाबाद में, जो नई अपेक्षाओं के सापेक्ष है—

मुझे कर्ण की तरह अंग का राज्य मत दो
मुझे अपनी ज़मीं जीतने दो
मुझे ऐसे मत मारो
मेरी बाँहें खोल दो
मुझे लड़कर मरने दो...

मैं बदलाव चाहता था
यही मेरी पीड़ा थी
नहीं, मैं महत्वाकांक्षी था
यही मेरी पीड़ा थी

मैंने बहुत दुःख सहे... ..

1. सम्मान-प्राप्ति

पत्तियों की लय, पेड़ों की हरहराहट एवं पक्षियों के संगीत का आह्लाद

मैं अनुराग शर्मा, इलाहाबाद विश्वविद्यालय का एक छात्र-भाग्य जिसके साथ था और ईश्वर का वरदान नसीब में। इस वर्ष की सिविल सेवा परीक्षा में 102 रैंक प्राप्त करके शहर का एक नया नायक बन चुका था। इस नये नायक की चर्चा हर ओर थी और मेरे लिखे नोट्स के पीछे पूरा शहर पागल था। सबको लग रहा था कि कोई मंत्र उस मेरे हस्तलिखित नोट्स में है जो परीक्षा के दुर्गम गढ़ को गिराने में मदद करेगा। मुझसे जो भी मिलता वह यही पूछता था-आपने कैसे पढ़ा और कैसे तैयारी की जाए। मेरी वाणी से निकले शब्दों की बड़ी क़ीमत थी। मेरी प्रशस्ति-गाथा हर ओर थी और मुझे अपने क़सीदे सुनने का बहुत शौक़ हो चुका था। मैं हर दिन साइकिल लिए यूनिवर्सिटी रोड, होस्टलों, डेलीगेसियों में टहलता रहता था-अपनी प्रशस्ति-ख़ुराक के लिए। यूनिवर्सिटी रोड की सुभाष चाय की दुकान पर तो बात ही कुछ और थी, मेरे संबोधन के इंतिज़ार में छात्रों की भीड़ अक्सर वहाँ मिल जाया करती थी। हर कोई मुझे देखते ही आवाज़ लगा देता, सर... सर... सर... । इस 'सर... सर... सर...' शब्द में बड़ा सम्मोहन था, मैं हर वक़्त सम्मोहित ही रहता था। मैं एक ही रात में सामान्य से ख़ास हो गया था।

मेरा विवाह शहर के धन-पशुओं, सम्मानित लोगों, रसूखदारों, ओहदेदारों के लिए एक प्रतिष्ठा का प्रश्न बन चुका था। मैं एक रात में ही शहर के हर ब्राह्मण कन्या के पिता का चुनाव हो चुका था। हर एक की लालसा थी, उनकी कन्या का पाणिग्रहण-संस्कार अनुराग शर्मा से ही हो। एक दिन पहले तक जो लोग यह कहते थे 'क्या ख़ास है उसमें', उन्हीं लोगों का मैं प्रथम चुनाव हो चुका था। मेरे परिवार-रिश्तेदारी में मेरे क्या कहने, हर ओर मेरी ही चर्चा।

मैं हर समय प्रसन्नवदन, ज़िंदगी को शनैः-शनैः भोगते हुए एक आह्लाद के साथ

ज़िंदगी को टहलाने लगा था। मैं सारा काम आराम से करता था। मैं जब भी घर पहुँचता मेरा बहुत स्वागत होता। हर कोई मेरा इंतिज़ार करता और मेरे घर पर आगामी वर्षों के परीक्षार्थियों की भीड़ लगी रहती थी। एक पुरानी बोसीदा सँकरी सी गली का एक छोटा-सा मकान, तीर्थ-स्थान ऐसा हो गया था-परीक्षार्थियों के लिए।

मेरे परिवार की राजनीति विचित्र है। मेरा मामा-नाना का पक्ष मेरे पितृ पक्ष की तुलना में अपेक्षाकृत अधिक संपन्न था और मेरी माँ का अपने ससुराल से उतना लगाव नहीं था जितना अपने मायके से था, विशेषकर अपने पिता से। मेरे मामा-मौसी के लड़के तो घर में अधिकारपूर्वक जमे ही रहते थे, मेरे मामा के साले के बेटे, मामा के नातेदार भी यदाकदा धावा बोल ही देते थे पर क्या मजाल मेरे चाचा-ताऊ के बेटे घर में एक रात से दूसरी रात की नींद मुकम्मल कर सकें। माँ घर का माहौल ऐसा कर देती थी कि वह स्वयं ही अपना डेरा-डंडा लेकर निकल लेते थे। माँ की अपने बीच वाले भाई से कम पटती थी। उसका कारण यह था कि वह अपने पिता के पक्ष में मायके में बोलती थी और वह मेरे बीच वाले मामा-मामी को पसंद नहीं आता था। मेरे मामा थे तो राज्य सरकार के किसी सामान्य से ही पद पर किंतु संपन्नता उनके भाग्य में थी क्योंकि उनकी नौकरी में ऊपरी आमदनी का स्रोत था। अब जिसके पास ऊपरी कमाई का स्रोत है बाज़ार तो उसका ही है। मेरे बड़े मामा घर में किसानी करते थे और नाना उनके साथ रहते थे। बड़े मामा के बेटे नाना की सेवा-सुश्रुषा करते थे तो ज़ाहिर सी बात है परस्पर आपसी लगाव भी ज़्यादा ही होगा। छोटे मामा स्वार्थरंजित कुछ अधिक ही थे। वह इतने बड़े कंजूस थे कि उनसे एक दमड़ी ख़र्च नहीं होती थी। वह समय देखकर कई बार ख़ेमा बदल लेते थे। उनका कोई भरोसा नहीं वह कब किस तरफ़ गुलाटी मार दें। पर वह ज़्यादातर बीच वाले मामा के ही पक्ष में रहते थे।

इस तरह मेरे ननिहाल में दो ध्रुव थे—एक माँ-नाना-बड़े मामा के परिवार का, तो दूसरा, बीच वाले मामा और छोटे मामा का। मेरे बड़े मामा का सबसे छोटा बेटा दादू जो तक़रीबन मुझसे डेढ़ साल बड़ा था, वह बहुत ही धूर्त और चालाक था; पर मेरी माँ के बहुत नज़दीक था। वह ख़बरी था और इधर की ख़बर उधर और उधर की ख़बर इधर देता रहता था। उसके जीवन का रस ही लोगों के बीच की समस्याओं से उपजता था, कई बार वह समस्याएँ उपजा भी देता था, तथ्यों में हेर-फेर करके, कुछ सच में झूठ मिलाकर, कुछ अर्द्ध-सत्य बोलकर और कभी-कभी बोलते-बोलते चुप होकर यह कहते हुए— "अब हमसे और न कहवावऽ, बाक़ी तऽ तू पचे बहुत समझदार हइयै हऽ।"

एक दिन सायंकाल जब मैं यूनिवर्सिटी रोड से अपनी प्रतिदिन की प्रशस्ति-ख़ुराक

लेकर घर लौटा, तब देखा दादू-मुख़बिर एक जीवंत कहानी सुना रहा और सब डूबकर उसकी आँखों देखी सुन रहे थे, जिसमें सच के साथ-साथ झूठ का मसाला भी था-मनोरंजक मसाला।

दादू— "बुआ, हम जैसे पहुँचे चाचा के हियाँ देखा; चाचा-चाची, बाबा भैया सब बैठा बतियात रहेन। हम पहुँचे तब चाचा बोलेन, चलऽ दादूऔ आई गवा, आजकल मुन्ना के चेलागीरी करत बा। हम कहा, चाचा का करी अब बजार मुन्ना भैया के बँधी बा, हम का सभै करत हयेन।"

चाची— "कामै ऐसन केहे बा। कहाँ रहा और कहाँ पहुँचि गवा दुई साल में। केउ कभौं सोचे रहा कि इहाँ पहुँचि जाए।"

चाचा— "भाग्य है।"

चाची— "भाग्यै सब कुछ कहाँ होत हऽ, आपन प्रयासौ होत हऽ। भाग्य भरोसे बैठा रहऽ तब कहाँ कुछ होई वाला।"

चाचा— "पूरे ख़ानदान में ओकरे आज तक केउ क्लर्क से ऊपर गवा नाहीं, ऊ एकाएक जंप मार गया।"

चाची— "तोहरेन खानदान में के बा जे अफसर होई गवा। ऐतना पढ़ावा मोहिता के, पढ़ै में अच्छिउ रहीं पर भवा कुछ नाहीं। ई बाबा से कुछ होइन नाहीं पावत बा।"

चाचा— "ऊ लगा रहा। उर्मिला के बहुत शासन रहा। लगी रही बच्चन पर।"

चाची— "हरिकेश के बिटिया के बियाहे के बात चलावत जा। हरिकेश के लागत बा कि लड़िका के मामा-मामी हयेन, जहाँ चइहिं कराई देइहिं। ऐसन होतौ हऽ कि मामा-मामी के बहुत चलत हऽ पर एक हमारै घर बा जहाँ मामा-मामी के सुनै वाला के बा!"

दादू— "ऐसन बात नाहीं बा चाची, चाचा से बगैर पूछे बुआ रिश्ता कतौं न करे। बुआ जरूर पूछे कि कहाँ रिश्ता करी। आखिर चाचा घरे के बड़-बड़वार हयेन। एनका समझ बा देश-दुनिया के। एतना बड़-बड़वार लोग आवत हयेन, अब फूफा के बस के नाहीं बा; ऐसन लोगन के सँभालब। चाचा के हाथ लगावय पड़े, नाहीं तऽ काम नसाई जाए।"

चाचा— "के बड़-बड़वार आई गवा?"

दादू— "चाचा, कौनो ओम प्रकाश पाठक आई रहेन। ओनका रामराज मिश्रा भेजे रहेन अपने बिटिया के बरे।"

बाबा भैया— "रामराज मिश्रा जेनकर प्लॉटिंग के बड़ा काम बा?"

दादू— "हाँ भैया।"

बाबा भैया— "पिताजी अब ई ब्याह रुपिया पर तऽ हरिकेश मामा न कै पइहिं,

रामराज के ऐसन पैसा तऽ न देई पाइहिं।"

चाची– "हरिकेश सब दे, ओकरे पास बहुत रुपिया बा।"

बाबा भैया– "अम्मा तोहका नाहीं पता बा रामराज के हैसियत कई करोड़ के आसामी हयें ओ।"

बुआ, एतने में हरिकेश मामा और मामी आई गएन। तू तऽ बुआ जनतई हऊ केतना मान-सम्मान बा हरिकेश मामा के चाचा के इहाँ। ओनके अउतई माहौलै बदलि गवा, चाचाचाची बहुत खुशी जाहिर केहेन ओनका देखि के।

हरिकेश मामा अवतई चाचा के पैर छुएन और कहेन बधाई हो जीजा जी आपका भांजा आईएएस होई गवा। चाचा हयेन तऽ बहुतै पहुँची चीज। ओ कब पहला बदल देई पतै न चले।

चाचा– "हरिकेश, ओका होइन के रहा, रहा ऊ बदमाश पर लगन रही। ओका पाले हई हम, श्यामा देवी भगवती प्रसाद में नाम लिखावै हमई गऽ रहे, पहली कक्षा में। उर्मिला कहत रही हमेशा; भैया बहुत बदमाश बा ई तोहरे अलावा केहू के नाहीं सुनत, समय-समय पर ताकीद कै दिहा करऽ।"

बुआ, एतना कहिके चाचा भावुक ऐसन होई के ड्रामा करै लागेन। तब चाची कहिन अपने लड़िकन से ज़्यादा ए मुन्ना के मानत हऽ।

हरिकेश मामा से पहले विभा मामी बोली "जीजी, अब हमार उद्धार करावऽ। बेबी और मुन्ना के संयोग बन जाई तऽ जीवन सफल होइ जाय।"

हरिकेश मामा– "जीजा जी, आप बताएँ कैसे करें। आप मामा हैं, आप जो चाहेंगे वही होगा। हमारी बात पहुँचाएँ और हमको आदेश दें।"

चाचा– "हरिकेश, रिजल्ट अभी-अभी आई बा, एक बार तुहूँ होई आवा उर्मिला के हियाँ, बातचीत में आपन अर्जिऔ लगाइ दऽ।"

हरिकेश मामा– "जीजाजी, आपै सारी बात कै लेईं। आप जौन कहैं हम सब कै देब। आप जब कहैं हम चलि देब, अब हमका अकेल न भेजऽ, आपौ संगे चला-चलैं।"

चाची– "संगे चला जा, संगे जाई के असर अलग होये। जौन ओनका चाही सब मिली। एक जाना-समझा परिवार बा, पढ़ी-लिखी लड़की बा। अब और का चाही, रीति-रिवाज सब करै के तैयारै हयेन।"

हरिकेश मामा– "जौन शर्मा जी कहिहिं सब कै देब। ट्रेनिंग में जाई से पहिले बरीक्षा होइ जाय, जाड़े में पूरे धूमधाम से बियाह। जीजा, लड़िका-लड़की दुइनौ तोहरै हयेन-तू जौन कहबऽ तौनै होये।"

चाचा— "हरिकेश तोहार बजट का बा?"

हरिकेश मामा— "जीजा जी, मुन्ना के बरे बजट के कौनौ बात नाहीं बा। सुपात्र ब्राह्मण बा, हमरे मानदान के मानदान बा। अगर कुछ ज़्यादा दैउ दिहा तबौ कौन बात बा-घिउ उड़ान दाली में।"

चाचा— "हरिकेश, अगर बड़ा मोह खोल देहेन शर्मा जी तब?"

हरिकेश मामा— "जीजा, ई तऽ हमार तकदीर होये ओ बियाहे के बरे हाँ कहि देई। अगर बड़ा मोह खोल देहेन और बियाह होई गवा; तब तऽ हमरे बिटिया के तकदीर होए। खोलै दऽ मोह जीजा, बस ई रिश्ता कराई दऽ। कथरी के हम नजदीक के धागा हई, अगर और नजदीकी बन जाए तो औरौ अच्छा।"

चाची— "हरिकेश, बाबुऔ से मिल लऽ; हम तऽ बात कहबै करबऽ हम पचे तऽ हइयै हई। उर्मिला अपने बाबू के बहुतै लाड़ली बा। ऊ दुइनौं एक-दूसरे के बहुत सुनत हऽ। बाबू तऽ जनतै हएन कि तू केतना दिलदार मनई हऽ।"

उसी समय डाकिया दिल्ली वाली आंटी का पत्र लेकर आया। मैं यह संवाद छोड़कर वह पत्र पढ़ने लगा।

यह अति भावुकता से भरा ख़त था। उसके जीवन का मैं पहला व्यक्ति था जिसको वह जानती थी जो इस परीक्षा में सफल हुआ था।

"अनुराग!!! मेरे पास शब्द नहीं हैं कैसे व्यक्त कर सकूँ खुशी अपनी। मैं तुम्हारा नाम पेपर में बार-बार देखती रही। मैं उस गुज़रे वक़्त में वापस चली गई जब तुम यहाँ आए थे। मेरे तसव्वुर के एहसास की परछाई उस आधे पेज के पेपर में थी। जैसे लहरें मुख़ातिब होती हैं किनारों की तरफ़ तब किनारे खुद-बखुद हवाओं से जान जाते हैं कि लहरें बढ़ रहीं उसकी तरफ़, ऐसा ही मेरे साथ हो रहा था पेपर में तेरा नाम देखते हुए। मुझे लग रहा था उन अक्षरों से तू मुझमें समाता जा रहा है। मेरी ख़ामोश आँखें मेरी प्रसन्नता को बयाँ कर रही थीं। मेरी आँखों से आँसू निकल पड़े जो गिर गए उस जगह जहाँ कहीं कुछ नाम थे, जिसमें तेरा भी नाम था। बहुतों की फ़रियादें थीं तेरे लिए। सारी मुंजमिद फ़रियादों को नामंज़ूर करना आसान न था परवरदिगार के लिए। एक ख़्वाहिशों की पूरी बस्ती थी जो उजड़ सकती थी अगर नाम न होता पेपर में, शुक्रगुज़ार हूँ परमपिता का जिसने इसको आबाद कर दिया। शालिनी-ऋषभ आ रहे हैं, जून के पहले सप्ताह में। वह यहाँ एक महीने रुकेंगे, तुम ज़रूर आना।"

मेरे साथ भाग्य बहुत प्रबल था, मैं जानता हूँ मेरी क्या हैसियत है। एक विजय की करतल ध्वनि में तमाम पराजय के अवशेष विस्मृति के गर्भ में विलीन हो जाते हैं

पर विजेता जानता है अपने रण में पाए ज़ख़्मों के दास्तान और उनसे उपजी पीड़ा का दंश। हर पिघल रहे सूरज के साथ जब मंज़र पर ही नहीं उसके अपने अस्तित्व पर भी अँधेरा छा रहा होता है और एक डूबती रौशनी के सर-सब्ज़ जंगल में उसको जुगनू भी नहीं दिखते, वह आँखों को मींच-मींचकर आगे बढ़ने की कोशिश में क़दम दर क़दम गिरता है और हर टकराहट में पैर पर ही नहीं पूरे शरीर पर ज़ख़्मों के निशान बन जाते हैं। यह ज़ख़्म विजय के उन्माद में कहते हैं, "लोगों को लग रही यह विजय आसान पर दास्तान कुछ और ही है"।

मैं रात में अपने कमरे में पढ़ रहा था, माँ मेरे कमरे में आई और बोली कल भैया के यहाँ चले जाना। जब डाली पर फल लगते हैं तब वह झुक जाती है। तुम बहुत समझदार हो तुमसे क्या कहना; पर ऐसे पेश आना कि कहीं से दंभ का आभास न हो उनको। अच्छा-बुरा हर घर-परिवार में होता है। जो कुछ भी खुशी-नाराज़गी है वह मेरे और उनके बीच है, तुमको इसमें नहीं पड़ना चाहिए। वह तुम्हारे मामा हैं, इस उपलब्धि पर उनका भी अधिकार है। यह कह देना, आपके आशीर्वाद से यह सब संभव हुआ है।

रात चढ़ रही थी। मेरे हर लफ़्ज़ नज़्म में गढ़ने को बेताब रहते थे। मेरे क़िस्से अब ग़ज़लों में सँवर रहे थे। जो रात का सन्नाटा कभी सताता था वह अब मंगल गान कर रहा था।

मैं अगले दिन दोपहर के खाने के बाद चला मामा के यहाँ, अपनी साइकिल को हौले-हौले चलाते हुए। मामा का घर मेरे घर से बहुत ज़्यादा बेहतर था। बड़े-बड़े कमरे, सामने एक लॉन, पीछे गैरेज, गैरेज के बग़ल में गाय के रहने की जगह और ऊपर कमरे, पूरा दो तल्ला मकान। मकान के सामने एक खुली-चौड़ी-बड़ी सड़क। कमरों में कार्पेट, बाहर मुख्य गेट पर एक घंटी जो सुमधुर संगीत निकालती थी, बैठक के कमरे में आलीशान सोफ़े और कुर्सियाँ, ज़ाहिर सी बात है यह सब उस नौकरी की वैधानिक कमाई से नहीं हो सकता जिस नौकरी में वह हैं। वह अपनी शेख़ी बहुत बघारते थे। वह अपने को एक बड़े अफ़सर के रूप में समाज के सम्मुख पेश करते थे, पर वह राज्य-राजस्व विभाग में एक सुपरवाइज़र थे। वह जब से नौकरी कर रहे हैं कमोबेश एक ही तरह के ओहदे पर हैं। वह बहुत लड़ाकू प्रकृति के हैं, हर जगह लड़ने को उद्यत रहते हैं। वह जिस भी शादी-विवाह में जाते वहाँ कुछ न कुछ बखेड़ा खड़ा ही कर देते थे। इस बखेड़े का मूल कारण यह होता था कि उनका उचित सम्मान न हुआ। मेरे मौसा कहा करते थे, "इनका उचित सम्मान क्या है", यह किसी को पता ही नहीं। यह देश-काल परिस्थिति से खुद ही तय कर लेते हैं। वह सिर्फ़ मेरी माँ के मुँह

नहीं लगते थे बाकि सबको धकियाए रहते थे।

मैंने मामा के घर की घंटी दबाई। एक साथ कई लोग सामने दिख गए।

मुझे सामने हरिकेश मामा और उनकी पत्नी दिखीं। मेरा स्वागत जितना हो सकता था किया गया। मेरी मामी ने (हर्षित होकर) मेरे माथे पर टीका लगाते हुए कहा, मेरा मानदान है, पूरे परिवार की शोभा है, हमारा गौरव है। मैं अपने घर पर मुन्ना का नेम प्लेट लगा लूँगी। प्रेम सबका चोकर आया था। हरिकेश मामा की पत्नी विभा मामी का प्रेम तो इस तरह चोकरा था; जैसे जुगाली करती गाय-भैंस का फेचकुर बरबस बाहर निकल आता है।

मामा ने कहा, "शाम को मुन्ना मैं घर आऊँगा, तुमको कहीं जाना तो नहीं है?"

"मुझे कहीं नहीं जाना है।"

शाम को वह हरिकेश मामा के साथ आए, विवाह का एक औपचारिक प्रस्ताव दिया। शहर में ज़मीन, मनचाही कार, घरगृहस्थी का सारा सामान, शादी का ख़र्चा, नक़द जो भी आदेश हो और उसके अलावा जैसा भी समादेश सब कुछ शिरोधार्य। वार्तालाप एवं भाव-भंगिना से स्पष्ट हो रहा था कि संबंध करने की चाहत ही नहीं अति आतुरता है, येन-केन-प्रकारेण। यह प्रस्ताव रामराज मिश्र के प्रस्ताव को देखकर दिया गया था। दादू ने रामराज मिश्र का प्रस्ताव बता दिया था। वह आकर अपनी बोली पहले लगा गए थे। टेंडर दादू ने लीक कर दिया था। एल1/एल2 टेंडर की गोपनीयता को वह बरक़रार न रख सका था। वह दोनों तरफ़ बातें बताता था। वह दोनों पाले में अपने को संतुलित रखने की कोशिश करता था। यह सबसे आश्चर्यजनक तथ्य था कि दोनों ही प्रस्तावों में लड़की-लड़के के गुण-दोष पर कोई बात नहीं हुई। क्या एक लड़की विवाह में, सिर्फ़ इसलिए प्रसन्न या संतुष्ट हो सकती है कि उसका होने वाला पति एक ऊँचे पद पर है, क्या भौतिक सुख से इतर जीवन में कुछ और नहीं होता, क्या एक लड़के या लड़की की अपनी कुछ इच्छाएँ नहीं हो सकतीं, समाज में प्रतिष्ठा-प्राप्ति की इच्छा से संचालित संबंध में क्या लड़की को शारीरिक-मानसिक-बौद्धिक सुख प्राप्त हो जाएगा?

इन सब सवालों पर कोई विचार नहीं हुआ। अगर चार लड़के चयनित हुए हैं; तो प्रस्ताव एक ही तरह का चारों के यहाँ जाएगा।

हरिकेश मामा ने अपनी लड़की की एक अलग परवरिश की थी। अंग्रेज़ी स्कूल में पढ़ाया, बोर्डिंग में भेजा। वह लड़की अभावों में पले, पाश्चात्य संस्कारों से विहीन, चेहरे पर संघर्ष की अदृश्य झुर्रियों से लबरेज़ देशज व्यक्ति के साथ क्या सामंजस्य बैठा पाएगी; इस पर कोई विचार नहीं हो रहा। यह एक बाज़ार है जिसमें सिर्फ़ एक

चीज़ बिकती है पेपर में छपा नाम। यह पेपर में छपा नाम सब कुछ पीछे छोड़ देता है। कन्या-पक्ष के लिए यह एक प्रतिष्ठा-प्राप्ति का प्रयास है; तो वर-पक्ष के लिए एक लॉटरी का टिकट है, वक़्त पर भुनाना ज़रूरी है। मानवीय मूल्यों एवं संवेदनाओं का कहीं कोई स्थान नहीं है।

क्या अनुराग शर्मा का कहीं किसी से प्रेम नहीं हो सकता, क्या वह संवेदना विहीन है, क्या उसके ख़्वाबों में कोई नहीं हो सकता, क्या वह शायरी-कविता-नज़्म दूसरों के लिए लिखता है ?

कोई नज़्म बंजर नहीं होती। उसने हिम्मत न की हो ज़माने से बताने की पर ग़ज़लों में किसी का ज़िक्र तो हो ही सकता है। हर एक की आँखें तो आज़ाद होती ही हैं; बस नींद मेहरबानी कर दे-ख़्वाब को तो आना ही है। एक मन का जीवनसाथी न मिलने से बड़ी यंत्रणा-पीड़ा जीवन में कोई और नहीं होती पर किसी को इसकी कोई परवाह नहीं। यह एक अजीब बाज़ार है, यहाँ का नियम एकदम अलग है। यहाँ सब बिकने को तैयार हैं, ख़रीददार को ही दोष क्यों; जब बिकने वाला स्वयं बाज़ार में बोली लगवाने को आतुर है।

हरिकेश मामा ने माँ से मिलने की इच्छा व्यक्त की। यह संभवतः पहला इस तरह का सद्भावपूर्ण मिलन इन दोनों के मध्य हुआ होगा; क्योंकि मेल-मिलाप मेरे परिवार और हरिकेश मामा के परिवार में कोई ख़ास तो कभी रहा नहीं, वह पहली बार मेरे घर आए थे।

समृद्धि जीवन-स्तर का निर्धारण करती है। जीवन-स्तर से ही बहुधा आपस में लोगों के मध्य संबंधों की स्थापना होती है। समृद्धि के स्तर पर ही एक बहुत बड़ा फ़र्क़ था इन दोनों परिवारों के बीच; जो सिर्फ़ मानवीयता से पाटा जा सकता है पर नव-धनाढ्य व्यक्ति बहुधा अपनी ज़मीन छोड़ देता है और ज़मीन छोड़ने का सीधा असर मानवता के धरातल पर पड़ता है। हरिकेश मामा रुड़की से सिविल इंजीनियरिंग की डिग्री हासिल करके पीडब्ल्यूडी में सहायक इंजीनियर हो गए थे। इस नौकरी की क्रमिक काली कमाई से समृद्धि का जीवन में समावेश होने लगा। गाँव में खेत ख़रीदने का अनवरत सिलसिला आरंभ हुआ और आधा गाँव ख़रीद मारे। उनके पिताजी गाँव में ब्याज पर रुपया चलाने लगे और इस प्रक्रिया में कई खेत औने-पौने दाम पर प्राप्त हो गए। गाँवों में ज़मीन से सामाजिक प्रतिष्ठा का निर्धारण होता है; इसलिए उनकी प्रतिष्ठा बढ़ने लगी। गाँव ही नहीं शहर में भी ज़मीन ख़रीदने लगे, नौकरी के कुछ ही वर्षों में अशोक नगर में एक आलीशान कोठी और गाँव में एक बड़ा बंगला बन गया, क्षेत्र में प्रतिष्ठा की अभिवृद्धि करता।

मेरे साथ विवाह की आकांक्षा में अति आतुरता का एक कारण, नव-स्थापित प्रतिष्ठा में अभिवृद्धि करना था। इस शहर इलाहाबाद में आईएएस से विवाह एक बहुत प्रतिष्ठा प्राप्त किए हुए है। यह विवाह उनकी प्रतिष्ठा को बहुत ऊपर ले जाता। मैं ग़रीब घर से ज़रूर आता था; पर मेरे नाना-बाबा दोनों का नाम था। मेरे बाबा गणित के एक बहुत ही अच्छे ज्ञाता माने जाते थे। इलाहाबाद में अध्यापकों की वैसे ही बहुत प्रतिष्ठा है और उसमें गणित का अध्यापक "देवों में देव महादेव"। वह बहुत आगे न जा सके और मिडिल स्कूल के ही अध्यापक होकर रह गए; पर क्षेत्र में उनका नाम बहुत था। मेरे नाना के पास एक अलग गुण था, अपनी बात कहने का और लोगों के बीच सामंजस्य के साथ रहने का। यह दोनों ही उत्तम कुल का होने का दावा करते थे; जिसको सामाजिक स्वीकार्यता प्राप्त थी। ऐसे परिप्रेक्ष्य में मैं एक ऐसे रथ पर सवार हो चुका था जिसके घोड़े स्वयं सूर्य देव के रथ से निकल कर मेरे रथ में जुत गए थे। मुझसे विवाह का मुद्दा एक प्रतिष्ठा का प्रश्न बन चुका था, हरिकेश मामा के परिवार के लिए। वह अनजान न थे अपने प्रतिद्वंद्वियों से; इसलिए चालें तेज चल रहे थे।

वह मेरी माँ के पास आए। मेरी माँ को गर्व की अनुभूति हो रही थी; जिसने कभी सीधे मुँह बात न की हो वह आज दंडवत है, उसके बेटे के प्रताप के कारण। वह मुग्धता में मुदित थी। हरिकेश मामा आए और दोनों के बीच संवाद आरंभ हुआ।

हरिकेश मामा— "बहिन हमरे मानदान के मानदान हऊ। मुन्ना पूरे परिवार के प्रगति के द्योतक हयें, आज के दिन। ई उपलब्धि तोहरे और जीजा जी के सत्कर्म के फल बा नहीं तऽ कहाँ आसान बा एतनी कठिन परीक्षा के गढ़ तोड़ब।"

माँ— "सब आप लोगन के आशीर्वाद हऽ भैया। बड़े-बूढ़न-बुज़ुर्गन के आशीर्वचन संगे रहा उही कारण से प्रतिफलित हुआ, नाहीं तऽ मुन्ना से बेहतर पता नाहीं केतना हयेन पढ़ै में।"

हरिकेश मामा— "बहिन, अब हमका आशीर्वाद दऽ, हमरे बिटिया के अपनावऽ, ऊ बहुत सुशील बा, पूरे परिवार में एकता बनाई के राखे। हमका बाकी जौन आदेश देबू सब माथे पर, हम हर आदेश के अक्षरशः पालन करब।"

माँ— "भैया, ई बतावऽ ऐसन बियाह शोभा देऐ, ऊ घरे के लड़की हऽ और एक रिश्ता में भाई-बहिन के तरह हयेन दुइनौ, बतावऽ ई ठीक रहे?"

हरिकेश मामा— "बहिन, ऐसन रिश्ता ठीक होत हऽ, जाना-समझा घर-परिवार बा, एक दूसरे के अड़े-गड़े में मौजूद रहबै, क्षेत्र में नाम-प्रतिष्ठा बढ़े। हमरे बहिन के और तोहरे भैया के बियाहौ तऽ ऐसे भऽ रहा, हम सब नजदीकी के रिश्तेदारी में रहे। हम बाबू से मिला रहे, बाबू कहेन बहुत बढ़िया बा अगर ई रिश्ता होई जाई, बाबू काल अइहिं आप पूछ लिहू बहिन। हमार गाड़ी काल भिंसारे के जाए ओनका लेई आवय के

बरे। तोहरे भाई के सारे के बिटिया बा; ई रिश्ता हर तरीक़े से उचित बा।"

हरिकेश मामा ने चाल सही चली थी। नाना की सहमति इस मुद्दे पर ले ली थी। नाना का नाम आने पर माँ इस मुद्दे पर शांत हो गई।

माँ— "भैया, अबहिंयै रिजल्ट आई बा। ई मुन्ना कहत बा कि हम विदेश सेवा और पुलिस न लेबै। अब आईएएस-आईआरएस के मामला बा, ओका ई मामला फ़रियाय लेई दऽ; फिर सोची। अबहिं बियाहे में समय बा।"

हरिकेश मामा— "बहिन आप के जब मन करै तब बियाह करऽ, बस तय कै लऽ। हम धूमधाम से बरीक्षा कै देई, बिटिया तोहार होई जाई ओकरे बाद जब कहबू तब बियाह करबै।"

संवाद करके हरिकेश मामा चले गए। अगले दिन दादू आया। उसने हाल सुनाया मेरे मामा के घर का। वह एक अच्छा कथावाचक था। वह मेरी माँ के बहुत नज़दीक था। वह ख़बरें तेज दे रहा था और मेरी माँ को ख़बरों में बहुत उत्सुकता रहती थी।

दादू ने बताया कि रात में चाचा-चाची-मोहिता दीदी-राकेश जीजा-बाबा भैया बहुत देर तक मंत्रणा किए। दादू ने रामराज मिश्र वाला प्रस्ताव बता दिया था। इसीलिए हरिकेश मामा ने वही प्रस्ताव दुहरा दिया था।

माँ— "दादू, तू काहे बताई देहऽ ?"

"बुआ, चाचा पूछेन कि तू रहऽ जब रामराज आइ रहेन, हम का कहित बुआ, हम तऽ रहबै भये। पुनि पूछेन, रामराज के प्रस्ताव का रहा। हम झूठ नाहीं बोल पावा।"

माँ— "आगे से नऽ बतायऽ ओनका इहाँ के कौनौ बात।"

दादू— "हाँ बुआ, आगे से हम सन्न मारि जाब, पर बुआ ई बतावऽ केतना मन बा एनके इहाँ बियाहे के ?"

माँ— "दादू, लड़की कैसन बा, मुन्ना के जोड़ के बा, ई मुन्ना एतना पढ़ा-लिखा बा एकरे से तीन-चार साल सीनियर लोग ऐसे पढ़ै बरे आवत हयेन। अब ऐसन लड़िका के लड़की जोड़ के मिलै चाही। हम ओकर मूडी न काटब पैसा-कौड़ी नाम के चक्कर में। गुड़िया के बियाह मुन्ना अब करै में सक्षम होई गवा बा। मुन्ना ऐसन भाई जेकर होये ओकरे बरे लड़िकन के कौन कमी बा। हमार ज़िंदगी कटि गई बा, बिटिया के बियाह के बरे पैसा जोड़े हई थोर-बहुत। हमार मुन्ना बा बहुत ज़िम्मेदार। ओकरे पास ऐतना बड़ा-बड़ा मनई आवत हयें कि गुड़िया के बियाह के चिंता हमका अब कम होइ गै बा, हम पैसा लै के करब का।"

दादू— "ई बात तऽ बा बुआ। हम गऽ रहे सुबेरे-सुबेरे तहसील में। लेखपाल

नकल नाहीं देत रहा हजारी के। हम गए पेशकार के पास कहा, एसडीएम साहेब से मिलै के बा। पेशकार पूछेस, कौन हो तुम, बतावा सब। तब ऊ कहेस, एक चिट पर लिख दो। साहब बंगले पर हैं, इंतिज़ार करो। हम लिख दिया अमर गुप्ता सर के नाम और मुन्ना के नाम। एसडीएम बंगला पर बोलवाएस, पूछेस अनुराग तुम्हारी बुआ का लड़का है, तुम्हारे पिता और उसकी माँ सगे भाई-बहन हैं? हम कहा, हाँ साहेब। साहेब पूछेन, कौन से गाँव के हैं अनुराग? हम सब बतावा, हमका चाय पियायेन साहेब और लेखपाल के बोलनवाएन तुरंतै। लेखपाल घबड़ाई गवा बुआ! ऊ तुरंतय नकल देहेस और गाँव में बाबू से मिलय आई रहा। बाबू अइहिं तब पूछूँ बुआ तू।"

माँ— "भैया-भौजी का बतियात रहेन?"

दादू बताने लगा संवाद:

चाची— "उर्मिला के भागि खुलि गवा, चाहे जेतना रुपिया लै लेय।"

चाचा— "ऊ लालची नहीं बा।"

चाची— "रुपिया केहू के काटत बा का!"

चाचा— "ई अलग बात बा; पर रुपियै पर बियाह न करे।"

चाची— "तब काहे पर करिहीं?"

चाचा— "परिवार, लड़की, सामाजिक प्रतिष्ठा सब देखे।"

चाची— "भगवान दै तऽ देहेन सब एकै संगेन, अब और का चाही। वैसे सब कुछ तऽ मिलतै बा हरिकेश के बियाहे में। ई हरिकेश के इहाँ बियाह करावत जा सब केउ मिलि के। हरिकेश के मेहरारू हमार गोड़ धरि लेहेस कहै लाग दीदी कौनो तरह करावऽ बियाह, ई मुन्ना भैया हमरे आँखिन से जातै नाहीं हयेन, केतना संस्कारी बा, केतना अच्छा बोलत हऽ, मन करत हऽ बस सुनतै रही।"

चाचा— "हमरे हाथे बा का। हरिकेश से हम दुई साल पहले कहे रहे कि मुन्ना पर सोच लऽ ऐकर होई जाए, लागी बहुत बा। तब हमसे कहेन जीजा जी हमका सेलेक्शन वाला लड़िका चाही, उहौ आईएएस। ई हिंदी मीडियम में पढ़े बा, अंग्रेज़ी बोलै नाहीं आवत एका, हिंदी वाले होतौ कम हऽ आईएएस में, हमार लड़की अंग्रेज़ी स्कूल में पढ़े बा, ओका देहरादून बोर्डिंग में पढ़ाये हई, हिंदी कमै बोलत हऽ, साथ कैसे निभे। तब अगर तैयार होतेन तब आसानी से होई जात, पर तब तऽ अपने शान में रहेन।"

चाची— "ई बात कतौ बाहर जाई न चाही। अगर उर्मिला के भनक लग गै तब तऽ बियाह न होई पाए। उर्मिला बहुत शेख़ी में हमेसय रहत रही; अब तऽ भगवानय संगे हयेन ओकरे।"

एक बाज़ार पूरी तरह सज गया था। इसमें हर दिन एक नया तत्व प्रवेश कर रहा

था। भौतिकतावाद पूरे उफ़ान पर था। एक निम्न मध्यवर्गीय परिवार के वीरान शहर में ख़्वाहिशें झील के किनारे पानी को पैरों से उछाल कर कह रहीं, "ऐ ख़्वाब देखने वाली आँखें आसमान की ओर उछलते पानी से तुम भी नहा लो"।

2. शतरंज—चलो सजाओ मुहरें

संबंधों की संक्रमणीयता

अगले दिन रिश्ते-नातों के सहज-सर्वमान्य नायक, मेरे नाना, एक नयी चमचमाती मार्क 4 एम्बेसेडर कार में बैठकर गाँव से शहर इलाहाबाद आए। वह इस बात से ही अति प्रभावित थे कि हरिकेश ने मेरे नाती से अपनी बेटी के रिश्ते के लिए शहर से गाँव तक की यात्रा की और पैर छूकर विनती की, "वह समय फिर आ गया है जब मेरे परिवार की एक और कन्या को आपका आशीर्वाद प्राप्त हो। बहुत साल पहले जो अरदास लिए मेरे पिता मेरी बहन के लिए आए थे आज वही अभ्यर्थना लेकर मैं अपनी बेटी के लिए आया हूँ। मेरे परिवार को आपके दयालुता की पुनः आकांक्षा है।"

मेरे नाना एक भौतिकतावादी जीवन के आग्रही थे, हरिकेश मामा के पास एक भौतिकवादी जीवन के नायक बनने की सारी अर्हताएँ मौजूद थीं। नाना हरिकेश मामा का गौरव गान किए और कहा कि कोई ख़राबी इस रिश्ते में नहीं है। यह एक जाना-समझा परिवार है, प्रमुख साहेब की नातिन है, एक संपन्न-प्रतिष्ठित परिवार की बेटी है; अगर और सब उचित लगे तो इस पर विचार किया जा सकता है। जिस परिवेश में मैं पला-बढ़ा था उसमें प्रायः कोई ख़ास दख़लंदाज़ी विवाह में लड़के की होती नहीं। जब सारा मामला तय हो जाता था तब एक बार लड़का-लड़की आपस में एक-दूसरे से वार्तालाप कर लेते थे, वह भी एक ख़ानापूर्ति की तरह होता था। इस भावी वर-वधू के मेल-मिलाप का विवाह के फ़ैसले से कोई ख़ास सरोकार नहीं होता, वह तो निश्चित हो चुका होता था। पर मेरी माँ मुझको जानती थी और उसको यह पता था कि मैं इस ख़ानापूर्ति के मेल-मिलाप को स्वीकार नहीं करूँगा; इसलिए उसने नाना से कहा, "बाबू मुन्नौ के राय लै लेई।"

"बिटिया, एतनी बड़ी सम्पदा आवति बा, परिवार प्रतिष्ठित बा। लड़की हम सबै केउ देखे हई, मुन्नौ देखि लेईं। हमरे परिवार में जैसन बहू-बटिया हईं, कमोबेश वैसे

बा ऊ। हरिकेश बहुत लाड़-प्यार-दुलार से पाले हयें, सबसे बढ़िया शिक्षऊ देहें हए।"

"बाबू, तबौ मुन्ना से बात करब जरूरी बा।"

"बिटिया, बात कै लऽ, पर कौनो ऐसन मुद्दा नाहीं बा कि आपत्ति होये; हम इहउ नाहीं कहत हई कि इहाँ बियाह तू कईन दऽ। बस इहइ हमार सलाह बा कि अगर डेबरा के रिश्ता बने तब बेहतर होत हऽ; दूर दराज के रिश्तेदारी में ऊ बात नाहीं होत। ई लोकल रिश्ता बा और हर तरह से ठीक बा। विचार कै लऽ, बाकी शर्मा जी बहुत समझदार हइयै हएन। हम इहै हरिकेशौ से कहा, जौन तोहसे कहत हई। अब मुन्ना सबसे बड़ी परीक्षा पास केहे हयें, रिश्तन के तऽ भरमार होइबै करे।"

"हाँ बाबू, हर रोज गाड़िन-गाड़ी आवत हऽ। सब बड़-बड़वारै आवत हयेन। डरौ लागत हऽ कि कतौ ऐसन रिश्ता न होई जाई कि बाद में पटबै न करै। ई मुन्नवौ आसान बा नाहीं, ई बहुतै ज़िद्दी बा, हम लड़कपन से एका देखत हई।"

"वक़्त के साथ सब समझदारी आई जाए बिटिया, तू चिंता न करऽ।"

नाना मामा के यहाँ मौसी के घर से होते गए। मेरी मौसी के पास भी एकाध रिश्ते थे पर जब ओपनिंग बैट्समैन जगह दे तब तो नीचे के क्रम के बल्लेबाज़ों को अवसर मिले। मेरी मौसी को शिकायत थी कि उनको कोई पूछ नहीं रहा। उसने नाना से कहा, "सर्वेश उर्मिला के फँसाय देइहिं बाबू। एक परिवार वाली लड़की उर्मिला के चाही पर हमसे केऊ राय लेई तब हम कुछ कही।"

नाना ने समझाया कि ऐसी बात नहीं है, अभी कुछ हुआ नहीं है, जब होगा सबकी राय-मशविरा से होगा। परिवार का ध्यान रखा जाएगा, सबके मान-सम्मान का ख़्याल रखा जाएगा।

मेरी मौसी का रोष कम नहीं हुआ पर वह शांत हो गई यह कहकर, "समय बहुत बलवान होत हऽ बाबू। अब समय हमार ठीक नाहीं बा। बहिन-बिटिया के इज्जत वाला जमाना गवा, अब तऽ जेकरे पास रुपिया बा ओही के इज्जत बा।"

मामा ही सारी घटनाओं के सूत्रधार थे और कथा को प्रवाह दे रहे थे। यह सूत्रधार का कर्त्तव्य है कि वह पूरे नाटक को एक सूत्र में बाँधे पर मामा सारे नाटक में खुद ही अभिनय कर रहे थे किसी और का भी संवाद खुद ही बोल देते थे; इसलिए रंगमंच के तमाम अभिनेता उनसे ख़फ़ा थे।

नाना तो इस समय सबसे बड़े गौरव रथ पर सवार थे। वह मौसी को बहला-फुसलाकर मामा के यहाँ चले गए, जहाँ उनका बेसब्री से इंतिज़ार हो रहा था। मेरी मामी ने बहुत सत्कार किया, करती वह पहले भी थीं; इस बार अत्यधिक स्वागत हुआ। नाना ने माँ के साथ हुए वार्तालाप का सारा वृतांत सुनाया। सारी बातें वैसे ही हुई थीं

जैसे मामा-मामी चाह रहे थे, इस कारण प्रसन्नता और अधिक हुई। यह उनको लगने लगा कि गाड़ी पटरी पर है। नाना को हरिकेश मामा के यहाँ भी ले जाया गया। वहाँ भी उनका सत्कार हुआ पर नियति को अपना एक खेल दिखाना अभी बाक़ी था। यह एक ऐसा खेल था जो आने वाले समय में संबंधों को संक्रमणीय कर रहा था और छल-प्रतिछल-प्रतिपल, जीवन का अभिन्न अंग बनने जा रहा था।

मेरे मामा राजस्व विभाग में सुपरवाइज़र थे। उनको अगले दिन कलेक्टर का संदेश आया, "आपको कमिश्नर साहब याद कर रहे हैं। लंच के बाद सर के बंगले पर पहुँचें वहीं पर कलेक्टर साहब मिलेंगे।" मामा की सिट्टी-पिट्टी गुम हो गई। जो व्यक्ति बहुत क्रोधी और आक्रामक होता है वह बहुधा डरपोक मनोवृत्ति का हुआ करता है। ऐसे ही मेरे मामा की प्रकृति थी-वह बहुत ही क्रोधी थे और बदमिज़ाजी सभी से कर देते थे, ऊपर से बहादुर होने का आभास देते थे पर थे अंदर से कायर पुरूष।

मामा की नौकरी में थोड़ा पोस्टिंग की समस्या चल रही थी। वह कुछ सालों से साइडलाइन पोस्टिंग पर थे, तमाम प्रयत्न करके भी मनचाही जगह नहीं जा पा रहे थे। दादू इनकी साइडलाइन पोस्टिंग पर तंज़ कसता हुआ यह फैलाता रहता था, इनके विरूद्ध सघन जाँच चल रही है यह निलंबन की ओर हैं।"

कमिश्नर का मामा को याद करना जैसे मामा को साक्षात् यमराज दिख गए हों। वह घबड़ा गए, अपने साथ वालों से पूछने लगे, क्यों बुलाया होगा, हर कोई अलग-अलग बात कहने लगा। किसी ने डराया, लगता है आपकी शिकायत हो गई है। पर एक अधीनस्थ कर्मचारी की शिकायत पर उसको बुलाने का कौन सा तुक, सीधी कार्यवाही करो-यही होता है राज्य-राजस्व विभाग में। इसमें डीएम-कमिश्नर से क्या लेना-देना, यह काम तो एक अधीनस्थ अधिकारी ही कर देता है। सारी मंत्रणा के बाद भी कोई बात समझ न आई। लंच के बाद डीएम का अर्दली आया और बोला, "आप कमिश्नर साहब के बंगले पर पहुँचो, डीएम साहब वहीं मिलेंगे।"

मामा को लगा कि आज तो नौकरी गई। इतने सालों में आज तक किसी कमिश्नर को सीधे-सामने से देखा ही न था। वह एक सामान्य कर्मचारी थे, बाहर चाहे जो शेख़ी बघारें पर हक़ीक़त में वह क्या हैं, जानते ही थे। मामा कमिश्नर के बंगले पहुँचे उनकी हिम्मत अंदर जाने की नहीं हो रही थी। इलाहाबाद के कमिश्नर का बंगला बहुत ही बड़ा है। यह अंग्रेज़ों ने बहुत ही शानो-शौकत से बनवाया था, इलाहाबाद विश्वविद्यालय के नज़दीक विधि विभाग के तक़रीबन सामने। इस बंगले में कमिश्नर आवास तक पहुँचने के लिए एक लंबी दूरी की यात्रा करनी पड़ती है। मामा ने बाहर

बैठे सिपाही से पूछा, "साहब अंदर बैठे हैं ?"

"साहब लंच पर अभी-अभी आए हैं, "वह रौब से बोला।

"मुझे मिलना है, बुलाया है साहब ने।"

"बड़े बाबू बैठे हैं उनको बता दो, कई लोग आए हैं मिलने वहीं बैठ जाना।"

मामा जी बड़े से बंगले को देखते अंदर गए, डरते-डरते बड़े बाबू से कहा, "कलेक्टर साहब ने कहा है मुझे यहाँ पर पहुँचने को, साहब ने बुलाया है।"

"आप कौन हैं ?"

"मैं सर्वेश मिश्रा हूँ, राजस्व विभाग में सुपरवाइज़र हूँ।"

"डीएम साहब अभी अपने दफ़्तर से निकले नहीं हैं। जब वह निकलेंगे तब उनके दफ़्तर से फ़ोन आ जाएगा, आज दोपहर बाद साहब ऑफ़िस घर से ही चलाएँगे और डीएम साहब के साथ साहब की मीटिंग है। आप बैठ जाओ, मैं बुलाऊँगा अगर साहब कहेंगे।"

मामा इंतिज़ार करते रहे। डीएम साहब आ गए। थोड़ी देर में बुलावा आ गया। कमिश्नर साहब ने डीएम से कहा,

"आप इनको क्यों ले आए, मैंने तो कहा था कि मैं इनसे मिलना चाहता हूँ।"

"साहब को ड्राइंग रूम में बैठाओ, चाय पिलाओ, आता हूँ", साहब ने अर्दली से कहा।

मामा पूरी तरह असहज थे और उनके लिए उस ड्राइंग रूम में बैठना कठिन हो रहा था। वह बार-बार दीवालों पर टँगी माडर्न आर्ट की कलात्मक पेंटिंग देख रहे थे।

थोड़ी देर में कमिश्नर साहब आ गए। मामा घबड़ाकर उठ गए। कमिश्नर साहब ने बैठने का आदेश ऐसा अनुरोध किया। बातचीत का क्रम आरंभ हो गया।

"अनुराग शर्मा आपका भाँजा है ?"

"जी साहब।"

"आपकी सगी बहन का बेटा है ?"

"जी साहब।"

"मेरी एक बहन है, वह दिल्ली में पढ़ती है। मैं उसके विवाह के लिए लड़के देख रहा था, लिस्ट में मुझे कई ब्राह्मण लड़के दिखे जिसमें अनुराग का भी नाम था। मैं अपनी बहन का विवाह अनुराग से करना चाहता हूँ। हम लोग ज़मीनी लोग हैं, पिताजी किसान हैं और मेरा छोटा भाई आईआरएस है जो बम्बई में पोस्टेड है।"

"मेम साहब को ले आओ।" आवाज़ दी अर्दली को।

मेम साहब आ गईं।

"प्रतीक्षा के विवाह के लिए हम लोग जिस लड़के के बारे में बात कर रहे थे, यह

उसी के मामा हैं।"

"नमस्कार", पूरी शालीनता थी अभिवादन में।

कमिश्नर साहब ने एक लिफ़ाफ़ा पकड़ाते हुए कहा, "यह लड़की की कुंडली-फ़ोटो है, साथ में बायोडाटा भी है, आप लोग विचार कर लें। जब आप कहेंगे अनुराग के घर चलता हूँ, यह काम हम आपको सौंपते हैं; यह विवाह आप ही की ज़िम्मेदारी है।"

मामा को यक़ीन ही नहीं हो रहा था। वह इतने अविश्वास में आ चुके थे कि वह इस सत्य घटनाक्रम की सत्यता सत्यापित करना चाह रहे थे। वह कमिश्नर साहब के बंगले में एक दीन-हीन व्यक्ति के रूप में प्रवेश किए थे पर बाहर एक सम्मान के साथ निकल रहे थे।

मामा सायंकाल घर पहुँचे। वह मेरी मामी से सब साझा करते थे। मुझे और परिवारों का तो नहीं पता पर मेरे परिवार में महिलाएँ बहुत ही प्रभावी रहती हैं-अपने पतियों पर। मेरी नानी मेरे नाना पर, मेरी मौसी मेरे मौसा पर, मेरी मामी मेरे मामा पर, मोहिता दीदी राकेश जीजा पर और मेरी माँ... उसके क्या कहने वह तो एक तूफ़ान है जिसके सामने कोई पेड़ टिका ही नहीं। वह तो घास को भी उखाड़ फेंकती है जो पूरी तरह नत मस्तक हैं... पता नहीं मेरा क्या होगा!

मामा ने मामी को सारा वृतांत सुनाया। मामी को यक़ीन ही नहीं हो रहा था। उनकी पहली पंक्ति थी यह वृतांत सुनकर, "उर्मिला के भाग खुल गए।" इस एक पंक्ति में ईर्ष्या के पराकाष्ठा की अभिव्यक्ति शब्दों के साथ-साथ चेहरे की भाव-भंगिमाओं पर स्पष्ट देखी जा सकती थी।

मेरी मामी विस्मित थीं। वह पूरी तरह किंकर्तव्यविमूढ़ हो चुकी थीं।

"अब का होये?"

"कुछ समझै नाहीं आवत बा।"

"का करबऽ अब हरिकेश के?"

"कमिश्नर साहब के हरिकेशौ मुलाज़िम हयें। साहब हरिकेश से कहि देइहिं तब हरिकेशै कहि देइहिं शर्मा जी से, हमरे बिटिया से नाहीं आप साहेब के बहिन से बियाह कै दऽ मुन्ना के।"

"हमरे जबान के का होये?"

"इहाँ आग लगी बा और तोहका जबान-जबान, बस एकै रटि। तू भीष्म पितामह बनि गई हऊ, भऽ भिंसार एकै राग। हमार माथा खाई गई हऊ जबसे ई मुन्नवा भवा बा आईएएस। पहिलेऊ कबहुँ सोचे रहू ओकरे बारे में। तब तऽ उर्मिला डाइन बा, बाबू के

भड़कावत बा, ओकरे घरे न जा... सारा दिन इहई रटत रहू। हरिकेश नालायक से कहा इही रिश्ता बरे दुई साल पहले; तब तऽ अपने शेखी में रहेन कि लड़िका अंग्रेजी नाहीं आवत, ई गरीब बा, ओका पहिनै-ओढ़ै के सहूर नाहीं बा। अब पेपर में नाम का छपि गवा सब सहूर आई गवा। इहै हरिकेश के बेसहूर मेहरारू कहत रही, हमरे बिटिया के जोड़ के मुन्ना नाहीं बा, इहई अब रटे पड़ी बा... कैसन मुन्ना बोलता हऽ ! मन करत हऽ बस सुनतै जाई, मुन्ना हमरे आँखी से जातै नहीं बा। ई हरिकेश जैसे अंग्रेजी के क़िताब एक हाथे में लै के पैदा भवा रहा। रुड़की में पहिला साल फेल होई गऽ रहा। एका अंग्रेजी नहीं आवत रही, धीरे-धीरे सीखेस पर अब बड़का अंग्रेज के पेड़ बना बा।"

एक महाभारत शुरू हो गया। दादू मौजूद था आँखों-देखा हाल प्रसारित करने के लिए। सुबह चार बजे दादू उठा और मारा तेज-तेज पैंडिल-चली साइकिल गंतव्य की ओर, वह सवा चार बजे मेरे घर पर था। माँ सुबह उठती थी गंगा नहाने और मैं पढ़ने के लिए। दादू जानता ही था कि माँ जग चुकी होगी चार बजे के पहले। वह पहुँचते ही बोला, "बुआ... गजबै होई गवा... चाचा के चाची धुनि मारेन!"

दादू को इतने सुबह-सुबह देखकर मेरी माँ ने पूछा, "इतने भिन्सारे-भिन्सारे, का भवा सब ठीक तऽ बा न!"

"बुआ, सब ठीक बा। काल तऽ गजबै होइ गवा, चाचा के तऽ हूकै निकलि गई। कमिश्नर साहेब तलब केहेन ओनका; अब तोहसे अधिक अपने भाई के के जान सकत हऽ, हएन तऽ पूर नटवरलाल-घपला करै में मास्टर। ई एतना बड़ा मकान, हर कमरे में कालीन, ई शानो-शौकत, कुछ हज़ार रुपिया महीना के तनखाह के माथे बा का, ई तऽ ओनके घपला के बल पर बा। ओनका लगा कि कौनो घपला पुनि पकड़ा गवा-आज तऽ गएन जेल; जब डीएम साहेब कहेन कि चलो बुलावा आया है कमिश्नर साहेब ने बुलाया है। अरे बुआऽ... का बताई... सापैं सूघि लेहेस... चाचा के। कुर्सी पर धम्म से भरहराई गएन। ओनके साथ वाले एक बाल्टी पानी उड़ेल देहेन कि होश में लै आवा, लोग कहेन जूता सुघावऽ मिर्गी आई गई बा।"

माँ हँसने लगी...

"दादू तोहार जोकरई कभौं न जाए, ऐसन बतावत हऽ जैसे उहाँ रहे तू।"

"बुआ रहे तऽ नाहीं हम, पर अनुमान तऽ हैये बा कि का भवा होए, एतना तऽ अंदाज़ा लगाइन सकित हऽ"

"फिर का भवा?"

"गएन चाचा डेरात-डेरात बंगला में। बंगला में कमिश्नर साहेब के कुकुरवौ भौंकै लाग चाचा के देख के, चाचा और डेराय गएन। डर के मारे बुआ ओनकर हालत

ख़राब होई गइ और चाचा बंगले के भीतरा एक पेड़े से टकराइ गएन, भहराय के गिरि गैन उहिं बँगलवा में। तू देखू अगर आज-कालि में अइहिं, ओनके माथे पर गुल्ला बनि गवा बा।"

"दादू, ई जोकरई बंद करऽ हमका जाई के बा गंगा नहाय; जल्दी बतावऽ, देर होत बा हमका।"

"बुआ... कमिश्नर साहेब हयेन न इलाहाबाद के... अरे उहै जेकर बड़ा बंगला बा महिला छात्रावास के आगे..."

"हाँ, आगे बतावऽ।"

माँ अधीर हो रही थी पूरा वृत्तांत सुनने को, उसे जल्दी गंगा नहाने भी जाना था।

"ओ चाचा से कहेन अपने बहिनी के मुन्ना से बियाह बरे।"

"इलाहाबाद के कमिश्नर...!"

"हाँ बुआ हाँ...!"

"केसे कहेन कमिश्नर साहेब...!"

"तू बुआ सुनतई नाहीं हऊ ठीक से... कहा तौ... चाचा के बोलाये रहेन, चाचा से कहेन; चाचा कुंडली, फोटे, बायोडाटा लै के आई हयेन। जब चाची सुनिन कि कमिश्नर आई गएन बीच में बियाहे बरे, लड़ि गईन, हम जबान देहे हई हरिकेश के। चाचा कहेन, काट दऽ जबान चाकू से अगर जबान दै देहे हऊ और बियाह नाहीं होई पावत बा। का करी हम, हमरे बस में बा का। चाची सहियय में चाकू निकाल लिहिन और चाचा से कहिन- "लऽ काट दऽ जबान"। फिर तऽ बुआ जौन महाभारत मचा कि हम सन्न मारि के ऊपर वाले कमरा में परायि गए।"

"फिर?"

"ओकरे आगे के नाहीं बा पता। हमैं गाँव जायि दऽ नाहीं तऽ चाचा के शक होये कि हम तोहसे बतावय बरे ऊहाँ से इहाँ आई गए। छोटकऊ चाचा ओनकर जासूस हयें। हम जैसे कहब कि गाँव चला गऽ रहे, चाचा फुरा-जमोगी कै देइहिं। अबा पौने पाँच बजा बा, हम छः-सवा छः बजे तक पहुँच जाबै गाँव।"

"चाय पी लऽ।"

"बुआ, जल्दी से बनाय दऽ, हम मुन्ना भैया के सलामी तब तक मार देई।"

उधर सुबह-सुबह दादू को न देखकर मामा को यह शक हुआ कि वह उर्मिला के यहाँ गया होगा, सब बताने। दादू की प्रकृति से सब परिचित थे पर वह सबकी मजबूरी भी था। वह सेवक था, हर काम करने को तैयार रहता था, हर कार्य-प्रयोजन पर हाज़िर होता था, बोलने में माहिर था और समय-समय पर सूचनाएँ हर ख़ेमे को देता था। इसलिए उसकी कुटनीगीरी की आदत को जानकर भी लोग उसे बर्दाश्त करते थे।

इन सारे गुणों में सबसे बड़ा गुण था-उसकी हाज़िरजवाबी और विनम्रता। मामा-मामी का रात का संघर्ष सुबह के पक्षियों के कलरव के साथ घटने लगा। इसका कारण था—एक आसन्न संकट। अब किया क्या जाए, दो नावों पर सवार हो नहीं सकते थे; एक नाव को छोड़ना ही पड़ेगा। मामा ने माहौल को हल्का करते हुए कहा, "मैं तो चाहता ही हूँ हरिकेश के यहाँ विवाह पर कैसे कमिश्नर साहेब का मामला निपटे; हम, हरिकेश दोनों उनके मुलाज़िम हैं।" मामी ने भी समस्या की गंभीरता को समझ लिया था और मामा के सुलह-सफ़ाई के सफ़ेद झंडे के नीचे आकर आपसी विवाद को भूलकर मंत्रणा करने लगी। सबसे बड़ा प्रश्न यह था, दो में से किसको चुना जाए। दादू को घर में न देखकर मामी को चिंता हो गई थी। दादू की प्रकृति ही ऐसी थी कि अंदेशा होना स्वाभाविक था, उसने सब जाकर बता दिया होगा। अगर दादू बता देगा तब तो समस्या होगी, प्रतिस्पर्धा बढ़ जाएगी, कहाँ कमिश्नर और कहाँ हरिकेश, मामी की ज़बान का क्या होगा!

शाम को दादू वापस आ गया। वह बोला तहसील में काम था; इसलिए चला गया था। जब मामी ने पूछताछ किया तो उसने कह भी दिया कि आप छोटकउ चाचा से पूछ लऽ हम तो सुबह उनके भैंस के दूधौ दुहे रहे।

दादू— "का भवा चाची, कौनो खास बात चाची?"

"एक समस्या आई गई बा।"

"कैसन?"

मामी ने पूरा क़िस्सा सुनाया, मामा ने सलाह माँगी, अब क्या किया जाए?

"चाचा ई तऽ हम सुने रहे राति के। पर एहमें समस्या का बा, हरिकेश मामा के इहाँ बात चलतै बा (स्पीड से), बाबू लगा हईयै हयें। कमिश्नर साहेब से कहि दऽ बियाह तई होई गवा बा, बात खतम। मामौ तनिक रफ़्तार बढ़ाई देईं बातचीत के।"

मामी— "पर बियाह तई भवा कहाँ बा। ई उर्मिला तई करै में नाकन चना चबवाय दे। लेन-देन के बात आए तब सुरसा के नाहीं मोह खोल दे।"

"गलत बात न बोलो मोहिता की अम्मा, कुछ कहेस आज तक, गलत दोषारोपण न करऽ; अगर रुपिया पर बियाह होए तब रामराज के इहाँ होए न कि हरिकेश के इहाँ। हमार पचे के जोर दबाव बा नाहीं तऽ अब ई बियाह हरिकेश के बस के बाहर बा।"

"कैसे अब बात बने ई बतावऽ, हम जबान दै चुकी हई।"

"फिर जबान-जबान... एकै रट..."

मामला बिगड़ता देख दादू ने बात सँभाल ली।

"चाची के बात तऽ सही बा चाचा। जब चाची कहि देहन एक बार तब पहले ई रिश्ता फरियाय जाय दऽ; तब अगले की बात करऽ। हमार राय तऽ इहै बा; बाकी

हमार समझ हैयै केतना बा कि हम एक आईएएस के बियाहे में दखलंदाजी करी।"

"सही बतावऽ दादू, तू केहू से बताये तऽ नाहीं हऽ ई बात?"

"कौन बात चाचा?"

"कमिश्नर साहेब के रिश्ता वाली।"

"चाचा, हम तोहार सिपाही हई, हम तोहसे बाहिर कभौं न जाब।"

"कतौ ऐसन तऽ नाहीं करऽ तू कि भिंसारे उर्मिला के बताय के गाँव गवा हो।"

"चाचा एतना बड़ा गद्दारी के आरोप हम पर न लगावऽ। तू तऽ जानत हऽ बुआ चार बजवा जात हऽ गंगा नहाय। हम कब जाब, कब मिलबै और कब बतउबै? हम 6 बजे भिंसारे गाँव रहे, छोटकऊ चाचा के गोरूवन के सानी-पानी किहा फिर ओनके बिगड़ैल-मरकहिया भैंस के दूध दुहा। आज चाचौ आवत हयें मुन्ना से मिलै बरे, ओनसे पूछ लऽ।"

दादू रोने का नाटक करने लगा और बोला, "हमका पाले हये तू चाचा। हम आपसे दगा करब तऽ हमार कौनो उद्धार न होये; कहऽ तऽ चाचा हम हलफ उठाई लेई, अगर हमरे बात पर यकीन न होय तोहका। हम ओतनै बुआ से बताइत हऽ जेतने के आप आदेश देत हऽ। हमहूँ चाहत हई कि बियाह हरकेश मामा के इहाँ होई, मामा हमरे दुःख-सुख में काम अइहिं, ई कलेक्टर -कमिश्नर घरवै में न घुसइ देइहिं। ई बेबी से बियाह होये तब हमार पचे के इंट्री मुन्ना के इहाँ बनी रहे नाहीं तो बुआ के जातै ई रिश्ता उड़ि जाए। अब एतने तकदीर से मुन्ना भवा बा, फायदा हमहुँ पचन के मिलै चाही। हम तऽ कहब चाचा ई कमिश्नर के रिश्ता गोलै कै दऽ।"

"ऊ कैसे?"

"बुआ के का पता कि कमिश्नर साहेब आई हयेन। जोर-दबाव लगाय के इहीं बीच बियाह तय कराय दऽ; फिर मार के पीछा सून। एक बार बियाह तय होई गवा, बात खतम। ई कमिश्नर साहेब बड़-बड़वार हयेन ओनका कहाँ लड़िकन के कमी बा, कौन ऊ मुन्ना बरे पगलान हयें।"

मामी को यह बात जँच गई ओर बोली, "ई ठीक बा, हमार जबानौ खाली न जाए।"

"फिर जबान... जबान..."

मामी को लगा कि उनके हित की बात हो रही है; इसलिए शांत रहना श्रेयस्कर है। वह चुप हो गईं यह कहते हुए, "अब जौन विधाता के लिखा-बदा होये, उहै फलित होये"।

"दादू, कैसे अब बात आगे बढ़ै, बाबू तऽ कहि देहन जौन हम चाहत रहे।"

"चाचा, तनिक गम खा; आदेश होय तऽ एक बात कही ?

"कहऽ"

"अब ई मुन्ना, ऊ मुन्ना नाहीं रहि गवा जौन हम पचे जानत रहे। अब बहुत बड़ा आदमी बनि गवा बा, बड़े -बड़े अफसरान एकर चेलागीरी करत हयेन।"

"के बना चेला?"

"कुंडली गुरू... नाम सुनेन होबऽ, बड़ा तपा पुलिस अफसर हयेन, ओ ओनकर चेला, एसडीएम बाराबंकी अमर गुप्ता मुन्ना के नाम पर हमार काम जन नारायण एसडीएम करछना करवायेस। जेतना जने सेलेक्शन पाए हयें सब अउतै हयेन मुन्ना के इहाँ। मुन्ना के बजार बदल गई ब चाचा।"

बाबा भैया— "कुंडली गुरू, जे एनकाउंटर करेन कई बदमाशन के अबै हाल में गाजियाबाद में ऊ मुन्ना के चेला हयेन!"

"हाँ भैया... हाँ! बुआ कुंडली गुरू के जीप से बाबू से मिलै गाँव गै रही, हमहूँ उहीं जीप से आवा रहे शहर, बुआ के संगे। एक बात और बताई देई भैया..."

"का ?"

"मुन्ना बहुत जानकार बा!"

"तोहका कैसे पता ?"

"भैया, रात भर मुन्ना पढ़ाएस कुंडली गुरू के।"

"मुन्ना के कुछ नाहीं आवत, हमैं सब पता बा। तू देखे रहऽ का जब पढ़ावत रहा, तकदीर से होई गएन, ओनका आवत-जात कुछ खास नाहीं।"

मामी— "बड़ा तोहका आवत बा। एकौ परीक्षा पास कै नाहीं पाए आज तक, उम्र तीस पहुँचत बा। आपन देखऽ पहिले, अपनौ कराय लऽ तकदीर से, केऊ रोके बा।"

मामा— "जैसे भी हुआ, हो तो गया न। होना चाहिए, बाक़ी से क्या मतलब। ऐसे ही बेवक़ूफ़ों की तरह बक-बक करो और हमारे पर बोझ बने रहो। इस साल के बाद अपना भार उठाओ, बहुत हो गया अब।"

"चाचा अगर आदेश दऽ, तऽ जाई बुआ के इहाँ देखी, माहौल का बा।"

"आज जावा चाहत हऽ कि काल ?"

"चाचा, आजै चला जाइत हऽ अगर आदेश होई आपके। काल-परसों पुनि तोहरे सेवा में हाजिर होब, दऽ गोड़ तोहार पैर दबाय देई; तनिक मींज देई तब जाई बुआ के इहाँ।"

दादू पैर दबाने लगा।

"दादू..."

"हाँ चाचा...।"

"मुन्ना के होई में ओकरे बोबा के बड़ा हाथ बा, बचपन में ओकर जड़ मजबूत कै देहन।"

"ई बात तऽ बा चाचा। हमहूँ जौन कुछ सीखा-पढ़ा ओनके आशीर्वाद से। बहुत दिमाग रहा ओनके लगे, पूरी किताबै जैसे रटी होई। कौनो सवाल होई कभौं कॉपी-पेन तऽ छूबै न करै। गर्मी की छुट्टी में बुआ जब गाँव जात रही तब बाबू हमहूँ के भेज देत रहेन, हम-मुन्ना साथै पढ़ी। चाचा एक बात बताई, ई मुन्नवा रहा बदमाश पर दिमाग रहा एकरे पास। कट से पकड़ै जौन बाबा बतावय।"

"दादू..."

"हाँ चाचा..."

"ई मुन्नवा के कारण बहुत मान-सम्मान मिला। ई हरिकेश और ओकर बेसहूर मेहरारू बड़ी रुपिया के घमंड में रहत रहिन। मुन्नवा सारा घमंड निकारि देहेस, अब सुबह-शाम तोहरे चाची के सेवा करत हईं। ई कमिश्नर साहब ऐतना बड़ा आदमी हयें, ओ चाहैं तऽ हमार और हरिकेश दुइनौ के नौकरी खाई जाय। हमका सर... सर कहेन, ओनकर पत्नी झुककर हमका नमस्कार कै के कहिन, बाबू जी हमें आशीर्वाद दें। ऐसन बड़े बंगले में मुन्ना रहे..."

मामा थोड़ी देर के लिए शांत हो गए...

"दादू..."

"हाँ चाचा..."

"बंगला के बाहर जैसे लिखा रहा... सत्यानंद मिश्रा... आईएएस, आयुक्त इलाहाबाद... वैसइ लिखा होये, अनुराग शर्मा... आईएएस... उर्मिला और शर्मा जी के तपस्या फलित होई गय।"

"चाचा ई बात तऽ बा, पूरे डेबरा में अंदोर बा। हमहूँ रहिबै चाचा ऐसन बंगला में जब मुन्ना भैया के मिले। हम-तू संगै बंगला के बगीचा में बैठब... चाचा!"

"हाँ।"

"बहुत जोर बा मुन्ना के।"

"कैसे पता?"

"एसडीएम करछना, जय नारायण के पास गए हम एक काम से। मुन्ना के नाम और ओनकर एक सीनियर हयें अमर गुप्ता सर, एसडीएम बाराबंकी ओनकर नाम बतावा... चाचा तुरंतै काम केहेन एसडीएम साहेब और कहेन, आते-जाते रहा करो। कुंडली गुरू तपा पुलिस अफ़सर हयेन चाचा... हम खुदै सुना पूरी रात मुन्ना ओनका पढ़वात रहा। ओनहीं के जीप लेहे बुआ घूमत रही और बाबू से मिलै गाँव गै रही। गाँव में घुसतै जीप सायरन मारै लाग, कुल गाँव इकट्ठा होई गवा।"

"दादू..."

"हाँ चाचा..."

"बड़ी समस्या आई गै बा।"

"का समस्या बा, चाचा?"

"हम करी तऽ करी का, हरिकेश बेवकूफ़ से केतना कहत रहे दुई साल से, कै लऽ बियाह मुन्ना से। तब ओकर बुद्धि भगवान हरे रहेन, दिमाग रहा सातवें आसमान पर। ओसे ज़्यादा ओकरे बेसहूर मेहरारू के दिमाग खराब बा, रुपिया के गर्मी ओका पगलाये बा। तब दुइनौ परानी मुन्ना में कमिये-कमी बतावत रहेन—ग़रीबी बा, मकान गल्ली में बा, शर्मा जी क्लर्क हैं, कौनों हैसियत नाहीं बा, मुन्ना हिंदी माध्यम के बा, ओका अंग्रेजी नाहीं आवत। तब कै लेहे होतेन तऽ आज के दिन बादशाह होतेन। अब मुन्ना के नाम दिन-प्रतिदिन बढ़त बा। जैसे-जैसे नाम बढ़े और बड़-बड़वार मनई अइहिं बियाहे बरे। हरिकेश के पास रुपिया चाहे जेतना होय, हयेन तौ एक इंजीनियरै; अब कहाँ कमिश्नर साहेब और कहाँ हरिकेश..."

"चिंता न करऽ चाचा। आप आज तक जौन-जौन काम हाथे लेहे हये सब पूर्ण केहे हऽ, इहौ होये।"

"दादू, ई मुन्नौ आसान नहीं बा। तूहिन बतावत हऽ कि कौन-कौन ओकर चेला बनत हएन। अब दिमाग सभै देइहिं। ई बियाह हमका अब शर्मा जी और उर्मिला के हद से बाहर जात देखात बा। एक लाइन मुन्ना बोल दे, हरिकेश के बिटिया से बियाह न करबऽ, बतावऽ—का करबऽ तब?"

मामा थोड़ी देर शांत हो गए और फिर बोले,

"दादू।"

"हाँ चाचा।"

"हमका काम मुश्किल लागत बा।"

"चाचा, बाबू बहुत ज़ोर दै के कहे हयें, आप हड़बड़ा नऽ। बुआ बाबू के बहुत इज्जत करत हऽ। एक बार बाबू बस कहिं देय, उर्मिला बिटिया हम मुन्ना के बियाह हरिकेश के इहाँ तय कै दिहा, बस बात बन जाए। इंतिजार करऽ आप, विधि के विधान होए तऽ काम बने चाचा।"

"बाबू ऐसन कहि देई तब तऽ।"

"धीरज धरऽ चाचा, बाबू ई बियाह के पक्ष में हयेन; चाचा चली अब हम?"

"अब कब अउबऽ?"

"परसो सबेरे-सबेरे आउब। चिंता न कर हम मोर्चा सँभाले हई।"

दादू निकला साइकिल की पैंडल पर वार करते। वह जल्दी में था पहुँचने के, रास्ता पार करना उसके लिए मुश्किल था। वह कोई बात अंदर रख ही नहीं सकता था। वह जल्दी पहुँच कर पूरा वृत्तांत सुनाना चाह रहा था। उसको मेरे चयन के बाद एक नया जीवन मिला था। वह भी बेचारा था, उसके घर के हालात ख़राब तो नहीं कहूँगा पर बहुत अच्छे न थे। ज़मीन-जायदाद तो थी पर अब खेती-बाड़ी से होता क्या है। वह मेरे साथ ही पढ़ता था हलाँकि मुझसे डेढ़ साल बड़ा था। परीक्षा देकर कोई नौकरी प्राप्त करना उसके बस की बात नहीं थी। उसका भी विवाह नाना ने दहेज के लालच में पहले ही कर दिया था। मेरे गाँव-तहसील-क्षेत्र में दहेज एक बड़ा निर्धारक कारक होता है विवाह के विनिश्चय में। मेरे पिता, मेरे मामा, हरिकेश मामा, मेरे चचेरे-ममेरे-मौसेरे भाइयों आदि... आदि सभी के विवाह में यह सिद्धांत लागू हुआ है। हरिकेश मामा को मेरे नाना-मामा दोनों ने दो साल पहले सलाह दिया था कि आप मुन्ना से बेबी का विवाह कर दो। इसके भी पीछे दहेज एक कारण था। मेरी माँ से नाना ने कहा था, "उर्मिला अगर तू पचे तैयार हऽ तऽ बात हम चलाई, ई रिश्ता ठीक बा।"

मेरी माँ को यह बहुत अखर गया था कि उसको नीचे रखकर बात चलाई जा रही है। उसने (आहत होकर) कहा था, "ऐसा कहा जा रहा; जैसे हम गार्जियान हई हरिरेश के इहाँ बियाह बरे।"

उसने कह दिया, "अभी वह पढ़ रहा है, अभी वक़्त विवाह का नहीं है।"

पर मुझसे विवाह की विचारधारा मेरे नाना-मामा की अधिक थी न कि हरिकेश मामा की। वह बराबर कहा करते थे, "मुझे आईएएस लड़का ही चाहिए।"

मेरी माँ कहती थी, "ओनकर चाहत नाजायज तऽ बा नाहीं, रुपिया के माई पहाड़ चढ़ै।"

यह प्रस्ताव मेरे नाना ने विशुद्ध दहेज के लालच में दिया था। एक पिता के रूप में अपनी बेटी के भले को ध्यान में रखकर यह प्रस्ताव दिया था। वह चाह रहे थे कि दहेज मिल जाए तो उर्मिला का जीवन थोड़ा आसान हो जाए। वह बग़ैर दहेज के अपने घर में कोई विवाह नहीं किए थे; तब मेरा विवाह अपवाद कैसे हो सकता था। उनकी इसी लालच का दादू शिकार हो गया था। वह कहता भी था मुझसे, "हमका मिला का सिवाय जिम्मेदारी के, दहेज के रुपिया तऽ ओ लै गएन।"

मामा दादू से सलाह अवश्य माँग रहे थे पर मामा का दिमाग़ तेज गति से काम कर रहा था, वह बहुत ही कुशाग्र थे। एक अवसर हाथ आया था वह उसे यूँ ही ज़ाया नहीं होने देना चाहते थे। मामा ने पहली अकाट्य चाल चल दी। मामा, हरिकेश मामा के यहाँ सुबह-सुबह पहुँच गए।

"हरिकेश ऐसा करो आप अकेले जाओ शर्मा जी के पास, किसी को न ले जाओ। मामला लेन-देन पर अटका है। हमारे सामने लेन-देन की बात हो नहीं पा रही। शादी उनको करनी ही है, ग़रीबी है ही उनके यहाँ, यह सबको पता है। उनको यह नहीं समझ आ रहा बात कैसे आगे बढ़े। हमारे सामने पैसा माँगने में हिचक आ रही है। मेरी सलाह है कि आप अकेले जाओ और पैसे की बात करो। यह बात आपके और शर्मा जी के बीच हो। क्या बात हुई, कितने में तय किया, यह बात तुम मुझको भी न बताओ। यह विवाह हो जाए यह मोहिता के अम्मा की चाहत है, ज़बान विभा के दै चुकी हयेन।"

"पर जीजा, हम आपसे कुछ कभौं कुछ छिपाय सकित हऽ का, आज तक छिपावा नाहीं...।"

"यह वक़्त बहुत कठिन है, उनके पास बहुत लोग आ रहे। सब रुपिया ही रुपिया लेकर आ रहे हैं। बहुत बड़े-बड़े लोग आ रहे हैं। अभी तुमको एहसास नहीं है कि कितने बड़े-बड़े लोग आ रहे, अगर मैं बता दूँगा तब तुम भी घबड़ा जाओगे। जितनी जल्दी हो यह शादी तय करो। शर्मा जी को लग रहा होगा, घर-परिवार के दबाव में विवाह की बात आगे बढ़ाई जा रही, पता नहीं क्या मिलेगा-क्या नहीं मिलेगा; खुलकर बात करो-दिल खोलकर बात करो-सब कह दो। अगर ईश्वर ने चाहा शादी तय हो जाएगी। बाद में दिन-सुदिन निकाल कर बरीक्षा इसी महीने करा देंगे।"

हरिकेश मामा की पत्नी ने मेरे मामा का पैर पकड़ कर सिर उस पर रख दिया, "जीजा जी सारा दुःख-दर्द हर लिया आपने। इसी महीने की 27 तारीख़ को बहुत अच्छा सुदिन है, उस दिन बरीक्षा करा दें। अगर शर्मा जी कहेंगे तब हम यही घर उनको दे देंगे और 27 तारीख के पहले घर ख़ाली करके हम अपने दूसरे घर में चले जाँएगे। इसमें वह लोग आकर रहें, जो भी माँगेंगे हम सब देंगे।"

मेरे मामा के होश ही उड़ गए। इतना बड़ा मकान बरीक्षा में ही दे देंगे।

मामा ने कहा, "सँभाल कर बात करना, ऐसा न हो बहुत बड़ा मुँह खोल दें"।

"जीजा जी हमका मुन्ना चाही, कीमत चाहे जौन होई। हमार दुई बिटिया हईय हईं। बा सब ओनकरै, पहिले लै लेई या बाद में लेई। बस मुन्ना हमका मिलै, इहै हमार ख्वाहिश बा। जीजा जी...

आपौ चला जा, आपै कहि देईं ई मकान बरीक्षा में हम देबै। बाकी और जौन कहिहिं उर्मिला दीदी-जीजा जी, हम सब तरह से तैयार हई।"

"हरिकेश अकेले जाने दो। ईश्वर ने नियत किया है सबका भाग्य; अगर मुन्ना और बेबी का संयोग नियत है तो ज़रूर होगा।"

"जीजा जी हम आपके एहसान से कभौं उबर न पऊबै।"

मामा वहाँ से विदा लेकर चल दिए। मामा ने शतरंज के मुहरों को ध्यान से देखा सब ठीक अवस्थिति में उनके अगले आदेश के इंतिज़ार में... मामा का यह पहला आदेश था मुहरों को। मामा की अब दूसरी चाल...

3. बिछ गई बिसात

संबंधो की अनाम बेचैनी एवं विचारों का द्वंद्व एक स्वार्थ के आलोक में

हरिकेश मामा के घर में खुशियाँ ही खुशियाँ। वह एक समाजिक प्रतिष्ठा प्राप्त करने को अधीर हो रहे थे। उनको ऐसा प्रतीत हो रहा था कि वह इंच दर इंच अपने लक्ष्य के नज़दीक आ रहे। उन्होंने अपनी बेटी को गौर से देखा और अपनी पत्नी से कहा- 'जब लगातार दो बेटियाँ पैदा हुई थीं तब तुम कितनी दुखी हुई थी कि बेटा नहीं हुआ। कितनी हमारी चाहत थी एक बेटा कम से कम हुआ होता, हमारा वंश आगे चलता, हमारा नाम रौशन होता। पर आज हमको लग रहा कि बेटियाँ हुईं कितना अच्छा हुआ। जीजा जी के बेटों की तरह ही बेटा हमारा भी हो गया होता तब; इतनी धन-संपदा परमेश्वर ने दी थी बेटे के बिगड़ने की संभावना तो थी ही हमारे लाड़-प्यार में सबके नसीब में अयोध्या कुमार ऐसे बेटे कहाँ होते हैं। यह मुन्ना ऐसे बेटे तो बिरले पैदा होते हैं। वह सिर्फ़ आईएएस ही नहीं है, एक बहुत ही सुसंस्कृत तथा पढ़ा-लिखा लड़का है।'

"ईश्वर की सब महिमा है, हमको ऐसा बेटा गर्भ से नहीं बेबी के माध्यम से प्राप्त होना था। यह बेबी हमारे सम्मान में अभिवृद्धि के लिए हमारे यहाँ जन्मी है। हमको मुन्ना ऐसा बेटा बदा था, उर्मिला दीदी ने हमारे लिए पाल-पोसकर इतना क़ाबिल बनाया है। उनकी ऐसी क़ाबिलियत कहाँ है हर किसी के पास।"

हरिकेश मामा प्रफुल्लित अपनी पत्नी को निहार रहे थे, मामा माहिर ने पति-पत्नी की आँखों में संतुष्टि भाव का समावेश कर दिया था। हरिकेश मामा न केवल प्रसन्न थे, आत्मविश्वास पल-प्रतिपल अभिवृद्धि को प्राप्त कर रहा था; जैसे-जैसे मामा का लुभावना वार्तालाप उनके हर्षित मस्तिष्क में ध्वनित-प्रतिध्वनित हो रहा था,

'खुलकर बात करो-दिल खोलकर बात करो-सब कह दो-शादी तय हो जाएगी-बाद में दिन-सुदिन निकालकर बरीक्षा इसी महीने करा देंगे।'

प्रफुल्लित-प्रमुदित मामी आह्लादि, हर्षित, आनंदित मामा की आँखों की तरफ़ देखकर अपना अधूरा संवाद पूर्ण करने लगीं, "उर्मिला दीदी के तरह दबंग होए मुन्ना, बड़ा दबंग अफ़सर बने। जीजा सब पर भारी हयेन सब ओनसे डेरात रहत हऽ, सिवाय उर्मिला दीदी के। अब मुन्ना-बेबी हमरे आँखिन के सामने रहिहिं, ई घर जैसे ओनहीं के बरे बनवाए रहे।"

"अबऽ तऽ बहुत तारीफ़ करति हऊ, ऐसन तेज-रसूखदार समधिन सँभालब आसान न होये।"

"हमैं का मतलब समधिन से! बियाह होई जाए ओकरे बाद कारज-परोजन पर मुलाकात होये। कौन समधी-समधिन से रोज-रोज मुलाकात होति बा।"

हरिकेश मामा-मामी ने प्राप्त-यौवन कन्या के सपनों को भी पर लगा दिए थे, वह प्रेमगर्विता की आकांक्षी हो चुकी थी। उसकी भी उम्र ख़्वाबों के तासीर बदलने की थी ही, उस बदलते तासीर के ख़्वाब को ताबीर मिले; इसकी पूरी कोशिश हरिकेश मामा कर रहे थे। पर यह सारा प्रयास बेटी को अच्छा पति मिले के साथ-साथ एक सामाजिक प्रतिष्ठा की प्राप्ति का भी था, शायद समाजिक प्रतिष्ठा की चाहत कुछ अधिक ही थी। इलाहाबाद शहर के नव धनाढ्य लोग आईएएस लड़कों से विवाह के लिए बहुत उत्सुक रहते हैं। यह विवाह उनको रातों-रात एक सामाजिक प्रतिष्ठा प्रदान कर देता था जिसके छद्म आलोक में वह मुग्ध रहते थे। इन चयनित लड़कों के घर वाले भी धन-सम्पदा की प्राप्ति, चाहत में उपभोक्ता-उन्मुख बाज़ारवादी सिद्धांत के सम्मुख समर्पण करने को आतुर ही रहते हैं। सरस्वती के वरदान प्राप्त पुत्रों का लक्ष्मी की कृपा पात्र व्यक्ति द्वारा क्रय शायद एक बेहतर अभिव्यक्ति है, इन विवाह-संबंधों की व्याख्या का। मैंने अपने से पहले के चयनित ज़्यादातर लोगों को इस बाज़ार में बिकते ही देखा है, वह भी सरेआम और पूर्ण निर्लज्जता के साथ। चिंतन सर कहा करते थे, "ज़्यादातर को बिकना ही है चाहे बाज़ार विवाह का हो या नौकरियों में काम-धाम का, इनका जन्म ही बिकने के लिए हुआ है। यह संघ लोक सेवा आयोग इंटरव्यू में इनकी बिकाऊ प्रवृत्ति को ही नहीं पकड़ पाता, काहे का व्यक्तित्व परीक्षण। यह पूरी परीक्षा प्रक्रिया ही एक तरह का धोखा है।"

हरिकेश मामा ने कामधेनु स्वीट से बलभर मिठाई ख़रीदी, सिविल लाइंस चौराहे के फल वाले से झांपी दर झांपी फल का अंबार खड़ा करवाया और उस पुरानी बोसीदा गली के किनारों पर खड़ी साइकिलों को धकियाते पहुँच गए मेरे घर। इतनी बड़ी मात्रा में फल-मिठाई देखकर मेरे घर में अचंभे का वातावरण व्याप्त हो गया। जो लोग आते थे वह मिठाई लेकर प्रायः आते थे पर इस तरह भौंडा प्रदर्शन कम हुआ था। हरिकेश

मामा कन्या की कुंडली और फ़ोटो साथ लेकर आए थे और आते ही वह मुद्दे पर आ गए।

"जीजा जी आप हमरे मानदान के मानदान हऽ। ई लड़की घरै के है, सबै देखे-मिले हयेन। उर्मिला दीदी, बाबा के बियाहे में ठीक से देखेन हईं। मुन्नौ हमरे ख्याल से कभौ न कभौ देखेन होइहिं, जीजा के इहाँ के पारिवारिक कार्य-प्रयोजन में। मुन्ना-बेबी आपस में बातचीत कै लेई, इहौ जरूरी बा। हमरे हिसाब से जोड़ी बहुत अच्छी बा। फ़ोटो-कुंडली दै देत हई। जीजा बतायेन कि मुन्ना के कुंडली बा नाहीं। आप कहैं तऽ हम बनवाई के मिलवाई लेई, वैसे बेबी के कुंडली से पति बहुत प्रतापी होये, ऐसन बतावा गवा बा। अब आज मुन्ना से बड़ा प्रतापी के बा।"

"जरा हम भी थोड़ा समझ लेई। जब भी फैसला लेब, तोहरे प्रस्ताव पर गंभीरता से विचार करब। उर्मिला के बाबू तोहार सिफारिश जोर दै के केहेन हयें।"

"हम विवाह में घर, विवाह के खर्चा, मनचाही कार, घर-गृहस्थी के एक-एक सामान संकल्पे हई। ओकरे ऊपर और जौन आदेश होई। सारा आदेश पालन होये, उहौ खुशी-खुशी। अब मुन्ना के प्रतिष्ठा बनि गई बा, परिवार के सुपात्रता जग-जाहिर बा तब सारे मानिंद लोगै अइहिं। जीजा जी हमका आप केहू से कमजोर न पउबऽ, हम बीस पड़ब, उन्नीस नाहीं। हमका आशीर्वाद और आदेश दुइनौ दऽ।"

"यह विवाह की बात घर-परिवार में जाने-समझे लोगों के बीच हो रही है। यह सब मुद्दा कोई दिक़्क़त नहीं करेगा।"

"जीजाजी आप चाहैं तऽ हमार तैयार मकान लै लेईं, जेहमें हम रहत हई और चाहैं तऽ नवा मकान, बस आप आदेश करैं।"

पिताजी ने माँ को आवाज़ दी, "हरिकेश आए हैं, जरा एनहूँ के सुनि लऽ।"

माँ आ गई।

हरिकेश मामा ने वही बात दोहरा दी।

"भैया, कतौ न कतौ तऽ मुन्ना के बिहाय होईबै करे। अब इहाँ संयोग होये तऽ इहई होई जाए। बाबू और भैया तऽ हमसे दुई साल पहिले से कहत हएन; पर तब तू कभौ आया नाहीं। हम सोचा कि तोहका लगा होए कि मुन्ना बेबी के जोड़ के नाहीं बा। एक बात तऽ हकीकत बा भैया, मुन्ना सरकारी स्कूल के पढ़े बा और तोहार बिटिया बा एसएमसी के पुनि कतौ बाहर गई रही पढ़ै बरै बोरडिग में। मुन्ना के अंग्रेजी ओतना तऽ न आए जेतना बेबी के आए, और ई स्वीकार करय में हमैं कौनो एतिराजौ नाहीं बा, अब ई अंग्रेजी-हिंदी के मेल होई पाए कि नाहीं इहउ एक बार विचार लऽ। अब जौन नफासत बेबी के पास होए ऊ तऽ मुन्ना में होई नाहीं सकत। जब बाबू दुई साल पहिले हमसे कहे रहेन तब हम इहै बाबू से कहे रहे। इहै विचार कै के शायद तोहार तब मुन्ना

से बियाह के मन न रहा होये। ई बात ठीकौ बा, अब लड़िका-लड़की के जोड़ न बनै तऽ रिश्ता करब ठीक नाहीं होत। तू सिर्फ आईएएस के नाम पर न जा, लड़िकन-बच्चन के जोड़ौ देखै के चाही।"

हरिकेश मामा सकते में आ गए। यह तो संवाद उनकी कल्पना से बाहर था। वह इसके लिए तैयार न थे। यह तो सिलेबस से बाहर का सवाल पर्चा में आ गया। यह सवाल उनसे हल ही नहीं हो रहा और परीक्षक कह रहा पहले यही सवाल हल करो, तब अगला प्रश्न पढ़ने दूँगा।

माँ ने जूते को माठे में भिगो-भिगोकर हरिकेश मामा को ऐसा मारा कि दर्द तो हो पर जूते की उपटन गालों पर न हो। माँ का पिछले दो सालों का दर्द छलक रहा था, जब नाना-मामा विवाह के लिए कह रहे थे और यह कहते थे, मुन्ना बेबी के लायक़ नहीं है। एक माँ जिसने अपने पूरे जीवन का कर्म अपने पुत्र को सुपुर्द कर दिया हो अपनी सद्गति की आकांक्षा को त्याग कर वह कैसे बर्दाशत कर सकती थी वह संवाद-जो उसके पीठ पीछे होते हुए उड़कर उसके कानों तक आकर कर्ण-पट से बेचैनी को मस्तिष्क में प्रवाहित कर रहे हों, और वह भी उसके आत्म-सम्मान पर चोट करते हुए। एक आहत आत्म-सम्मान आक्रामक मुद्रा में था, एक गरिमा एवं मर्यादा की सीमा एवं आवरण में।

"बहिन हम कबहुँ नाहीं कहा कि मुन्ना बेबी के लायक नाहीं बा; ई तऽ ऊ कन्या के सौभाग्य होए जेका मुन्ना ऐसन पति मिले। अब हमार इच्छा बा कि ई सौभाग्य हमरे बेबी के नसीब में होई। हमसे जब कहा गवा तबहिन से हमार और हमरे पत्नी के मन मुन्ना बरे बनि गवा रहा पर लड़िका के पढ़ाई में कौनौ बाधा न होई एह बरे हम इंतिज़ार करब बेहतर समझा। आप पूछ लेईं-हम इहई बाबू से कहा, इहई दीदी और इहई जीजा से।"

"भैया, आप कहि देहे हऽ बात आपन। बाबू-भैया-भौजी सब चाहत हयेन, हमहूँ घरेलू लड़की चाहत हई। हम जरूर विचार करबै ई रिश्ता पर। मुन्ना कुछ बोलत नाहीं पर हमार फर्ज बा ओकर राय-मशविरा लै लेई। जीवन तऽ ओका जियै के बा, हम-तू तऽ बियाह कै के अलग हटि जाब। अगर ओका लड़की पसंद आई जाए तब आपत्ति केहू के का होई सके, परिवार तऽ जाना समझा हइयै बा।"

हरिकेश मामा प्रणाम-नमस्कार-अभिवादन करके चले गए, वह सोचकर जो आए थे, वह हुआ नहीं। मामा ने एक आशा-ज्योति जला दी थी, जो माँ ने पूरी तरह से न सही पर बहुत कुछ बुझा ही दी थी अपनी स्पष्टवादिता से, हरिकेश मामा निराश थे।

दादू ने अपना काम कर दिया। वह जाकर सारा समाचार मामा के यहाँ दे आया। हलाँकि यह समाचार माँ से पूछ कर दिया था। माँ ने कहा था, "हरिकेश बतउबै करिहिं,

तोहार मन बा तऽ तुहिं बताय दऽ।"

मामा शाम को मेरे घर आए। उन्होंने आते ही पूछा कि हरिकेश ने क्या कहा।

माँ ने सब कुछ जैसा हुआ था बता दिया। यह भी कहा, "जब आप और बाबू दुई साल पहले कहत रहऽ तब तऽ ओनके काने में जुआँ नाहीं रेंगी। अब तऽ एकौ दिन चैन नाहीं पड़त बा, ओनकर बस चलै तऽ कालै बियाह होई जाय।"

मामा ने कहा, "ई रिश्ता सर्वथा योग्य बा। ऐसन रिश्ता, घरेलू लड़की, लोकल बियाह, धन-सम्पदा से भरपूर घर, दिलदार आसामी, आगेउ ध्यान रखै वाला परिवार, सब एक साथ आसानी से नाहीं मिलत। हमार राय बा कि एका मान लऽ, बाबुऔ राय देहें हयेन। ई रिश्ता हाथ से निकल जाए तब ऐसन रिश्ता दूसर आसानी से न मिले; हलाँकि रिश्ता बहुत से अच्छा-अच्छा अउबए करिहिं पर हर तरह से उपयुक्त रिश्ता आसानी से नाहीं मिलत। हरिकेश चाहत हयेन रिश्ता तई होई जाय, ओउ निश्चिंत होई जाईं, बिटिया के बाप हयें चिंता स्वाभाविक बा।"

"भैया हम सब समझत हई पर ऐतनौ का जल्दी बा। अबऽ मुन्ना के उमरै का बा। बेबी मुन्ना से तीन साल छोट बा, कौन उम्र निकली जाति बा। ओनसे कहऽ थोड़ा गम खाईं जाय, हम जब बियाह करब तब ज़रूर विचार करब-हमहूँ लोकल रिश्तै चाहत हई।"

"हरिकेश बियाहे के जल्दी में नाहीं हयेन। ओ चाहत हयें बियाह तय होई जाय बस।"

"भैया हम तय तऽ नऽ करब। जब बियाह करब तब ओनकर ध्यान रखबै, पर चाहे जौन होई जाय हम जबान नऽ देब कि जब बियाह करब तब तोहरेन इहाँ करब, ई हम काहे कही; तुहीं बतावऽ ई उचित बा?"

"का खराबी बा तय करय में, तय कै लऽ, ओनका संतोष होई जाए, घर-दुआर लै लऽ।"

"हमऽ कौनो लालच घर-दुआर के नाहीं बा। हम बियाह तय तऽ नऽ करब भैया, काल का होये हमका का पता। अबै बियाह जब करबै नाहीं हई तब हम तय काहे करी, समय आए तब देखब।"

"मुन्ना के बियाह अबै तय न करबू, ई फैसला कै लेहे हऊ?

"हाँ भैया।"

मामा को इसी लाइन का इंतिजार था।

"उर्मिला, इहै बात हरिकेश से कहि दऽ। ओ जल्दी तय करई चाहत हयेन, तू कहि दऽ हम तय नऽ करब, जब समय आए तब बात करब, काहे ओ आसरा में रहैं। ओनकर मन होई तऽ इंतिज़ार करैं नाहीं तऽ और लड़िका देखैं।"

"ठीक बा भैया।"

मामा शतरंज के खानों को देख रहे थे पूरी सावधानी से, प्यादा चल चुका था चाल अपनी। घोड़े को वह ढाई घर चलाकर बाहर निकालने पर विचार कर रहे थे पर पहले ऊँट के तिरछे खाने के लिए जगह बना लें तब घोड़े को ऊँट का समर्थन प्राप्त हो जाएगा।

यह मामा की दूसरी चाल थी... अब मामा की तीसरी चाल... एक सधी हुई चाल...

4. चाल पर चाल

षड्यंत्र-कायरता की अभिव्यक्ति

मैंने अगले साल की परीक्षा पुनः देने का फ़ैसला कर लिया था। मैंने यह विचार किया कि प्रारम्भिक परीक्षा दे लेता हूँ, तब तक सर्विस का फ़ैसला हो जाएगा, इसके बाद आगे का निर्णय करूँगा। मैं परीक्षा देकर घर पहुँचा तो पता चला कि आज हरिकेश मामा का काम ख़त्म हो गया, कम से कम तात्कालिक रूप से। वह शाम को फिर आए थे और वह चाह रहे थे कि विवाह तय कर लिया जाए। मेरे पिता ने कहा, "मुन्ना से अभी इस बात पर चर्चा हुई नहीं है कि वह विवाह कब करना चाहता है। अभी विवाह में समय है; जब समय आएगा तब हम आप के प्रस्ताव पर गंभीरता से विचार करेंगे यह तो हम कह ही रहे हैं।"

वह ज़िद करते रहे, एक ही बात बार-बार दोहराकर। मेरी माँ ने देखा कि पिताजी थोड़ा ठीक से नहीं कह पा रहे, उसने साफ़-साफ़ कह दिया कि अगर अभी शादी करनी ही नहीं तब तय करने का कोई मुद्दा बनता ही नहीं। अगर आपको अपने बेटी के विवाह की जल्दी हो तो आप कहीं और प्रयास कर लें, मुन्ना के अलावा और भी लड़के आईएएस हुए हैं, ऐसा कौन सा मुन्ना में सुरख़ाब का पर लगा है।

हरिकेश मामा ने बात शालीनता से की, "मेरी अर्ज़ी पर विचार करिएगा, मैं कहीं और नहीं जाऊँगा। मैं मुन्ना का इंतिज़ार करूँगा, मेरी बेटी के नसीब में अगर वह नहीं होगा और उसका विवाह कहीं आप और कर देगें तब हम अपनी बेटी का विवाह कहीं और सोचेंगे।"

माँ ने कहा, विधाता जोड़ी बनाकर भेजता है, जिससे बनाया होगा उससे ही जोड़ा बनेगा। विवाह की बात तात्कालिक रूप से समाप्त हो गई, हाल-चाल की औपचारिकता हुई। भरे मन से हरिकेश मामा मेरे मामा के यहाँ सीधे गए और सारा

वृतांत पहले मामी को बताया। मेरी मामी तो जैसे अटारी से नीचे गिर गई हों, उनको यक़ीन ही नहीं हो रहा था कि इतनी जल्दी यह हो गया। उनको मामा की बिछाई बिसातों की हवा ही न थी।

"उर्मिला के दिमाग आसमाने पर चढ़ि गवा बा, ऐसन नीक रिश्ता ठुकराई दिहिन। कौनों गड्ढा में गिरिहिं तब समझि में आई, हम तऽ भला चाहत रहे कि गरीबी दूर होई जाए ओनकर पर जब नसाबे होत हऽ तब प्रभु मति हरि लेत हऽ। सुनत हऽ अपने बहिन के कारस्तानी; अगर बियाह नाहीं करै के रहा तब पहिलेन कहि देहे होतेन, हमरे भाई के नाहक दौड़ायेन एतना दिना तक।"

"ठीक तऽ नाहीं केहेन, का कहेन?"

हरिकेश मामा ने सारा क़िस्सा एक दूसरे तरीक़े से पुनः सुनाया उस आदमी को जो इस लघु-रोमांचक कथा का लेखक था।

"थोड़ा धैर्य रखऽ, हम बाबू से बात करब। देर-सबेर मामला बने; हड़बड़ा नऽ, धीरज से चलऽ।"

"का बाबू से बात अब करबऽ, अब हमार भाई ओनके दरवाजे थुकइउ न जाए, बहुत होई गवा। एक पेपरे में नाम का छपि गवा सब पगलाई गएन; कौनौ जरूरत नाहीं बा बाबू से बात करय के।"

"ऐसन बात नाहीं बा बहिन, जीजा बात बाबू से कै लेई। हम तऽ बिटिया के बाप हई, हमार कौन इज्जत चली गई। हमका तऽ दुआरे-दुआरे भटकय के नसीब में लिखा हइयै बा।"

हरिकेश मामा चले गए।

रात में सोते समय मामा ने मामी से कहा, "ऐसी उम्मीद उर्मिला से नऽ रही हमका। कौनो लेहाज नाहीं केहेस। हम कहे रहे कि जवाब न दिहू हरिकेश के पर ऊ मानी नाहीं, ओका तऽ तू जनतई हऊ। अब एक सलाह दऽ हमका।"

"अब कौन सलाह चाही?"

"ई कमिश्नर साहब के फोटो-कुंडली के का करी?"

"जा मार दऽ उर्मिला के मोहे पर और कहि दऽ लऽ एका चबा। हमार सोने ऐसन भाई ओकर एतना अपमान केहेन! ओनकर अस ओकरे इहाँ चपरासी लगा हयें।"

"मोहिता के अम्मा, गुस्सा न करऽ ठंडे दिमाग से सोचऽ, तू हऊ बहुत दिमागदार। ई कमिश्नर हमार माई-बाप बा, काल पूछे कि कुंडली-फ़ोटो का क्या किया... तब! का कहब हम... कौनो दिमाग दऽ..."

मामी चने के झाड़ पर। मामा ने तारीफ़ करके क़ाबू पा लिया था उन पर, नहीं तो

थीं वह बड़ी अपरबल।

"जा दै दऽ शर्मा जी के और अब ओनके बियाहे के चक्कर से हटि जा।"

"ई बियाह होये ना, ई हमहू जानत हई। ऊ लड़कियय मुन्नवा के रिजेक्ट कै दे, ऊ दिल्ली के सेंट स्टीफेन्स में पढ़त बा, ई मुन्नवा सरकारी स्कूल के पढ़ा। ई मुन्नवा जेतनै बेसहूर ऊ उतनै स्मार्ट। अब कौआ-हंस के कौनों जोड़ा बन सकत हऽ का! कौनौ चांस नाहीं बा।"

"हमार तऽ जी तब जुड़ाये जब इहै बियाह होये और उर्मिला बल भर पावैं।"

"तब तोहार राय बा कि कमिश्नर के बहिन के कुंडली-फ़ोटो उर्मिला के दै देई।"

"कराय दऽ इहै बियाह। मुन्ना के बंगला में रहै बरे जइहिं जब उर्मिला, उ डंडा लै के दौड़ाये तब एनकर दिमाग ठीक होये।"

मामा प्रसन्न... मामी से राय-मशविरा न करते और सहमति प्राप्त न करते, वह कच्चा ही खा जातीं कि मेरे भाई के रेस रहते दूसरे का रिश्ता लेकर जा रहे हो। ऊँट ने तिरछा मार कर विपक्षी घोड़े को गिरा दिया था, लक्ष्य के नज़दीक पहुँच गए।

अब उनके हाथ में घोड़ा हवा में लहरा रहा था, ढाई घर किस ओर चले, दायें कि बायें। एक शह देते हैं थोड़ा खेला चलाने के लिए, मात भवितव्य है, बस थोड़ी और लीला बची है।

मामा मकड़ी की तरह जाला बुन रहे थे।

मामा ख़ेमा बदल चुके थे, इसकी ख़बर न थी उस पक्ष को जिसे मज़ीद भरोसा था अपने सेनापति पर...

ज़मीन जीतना संभव ही न था, सेनापति बिक चुका था—चंद उम्मीदों की आस में।

बिके हुए मामा की नायाब अगली चाल...

5. खेला

संबंधों का यथार्थवाद

मामा की एक पर एक चालें सफल हो रही थीं। वह चालें इस कुशलता से चल रहे थे कि 64 खानों के शतरंज के बोर्ड पर ऐसा लग रहा दोनों पक्षों की मुहरें उनसे ही निर्देशित हो रही हों। दादू ने माँ से कहा, "बुआ कुछ समझि आवत बा नाहीं, लागत बा ई कमिश्नर वाला रिश्ता गोल कै देइहिं चाचा। हमका लागत बा, ऐ चाहत नाहीं हयें मुन्ना के बियाह कमिश्नर के इहाँ।"

"ऊ रिश्ता हमरे जोड़ के नाहीं बा, इहाँ मुन्ना के बियाह उचित न होये।"

"बुआ, कमिश्नर के हाबा-डाबा, गाड़ी-घोड़ा तऽ आवय दऽ, हवा-पानी बढ़े, बियाह बाद के बात बा।"

माँ को यह बात जँच गई।

"मतलब ओ रिश्ता के चोरी करत हयें; हरिकेश के खातिर लोगन के रोकत हयें।"

"बुआ, हमका शक बा कि कुछ बड़ा रिश्ता ओनके पास और बा पर हरिकेश मामा रेस से बाहर न होई जाए एकरे कारन लुकवाये हयें, हैं तऽ पूर नटवरलाल। अब तोहसे जादा अपने भाई के के जाने। बुआ, अगर आज-कालि में ऐ कमिश्नर के रिश्ता न बतइहिं तब कुछ जुगत लगाए परे।"

मामा शाम को आ गए। आते ही उन्होंने कमिश्नर साहब के परिवार के बारे में भूमिका बनानी आरंभ कर दी—यह मामा की बड़ी चाल थी; इसी पर अगली चाल केंद्रित थी। वह जान-बूझकर ऐसे समय पर आए जब मेरे पिता घर पर न हों और वह माँ को सम्मोहित कर सकें, सम्मोहन कला में वह माहिर थे और उस कला के वह सम्पूर्ण ऐयार थे। कुंडली और फ़ोटो माँ को दिया और कहा, "हम चाहत रहे कि हरिकेश के मामला फरियाय जाई ओंह पर 'हाँ'-'ना' होइ जाय तो एह पर बात बढ़े।

बहिन, इही बरे कहा तोहसे कि हरिकेश पर फैसला लै लऽ। हयेन तऽ बहुतै बड़ा आदमी साहेब, परिवीरौ बहुत प्रतिष्ठित बा, रिश्ता के प्रस्ताव बहुत विनम्रतापूर्वक देहे हयेन, साहब-मेम साहब दुइनौ बहुत सम्मान से मिलेन हमसे। दुइनौ परानी हाथ जोड़ि के निवेदन केहेन संबंध बरे, अब रिश्ता हमरे पचन के लायक बा कि नहीं ई तऽ कहि नाहीं सकित अबहीं; पर संबंध जोड़ै चाहत हऽ साहब और परिवारौ जमीनी बा। समझ-बूझि लऽ साहेब कौनौं हड़बड़ी में हयेन नाहीं, शर्मा जी से समझि लऽ, मुन्नौ से राय-बात कै लऽ फिर आगे बात होत रहे।"

मामा की युक्ति काम कर गई... माँ सम्मोहन में, उसने कभी स्वप्न में भी न सोचा था इतने बड़े घर से बेटे के विवाह का रिश्ता आएगा, मेरी माँ फ़ोटो निहारने लगी। वह फ़ोटो से ज़्यादा उस परिवेश से मुग्ध थी जहाँ से संबंध आया था। मेरे मामा ने बताया कि सेंट स्टीफ़ेन्स बहुत ही नामी कालेज है जहाँ से वह पढ़ रही है और वहाँ पढ़ाने का बहुत ख़र्चा लगता है। मैं तो मुफ़्त में पढ़ा हूँ। सरकारी स्कूलों में बस नाम- मात्र की फ़ीस लगती थी। ईसीसी में वैसे ही फ़ीस कम लगती थी पर मैं जुगाड़ू था, फ़ीस माफ़ करा लिया था। यही काम विश्वविद्यालय में किया। मेरे जीवन की पूरी पढ़ाई की फ़ीस दो-चार हज़ार रुपया भी न रही होगी। वह (गर्वपूर्वक) बोली, "ई फ्री फंटूश में पढ़ाई वाले के ई रुपिया झोंक कै पढ़े वाली से कैसे जोड़ बैठे!"

माँ आह्लाद में आ चुकी थी, वह मेरे पराक्रम से नित्य-प्रति उल्लासित रहती थी, एक विभोरमयता का उसके व्यक्तित्व में समावेश हो चुका था, वह हर्षोन्मत रहती थी।

मामा मुद्दे पर आ गए, "मैं कल कमिश्नर साहब को लेकर आता हूँ। एक बार मिलने में क्या हर्ज है, बाक़ी की बात बाद में करते हैं।"

माँ भी चाह रही थी देखना कमिश्नर होता कैसा है। उसने नाम ही सुना था ऐसे पदनाम-धारियों का, कभी देखा तो था नहीं। अगले दिन की शाम का समय तय हुआ उनके आने का।

मामा मेरे घर से सीधा कमिश्नर साहब के यहाँ गए। उनसे सारी बात बताई और कहा, "साहब, आपसे मेरे बहनोई मिलना चाहते हैं, मैंने कल शाम के लिए कहा है, जैसा आदेश करें।"

कमिश्नर साहब ज़मीन से जुड़े आदमी थे। वह एक जौनपुर के किसान के बेटे थे। वह पारिवारिक परंपराओं और रीति-रिवाजों से परिचित थे। उन्होंने मामा से कहा, "मिश्राजी मैं कमिश्नर बाद में हूँ पहले एक लड़की का भाई हूँ। मैं संबंध जोड़ने का आग्रह एक बहन के भाई की हैसियत से कर रहा हूँ। उनका आदेश सर-माथे पर। यह आपका प्रयास है जो वह तुरंत मिलने को तैयार हो गए, हमें तो चलना ही है अपनी अर्ज़ी लेकर। आप मिल गए हैं बड़ी सहूलियत हो गई है।"

कमिश्नर साहब ने बड़े बाबू से पूछा, "कल शाम का क्या कार्यक्रम है?"

उसने डायरी देखकर कहा, "सर, एक ज़रूरी मीटिंग है कमिश्नरी के बजट-अनुदान पर, बाक़ी तो सब रूटीन मामले हैं।"

"इसको परसों पर कर दो, कल शाम को कहीं जाना है।"

"जी सर", कहके वह चला गया। कमिश्नर साहब से मामा ने कहा, "साहब कल शाम को आऊँगा और आपको लेकर चलूँगा।"

अगले दिन शाम को मामा कमिश्नर के बंगले पहुँचे। वह अब इस बंगले के ख़ौफ़ से मुक्त हो चुके थे। यहाँ पर अब एक सुपरवाइज़र राजस्व विभाग की तरह नहीं एक उस लड़के के अभिभावक के रूप में आते थे जिसे एक सर्व-साधन संपन्न व्यक्ति अपनी बहन सौंपना चाहता है। वह जिस लड़के की क्षमताओं पर सारी उम्र सवाल खड़ा करते रहे और उसे एक क्लर्क की नौकरी की सलाह देते रहे उसी लड़के ने कमिश्नर को उनके चौरस के खेल का प्यादा बना दिया था। उनको स्वयं कई बार यक़ीन नहीं होता था, यह सपना है या एक हक़ीक़त। अगले दिन वह कमिश्नर की लाल बत्ती की गाड़ी और एक पुलिस की पायलट जीप के साथ मेरे घर की ओर चल दिए। रास्ते में बातचीत का सिलसिला आरम्भ हुआ।

"साहेब, हम सब साफ़-साफ़ सब आपको बता देते हैं ताकि आपको फ़ैसला लेने में सहूलियत हो सके। लड़के का घर छोटा सा ही है वह भी गल्ली में है। पिता एजी ऑफ़िस में आडीटर हैं, पारिवारिक ज़िम्मेदारियाँ हैं। लड़का सरकारी हिंदी माध्यम के स्कूलों का पढ़ा है। वह पढ़ने में अच्छा था पर कोई टॉपर न था; पर है बहुत ही सुसंस्कारित और महत्वाकांक्षी।"

"आपका भाँजा है, वह संस्कारी होगा ही। हमने पता किया है उसके बारे में वह बहुत आगे जाएगा और आपको भी गर्व होगा अपने भाँजे पर, आप प्रयास करें यह संबंध स्थापित हो जाए। हमारा भी ऐसा ही परिवेश है, हमारे पिता किसान हैं, हम दो भाई भी हिंदी माध्यम में ही पढ़ें हैं।"

"साहब, पर आप अब तो बहुत बड़े अफ़सर हैं, आपके लिए यह बहन का विवाह कौन सा बड़ा काम है?"

"मिश्रा जी, यह सब भ्रम है। कोई बड़ा-छोटा नहीं होता, यह दूरी हमारी बनाई हुई है।"

बातचीत में रास्ता निकल गया। मामा कमिश्नर साहब को लेकर घर आ गए। मेरी माँ ने पहले ही पिता से अनुरोध किया था कि हमको ज़रूर बुला लेना, वह भी देखना चाहती थी-कमिश्नर होता कैसे है।

कमिश्नर साहब ने मेरे पिता जी को प्रणाम किया। पिता ने माँ को बुलाया, जैसा

कि पहले से तय था ही। माँ के पैर छुए कमिश्नर साहब ने।

माँ ने कहा, बहुत खुशी हुई आपसे मिलकर। बातचीत बढ़ाने के लक्ष्य से कहा, आप आए हमारा सौभाग्य है और मिलकर बहुत अच्छा लगा, आपको भैया ने ही बताया होगा अनुराग के बारे में।"

"नहीं माता जी, इन्होंने नहीं बताया। दरअसल हम और अनुराग गुरू भाई हैं। सत्य प्रकाश मिश्रा सर से मैंने भी हिंदी पढ़ी है जैसे अनुराग ने पढ़ी है। उनसे ही ज़िक्र किया था कभी बहन के विवाह के लिए तो उन्होंने ही बताया अनुराग के बारे में और यह भी कहा कि ऐसा हिंदी का जानकार इस उम्र में कम मिलता है। सर तारीफ़ करने में थोड़ा कंजूसी करते हैं; इसलिए उनकी तारीफ़ बहुत मायने रखती है। फिर पता चला कि लड़के के मामा सुपरवाइज़र हैं रेवेन्यू विभाग में। मैंने कलेक्टर से पूछा, उन्होंने इनको ढूँढ़ निकाला। हम आपकी सेवा में हाज़िर हैं। यह बहन मुझसे 14 साल छोटी है, मेरे ही साथ हमेशा रही है, मेरी पहली पोस्टिंग से। मेरी पोस्टिंग का कोई भरोसा रहता नहीं; इसलिए दिल्ली भेज दिया पढ़ने को। हम तीनों भाई- बहन पढ़ने में अच्छे रहे हैं। मेरा छोटा भाई भी आईआईटी कानपुर का कम्प्यूटर इंजीनियर है और आईआरएस है, वह इस समय मुंबई में पोस्टेड है। उसका विवाह भी हम साधारण ही किए, हलाँकि रिश्ते बहुत आए। मेरे पिता मेरी बहन के जल्दी विवाह की ज़िद पर अड़े हैं, हम इंतिज़ार करना चाहते थे कुछ दिन और ताकि वह भी सिविल सेवा की परीक्षा दे ले। पर पिता जी इंतिज़ार करने को तैयार नहीं, कह रहे उसको मेरे रहते मेरे सामने मुझे विदा करने दो, जहाँ जाएगी वहाँ पढ़ेगी। हर पिता को लगता है कि मेरे सामने बेटी का विवाह हो जाए, मेरे बाद बेटे-बहू क्या करेंगे क्या पता। वह मुझसे भी कहे, मेरे भाई से भी कहे कि इस साल लड़का देखकर विवाह कर दो। वह बहुत ही सीधे-साधे किसान हैं, खेती-बाड़ी हमारे पास है, उसी में लगे रहते हैं। वह भी आएंगे आशीर्वाद लेने। मेरी बहन पढ़ ज़रूर रही है दिल्ली में पर है वह एक घरेलू लड़की। मेरे साथ छोटे-छोटे ज़िलों में रही है। हो सकता है वह अनुराग की तरह हम सबको गर्व दे; इसी परीक्षा को पास करके। हम तो कन्या पक्ष के हैं अनुरोध करेंगे ही जब तक आपका आशीर्वाद मिल नहीं जाएगा। सब कुछ बायोडाटा में लिखा है, और जो जानना चाहें आदेश करें। विवाह एक संस्कार है उसके सारे रीति-रिवाज का हम पालन करेंगे, आप सहानुभूतिपूर्वक विचार करिएगा बाक़ी तो सब संयोग पर है, जो दैवयोग होगा वही होगा। अब अपनी लड़की की क्या तारीफ़ करूँ पर वह है बहुत ही सुसंस्कारित। वर-वधू की जोड़ी बहुत अच्छी होगी यह मेरा कहना है, मुझे उम्मीद है कि आप भी मुझसे सहमत होंगे; जब प्रतीक्षा को जान जाएँगे। मेरी नौकरी में बहुत झंझट है, समय कम रहता है। मैं मिश्रा जी को यह काम सौंप देता हूँ, इनको ऑफ़िस से छुट्टी दिला दूँगा। यही इस काम को निपटाएँ, यही

मालिक हैं इस विवाह के दोनों तरफ़ से।"

मेरे मामा की बाँछें खिल गईं। मुझको बुलाया गया। कमिश्नर साहब ने रैंक पूछी, मेरी सेवा-वरीयता क्रम के बारे में पूछा और जानना चाहा, आगे क्या विचार है। मैंने कहा कि प्रारम्भिक परीक्षा दी है, अभी कुछ सोचा नहीं।

"आईएएस तो टच एंड गो लग रहा है, इस रैंक पर। बाक़ी तो सब मिलनी चाहिए। मेरे भाई की रैंक 127 थी उसने भी आईएएस के बाद आईआरएस ही दिया था। यह इनसाइडर-आउटसाइडर कैडर एलॉटमेंट सिस्टम के कारण आईएएस में कैडर एलॉटमेंट एक समस्या है। हलाँकि देश अपना ही है कोई भी कैडर मिले पर कुछ कैडर घर से बहुत दूर कर देते हैं। आईआरएस एक बहुत ही अच्छी नौकरी है और इस समस्या से मुक्त है। अभी समय है जो चाहना वैसा फ़ैसला ले लेना, जीवन की एक बड़ी समस्या तो हल हो ही चुकी है। जो भी करोगे उचित ही होगा, चाहे फिर से प्रयास करो या सेवा ज्वाइन कर लो, वैसे मेरी सलाह है आप ज्वाइन कर लो।"

कमिश्नर साहब चले गए। मामा उनको छोड़कर वापस आए और माँ से कहा, "जल्दीबाजी न करू, थम के फैसला लऽ, सोच-समझि के चलऽ, साहेबौ जल्दी में नाहीं हयेन।" मेरी माँ कमिश्नर के आलोक में विस्मित थी, "जैसन कहबऽ भैया वैसइ हम चलब।"

मामा ने घोड़े को ढाई घर चलाकर खानों में दायीं ओर स्थापित कर लिया था। रानी घिर चुकी थी। वज़ीर उठाकर बोले अब बहुत हो गई लीला...

मामा की अंतिम चाल...

मामा का शतरंज के खानों पर द्रोण-व्यूह रच चुका था कल रथ पर दिग्विजय का झंडा लहराने की आकांक्षा थी उनकी।

देखें नियति क्या कहती है, उस पर तो किसी का ज़ोर नहीं।

अब मामा की आख़िरी चाल...

6. ढाढ़स चाल

मन जटिल है एवं स्वार्थ से नियंत्रित है

यह इलाहाबाद है, यहाँ कुछ छिप जाए यह संभव ही नहीं है। कहते हैं गंगा का बड़ा पाट प्रयाग वालों ने ही बनाया था। जब इन्द्र पुत्र जयंत के कुंभ से अमृत छलका तब किसी ने देख लिया था और यह कहा, "मैं तुम्हें बता रहा किसी और को मत बताना।"

इस तरह पूरा प्रयाग जान गया, सब मिट्टी ही खोद ले गए छलके हुए अमृतावशेष की चाहत में और गंगा-यमुना को दो बड़े पाट दे गए। एक बात कहो और सिर्फ़ यह कह दो, "किसी को न बताना।" पूरे शहर में फैल जाएगा, यह कहते हुए, "किसी से कहना मत।" अब यह कैसे छिप सकता था कि सर्वेश मिश्रा ने ख़ेमा बदल दिया है। मेरे पिताजी कह रहे थे, "यह दादू ही बता आया होगा नहीं तो कैसे दो दिन में ही हरिकेश को पता चल गया।" दादू से पूछो तो एक ही लाइन, "गंगा माई के कसम हम केहु से कुछ नाहीं बतावऽ; हम ओतनई बताइत तऽ हऽ जेतने के हम आदेश पाईत हऽ, कहऽ तऽ हम हलफ उठाई लेई।"

जैसे ही हरिकेश मामा ने समाचार सुना उनकी नींद ही उड़ गई। यह कभी ख़्याल में ही न आया था कि जीजाजी ख़ेमा बदल लेंगे। वह आशान्वित थे, उनको लगा कि बाबू से बात होगी और जो संबंध पिता-पुत्री का है काम बन जाएगा, देर-सबेर। हरिकेश मामा को भी लगा कि वह अनावश्यक जल्दी कर गए-विवाह तय करने की ज़िद पर अड़ गए। अभी कुछ दिन ही रिज़ल्ट आए हुआ था; इतनी जल्दी भी नहीं करनी चाहिए थी। उन्होंने अपनी पत्नी को बुलाया और कहा, "विभा, सब मामला उलटि गवा।"

"का भवा?"

"जीजा जी कमिश्नर के लै के उर्मिला के इहाँ चला गएन, कमिश्नर के बहिन के

प्रस्ताव लै के।"

"सत्यानंद मिश्रा के लै के गएन!"

"हाँ।"

"के बताएस!"

"ई छोड़ऽ के बताएस।"

"अफवाह होए, कमिश्नर न जाए।"

"तोहरे मोहे घिव-शक्कर; अगर न गवा होए; पर सूचना पक्की बा।"

"तब का करबऽ।"

"जात हई जीजा के इहाँ।"

"हमहूँ चली?"

"चलऽ।"

हरिकेश मामा-विभा मामी पहुँचे, दुआ-सलाम हुआ, "का हाल बा हरिकेश?"

"ठीक तऽ नाहीं बा जीजा।"

"का भवा?"

"एकै चिंता खाए जात बा, बेबी के बियाहे के।"

"जहाँ बदा होये उहीं होये, बहुत परेशान न हो।"

"जीजा सुना हऽ कि कमिश्नर इलाहाबाद गऽ रहेन बियाहे बरे।"

मामा का दिमाग़ तेज चलता ही था, वह समझ गए, रहस्य अब रहस्य न रहा। उनको लगा, यह फिर लगता है उर्मिला के यहाँ गए थे और वहीं से भनक लगी होगी। मामा हर परिस्थिति के लिए तैयार रहते थे। उन्होंने तेजी से मोर्चा सँभाला।

"हाँ, हमहिं लै के गऽ रहे ओनका।"

विभा मामी बोली, "जीजा, हमसे कौन गलती होई गई जौन हमार साथ छोड़ि देहऽ।"

"एक-दुई गलती होई तऽ बताई। हम दुई साल से कहत हई कि कै लऽ बियाह मुन्ना से तब तोहका लाग कि हमार कुल रुपिया जीजा अपने बहिन-बहनोई के देवावा चाहत हयेन। हमार बाबू गाँव से आई रहेन इहि बरे, तोहरे घरे गएन कहई बरे कि मुन्ना-बेबी के जोड़ा ठीक बा, याद बा का कहे रहू! तुहिन कहे रहू नऽ, हमरे बेबी के जोड़ के मुन्ना नाहीं बा। ओकरे घरे में काम रूकि गवा, हम कहा 25 बोरी सीमेंट दै दऽ, तब देहेन हरिकेश-एनकरे बरे का रहा पचीस बोरिया सीमेंट! तब बियाह बायें हाथ के खेल रहा, एक बार उर्मिला कहे रही, आवैं तब तऽ करी, बगैर आए कैसे बियाह कै देई! आज मुन्ना होई का गवा बा आईएएस तब दौड़त हऊ, उहौ साँस छोड़ि के।

तोहका पता बा मुन्नवा का चीज होई गवा बा! कमिश्नर साहेब हमसे स्वयं कहेन, ओकरे ऐसन काबिल आदमी मिलब मुश्किल बा, बड़ा -बड़ा ज्ञानी ओकर चेलागीरी करत हयें। कुंडली गुरू तपा पुलिस अफसर हयेन, ओनकर जीप-लाव-लश्कर लेहे उर्मिला घूमत बा। हमरे गाँव के हमार खेत उर्मिला हमैं नाहीं लेई देति बा। बाबू कहत हयें, उर्मिला के सामने हम तोहार खेत बाँटब। बाबा के अम्मा कहिन उर्मिला से, हमार खेत बँटवाय दऽ। ऊ कहति बा कि बाबू के जिंदा रहत एक धूर जमीन न मिले। बाबू कहेन कि सर्वेश लड़ाई करत हयें जमीन बरे; ऊ कहेस, कहि दऽ आई के हमसे जमीन लै जाईं। ऊ दुर्योधन बनि गई बा; एक सूत जमीन न मिले जब तक बाबू जियत हयें। तू बियाह केहे होतू, मुन्नवा आज अपने पास होत कुल हेकड़ी उर्मिला के निकरि जात। पर जब आग-अँधियार होत हऽ तब ऐसन मति हरि जात हऽ-जैसन तोहार बा।"

हरिकेश मामा-विभा मामी की सारी गर्मी मामा ने उतार दिया। यहीं चुप नहीं हुए और आगे चालू हो गए।

"ई बतावऽ हरिकेश से कमिश्नर अगर कहे कि हमका शर्मा जी के घरे लै चलऽ तब ऐ का करिहिं, ऐ लै के जइहिं कि सस्पेंड होइहिं; बतावऽ नऽ, ना नुकुर करिहिं तऽ सस्पेंडौ करे, चार इन्क्वायरी ऊपर से और चालू कै दे जेल के हवा खियाय दे अलग से, दुई इन्क्वायरी एनके खिलाफ चलतै बा उहीं में रेल दे एनका।"

मामा थोड़ा आवेशित हो गए थे बात कहते-कहते। अक्सर अपनी बात कहते समय उनके बात का लहजा तीव्र-धारदार हो जाता था और जब क्रोध आता था तब पूरा शरीर काँपने लगता था। आज वह एक दूसरे तरह की रणनीति पर थे, वह अपनी आवाज़ की तीव्रता से हरिकेश मामा-मामी को नियंत्रित भी कर रहे थे और उन पर मानसिक रूप से हावी होने का प्रयास कर रहे थे। हरिकेश मामा थोड़ा दबैलहे प्रवृत्ति के शुरू से ही थे। मामा की आक्रामकता के प्रभावोत्पादन में उनकी बैल ऐसी बड़ी-बड़ी आँखों का बड़ा योगदान था, मामा की आँख बड़ी थीं; जिसमें लाल डोरे बनते थे। मामा के लाल डोरों का गहराता रंग हरिकेश मामा को भयभीत करते हुए नियंत्रित कर रहा था, वह पूर्णतः समर्पण कर चुके थे। एक आक्रामकता से अपनी बात कहने आए हरिकेश मामा आत्म-रक्षा की मुद्रा में आ चुके थे।

मामा ने पुनः आक्रमण हरिकेश मामा-विभा मामी पर कर दिया, "कमिश्नर एक नाहीं चार-पाँच शहर के बिधाता बा, हमार-तोहार का हैसियत बा ओकरे सामने, हमका-तोहका बर्बाद करै में एक आदेश देई के देरी बा बस। ऊ कहे अगर तोहसे, हमका शर्मा जी के घरे लै चलऽ, बतावऽ का करबऽ... ? बतावऽ हरिकेश अपने मेहरारू के... तू जाबऽ कि न जाबऽ ?"

"जाएन पड़े जीजा।"

"तब बतावऽ हमरे पास रास्ता का रहा? हीरा हाथ आई गवा रहा; उहौ खुदै चलि के आई रहा... ऐ समुंदर में उछालि देहिन-अब कहति हयीं तूफान से, हीरा समुंदर से माँग के दऽ हमका। ई तूफान ऐसे दै दे हीरा, कई के जान लै ले ई तूफान।"

हरिकेश मामा-विभा मामी पानी-पानी हो गए। मामा ने एक और हथौड़ा मारा।

"तोहका ई बताएस के, हमार कौनो मन तोहका बतावई के नाहीं रहा। हम सोचे रहे एकाध बार कमिश्नर अइहिं-जइहिं, बात ख़त्म होई जाए, ई बेमेल बियाह बा। ऊ उर्मिला, आज तक कुछ देखे-पाए बा नाहीं एकाएक बेटवा आईएएस होइ गवा, ऊ पगलान बा, सबै के दौड़ावत बा। रामराज थकि गएन और छोड़ि देहेन दुआर, जे आवत बा सबहि के दौड़ावति बा। ऊ बियाह अबहिं तय करे न, ई हमका समझि आई गवा तोहरे बियाहे के पैरवी करत-करत। तनिक हल्ला-गुल्ला कम होये तब बाबू के लगाऊब और बियाह कराऊब, ई बियाह तोहकै नाहीं हमहू के चाही। मुन्नवा अगर कंट्रोल में न आई तऽ उर्मिला एक धूर जमीन न लेई दे हमका। बड़कऊ भैया के गदेल ओकर चाकरी करत हयेन, ई 420 ददुआ जब से मुन्नवा भवा बा ऊ गाँव जाबै नाहीं करत, ओनहिन के चाकरी में लगा बा। ददुआ के पेटे कुछ पचत नाहीं, हर ओर हल्ला केहे बा।"

विभा मामी रोने लगीं, "जीजा जी बड़ा अपराध भवा। हम तोहका कुछ नाहीं कहा, तूहिन हमार पालनहार हयऽ। मुन्ना के हमका दियावऽ कौनो तरह, हमसे भूल तऽ बड़ी होई गईन बा।"

"चुपचाप बैठी रहऽ, कुछ दिना में कमिश्नर के बियाह कराऊब कैंसिल तब तोहार बात बढ़ाउब। हमार कई लाख के संपत्ति गाँव में फँसी बा, ई तोहरे दमादे से हमका मिले, नाहीं तऽ उर्मिला न लेई दे। हरिकेश तू कुछ न बोलऽ उर्मिला और शर्मा जी के खिलाफ। हमरे घर-परिवार-समाज में बेटवा माँ-बाप के खिलाफ सुन नाहीं सकत।"

अपनी पत्नी की तरफ मुड़कर मामा ने कहा, "तुहूँ सुन लऽ, कुछ दिन उर्मिला के खिलाफ जहर नऽ उगलऽ!"

"हमसे का मतलब बा।"

"जीजा जी हमका का आदेश बा अब, हम का करी?"

"तू सन्न मारि के अब बैठऽ हरिकेश कुछ दिना, जल्दीबाजी नऽ करऽ, जल्दबाजी के परिणाम देखि लेहे हऽ। बस बाबू के साधऽ, उर्मिला के परान उहिं बाबू नाम के तोता में बा। तोता के चारा-पानी देत रहऽ, शनिचर के गाँव चला जा। बाबू के हाल-चाल लै लऽ और कहि देहऽ तोहसे मिलै आई रहे, बियाह-सियाह के बात नऽ करऽ अबै। विभौ के लेहे जा संगे अपने।"

"हमहूँ चली जाब जीजा, हमार उद्धार करावऽ"

"धैर्यवान बनऽ, बदा होए तऽ जरूर होए। समय आए पर हुकुम के एक्का चलाउब।"

शनिवार को बलभर मिठाई-फल नाना के गाँव गया, जितना खाया गया उससे ज़्यादा गाया गया।

7. शह और मात

यथार्थ-दृष्टि ही जीवन-सत्य है।

मामा अगले दिन सुबह-सुबह कमिश्नर साहब के बंगले पर गए। कमिश्नर साहब ऑफ़िस में बैठ चुके थे। मामा को देखते ही बोले, "मिश्रा जी आप सुबह-सुबह!"

मामा ने दोनों हाथ जोड़कर प्रणाम किया।

"सब ठीक तो है!"

"सब ठीक है साहब, आपकी कृपा है। एक अर्ज़ी हमारी है; अगर आदेश हो तो अर्ज़ करें।"

"मिश्रा जी शर्मिंदा न करें, आप कहें।"

"साहेब, हमने आज तक कभी माइनिंग विभाग में काम नहीं किया है, वहाँ बहुत पहुँच वाले ही जा पाते हैं, अगर आप की कृपा हो तो..."

"आप उस विभाग में काम करना चाह रहे हैं?"

"जी साहेब।"

कमिश्नर साहब ने बड़े बाबू को बुलाया,

"माइनिंग विभाग में कौन पोस्टिंग करता है?"

"कलेक्टर साहब।"

"हमारे ऑफ़िस से नहीं होता?"

"होता था पहले, आप के पहले वाले साहब ने यह कार्य कलेक्टर साहब को हस्तान्तरित कर दिया।"

"कलेक्टर को फ़ोन लगाओ।"

कलेक्टर साहब लाइन पर आ गए।

"यह माइनिंग विभाग की पोस्टिंग कौन करता है?"

"सर, करता मैं ही हूँ पर आपकी अनुशंसा से।"

"कौन है वहाँ पर सुपरवाइज़र लेवल पर?"

"सर, तीन पोस्ट है तीनों का नाम आपके ही द्वारा आया था।"

"एडजस्ट करना है किसी को उसमें।"

फ़ोन कट गया, मामा की आधी जान हवा में कि अब क्या होगा?

इतने में फ़ोन आ गया कलेक्टर साहब का।

"सर, बताएँ कैसे करें, एक को हटाना पड़ेगा।"

"किसको हटाओगे?"

"सर, जैसा मुझे बताया था आपने, दो सिफ़ारिश लोकल लेवल के मंत्री की थी और तीसरा नाम मुख्यमंत्री कार्यालय-पंचम तल से आया था, आप जैसा आदेश दें?"

"ऐसा करो, पंचम तल के आदमी को हटा दो। पता नहीं कौन फ़ोन किया था, अब याद भी नहीं। वह जब लखनऊ जाएगा, फ़ोन आएगा तब देखेंगे, यह सरकार कब तक रहेगी, यह भी नहीं पता।"

"जी सर।"

"सर्वेश मिश्रा हैं, इनका आदेश कर दो। आज ही आदेश पारित करके ज्वाइन करा देना, कोई संस्तुति चाहिए तो फ़ाइल भेज देना।"

"जी सर।"

मामा की खुशी का ठिकाना नहीं, चेहरे पर असीम (संतोष-युक्त) प्रसन्नता आ रही थी, शनैः-शनैः...

"मिश्रा जी पहले ही कहा होता, नाहक संकोच कर रहे थे, कोई और काम?"

"सर, बहुत-बहुत धन्यवाद। बड़ी कृपा है आपकी।"

"मिश्रा जी, कभी अनुराग को लेकर आइएगा, मेरी पत्नी मिलना चाह रही हैं। अभी उनको शर्मा जी के यहाँ ले जाना ठीक नहीं लग रहा। यह शर्मा जी को लगेगा कि मैं दबाव डालने की कोशिश कर रहा, अब आप वहाँ हैं ही तो मुझे चिंता करने की क्या ज़रूरत।"

"जी साहब, मैं आज ही बात करता हूँ।"

"कोई जल्दी नहीं है, आराम से।"

मामा दुआ सलाम करके बहुत ही प्रसन्न मन से बंगले से बाहर निकले। सेवा-काल में इतनी खुशी उनको शायद कम ही बार मिली होगी, जितनी आज मिली। एक सबसे मलाईदार विभाग में पोस्टिंग, सारी चालें सही ख़ाने पर।

मामा की सारी चालें सटीक थीं। मामा ने शतरंज की बिसात उसी दिन से बिछानी शुरू कर दी थी, जिस दिन पहली बार कमिश्नर साहब के बंगले से बाहर निकल रहे

थे।

कमिश्नर साहेब की बहन का विवाह का प्रस्ताव मिलते ही उनका दिमाग़ माइनिंग विभाग की पोस्टिंग पर गया। पता नहीं कितने सालों से उनकी चाहत थी और यथासंभव प्रयास भी कर रहे थे, पर तक़दीर मेहरबान न हो रही थी। वह हरिकेश मामा के संबंध की पैरवी बहुत कर चुके थे, उनको रास्ते से हटाए बग़ैर कमिश्नर साहब के बहन के रिश्ते की बात गंभीरता से नहीं हो सकती थी; बग़ैर गंभीर हुए महत्वपूर्ण विभाग में पोस्टिंग नहीं मिल सकती थी। पहली युक्ति निकाली उन्होंने, कमिश्नर का रिश्ता दादू को बताया, वह जानते थे दादू जाकर बताएगा ही। सुबह चार बजे जब दादू उठा और साइकिल लेकर चला तब सारा शहर सो रहा था पर मामा जग रहे थे, पूरी रात उनको नींद नहीं आई, तृष्णा आँखों में जो जग रही थी। वह इंतिज़ार कर रहे थे कब दादू जाए और यह सूचना दे। जैसे ही दादू उठा उनकी अधखुली आँखों में खुशी ही खुशी। यह सुनिश्चित करने के लिए कि दादू ने मेरी माँ को बताया या नहीं, उन्होंने दादू से पूछा, "उर्मिला से बताए तो नहीं?" उसके हाव-भाव से भाँप गए कि यह बता आया है और मेरे घर में इस नये रिश्ते के प्रस्ताव की खुशी होगी, हो भी क्यों न विवाह-बाज़ार का एक बहुत ही प्रतिष्ठित लोकल रिश्ता जो था।

दूसरी चाल-हरिकेश मामा को मुहरा बनाया... उनसे पैसा-संपत्ती-मकान का लालच दिलवाया... विवाह जल्दी तय करने की ज़िद करवाई, प्रयास करवाया इसी महीने वरीक्षा हो जाए, वरीक्षा की तारीख़ की ओर इशारा भी किया, चाहत थी हरिकेश विवाह तय करने की ज़िद करें और इनकी अति-आतुरता बात बिगाड़ दे, हुआ भी वही। वह जानते थे कि उर्मिला दधीचि की हड्डियों की बनी है उसको ख़रीदना आसान ही नहीं, नामुमकिन है। हरिकेश मामा ज़िद कर गए, चाल सही ख़ाने पर।

तीसरी चाल, विवाह से इंकार हो जाए। यह काम मेरे पिता नहीं कर सकते थे; वह लोगों को अनावश्यक नाराज़ नहीं करते थे और हर किसी को खुश रखने का प्रयास करते थे, माँ मेरे पिता के एकदम विपरीत थी, अति-स्पष्टवादी, आवेश में जल्दी आती थी, वही यह काम कर सकती थी। मेरी माँ उनका अगला मुहरा बन गई और उससे कहलवा दिया कि हम रिश्ता अभी तय नहीं करेंगे, जल्दी हो तो कहीं और विवाह तय कर लें, मुन्ना अकेले तो शहर में आईएएस बने हैं नहीं, और भी लड़के चयनित हुए हैं।

जब हरिकेश मामा को "ना" हो गया तब उन्होंने मामी को दिमाग़दार कहकर अगला क़दम बढ़ाया, उनसे कमिश्नर के प्रस्ताव को आगे बढ़ाने की अनुमति ले ली, ताकि घर में शांति बनी रहे नहीं तो मामी जीना दूभर कर देतीं मामा का, हमारे भाई के प्रस्ताव के रहते दूसरे को क्यों ले गए। अंततः कमिश्नर साहब का पदार्पण हो गया।

मामा इलाहाबाद के विवाह-बाज़ार को जानते थे। यहाँ अमूमन लोग लड़का

देखने कई जगह जाते हैं। वह कमिश्नर साहब के साथ वार्तालाप करके यह जानने की कोशिश करते रहे, यह वाक़ई विवाह करना चाहते हैं या कई जगह बात चला रहे उसमें से एक यह भी है। वह कमिश्नर साहब की मेरे प्रति गंभीरता समझने का प्रयास करते रहे, पूरे रास्ते मेरे घर की वास्तविकता बता कर; ताकि वह यह भाँप सकें कि कमिश्नर साहब वाक़ई विवाह के इच्छुक हैं या परिवार, लड़का देखकर चले जाएँगे। इस बात की संभावना थी ही, मेरे अति-सामान्य परिवेश को देखकर कमिश्नर साहब मुझे अस्वीकार कर दें। कमिश्नर साहब की बातचीत से यह समझ गए कि वह इच्छुक ही नहीं हैं बल्कि मन बना चुके हैं इस रिश्ते के लिए। जब वह संतुष्ट हो गए तब... शह-मात... ।

पिछले बीस सालों से माइनिंग विभाग की मोटी कमाई वाली पोस्टिंग वह न पा सके थे; जबकि कोशिश हर साल करते थे, वही नहीं पूरा राजस्व विभाग वहाँ जाने को लालायित रहता था। इतने बरसों की ख़्वाहिश... जीवन जीने की प्रत्याशा, तृष्णा-स्वप्न के ताबीर की चाहत... मेरे रिज़ल्ट निकलने के एक महीने के अंदर पूरी हो गई।

मामा पहुँचे अपने ऑफ़िस, आदेश आ गया, दिन के बारह बजे ही राम स्वरूप कार्य मुक्त हो गए, मामा ने माइंस विभाग ज्वाइन कर लिया। एसडीएम ने दिन में दो बजे बुलाया और उनके विभाग का काम समझाया, बैठने को भी न कहा। वह नाराज़ था; क्योंकि जो आदमी हटाया गया था उसके साथ लेन-देन के संबंध थे और यह आदमी एक तो नया आया है अभी इसको समझना होगा, दूसरे यह हल्ला हो ही गया था कि यह आदमी कमिश्नर का है, जिसकी बहुत ही ऊँची पहुँच है, आदेश आने के दिन ही ज्वाइन करा दिया गया, पहले वाले को अपमानजनक ढंग से कार्य-मुक्त करके। एसडीएम ने कहा कुछ नहीं पर व्यवहार रूखा था और बहुत भारी मन से सबसे मलाईदार पोस्ट का काम समझाया।

मामा की ओर बग़ैर देखे कहा, "आज की फ़ाइल आप क्लीयर करके ऊपर भेज देना।"

"जी साहेब, जैसा आप कहेंगे वैसा ही मैं करूँगा।"

मामा ने सारी फ़ाइलों को क्लीयर किया। काम में वह तेज थे ही, आज की शाम बहुत हसीन थी। शाम को एक पैकेट मिला, घर गए तो देखा उसमें 3000 रुपया था। उन्हें पता चला कि हर रोज़ शाम को पैसा बँटता है। उनको यह तो पता था कि पोस्ट दुधारू है पर गाय इतनी ज़्यादा दुधारू है कि दूध नहीं सिर्फ़ मलाई ही देती है, यह नहीं पता था। दिन अच्छे बीत रहे थे, हर रोज़ मेरी माँ को उनकी धुर विरोधी मेरी मामी भी आशीर्वाद देने लगी और बाबा भैया रोज़ कोसे जाने लगे। अब हर शाम को रुपया

गिना जाने लगा...

100, 200, 300, 500, 2000, 4500...

आज का दिन तो ठीक गया... देखते हैं कल क्या होगा...

मामी हर शाम का बेसब्री से इंतिज़ार करती थी, रुपया गिनने की जो लत लग गई थी। यह भी एक अलग नशा है... जिसको लग न जाए! हर नशे का मुक्ति-केंद्र है, सिवाय इस नशे के।

8. परपंच—लोकोन्मुखी जीवन

राजस्व विभाग के उप विभाग माइंस एंड माइनिंग की पोस्टिंग बहुत मायने रखती है। इस विभाग में पोस्टिंग पाना आपके क़द और हैसियत को बढ़ा देती है। मामा के क़द और हैसियत में दूज के चाँद की तरह बढ़ौतरी हो रही थी।

"अरे भैया, एक तऽ मूलहा-सुपात्र बाभन, दूसरे दावा कि सबसे ऊँच अटारी पर चढ़ा वेद हाथे में लेहे पैदा भवा, अब तऽ ओकरे बुलेट मोटरसाइकिल के भड़भड़ात आवाजौ में रौब चढ़ि गवा बा। देखत नाहीं हऽ कैसन मोटरसाइकिल के रौबदार आवाज के साथ कलेक्टरी में प्रवेस करत हएन आजकल सर्वेस! भाई काहे न करैं प्रवेस गर्व से सर्वेस... भाँजा आईएएस, माइंस विभाग में पोस्टिंग, अब और का बचा रहि गवा मिसिर महराज के पावै बरे, बस सम्मान ओढैं रुपिया बिछावैं।"

विभाग में उनकी हवा बह रही थी...

"भैया जोर होई तऽ सर्वेस ऐसन... आदेश कराई लेहेन दुइयै महीना में... पंचम तल के सिफारिस लगाई के आए मनई के निपटाई देहेन, ओका चरखा दाँव लगाई के गिराई देहेन, कुर्सी कब्जियाई लेहेन।"

यह कलेक्टर को समझ न आ रहा था कि एकाएक कौन सी पैरवी आ गई कि पंचम तल के आदमी को हटाया गया और उसी दिन ज्वाइन कराने का भी आदेश दे दिया गया। कलेक्टर ने अपने सहायक से कहा सर्वेश मिश्रा को लेकर आओ। मामा ने ज़िंदगी में इतने ऊँचे पदाधिकारियों को बहुत ही कम देखा था, मुलाक़ात तो न के बराबर हुई थी। कमिश्नर और फिर कलेक्टर— दो-दो को देख लेना, वह भी जल्दी-जल्दी, यह कोई सामान्य बात न थी। वह कलेक्टर के ऑफ़िस में गए। एक बड़ा

कमरा, सन 1900 के पहले के अंग्रेज़ अफ़सरों से लेकर आज तक के अफ़सरों के नाम कमरे की दीवारों पर लगी लकड़ी के पट्टियों पर लिखे हुए, चारों ओर दीवारों से सटी हुई कुर्सियाँ, एक बड़ी सी मेज़, उसके सामने दो क़तारों में लगी कुर्सियाँ, उस मेज़ पर कई फ़ोन रखे हुए, फ़ाइलों का अंबार और उन फ़ाइलों के अंबार के बग़ल में एक बड़ी सी कुर्सी पर बैठा चश्मा लगाए एक सामान्य क़द-काठी का दुबला-पतला क़रीब तीस-पैंतीस साल का लड़का जिसके चेहरे पर सादगी झलक रही थी।

मामा घबराए हुए थे, घबराहट में दरवाज़े के पास से ही नमस्कार कर दिया। कलेक्टर ने चश्में के अंदर से ही आँखों की पुतलियों को ऊपर किया, "आप सर्वेश मिश्रा हैं?"

"जी साहेब।"

"बैठिए।"

"जी साहेब।"

"आप कमिश्नर साहब को कैसे जानते हैं?"

मामा की सारी हूक निकल चुकी थी, उनका गला सूख रहा था। कलेक्टर साहब ने उनकी असहजता को भाँप लिया, "आराम से बैठिए... पानी पी लीजिए।"

घंटी बजाकर चपरासी से पानी मँगाया, मामा पानी पीने लगे।

"चाय लेंगे आप?"

मामा ने 'धन्यवाद साहब' कहने की कोशिश की पर कह नहीं पाए, सिर हिलाकर कुछ बुदबुदाकर कहा, "नहीं साहेब।"

"घबराएँ नहीं, आराम से बैठें। आप कमिश्नर साहब को कैसे जानते हैं?"

मामा सामान्य होने की कोशिश कर रहे थे, पर सफलता नहीं मिल रही थी। दिमाग़ उनका तेज काम करता था; पर आज नहीं कर रहा था।

"साहेब, दूर की रिश्तेदारी है।"

"किस तरह की रिश्तेदारी है?"

"मेरे बहन के पक्ष से रिश्तेदारी है।"

"आपकी बहन क्या करती हैं?"

"बहन कुछ नहीं करती, उसके पति एजी ऑफ़िस में हैं उनके ही माध्यम से दूर के रिश्ते में हैं।"

"अनुराग शर्मा आपका कौन है?"

मामा को लगा झूठ पकड़ा गया। अब क्या करें, झूठ तो बोल ही चुके थे।

"मेरा भाँजा है साहेब।"

"जिसका चयन हुआ सिविल सर्विसेज़ में इस वर्ष, वह आपका भाँजा है?"

"जी साहब।"

"मैं भी ए.एन.झा. का इनमेट रहा हूँ। वहाँ के लोग आते रहते हैं मेरे पास, उन्हीं से पता चला उनके बारे में और मेरे स्टाफ़ ने बताया कि आपके रिश्ते में है वह। आप माइनिंग विभाग में जाने के लिए इतने उतावले क्यों थे, साल के बीच में ही आपने ट्रांसफ़र करा लिया, इंतिज़ार किया होता मार्च का, मार्च के बाद कर देता। वह आदमी अप्रैल में ही आया था, जून में ही आपने ट्रांसफ़र करा दिया, वह भी इस शर्त के साथ कि आपको आज ही ज्वाइन करना है। इतनी तेज रेस ज़िंदगी की क्यों दौड़ रहे हैं आप, यह क्या पता नहीं मुझे या कमिश्नर साहब को, आप क्यों जाना चाहते हैं वहाँ पर। उम्र में आप मुझसे बड़े हैं; इसलिए यह मेरा अनुरोध है और मैं आपका कलेक्टर हूँ; इसलिए यह आदेश है आपके लिए, आप ईमानदारी से काम करें और किसी तरह की शिकायत का मौक़ा न दें, आप लोगों से कम मिलें। इस माइनिंग के काम में जो लोग शामिल हैं उनको सँभालना हमेशा से प्रशासन के लिए एक चुनौती रहा है, उनके राजनैतिक प्रभुत्व भी होते हैं। आशा करता हूँ आप कार्य-निष्पादन में निष्पक्षता और सतर्कता बरतेंगे। मैं आपको यह भी सलाह दूँगा, संबंधों का नाजायज़ इस्तेमाल न करें। अभी अनुराग ने सेवा आरंभ नहीं की तब आपका यह हाल हैं, आप आगे क्या करेंगे!"

मामा की कलेक्टर साहब ने चार-छः लाइन में हालत ऐसी कर दी जैसे चौक के घंटाघर चौराहे पर मामा को सरेआम जूते पड़े हों। पूरा शरीर पसीना छोड़ रहा था। वह इतना ही कह पाए, "जी साहेब"।

कलेक्टर साहेब ने आँखों से जाने का इशारा किया, उस आँखों के इशारे में कठोरता भी थी और रूखापन भी, जिसका मामा को स्पष्ट अहसास हो गया। साथ में एक संदेश भी था, तुम निगरानी में हो।

मामा बाहर निकले उनकी धड़कनें तेज चल रही थीं। वह आकर अपनी कुर्सी पर बैठ गए। उनको कुछ समझ न आ रहा था, कैसे यह उलझता मामला सुलझे। कलेक्टर के आँखों की कठोरता एवं रूखेपन के साथ चेहरे पर बन रहे दृढ़ता के भाव कलेक्टर की मामा के प्रति नाराज़गी स्पष्ट कर रहे थे, मामा के हृदय में भयोत्पादन हो रहा था जो समय के साथ स्थिति की गंभीरता को समझते हुए और अभिवृद्धि को प्राप्त कर रहा था। मामा पूरी तरह से अस्त -व्यस्त हो चुके थे, उनके माथे से अविरल पसीना टपक रहा था, धीरे-धीरे मस्तक पर बूँदों का निर्माण तीव्र-अति तीव्र होने लगा, निर्मित बूँदे मामा के गालों से टपक कर उनकी बनियाइन को जलमग्न करने लगीं, और थोड़ी ही देर में उनकी क़मीज़ का अगला भाग पूरी तरह गीला हो गया।

मामा को बेचैनी हो रही थी जो समय के साथ तीव्रतर हो रही थी-बेचैनी के साथ-साथ आँखों के आगे अंधकार ऐसा आभासित होने लगा, मामा आँख मींचकर उस

अंधकार को दूर करने का प्रयास करने लगे। उनको यह भय होने लगा कि उनका हार्ट फ़ेल न हो जाए। एक बढ़ी हुई हृदयगति के साथ धीमे रफ़्तार से बेटे के विवाह में पाई बुलेट पर बैठकर किसी तरह घर पहुँचे। मामी उनको देखते ही समझ गईं कि कुछ उल्टा-सीधा हो गया। मामा बदहवास थे-एक कलेक्टर इस तरह कह दे वह भी एक सामान्य से कर्मचारी को, यह बहुत बड़ी बात थी। मामा का दिमाग़ शून्य हो चुका था। वह क्या करें, समझ न आ रहा था। मामी कह कुछ रही थीं और मामा सुन कुछ और रहे थे, मामा कहना कुछ चाहते थे कह कुछ और जाते थे। थोड़ी देर बाद जब थोड़ा धड़कनें संजीदा हुईं, तब मामी को पूरा क़िस्सा सुनाया। मामी ने पूरा मामला सुनने के बाद कहा, "कम खातऽ बनारस बसतऽ, ई नाहक जंजाल में पड़ि गवा हऽ।" सारी रात मामा सोचते रहे, क्या करें! कमिश्नर साहब के पास जाएँ क्या, पर जाकर कहेंगे क्या? कुछ ग़लत तो कलेक्टर साहब ने कहा न था। अगर कमिश्नर साहब से कहा और कलेक्टर को लग गया कि मेरी शिकायत कर दी गई तब तो जान ही मार देगा। अभी तीस-पैंतीस साल का ही है, आगे पूरी नौकरी पड़ी है। वह कच्चा ही खा जाएगा। यह सब कलेक्टर-कमिश्नर आपस में मिले होते हैं, यह कहाँ मेरी सुनेंगे। मैं जानता ही कितना हूँ कमिश्नर को। यह बहुत कठिन रात थी उनके लिए, रात काटनी मुश्किल थी, एक प्रदीप्त-भविष्य अंधकारमय हो रहा था, एक पूरी लौ का जलता चिराग़ बवंडर के घेरे में आ गया था। किसी तरह आँखों में रात कटी, तृष्णामय आँखें अधीर थीं, उनकी अधीरता मामा को बेचैन किए हुए थी। अधखुली आँखों में दुःस्वप्न आया, मामा का ट्रांसफ़र हो गया, मामा सपने में रोने लगे। मामी ने जगाया और पूछा, "का भवा?"

मामा की आँख खुली और पाया कि वह अभी भी माइंस विभाग में हैं। उनको चैन मिला, एक गिलास पानी पिया और सो गए।

मेरी माँ मेरे जन्म के पहले से गंगा नहाती थी। वह विवाह करके जब आई थी तब सत्रह साल की थी, जब मेरे पिता के साथ रहने शहर आई थी तब क़रीब 20-21 साल की थी और तब का दिन और आज का दिन यदाकदा अपरिहार्य कारणों को छोड़ दिया जाए तो शायद ही कभी गंगा न नहाया हो। कार्तिक में यमुना नहाती थी और बाक़ी सारे महीनों गंगा। कई बार मुझको भी ले जाती थी, यह कहते हुए कहाँ से यह अधर्मी पैदा हो गया कोई रुचि पूजा पाठ में नहीं है। मेरी माँ के गंगा नहाने पर मेरे मामा-मामी दोनों मज़ाक़ बनाते थे पर मामा की माइनंस विभाग में पोस्टिंग के बाद मामी भी गंगा नहाने लगी थीं। उनको लगा कि मामा की पोस्टिंग में ईश्वर का आशीर्वाद है।

एक दिन दादू रात में मामा के यहाँ रुका था। वह सुबह उठकर मामा की जरसी गाय को चारा दे रहा था। उसने देखा कि मामी गंगा नहाने जा रही हैं। उसने पूछा,

"कौनों त्योहार बा का चाची?"

"नाहीं, गंगा नहाय हम रोज जाइत हऽ आजकल।"

बस क्या था, दादू ने पैंडल मार दी और मेरी माँ के पास पहुँच गया।

"बुआ सुनू तू?"

"अब का भवा?"

"चाची गंगा नहाय लागिन?"

"ई मोह और मसूर के दाल... कब से ई नया परपंच सुरू केहेन... धरा-बवंधर के रहई वाली हईं... अगर फरेब न केहेन तब तऽ गाँव के साखै चली जाए।"

"बुआ, ओनका लागत बा कि तोहरे बरकत में गंगा मैया के आशीर्वाद बा। ओऊ कलपत हईं आशीर्वादे बरे, पर बुआ... सवारथ के पूजा न फले। गंगा मैया बहुत होसियार हईं, मनई देख के आसीरवाद देइहिं। चाची के तऽ चेहरवय पर लिखा बा-420"

"गंगा माई के आसीरवाद तऽ हमरे संगे हइयै बा, एहमें कौनौ दुई राई बा का! सारे काबिल रहि गएन और ई आवारा मुन्नवा होई गवा, कुछ तऽ बात हइयय बा। पहिले तऽ कहत रहिन गंगा के पानी में लहास बहत हऽ, पानी गंदा बा, ई उर्मिला पता नाहीं कैसे नहात हऽ ओहमें। अब का भवा! गंगा माई पहिचान लेति हऽ सही भकतन के। ई दुई-चार दिन के नसा बा सब उतरि जाए।"

"ई बात बुआ सही कहत हउ तू। एक बात तऽ बा बुआ, तू जौन कहत हऊ सब सहिन होत हऽ। तू कहे रहू एक साल पहिले कि मुन्ना कुछ बने जरूर और होई गवा।"

"ओकरे में जौन परिवर्तन आई हऽ ऊ देखि के हम कहा और बाकी एकरे भागि में जौन लिखा रहा ऊ ई पाएस। एक बात और कहत हई दादू हम रही कि न रही पर नोट कै लऽ... ई मुन्नवा बहुत आगे जाए। हम ओका पेटे में जबसे आई बा तबसे देखत हई, ई बहुतै लागी बा।"

"बुआ तू कहाँ जाबू... हम और तू चलब मुन्ना के बंगला में रहब। गाई पालि लेब और गाई के सेवा करब, इहलोक-परलोक दुइनौ सुधरे।"

"अबऽ बेटवा ओहमें समय बा।"

"बुआ, समय जात कहाँ जनात हऽ। देखऽ तोहार भाई झूठै बोलतै-बोलतै बुढ़ाई गएन। ऐतना झूठ-फरेब ओनकै मूडी के बार देखे बा कि अब तऽ ओनकर सफेद बारौ धोखा देई में माहिर होई गवा बा, छोट-मोट छल-कपट तऽ ओनकर मूडी के बारै कै देत हऽ।"

"दादू तोहार जोकरई कभौं न जाए।"

"बुआ एक बात बा?"

"का।"

"तोहरे बाबू के जेतना गदेल भएन सब बिधाता के अलगइ बनाई अनमोल कृति हयेन। भगवान बाबू के लड़िका देत गएन और साँचा तोड़त गएन; इही बरे वैसन दूसर कतौ नाहीं देखातेन। हमरे बाबूजी के देखऽ कुंभकर्ण के बाद ओये बनेन सिवाय सोवै के कौनो काम नाहीं, बड़कऊ चाचा के देखऽ दिन-रात देस बेचय के जुगत में लगा हयेन, छोटकऊ चाचा रुपिया में तीन अठन्नी भजावय के चक्कर में रहत हयें और राति-बिरात केकरे खेते के ऊखि काटि लेईं कुछ पता न चले, हम अपनय ऊखि न बचाई तऽ उहऊ काटि लेईं। बड़की बुआ अपने पट्टीदारन के मेड़ै काट लेति हऽ। बस तू बुआ धर्मात्मा निकरूँ।"

"जीजा तऽ ऐसन नाहीं हयेन।"

"बुआ, ओ हयें बगुलाभगत। बाबू पाही के ज़मीन ओनका देहे रहेन जोतै बरे उहऊ लै लेहेन।"

"दादू, ऊ तऽ अपने बिटिया के देहे रहेन एहमें कौन एतिराज ?"

"बुआ एतिराज करय वाला हम के होत हई पर हम नीयत बतावत हई। कबहुँ जिकिरौ नाहीं करतेन ओकर। बुआ अब चलत हई, बड़की बुआ के इहाँ से होई के हम जाबै नाहीं तऽ ओ पूछिहीं का बात भई इहाँ। हम गोलि कै जाबै कि छोटकी बुआ के इहाँ गए रहे।"

9. पलटवार

नीतिशास्त्रीय आदर्शों का विरोध

कल मंगलवार है टेंडर खुलेगा, महेवा और झूँसी के बालू के ठीकों का। कल मामा का बँधवा वाले हनुमान जी से होकर सुबह ऑफ़िस जाने का निश्चय था।

पर सोमवार-मंगलवार के बीच एक रात भी आती है, रात हमेशा सुहाने सपने ही लेकर नहीं आती। कभी-कभी दुःस्वप्न भी आते हैं... काश एक रात की राख से फिर दूधिया सुबह आया होता, एक और खुशनुमा पैग़ाम यह सूरज मेरे लिए लाया होता, पक्षी मेरे पेड़ों के कोई कलाम रूहानियत का सुनाए होते, यह रात आज ख़त्म न होती तो कितना अच्छा होता।

मामा की सारी चालें और एक आंटी का एक पत्र, शतरंज की बिछी बिसात पर। आंटी का पत्र भी अभी ही आना था।

माँ पत्र पढ़कर रोने लगी। वह मेरे कमरे में आई और उसकी आँखों से आँसू गिर रहे थे। मैंने देखा उसकी तरफ़ पूछा, "क्या हुआ?"

मैं कुछ समझ नहीं पा रहा था। उसने आंटी का पत्र मुझको दे दिया। पत्र आंटी की पीड़ा से भरा था। मैंने पढ़ना शुरू किया। औपचारिकताओं के बाद उसने जो लिखा था, वह बहुत ही दर्दनाक था।

"उर्मिला, अनुराग आईएएस हो गया है, यह हम-सबके लिए एक बहुत खुशी की बात है। मैं एक राय बग़ैर माँगे देती हूँ, ताकि तुम्हारी हालत मेरी तरह न हो जाए। मेरा बेटा ऋषभ, एक बड़े घर में ब्याहा गया। वह दिल्ली आया हुआ है, वह मेरे घर में नहीं अपने ससुराल में रहता है, मुझसे मिलने आता है पर साथ मेरे कम ही रहता है। उसके ससुराल का मकान एक बहुत बड़ी कोठी है—वहाँ गाड़ियों-नौकरों का अंबार लगा है, सुविधाओं का पूरा एक मायाजाल है। उसको हमारे सीलन भरे सरकारी घर

में असुविधा होती है। अगर तुमको मेरी तरह अश्रु की धारा के साथ नहीं जीना है तो जितना संभव हो, अपने स्तर को देखते हुए एक समझदार लड़की से विवाह करना। अनुराग बहुत शौर्यवान है, मैंने परखा है उसको, वह सब कर लेगा। मैं फिर कहूँगी, ज़ोर देकर कहूँगी; विवाह करके लड़का मत खो देना, जैसा मैंने खो दिया है... उर्मिला व्यक्ति को अपनी ज़मीन और अपना परिवेश देखकर कार्य करना चाहिए, जीवन के बड़े ख़्वाब कई बार बहुत पीड़ा देते हैं, संतोष जीवन का मूल है और व्यक्ति को अपने पराक्रम एवं कर्म पर विश्वास रखना चाहिए...।"

"इसमें ऐसा क्या है जो तुम परेशान हो।"

"पहला काम करो यह कमिश्नर के बहन की कुंडली-फ़ोटो भैया को देकर आओ और अभी देकर आओ।"

"तुम्हारे हर काम में आवेश रहता है, दे देना जब अगली बार आएँगे।"

माँ तुरंत वापस करने की ज़िद पर अड़ी थी, शाम को पिताजी ने बात सँभाली और कहा, "चला जाएगा, अभी देर हो गई है।"

माँ इस शर्त पर मानी कि सुबह आठ बजे के पहले वापस दे आना और कहना अब शादी-ब्याह की कोई बात नहीं होगी। मैंने भी सोचा कौन इस ज़िद्दी के मुँह लगे। अगर हाँ न बोला तो रात भर में पूरा घर सिर पर उठा लेगी।

"कल सुबह आठ बजे के पहले फ़ोटो-कुंडली वापस कर दूँगा, यह रात तो शांति से कटने दो। कल तो कमिश्नर की गाड़ी और उसका हाबा-डाबा बहुत अच्छा लग रहा था, अब क्या हुआ ? यह सब नाटक बंद करो जब समय आएगा तब विचार करना।"

मैं सुबह सात बजे के पहले ही घर से चला, मामा के यहाँ पहुँचा। इतने सुबह मुझे देखकर मामा ने खुशी ज़ाहिर की और कहा, मैं आने वाला ही था आज। कमिश्नर साहब ने कहा था कि मेमसाहेब तुमसे मिलना चाहती हैं। आज शाम को तुमको लेकर उनके घर चलना है।

मैंने थोड़ी देर मामा के चेहरे की तरफ़ देखा और मन में कहा, आज तो इस घर में दोज़ख़ की आग जलेगी।

मैंने वह लिफ़ाफ़ा पकड़ा दिया। मामा लिफ़ाफ़ा देखकर पूछा "यह क्या है ?"

"माँ ने कुंडली-फ़ोटो वापस भेज दी है।"

मामा मतलब समझ गए पर कई बार व्यक्ति अंतिम समय तक आशा को जीवित रखना चाहता है।

"क्यों वापस भेजा ?"

"बाक़ी बात उनसे ही पूछ लीजिएगा। मुझसे कहा, वापस दे देना और कहना अब

शादी-विवाह की कोई बात नहीं होगी।"

मामा कुर्सी पर बैठ गए। आज दिन के टेंडर का क्या होगा, आज शाम की कमिश्नर साहेब की इंतिज़ारी का क्या होगा!

मैं उठा और चल दिया। वह पीछे से आवाज़ देते रहे पर मैं साइकिल पर पैंडल मार चुका था।

वाक़ई चेस बोर्ड फट चुका था, उनका घोड़ा ज़मीन पर गिरा हिनहिना रहा था जिस पर बहुत नाज़ था उनको, अब उसके ढाई घर चलने के लिए कोई ज़मीन नहीं बची थी।

यह एक कठिन सुबह थी, ऐसी सुबह की कल्पना मामा को न थी। मेरा रुखापन उनको बहुत खला। मेरी हैसियत बदल चुकी थी, अब मेरे चेहरे पर उभर रहे भावों की क़ीमत होती थी और चेहरे की कठोरता मेरे परिचितों-रिश्तेदारों के अंदर सिहरन पैदा कर देती थी। मैं ध्वज-पताका बन चुका था इस निम्न मध्यवर्गीय परिवार का। अब यह प्रतीकात्मक ध्वज-पताका बग़ैर चाय पिए ही चल दे तब तो माथा ठनकेगा ही। मामी ने मेरी आवाज़ सुनी। वह जब तक रसोई से निकल कर आती तब तक मैं दरवाज़े से बाहर निकल चुका था। मामा पीछे से कह रहे थे कि चाय पीकर जाओ पर मैंने हाथ उठाकर इंकार कर दिया, वह भी बग़ैर पीछे मुड़े। आते ही मामी ने पूछा, "मुन्ना आते ही जल्दी से क्यों चला गया, वह मिला भी नहीं मुझसे, नहीं तो पैर छूकर ही जाता था, क्या हुआ?"

"पता नहीं।"

यह कहकर मामा ने लिफ़ाफ़ा मामी को पकड़ा दिया।"

"यह क्या है?"

"देख लो।"

"यह तो कमिश्नर के बहन की फ़ोटो-कुंडली है, वापस कर दिया! नहीं पसंद आया?"

"पता नहीं, कुछ मुन्ना बोला ही नहीं।"

"क्या मुन्ना को लड़की पसंद नहीं आई, फ़ोटो से ही निर्णय कर दिया?"

"यह सब उर्मिला की माया है, मुन्ना के का चले ई सब मामले में।"

"बियाह तऽ मुन्ना के करै के बा, जिंदगी तऽ उहै निभाये।"

"जब उर्मिला तैयार होई जइहिं तब मुन्ना के नंबर आए। ऊ तऽ जयद्रथ बनीं बा, महादेव के बरदान पाए बा, केतनौ भीम बना रहऽ हम घुसइन न देब चक्रव्यूह में।"

"तब! अब का होये?"

"शाम के कमिश्नर साहेब के इहाँ मुन्ना के लै के जाए बरे कहे रहे साहेब से, अब

तऽ कुल मामलै पलटि गवा।"

"अब का करबऽ ?"

"दिन में बड़ा काम बा ऑफ़िस में, ओका निपटाई के जाब उर्मिला के इहाँ।"

यह इलाहाबाद एक अजूबा शहर है। यहाँ प्रशंसा और बुराई दोनों में अतिशयोक्ति का प्रयोग होता है। अगर ख़िलाफ़ हो गए तो मिंटो पार्क के क़ब्रगाह में गाड़ देंगे और अगर प्रसन्न हो गए तो सिविल लाइंस के पत्थर गिरिजा पर चढ़कर क़सीदे गढ़ देंगे।

मामा का समय ठीक चल रहा था। उनकी बुलेट मोटरसाइकिल रुकते ही चपरासी दौड़कर आते थे। ऑफ़िस वाले आपस में इनके बारे में बात करते रहते थे। एकाएक ट्रांसफ़र एक महत्वपूर्ण उप-प्रभाग में हो जाना उनके जयघोष की तीव्र ध्वनि का कारक बन रहा था। कुछ लोग जयगीत गा रहे थे तो कुछ ईर्ष्या से ग्रसित हो रहे थे, पर चर्चा सभी कर रहे थे, एक सवाल सबकी ज़ुबान पर, "कैसे एतना बड़ा काम कराये सर्वेश ? अब तऽ सर्वेश मिश्रा-धुनि मरिहिं रुपिया"।

राम संजीवन ने कहा, "ऐ फरगइयाँ भैया, जोर होई तऽ मिसिर महाराज के ऐसन... पंचम तले के मनई के नाहीं छोड़ेन। आदेस करवायेन और ओका कुर्सी से फेंक देहेन। राम सरूप फाइल पर दस्तखत करत रहा तबै समाचार आई गवा, तख्ता पलटि गवा; इहऊ आदेस आई गवा तुरंतै हटऽ मिसिर महराज आवत हयें फटफटिया पर चढ़ा।फरगइयाँ भैया, ई बतावऽ जौन फाइल पर राम सरूप दस्तखत केहे रहा जब सामाचार आई रहा ओकर घूस के ले-मिसिर लेइहिं कि राम सरूप ?"

"देखऽ नियाय तऽ इहै बा कि जे दस्तखत केहेस घूस उहि के होए पर अब दया-धरम कलियुग में कहाँ रहि गवा बा।"

"पर फरगइयाँ भैया, ई क्लीयर करऽ जौन आधा दिन राम सरूप काम केहे रहा ओकर रुपिया के लै जाए ?"

"देखऽ नियाय के तराजू तऽ राम सरूप के संगे बा; पर सर्वेस मिसिर के जोर तगड़ा बा। कमिश्नर सत्यानंद और कलेक्टर संजीव रंजन दुइनौं हयें ईमानदार। अब ई तऽ कहब ठीक नाहीं बा कि कमिश्नर के रुपिया देहे होइहिं पोस्टिंग बरे। अब जब रुपिया नाहीं लाग बा तोहार, तू पाई गऽ हऽ पोस्टिंग बात-बयोहार में तब ई बेचारे के आज के कमाई लै जाय दऽ, ई तऽ माल खर्चा करे रहा इहाँ बरे।"

"फरगइयाँ, तनिक ई फरियावऽ हमैं समझ में आवत नाहीं बा, ई बददिमाग लड़ाका सर्वेस मिसिरा कहाँ से लहाएस एतना बड़ा जुगाड़, ई तऽ सबसे लड़तई रहत हऽ।"

"ई जमुना पार के बाभन हऽ, ई जेतना भुई के ऊपर बा ओतनै भुई के भीतर। कमिश्नर साहेब के एकै कमजोरी बा-ओ हयें बाभनवादी। इहै कतौं से काम कै गवा

होये। अब ई लूटि मारे, रेट बढ़ाए ई आपन। ऐकर खोपड़ी बहुत तेज बा, कानून-कायदा के पेचीदगी एका बहुत आवत हऽ। हर काम में खुड़पेंच करे, जौन काम होत रहा एक रुपिया में ओहमें माँगे ई डेढ़। राम सरूप बढ़िया मनई रहा, जौन पावइ रखि लेई और ईमानदारी से एसडीएम के बतावई। ऊ रहा ईमानदार आदमी, ई तऽ बड़ा लुच्चा-बेईमान मनई बा। एसडीएम के बस चटाय-पोंछाई दे ओनकर हक न दे, केहू के हक मारब ठीक नाहीं बा।"

"फरगइयाँ उड़तै-उड़तै इहौ सुनत हई, बड़ी पावर बा मिसिर के पास।"

"तीन साल से सड़त रहेन एकाउंट, ऑडिट, सांख्यिकी विभाग में, घंटा पावर बा। केहू से नऽ बतावऽ तब एक बात बताई पर हलफ उठावऽ की नऽ बतउबऽ केहू से, अपने मेहरारू तक से नाहीं।"

"फरगइयाँ भैया हम पेट के बहुत गरू हई। ई बात हमरे अंदर घूमे और उहीं सोई जाए। हम आज तक केहू के बात केहू से नाहीं बतावा।"

"कलेक्टर साहब के चपरासी बताये रहा कि कलेक्टर बहुत भद्द उतारेस एनकर। बलभर देहेस, बगैर माठा में भिगोये जुतियाएस, बहुत बेइज्जती केहेस एनकर अपने चैंबर में। सर्वेस मिसिरा के मिर्गी आई गऽ रही।"

"ऐसन केहेस ई कलेक्टर संजीव रंजन! देखात तऽ सज्जन हऽ ई। बहुत डाटेस का, तनिक बतावऽ बिसतार से, हमहूँ कुछ रसि लेई।"

"लंबरदार, ई हऽ आईएएस, ई कौनों सड़क छाप लड़ाई तऽ करे नऽ, अब बिधाता के एकै लाइनै बहुत बा। चैंबर में घुसइ के सर्वेस के हिम्मतै नाहीं पड़त रही, चपरासी ढकेलेस ओनका भीतर। संजीव रंजन कलेक्टर कुर्सी पे बैठाई के दे पनही... दे पनही... ऐनकर बारै बनाए देहेस।

"ऐसन केहेस!"

"हम बात तऽ फैलाइत नाहीं, चाही जेतना केऊ पूछै। एक खबर और बा पर ऊ हम न बताऊब। ऊ बताई देब तऽ हंगामा होई जाए और ऊ बहिन-बिटिया के इज्जत के बात बा।"

कुछ देर तक फरगइयाँ शांत हो गए...

"सजीवन।"

"हाँ भैया।"

"ई बहुत सेंनसटिब खबर बा, ई बात कहब शोभा नऽ दे।"

"जूता खोल के मारेस ई संजीव रंजन कलेक्टर!"

"समझा करऽ सजीवन, बाते से मारेस, लजवाई देहेस। कहि देहेस हमैं पता बा काहे आवा चाहत हऽ हियाँ। ऐतना बहुत बा सुपरवाइजर के रात भर जगावय बरे।"

"बतावऽ आपन दूसर खबर फरगैंया भैया, हम केहू से नऽ कहब।"

"नाहीं भइवा, ऊ तऽ नऽ कहब।"

"चलऽ फरगैंया तोहार हम पर बिसवास नाहीं बा; जबकि तोहार खबर हम केहू से नाहीं बतावा आज तक अगर कौनौं खबर लीक केहे होई तऽ बतावऽ, हम पेटे से बहुत गरू हई। जब बताये हऽ तब तूहिं बताये हऽ, हम तऽ सन्न मारि जाईत हऽ।"

"लऽ सुन लऽ फिर, केहू से नऽ बतायऽ।"

"फरगइयाँ, ई खबर हमरे संगे जरे, समसान में लकड़ी के संगे, बतावऽ तऽ तनिक।"

"सर्वेस मिसिर बहुत तगड़ी गोटी चले हएन। ओनकर भयनवा... बा नऽ...

उहै जौन आईएएस बना बा, एह बरस।"

यह कहकर फरगैंया फिर शांत हो गए, राम संजीवन अधीर होने लगे।

"बोलऽ भैया आगे..."

फरगैंया शांत ही रहे कुछ सोचते हुए बोले, "तगड़ा खेला बा सर्वेस के!"

"कठबैठी न बुझावऽ भैया..."

"जौन भयेनवा बा नऽ!"

"अरे भैया हमहू जानत हई भयनवा बा, आईएएस होई गवा बा... ओकरे आगे बोलऽ।"

"ओकर बियाह करावत बा कमिश्नर के बहिनी से। पूरा पावर उहीं भाँजवा से बा। अब ई लूटि मारे साल-दुई साल में। कमिश्नर के मुख्यमंत्री बहुत मानत हयेन, अरे भाई इलाहाबाद जिला के कमिश्नर केऊ ऐसई बन जाए का! कमिश्नर के सीधै हाट लाइन बा पंचम तल से नाहीं तऽ केहू के हिम्मत पड़े कि हटाई देई राम सरूप के-पंचम तल के मनई के। ओका धोबी पछाड़ दाँव लगाई के सर्वेस मिसिर ओकर सीना आसमान के देखाय देहेन।"

"मतलब, अब ई कमिश्नर एकरे भाँजा के सार होई जात बा!"

"सर्वेस के चाल तऽ इहई बा।"

"तब तऽ ई अब बेअंदाज होई जाए, बहुत पावर पाई जाए। ई तऽ कुल बलुए लूट ले, तकदीर के कुंजी पाई गवा बा सर्वेसवा। एक बात ई बतावऽ गुरू, बियहवा होई जाए का?"

"हमार मन बोलत बा ई बियाह होई जाए। सिरीमान, आजकल आईएएस मिलतै केतना हयें, उहौ मूलहा बाभन आईएएस।"

"मतलब कमिश्नर बियाहि लेइहिं?"

"अब कमिश्नर अपने बहिन के बियाह आईएएस से न करहीं, तब का हम-तू

करबै।"

"ई बात तऽ बा साथी। अबै बियाह के बात चलतै बा तबै ई सर्वेस गोटी खेलि गवा, बियाह के बाद तऽ ई एकाध चार्ज और लै ले, का पता माइंस विभाग के तीनौं कुर्सी लै लेई।"

"बस देखत जा, ई सर्वेस खेल बहुत खेलाए, इहाँ पर। ई बा पूर मदारी, ऐकर बीन बजै लाग बा। देखऽ केतना अकड़ि आई गई बा कुछै दिनन में, रुपिया में बड़ी गरमी बा भइया। बेवजह मनई कहत हऽ कि जेठ के गरमी तपत हऽ, ई रुपिया के गरमी के सामने कछु नाहीं बा।"

"के बेहतर मनई बा दुइनौ में, सर्वेस मिसिर कि राम सरूप?"

"खोपड़ी में सर्वेस मिसिर के कौनों जोड़ नाहीं बा, पर बा लालची। राम सरूप बा तनिक बेवकूफ; पर सीधा और ईमानदार परानी। ई मिल बाँटि के खाई में बिसवास रखत हऽ, सर्वेस तऽ केहू के हिस्सा न दे। अरे भाई सबै के हक बा, अब ईमानदारिउ कौनौ चीज होत हऽ। जेकर जौन हक-हकूक बनत बा, ओका तऽ देई चाही; पर ई सर्वेस मिसिर चपरसियन के हकौ खाई लेई तऽ अचरज न करऽ।"

"फरगइयाँ के बताएस तोहसे ऐतने भीतर के खबर?"

"कौन खबर?"

"इहई कि अपने भयनवा के बियाह कमिश्नर के बहिन से करावत बा।"

"अब ई सब तऽ न पूछऽ हमसे। हमार जिंदगी निकल गई कलेक्टरेट में, पता नहीं केतना कलेक्टर-कमिश्नर आएन और चला गएन। ओनकरे घरे के एक-एक मुलाजिम हमार मनई हएन।"

"सजीवन..."

"हाँ भैया!"

"अब ई सर्वेस मिसिर डबल गाँधी जेबा में रक्खे।"

"ई डबल गाँधी का हऽ फरगैया भैया?"

"अरे महराज 500 के नोट सिंगल गाँधी, 1000 के नोट डबल गाँधी। इहाँ घूस जब बड़ा होत हऽ तब कहति हऽ लोग ठीकेदार से हमका रकम डबल गाँधी में देहऽ, तोहका एतनव नाहीं पता बा?"

"हमरे पास कौन भांजा आईएएस बा कि ओकर बियाह कौनो कलेक्टर-कमिश्नर के इहाँ कराई और सिंगिल-डबल गाँधी के सेवाद पाई, चलऽ चाहि पियावऽ।"

"ऐ छोटे दुई चाहि लै आ, तनिक मीठा कायदे से डारि देहे, कम से कम भिंसारे के चहिया तऽ मीठ मिलय।"

"फरगइयाँ!"

"हाँ।"

"एक बात कही?"

"कहऽ सजीवन।"

"बहुत पहुँचा फकीर हयऽ तू।"

"हमार मनई हरि ओर हयें सिरीमान, हमैं खबर सब रहत हऽ पर हम केहू से कहित नाहीं।"

"ई बात तऽ बा-तू पेटे से गंभीर हयऽ, बस अपने खास-खास के हवा देत हऽ, बाकि तऽ केहू के पतै नाहीं कुछ इहाँ के राजनीति।"

शाम तक यह बात फैल गई कि कलेक्टर नहीं चाहता था पर सर्वेश मिश्रा कलेक्टर की मर्ज़ी के बग़ैर कमिश्नर से कहलाकर आ गए, कलेक्टर नाराज़ भी है और नाराज़गी ज़ाहिर भी की पर सर्वेश को घंटा फ़र्क़ पड़ेगा; जब कमिश्नर जेब में है। भाई पावर होई तऽ ऐसन होई, गएन कलेक्टर तेल लेय। दबी ज़ुबान यह भी बात होने लगी, कमिश्नर एनके भाँजा के सार होई जात बा, सर्वेस मिसिरा के तऽ हाथैं नाहीं गोड़ौ के अंगुरी घिउ में।

मामा ने किसी तरह दिन का टेंडर निपटाया। जिस पार्टी को टेंडर मिला वह मामा से मिला। टेंडर का काम मामा के ही मेज़ से होता था। कोई और दिन होता तो वह बहुत खुश होते पर आज तो जान कहीं और अटकी थी। वह अपने ऑफ़िस से सीधा मेरे घर आए। माँ बाज़ार गई थी। मेरे छोटे भाई के साथ बैठे कुछ देर। पहले वह इंतिज़ार नहीं करते थे, अगर माँ-पिताजी नहीं है तब वह चले जाते थे, पर आज तो बात ही कुछ और थी।

थोड़ी देर में माँ आ गई। मामा इंतिज़ार करते-करते अधीर हो रहे थे, आते ही पूछ लिया, "उर्मिला काहे भेज दिहू, फ़ोटो-कुंडली वापस?"

"भैया, ई हमरे जोड़ के रिश्ता नाहीं बा। तू तऽ देखेन हऽ गाँव के मकान, अबै तक कच्चा बा। बस दुई कमरा पक्का बना बा, गल्ला-पाती रखै बरे उहौ हम गारा से जोड़े हई। ई सहर के मकानौं में बस ईंटा जोड़े हई बाकी का बा एहमें, घरे के हालत तऽ तोहसे छिपी बा नाहीं भैया। ई बड़-बड़वार के इहाँ के लड़की हमरे इहाँ न चलि पाए। आपन लड़िकऊ देखई चाही, एक तीरघाट एक मीरघाट ऐसन रिश्ता कैसन चले। हम नाम-गाँव-सामाजिक प्रतिष्ठा के चक्कर में कै देई बियाह और लड़िका के जिंदगी खराब होई जाय, इहौ तऽ ठीक नाहीं बा।"

"शादी बियाह बाद के बात बा, ऐका वापस काहे करत हऊ। साहेबौ तऽ जल्दी में हये नाहीं, तोहसे खुदै कहेन कि हमका जल्दी नाहीं बा, आराम से विचार कै लऽ।"

"भैया ओ बड़वार मनई हयें, कालि के कहि सकत हऽ कि हमका पहिले बताई देहे होतऽ, बिना मतलब कुंडली-फ़ोटो रखि लेहे। अब शहर-इलाक़ा के ओ मालिक हयें, काहे नाहक में ओनकर नाराजगी लेई। ई मुन्ना काल नौकरी या तऽ एनके महकमे में या ओनके भाई के महकमे में करे; बिना मतलब के काहे कौनो नाराजगी मोल लेई, जब हमका बियाह ओनके इहाँ करइन के नाहीं बा, काहे ओनकर अमानत रखी हम।"

मेरे मामा ने मेरे पिता को समझाने की कोशिश की पर मेरे पिता थे सुलझे हुए आदमी। वह माँ की तरह आवेश में नहीं आते थे। उन्होंने विवाह प्रस्ताव के भविष्य पर पर अंतिम विराम लगाकर कहा, "अब इस मुद्दे पर बात करने का कोई अर्थ नहीं, जिस गाँव जाना नहीं उस गाँव का पता-ठिकाना क्या पूछना और क्या जानना।"

मेरे मामा गिड़गिड़ाने ऐसे लगे। मैंने उनकी ऐसी गिड़गिड़ाहट कभी न देखी थी। वह एक दबंग व्यक्ति थे। पर मेरी माँ टस से मस न हुई। मामा ने मेरा भी सहारा लेने का प्रयास किया पर मैंने माँ की आँखों की तरफ़ देखा, मुझे लगा उसकी बड़ी-बड़ी बोलती आँखें मुझसे कह रहीं, "ख़बरदार"। मैं डर सा गया। मैं उससे बहुत डरता था, वह जब किसी और तरह नहीं जीत पाती थी तो अंतिम ब्रह्मास्त्र था आँखों से नदी की एक धारा बहा देना।

मैंने सोचा कि एक भी शब्द निकाला तो यह पूरी रात विवेचना कर डालेगी, मैंने अनसुना ऐसा कर दिया।

मामा को भविष्य अंधकारमय दिखने लगा। पर वह हार मानने वाली चीज़ न थे। मामा की मोटरसाइकिल चल दी उनकी अगली चाल की तरफ़। वह अंतिम दम तक बचाना चाहते थे अपनी आबरू जो अब जुड़ चुकी थी माइंस विभाग की कुर्सी के साथ जो एक प्रतिष्ठा भी दे रही थी और गाँधी जी को जेब में रखने के लिए ज़रूरी हो चुकी थी। यह पापी पेट के साथ-साथ शाही शान का भी सवाल था। अगर कुंडली-फ़ोटो वापस हो गई तो क्या होगा, यह सोचते ही मामा का हाथ मोटरसाइकिल के हैंडल पर कमज़ोर पड़ गया और मोटरसाइकिल एक पेड़ से टकरा गई। यह कहो रफ़्तार धीमी थी कुछ न हुआ।

मामा उठे और मोटरसाइकिल उठाई, एक ऐसी रफ़्तार लगाई कि आफ़ताब के निकलने के पहले उनकी चाल चल जाए। वह कल के सूरज के डूबने के पहले इस मामले को हल करना चाहते थे।

मामा मेरे ननिहाल पहुँच गए। वह बहुत चिंतित थे, चिंता व्यग्रता को उत्प्रेरित कर रही थी, जो उनकी भाव-भंगिमा से स्पष्ट हो रहा था। उन्होंने नाना से अकेले में

बात की, नाना को सब कुछ बताया सिवाय इसके कि इस संबंध का इस्तेमाल अपनी पोस्टिंग के लिए कर लिया है। नाना ने पूछा, "एहमें हमार भूमिका का बा।"

"हमरे संगे चलऽ, उर्मिला के समझावऽ; इतनी जल्दबाजी न करैं-रिश्ता के अबहीं 'ना' न कहैं। कमिश्नर साहेबौ जब जल्दी में नाहीं हयेन तब काहे उर्मिला जल्दियान हईं।"

"जब उर्मिला के मशरब के नाहीं बा बियाह तब ठीकै बा, 'ना' कहब।"

"मशरब के काहे नाहीं बा?"

मेरे नाना दहेज के बहुत आग्रही थे। वह बग़ैर दहेज के कोई विवाह किए ही नहीं थे। इस मानसिकता में पूरा जीवन जिए हुए मेरे नाना ने दहेज का मुद्दा मामा से छेड़ा।

"दहेज कमिश्नर साहेब से के माँगे, तू माँग सकत हऽ, ए सब नाम बड़ा दर्शन थोड़ा वाले आसामी हयें। उर्मिला ठीक कहति बा, एक तौ हमरे जैसन साधारण समाज से ऊपर के मनई हयेन और बहुतै बड़ा आदमी हयें। के एनसे दहेज के बात करे, तू ओनकर मुलाजिम, तोहार हिम्मत पड़े?"

"बाबू तोहका दहेज के सिवाय कुछ और नाहीं देखात हऽ।"

"अगर दहेज न लेई चाही, दहेज लेब गलत बा तब तू काहे लेहे रहऽ बाबा के बियाहे में दहेज—51,000 रुपिया नगदी और बुलेट मोटरसाइकिल... ई तू पाए हऽ एक बेरोजगार के बियाहे में। उर्मिला के बेटवा जिला टॉप बा आज के दिन। हर केऊ बियाह करा चाहत बा और तू कहत हऽ कि दहेज न लऽ। पचदेवरा के भोला पयासी के नाम सुने होबऽ तू, कलकत्ता में बड़ा व्यापारी हयें। काल ओ आई रहेन, हमसे खुदै कहेन कि हमार एकै बिटिया बा। हमरे पास दुई गाँव में खेत बा, सब तोहरै होए, और रुपिया जेतना कहऽ... सब देब। अब तू बतावऽ हमका, आवत लक्ष्मी के उर्मिला काहे टटिया देय? बेचारी बड़ी गरीबी में जिंदगी बिताये बा। अब भगवान सुनि लेहे बा ओकर तब तू कहत हऽ, दहेज न लेई, काहे न लेई ई तऽ बताई दऽ हमका! तू चाहत हऽ कि हम कही कि उर्मिला तू दहेज न लऽ ऐ कमिश्नर साहब हयें, हम तऽ कहब उर्मिला मौका न छोड़ूँ, बलभर के लऽ; जब देई वाले आसामी तैयार हयें तब लेई में कौन समस्या बा!"

मामा की कोई चाल काम नहीं कर रही थी। वह समझ नहीं पा रहे थे क्या करें। वाक़ई उर्मिला ने चेस बोर्ड ऐसा फाड़ दिया था, घोड़ा चलाए कहाँ अपना। मामा ने अगला प्रयास किया, "बाबू हम ई कहाँ कहत हई कि न लऽ दहेज, पर दहेजै सब कुछ नाहीं होत। रिश्ता-नात कुछ होत हऽ।"

"कैसन रिश्ता-नात! ऊ पचीस साल से परेशान बा, हमका बताई दऽ तू कौन नात-हित ओकरे काम आएन। तोहसे माँगेस 6000 रुपिया, ओकर घरे के काम रुकि

गवा, तू देहऽ! तोहार छोटवार भाई हयें हम ओनहू से कहा कै दऽ मदद, ओ कहेन हमरे पास कहाँ बा।"

"बाबू, तुहूँ तऽ मदद नाहीं केहे रहे उर्मिला के।"

"हाँ हमहूँ नाहीं किहा; पर हमरे पास रहा का-खेत बा और कुछ पुरान चाँदी के रुपिया। खेत हम बेचि नाहीं सकित, तू पचे हल्ला करबऽ। चाँदी के रुपिया ऊ लेहेस नाहीं। हम तऽ कहब कौनौ मुरव्वत न करऽ और बलभर दहेज लऽ, बाद में केऊ काम न आए, सिवाय ई रुपिया के। हरिकेश के बियाह ठीक बा, रुपिया बा और विरासत बा। विरासत के बियाह ठीक होत हऽ, दहेज कुल जिंदगी मिलत हऽ।"

"बाबू तू चलऽ हमरे संगे, ई कमिश्नर के रिश्ता अबै 'ना' न कहा जाय। अच्छा परिवार बा, दहेज देइहिं, कुछ कम ज्यादा होये तब हम दै देब।"

"सर्वेश तू ओकर घरे के काम बंद कराय देहे रहे, तब नाहीं देहे उधार पर रुपिया जबकि ऊ बियाजौ देई के तैयार रही। अब तू मुलाजिम हऽ कमिश्नर के तब कमिश्नर के तरफ से दहेजौ देई के तैयार होई गऽ हय, बड़ी तोहार महिमा न्यारी बा। हम कहब तऽ हरिकेश के बियाहे बरे कहब, ऊ बियाह ठीक बा, अपने मशरब के बा, ऊ बियाह चलि जाए। हरिकेश दुई बार आए रहेन हमसे मिलै बरे, हमसे सब बताई चुका हयें कि का देब और इहौ कहें हयें कि हमरे एकाध गदेलन के नौकरी लगाई देइहिं।"

"बाबू, कमिश्नर साहेब पूरे घरे के नौकरी लगाई देइहिं। आप के नाहीं पता बा ओनकर ताकत।"

"अब इहि बरे तऽ बियाह न करब, सब कुछ मिल जाए ऐसन रिश्ता तलाश करत जा। अब मुन्ना के बाद और केऊ कुछ कै पाए अपने परिवार में हमका तऽ देखात बा नाहीं। ई बतावऽ हमसे तू चाहत का हऽ; हम का कै देई एहमें, हमका तू बस इहै बताय दऽ।"

"बाबू, आप चलऽ शहर हमरे संगे, उर्मिला से कहि दऽ, कमिश्नर के रिश्ता अबहिं कैंसिल न करैं।"

"हमरे कहे मानि जाए?"

"हाँ, ऊ मानि जाए।"

"ई हरिकेश के बियाहे बरे बाबा के अम्मा जबान देहे हईं ओकर का?"

"ओकरे बारे में बाद में देखा जाए।"

"तू हऽ केकरे संगे, कमिश्नर या हरिकेश?"

"बाबू, कमिश्नर के रिश्ता हरिकेश से बेहतर बा।"

"कमिश्नर से ऊपर के केऊ आई जाए काल बियाहे बरे तब?"

"बाबू, ई जमीनी परिवार बा, ई सब तरह से ठीक बा, मुन्ना हमारौ ख़ून बा। हम

ओकर भला देखि के सब कहत हई, चलऽ हमरे संगे।"

ज़िद-विनती-अनुनय-विनय करके मामा बुलेट पर नाना को पीछे बैठाकर चल दिए शहर की ओर।

हर कोई मशगूल है आज अपने प्यादों को चलाने के लिए; पर कभी जिसने देखे थे उम्र-इहाते में ख़्वाब अपने आँख-आँगन में-नीचे सुलग रही थी उम्मीदों की आग-छुपाकर रखा था जिसे कसमसाती कोंपलों की उठानों में, बिना परिंदे के शजर के तरह की ज़िंदगी को जिया था, यह सोचकर, कभी वक़्त मेरा भी आएगा उसने चेस बोर्ड को फाड़कर उसके इतने टुकड़े कर दिए थे कि शातिर खिलाड़ी उस बोर्ड को जोड़कर अपना घोड़ा चला रहा था पर उस जोड़े हुए बोर्ड में सफ़ेद-काले खानों में फ़र्क़ करना मुश्किल हो रहा और घोड़ा ढाई घर चलकर अपने ही प्यादे मारने लगता है।

उस फटे हुए चेस बोर्ड पर रामेश्वर नाथ मिश्र का दिमाग़ तेज काम कर गया जैसे ही गाँव की ठंडी बहती हवा मोटरसाइकिल की गति से और तेज महसूस होती हुई उनके साफ़े पर लगी...

इबारत बन रही थी आने वाले कल की, आरज़ू है पर कोई उम्मीद... ?

मुम्किन नहीं होगा मफ़र अब कोई, बाप ने बेटे के ही ख़िलाफ़ साज़िश रच ली, षड्यंत्र ही षड्यंत्र हर ओर...

10. जीतो हारी बाज़ी

परिवेश के गतिशील संबंधों का परिस्थितियों के अनुरूप रूपांतरण

नाना रातों-रात शहर आ गए। मामा के घर में उनका दिव्य इंतज़ाम किया गया, अपरिमित स्वागत हुआ। नाना के चरण पखारे गए और पखारन-जल को पूरे घर में छिड़का गया। मोहिता दीदी भी अपने पति के साथ आई हुई थीं, वैसे वह घूम-फिरकर रहती यहीं थीं, एक कमरा मामा के यहाँ इनका भी था। मोहिता दीदी मामा के परिवार की एक बड़ी रणनीतिकार थीं और उनकी परिवार में बहुत चलती थी। नाना को फ़ोटो दिखाई गई, पूरा विवरण कमिश्नर साहब के परिवार का सुनाया गया। कन्या और परिवार की भूरि-भूरि प्रशंसा की गई। कमिश्नर साहब की बहन में वह सारे गुण भी तलाश लिए गए थे जो विधाता से पिरोने में रह गए थे। अगर आज वह अपना स्तुति-गान सुन लेती तो वह भी धन्यता को प्राप्त कर जाती। उसका प्रशस्ति-गान दैव तुल्य हुआ, इन्द्र की पत्नी शची की तरह रूपवान, मेनका की तरह की मोहक मुस्कान, सतीत्व और संस्कारों का ऐसा गान कि सीता-उर्मिला को मिलाकर ही प्राप्त हो सकता है।

कमिश्नर साहेब के तो क्या कहने वह राजा दिलीप की तरह के गो सेवक, राजा रघु-अज की साम्यता के शौर्यवान, प्रभु राम सदृश सौम्यता के प्रतीक, कृष्ण की तरह नीतिवान एवं उद्धारक। वह विवाह के बाद एक रोज़गार कार्यालय चलाएँगे, जहाँ से मधुबनी मिश्रा परिवार के एक-एक आदमी को दो-दो नौकरी देंगे। यह नौकरी मेरे नाना की सबसे कमज़ोर नस थी क्योंकि मेरे परिवार में क़ाबिलों की एक पूरी खेप थी। बड़े मामा के बड़े बेटे किसी तरह से नक़ल-वकल करके तृतीय श्रेणी में इंटर की डिग्री तो प्राप्त कर गए पर बी.ए. प्रथम वर्ष की परीक्षा पास करने में असफल हुए, तमाम बेमतलब के प्रयत्नों के बावजूद। दूसरे वाले तृतीय श्रेणी के पुरोधा थे पर बी.ए. पास कर गए, तृतीय श्रेणी एवं द्वितीय श्रेणी के बीच की महीन सी रेखा को किसी तरह

कहने को पार करते हुए। बी.ए. द्वितीय श्रेणी में पास करना उनके जीवन के अति गर्व का विषय था। उस डिग्री के प्राप्त करते ही इस पुरोधा का विवाह एक मात्र कन्या के ज़मीन-जायदाद से लदे परिवार में करके जायदाद विरासत में प्राप्त कर ली गई थी। तीसरे वाले कोई भी कक्षा एक साल में आज तक पास ही नहीं कर पाए। वह जिस कक्षा में भी जाते वहाँ की कुर्सी मेज़ से इतना लगाव हो जाता था कि वहाँ से उनका जाने का मन ही नहीं करता, पर वह थे लगनशील, लड़ते-लड़ाते स्नातक की उपाधि प्राप्त कर गए, उनका गौना नाना ने तीन साल तक नहीं किया, क्योंकि दहेज में मानी गई स्कूटर दी नहीं गई थी, नाना उसको लेकर माने। चौथा दादू, दिन-रात जोकरई करना, नाम:बर बना दो या क़ासिद सबके लिए तैयार, इसका कक्षा दस की परीक्षा का सेंटर पहाड़ी गाँव के किसी स्कूल में पड़ा जहाँ उसके मामा स्कूल प्रबंधक थे, उसकी कॉपी किसी और ने लिखी और वह हाईस्कूल प्रथम श्रेणी में पास कर गया। उसके जीवन का एकमात्र अभीष्ट था—लेखपाली की नौकरी, हाई-स्कूल प्रथम श्रेणी में पास करने पर जिसके मिलने की संभावना हुआ करती थी; पर वैकेंसी ही नहीं आ रही थी। मेरे साथ रहते-रहते मेरे सहयोग से, मेरे पीछे चलते-चलते वह स्नातक की उपाधि प्राप्त कर गया था। बाबा भैया बड़े आदमी के बेटे थे, बड़े आदमी का बेटा कोई छोटी परीक्षा तो देगा नहीं, चाहे पढ़ने में कैसा भी हो। पढ़ने में तो कामचलाऊ थे, आरामतलब भी थे, बहुत ही दुलार से पाले गए थे; पर ख़्वाब बड़े थे, आखिर बेटे भी किसी आम आदमी के तो थे नहीं। बड़े गाजे-बाजे के साथ रण में प्रवेश किए, पर प्रारम्भिक परीक्षा फ़ेल होने का लाइसेंस प्राप्त कर गए। दादू कहता था, इनका दिमाग़ रबड़ की तरह का है, उसमें सूजा डालो और फिर निकालो कोई फ़र्क़ ही नहीं पड़ेगा, जस का तस- 'ठस बुद्धि विवेकाधारी'-यह नामकरण दादू ने बाबा भैया का किया हुआ था। मोहिता दीदी पढ़ने में अच्छी थीं पर ईश्वर का आशीर्वाद न मिला। उनके न होने में उनके अहंकार की बड़ी भूमिका थी, वह समय पूर्व आईएएस घोषित हो गई थीं। मामा हर जगह कहते थे-मोहिता बस आईएएस बनने वाली है-परीक्षा दिया और हो गई। मामा ने बहुत चाहा कि उनका विवाह किसी बड़े अफ़सर से हो जाए पर अंत में हुआ एक एजी ऑफ़िस के ऑडिटर से, इनके पति के बारे में भी अफ़वाह बहुत फैलाई गई कि पीसीएस का इंटरव्यू दे रहे; पर पता नहीं कब दिए; परिणाम तो निल बटे सन्नाटा ही था।

मेरी मौसी के लड़कों का भी कमोबेश यही हाल था। एक फ़र्ज़ी डाक्टरी की डिग्री लेकर कहीं से आ गए थे और पूरे गाँव को बिना मतलब सुई लगाते रहते थे। कोई रात-बिरात बीमारी में उनके गाँव-घर के आस-पास का मरीज़ उनको बुला ले, वह सीधे ग्लूकोज़ की बोतल चढ़ाने लगते थे। उनका कहना था, इसमें पैसा अच्छा मिलता

है। कितनों की गाथा लिखूँ, सब भगवान के बनाए नायाब नमूने हैं। दूसरे को बिजली विभाग में मौसा किसी तरह से फ़िट कराए थे और वह बिजली-मीटर की हेराफेरी में घूस जुगाड़ते रहते थे। तीसरे बी.ए. तृतीय श्रेणी में उत्तीर्ण होकर बी.एड. कर रहे थे, या यूँ कहें आने वाली नस्लों को शिक्षा प्रदान करने के नाम पर बर्बाद करने की ट्रेनिंग ले रहे थे।

मेरे छोटे मामा किसी जेमिनी सर्कस के भागे हुए जोकर जैसे थे। वह रामलीला में विदूषक की भूमिका का निर्वाह करते थे और बहुत लोकप्रिय थे। उनकी पहली प्रस्तुति नारद मोह के नाटक में होती थी जिसमें यह नारद की भूमिका का निर्वाह करते थे। यह नाटक रामलीला के पहले ही दिन खेला जाता था। यह नारद का "नारायण-नारायण" का संवाद बहुत जीवंत बोलते थे और इस संवाद को बहुत प्रसिद्धि प्राप्त थी। उनको देखते ही लोग कहने लगते थे— "नारायण- नारायण"।

कंजूसी की कोई प्रतियोगिता हो उसके एक अच्छे उम्मीदवार होंगे वह। एक दमड़ी भी उनसे ख़र्च नहीं होती थी। एक बार उनको गाँव-प्रधान बनने का नशा चढ़ा। वह चुनाव लड़ गए और चुनाव चिह्न मिली कुर्सी। वह चुनाव-प्रचार करने लगे, "देखो भाई चुनाव के पहले ही कुर्सी मिल गई, परिणाम पहिलेन डिक्लेयर होई गवा। पहले का प्रधान सोता था पर ई नया प्रधान मुर्ग़ा है मुर्ग़ा... भऽ भिंसार चालू... कुकड़ू कूँ... सबको जगा कर रखेगा यह प्रधान... स्कूल में मास्टर अगर लेट आया तब दिखाऊँगा घड़ी और पूछूँगा, समय क्या है मास्टरजी ? वह कहेंगे बारह-मैं कहूँगा यह प्रधान अब पुराना वाला नहीं है... यह मुर्ग़ा है मुर्ग़ा... समय का पाबंद... कर्तव्य का भान... सबको अपनी भूमिका का निर्वाह करना होगा... वोट दो कुर्सी पर, मुर्ग़ा प्रधान चुनो न कि कुम्भकर्ण।" उनके चुनाव प्रचार का नारा था...

मुर्ग़ा है प्रधान कुम्भकर्ण सोवत बा
जागो मोहन प्यारे बदलाव नया आवत बा।

वह चुनाव जीतने की घोषणा पहले ही कर दिए और कहा, "परिणाम के लिए मत गिनना एक औपचारिकता है; जब आपका समर्थन प्राप्त है, किसी से मेरा कोई मुक़ाबला है ही नहीं।"

पर जब परिणाम आया तब चारों प्रत्याशियों में सबसे कम वोट उनको मिले। लोगों ने कहा, सही कह रहे थे, वह किसी मुक़ाबले में थे ही नहीं। उनका चुनाव का नशा उतर गया फिर कभी दुबारा चुनाव नहीं लड़े। दादू मेरे साथ बहुत रहता था, वह सबसे चालू था। गर्मी की छुट्टियों में जब हम लोग गाँव जाते थे, वह भी मेरे बाबा के यहाँ आता था। नाना भेजते थे कि जाओ मुन्ना के साथ पढ़ो। गाँव के कई बच्चे आ जाते थे पढ़ने, गाँव वाले कहते थे, "उर्मिला भौजी के गर्मी के स्कूल चलत बा।"

मेरे नाना की तरह मेरे बाबा भी दहेज के आग्रही थे। मुझे तो पूरा जमुना पार ही संपत्ति का आग्रही लगता है, जहाँ मिले हथिया लो। बाबा ने अपने बड़े बेटे का विवाह संपत्ति की आकांक्षा से इकलौती लड़की वाले घर में किया और मेरे बड़े पिताजी को ससुराल में संपत्ति मिल गई थी। मेरे बड़े पिताजी के बच्चे ननिहाल ही में रम गए, पढ़ाई का काम पीछे छूट गया। मेरी माँ ने अपने अनुभवों से यह सीखा था कि संपत्ति के चक्कर में पड़ने से बच्चों की पढ़ाई में बाधा आती है और बच्चों का मन भरमता है; इसलिए उसने अपने को इन दुनियावी मायाजालों से दूर कर लिया था, यहाँ तक कि नाना ने जो दो बीघा ज़मीन उसके नाम सीलिंग से बचने के लिए लिखा था उससे भी वह कोई मतलब नहीं रखती थी। ग़रीबी मेरे बाबा के पूरे जीवन रही, वह एक मिडिल स्कूल के अध्यापक थे, बाबा की तनख़्वाह 64 रुपया महीना थी। वह 16 रुपया मेरे पिताजी को देते थे और बाक़ी में घर चलाते थे। उनकी कमाई में एक ही बेटा पढ़ सकता था और मेरे पिता पढ़ने में ठीक थे; इसलिए यह अवसर उनको मिला। बाक़ी दो पढ़ सकते थे या नहीं इस पर आज़माइश ही नहीं हुई क्योंकि आज़माइश करने का भी साधन न था।

नाना की ज़मीन एक फ़ैक्ट्री के लिए सरकार ने अधिकृत कर ली थी और एवज़ में एक व्यक्ति को नौकरी का प्रस्ताव सरकार ने दिया था। सबकी चाहत थी उनके बच्चे की नौकरी लग जाए। मौसी बहुत चाहती थी उसके एक बच्चे की नौकरी लग जाए, बीच वाली मामी बाबा भैया के लिए चाहती थीं और कहती थीं कि बाबा पढ़े-लिखे हैं कोशिश करने पर इनको अफ़सर की नौकरी मिल जाएगी, मेरे छोटे मामा भी अपने लिए नौकरी चाह रहे थे। पर नाना का अतिशय लगाव बड़े मामा के साथ था; इसलिए उनके इंटर पास सबसे बड़े बेटे को अधिमानता दी और यह आपस में एक मनमुटाव का कारण बना। हरिकेश मामा उनकी यह कमी पकड़ लिए थे और कहा था कि वह उनके एक नाती की नौकरी लगवा देंगे। यह भी कहा था कि अगर नौकरी पाने के लिए लाख-खाड़ घूस लगेगा तब वह भी दे देंगे। नाना के नातियों में आपसी प्रतिस्पर्धा का जन्म हो गया था कि नाना किसके लिए कहेंगे और नाना की पूरी सेवा हो रही थी। गाँवों में यह मान्यता है कि बग़ैर पैसा ख़र्च किए कोई काम नहीं होता। हर काम घूस से ही होता है। सारी नौकरियाँ सिर्फ़ सिफ़ारिश या घूस से ही प्राप्त होती है। इसी मान्यता के आधार पर मेरे मामा के बेटे कहते थे, "नौकरी लागत हऽ या तऽ सोर्स से या रुपिया के ज़ोर से, घूस-अखोर देई के होई तऽ काल नौकरी लागि जाए।" भविष्य की आशा को देखकर हरिकेश मामा का प्रस्ताव मेरे बड़े मामा के यहाँ ऊपर चढ़ने लगा था। पर बीच वाले मामा-जो पैरोकार हरिकेश मामा के प्रस्ताव के सबसे बड़े थे और मामी जो

हर बात पर कहती थीं, हम जबान देहे हई हमरे जबानें के का होये, ख़ेमा बदल चुके थे। लालच वस्तु ही ऐसी है व्यक्ति को नैतिकताविहीन कर देती है।

नाना को तोते की तरह पूरी रात पढ़ाया गया। वह पूरी रात सबकी बात सुनते रहे और अंत में मोहिता दीदी ने अंतिम ड्राफ़्ट तैयार किया, कल क्या कहना है। उस अंतिम ड्राफ़्ट में सिर्फ़ यही था कि कमिश्नर के रिश्ते पर अभी कोई फ़ैसला न लें, मुन्ना मामा के साथ कमिश्नर के यहाँ चले जाएँ।

सारी बातचीत के बाद नाना ने कहा, शर्मा जी तो मान जाएँगे लेकिन उर्मिला पर कुछ नहीं कह सकता। मैं उसको बचपन से जानता हूँ। उसके दिमाग़ में जो आ जाए वह हटाना मुश्किल है। मामी ने कहा, "बाबू तोहार बात आज तक कभौं काटे बा ?"

"आज तक हम ऐसन कुछ कहेउ नहीं हई जौन काटय लायक होय।"

"बाबू, एहमें काटै लायक का बा ?"

"हमका लागत बा मुन्ना एहमें तैयार नाहीं बा। उर्मिला एतना कड़ा रूख मुन्ना से पूछि के ओकरे कहे से लेहे होइहिं, नाहीं तऽ एतने जल्दी ऐसन फैसला नाहीं होत; जबकि सामने वाला कौनौं चर्चौं नाहीं करत बा।"

"बाबू, उर्मिला के सामने मुन्ना के हैसियत नाहीं बा कि कुछ कहि सकैं।"

"पहिले के बात कुछ और रही। अब बड़ा अफसर होई गवा बा। दादू हमसे बताए बा कि कुंडली गुरू ऐसन अफसर के मुन्ना पढ़ावत हऽ। उर्मिला कुंडली गुरू के जीप से हमसे मिलै आई रही।"

"बाबू तुहू मुन्ना से कहि देहऽ एक बार।"

"मुन्ना से कहे पर काम न बने, कहे उर्मिला से पड़े।"

मामा के साथ-साथ बाबा भैया और मामी भी चिंतित थी, चिंतित पूरा घर ही था। मामी शाम को रुपया गिनती थीं। हर दिन हज़ारों में रुपया आता था। टेंडर का पैसा बाबा भैया ने गिना था। अभी एक महीना भी नहीं हुआ था लक्ष्मी की कृपा का, यह कृपा इतनी जल्दी चली जाएगी, इस पर सब परेशान थे। जो हर वक़्त यह दुहाई देती थी, हमरे ज़बान के का होए, वह इस बात पर लग गईं कि किसी तरह बस मुन्ना कमिश्नर के यहाँ चला जाए।

रात में मामा-मामी ने काफ़ी देर तक बातचीत की।

"का लागत बा तोहका ?"

"कुछ नाहीं कहि सकित। बाबुऔ के भी विश्वास कम बा कि उर्मिला मान जाए।"

"कमिश्नर के कौनौं और लड़िका बताय दऽ, इहौ एक रास्ता बन सकत हऽ।"

"अगर कौनौ और लड़िका कमिश्नर के चाही तब हमार का काम बा। हम मदद करब बियाह तय करय में, इहै सोच के हमका बोलायेन हऽ साहेब। कमिश्नर साहब

के तऽ मुन्ना चाही, अगर मुन्ना न चाही तब हमसे साहेब के का मतलब। मुन्ना हमार भांजा बा, हर घरे में मामा के बहुत चलत हऽ, ई तऽ समाज के रीति हइयै बा, इहै साहेबौ के दिमाग में बा।"

"हमार घर तऽ बिधाता अलगै बनाये हयें, इहाँ नाते-रिश्ते के कौनौं कदर नाहीं बा।"

मामा छत की ओर देखते शून्य में निहारते बोले, "मोहिता के माँ!"

"हाँ!"

"ई मुन्नवा में कुछ जादू बा!"

"का जादू बा!"

"साहेब के बातचीत से हमका ई लगि गवा बा कि साहेब मुन्ना से बहुत प्रभावित हयें। हम एक बार कहा पोस्टिंग बरे, साहेब पंचम तल के आदमी के हटाई देहेन और कहेन कलेक्टर से, आज ही कार्य भार देकर ज्वाइन करा दो। ई बहुत बड़ी बात बा, पूरे विभाग में हमार हवा बहति बा।"

"ऐसन मुन्ना में कौन सुरखाब के पर लगा बा?"

"मुन्ना के मार्केट बहुत तेज बा। सत्य प्रकाश मिश्रा कौनों हिंदी के अध्यापक हयें ओ साहेब और मुन्ना दुइनौं के पढ़ाये हयें। ओ कहि देहें हयें कमिश्नर से कि मुन्ना से बियाह करऽ ई बहुत आगे जाए।"

"अब और केतना आगे जाए, होई तऽ गवा आईएएस।"

"उर्मिला के बेटवा हई ई मुन्नवा, देखत नाहीं हऊ इ उर्मिला सबै के नाक कैसन नाथे बा। कक्षा 5 पास बा उर्मिला। हम एम.ए. पास हई और एक अधिकारी हई। छोटकऊ इंटर फेल हयें तऽ का भवा नौकरी तऽ करतै हयें पर आज तक हम दुइनौ भाई मिलि के गाँव के खेत नाहीं बँटवाई पावा। सबसे मँहगा खेत ओकरे नामे बा। ऊ धमकी देत हऽ कि अगर इगिड-तिगिड करबऽ तब हमार मन जेका आए ओका लिख देब। बाबू के मति मारी रही कि सड़कै के जमीन ओकरे नाम लिख देहेन। सीलिंग से बाबू बहुत डेराय गऽ रहेन। पाही के जमीन लिख देहेन बहिन के और सबसे टॉप के जमीन उर्मिला के। खेत लिखब तऽ मजबूरी रही कि खेत सीलिंग में जात रहा पर का जरूरत रही सड़क पर के खेत लिखै के, कौनो और खेत लिखे होतेन। बहुत मँहगा खेत लिखि देहेन ओकरे नाम। सबके नाम लिखेन दुई-दुई बिगहा सीलिंग से बचावई बरे, उर्मिला के खेतौ बा दुई बिगहा पर दाम दस बिगहा के बराबर बा।"

"उर्मिला खेत लै ले का?"

"अबै तक तऽ नाहीं कहेस कि लेब और न कभौं गई खेत देखै, कभौं जिक्रौ नहीं सुना हम उर्मिला से खेते के बारे में। पर लेवा चाहे तऽ केऊ का करे। बगैर कौनौं पावर

के तऽ नाकन चना चबवाये रही, अब तऽ पुलिस और बंदूक लै के गाँव गई रही। छोटकऊ बतायेन कि कौनों मातादीन हवलदार गवा रहा उर्मिला के संगे। छोटकऊ कहेन मातादीन से, ई बसंतवा ठाकुर गुंडा बना घूमत हऽ और हमका हैरान केहे बा। ओका पकड़ि के मुर्गा उहिं दुआरे पर बनाई देहे रहा। मुन्ना कौनो आम अफसर न बने, उर्मिला के ख़ून बा। ऊहौ देखू कौन-कौन गुल खेलाये।"

"अगर ई बियाह के बात इहीं खत्म होई गई तब तोहरे पोस्टिंग के का होये ?"

"उहै तऽ सबसे बड़ी चिंता बा।"

"का कमिश्नर हटाई दे ?"

"ई विभाग में पोस्टिंग कलेक्टर के ऑफ़िस से हमार भई बा। कमिश्नर साहब जोर दै के निर्देश देहे रहेन, हमरे बरे। कलेक्टर-एसडीएम दुइनौ नाखुश, अब नाखुश आदमी के तऽ बहाना चाही हटावई बरे।"

"ओ काहे नाखुश हयेन, ओनकर तू का बिगाड़े हयऽ !"

"ऊपर से जोर लगाई के हम आई हई ओनके इच्छा के खिलाफ। हमसे पहिले वाला ओनकर आदमी रहा। उहौ जोर लगावत बा। कमिश्नर के हाथ सिर पर से हटा, हम हटि जाब।"

मामी सिहर गईं यह सुनकर। वह रोज़ रुपया गिनने की आदी हो चुकी थीं। अब हर शाम रुपया गिनने का दैवीय क्षण चला जाएगा यह सोचकर ही अंदर से काँप गईं। बहुत दिनों बाद यह अवसर प्राप्त हुआ था और ईश्वर इतनी जल्दी रूठ जाएगा इसकी उम्मीद न थी उनको।

"कैसे काम होए ?"

"मुन्ना हमरे संगे कमिश्नर साहेब के इहाँ चला चलई बस। अगला कुछ महीना कट जाए, बाद में कौनौं जुगत लगाउब।"

"ई तऽ बड़ा काम बा नाहीं, कौन बियाहे बरे कहत हऽ।"

"काम बहुत बड़ा नाहीं बा पर के ई जिद्दी उर्मिला के समझावै! ओकरे दिमाग में एकै बात अटकी बा ई फोटो-कुंडली हमरे घरे से हटावऽ।"

"हमहूँ चली का काल, हम मुन्ना के हाथ-पैर जोड़ब। आखिर हमहूँ ओकर मामी हई। आज तक कुछ नाहीं कहा। हमरे सामने पैदा भवा रहा अपने ननिऔरे में।"

"चलू काल, देखऽ भाग्य में का लिखा बा।"

बात करते-करते शून्य की ओर निहारते हुए मामी ने मामा से पूछा,

"अगर नवम्बर तक रहि गए तब मोहिता के मकान होइ जाए ?"

"जमीन तऽ होइ जाए मकान के बरे नाहीं कहि सकित, देखऽ कैसन आमदनी

होत हऽ।"

"चलऽ जमीनै होई जाई..."

मामा ने थोड़ा दुखी होकर कहा,

"बेचारी के तकदीरै खराब बा नहीं तऽ मकानौ होई जात, अगर मार्च तक के समय मिलि जात।"

मामी शांत एकटक छत पर चलते पंखें की ओर चिंताग्रस्त निहारती रहीं, "ओकर तकदीरै खराब बा... अब और का कही... बियाहौ जैसन चाहत रहे वैसन भवा नाहीं... अब एक आसरा बना ओकरे मकान-जमीन के उहौ विधाता छीना चाहत हयें... बेचारी के दु:ख लिखा बा... झपकती आँखों-टूटती नींद के साथ रात बीती।

सुबह हो गई थी, आफ़ताब लालिमा लिए सम्मोहित कर रहा, मंद समीर गर्मी से कह रहा था ज़रा थमो अभी वक़्त हमारा है, पक्षी रूहानियत का कलाम गा रहे थे, फूलों की फ़सल आतुर—कपोलों की कसमसाहट—हरसिंगार के पेड़ बनाते ज़मीन पर सफ़ेद-लाल रंग की क़ालीन; पर कोई भी सुकून और सौन्दर्य मामी को नहीं—ख़ाक ख़्वाब का—मायूसी की राख—जीवन की सिर्फ़ एक चाहत—मोटरसाइकिल चलाते मामा पीछे बैठा हुआ मैं कमिश्नर के बंगले में प्रवेश करती हुई काली बुलेट मोटरसाइकिल।

सफलता एक प्रेम गीत है जो हर कोई गाना चाहता है। ग़रीबी एक ऐसी धुन है जिसे सब बजता देखकर कानों को कमज़ोर दिखने वाली हथेलियों से मज़बूती से बंद कर देते हैं। मेरे जन्म के समय किसी को घड़ी में वक़्त देखने का समय न था। सेठौरे के लिए सोंठ भी बमुश्किल ही मिली थी। मेरे जन्म के समय न गाए गए सोहर आज गाए जा रहे। ऐ विधाता ऐसी तक़दीर सबको देना; अगर इस विधर्मी अकिंचन पर तेरी इनायतों की बारिश हो सकती है तब तो हर एक को हक़ है अपनी रिदा फैलाकर चीख़कर तुझसे पूछने का—कौन सी कैफ़ीयत थी जब उसको तूने सूरज के घोड़े खोलकर दे दिए। इंतिज़ार होगा सबको उसी तेरी कैफ़ीयत का—तेरे रहमोकरम के लिए।

11. स्वार्थ

असामर्थ्य, आत्मविश्वास-हीनता और भाग्यवाद

नाना, मामी शाम को थोड़ा पहले ही आ गए थे। थोड़ी ही देर में मामा ऑफ़िस से सीधे मेरे घर आ गए। मेरी माँ सब के एक साथ एकत्रीकरण से यह समझ गई कि मेरे विवाह से संबंधित मुद्दे पर ही वार्ता करने ये लोग आए हैं।

नाना ने माँ को अकेले पाकर मामा का भविष्य लिख दिया, "बिटिया, मुन्ना के बियाहे पर बतियाय बरे हमका गाँव से लै के आई हयेन। हम चला आई हई संगे पर जौन तोहका ठीक लागे तू करऽ, हमार कहब मजबूरी बा, बाकी तू बहुत समझदार हऊ।"

मामा ने जो रणनीति पहले से ही निश्चित की हुई थी, वैसे ही बात आरंभ हुई। पर रंगमंच का निर्देशक यह नहीं जानता था कि मुख्य-पात्र का संवाद नक़ली है, असली संवाद सम्प्रेषित हो चुका है। छल तुमने किया है ख़ेमा बदलकर, कोई और भी कर सकता है... छल! मामा की निष्ठा कमिश्नर के साथ नाना की हरिकेश मामा के साथ, स्वार्थ दोनों के पास था। नाना ने माँ से पूछा,

"उर्मिला, कुंडली-फोटो काहे लौटाई दिहु?"

"बाबू, जब कमिश्नर साहेब के इहाँ बियाह नाहीं करै के बा, तब काहे ओनकर सामान रखी?"

"जब साहेब आइहिं तब देखा जाए, अबइहैं कौन जल्दी बा, ओ तऽ कुछ कहतै नाहीं हयें अबहीं।"

"बाबू, जब हमका करइन के नाहीं बा बियाह तब काहे हम रखी ओनकर फोटो-कुंडली।"

"जरा थमि के सोच लऽ, ऐसन कौन हड़बड़ी बा?"

"बाबू हम सोचि लेहे हई। मुन्ना के पिता जी कहत हए, न करिबै एनके इहाँ

बियाह। ए बहुत बड़वार मनई हएन और एनके इहाँ की लड़की हमरे इहाँ न चलि पाए।"

"का देखाई गवा शर्मा जी के ऐसन कि लड़की न चलि पाए, ऐसन तऽ कुछ नाहीं देखात बा कुंडली-फोटो से।"

"बाबू जोड़ा देखि के काम करै चाही। हमार मुन्ना कैसन बा हमका पता नाहीं बा का, बहुतै जिद्दी लड़िका बा, ऐकर केसे पटे और केसे न पटे एकर अहसास बा हमका। एका एक साधारण लड़की चाही, ऊ नौकर -चाकर के बीच पली बा, दिल्ली के अंग्रेजी कॉलेज के पढ़ी बा, मुन्ना ओकरे लायक नाहीं बा। हम बियाह कै देई नाम-प्रतिष्ठा के लालच में और काल अलग होई जाएँ दुइनौ तऽ का तोहका अच्छा लागे? बाबू हमार जमाना चला गवा कि तू जहाँ हमका भेजि देहे और चाहे जैसन घर-पति-परिवार होई निभावत जा, चाहे रोई के चाहे गाई के। अब ऊ जमाना रहा नाहीं। अब मामूली-मामूली बात पर घर टूटि जात हयेन।"

मामा— "उर्मिला अगर तोहका लागत हऽ कि साहेब दहेज न देइहिं तब ई शंका मन से निकाल दऽ। हमार जिम्मेदारी बा दहेज के, जेतना केऊ और दे ओसे कम साहेब न देइहिं, अगर कम देइहिं तब हम हई बीच में, एकर चिंता तू न करऽ।"

"भैया हम आज तक केहू से कहा दहेज बरे, राम राज मिश्रा दुई बार आई चुकेन। ओनकर बिचौलिया ओम प्रकाश पाठक हर चौथे दिना आवत हएन। अगर दहेज के लालच होत तब तऽ ऊ बियाह तय होई गऽ होत। ओ तऽ कहत हयें जौन कहऽ तौन देई। पर हम का करब दहेज! एक बिटिया के बियाह करै के बा, ओकरे बरे कुछ पैसा जोड़े हई। मुन्ना बा बहुत समझदार, मुन्ना के नाम होई गवय बा। मुन्ना के एक बद्री सर हयेन ओऊ अक्सर आवत हयेन मुन्ना के लगे, ओऊ काल कहेन हमसे कि माता जी आपके एक नाहीं कई लड़िका आईएएस होई गऽ हयेन, आप गंगा नहा। गुड़िया के बियाह हम सब कै देबै। अब भइया एक सहारा तऽ होई गवई बा, हमका कुछ न चाही"

"तब दहेज न लेबू का उर्मिला, अगर दहेज नाहीं लेई के बा तब ई साहेब से अच्छा कौन बियाह बा? एक प्रभावशाली परिवार, एक सुन्दर-सुशील-पढ़ी-लिखी लड़की, अड़े-गड़े काम आवै वाला रिश्ता और जौन तोहार ख्वाहिश होये उहौ पूर होए, और का चाहत हऊ?

"भैया तू कहत सब ठीक हऽ। ओ बड़-बड़वार तऽ हइयै हयेन। रिश्ता अड़े-गड़े केतना काम आवत हऽ, ई तऽ भैया तुहूँ जानत हऽ और हमहूँ जानत हई। मुन्ना के रिजल्ट के बाद बहुत रिश्ता जिंदा होई गएन। ऐसन-ऐसन संबंध जिंदा होई गएन जेकर हमका पतै नाहीं रहा। जे-जे हमसे नाराज रहा सब नाराजगी भूलि गवा। रही बात दहेज के तऽ हम इहऊ नाहीं कहत हई भैया कि हमका कुछ न चाही। अब हमार हैसियत

मुन्ना के बियाह के खर्चा करै के तऽ बा नाहीं। ई बियाहे के खर्चा तऽ जे बियाह करे ओका करे पड़े। हम जौन दुई पैसा जोड़े हई ऊ तऽ गुड़िया के बियाहे बरे बा। हम बहुत मेहनत से पाले हई ओका। जब मुन्ना पैदा होई के रहा हमरे पास बहुत गरीबी रही। हम मजबूरी में बाबू के इहाँ चली गए। एकर आज तक कुंडली नाहीं बनि पाएस। कै बजे पैदा भवा हमका पतई नाहीं बा, केऊ समय देखबै नाहीं केहेस। ई 6 महीना के रहा तब तकरीबन मरि गवा रहा, गंगा माई के दया रही ई बचि गवा। एतना बदमाश रहा ई कि हमका लाग कि का करे ई पर ईश्वर के दया रही ई सुधरि गवा। हम पूरी जिंदगी लगाई दिहा एका पढ़ावै में, अब पैसा-नाम-गाँव के लालच में बियाह कै देइ बगैर ई विचारे कि एकर मुन्ना के जीवन पर का असर पड़े तब हम का जवाब देब मुन्ना के और का जवाब देब भगवान के। भैया, हमका परलोकौ में जवाब देई के बा। हम ऐसन काम करी कि हम भगवान से आँख मिलावय के साहस कै सकी। हम रोज गंगा नहाई जात हई, हनुमान जी के मंदिर जात हई। हम लालच में ऐसन काम न कै देई कि हमार हिम्मत मंदिर जाई के न पड़ै। केहू और के निगाह में हम गिरी-उठी ओसे ज्यादा जरूरी बा हम अपने निगाह में न गिरी।"

"उर्मिला बहिन, ई दहेज सनातन संस्कार है। भगवान रामौ के बियाह में दहेज लिहा गऽ रहा। देई वाले के पास संपदा बा, अपने बिटिया के खुशी-खुशी देत बा, एहमें का गलत बा?"

"हम कहाँ कहत हई कि ई संस्कार नाहीं बा। बिल्कुल देईं अपने बिटिया-दमाद के खुशी-खुशी देई पर हम दहेज के नाम पर बियाह न करब। बाबू केहेन बियाह झुलई के संपत्ति के लालच में। का मिला बाबू के और का मिला भैया के? झुलई ससुरारी चला गएन, आपन घर-दुआर छोड़ि के ससुरारी रहत हएन। अपने माई-बाबू के बजाय सास-ससुर के सेवा करत हएन। घरे के लड़िका घरे से बाहर चला गवा। हमका ओका देखे मुद्दत होई गवा। जब मुन्ना के रिजल्ट आई रहा ऊ मुन्ना से मिलै बरे आई तब हम ओका दुई साल बाद देखा। हमार ससुर हमरे जेठ के बियाह कै देहेन संपत्ति के लालच में, आज तक रोवत हयेन। बेटवा-नाती सब चला गएन। जब गर्मी में मुन्ना के पढ़ावय लागेन तब ओ सब आऊब शुरू केहेन देखा-देखी। हमार ससुर कहेन, ए सब इहाँ रहे होतेन तऽ हम जड़ मजबूत कै देइत, का करी गलती हमही से होई गई बा। भइया हम मुन्ना के बगैर नाहीं रहि सकित। ऊ रात में सोवत हऽ तऽ हम जाई के देखित हऽ ओका। हमरे पास अपने ससुर और बाबू के ऐसन करेजा नाहीं बा कि आपन पाला-पोसा लड़िका केहू कै दै देई और बड़ा मकान-ज़मीन-जायदाद-रुपिया लै लेई।"

नाना— "बिटिया हम झुलई के बियाह किहा कि संपत्ति बढ़े, परिवार के ताकत बढ़े। अब जेकरे पास संपत्ति बा उही के कीमत बा।"

"बाबू, का करबै हम संपत्ति लै के। ओका के देखे? का हम संपत्ति लै के ऊपर जाब, बतावऽ तू? हम तऽ बाबू न करिबै संपत्ति पर बियाह। संपत्ति का बा मुन्ना के पास! ओकरे लगे दुई जोड़ी कपड़ौ न होये ढंग के, जा ओकर कमरा देख लऽ ऊपर, बिस्तर पर दरी बिछाये बा, कमरे में पंखा लू फेंकत बा। पर आज ओकरे नाम के हवा बहति बा। रोज शाम के मेला लागत हऽ इहाँ, सब कहत हयें कि हमका पढ़ाई-बताई दऽ। हमार ससुर गरीबी में मरि गएन पर पूरा डेबरा ओनका याद करत हऽ। ई भगवती सिंह, हरिकेश रुड़की गएन इंजीनियर बनेन ओहमें ओनकर केतना हाथ बा! बाबू ई संपत्ति के चक्कर में हमरे जेठ के लड़िका बर्बाद भयेन, हमरे बहिन के तू पाही के जमीन दै देहे हऽ कुल बहिन के घर ऊँहीं में लपटियान बा, और बड़के भैया के इहाँ के हाल देखतय हऽ। हमका बाबू गरीब के इहाँ बियाहि देत गए सब केव मिल के। शायद भगवान की इहई चाहत रही, ई मुन्ना हमरे नसीब में रहा। का पता जमीन-जायदाद-संपदा होत तब मुन्ना उहीं में रमि जात और पढ़ाई न करत। जौन मुन्ना नाम कमाई लेहे बा अब ऊ सैकड़ों बिगहा जमीन-जायदाद पर भारी बा।"

मामी— "उर्मिला, परिवार बड़-बड़वार के बा। ओनकरे इहाँ करे से प्रतिष्ठा मिले। लोग ओनके इहाँ रिश्ता करै चाहत हऽ और तू ठुकरावत हऊ।"

"भौजी, हम ठुकरावत नाहीं हई, हम ओनकरे लायक नाहीं हई। हम गरीब-गुरबा हई, हमार मकान तू देख लऽ, सिर्फ ईंटा जोड़ि पाए हई और कुछ नाहीं बा एहमें। एहमें एक रोज कमिश्नर के बहिन रहि नाहीं सकत। अब हमार बहू हमरे घरे न रहि पाए ऐसन काम हम काहे करी। हमरे घरे ऊ न रहि पाए एहमे ओकर कौनौ दोषौ नाहीं बा। ओकर समाज अलग बा, ओकर रहन-सहन अलग बा। अब दुई अलग-अलग समाज के मेल तऽ होई नाहीं सकत। अब हम आसमान के ख्वाब देखी आपन जमीन भूलि के इहौ तऽ उचित नाहीं बा।"

मामा— "साहेब के मेम साहेब चाहत हईन मुन्ना से मिला, ओका भेजि दऽ हमरे संगें, अबै 'ना' न' कहऽ। साहेबौ नवम्बर के बाद चाहत हयें बियाह, तब के तब देखी जाए।"

"भैया, जब हमका करैन के नाहीं बा बियाह तब हम काहे लटकाई, मुन्ना का करे मिलि के ओनसे। ओनकर फोटो-कुंडली लौटाई दऽ। ओ आपन बहिन के रिश्ता कतौ और देख लेईं, कौनौं मुन्ना अकेल आईएएस बा का?"

माँ ने चेस बोर्ड ऐसा फाड़ा था कि मामा को कोई जमीन ही नहीं मिल रही थी चाल चलने को। उनका घोड़ा हिनहिना रहा था, ऊँट मिमिया रहा था, हाथी पीड़ा में चिंघाड़ रहा था, वज़ीर चारों तरफ़ से घिरा कुछ खाने चलने की भीख माँग रहा था और रानी मौत का इंतिज़ार कर रही थी। सारे मरे हुए मोहरे इंतिज़ार कर रहे थे कि कब परास्त

होकर थके हुए मुहरें आएँ और हम सब एक साथ डिब्बों में बंद हों जाए।

मामा की सबसे ग़लत चाल हो गई। यह चाल कोई अनाड़ी भी न चलता, जो मामा ऐसा शातिर निराशा के अवसाद में चल गया। हताशा में उठाया गया आत्मघाती क़दम। न केवल चाल ग़लत थी बल्कि चाल चलने का ढंग एवं समय भी ग़लत था। उनकी आवाज़ में रोष आ चुका था और टूटती उम्मीद ने विक्षिप्तता को आमंत्रण दे दिया था। यह संघर्ष दो ऐसे लोगों के बीच के संघर्ष में तब्दील हो चुका था, जिसमें एक पूरा मुनज़्ज़म था तो दूसरा मुन्तशिर ही नहीं मुज़्तरिब भी हो रहा था। उसे मुख़्तलिफ़ सम्तों में दूर-दूर तक दिन में सियाह रात दिख रही थी, रौशनी से नाउम्मीद हो रहे थे। एक बढ़ती नाउम्मीदी में वह क्षण-प्रतिक्षण अव्यवस्थित होते जा रहे थे। यह बढ़ती अव्यवस्था उनको मानसिक विक्षिप्तता की ओर अग्रसरित कर रही थी। उनके मस्तिष्क की विक्षिप्तता उनके व्यक्तित्व का नाश करते हुए उनके भीतर के तसादुम से एक स्वयं-विनाशी तलातुम ही तलातुम का सृजन कर रही थी। स्वार्थ इतना प्रभावी हो चुका था कि वह पूर्ण अंधत्व की ओर बढ़ चुके थे।

"उर्मिला तब तू कमिश्नर साहेब के रिश्ता आजै 'ना' कहि देबू?"

"भैया, अनुराग के पिता जी हमसे उहीं दिन 'ना' कहि देहेन जेह दिना मुन्ना आपके इहाँ गवा रहा वापस देई बरे फोटो-कुंडली। अब ओ हमसे अधिक समझदार हयेन, ओनका दुनियादारी हमसे अधिक आवत हऽ। भैया, ओनकर फोटो-कुंडली वापस कै दऽ, हमार ई रिश्ता से पिंड छोडाई दऽ, हमरे लायक नाहीं बा ई संबंध। हमका चैन नाहीं आवत हऽ जब-जब सोचित हऽ ई रिश्ता के बारे में, हमका अपने मुन्ना के साथ अन्याय करै बरे न कहऽ।"

"ई बियाह करे से अन्याय होई जाए मुन्ना के साथ?"

"भैया, अब एह मुद्दे पर बात करे के कौनौ मतलब नाहीं बा; हमका जौन कहै के रहा, सब कहि दिहा।"

"उर्मिला हमार कौनो हक नाहीं बा मुन्ना पर?"

"काहे नाहीं बा भैया! हम कब कहा कि तोहार हक नाहीं बा। तोहार आशीर्वाद हमरे संगे हमेशा रहा। हम तोहरे सामने जन्मा। ई मुन्ना ननियौरे में जन्मा, ऊहिं पला-बढ़ा बा। जब ऐकर नाम हम नाहीं लिखाय पावत रहे स्कूल में, तुहिन बताए रहऽ कि श्यामा देवी भगवती प्रसाद में जा नाम लिखि जाए, तोहार हक हम पर न होये तब केकर होये।"

"तब मुन्ना के हमरे संगे कमिश्नर साहेब के इहाँ जाए दऽ और रिश्ता के अबऽ 'ना' न कहऽ।"

"भैया, ई न होई पाए।"

"हमार कौनो इज्जत नाहीं बा?"

"भैया, ऐसन हम का कै दिहा कि तोहार इज्जत घटाई दिहा?"

"एतने देर से हम-बाबू-तोहार भौजाई एकै बात रटत हई पर तू सुनतई नाहीं हऊ। ऐसन जिद होई गई बा कि रिश्ता के लिहाज चला गवा बा।"

"भैया, हम कौन लिहाज नाहीं करत हई ई बताई दऽ हमका। बस हमका ई संबंध करब उचित नाहीं लागत बा।"

"हम अनुचित बात करत हई?"

"हम ई तऽ कहा नाहीं कि आप अनुचित बात करत हऽ... हम कहा हमका उचित नाहीं लागत बा। होई सकत हऽ तोहार बात उचित होई पर हमका नाहीं लागत बा।"

"तब केकर बात चले?"

"भैया, मुन्ना के बियाहे में हम केहू के न सुनब। हमका जौन मुन्ना के हित में ठीक लागे हम उहई करब।"

"तू हमका आपन घर छोड़वैबे हऊ।"

"भैया, हम ऐसन कौन अपराध कै देहे हई कि तू हमार घर छोड़ि देई के बात करत हऽ?"

"हमार एतना अपमान भवा, हम रिरियात-घिघियात हई एक छोट से बात पर और हमार बात नाहीं सुनत हऊ। हम तोहार घरि छोड़ि के जात हई। अब हमार-तोहार रिश्ता आज से खतम।"

"भैया, अब अगर इहै शर्त बा बहिन और भाई के रिश्ता के सलामती के और तोहका ऊ कमिश्नर जेका तू तब जाने हऽ जब मुन्ना आईएएस बनि गवा, आज ऊ तोहरे ऐतना नज़दीक होई गवा बा कि बहिन-बहनोई-भांजा-भांजी सबके त्याग देई के बात आई गई तब हम का कहि सकित हऽ। भैया हमका नाहीं पता रहा कि हमरे राखी के डोर ऐतनी कमजोर बा, तू हमसे ढेर दुनिया देखे हए, हमसे बहुत अधिक पढ़ा-लिखा हऽ, अब हम और का कही। भैया गरीब हरदम अँधियारेन में रहे चाहे जेतना कोशिश रोशनी के पीछा करै के ऊ कै ले। जब-जब फैसला अमीरी-गरीबी के बीच होए, गरीब के हिस्से में कभौं चाँद के रोशनी न मिले। चाँद हमेशा दुई अँखियाव करे। हम बस एतनै तऽ कहत हई, न हम न हमार मुन्ना कमिश्नर के परिवार लायक हई और तऽ हम कुछ कहा नाहीं।"

मामा ने मामी से कहा, "चलो अब नातेदारी रही नहीं। बहुत हो गया।"

मामा ने मोटरसाइकिल स्टार्ट की और मामा-मामी चल दिए।

मेरी बहन भागती हुई ऊपर मेरे कमरे में आई और बोली, "भइया लड़ाई हो गई,

जल्दी चलो माँ बहुत रो रही है।"

"किससे लड़ाई हो गई, क्यों रो रही है माँ?"

"मुझे कुछ नहीं पता आप जल्दी चलो। मामा-मामी नाराज़ होकर चले गए।"

12. समकालीन सामाजिक सत्य

छल-योजना एवं कुत्सितता एक जीवन-दर्शन है...

माँ के रोने की आवाज़ और हिचकियों के स्वर एक साथ सुनाई पड़ रहे थे। वह बोलने की कोशिश कर रही थी पर ठीक से बोल नहीं पा रही थी। नाना आँगन के पास वाले बरामदे की डाइनिंग टेबल पर किंकर्तव्यविमूढ़ होकर बैठे थे और उनका दोनों हाथ सिर पर था, कुहनियाँ मेज़ पर। माँ नाना के एकदम सामने वाली कुर्सी पर बैठी रो भी रही थी और कहने का प्रयास भी कर रही थी; पर आँख के आँसू, रूँधा हुआ गला, स्वर-प्रवाह को बाधित कर रहे थे। मैंने उसको रोते हुए कम ही देखा था। रोना उसके चरित्र का भाग नहीं था, वह बहुत ही मज़बूत महिला थी। उसको मैंने नानी की मृत्यु के समय जब उसकी अपनी माँ की अंतिम सेज कंधे पर रखी जा रही थी तब देखा था रोते हुए। वह अंतिम सेज से लटक गई थी और नानी की सेज एक ओर लुढ़क गई थी, गाँव के कई लोग मिलकर भी उसको नानी की अंतिम सेज से अलग नहीं कर पा रहे थे। आज का उसका रूदन मुझे द्रवित कर गया, मेरी बहन भी रोने लगी। मेरी समझ में कुछ न आ रहा था हुआ क्या है। नाना की आँखें डबडबा आईं थीं, वह पूरा प्रयास करके भी आँसुओं की धारा रोक नहीं पाए और बस इतना ही कहा, “जो इतने दिन से बचाया जा रहा था वह आज हो गया, मुझको भी यह दिन देखना नसीब में लिखा था।”

एक ग़रीब के हिस्से में कुछ भी आसानी से नहीं आता। ख़्वाब ने दस्तक भी दिए, वह दरवाज़े से अंदर आ भी गया पर जिन लोगों ने कहा था ख़्वाब तेरी हैसियत से बड़े हैं, वही अब ख़्वाबों की ताबीर में हिस्सा माँग रहे। उसको तलब जीने से ज़्यादा लड़ने की थी। उसके जंग को तमाशे की तरह देखने वाले उसकी जीती हुई ज़मीन में हिस्सा माँग रहे।

मुझे देखकर उसने इतना ही कहा, "मेरे साथ अन्याय किया जा रहा है", कहकर रोने लग गई। दुःख मुझे उसके रोने का बहुत हुआ; हलाँकि मुझे इस रुदन की पृष्ठभूमि नहीं मालूम थी। माँ कुर्सी पर बैठी थी, मैंने उसका सिर अपने कंधे के निचले भाग से लगाया और कहा, "चुप हो जा"। नाना से पूछा क्या हुआ, नाना ने जब वाक़या बताया तब मैं आवाक रह गया। मुझे यक़ीन ही नहीं आया, यह हो गया। माँ मेरे आने के बाद धीर-धीरे संयत होने लगी। उसकी हिचकियाँ कम होनी शुरू हो गईं। मैंने बहन से कहा, चाय बना दो। वह रसोईघर में चली गई।

"माँ, तू इतनी मज़बूत है, तुझे रोना शोभा नहीं देता। मेरे जीवन के कमज़ोर क्षणों में तुमने कहा था, रोना एक भावना के साथ-साथ कहीं न कहीं कायरता की भी अभिव्यक्ति है।"

माँ को मेरे आने से ढाढ़स आ गया था। वह रौ में आ गई और उसकी शिकायतों का पिटारा खुल गया।

"... यह ज़माना ही ऐसा है। जिसने ज़िंदगी में हमारे लिए कुछ न किया वह आज हमको धमकी दे रहा। इतनी ओढ़ी हुई ज़िम्मेदारियाँ सर पर थीं कि ज़िंदगी काटना ही जीवन का एकमात्र लक्ष्य था, कैसी कटी है यह ज़िंदगी हम ही जानते हैं। दो धोती में ज़िंदगी बीत गई, किसी शौक़ के लिए कभी सोचा ही नहीं। बच्चों को दीवाली पर होली और होली पर दीवाली में नये कपड़ों का आसरा दिलाकर इनका मन बहलाते थे। ज़मींदार के घर की बेटी हूँ, तीन गाँव में ज़मींदारी थी, इतना खेत था कि एक गाँव के खेत धिंगरा ले गए। एक गाँव का खेत मजबूरी में बहिन को देना पड़ा न कि स्वेच्छा से। जो गाँव में खेत है वह सँभल नहीं रहा पर हमारे घर का प्लास्टर नहीं हो सका। मेरा बेटा पूरा 6 महीना बग़ैर प्लास्टर, बग़ैर दरवाज़े और बग़ैर वायरिंग के कमरे में तार खींचकर रहा, उस समय कोई नहीं आया पास मेरे। किसी ने तिथि-त्योहार पर भी मेरे बच्चों के हाथ में कभी कुछ न रखा। जब घर का काम रुक गया तब इन्हीं से रुपया ब्याज पर माँगा पर कोई जवाब न दिया। छोटकऊ ने कहा, हमरे पास कुछ नाहीं बा। मेरे बाप-भाई-हित-नात कोई दिखाई नहीं दिए और आज हमसे वही क़बूलवाना चाह रहे जो उनका मन है। हम क़बूल अगर न करी तब हमका अहंकार होई गवा बा। यह समाज की रीति है। यह हमारा ख़ून है जो एक अजनबी के लिए हमको धमकी दे रहा।"

माँ मेरी तरफ़ मुख़ातिब हुई। दुर्गा उसके अंदर जग चुकी थी।

"मुन्ना जा और फोटो-कुंडली कमिश्नर के दरवाज़े पर फेंक दऽ और कहि देहऽ कि हमार सर्वेश मिश्रा से कौनौ ताल्लुक़ नहीं बा।"

नाना— "उर्मिला, थोड़ा धीरज रखऽ।"

“नहीं बाबू, अब बहुत होई गवा। अब जब संबंध के लाज-लिहाज नाहीं रहि गवा बा तब हम ओनका समझाई देब कि हमहूँ कौन मिट्टी के बनी हई, ओनका पता नाहीं बा हम हई के।”

“मुन्ना जरा शांत करऽ अपने माँ के।”

इतने में पिताजी भी ऑफ़िस से आ गए। वह भी सारा घटनाक्रम सुनकर चौंक गए। उन्होंने समझाया, “अभी शांत रहो। एक आदमी ने बेवक़ूफ़ी किया तो इसका मतलब यह तो नहीं सब बेवक़ूफ़ी करें।”

“हम अबहिं जाबै, अगर तू सब न जाबऽ तब। हमका ऊ फोटो-कुंडली अबहीं चाही, जा लै के आवऽ, कल वापस होई चाही; अगर न केऊ जाए तब हम जाबै।”

मैं उसके ग़ुस्से का इलाज जानता था। मैं बचपन से देख रहा हूँ उसको। उसको ग़ुस्सा जितना तेज आता था उतना ही तेज उतरता भी था, बस उसके ग़ुस्से के समय उससे उलझो मत। उसकी फ़ोटो-कुंडली को यथाशीघ्र वापस करने की बात मान ली गई।

“पिताजी अभी-अभी आए हैं, साथ में चाय पी लेने दो जो कह रही हो कर दूँगा।”

मैंने बातचीत में उसका मन बहलाकर उसे थोड़ा संयत कर दिया।

मैं चाय पीकर मामा के यहाँ चलने लगा। मेरे पिता जी और नाना दोनों ने कहा कि जरा धैर्य रखना, ग़ुस्सा मत दिखाना, सर्वेश तो बेवक़ूफ़ हैं हीं।

मैं मामा के यहाँ पहुँचा। वहाँ का आलम श्मशान घाट की तरह का था। मोहिता दीदी-उनके पति राकेश जीजा जी, बाबा भैया-भाभी-मामा-मामी सब आँगन के पास के बड़े से बरामदे की डाइनिंग टेबल पर बैठे थे। उन सबको देखकर एक अहसास तो मुझे हो गया कि पश्चात्ताप का दौर चल रहा। कोई भी मामा के इस क़दम के साथ न था। मेरी मामी मुझको देखकर रोने लगीं।

मामी के रोने पर मैंने कोई प्रतिक्रिया न दी। मैं अभिवादन करके कुर्सी पर बैठ गया। मेरे अंदर आक्रोश कुछ कम न था, आखिर वह मेरी माँ ही नहीं मेरा सर्जक भी थी। एक गीली मिट्टी के टुकड़े को हाथ में उठाकर उसने चाक पर ऐसा चलाया था कि बनी हुई आकृति की सुन्दरता की हर ओर विवेचना हो रही थी और बाज़ार में ख़रीददारों की भरमार थी, सब ख़रीददार भी कह रहे थे, यह अनमोल है।

मोहिता दीदी ने कहा, “मुन्ना बहुत ग़लत हो गया। यह होना नहीं चाहिए था।”

“क्या ग़लत हो गया दीदी, यह होना ही था एक दिन; इसको पहले होना चाहिए था, देर में हुआ।”

“ऐसा न कहो मुन्ना। पिताजी बहुत दुखी हैं।”

"क्यों दीदी! किस बात के लिए?"

"उनको ग़ुस्सा आ गया इस बात के लिए।

"इनको ग़ुस्सा करने का क्या हक़ है?"

"जो हो गया उसको भूल जाते हैं।"

"मैं कौन होता हूँ इस बात पर फ़ैसला करने वाला। मैं सिर्फ़ एक संदेश वाहक हूँ। मुझसे जो कहा गया उससे ज़्यादा बात करने का कोई अधिकार मेरे पास नहीं है।"

"क्या कहा गया मुन्ना भैया?"

"फ़ोटो-कुंडली वापस ले आओ।

और सुनना चाहोगी क्या कहा है उसने उनसे जो रिश्ता तोड़कर बुलेट मोटरसाइकिल पर चढ़ कर अहंकार से आया है वापस उस ग़रीब के घर से, पता नहीं क्या इन पर इतना प्रभावी है जो इनकी मति हर चुका है। एक मुलाज़िम अपने आका को खुश करने के लिए किसी भी हद तक जाने को तैयार है। वह एक ग़रीब-बेसहारा आप को लगती होगी जिसको यह धमकी दी गई कि मेरा तुम्हारा रिश्ता ख़त्म हुआ; पर वह न तो ग़रीब है और न ही बेसहारा। ज़माने को वह ज़रूर ग़रीब दिखती होगी; पर उसकी धोतियों में जो पैबंद नज़र आते हैं; उसके हर पैबंद से मेरी विजयगाथा बनी है, अगर यह एक विजयगाथा मानी जाती है। दूसरी बात जो उसने कही है वह आपको रात सोने नहीं देगी।"

मैं यह कहकर शांत हो गया। थोड़ी देर की शांति बनी रही। मैंने कहा, "फ़ोटो-कुंडली दे दें मैं चलूँ।"

मोहिता दीदी— "बुआ का कहेन।"

"कुछ नहीं।"

"मुन्ना भैया, पिताजी ठीक तो नहीं किए, बुआ ने कहा क्या?"

"यह फ़ोटो-कुंडली कमिश्नर के दरवाज़े पर फेंक आओ और अगर कोई नहीं फेंकेगा तब मैं मुँह पर मारकर आऊँगी और जो रिश्ता कमरे के बंद दरवाज़ों के भीतर तोड़ा गया है वह सरे आम तोड़ दो।"

मेरी मामी और ज़ोर-ज़ोर से रोने लगीं। राकेश जीजा जी ने कहा, "भावावेश में कई बार वह मुँह से निकल जाता है जो आदमी कहना नहीं चाहता। इस बात को यहीं ख़त्म करते हैं। मैं और मेहिता कल पिताजी को लेकर आएँगे। हर परिवार में ऐसा हो जाता है कभी-कभी। पर यह रिश्ता ख़ून का है, कहीं ऐसे टूटते हैं रिश्ते क्या?"

"जीजा जी आप मुझसे उम्र और पद दोनों में बड़े हो। यह धृष्टता लग सकती है आपकी बात न मानना पर मेरी एक सलाह है।"

"क्या सलाह है?"

"मामा ख़त्म करना चाह रहे यह रिश्ता, इनकी बात मान ली जाए।"

मेरी इस बात पर सन्नाटा छा गया। मैंने उसी सन्नाटे में आगे कहा,

"माँ को भी एक सलाह दूँगा, हलाँकि वह इतनी ज़िद्दी है कि उसे कुछ भी समझाना आसान नहीं है।"

"उनको क्या सलाह दोगे?"

"वह अपने मायके से सारे संबंध ख़त्म कर दे। सारे रिश्तेदार भी मामा-माँ में से एक को चुन लें जिसको माँ से संबंध रखना है वह मामा से संबंध न रखें और जो मामा से रखना चाहता है वह माँ से न रखे। जो इस तरह की कड़ी शर्त से सहमत न हो वह अपने कार्य-प्रयोजन में दो में से एक को ही बुलाएँ। अगर संबंधों की आधारशिला इतनी कमज़ोर है कि एक अजनबी के सवाल पर विभिन्न शरीरों में बह रहा एक सामूहिक रक्तांग दूसरे रक्त के लाल रंग से अपनी आस्था दिखाने लगे; तब इस संबंध को ख़त्म हो ही जाना चाहिए। एक बड़ी शिकायत उससे यह है कि वह हस्तक्षेप करती है अपने मायके के संपत्ति के बँटवारे में। मैं उससे कहूँगा वह न करे; हलाँकि उसका कहना सही है कि पिता के जीवित रहते घर में बच्चों को बँटवारा नहीं करना चाहिए। कल अगर बँटवारे की इसी तरह की बात इस घर में लोग करें तो क्या वही रुख़ आप सबका होगा जो गाँव के बँटवारे पर है। मेरा यह कार्य-क्षेत्र नहीं है; पर मैं कह इसलिए रहा हूँ कि न्याय की तुला निरपेक्ष होती है।"

मामी— "मुन्ना तू बहुत समझदार हऽ, एक बात गलत मुँह से निकलि गई बा तऽ ओका सँभालै के जिम्मेदारी घरे के समझदार लोगन के है।"

"मामी, मुझे यही नहीं समझ आ रहा कि जिस कमिश्नर से परिचय इसलिए हुआ कि आपका भांजा आईएएस हो गया है, और वह भी कुछ दिन पहले ही मुलाक़ात हुई; उसके लिए आप अपनी छोटी बहन को त्यागने की बात कर रहे हो। मुझे इस अतिशय प्रेम का कोई कारण समझ नहीं आ रहा। मुझे यह बात भी समझ नहीं आ रही कि हरिकेश मामा के प्रस्ताव को एकाएक दरकिनार करके इनके लिए इतने लालायित क्यों हो रहे आप लोग, इस निरतिशय मदांधता का कोई कारण समझ नहीं आ रहा मुझे।"

यह सुनते ही मामा-मामी के चेहरे पर सबके हवाइयाँ उड़ने लगीं। उन्होंने कमिश्नर से पोस्टिंग में फ़ायदा लेने का राज़ तो किसी से साझा किया न था। उनको लगने लगा कि उनकी चोरी पकड़ी गई।

"मामा, यह कमिश्नर कुछ महीने में ट्रांसफ़र हो जाएगा फिर आपसे मुलाक़ात नहीं होगी अगर विवाह होगा तब भी। अगर विवाह न हुआ तब तो उनका दरबान दरवाज़े से ही भगा देगा।"

मामा— "मुन्ना बेटा, इस समय मेरा कोई दिमाग़ काम नहीं कर रहा।"

"कोई बात नहीं। अब आप आराम कीजिए, मुझे वह फ़ोटो-कुंडली दे दीजिए, मैं चलूँ, माँ इंतिज़ार कर रही होगी। क्या पता वह कहे कि यह फ़ोटो-कुंडली अभी ही वापस करके आओ। यह तो घर पहुँचने के बाद ही पता चलेगा कि उसका प्लान ऑफ़ एक्शन क्या है?"

मेरी इस पंक्ति पर सबके चेहरे पर हवाइयाँ उड़ने लगीं। मेरी माँ को सब जानते थे, वह कुछ भी कर सकती थी, अगर ज़िद पर आ जाए। मोहिता दीदी-बाबा भैया थोड़ी देर ना नुकुर किए पर मेरा दृढ़ रुख़ देखकर फ़ोटो-कुंडली दे दिया। मामी ने बहुत ही कातर होकर, अति विनय की शारीरिक-मुद्रा बनाकर भिक्षा माँगने ऐसी वाणी में कहा, "मुन्ना भैया, कमिश्नर तोहरे मामा के सबसे बड़ा साहब बा जरा समझदारी देखाए, बहुत समझदार हऽ तू, कोशिश करऽ घर के मामला घरेन में रहै, हमका पूर्ण विश्वास बा तोहरे ऊपर, हमार लाज तोहरे हाथे बा।"

राकेश जीजा मुझको बाहर तक छोड़ने आए और कहा, "इनको तो सब जानते ही हैं कि यह कितने ग़ुस्सैल हैं और ग़ुस्से में आपा खो देते हैं, तुम बहुत ही सुलझे हो बात सँभाल लेना।"

मैं फ़ोटो-कुंडली लेकर घर आ गया।

जब तक मैं घर पहुँचा, पिता जी ने माँ को समझा कर संयत कर दिया था।

वह रात में मेरे कमरे में आई। उसने पूछा कि क्या माहौल था भैया के यहाँ। रिश्ता टूटने की बात से वह बहुत आहत थी। रिश्ता टूट जाए, इसकी पक्षधर बिल्कुल न थी पर मामा ने कोई रास्ता छोड़ा ही न था। वह कुछ न कह कर उठ कर चले गए होते तो भी बेहतर होता पर उनके ऊपर तो एक अलग भूत सवार था।

मैंने सारा हाल सुनाया और कहा मामी रो रही थी।

"ई सब ड्रामा बा। जब भैया कहत रहेन तब तऽ कुछ नाहीं बोलिन, अब ड्रामा फैलाये हईं रोवै के।"

मामा के यहाँ असुरक्षा का माहौल आ चुका था। मामा को अपना भविष्य अनिश्चित दिखने लगा था। जब व्यक्ति तृष्णा से अति प्रभावित होता है तब वह बहुत भयग्रस्त हो जाता है, यह भयग्रस्तता मामा के पूरे परिवार के साथ थी क्योंकि मामा की ऊपरी आमदनी में पूरे परिवार की रुचि थी। मोहिता दीदी को मामी ने ज़मीन दिलाने का आश्वासन दिया हुआ था। मोहिता दीदी को ज़मीन की चिंता होने लगी थी। शहर

में दो प्लॉट ढूढ़ें जा रहे थे। बाबा भैया सारा दिन शहर में प्लॉट देखते थे और शाम को मामा-मामी को बताते थे। राकेश जीजा जी और मोहिता दीदी भी प्लॉट देख रहे थे पर वह किसी से बताते नहीं थे। वह उचित अवसर की तलाश कर रहे थे, अपनी बात कहने के लिए। मामा की युक्ति थी कि अगर नवम्बर तक का भी समय मिल गया तब दो प्लॉट हो ही जाएगा। मोहिता का मकान बनवाना ज़रूरी है, यह मामी हर रोज़ कहती थीं। पर यहाँ तो सारा मामला ही पलट गया।

राकेश जीजा जी एजी ऑफ़िस में ऑडिटर ही थे। एक ऑडीटर के लिए ज़मीन ख़रीदना आसान न था, वह भी चिंतित हो चुके थे। अभी साल के कई और टेंडर बाक़ी थे, मामा शातिर खिलाड़ी थे, उन्होंने टेंडर की भरी हुई एक पक्ष की राशि को विरोधी खेमें को लीक करके अतिरिक्त लाभ प्राप्त कर लिया था। हरषू महराज हर बार टेंडर पाते थे, पर मामा ने टेंडर की गोपनीयता को भंग करके विरोधी पक्ष भवानी मलीहावाले को टेंडर का विवरण दे दिया था और हरषू महराज के टेंडर से दस पैसे का अंतर करके वह टेंडर प्राप्त कर गए थे। यह दस पैसे का अंतर विभाग में कयासों के दौर को जन्म दे गया। मामा को उत्कोच दो तरीक़े से मिला। एक जो नियमित मिलता ही था इस काम में, दूसरा टेंडर की शर्त को लीक करने का। यह दूसरा उत्कोच बड़ा था क्योंकि इससे दूसरा पक्ष अतिरिक्त सूचना से लैस होकर कार्य करता था। कलेक्टरेट में फरगैंया इस बात को फैला रहे थे, "एक बात बताई अगर तू केहू से न बतावऽ, सर्वेस काम तगड़ा केहेन। जौन आज तक केऊ नाहीं केहेस ई मधुबनी मिसिर कै देहेन। सर्वेस बेचि देइहिं विभाग अगर सालौ-खाँड़ रहि गएन।"

बाबा भैया वह उत्कोच की रक़म कई बार गिने थे और कहा, "पिताजी चार नोट ठीक नहीं बा। एका बदलवाय लऽ, ई बजार में न चले।"

मामा ने वह चार नोट जब वापस किया तब भवानी मलीहावाले ने चार सौ-सौ की नोट और दे दिया, यह कहते हुए,

"महराज सब तोहरै है, इहौ रख लऽ। बस कृपा बनाए रहऽ। ऐसन नोट से तोहार घरि भरि देब।"

बाबा भैया ने वह चार तथाकथित ख़राब नोट भी बाज़ार में चला लिया। मामी को खुशी हुई कि घूस की रक़म चार सौ रुपया और बढ़ गई।

बाबा भैया पूरे साल का घूस जोड़े बैठे थे। उनको इस काम में बहुत आनंद आता था और मामी सामने बैठकर प्रफुल्लित होती थीं जब नोटों की गिनती बढ़ती थी 400... 500... 2200... 6100... 7200... 9900... 10,000... जैसे ही दस हज़ार हुआ मामी ने नोटों का बंडल सुतली से बाँधकर अलग कर लिया और बाबा भैया फिर 100 से नये सिरे से चालू हो गए। मामी घूस 100 की नोटों में चाहती थीं बजाय 500 के। इससे

एक तो पैकेट बड़ा दिखता था जो हर्ष में अभिवृद्धि करता था और दूसरा पता नहीं कब सरकार बड़ी नोटें बंद कर दे, कुछ साल पहले बंद किया ही था। एक और कारण यह भी था, एक अफ़वाह थी कि पाँच सौ की नोट मार्केट में बहुत नक़ली चल रही है, यह माइनिंग के ठीकेदार दर-नंबर के फ़रेबी होते हैं क्या पता नक़ली नोट ही दे दें। आत्मा जो जीना चाहती है गर्व से उसके गर्व और स्वाभाविमान को मक़तल में क़त्ल करके अर्जित किया धन नक़ली निकल जाए यह लालच का नंगापन कहाँ स्वीकारने वाला।

मामी और बाबा भैया को एकाएक लगा कि अब आगे नोट गिनने को दैवीय कृत्य न मिलेगा, वह भी परेशान हो गए थे। पूरा घर वही रक़म बार-बार गिनता था। मामा थे पक्के घूसखोर, वह जहाँ भी पोस्टेड होते थे बलभर घूस लेते थे पर उनकी घूस लेने की रफ़्तार इतनी तीव्र होती थी कि वह जल्दी ही बदनाम हो जाते थे और ट्रांसफ़र हो जाता था। उनको कई साल बाद घूस लेने का अवसर मिला था। यह अवसर हाथ से जाता दिख रहा था; इसलिए सुलह-सफ़ाई का ज़ोर मामा के यहाँ पेंगे मार रहा था। मोहिता दीदी सुलह-सफ़ाई के पक्ष में ताक़तवर दलीलें समाज-परंपरा-पारिवारिक प्रतिष्ठा-लोग क्या कहेंगे के आधार पर दे रही थीं। पर सारी आकांक्षाओं का उत्प्रेरक तत्व किसी लगाव से उत्पन्न न होकर एक स्वार्थ से उत्पन्न हो रहा था। दूसरी तरफ़ माँ अपेने भाई को खोना नहीं चाहती थी; इसलिए वह भी सुलह-सफ़ाई की इच्छुक थी, बस उसके दरवाज़े पर चलकर मामा को आना चाहिए। चाँद को हाँथ जोड़कर चिराग़ों से मिन्नत करनी चाहिए और चिराग़ यह कह सके मुझे हवाओं से लड़कर रौशनी करना आता है, बदली से डरने वाले चाँद ज़माने में तुझसे ज़्यादा मेरा सिक्का चलता है। चाँद कितनी भी रौशनी कर ले लेकिन दलानों में, दीवारों के भीतर चिराग़ का ही साम्राज्य चलता है।

13. टेढ़ी चाल

छल, प्रतिछल, प्रतिफल

दादू एक दिन बाद सुबह-सुबह आया उसने बताया कि मामा के यहाँ बहुत ग़म का माहौल था, जब वह पहुँचा। मामी सबसे ज़्यादा परेशान थीं। वह मामा को डाँट रही थीं कि ऐसा क्या हो गया था कि यह बेवक़ूफ़ी की बात करने लगे। सारा कुछ शांत माहौल में ही हो रहा था और मैं मुन्ना को हाथ-पैर जोड़कर मनाने के लिए जाने को सोच ही रही थी; इतने में आपके सिर पर बरम आ गए। उर्मिला ने कुछ ऐसा तो कहा न था कि नाता-रिश्ता तोड़ने की बात की जाए। मुन्ना है बहुत लिहाज़ वाला लड़का, मैं कहती तब ज़रूर चला जाता साहेब के घर, आखिर साहेब सम्मान से ही तो बुला रहे थे। हर आदमी बड़-बड़वार से मिलना चाहता है, मुन्ना क्यों नहीं मिलना चाहता पर सारा किया-धरा पानी कर दिया।

मैंने दादू से कहा, "माँ को आने दो तब विस्तार से बताना। एक ही बात को अभी कई महीने बार-बार तुमको सुनाना है। मैं एक बार कम कर देता हूँ।"

माँ गंगा नहाकर आ गई, और दादू ने शुरू की वह दास्तान जो दिन के उजाले के ख़त्म होने और अगले दिन के उजाले के बीच हुई थी, एक डाइनिंग टेबल पर मंथन करते हुए, स्वार्थ किस भेष में जाए उदारता का चोला ओढ़कर।

"बुआ पूरे घरे में जैसे मुरदानगी छाई रही। जब मुन्ना भैया निकलेन तकरीबन तबहीं हम पहुँचा रहे। हम गेट खोलि के साइकिल भीतर किहा कि गेट के आवाज सुनि के लोग देखै लागेन हमरे ओर। ओनका लाग कि मुन्ना भैया वापस आई गएन। हम गए भीतर, हमका समझि आई गवा कि कुछ गड़बड़ बा। तब बाबा भैया खुदै बोलेन कि पिताजी और बुआ में लड़ाई होई गई। हम जब पूरा किस्सा सुना तब हमहू कहा, "ई बिना मतलब के लड़ाई होई गई, एकर कौनौ जरूरत रही नाहीं।"

बाबा भैया बोलेन, "अब ई बतावऽ दादू मामला कैसे पटरी पर आए।"

हम कहा, "अब ई तऽ भारी समस्या होई गै। बुआ बहुतै मरजाद वाली बा। ओका समझाउब आसान न होये, तब बुआ... चाची बोलेन तू मुन्ना के संगे हमेशा रहत हऽ। मुन्ना के समझाई दऽ, मुन्ना उर्मिला के मनाय ले। ई घरे के मामला बा, एका बाहर न जाई चाही।"

"तब ओनकरे मोहे में दही जमी रही। तब काहे नाहीं बोलिन कि तू गलत करत हऽ, तब तऽ उठि के ओउ चलि देहिन संगे, रिश्ता के कौनौं कीमत नाहीं बा ई सारा डर बा कि कमिश्नर ओनकर बड़का अफसर बा; अगर कमिश्नर के ई पता लगि जाए तब ओनकर बहुत भद्द होए।"

"पर बुआ कमिश्नर से के बताए ई बात, उहाँ तऽ चाचा डींग मरबै करिहीं।"

"हम बताउब, अबहिं मुन्ना जाए फ़ोटो-कुंडली वापस करै बरे, इहै बताई दे। नाहीं तऽ हमका 10 रुपिया खर्चा करै पड़े रिक्शा के 5 जाई के और 5 आवै के; 10 रुपिया में ऐ सस्पेंड होई जइहिं, कुल गर्मी निकरि जाए एनकर।"

नाना— "बिटिया ई काम न करऽ, ओकर नौकरी न लऽ, कैसौ बा पर हऽ तोहार भाइन।"

"बाबू, काल तुहूँ तऽ रहऽ, तू देखऽ नाहीं!"

दादू— "बुआ एक चीज हमका और उड़तै-उड़तै समझि आई राति के ?"

"का।"

"हम राति के चाचा के पैर मींज के निकला तब चाची आइन सोवै के। हम रसोई में पानी पियत रहे तब चाची कहिन कि ई तोहार कुर्सी कै रोज और बनी रहे। चाचा कहेन पता नाहीं, जेतना दिन भगवान बदये होइहिं ओतने दिन रहे, अब लक्ष्मी के कृपा जब तक होये तब तक कुर्सी रहे। चाची कहेन, लक्ष्मी रूठी हैइय हईं नाहीं तऽ ऐसन आग-अँधियार तोहार काहे होत। हम मुन्ना के लगे जाइ के सोचतै रहे कि सरस्वती तोहरे जिहवा पर सवार होई गइन और तोहार मति हरि लेहिन। बुआ, हमका लागत बा चाचा कुछ नटवरलालगीरी केहे हयेन। हम आज जाब कलेक्टरेट, उहाँ से सब पता लगाइ लेब।"

"तू कैसे पता लगउबऽ।"

"बुआ, हम बहुत गऽ हई चाचा के लगे ओनके ऑफिस। उहाँ एक फरगैंया बा, ओका सब ख़बर रहत हऽ। हमार ओकर बहुत पटत हऽ, हम ओकर गोड़ बहुत मीजे हई। ऊ सेमरी के हऽ और हमरे अम्मा के ओरी से नाते में अउबौ करत हऽ, ओसे कुल भेद मिल जाए।"

"जा तब लै के आई जा भेद। अगर कुछ फायदा लेहे होइहिं तब तऽ एनका हम

घरे बैठाई देबै। ओनका अबऽ पता नाहीं बा हम केकर बिटिया हई।"

"ई तऽ पता बा बुआ। अकेल अपने मामा के गद्दी पर बाबू आई रहेन और कुल गाँव के जमीन लीलि गएन। तू मामूली आदमी के बिटिया तऽ हऊ नाहीं। बुआ एक बात कही।"

"कहऽ।"

"तोहार बबुऔ कम नटवर लाल नाहीं हयें, ऐ हयेन जमीन माफिया। जमीन-संपत्ति देखेन नाहीं कि एनकर लार टपकै लाग। ऐ जेकरे दुआरे जाब शुरू केहेन, समझ जा ओकरे जमीन पर एनकर निगाह बा।"

"पर का मिला ओसे एनका।"

"बुआ मिला नऽ, सब नाती नालायक होई गएन, सब जमीनी में लपटियान हए। झुलई भैया सास-ससुर के सेवा में रमा ससुरारी में खेते के मेंड नापत हएन और बुढ़ऊ रात के जोड़त-गाँठत हएन हमरे पास केतना खेत बा।"

माँ ने कहा, "धीरे बोलऽ, बाबू सुनि लेइहिं।"

"नाहीं बुआ, कुछ न सुनि पइहिं। एनकर दिमाग चाचा पर लाग बा, आखिर हएन तऽ एकै खूनै चाही जैसन होई।"

मैं शाम को ढिगवस कोठी सत्य प्रकाश सर के यहाँ गया। मैंने सर के घर में प्रवेश ही किया था कि देखा कमिश्नर साहब अपनी पत्नी के साथ बैठे थे। कमिश्नर साहेब कोई कविता संग्रह निकाल रहे थे। उस पर सर की राय ले रहे थे, वह अक्सर आते थे सर के पास। यह संयोग था कि आज मैं और वह एक साथ टकरा गए। सर ने कहा, "अनुराग अच्छा हुआ तुम आ गए। मै सत्यानंद से कहने ही वाला था, एक बार अनुराग को दिखा दो, वह भी कुछ राय दे देगा। इत्मिनान से इनकी पांडुलिपि देख लो, थोड़ा प्रूफ़ रीडिंग कर देना; मात्रा-वर्तनी पर थोड़ा ध्यान दे देना। लेखक कितना भी प्रयास कर ले पर वर्तनी-मात्रा में कुछ कमी रह जाती है। वह कमी एक स्वतंत्र एवं निरपेक्ष व्यक्ति के प्रूफ़ रीडिंग से ही दूर होती है।"

मैंने पांडुलिपि देखी और कहा, "अगर इजाज़त हो तो कुछ ठीक करूँ।"

कमिश्नर साहब ने कहा, "ज़रूर करो, देखूँ तो कुछ।"

"जी सर, करता हूँ कोशिश।"

मैंने उनकी दो कविताएँ वहीं ठीक करके कमिश्नर साहब को दे दी। मैंने वर्तनी-मात्रा के साथ-साथ शब्द-संयोजन एवं वाक्य-विन्यास को भी थोड़ा परिमार्जित कर दिया।

कमिश्नर साहब—"सर, यह तो मेरी कविता रही नहीं, अनुराग ने बदल दी।"

"मैंने तुमसे कहा ही था, इसकी असीम प्रतिभा है हिंदी में। पर तुम लोग बाबू बनोगे अध्यापक नहीं। अनुराग एक बार पूरी पढ़ लो और सब मत बदल देना कि सत्यानंद के 'घोस्ट राइटर' बन जाओ, सँभाल कर ठीक करना।"

"सर मेरी क्या बिसात इतने बड़े लेखन पर मैं कुछ टिप्पणी कर सकूँ। पर मुझे दे दें, मैं भी पढ़ लूँगा और कह सकूँगा क़िताब छपने के पहले मैंने पढ़ी थी।"

कमिश्नर साहेब ने अपनी पत्नी से कहा, "सर्वेश मिश्रा जो आए थे उस दिन उनके यह भांजे हैं, इन्हीं से प्रतीक्षा के विवाह की बात चल रही।"

कमिश्नर साहेब की पत्नी मुझे अपलक निहारते हुए बोली, "नमस्कार, बहुत खुशी हुई आपसे मिलकर। मैंने कहा भी था इनसे कि मैं आपसे मिलना चाहती हूँ। इन्होंने आपके मामा से अनुरोध भी किया था, मैं इंतिज़ार कर रही थी।"

मेरा मन किया मैं कह दूँ कि कौन मामा! मैं किसी मामा को नहीं जानता, पर मैं शांत रहा। मैंने कोई प्रतिक्रिया न दी उनकी इस बात पर सिर्फ़ इतना ही कहा, "यह एक सुखद संयोग है सर के यहाँ आप से मुलाक़ात हो गई मैं तो सर से मिलने अक्सर आता रहता हूँ।"

मैडम ने कुछ औपचारिक बातें कीं। मेरी रूचियों-हॉबी-जीवन के बारे में थोड़ा बहुत बात किया और जाते समय मुझसे घर आने को कहा, यह भी कहा कहो तो मैं कार भेज दूँगी, आना कभी। कमिश्नर साहेब ने कहा, "यह मेरी क़िताब देख लेना और सलाह देना। मैं अगले महीने राज्यपाल से विमोचन कराना चाह रहा हूँ।"

"ज़रूर सर, मैं देख लूँगा।"

वह लोग चले गए। उनके जाने के बाद सर ने पूछा, "क्या विचार है विवाह का, सत्यानंद के यहाँ करोगे?"

"सर, यह विवाह करने लायक़ है, इनकी बहन सेंट स्टीफेंस में पढ़ती है। मेरा परिवेश आप जानते ही हैं, मेरे पास ज़िम्मेदारियाँ हैं। मैं एक बहुत ही कच्ची गृहस्थी के घर से आता हूँ। यह सर बेमेल संबंध है हर तरफ़ से।"

"तब इंकार कर दो?"

"कैसे करूँ, मेरे पिताजी संकोची हैं और मामा जो विवाह की बात बढ़ा रहे वह स्कीमी हैं। मेरा कहना उचित है नहीं।"

"अब किसी को तो कहना पड़ेगा ही, विवाह करना है तब भी, नहीं करना है तब भी। यह मुझसे पूछ रहे थे लड़के के बारे में। मैंने तुम्हारा नाम बता दिया। तुम्हारे बारे में पूछा, मैंने वह भी बता दिया जो मैं जानता था। आज उनकी पत्नी तुम्हारा इंटरव्यू भी ले लीं। तुम्हारी ज्ञानता-अज्ञानता भी जाँच-परख लिया। फ़ैसला जल्दी ले लो, यह सब

बड़े आदमी हैं, बेवजह नाराज़गी मत लेना।"

"जी सर।"

मैंने घर आकर माँ को सारा क़िस्सा बताया। वह कमिश्नर साहब के यहाँ के विवाह के बढ़ते घटनाक्रम पर असुरक्षित हो जाती थी। वह मुद्दे पर फिर वापस आ गई और पिताजी से अनुरोध किया, मामले का निदान जल्दी से जल्दी करो। वह लगातार एक तनाव का अनुभव कर रही थी। वह एक घरेलू महिला थी उसने इस तरह का जीवन में उतार-चढ़ाव न देखा था। उसको लगने लगा, कहाँ हम फँस गए। कुंडली-फ़ोटो को वापस करने का मुद्दा जो सारा दिन शांत रहा पुनः विचारणीय हो गया।

दादू कलेक्टरेट गया। मामा आज नहीं आए थे। वह कल की घटना के सदमे में थे। दादू फरगैंया से मिला। फरगैंया ने रस लेकर सब बता दिया। मेरे मामा की छवि बहुत ख़राब हो गई थी। लोग जलते ही हैं जो व्यक्ति समृद्धि की ओर अग्रसर होता है। मेरे मामा बहुत स्पीड से समृद्ध हो रहे थे; इसलिए ईर्ष्या ज़्यादा हो रही थी। टेंडर लीक करने की बात खुद भवानी मलीहावाले ने ही बता दिया था। वह चार सौ-सौ के नोट वापस करना एक बहुत ही निंदनीय कृत्य के रूप में देखा जा रहा था और लोग इसकी रस ले-लेकर चर्चा कर रहे थे। फरगैंया ने कहा दादू से, "ऐसन लालची मनई हम जमुनापार में नाहीं देखा, जैसन सर्वेस मिसिरा हयेन। एतना रिश्वत लेहेन पर चार सौ रुपियौ बदल लेहेन। टेंडर लीक कै देहेन, ऐतना गिरि गएन ओ। हरषू महराज छोड़िहिं न ओनका। शिकायत कलेक्टर संजीव रंजन से आज-काल में होये। सब डेरात हएन कि ऐनके मूडे पर कमिश्नर के हाथ बा; पर कमिश्नरौ तऽ कभौं जाए इहाँ से। ओकरे जातै ए बलभर लतियावा जइहिं। तोहार चाचा हयेन और हमरेऊ दूर के रिश्ते में आवत हयें ऐ पर सबके सिर झुकाई देहेन अपने कदरसना से।"

दादू के ही सामने राम संजीवन आ गए और उसने राम संजीवन और फरगैंया का क़िस्सा सुनाया।

राम संजीवन— "फरगैंया आज मिसिर महराज आएन नाहीं।"

"अब एकाध दिना तऽ पखवाड़े में रुपिया गिनै के बरे के चाही। कौन हमरे-तोहरे तरह के नाही खाली मनई हयें ओ। ई रुपिया बड़ी मायावी होति है, ई अपने में मनई के लपटियाय लेति हऽ। अब गिनि लेई दऽ आज इत्मिनान से रुपिया, कालि अइहिं।"

"कुछ पता चला रेट टेंडर लीक करै के?"

"तुहूँ बेसहूरी के बात करत हऽ सजीवन। ई सब काम के कौनो रेट होत हऽ का, जौन मोहे से निकला तौन लै लऽ। एक चाल सर्वेस और चलत हएन, केहू से नऽ बतावऽ तब कही।"

"हम तोहार आज तक कौनौ बात केहू से बतावा का, हम अपने मेहरारुऔ से

नाहीं बताइत, हम पेटे से गरू हई।"

"ई बात तऽ हम मानब तोहार सिरीमान। इही बरे हम केवल तोही से बताइत हऽ।"

"बतावऽ खबर, हमार उत्सुकता तेज होत बा कि अब सर्वेसवा और कौन लीला फैलावत बा, बा तऽ ई मायावी एहमें तऽ कौनौं संदेह बा नाहीं।"

"ठीका अबै तक तीन साल में एक बार दिहा जात हऽ। जब सरदार मोहिन्दर सिंह कलेक्टर रहेन तब ओ एक साला से तीन साला केहे रहेन। ई सर्वेस दिमाग लगावत बा, कहत बा राजस्व के नुकसान होत बा, अब एका फिर से हर साला किहा जाय।"

"ई तऽ अकेले कमिश्नर साहेबौ से न होइ पाए, ई मामला तऽ नीति के बा। ओनका सासन के बिसवास में लेहे परे तबै होई पाए। पर अगर हर साल के ठीका होई जाए तब तऽ ई बहुतै कमाये।"

"ई हम तोहसे कहे रहे, बहुत बड़ी खोपड़ी बा सर्वेस मिसिरा के लगे। अब अगर ई तीन साला से एक साला होई गवा तब हर साल ई लीक करे टेंडर। एका टेंडर के मामले में मास्टरी बा। ई बीए में अरथसासतर पढ़े बा, एम ए राजनीति सासतर में केहे बा। एका केऊ खेदे न पाए, एका अरथ-राजनीति सभै के गियान बा।"

"ई केतना कमाई लेहे होये अबै तक में?"

"हमरे हिसाब से टेंडर लीक करै के पाँच लाख लेहे होए। तीन साल के टेंडर बा, दुई घाट के टेंडर बा, पाँच लाख से कम का ले ई। बाकी रोज के छुट्टा काम में रेट ऐकर राम सरूप से ढेर बा, अब तू तऽ गणित पढ़ा हऽ कक्षा दस तक और गणित के पढ़ाई में तेजौ रहऽ, जोड़ि लऽ ऐकर आमदनी।"

"अगर इहै रफ्तार रही एकर तब ई कंपनी बागै खरीद ले।"

"एकर दरिद्रता अब चली गई बा। अगर तिसाला से टेंडर एक साला होई गवा तब त ई टाटा- बिड़ला के टक्कर दे।"

"होई जाए एक साला?"

"सिरीमान राम सजीवन एक बात तऽ तू जान लऽ। ई मारीचावतार ऐसन सोने के मृग बनाए कि सब लुब्धि जइहिं। ई बनाए प्रस्ताव राजस्व फायदा के, पर एकर स्कीम बा लूट-पाट के। ई कमिश्नर साहेब के समझाई ले, अब कमिश्नर के तऽ मानदान होई जात बा ई। बियाह होई जात बा एकरे भांजवा से, अब कमिश्नर एकर न सुनिहिं तऽ का हमार-तोहार सुनिहिं।"

"ई बतावऽ, का कमिश्नर के एकर कारस्तानी पता न होये?"

"सिरीमान इहाँ हयें सब अपने-अपने चाल में। कमिश्नर कौनौ आसान चीज बा का, कुल दुनिया के चरावत बा। एक पोस्टिंग कै देहे बा, उहीं में बियाह के बात बनि जाय तऽ ओनकर तऽ काम होई गवा नऽ। एतना बड़ा रेट आईएएस के बियाहे के बा,

अब एक पोस्टिंग से बियाह सधत बा तब कौन ई घाटे के सौदा बा।"

"एनकर बेटवा त ऊ आईएएस बा नाहीं, हऽ तऽ भयने। अब गायरंटी तऽ बियाहे के सर्वेस दै न पइहिं।"

"बियाह होई में समय बा। तब तक सर्वेस लूटि मरिहिं। बियाह होई जाए तऽ बहुतै बढ़िया नाहीं तऽ लूट-पाट तऽ एकर चलतै बा। जब गाड़ी रूकि जाए तब देखा जाए।"

"तोहार का अनुमान बा बियाहे पर, ई होई जाए?"

"अब आईएएस के बियाहे के बारे में कुछ कहब आसान नाहीं बा। कब का होई जाए, कब कौन बड़ी पारटी आई जाए। कमिश्नर हयेन तऽ बड़ी पारटी पर एनसे बड़वार पारटी हइयै बा परदेश में। ई आईएएस बा आल इंडिया सर्विस, बियाह में बोली आल इंडिया लागे। ई कमिश्नर तैयार रहैं आल इंडिया बोली बरे। पर सर्वेस घरे के मनई बा और साहेब के संगे मजबूती से खड़ा बा, ई तऽ कमिश्नर के पक्ष में बात हयै बा। ई मायावी बा ई तऽ जगजाहिर बा। कबीर कहे हए नऽ, माया महाठगिनी हम जानी। ई ठगौ बा-ऐसन ठग कम देखे होबऽ तू। का पता ई अपने बहिन-बहनोई-कमिश्नर सबै के ठगि लेई। देखत जा एकर चाल, ई एह समय तऽ वज्र बना बा। कलेक्टर संजीव रंजन कलपत हएन एका हटावय के बरे; पर ओनकर चलत नाहीं बा।"

"कैसे पता तोहका फरगैंया कि ओ कलपत हएन?"

"हऽ तू निरा बुरबक, अरे एहमें दिमाग लगावय के बात का बा। पूरा विभाग जानत बा सर्वेस के कदरसना। कलेक्टर संजीव रंजन इहीं एएनझा के पढ़ा हयेन। ओनके हासटल के पढ़ा कई इहाँ वकालत करत हयेन, यूनिवर्सिटी के कई पूर्व छात्र टहरत रहत हऽ इहाँ पर।"

"तब तऽ पता होये लूटपाट जौन चलत बा।"

"एक बात समझि लऽ सिरीमान... विभाग छूट देत हऽ कि खर्चा-लेहनी लै लऽ, बाल-बच्चा पाल लऽ पर जौन सर्वेस करत हएन, ई विभाग न स्वीकारे। आटा में नमक तऽ कलेक्टरौ लेत होइहिं चाहे जेतना ईमानदारी के नाटक करैं पर अब कुल नदियै पी जा एका तऽ बर्दाश्त न करिहिं।"

"अब का होये?"

"जौन तकदीरे में सर्वेस के लिखा होये, आज के दिन तऽ ओकर घोड़ा सरपट दौड़त बा। चल चाहि मँगाई लऽ। अब सर्वेस के तकदीर बा ओनकर भयने आईएएस होई गवा बा, हम-तू काहे संताप करी। हमरे घरे के गदेल तऽ कुल ससुरे नालायक हयेन। एक हमार भतीज बा तीन साल से लागल बा पर कुछ फ़रियातै नाहीं बा। सबके हनुमान जी सर्वेस ऐसन तकदीर देईं। चलऽ सिरीमान कुछ कार्यालय के काम देखी, ई राजकाज तऽ चलत रहे। एका जानत हऽ?"

“नाहीं।”

“इहै दादू है, एकर महतारी और हमार सगै भौजी सगै बहिन हईन।”

मेरी माँ-पिताजी के हाथ से जैसे पाले हुए तोते उड़ गए हों। दादू को भी लगा, सारा जीवन हम बुआ की सेवा किए पर मलाई चाचा मार ले गए-वह भी कुंतलो। मेरी माँ का गुस्सा सातवें आसमान पर। नाना से कहा, “देखऽ तू भैया के कदरसना! केउ एतनौ गिर सकत हऽ”। उसका वह टेप रिकार्ड चालू हो गया... हमारे काम कोई नहीं आया... मेरा बेटा 6 महीना बगैर प्लास्टर, बगैर दरवाजे-खिड़की, बगैर वायरिंग के कमरे में रहा... हमका रुपिया नहीं मिली जबकि बियाजौ देई के हम तैयार रहे...”

वह ग़ुस्सा-युक्त रुआँसी होकर अपने पिता पर पिल पड़ी। आज नाना का भी समय ख़राब था। वह नाना को भी लपेट मारी... “मेरे बाप के पास तीन गाँव की ज़मींदारी थी... एक गाँव के खेत धिंगरा खाई गएन... पर हमरे वक़्त पर हमार बापौ काम नाहीं आएन...”

मुझसे बोली, “मुन्ना बतावा का करी अब... हमार खून खौलत बा...”

मैंने कहा, “धीरज रखो, जितना जल्दी संभव होगा वापस कर दूँगा।”

मुझे लग गया कि अब इस पर फ़ैसले का वक़्त आ गया है। फ़ैसला अगर अभी न लिया गया तब मुश्किल आ सकती है। मैंने दादू को दौड़ाया बाज़ार और कहा एक अच्छा सा लिफ़ाफ़ा लेकर आओ। मैं कमिश्नर साहब की कविताओं पर काम करने लगा। मैंने तक़रीबन दस कविताएँ ठीक कीं। वह बेहतर बन गईं थीं। मैंने एक पत्र लिखा, “यह संबंध बहुत अच्छा होता, अगर हो जाता पर कन्या ऊँचे परिवेश की है। अनुराग उसके लायक़ नहीं दिखता; इसलिए यह संयोग उचित न होगा—धन्यवाद—”

मैंने पत्र लिफ़ाफ़े के अंदर डाला, साथ में फ़ोटो-कुंडली-बायोडाटा-उनकी क़िताब की पांडुलिपि डाल दी।

लिफ़ाफ़े के ऊपर नाम लिखा, बड़े-बड़े अक्षरों में... “सर्वेश मिश्र, सुपरवाइज़र, राजस्व विभाग, माइंस एवं माइनिंग, कलेक्टरेट इलाहाबाद।”

मैं और दादू सुबह दस बजे साइकिल लेकर चल दिए कमिश्नर साहेब के बंगले की तरफ़। कमिश्नर साहेब के बंगले में प्रवेश किया। मेरे जीवन में सारे काम पहली ही बार हो रहे थे, इतने बड़े बंगले में प्रवेश भी मेरा पहली बार ही हो रहा था। मुझे पता था कि इस समय वह ऑफ़िस में होंगे। मैंने उनके स्टाफ़ को वह लिफ़ाफ़ा दिया और कहा कि साहेब से कह देना सर्वेश मिश्रा साहेब ने भेजा है। स्टाफ़ जानता था मामा को।

“वह आए हैं क्या?”

“नहीं, मैं उनका स्टाफ़ हूँ, साहब को ध्यान से दे देना।”

“ठीक है, दे दूँगा, साहब को मेरा नमस्कार कह देना। कहना मैंने याद किया है, कई दिन से वह आए नहीं।”

“ज़रूर कह दूँगा।”

मैं बंगले से बाहर निकला दादू मेरा बाहर इंतिज़ार कर रहा था।

मैंने कहा दादू से चलो सिविल लाइंस चुन्नी लाल के छोले-भटूरे खाते हैं।

मुझे दिखी कृष्णा कोचिंग के सामने वह विशाल लाइब्रेरी जहाँ मैं बहुत जाया करता था, फिर साइकिल मोड़ी हालैंड हॉल, यूनियन हॉल, यूनिवर्सिटी का साइकिल स्टैंड जहाँ साइकिल रखकर अंदर प्रवेश करता था, विश्वविद्यालय के भीतर... इन सब को निहारते हुए यूनिवर्सिटी रोड की ओर मुड़ा... दादू ने पूछा— “मुन्ना भैया अब का होये?”

“जाना कल उस बसे हुए शहर की तरफ़ ज़िंदगी वहाँ नाराज़ नज़र आएगी।”

“समझा नाही भैया।”

“एक आग बरसने जा रही बस इंतिज़ार करो।”

हम लोग सिविल लाइंस की ओर चल दिए। सिविल लाइंस में हनुमान मंदिर के थोड़ा पहले ब्राइट कोचिंग का बोर्ड दिखा, मैं उस बोर्ड को निहारने लगा, मस्तिष्क कार्य करने लगा... एक भविष्य ईश्वर गढ़ने लगा जिससे मैं अनजान था।

14. प्रयत्न

नयेपन का उत्साह एवं प्रयोगधर्मिता...

ब्राइट कोचिंग का बोर्ड देखकर मेरे दिमाग़ में ख़्याल आया, चलो देखते हैं अंदर का नाटक, यह सब करते क्या हैं शिक्षा की मंडी लगाकर। मैं और दादू साइकिल वहीं बाहर खड़ी करके कोचिंग के अंदर गए। पता किया तो ज्ञात हुआ कि पहली मंज़िल पर आईएएस की क्लासेज़ चलती हैं। मैं पहले मंज़ल पर गया। एक कमरे के बाहर लिखा था शोभ नाथ मिश्र, निदेशक आईएएस पाठ्यक्रम। वह ऐसा लिखवाया गया था कि शोभ नाथ मिश्र के आईएएस होने का भ्रम हो रहा था। दादू ने कहा, "का करबऽ हिआ चलऽ चुन्नी लाल के इहाँ छोला भटूरा खाई।"

"रुको, थोड़ा यहाँ एक कार्यक्रम चला देते हैं, दिमाग़ में कुछ चल रहा है।"

हम दोनों शोभ नाथ मिश्र के कमरे में प्रवेश किए, सामने पतले-दुबले एक टेढ़ी सी नासिका से प्राकृतिक रूप-सज्जित, माँसविहीन काया-स्वामी-चुचके गालों वाले जिनके गाल का अंदरूनी भाग दाँत सँभाले हुए थे नहीं तो दोनों गाल आपस में मिलकर बाहर की ओर वलयित करके होंठ की शोभा कुछ और ही बना देते। शोभ नाथ मिश्र जी बोलते भी नाक के बल से थे। कुर्सी उनकी क़द और हैसियत से बड़ी थी। उनको लगा कोई आ गया एडमिशन लेने, आमदनी की आशा हो गई; यह आशा उनके चेहरे से आभासित हो रही थी।

नाक के बल बोलते हुए पूछा, "आप कौन, क्या चाहिए?"

"मुझे कुछ जानकारी चाहिए।"

"आप क्या जानना चाहते हैं?"

इस बार उनकी आवाज़ नाक के बल और हो गई।

"आपके यहाँ कौन पढ़ाता है?"

"हमारे यहाँ क़ाबिल लोग पढ़ाते हैं।"

दादू भी थोड़ा नाक के बल बोलते हुए पूछा, "ई 'लोग' कौन सी जाति है।"

शोभ नाथ मिश्र जी इस तरह की प्रतिक्रिया और इस तरह की नक़ल करती आवाज़ के लिए तैयार न थे। अप्रसन्नता चेहरे से झलक रही थी; पर दादू तो थेथर था, उसको क्या फ़र्क़ पड़ने वाला...

"क़ाबिल सिंह, क़ाबिल तिवारी, क़ाबिल यादव तऽ सुना पर क़ाबिल लोग आज तक नहीं सुना।"

दादू के इस प्रश्न और बोलने के अंदाज़ से स्पष्ट लग रहा था कि वह मज़ाक़ उड़ा रहा है।

"मसखरी करने आए हो कि पढ़ने, मेरे पास फ़ालतू बात के लिए समय नहीं है।"

मैं— "इसकी बात रहने दें सर। अब एडमिशन लेंगे, पैसा देंगे तब पता तो करेंगे न कि कौन पढ़ा रहा। अब पैसा भी बहुत गाढ़ी कमाई का है।"

"तो आप पूछिये न, हम कहाँ कह रहे कि हम नहीं बताएँगे। इनके पास कोई तमीज़ नहीं बात करने की।"

"बता दीजिए, आपके यहाँ कौन-कौन पढ़ाता है"?

"हमारे यहाँ सिविल सेवा के इंटरव्यू दिए लोग, यूनिवर्सिटी के नामी टीचर और कुछ दिल्ली के अध्यापक आते हैं पढ़ाने।"

"कुछ नाम बताएँगे?"

शोभ नाथ जी ने कुछ नाम बताए पर मेरी उसमें कोई रुचि तो थी नहीं। यह तो संवाद आरंभ करने के लिए मैंने कहा था। मैं तो कुछ और ही सोचकर आया था।

"अगर मैं पढ़ाना चाहूँ तब?"

मेरी उम्र 23 साल की थी ज़रूर; पर मैं था दुबला-पतला इसलिए उम्र और कम लगती थी। मैं अध्यापक हो सकता हूँ यह मानना मुश्किल था किसी के लिए मेरी शारीरिक संरचना को देखकर।

"आप क्या पढ़ाओगे, पहले आप पढ़ो।"

मैंने अपना परिचय दिया। वह मेरा नाम सुना था। इलाहाबाद में सिविल सेवा पास करते ही आप देवत्व प्राप्त कर जाते हैं। आपको बहुत लोग जान जाते हैं। मैं वह देवत्व प्राप्त कर गया था।

"इसी साल जो अनुराग शर्मा 102 रैंक पाए हैं, वही आप हो?"

दादू— "तोहका के बनाए देहेस निदेशक, तोहका उठि के सलामी मारै के चाही और तू सवाल करतऽ हऽ, अब राशन कार्ड देखाई का।"

"अब अगर यह बात करेंगे तब मैं कोई बात नहीं करूँगा।"

"दादू चुप रहो, ज़रा बात कर लेने दो।

"क्या पूछ रहे आप?"

"पहले कभी पढ़ाया है?"

दादू— "का हर केउ क़िताब-कॉपी-कलम-दवात लै के पैदा होत हऽ का। हर आदमी सीखतै हऽ जिंदगी में। का आप पैदा होतै पढ़ावै लाग रहऽ का?"

"मैं कोई बात नहीं करूँगा अगर यह बोलेंगे। यह कोई ढंग नहीं बात करने का।"

दादू को लगा कि मैं टाइम पास करने आया हूँ; इसलिए वह भी टाइम पास करने लगा था।

शोभ नाथ— "इनको बात करने की कोई तमीज़ नहीं है।"

दादू— "अबऽ तू कौनौ परीक्षा पास नाहीं केहे हऽ आज तक और लगाए हऽ बोर्ड आईएएस के। एक आईएएस से सवाल करत हऽ पढ़ाए लेबऽ कि नाहीं। जब भैया कक्षा में आपन लेक्चर चालू करिहिं सरस्वती बहि जाए और उहिं में तू बूड़बऽ-उतराबऽ, बिना मतलब के बात करत हऽ। चलऽ भैया और कौनौ कोचिंग, उहाँ काम बनि जाए।"

"देखिये मिश्रा जी मुझको तो है पढ़ाना। मुझे काम चाहिए, अब आप दो या कोई और दे। आप मत दो, मैं कोशिश करूँगा राऊस में, कृष्णा कोचिंग, इलाहाबाद आईएएस स्टडी सेंटर में कहीं न कहीं काम मिलेगा ही। अब आपको मेंस फ़ेल क़ाबिल लग रहे मैं चयनित हूँ आप मुझसे सवाल कर रहे।"

"मैंने कब कहा कि मैं काम नहीं दूँगा। हर कोचिंग वालों को योग्य अध्यापक चाहिए। आप चयनित हो, आप चार काम की बात बताएँगे ही। पर यह जो आपके साथ हैं वह बात ही नहीं करने दे रहे। मुझे समझ तो लेने दो, यह पढ़ाना और ज्ञान होना दो अलग-अलग बात है।"

"ठीक है, आप टेस्ट कर लो, एक क्लास में।"

"क्या लेंगे पढ़ाने का?"

"आप कितना देते हैं एक क्लास का?"

"सौ रुपया।"

"आप सौ रुपया दे रहे मेंस फ़ेल अध्यापक को, मेरी फ़ीस ज़्यादा होनी चाहिए।"

दादू— "बात तऽ भैया ठीक कहत हएन। अब कौवा-हंस-राजहंस के फर्क तऽ होत हऽ, भइया मानस के राजहंस हएन।"

"यह कैसे पता लगेगा, कौवा-हंस-राजहंस का फ़र्क़?"

दादू— "नाऊ-ठाकुर केतना बार बस समने अउतै बा, आप पढ़वाई लऽ। तोहार कुल मास्टरन के होई जाए छुट्टी।"

मैं— "यह ठीक कह रहा, आप क्लास करा लो, पर सौ रुपया कम है।"

"कितना चाहिए?"

"दो सौ।"

"यह तो ज़्यादा है?"

दादू— "भैया के पाँच सौ माँगई के रहा, तू भलमनई लागत हऽ एका बरे लेहाज केहेन। अब तोहरे ऐसन भलमनई समाज सँभाले हएन नाहिं तऽ..."

मैंने दादू को आँख दिखाया कि जोकरई मत करो, सीरियस बात करने दो।

"आप का क्लास एक घंटे का है। मैं डेढ़ घंटे पढ़ा दूँगा, आप मुझे दो सौ दे दो। कोई ख़ास फ़र्क़ नहीं पड़ेगा, बात तक़रीबन वही पड़ेगी।"

"मैं यह कोचिंग चलाता हूँ, मैं मालिक नहीं हूँ। मैनेजमेंट तैयार नहीं होगा। मैं डेढ़ सौ कर सकता हूँ, इससे ज़्यादा नहीं।"

"ठीक है। पर मेरी आज की क्लास का पैसा आज ही दे देना, भले ही आपको मेरी क्लास पसंद न आए। अगर आपको मेरा काम पसंद नहीं आएगा तब भी मेरी आज की मज़दूरी तो बनती ही है। मैं बग़ैर उसके नहीं पढ़ाऊँगा, आप भी कोई समाज सेवा तो कर नहीं रहे, आप भी तो खींचकर पैसा लेते ही हो। अब ऐसा न हो कि आप मुझसे पढ़वा लो और फिर आप कहो कि आपने ठीक नहीं पढ़ाया; इसलिए पैसा नहीं दूँगा। आप मुझे आज की क्लास का पैसा देने का वायदा करो तब मैं क्लास लूँगा। बात तो बड़ी लगेगी पर क्लास के बाद यहाँ पर विस्मय ही विस्मय होगा, मैं ऐसे ही कुंदन नहीं बना हूँ बहुत आग में तपाया है अपने को।"

"कुछ ख़ास समस्या है जो आप पढ़ाना चाह रहे और आज ही पैसा भी माँग रहे।"

"कुछ वैसा ही समझ लीजिए। अब दया-धर्म के नाम पर तो आप देने से रहे, मेरी मेहनत पर ही दे दीजिएगा।"

"आप क्या पढ़ाओगे?"

"एक कहानी आपने सुनी होगी, लाख टके की। वह कहता था, दाम हमारा काम तुम्हारा। दाम जो हम माँगे काम जो तुम बोलो, वहीं मैं कह रहा। कोई भी विषय जीएस का पढ़ा दूँगा। इतिहास में कोई भी भाग। संविधान की गूढ़ व्याख्या, भूगोल, सामान्य विज्ञान, भारत की आर्थिक नीति, सांख्यिकी, अन्तर्राष्ट्रीय संबंध, हिंदी साहित्य के पाठ्यक्रम का कोई भी भाग। आपको चाहिए क्या?"

दादू— "मिश्रा जी तुहूँ पढ़ि लऽ, ज्ञान बढ़े; ज्ञान जीवन में बहुतै ज़रूरी बा, धन पर ज्ञान भारी बा।"

शोभनाथ जी ने दादू को घूरा पर बोला कुछ नहीं।

"अभी किसकी क्लास है?"

"मेरी क्लास है।"

"किस टॉपिक की?"

"राष्ट्रीय आंदोलन की क्लास है मेरी, आप ही पढ़ा दो। मैं यही पढ़ाता हूँ।"

"ठीक है, क्लास लगाइए। दादू तुम भी बैठ जाओ क्लास में।"

राष्ट्रीय आंदोलन तो मेरे लिए कुछ था ही नहीं। मैंने दो घंटे में पढ़ाया—कांग्रेस की स्थापना के पहले का राष्ट्रवाद-सांस्कृतिक राष्ट्रवाद, जोड़ दिया उसको भारत के इतिहास से, कांग्रेस की स्थापना का मिथक, कांग्रेस की स्थापना का सच, प्रारम्भिक राष्ट्रवादियों की उपलब्धियाँ जो महात्मा गाँधी के पहले आंदोलन के आधार-स्तम्भ बने-इतिहास का एक सिंहावलोकन महात्मा गाँधी के उदय तक। मुझे परिणाम पता था, छात्रों में विस्मय होगा ही, ऐसा कभी पढ़ाया ही नहीं गया था। ज़्यादातर कोचिंग कामचलाऊ ही पढ़ाती हैं, यह जगज़ाहिर है। मैं जीआईसी, ईसीसी, इलाहाबाद विश्वविद्यालय के महान अध्यापकों से पढ़ा हूँ। मुझे पता था कैसे वह क्लास में मुदित और बेचैन चेहरों को देख कर पढ़ाते थे। वह सब बहुत धीरे-धीरे क्लास की ग्राह्यता का स्तर देखकर पढ़ाते थे। मैंने अपने उन्हीं महान अध्यापकों को याद करते हुए, मस्तिष्क में उनकी ही क्लास का चित्र उतारते भाषा को सहज ग्राह्य बनाते हुए क्लास के बेचैन चेहरों को बेचैनी से मुदितता की यात्रा कराते क्लास चलाई, छात्रों को यह यात्रा बहुत रास आई। अगर गुरू फ़ेल नहीं हुआ और मुझे यहाँ तक पहुँचा गया है तब उसका स्मरण मात्र ही मुझे सफल कर देगा, यही सोचकर मैंने दो घंटे पढ़ाया। शोभ नाथ मिश्रा को लगा कि यह तो सस्ते में मिल गया। दाम तक़रीबन वही है, कोई ख़ास फ़र्क़ नहीं, क्लास का समय ज़्यादा, साथ में गुणवत्ता ही गुणवत्ता।

"मैं आपको दो सौ रुपया प्रति लेक्चर दूँगा, आप डेढ़ घंटे की क्लास लें। आज पहला दिन आपका बहुत अच्छा रहा।"

"हम कहे रहे न मिश्रा जी ऐसन सरस्वती बहे कि आप बूडि जाबऽ, आप थोड़ा पढ़ि के औबऽ तब और समझि में आए।"

शोभनाथ उससे लड़े उसके पहले ही मैंने कह दिया, "यह मेरा भाई है थोड़ा मज़ाक़िया है, इसकी बातों को अन्यथा न लें।"

"कल से रोज़ शाम चार बजे से आपकी क्लास होगी, मैं आपको हर दिन पैसा क्लास के पहले ही दे दूँगा।"

वह मुझे मालिक के बेटे से मिलाने ले गया, वह तक़रीबन मेरी ही उम्र का था। वह भी दो बार पूछा, "आप ही अनुराग शर्मा हैं। बहुत खुशी हुई आपके साथ जुड़कर, मेरी कोचिंग के लिए यह एक सम्मान की बात है।"

मेरी खुशी की कोई सीमा न थी। मैंने तीस दिन की पूरी अपनी कमाई जोड़ी, जितना अपनी तनख़्वाह से मेरे पिता घर लेकर आते थे हर महीने, उससे ज़्यादा था। सौ-सौ के

दो नोटों को पूरी आँख से निहारा, मेरे जीवन की पहली कमाई थी। दोनों नोट दो जेब में अलग-अलग रखा, अगर गिरे भी तो एक नोट बच जाए। मैं और दादू गए चुन्नी लाल के यहाँ, छोला-भटूरा खाया, सॉफ़्टी-कार्नर पर आईसक्रीम खाई और घर आकर माँ को बताया। माँ बोली, "दो सौ रुपया... एक बार पढ़ाने का... तोहार पिताजी मास्टरै होई गऽ होतेन...।"

मेरा छोटा भाई उत्साहित था, बीस रुपया लेकर चला गया शिव की चाट खाने, मेरी बहन ले ली बीस रुपया। मैंने कहा सब उड़ा दो कल फिर मिलेगा। अब तो हर रोज़ मिलेगा। माँ उसी पैसे से दरवाज़े पर सब्ज़ी के ठेले से पाँच किलो टमाटर ख़रीद ली। दादू गया एक किलो इमरती और बीस समोसा ले आया। मैंने कहा, "ई ससुरा पैसा ख़र्चा ही नहीं हो रहा।" रात में दादू पूरा पैसा गिना बोला, "भैया अबऽ बचा बा और कालि के दिन शुरू होई गवा, आज पुनि मिले।"

दादू ने इच्छा ज़ाहिर की, "चलऽ भैया, शास्त्री पुल पर बंद-मक्खन खाई।"

चल दिए हम लोग शास्त्री पुल की ओर।

"भैया...।"

"हाँ।"

"हमरौ जिंदगी बनाई दऽ।"

"कैसे?"

"हमहूँ पढ़ब। हमारौ नाम लिखाई दऽ, अब तू हऽ तब पैसा थोड़िकौ माँगे।"

"ठीक है, कल से मेरे साथ चलना।"

मेरी माँ को हल्ला करने में बहुत रुचि होती थी। देर रात तक हल्ला हो गया, प्रतिदिन का दो सौ, महीने का 6 हज़ार और काम डेढ़ घंटे का। अगर आठ घंटे का एवरेज निकालो तब तो रुपियै-रुपिया...

सब उत्साहित थे, नयी आमदनी के स्रोत से, ख़्वाब का क्या; वह तो शिकार बनाता ही रहता है, सब नये ख़्वाब के गिरफ़्त में-

शातिर है वह
विआ में
कितना अलग है
हर आँख में
एक सा होकर भी
वह ख़्वाब...

15. कविता-संग्रह

अभिव्यक्ति की प्रशस्ति के चाहत की छद्मता

कमिश्नर साहब सत्य प्रकाश मिश्रा सर के घर से निकले आवाक रह गए थे, मेरी क़लम की ताक़त देखकर। वह दो साल से तुकबंदी की कविताएँ लिख रहे थे, जिसमें तुक अधिक होता था—भाव कम। सरकारी अधिकारियों-प्रतिष्ठित व्यक्तियों को थोड़ा लिखने का शौक़ हो जाता है, भले ही रचनात्मकता हो या न हो। वह क़िताब लिख गए थे पर प्रकाशित करने का आत्म-विश्वास नहीं आ रहा था। उनको तलाश थी, कोई मिल जाए, जो सम्पादन कर दे उनकी पुस्तक का। मिले कई पर वह न मिला जिसकी उनको तलाश थी। कविताओं के वाक्य-संयोजन को बदलकर जिस तरह मैंने कविता को भाव से समृद्ध किया था, उससे साहेब का प्रभावित होना स्वाभाविक ही था। उनको लगा, जितना सत्य प्रकाश सर ने तारीफ़ की है उससे ज़्यादा दम है मुझमें। अपनी पत्नी से पूछा, "अनुपमा कैसा है यह लड़का?"

"थोड़ा रस्टिक बैकग्राउंड है, उतनी नफ़ासत नहीं है पर क़ाबिलियत तो बहुत है। बात करने में ही सम्मोहन है, भाषा पर क्या नियन्त्रण है! जिस तरह कविताओं को बदला वह तो क़ाबिले-तारीफ़ है।"

"बताओ क्या करें, प्रतीक्षा परीक्षा दे रही उसका इंतिज़ार करें या विवाह की बात आगे बढ़ाएँ?"

"उसका इंतिज़ार मत करो, विवाह करके बात ख़त्म करो, परीक्षा देती रहेगी। बाबूजी भी कह रहे कि शादी कर दो। लड़का बहुत अच्छा है, एक बार हाथ से निकल जाएगा तब कहोगे, कर लिया होता तो अच्छा होता। अंग्रेज़ी आ जाएगी नौकरी में सब सीख ही लेते हैं, आपने भी तो सीखी ही है।"

"यह घर से कमज़ोर है, दहेज की चाहत होगी ही। हर व्यापारी, ठेकेदार, बिल्डर, काली कमाई वाले लोग लग जाते हैं ऐसे लड़कों के विवाह के लिए, मार्केट बन जाता

है दहेज का।"

"बात कर लो साफ़-साफ़, देख लो क्या चाहते हैं। लड़का आगे जाएगा, इसमें कोई दो राय नहीं है। मेरे पापा से भी बात कर लो। उन्होंने तीन-तीन लड़कियों की शादी की है, उनको अनुभव है। परिवार में एक ढंग का लड़का आ रहा है, आगे-पीछे सोचकर विवाह कर दो। एक-दो लड़के और भी देखें हैं, इसमें और उनमें कोई तुलना ही नहीं है।"

"तुम्हारे हिसाब से यह शादी कर ली जाए?"

"कोशिश करके कर ली जाए, यह एक अच्छी नौकरी पा गया है और आगे भी बेहतर ही करेगा। जिस तरह यह पूरे विश्वास से बात करता है, कोई साधारण बात नहीं है। एक बार दोनों को मिला दो, जब प्रतीक्षा आती है। इन दोनों की राय भी ले लो, हमारी-तुम्हारी राय से तो विवाह होगा नहीं।"

"कल इनके मामा को बुलाता हूँ।"

"बुला लो, पर सीधा अनुराग के पिता से बात करो।"

"ठीक है, इनके मामा से कहता हूँ, जल्दी विवाह तय करने के लिए, नवम्बर में कर देते हैं विवाह।"

कमिश्नेर साहब दिन भर काम में उलझे रहे। उनको शाम सात बजे ध्यान आया कि आज सर्वेश मिश्रा को बुलाना था। वह सात बजे कलेक्टर को फ़ोन मिलवाए और कहा कि कल सुबह सर्वेश मिश्रा को भेजना। कलेक्टर साहब समझे कि वह सुबह-सुबह ही चाह रहे मिलना। एक आदमी मामा के यहाँ रात में ही भेजा गया कि सुबह कमिश्नर साहब ने घर पर बुलाया है। मामा को तो बेहोशी आ गई। मामी गिरी भरहरा खाय। मामा के यहाँ दादू की खोज होने लगी। मामी बोली, "सिवाय मुन्ना के चप्पल साफ करै के और कौनौ काम ओकरे पास नाहीं बा। जब देखऽ तब दौड़ा पड़ा बा उर्मिला के इहाँ।"

सुबह-सुबह कमिश्नर क्यों बुलाए, यह सबको रात भर जगा गया।

उधर कमिश्नर साहब घर पहुँचे। उनके स्टाफ़ ने वह लिफ़ाफ़ा पकड़ाया और बताया सर्वेश मिश्रा ने भेजा है। साहब ने पूछा, "वह आए थे क्या?"

स्टाफ़ ने बताया कि किसी के हाथ भेजा था।

साहब ने खोला लिफ़ाफ़ा... फ़ोटो-कुंडली-बायोडाटा-ठीक की हुई कविताएँ और वह पत्र...

"यह संबंध बहुत अच्छा होता, अगर हो जाता पर कन्या ऊँचे परिवेश की है, अनुराग उसके लायक़ नहीं है। इसलिए यह संयोग उचित नहीं दिखता—धन्यवाद—"

मैडम ने पूछा, क्या हुआ? साहब ने वह पत्र मैडम के हाथ में दे दिया...

"यह कब हुआ, परसों तक तो सब कुछ ठीक था, अब क्या होगा...।"

कमिश्नर साहब मेरी ठीक की हुई कविताएँ पढ़ने लगे।

पढ़ने के बाद कविताएँ मेम साहब को दीं। मेम साहब ने कहा, वह तो उर्दू के शब्दों का भी प्रयोग करता है, तुमको तो इतनी उर्दू आती नहीं। यह आख़िरी वाली तो तुम्हारी है नहीं, ऐसे शब्दों का इस्तेमाल तुम करते नहीं।

"हाँ आख़िरी वाली मेरी नहीं है। कोई भी मेरी नहीं है, सही मायनों में। यह अनुराग ने ठीक करके सब बदल दी है।"

"ऐसा तो तुम लिखते नहीं, अब यह कविता अगर छापोगे तब कुछ कविताएँ अलग और बाक़ी अलग हो जाएँगी। देख कर ही लगेगा कि दो अलग-अलग लोगों ने लिखी है। सत्य प्रकाश सर के यहाँ इतने दिन से जा रहे हो वह आज तक एक भी ठीक नहीं किए। इसने एक-दो दिन में ही सुधार दिया।"

जल्दी-जल्दी में मेरी भरत पर लिखी एक कविता का पन्ना उनकी पांडुलिपि में चला गया, जो मैंने माँ के कहने पर लिखा था। माँ मुझसे राम पर लिखने को बहुत कहती थी, उसको लगता था कि यह विधर्मी इसी बहाने भगवान का नाम ले लेगा। वह मेम साहब के हाथ आ गया, पांडुलिपि पलटते-पलटते।

मेम साहब ने पढ़ा और साहब को पकड़ा दिया यह कहते हुए, "यह कविता नहीं एक विस्मय है। यह बाँध लेगी किसी को भी।"

साहब ने पढ़ा और पूछा मैडम से आश्चर्य की अभिव्यक्ति चेहरे पर लिए, "यह सब इसी ने लिखी होगी! सत्य प्रकाश मिश्र सर सही कहते थे, इसको आईएएस नहीं साहित्यकार होना चाहिए। अब क्या किया जाए, सब तो वापस कर गए सर्वेश मिश्रा।"

"आप भी तो सोते रहे। एक बार गए फिर भूल गए दूसरे के हाथ में काम पकड़ा कर, चलो घर चलते हैं इनके। कहो तो पापा को बुला लूँ, उनको बात करना अच्छा आता है, कुछ दहेज देना पड़े दे देते हैं। आप कमिश्नर हो, बहुत लोग हैं जो खड़े हो जाएँगे विवाह में मदद के लिए।"

साहब बहुत सुनते थे मेम साहब की। वह सामान्य घर के थे, मेम साहब बड़े घर की। मेम साहब की ही चलती थी हर दुनियावी मामलों में।

"अगले महीने आपने राज्यपाल से विमोचन की तारीख़ ले ली है। प्रकाशक रोज़ आता है पूछने कब छापें। आपके पास बहुत काम है समय नहीं मिलता। अनुराग को दे दो, यह दस-पन्द्रह दिन में क़िताब का संपादन करके अंतिम रूप से तैयार कर देगा।"

साहब की पलकों के भीतर एक नया जीवन जन्मता हुआ दिखा... एक शानदार कवर-पृष्ठ एवं अप्रतिम लेखन का काव्य संग्रह, जिसका विमोचन प्रयाग संगीत समिति के विशाल सभागार में... मंत्री-सांसद-जज-प्रदेश के तमाम बड़े अधिकारी-मातहतों-लेखकों-साहित्यकारों-अध्यापकों की उपस्थिति में-महान विद्वान-राजनेता, प्रदेश के

प्रथम नागरिक रमाकान्त शास्त्री विमोचन भाषण में प्रशस्ति गान करते हुए, गुंजायमान होता प्रयाग संगीत समीति का सभागार...

सत्यानंद आईएएस अधिकारी हैं, विचारक हैं, साहित्यकार हैं, भाषाविद हैं, गणित-भौतिक विज्ञान के छात्र रहे पर साहित्य के रसिया, उर्दू के लफ़्ज़ों को हिंदी में समाहित करते हुए काव्य के सर्जक हैं... मेरे जीवन के तक़रीबन 50 वर्षों के लोक जीवन में जिसमें मैं मुख्यमंत्री-केंद्र में कबीना मंत्री; पता नहीं कितनी बार सांसद रहा, बहुत से अधिकारियों ने मेरे साथ काम किया पर मैंने सत्यानंद मिश्रा जैसा प्रतिभावान कम ही देखा। इनकी कविता सम्मोहित करती है, बरबस बाँध लेती है जब वह लिखते हैं भरत की पीड़ा राम के वनगमन पर

कहाँ है वह प्रकाश-पुंज माँ
जो मुक्तिदायी है महज़ अपने नयनों के प्रकाश से
वायु कोहरे को हटाता है जिसके दर्शन की आस से...

राज्यपाल का काव्य पाठ... काव्य-संग्रह के ऊपर का उतरता आवरण मंच पर... पूरा हाल खड़ा होकर करतल ध्वनि करता हुआ... अगले दिन के सारे समाचार पत्रों में एक ही समाचार प्रमुखता से... कमिश्नर सत्यानंद की साहित्य सर्जना, विमोचन राज्यपाल रमाकान्त शास्त्री के कर कमलों द्वारा प्रयाग संगीत समीति के विशाल सभागार में, पुस्तक बेस्ट सेलर बनने की ओर...

मेम साहब ने पूछा, "कहाँ खो गए ?"

साहब अपने स्वप्न से बाहर आए। बहुत ही ख़ूबसूरत स्वप्न था। पिछले कई वर्षों का स्वप्न साकार होता दिख रहा था।"

अनुराग शर्मा उनकी मन:स्थिति में उनके बहन का पति बन चुका था। अब यह विवाह करना ही है, येन-केन-प्रकारेण।

"तुम ठीक कहती हो, यह विवाह तय करना ही है।"

रात में कमिश्नर साहब स्वप्न में अपनी पुस्तक का विमोचन देख रहे थे और उधर मामा के यहाँ दादू खोजा जा रहा था। मामी ने बाबा भैया से कहा जाओ उसको लेकर आओ। कल सुबह कमिश्नर साहब से मिलना है कुछ पता तो चले। पता नहीं उर्मिला कौन सा ड्रामा फैला दी हो। हमको इतने साल हो गए इस घर में पर ई मधुबनी मिश्रा परिवार का नाटक समझ ही न आया।

बाबा भैया की बुलेट सरपट मेरे घर की ओर।

16. छल

कुंठित-विगलित व्यक्तित्व छद्म से छला गया

बाबा भैया रात में आए, इतनी देर रात में आने से माँ संशययुक्त अचंभित हुई, जो स्वाभाविक ही था। बाबा भैया ने माँ-पिता जी के पैर छुए और पूछा दादू कहाँ है?

"का भवा?"

"अम्मा बोलाए बा?"

"काहे बरे?"

"हमका नाहीं पता बा।"

माँ ने बताया कि मुन्ना और दादू शास्त्री पुल गए हैं चाय-बंद मक्खन खाने, इंतिज़ार करो अभी आ जाएँगे। वह कुछ देर इंतिज़ार किए फिर बोले, "उहीं जात हई, मिल लेबै।"

बाबा भैया हम लोगों को ढूँढ़ लिए और दादू दूर से ही देख लिया उनकी मोटरसाइकिल और बोला, "भैया निशाना सही लगा बा। रात-रात भटकत हयें, लागत बा कमिश्नर साहेब धुनि मारेन चाचा के।"

"कैसे पता?"

"देखऽ न राति में दूषण आई गवा बा रथ पर चढ़ि के, अब देखऽ नाटक।"

इतने में बाबा भैया आ गए। दादू ने पैर छुआ, मैंने भी छुआ। दादू बोला, "भैया सब ठीक तऽ बा न।"

"हाँ सब ठीक बा।"

"कैसे रात में रथ निकला भैया तोहार, ई तऽ तोहार निद्रा के समय बा। अब तक एक नींद तू लै लेत हऽ चाहे काल परीक्षा होई तबऊ। भैया तोहार डिस्पिलिन गजब के बा। रात के दस बजा नाहीं कि आप बिस्तर पर। तबै तोहार शरीर निरोगी बा और चेहरा

कांतिमय। कौनौ चिंता हइयै नाहीं बा। चिंता चिता के समान है, एका सबसे बेहतर भैया तुहिन समझे हऽ।"

मैं— "अब भैया को क्या चिंता। ई बड़े आदमी के बेटे हैं, बड़ा दुई तल्ला का मकान, कमरों मे बिछी पैरों को गुदगुदाती कालीन, बुलेट मोटरसाइकिल की सवारी, घर में पली जरसी गाय दूध बरसाती... सुबह-शाम छानों मलाई... अब चेहरा एनकर न चमके तब केकर चमके... चिंता तो हम लोगों को है, न आगे नाथ न पीछे पगहा।"

"मुन्ना, अब पिताजी-बुआ के चाहे जौन संबंध होई, हमार-तोहार ओकरे कारण न बिगड़ै चाही। उहौ दुई-चार दिन में ठीक होई जाए। पिताजी ठीक नाहीं केहेन, ई तऽ हमहू कहब।"

"अब दो आदमी का संबंध तो बराबरी में होता है भैया। अब एक बड़ा आदमी छोटे आदमी को धमकी ही देगा, छोटा आदमी डरेगा ही।"

"आज के दिन तोहसे बड़ा आदमी के बा, पूरा शहर तोहरे पीछे भागत बा। अब हमसे नाराजगी न देखावऽ।"

"छोडऽ भैया, अब ई सब बात। दादू भैया के लिए चाय-बंद ले आओ, मक्खन डबल करा देना, भैया मक्खन के बहुत शौक़ीन हैं, बग़ैर बलभर घी उडेले भोजन भैया के गले से उतरत नाहीं।"

बाबा भैया मेरे व्यंग्य-बाणों से आहत हो रहे थे। उनके चेहरे पर क्रोध समाहित करती नाराज़गी दिख रही थी, पर समय बहुत बलवान होता है, वह विवश थे इस समय। बलिष्ठ समय कह रहा था, धैर्य रखो... कल की सुबह भारी है। समय की सबलता के सम्मुख भैया मजबूर थे, नहीं तो वह कहाँ सुनने वाले।

दादू ने आवाज़ दी, चाय-बंद के लिए।

मेरी बात से माहौल तल्ख़ हो गया था।

मुझे शायद ऐसा नहीं कहना चाहिए था पर दर्द अंदर था; इसलिए अभिव्यक्त हो गया।

"चलऽ दादू, अम्मा बोलाए बा।

"काहे हमका बोलावत हएन इतने राति के।"

"हमका नाहीं पता, अम्मा कहेस जा लै के आवऽ, पिताजी मिला चाहत हयेन।"

मैं— "चले जाओ।"

"भैया, एतने रात में तऽ न लै चलऽ हमका, काल आई जाब।"

पर बाबा भैया माने नहीं और लेकर चले गए।

रास्ते में बाबा भैया ने दादू से कहा, "देखत हऽ दादू..."

"का भैया..."

"ई मुन्नवा के!"

दादू कुछ न बोला।

"कैसन बात करत बा! केतना घमंड आई गवा बा कुछ दिनै में, पगलाई गऽ बा। जब आदमी औकात से अधिक पाई जात हऽ तब ऐसै होश-हवास खोई बैठत हऽ, एकर कौनौं हैसियत रही आईएएस बनै के!

दादू कुछ न बोला।

"दादू।"

"हाँ भैया।"

"अब हमार सेलेक्शन बहुत जरूरी होइ गवा बा; शक्ति-संतुलन बरे। पिताजी कुछ साल में रिटायर होई जइहिं, मुन्ना अगली पीढ़ी के बा, हमरे ओर से एह पीढ़ी में केउ बा नाहीं, हमार सेलेक्शन मुन्नवा के नस तोड़े, नाहीं तऽ ई बेअंदाज होइ जाए। देखत हऽ कैसन अहंकार होइ गवा बा, कौनौं बड़े-छोटे के लिहाज नाहीं रहि गवा बा।"

"ई बात तऽ बा भैया, तोहार सेलेक्शन होई जात तब मधुबनी मिसिर परिवार के दिया जलत, मुन्ना से हमरे परिवार के नाम तऽ भवा बा पर तोहरे होए के बात अलग बा, मुन्ना केतनौ बा हऽ तऽ बिटिया के बेटवा... ढेर नाम सूरज शर्मा के परिवार के होये न कि हमार-पचे के, तोहरे होये में नाम हमरे खानदान के होये।"

"अब हमार आईएएस के चांस तऽ बा नाहीं, पीसीएस के अवसर बा।"

"भैया, पीसीएसौ कौनौं कमजोर नौकरी बा नाहीं। ई फील्ड के नौकरी बा, असली मालिक इहै फील्डै वाले होत हऽ। तू सीधा लऽ या तऽ एसडीएम या डिप्टी एसपी, इहै दुई नौकरी तोहरे पर्सनालिटी के सोहाए।"

"एक बात ई बतावऽ?"

"का भैया?"

"कुछ आइडिया बा, ई मुन्नवा एकै बार में कुल गढ़ कैसे गिराई देहेस?"

"भैया, पूर आइडिया बा।"

"दादू..."

"हाँ भैया..."

"अब हमका आपस में एकता से रहब जरूरी बा।"

"भैया हम तऽ तोहार आदेश हमेसै माना।"

"अगर तोहका हमरे और मुन्ना में से एक के गोल चुनै पड़े तब केकरे संगे जाबऽ?"

"भैया ऐसन नौबत न आए, बस शक्ति-संतुलन पर काम करऽ। एक बार फील्ड के जोरदार नौकरी हाथ आई जाई बस।"

"मुन्ना हर समय राजनीति करत हऽ, ई तू देखेन हऽ। तोहरे भाभी से कहत रहा ई मोहिता दीदी अपने घर क्यों नहीं रहती, विवाह के बाद लड़कियों को ससुराल रहना चाहिए मायके में नहीं। अब घरे में लड़ाई लगवावत बा, तोहसे का मतलब बा, आपन काम देखऽ। बुऔ तऽ घुसी रहत हऽ अपने मायके में, उहौ तऽ रहत रही। बड़ा नीतिवान बना बा, सबके सिद्धांत-ज्ञान पियावत रहत हऽ।"

"भैया ऊ केतनऊ खेला खेलै पर तोहरे ऐसन नीतिवान ऊ नाहीं बा, तोहका खेदे न पाए बस एकबार तगड़ी फील्ड के नौकरी तोहरे हाथे आई जाय।"

"शक्ति-संतुलन के बादौ तोहका एक गोल चुने पड़े।"

"नाहीं भैया, तब जरूरत न पड़े।"

"काहे?"

"अमेरिका-रूस दुइनौ के पास एटमी हथियार बा, अगर एक के पास होत दूसरे के पास नाहीं तब तीसरा विश्व-युद्ध होइ गऽ होत। पर दुइनौ के पास बा तब शक्ति संतुलन बना बा। हम पचे जैसे बचपन में पटरा वाला खेला खेलत रहे। अब एक ओर पटरा पर बीस किलो और दूसर ओर तीस किलो के गदेल बैठाई दऽ तब तऽ तीस किलो वाला गिराई मारे, भैया शक्ति-संतुलन जरूरी बा। शक्ति-संतुलन एकर नस तोड़े।"

"तू तऽ ओकर चापलूसी करत हऽ, दिन-रात।"

"भैया मजबूरी बा हमार।"

"का बा मजबूरी?"

"हम हई गरीब मनई, हमार बियाह बाबू दहेज के लालच में जल्दी कै देहेन। कच्ची उमर में घर-गृहस्थी के बोझ हमरे कमजोर काँधे पर आई गऽ, हम करी का, इ बतावऽ! हम तहसील-कचहरी में छोट-मोट दलाली कै के पेट पालत हई। मुन्ना के नाम पर कुछ काम होइ जात बा, आगे उम्मीद बनी बा। हमार स्वार्थ बा मुन्ना के संगे... पर हई तोहार सिपाही... तू इहौ कहि सकत हऽ कि हम तोहार मुखबिर हई दूसरे गोल में... भैया...

"हाँ।"

"कौनौ संदेह कभौं सिपाही पर न करऽ।"

बाबा भैया की मोटरसाइकिल आर्य कन्या कॉलेज के सामने से दायें हाथ की सड़क की ओर मुड़ी... रफ़्तार बहुत ही कम थी बुलेट की, भैया चिंता-मग्न

"दादू..."

"हाँ भैया।"

"अब हमार सेलेक्शन बहुतै जरूरी होई चुका बा।"

"ई बात त बा भैया, तोहार सेलेक्शन होई जात तब तऽ मधुबनी मिसिर परिवार के दिया जलत, हमरौ सीना चौड़ा होत, आखिर तू हमरे मधुबनी मिसिर परिवार के शोभा

बनबऽ। भैया, तोहार दिमाग बा तगड़ा पर परीक्षा में कुछ गड़बड़ाई जात हऽ, ऐसा हमका लागत हऽ।"

"बतायऽ नाहीं।"

"का भैया?"

"ऐसन मुन्ना का केहेस कि एकै बार में कुल गढ़ गिराई देहेस।"

"भैया, देखऽ तोहार दिमाग मुन्ना से कमजोर नाहीं बा, बस फरक कथरी के धागा में रंग भरै के कला के बा।"

"ऊ कैसे?"

"तुहूँ पढ़ि के माल-मसाला कथरी के धागा के तरह दिमाग में बेध देत हऽ, पर परीक्षा में जहाँ काम लाल धागा के बा उहाँ तू हरा धागा उतार देत हऽ, बस तू सही धागा उतारै के कला जानि जा तोहका केऊ खेदे न पाए।"

"मतलब मुन्ना सही धागा सही समय पर लगावत हऽ।"

"भैया ऊ नाती केकर बा तू तऽ जनतै हऽ, सूरज शर्मा के, ओ कुल विद्या एका पढ़ाई देहे हयेन द्रोणाचार्य के नाहीं। ओ सबके एकलव्य बनाई देहेन, एका अर्जुन बनावै के चक्कर में, जे केउ करण बना चाहेस ओका अभिशप्त कै देहेन। सारा दिव्यास्त्र एहि के देहे हयेन।"

"ऐसन काहे केहेन ओ?"

"अब भैया एकर जवाब तऽ विधातै देइ सकत हऽ। हम राहु-केतु के नाहीं छुपि के कुछ अमृत-रूपी विद्या के रहस्य सीखे हईं पर ओकर इस्तेमाल के कला जब बोबा सिखावत रहेन तब ओह समय हमसे कोताही होइ गय। हमहूँ रहि गए अभिमन्यु, सीख नाहीं पावा कुल विद्या। ईमानदारी के बात भैया इहौ बा कि तोहरे और मुन्ना ऐसन दिमाग हमरे पास बा नाहीं। तोहार दिमाग स्पंजौ के तरह बा और बाँसेउ के तरह, हमार तऽ बा रबड़ बुद्धि।"

"ई स्पंज और बाँस का होत हऽ?"

"भैया जैसे बाँस के ऊपर बस चीरा लगाई दऽ धकाधक दुई फाड़ होइ जात हऽ वैसई तोहार दिमाग बा, सबकुछ तुरंतै समझि के परिणाम दै देत हऽ।"

"ई स्पंज..."

"तोहरे दिमाग में जौन मटीरियल घुसा स्पंज के तरह सोख लेत हऽ और समय पर तू निचोड़ देत हऽ।"

"रबड़-बुद्धि?"

"सूजा घोंपऽ रबड़ में और निकाल लऽ, जस के तस।"

"ई कथरी के धागा... और रंग... ?"

"देखऽ भैया, मुन्ना सफेद धागा से अपने दिमाग में ज्ञान के कथरिय-कथरी बनावत हऽ और परीक्षा में जौन रंग से चाहत हऽ उहिं परीक्षा हॉलै में रंगि देत हऽ। तू भैया पहिले से रंगा धागा कथरी में लगाई के परीक्षा हॉल में जात हऽ। इहि बरे सवाल चाहत हऽ कौनौं और रंग तू परीक्षा में उतार देत हऽ कौनौं और रंग।"

"हम समझा नाहीं।"

"भैया, तू रटत हऽ सवाल, ऊ तैयार करत हऽ चैप्टर। अब सवाल घूमि गवा तब तू का करबऽ! उहै जौन तैयार केहे हऽ घुमाई फिराई के लिखबऽ। ऊ तऽ तैयार केहे बा चैप्टर-वाइज, पूछऽ जौन पूछा चाहऽ, सफेद कथरी अलग बा और कुल रंग अलग से रखे बा, रंग मिलाई के बनाई दे उहीं कक्षा में, परीक्षक जौन रंग के वस्त्र चाहत बा। तोहका पता बा मुक्तिबोध पर का लिखे रहा परीक्षा में?"

"का लिखे रहा?"

"मुक्तिबोध की कविताएँ जलेबी की तरह अनगढ़ और टेढ़ी-मेढ़ी दिखती हैं पर शब्द-विन्यास में मिठास ही मिठास जलेबी की तरह... एक व्यक्तित्व की तलाश हलवाई की तरह अपने ही सृजन में... देख पहचान मुझे, देखते नहीं हो कितना रस है मुझमें जो तड़प रहा रसास्वादन कराने के लिए।"

"इहीं तरीके से लिखि के नंबर पाएस ऊ?"

"हाँ भैया, इहै विधि अपनावऽ तू मुन्ना से ढेर नंबर पउबऽ।"

उसी समय बाबा भैया की मोटरसाइकिल गौतम-संगीत टॉकीज के सामने से गुज़री। गौतम में फ़िल्म लगी थी-अमिताभ बच्चन की ज़ंजीर और संगीत में धर्मेन्द्र की कर्तव्य। "भैया देखत हऽ दुइनौ पुलिस वर्दी में हयेन। दुइनौ के पर्सनालिटी मिलाई दऽ तब तोहार अकेल पर्सनालिटी बने; ऊँचा क़द-चौड़ा सीना-चमकत ललाट-दमकत चेहरा, भैया तनिक दंड-बैठक बढ़ाई दऽ तोहरे पर्सनालिटी में धर्मेन्दर ऐसन बलिष्ठ निखार आई जाए, लंबाई तऽ भगवान भरपूर देहेन हयें, और तोहार आवाज तऽ हुबहू अमिताभ बच्चन ऐसन हयै बा। हम तऽ कहब भैया तू पुलिसै में जा; तोहार पर्सनालिटी अलग बा। मुन्ना के पास कौन पर्सनालिटी बा तोहरे सामने, अच्छा भवा मुन्ना पुलिस नाहीं लेहेन। अगर ओ पुलिस के वर्दी पहिन लेइहिं तब लोगन के क़ानून- व्यवस्था-सुरक्षा से विश्वास उठि जात। भैया..."

"हाँ।"

"पुलिस के वर्दी-काला चश्मा-बुलेट मोटरसाइकिल... बाबा भैया... कमर में खोंसी पिस्तौल... भैया के नाम सुनि के भागत चोर-बदमाश... अब और का कही भैया, हमार तऽ रोआँ-रोआँ खड़ा होई जात बा ई सेचि के... । तोहरौ नाम कुंडली गुरू के तरह होये, चोर-बदमाश तोहार पर्सनालिटी देखि के हदसियाय जइहिं।"

बाबा भैया एक स्वप्नलोक में...

"भैया, याद बा!

"का?"

"हम-पचे बचपन में कंचा खेलत रहे गाँव में, संगे मुन्नौ खेलत रहा। भैया, सबसे सटीक निशाना तोहरौ रहत रहा। तू एक कंचा पर निशाना साधत रहऽ उ कंचा दूसरे कंचा पर लागै, उ कंचा और आगे कंचा के मारै। तू एक कंचा से चार कंचा मारत रहऽ... भैया याद बा नऽ!"

"ख़ूब याद बा।"

"भैया, तू पुलिस में जाबऽ तब तोहार सटीक निशाना एक संगेन चार बदमाश के गिराई दे। तू मरबऽ दीवारें पर और गोली टकराई के लागे बदमाशन पर... एक गोली और चार बदमाश ढेर... भैया!"

"हाँ दादू।"

"पुलिस पर बढ़िया पिक्चर आजकल बनत नाहीं बा, कौनौ पुलिस वाले सही काम करत नाहीं हयें, एहबरे सही कहानी नाहीं मिलत बा। तोहरे पर पिक्चर बने और तोहार भूमिका अमिताभ बच्चनै निभाइहिं, तोहार लंबाई और आवाज मेलौ खात हऽ।"

बाबा भैया विचारमग्न थे... मग्नता में ही फिर कहा... "हमार सेलेक्शन बहुत जरूरी बा।"

"होये भैया।"

"हमार बियाहव होई गवा बा, चिंता भविष्य के तोहरे भाभिऔ के होत बा। कब तक हम घरे पर निर्भर रहबऽ!"

"होये भैया-पक्का होये। भैया, सिपाहिउ के ध्यान राखऽ, हम तोहरै सिपाही हई।"

"हमार छोटवार भाई हऽ, तोहार ध्यान न रखब तब केकर रखब।"

"ई बात तऽ बा भैया, हऽ तू बहुत दयावान। अगर हम छोटवार गोल में पुनि से पढ़ाई करी और दयावान के पर्यायवाची परीक्षा में आई जाय तब हम और पर्यायवाची के संगे तोहरौ नाम लिखि देई, दया-धर्म के तू साक्षात् अवतार हऽ।"

बाबा भैया मोटरसाइकिल धीरे-धीरे चलाते हुए बोले... "दादू..."

"हाँ भैया।"

"हमरे सवाल के जवाब देहऽ नाहीं।"

"कौन सवाल भैया?"

"हमरे और मुन्ना में से केकरे गोल में जाबऽ अगर एक के तरफ जाए पड़े।"

"भैया, ई सवाल के जवाब देब जरूरी बा?"

"हाँ।"

"तू जवाब जानत हऽ।"

"एकबार कहि दऽ अपने जबान से जौन हम जानत हई।"

"भैया, गोल बदलै वाला सिपाही जीतई वाली सेना के साथ विजेता नाहीं गद्दार कहा जात हऽ। मीर जाफर -जयचंद विजेता नाहीं कहा जातेन ऐ सब गद्दार कहा जात हऽ। हम गद्दार कहावै से पहिले मरि जाब बेहतर समझब।"

"दादू..."

"हाँ भैया।"

"जाईं दऽ अब हम न कहब कुछ।"

"कहि दऽ भैया, नाहीं तऽ भीतरै-भीतर गुडेर मारे और होई जाए कबजियत।"

"बहुत अपमान भवा बा हमार, जबसे मुन्नवा आईएएस बना बा, हर समय हमका कुल घर मिल के कोसत-घोसत रहत हऽ।"

"भैया, कुछै दिना के बात बा, एहि बार के रिजल्ट पीसीएस के आवई दऽ, डेबरा में तोहरै नाम होये।"

मामा के यहाँ मोटरसाइकिल की आवाज़ का इंतिज़ार हो रहा था, आवाज़ ने इंतिज़ार की अधीरता को समाप्त किया पर व्यग्रता को बढ़ा दिया। जैसे ही दादू पहुँचा, पहुँचते ही बोला, "चाचा तोहार गोड़ पिरात होये, दऽ मींज देई। हम कई दिना से आवा नहीं पिरात होये।"

"तोहका रात में गोड़ पिरात बा एका बरे नाहीं बोलवाये हई।"

"हमका तऽ चाचा इहै लाग, हम और कौन काम के हई।"

"का होत बा उर्मिला के इहाँ, का चलत बा?"

"चाचा हमका कुछ नाहीं पता, बुआ के तू जनतए हऽ, अब ओसे ई मुद्दे पर बात करै के मतलब बा हम आपन आसरा खोई देई। हम गरीब-गुरबा मनई हई। अब मुन्ना भैया के बजार चलि निकली बा, हमार छोट-मोट काम होई जात हऽ ओनके सहारे। अब बुआ के नाराज करब तब तऽ हम गए काम से।"

"आज का भवा?"

"चाचा हमका कुछ पता नाहीं बा। हम चला गऽ रहे सुबहै कचेहरी। हमका एक नकल निकलवावै के रहा। हम गऽ रहे तोहरेव लगे पर पता चला आप नाहीं आई हऽ आज। पेशकार बहुत समय लेहेस नकल निकारै के। हम साँझे के आवा तऽ पता चला मुन्ना गऽ हयेन पढ़ावै के। मुन्ना लौट के आएन आठ बजे। हम मुन्ना के कमरा में रहे। अब बुआ के मूड ठीक बा नाहीं, एह बरे हम नाहीं गए बुआ के सामने। आखिर जाना का चाहत हऽ तू। घरे के माहौल ठीक नाहीं बा ई तऽ तोहका अंदाजा हइये बा।"

"काल सुबह कमिश्नर साहब अपने बंगला पर बुलाये हयेन। कतौ कमिश्नर से कौनौ बात तऽ नाहीं भई ओनके घरे में केहू से।"

"चाचा आप बड़वार अफसर हऽ। कमिश्नर कौनौं मीटिंग के बरे बोलाए होये। अब इहै एक काम बा का कमिश्नर के लगे कि दिन-रात बहिन के बियाहे में लपटियान रहइ। आप बेधड़क जा, आपके कौनौ मीटिंग होये। आप मीटिंग के डाटा लै लऽ अपने संगे, उहै काम होये।"

मामा को समझ न आ रहा था, कैसे कुछ पता चले, यह तो दूसरा ट्रैक पकड़ रहा। यह कुछ बता ही नहीं रहा। मामा थे शातिर। वह समझ गए कि दादू बताना नहीं चाह रहा, इसको पता न हो इसकी कोई संभावना नहीं है। रात में एक हरकारा आकर सुबह कमिश्नर साहब के बंगले पर आने का निर्देश दे, यह एक साधारण बात है नहीं। मामा के हिसाब से यह विवाह का ही मामला होगा, और कुछ तो हो नहीं सकता। मामा सोचने लगे कैसे इससे समाचार निकलवाएँ, कुछ तो ज़रूर हुआ है।

रात में दादू मामा का पैर दबाने लगा। पैर दाबते-दाबते बोला, "चाचा तू हमका बहुत परेशान नजर आवत हऽ!"

"सबेरे पेशी बा, पता नाहीं काहे बरे साहेब बोलाये हएन।"

"चाचा, ओ कमिश्नर हएन कौनौं बिधाता थोड़ौ हएन। कौनौ बिगवा हएन का कि लीलि लेइहिं।"

"ई मुन्ना के बियाहे के बात करिहिं। अब हम तऽ कौनौ बात कै नाहीं सकित, अब हमार कौनौ हैसियत रही नाहीं।"

"चाचा अगर इजाजत दऽ तब एक बात हमहू कही।"

"कहऽ।"

"चाचा अब मुन्ना के बियाह हमरे पचन के समाज से ऊपर जाई चुका बा। अब ई हमरे-तोहरे बस के बात नाहीं बा।"

"ई तू काहे कहत हऽ।"

"चाचा एतनी बड़ी-बड़ी पार्टी आवत हइन कि अब हम पचे बरात में चलि के आनंद लेई, बस ऐतनै हमार भूमिका बा।"

"कौन बड़ी पार्टी आई गई?"

"चाचा एक दुई होई त बताई, इहाँ तऽ मेला लाग बा।"

मामी— "मुन्ना अकेल आईएएस बा का, और बाभन आईएएस भऽ हएन। ई सारा जोर मुन्नै पर काहे बा, न घर न दुवार ऐसन का बा मुन्ना में। आईएएस हटाय दऽ केथा लायक बा ई बियाह?"

"चाची जोर मुन्नै पे बा ई बात नाहीं बा। ऊ पार्टी जौन आवत हऽ ऊ सबके इहाँ

जात हऽ। अब जहाँ काम लहि जाए। अब जे आवत बा ऊ घर-दुआर सब देई के तैयार बा, अब कौन जरूरत बा घर-दुआर के। अब तू हरिकेश मामा के लै लऽ, आपन अशोक नगर के कोठी देई के तैयार हए।"

"अब ईश्वर उर्मिला के संगे बा, जेका चाहे तेका दुआरे पर दौड़ावै।"

यह कहकर मामी ने एक लंबी साँस ली।

"चाची एक बात कही हम?"

"कहऽ।"

"हरिकेश मामा चूक गएन। ई बियाह सस्ते में होई जात रहा तब। बाबू कहे रहेन मामा से कै लऽ ई बियाह तब मामा तैयार नाहीं भएन। तब कै लेहे होतेन तब आज के दिन ओ वज्र होतेन। हमरौ पचे के फायदा होत घरे के लड़की जात घरे में और मुन्ना के घरे में हमार पचे के कब्जा होत। अब तऽ चिंता होत बा हमहू के।"

"तोहका काहे के चिंता बा?"

"अब मुन्ना के बियाह कौनौ टेढ़-बाकुल टाइप के लड़की से होई गऽ तब का होये। अब तू तऽ बुआ के जनतै हऊ। नाक पे मक्खी ऊ बैठै देत नाहीं। मुन्ना आईएएस होई गएन ओनका एक दिन कहेस, हमसे आईस गीरी न देखावऽ अपने मुलाजिमन के देखावऽ। ज्यादा हमसे बहस करबऽ त ई हाँथ मोड़ि के तोड़ि देबै। अब सोचऽ अगर ऐसन ऊ कहि देहेस मुन्ना के दुलहिन से तब का होये, अगर लड़की समझदार न रही। हम तऽ कहब मुन्ना के कुंडली से ज्यादा जरूरी बा बुआ के कुंडली से लड़की के कुंडली मिलावा जाए, अगर परिवार में एकता चाही।"

"बस कुछ दिन और रूकऽ उर्मिला के कुल शेखी निकरि जाए, बलभर दे ओनका। हमार जिउ तऽ तबै जुड़ाये। हम दरवाजे पर गए रहे। हमार एक पैसा के सम्मान नाहीं केहेन।"

"बुरा न मानऽ तऽ एक बात कही चाची।"

"कहऽ।"

"चाची हम हई छोटवार मनई। हमार ई सब बात कहब ठीक नाहीं बा, पर चाचा के ई नाहीं कहई के रहा कि हमार-तोहार रिश्ता खतम।अब कुछौ बा, है तऽ घरे के बिटिया। हम तऽ रहे नाहीं पर जैसन हमका गुड़िया बताएस कि बुआ बहुत रोएस जब चाचा उठि के चलि देहेन। अब चाची ई कमिश्नर ऐसन पियारा होई गवा कि बहिन-बिटिया के छोड़ि देत जाई हम सब।"

मामा थोड़ा भावुक हो गए। वह थे तो भाई ही। बहन बहुत रोई आने के बाद यह उनको द्रवित कर गया। वह कुछ न बोले पर दुःख उनके भीतर का महसूस किया जा सकता था।

“अब ग़ुस्सा आई जात हऽ, कभौं-कभौं। अब ठीक तऽ नाहीं भवा। अब बड़वार भाई हएन, एतनौ हक नाहीं बा, अब इहिं बात पर नाराज होई जा!”

“के नाराज बा, बुआ तऽ कुछ कहेस नाहीं आज तक।”

“मुन्ना तऽ कहत रहा बाबा से शास्त्री पुल पर, तू बड़ा आदमी हऽ, बड़ा मकान बा, कालीन बिछी बा, गाय पली बा। ई ढंग होत हऽ बड़वार भाई से बात करै के। जब से रिजल्ट आई बा, कुल घरवै पगलाई गऽ बा। हम तऽ चाहत हई कौनौ ठीक-ठाक घरे में बियाह होई जाई, नाहीं तऽ हमसे का मतलब बा। दहेज ओनका मिले, परिवार ओनका मिले हमका का मिले एह सब कवायद में।”

“नाहीं चाची ऐसन नाहीं बा। हमहूँ के मिले, हम तऽ आसरा लगाए हई। मुन्ना के होई जाए से बहुत फर्क आई गवा बा। ओनकर सीनियर अमर गुप्ता सर एसडीएम बाराबंकी हएन, मुन्ना के इहाँ मुलाकात भइ रही। हम कहा कि हमार एक काम करवाई दऽ लेखपाल हैरान केहे बा। सर कहेन, चला जा जय नारायन एसडीएम के पास हमार नाम लै के। इहौ कहेन कि मुन्ना के ऊ जानत हऽ। हम गए, हमसे पूछेस, अनुराग की माँ तुम्हारे पिता की सगी बहन है। हम कहा, हाँ साहेब। हमका बैठाएन चाय पियायेन। तुरंतै लेखपाल के तलब केहेन। लेखपाल, कानूनगो दुइनौ बाबू से मिलै आई रहेन। हम करछना थाने गए। थानेदार कहेस हम साहब के सलाम करै साहब के घरे जाब। बसंतवा ठाकुर गाँव के तपा गुंडा बा, ओकर गाँव में तूती बोलत हऽ। छोटकऊ चाचा के बारी में बहुत जद्द-बद्द कहे रहा, कुल गाँव डेरात हऽ ओकरे नंगई से। जब बुआ गै रही बाबू से मिलै कुंडली गुरू के जीप से तब चाचा कहेन बुआ से। बुआ बोलाएस मातादीन के जौन संगे गऽ रहा सिकोरिटी में। कहेस पकड़ लाओ बसंतवा ठाकुर को, ओकर गुंडई निकाल दऽ। उहिं समय बसंतवा ठाकुर देखाई गऽ। मातादीन पकड़वाय के दुआरे पर मुर्गा बनाई देहेस। पूरे गाँव में अंदोर होई गवा। अब ई सब मामूली फायदा बा! एतना बड़ा सम्मान कभौं हम तऽ नाहीं सोचे रहे चाची। चाचा एक बात और बताई देई, मुन्ना कौनौं आम आईएएस न होये। कुंडली गुरू बहुत काबिल हएन, बहुत तपा पुलिस अफसर हयेन, पूरे प्रदेश में एनकाउंटर-स्पेशलिस्ट के नाम से जाना जात हऽ, पर हम खुदै सुना जब मुन्ना ओनका पढ़ावत रहेन, पूरी रात पढ़ाएस ओनका। ब्राइट कोचिंग में अब जात बा पढ़ावै, एक लेक्चर के पावत बा सौ -सौ के दुई नोट। एक रखै एक जेबा में और दूसर रखै दूसरे जेबा में, उड़ावै मन-माफिक। चाचा एक बात और हम कहब, मुन्ना बहुत दिलदार बा, हमहूँ के देहेस बीस रुपिया। अब हमार तऽ नीति कहति बा, मुन्ना से बैर न करऽ। आप कहऽ तऽ हम कुछ बात चलाई। आप थोड़ा झुकि जा, दुधार गाई के चार लात सहे पड़त हऽ।”

मामी— “हम तऽ न झुकब। हमका का मतलब, बनी रहईं कलेक्टर के महतारी।

हमार एक पैसा के मान नाहीं राखिन।"

"चाची, कौन मान नाहीं राखेस बुआ। बात होति रही, कमिश्नर के इहाँ मुन्ना के हमहिन लै जाय में सक्षम हई, कुछ जुगुत लगि जात। मुन्ना बा सरल, बात मानि जात हऽ जल्दी। कौनौ जरूरत नाहीं रही ऐतना कठोर कदम उठावै के। अब चाची हमार छोटवार बुद्धि बा हमार समझ आप सबके तरह तऽ बा नाहीं, पर हमार नीति तऽ झुक के चलै में बा। हम तऽ लड़ि सकित नाहीं और काहे लड़ी जब मजबूत आसामी साथ रहा चाहत बा।"

"कुछ कमिश्नर साहब के बियाहे पर बात भै बा, सही-सही बोलऽ, काल हमका साहेब के सामने पेश होई के बा।"

"चाचा, ओनकर कौनौ चर्चा हम नाहीं सुना। चाचा हम तऽ कहब कि हरिकेश मामा वाला बियाह करावत जा। मुन्ना के घरे में इंट्री हमार सबके अधिकारपूर्वक बनी रहे। ई बड़-बड़वार के घरे के लड़की पता नहीं कौन रूख लै ले। हरिकेश मामा बेवकूफी केहेन। बुआ-फूफा के मन रहा बियाह करै के जब बाबू कहे रहेन, पर तब तऽ मामा अपने शान में रहेन।"

मामी— "केऊ ऐसन आपन बिटिया फेंक देत हऽ का। का रहा मुन्ना के पास, अवारागर्दी करत रहा। रात-रात भर यूनिवर्सिटी के चुनाव में घूमत रहा, नेतन के भाषण लिखत रहा। बाद में सुना खुदौ नेता बनई चाहत रहा। भाषणौं देई लाग रहा। बस हिंदी जानत रहा, कुछ लिखि-बोलि लेत रहा, बाकी तऽ कुछ आवत रहा नाहीं। अब ऐसन लड़िका से के बियाह करे।"

मामा— "हरिकेश के घमंड बहुत बा अपने संपदा के। हमसे कहे रहेन, जीजा जी हम दमादै नाहीं वारिसौ चाहत हई। ई मुन्ना में तऽ ऐसन कुछ खास बा नाहीं।"

"चाचा तब ओ भोगै। आग अँधियार होत हऽ तब ऐसन बुद्धि होई जात हऽ। अब बेबी कौन हूर हइन, हम देखें नाहीं हई का ओनका। ई सेंट मैरी अंग्रेजी स्कूल और बोरडिंग में पढ़ लेहे से ई मेनका-रंभा होई गऽ हईं। तनिक बिटियौ देख लेहे होतेन आपन। चाचा अब आवत बा गुस्सा। एक ठे शीशा दै दऽ मामा के और कुल परिवार देखैं आपन चेहरा। हमार भाई हऽ मुन्ना। चाचा एक बात हम कहि देई, हम ओकरे संगे बचपन से हई, बा ऊ बहुत दिमागदार। ओकर बाबा कहे रहेन जौन दिना ई ठान ले कुछ करि गुजरे। अब परिणाम तोहरे सामने बा। एक बात हम और कहत हई, मुन्ना के जोड़ के लड़की मिलब आसान नाहीं बा। जहाँ स्याही उड़ेल देत हऽ उहीं अक्षर बोलै लागत हऽ। चाचा एक बात और कही?"

"कहऽ।"

"चाचा, तू आज के दिन और तारीख नोट कै लऽ, ई मुन्ना बहुत नाम कमाये। हम

कक्षा में बैठा रहे जब ऊ पढ़ावत रहा और हमरे संगे कोचिंग के डाइरेक्टरौ बैठा रहा। ऊ हमसे खुदै कहेस कि ऐसन पढ़ावै वाला हम आज तक देखा नाहीं।"

मामा कुछ देर तक सोचने लगे। मामी भी एकदम शांत थी। मात्र दादू के हाथ से पैर दाबने की हल्की-हल्की आवाज़ पंखे एवं हवा के घर्षण से उत्पन्न ध्वनि के बीच धीमी-धीमी सुनाई दे रही थी। मामा ने कहा,

"दादू..."

"हाँ चाचा।"

"दादू, एक बात करेजा पर हाथ रखि के कहऽ।"

"पूछऽ चाचा, हम जौन कहब सचि कहब, कहऽ त रामायण पर हाथ रखि देई।"

"तोहका कुछ नाहीं पता बा कि कमिश्नर के मसले पर का भवा उर्मिला के इहाँ।"

"चाचा हमका कौनौ खबर नाहीं बा"

"कमिश्नर आई रहेन का?"

"चाचा, हमरे जान में तऽ नाहीं आई रहेन। अब ओ आई होतेन तब पतै होत। एतना ऊँच अधिकारी अगर आए तऽ पता होईन जाए।"

"कुंडली-फोटो केकरे पास बा, जौन मुन्ना लै गवा रहा, कतौ वापस तऽ नाहीं केहेस।"

"ऊ तोहरे लगे रही। मुन्ना कब लै गएन, ई तऽ हमका पतै नाहीं बा। अब लै गऽ हएन तब बुआ रखे होए। अब वापस के करे, केकर गोड़ पिरात बा कि जाई के वापस करे। जब साहेब अइहिं तब लै जइहिं।"

"हमरे सिर पर हाथ रखि के कहऽ कि सब सच-सच बतावत हऽ, कुछ छुपावत नाहीं हऽ।"

दादू रोने का नाटक करने लगा,

"चाचा हम तोहार सिपाही हई। तू हमका पाले हऽ। अब हम ऐसन धोखा करब तोहसे! चाचा, हमहूँ के भगवान के एक दिन जवाब देई के बा। हमरौ आत्मा बा जौन कहत हऽ कि झूठ बोलब पाप बा। हमहूँ बचपन में तख्ती पर लिखे हई, झूठ बोलना पाप है नदी किनारे साँप हैं। हमका चाचा झूठ बोलै में बहुत डर लागत हऽ। अब तोहसे झूठ बोलब तब तऽ हम अश्वत्थामा के नाहीं तड़पब। हम सिपाही तऽ तोहारै हई पर हम हई गरीब मनई। मुन्ना के सहारे दुई काम होई जात बा और आगे के उम्मीद बनी बा, इही कारण से हम मुन्ना के चापलूसी करत हई। अब तू तऽ जनतै हऽ कि बुआ के केतना चलत हऽ मुन्ना पर। अबौ कहि देत हऽ मुन्ना से तोहार हाथ मोड़ि के तोड़ि देब। तुहिंन बतावऽ ऐसन हालत में बुआ के खुश राखब जरूरी बा कि नाहीं? पर चाचा ई हम पुनि कहब, हम हई तोहार सिपाही। हम तोहसे बाहर कबहूँ न जाब। कहऽ तऽ

काल गंगा में खड़ा होई के हम ई कहि देई।"

"मतलब कमिश्नर साहेब के बियाहे के 'ना' नाहीं' भवा बा।"

"हमरे हिसाब से कमिश्नर साहेब रेस में हयेन। अब बड़े घरे में बियाह से तऽ बुआ डेरात हइयै बा। ई डर तऽ स्वाभाविक बा।"

मामा ने चैन की साँस ली। पूरा नया प्लान बन गया। कल कमिश्नर से मिलेंगे, हाल-चाल होगा। कमिश्नर पूछेंगे, क्या हुआ, बात कहाँ तक पहुँची? कहूँगा, बात चल रही है। बहन को आप परीक्षा देने दें। जल्दी ही विवाह करा देंगे, जैसा भी आपको सुविधाजनक हो। भांजा हमारा है, हमने पाला है और पढ़ाया है, कक्षा एक से आज तक का सारा ख़र्चा मैंने उठाया है। आप निश्चिंत रहें, यह हमारी ज़िम्मेदारी है। नवंबर तक मामला टालते हैं। उसमें पाँच-छः महीने हैं। जमुना पार के ठीके, अरैल का ठीका, छतनाग का... कुछ ठीके हो जाएँगे तब तक, अगर सब न हुए तब भी, रोज़मर्रा की कमाई का भी रेट थोड़ा ऊपर बढ़ाते हैं। एक ज़मीन मोहिता की हो ही जाएगी। वह ख़रीदेगी तब बहुत समय लगेगा। अभी वह किराये के मकान में रह रही है। नवंबर तक का पूरा समय अगर मिल गया और कमाई कुछ ठीक हो गई तब तो दो ज़मीन भी हो सकती है, अगर मकान न बना तब भी। सबकी अलग-अलग ज़मीन पहले कर देते हैं, मकान का कुछ जुगुत लगाएँगे। और अगर मार्च तक का समय मिल गया तब तो मोहिता का मकान भी हो जाएगा। कमिश्नर के यहाँ से निकलेंगे नेतराम के यहाँ से कचौड़ी-जलेबी-मिठाई ले लेंगे और सीधा जाएँगे उर्मिला के यहाँ। वह मुँहफट्ट है पर है सीधी। बहुत जल्दी द्रवित हो जाती है। दो-चार आँसू बहाऊँगा सब काम हो जाएगा। ईश्वर ने बहुत काम नहीं बिगाड़ा है। अभी भी स्थिति नियंत्रण में है।

दादू बोला, "चाचा चली अब, हमहूँ सोई, काल के का आदेश बा। तू तऽ जनतै हऽ हम जौन करित हऽ तोहरे राय से करित हऽ। अगर कहऽ तऽ हम भिंसारे बुआ के इहाँ चला जाई, देखी का माहौल बा। अब रात में बाबा भैया लै के आई हयेन बुआ सोचत होए कि का होई गवा। अगर तोहार सुलह-सफाई के मन होई तऽ हम माहौल बनाई काल सबेरे। आप और चाची मंत्रणा कै लऽ। अब न मन होई तोहार सुलह के तब हम छोटवार मनई हई का कहि सकित हऽ। पर हम तऽ कहब कि सुलह-सफाई कै लऽ, छोटवार बहिन बा, मानदान बा। ऐसन जिद नाहीं ठीक बा। अगर ओकर कौनौ गलती बा तबौ जाई दऽ, माफ़ कै दऽ। आप पदौ में बड़ा है और हैसियत तऽ डेबरा टाप हईयै बा।"

मामी— "हमार मन तऽ सुलह के बिल्कुल नाहीं बा। हमार मान नाहीं राखिन। पर हइ तऽ घरे के बिटिया, अब छोड़ि तऽ देब ना। जब हम बियाह के आई रहे तब बहुत छोटि के रही। बिना माई के बिटिया बा, हमार फर्ज बनत हऽ कुछ। तू सँभाल के बात

करऽ, ऐसन न लागै कि हम गरजू हई।"

"हम तऽ तोहार सिपाही हई। जैसन कहबू चाची वैसई करब।"

दादू सोने ऊपर के कमरे में गया। वह बहुत प्रसन्न था। वह मामा के व्यवहार से खुश नहीं रहता था, पर मामा के डर से चुप रहता था। वह था स्कीमी और अंदर ही अंदर स्कीम लगाता रहता था। यह घटनाक्रम उसके मन का था। वह सुबह के इंतिज़ार में था। कल का दिन तो बहुत रोचक होने वाला था।

सुबह दो रफ़्तार एक साथ पकड़ी... एक साइकिल की... एक मोटरसाइकिल की। एक कमिश्नर के यहाँ... एक मेरे यहाँ,

मामा को क्या ख़बर कि वह एक दलदली ज़मीन पर घने कुहरे के कुहासे के साथ चल रहे और दलदल-कुहासा एक साथ मिलकर उनको नेस्तनाबूद कर देगा। पर उनके अंदर एक उम्मीद की आग दादू ने जला दी थी। पर उनको क्या पता शह और मात के खेल में हर कोई अपनी तरह से खेल रहा था। आज प्यादे का दिन था, प्यादा छिपकर वार कर गया... एक ऐसा वार जो शतरंज के खेल में ग्रैंड-मास्टर की चालों को भी हिला गया... वाह रे प्यादे आज तो तूने बहुत छकाया।

जिस रास्ते पर मामा की मोटरसाइकिल चल रही थी वह इस वक़्त उनकी समझ से एक उम्मीद भरा रास्ता था... पर और नाम भी हैं इस रास्ते के... एक नयी इबारत लिखी जा चुकी थी जिससे अनजान थे वह। एक शातिर खिलाड़ी हारी हुई बाज़ी को जीतने के लिए बेटे के दहेज में मिली 350 सीसी की काली बुलेट मोटरसाइकिल पर सवार हवा से बातें करता हुआ पहुँच गया कमिश्नर के बंगले के अंदर।

17. यह उम्मीद न थी

ज़िंदगी और समय के संदर्भ में रूप और शिल्प

मामा सुबह 7:30 बजे ही पहुँच गए। मामा को साहेब का स्टाफ़ जानता ही था। वह उनको आदर भी देने लगा था। मामा ने साहेब को संदेश देने को कहा, संदेश अंदर गया। थोड़ी देर में बुलावा आ गया। मामा आज असहज थे क्योंकि मस्तिष्क में एक अनिश्चितता थी। मस्तिष्क की अनिश्चितता छुपाने का कितना भी प्रयास किया जाए पर वह छुपती नहीं। मामा के मस्तिष्क की अनिश्चितता उनको पूरी तरह से अव्यवस्थित किए हुए थी। मामा ने देखा सामने वाले दरवाज़े से साहब को अंदर आते हुए। मामा की हृदय गति तीव्र हो गई। वह घबड़ा कर उठ गए। साहब ने हाथ के इशारे से बैठने को कहा, मामा इंतिज़ार करते रहे कि जब साहब बैठ जाए तब वह बैठें। वार्तालाप आरंभ हुआ।

"कैसे हैं मिश्रा जी ?"

"आपकी कृपा है साहब।"

"आपके अपने बहन-बहनोई से कैसे संबंध हैं ?"

"साहब, मेरी बहन ही है। अब आज साहब आप अपनी बहन के लिए लड़का तलाश रहे ऐसा ही मैंने भी किया था, बस सामर्थ्य का फ़र्क़ है।"

"आपने रिश्ता अस्वीकार क्यों कर दिया ?"

"साहब, हमारा सौभाग्य है आपने हमको अवसर दिया इस रिश्ते के लिए, हमको आपने अपनाने की इच्छा ज़ाहिर की। हम क्यों अस्वीकार करेंगे।"

कमिश्नर साहब ने बग़ल की मेज़ से लिफ़ाफ़ा और कविताओं को उठाकर मामा के हाथ पकड़ा दिया, यह कहते हुए, "यह क्या है ?"

मामा को कोई जवाब नहीं सूझ रहा था। कुछ समझ नहीं आ रहा था। मामा इस

परिस्थिति के लिए तैयार न थे। उनके सारे प्लान उड़ गए अब वह क्या करें। वह तो सोचकर आए थे कि कहानी गढ़ेंगे और नवम्बर तक काम हो जाएगा, पर यहाँ तो कुंडली का चक्र ही उल्टा हो गया। वह पेपर ज़मीन पर गिर गया जो मैंने लिखा था। उसको कमिश्नर साहब ने हाथ से उठाया और मामा से कहा, "आप लिफ़ाफ़ा पढ़ें, नाम देखें।"

मामा ने देखा नाम उनका ही लिखा था।

"यह आप वापस कर गए, मुझे बताया होता, क्या ज़रूरत थी इस तरह वापस करने की?"

यह कहते समय कमिश्नर साहब की आवाज़ में रुआब-युक्त रूखापन था तो आँखों में सिहरन उत्पन्न करती हुई कठोरता।

मामा के गले में जैसे कुछ अटक गया हो। बहुत कोशिश करके भी वह कुछ बोल ही नहीं पा रहे थे। उनके चेहरे पर हवाइयाँ उड़ रही थीं। साहेब ने सारे काग़ज़ मामा को पकड़ा दिए जो लिफ़ाफ़े के अंदर थे और काग़ज़ का वह टुकड़ा सबसे ऊपर था जिस पर लिखा था—

"यह संबंध बहुत अच्छा होता, अगर हो जाता, पर कन्या ऊँचे परिवेश की है। अनुराग उसके लायक़ नहीं दिखता; इसलिए यह संयोग उचित न होगा—धन्यवाद—"

मामा अक्षरों में आँख गड़ाकर साहेब से नज़रें चुरा रहे थे।

"यह आपने नहीं भेजा?"

"नहीं साहेब।"

"आपको इसका कोई पता नहीं है?"

"नहीं साहेब।"

फिर साहब ने वही सवाल दुहरा दिया,

"आपके संबंध कितने ख़राब हैं अपनी बहन-बहनोई से?"

"साहेब, संबंध अच्छे हैं।"

"तब यह क्या है, आपको पता ही नहीं और इंकार हो गया।"

"साहेब मैं ख़ुद आश्चर्यचकित हूँ।"

"आप यह संबंध करा सकते हैं?"

"साहेब, हम पूरी कोशिश करेंगे।"

"अगर करा सकते हैं तब आप इस मामलें में पड़ें, नहीं तो मैं किसी और को यह काम सौंपूं।"

मामा को जीवनदान मिलता दिखने लगा। उनकी खोई चेतना वापस आने लगी, उसी समय मामा को वह कविताएँ दिख गईं जो मैंने ठीक की थीं। मेरी हैंड-राइटिंग

वह आभासित कर गए।

"साहेब, यह मैंने वापस नहीं किया है। यह सब कविता तो अनुराग की लिखी है, उन्होंने ही वापस की होगी; यह सब मेरे पास कैसे आएगी?"

कमिश्नर साहब को मामा की बातों में तर्क दिखने लगा और वह विचारवान मुद्रा में आ गए। मामा का दिमाग़ वक़्त पर सदैव तीव्र काम करता है। यह तो जीवन-मृत्यु का समय था।

"साहब, मेरे बहनोई एक मामूली से क्लर्क हैं, बहुत ही सामान्य पृष्ठभूमि से आते हैं, घर से ग़रीब हैं। यह सब मैंने आपसे पहले ही बताया ही था। वह किसी बड़े घर में विवाह करने से घबरा रहे हैं। वह सारे बड़े घरों के प्रस्ताव को वापस कर देते हैं, आपका प्रस्ताव तो बहुत ही प्रतिष्ठित एवं बड़े घर का है। यह प्रस्ताव विचार कर रहे क्योंकि मैंने समझाया है कि साहेब का परिवार ज़मीनी है और संस्कार ही संस्कार है पूरे परिवार में, पर साहेब घबराहट तो है ही ऐसी आपकी प्रतिष्ठा और नाम है। यह एक व्यक्ति की आशंका से उपजा परिणाम है साहब—दो ग़ैर-बराबरी के संबंधों की स्थापना को असमानता को लेकर; और कुछ नहीं—"

साहब मेरे मामा के चेहरे पर आँख गड़ाए उनकी बात सुन रहे थे। मामा ने अंतिम अस्त्र चला दिया, "साहब, उनकी शंका का समाधान मैं करूँगा, यह संबंध मैं कराऊँगा। यह मेरा वायदा है।"

साहब थोड़ी देर मामा के चेहरे की तरफ़ देखते रहे, इस तरह से कमिश्नर साहब के देखने से मामा बहुत ही असहज हो चुके थे; मामा की बातों का असर साहब पर हो गया।

"मेरी मुलाक़ात अनुराग से हो गई है एक जगह, मेरी पत्नी भी साथ थीं। यह संबंध करने का फ़ैसला हमने ले लिया है, अब आप देखें किस तरह हो सकता है। जिस समय भी आप को लगे कि आप यह संबंध नहीं करा सकते, मुझसे बता दीजिएगा, मैं कोई और रास्ता देखूँगा। हमको बताते रहिए कहाँ तक बात पहुँची, हम जल्दी विवाह करना चाह रहे। आप अनुराग के पिताजी से कह दीजिएगा, हम सारे रीति-रिवाज लोक-व्यवहार के हिसाब से करेंगे, उनको हम प्रसन्न रखेंगे, किसी तरह की आशंका का समाधान करने का पूरा प्रयास करेंगे। आप थोड़ा अपने काम पर भी ध्यान रखें वह बहुत ही संवेदनशील कुर्सी है, कोशिश करें शिकायत की गुंजाइश न बनें।"

"जी साहेब, काम पर पूरा ध्यान रखेंगे, कोई शिकायत का मौक़ा नहीं देंगे। विवाह कराने की हमारी पूरी कोशिश होगी, हमारा सबका सौभाग्य होगा अगर संबंध स्थापित हो सका।"

मामा घबड़ाहट में एक साथ कई वाक्य बोल गए। कमिश्नर साहब ने आज

साथ चाय भी न पी। नौकर चाय लेकर आया, "साहब का ध्यान रखना", नौकर को निर्देशित करते चले गए।

मामा, कमिश्नर-आवास से निकले। उनके चेहरे पर हवाइयाँ उड़ रहीं थी।

"आप थोड़ा अपने काम पर ध्यान रखें वह बहुत संवेदनशील कुर्सी है, कोशिश करें शिकायत की गुंजाइश न बनें।" यह बहुत ही कठोर लाइन थी। चाय भी नौकर के साथ ऐसा पिलाया; जैसे बस औपचारिकता पूरी कर रहे हों। कमिश्नर ने संदेश स्पष्ट दे दिया था कि अगर विवाह न हुआ तब ख़ैरियत नहीं। एक सीधा संदेश था—कुर्सी सशर्त है— मामा अपना कृत्य जानते ही थे। हरषू महराज सरे आम आरोप लगा ही चुके थे मामा पर, भ्रष्टाचार का। तरह-तरह की बातें हो ही रही थीं इनके बारे में। कमिश्नर ऐसे बड़े अफ़सर का यह कहना बहुत मायने रखता था। मामा का सारा जलेबी-कचौड़ी-मिठाई लेकर मेरे घर आने का प्लान धूल धूसरित हो गया।

कमिश्नर साहब के यहाँ आते समय मामा की बुलेट गति से आई थी पर अब जाते समय वह एक्सीलेटर बढ़ाना ही भूल जाते थे, मोटरसाइकिल रुक गई विश्वविद्यालय के महिला छात्रावास के सामने, वह मोटरसाइकिल को चलाने के लिए आवश्यक क्लच-गेयर-एक्सीलरेटर के बीच का अनुपात ही नहीं बैठा पा रहे थे, क्लच की जगह वह ब्रेक दबा देते थे। उनके आँखों के सामने अँधेरा छा गया। वह अपने घर का रास्ता ही भूल गए। लल्ला चुंगी पर रुक कर पूछा- किस तरफ़ से रास्ता मुट्ठी गंज को जाता है। उनका कोई दिमाग़ काम नहीं कर रहा था। किसी तरह मामा घर पहुँचे। उनका इंतिज़ार घर में बेसब्री से हो रहा था। मामा को देखकर मामी समझ गईं कि लगता है मामा की सारी प्लानिंग फ़ेल हो गई। मामा की आदत थी मामी से सब बताने की। मामी को मामा के ऑफ़िस की एक-एक ख़बर रहती थी। मामा ने सारा वृतांत बताया-मामी को भी गश आने लगा। यह क्या हो गया, ईश्वर इतना निर्दयी नहीं हो सकता। अभी एक महीना भी नहीं हुआ रुपया गिनते और ईश्वर रूठ गया।

यह समझने में तो कोई समस्या ही नहीं थी कि दादू मनचाहा झूठ बोला और फेंट-फेंटकर झूठ बोला। मामा को लगा कि एक पूरी साज़िश रची गई उनके ख़िलाफ़ और वह उस रची हुई साज़िश में चारों तरफ़ से घेर कर दौड़ा-दौड़ाकर आहत किए गए। वह दो लाइन का पत्र कौन लिखा होगा इसमें तो कोई दिमाग़ लगाने की ज़रूरत ही नहीं। यह मेरे अलावा और कौन लिख सकता है, ऐसी हिंदी मैं ही लिखता हूँ। लिफ़ाफ़े पर सर्वेश मिश्रा बड़े-बड़े अक्षरों में मेरी ही राइटिंग थी। मेरे पिता की छवि पूरे परिवार में एक सज्जन और सरल व्यक्ति की है। मेरी माँ भावना में आ जाती है पर दिल की साफ़ है।

मेरी छवि एक फ़रेबी की है। मामा को मेरा सारा फ़रेब बचपन से आज तक का याद आने लगा।

मैं बचपन में ननिहाल जाता था। मैं नाना के यहाँ अनाज चुराता था। मैं अनाज चोरी करके गाँव के बनिये के दुकान पर गुड़ वाली सेव, तेल वाली जलेबी खाता था। मेरे मामा के लड़के जो मुझसे कुछ साल बड़े थे वह सिगरेट पीने लगे थे। मैं तब छः-सात साल का रहा होऊँगा, वह सब दस-पन्द्रह साल के बीच के थे। मुझे भी सिगरेट की एकाध कश खींचने को मिल जाती थी पर मेरा मन उससे भरता नहीं था, मैं अधिक पीने की माँग करने लगा। मैं पूरी सिगरेट पीने की ज़िद करने लगा, तब उन लोगों ने इंकार कर दिया। मैंने घर में उनकी शिकायत कर दी कि यह सब सिगरेट पीते हैं, बड़ा हंगामा हुआ। उसके बाद समझौता हुआ कि शिकायत मत करो तुमको भी पिलाएँगे। मैं उनके साथ पीना सीखने लगा, पर वह मुझे अधिक कश खींचने नहीं देते थे। मैंने सोचा था मैं अकेले पिऊँगा, यह सब एक बार ही धुँआ निकालने देते हैं।

मैं अनाज चुराकर गया और सिगरेट माँगा। बनिया चौंक गया। एक इतना छोटा बच्चा सिगरेट माँग रहा। मामला घर तक आ गया, उर्मिला के बेटवा सिगरेट खरीदत रहा उहौ पूरा पैकेट माँगत रहा। मेरे नाना-नानी-मामा ने बड़ा हंगामा किए। मुझे तलब किया गया। मैंने कहा मुझे इन लोगों ने भेजा था ख़रीदने को। मेरे मामा के दो बेटे फँस गए। मैंने उम्र की दुहाई दी जो स्वीकार कर ली गई, अब इतना छोटा बच्चा कैसे पी सकता है, यह मेरे पक्ष में गया, मैंने कहा मुझको तो पता ही नहीं, कैसे सिगरेट जलाई जाती है। मेरे मामा के दोनों बेटे अपनी सत्यता की दुहाई देते रहे। वह दुहाई सच्ची थी पर कौन सुनने वाला था। उनका शरीर कई दिन तक दर्द करता रहा। मेरी नानी ने कहा, उर्मिला से न बतावत जायऽ केऊ, नाहीं तऽ निरदोष लड़िका नाहक पीटा जाए।

रात में मैं नानी के पास सोता था। मैं अपनी स्थिति मज़बूत करने के लिए कुछ और चुग़ली कर गया। मेरे मामा के लड़के और गाली खाए। उन्होंने फ़ैसला किया मुझको अपने गैंग से बाहर निकालने का। मैं भी संघर्ष की मुद्रा में आ गया। मैं अनाज चोरी करने में बहुत माहिर था और बेटी का बेटा होने के कारण अगर पकड़ा भी गया तब भी कोई दंड नहीं मिलता था; हलाँकि मुझको पकड़ना आसान भी न था। मुझको बाहर करने के दो नुक़सान थे, एक तो वह चोर गया जो पैसे के इंतज़ाम में मदद करता था और दूसरा एक दुश्मन जो छिपकर वार करता था, वह सामने आ जाएगा। एक समझौता हुआ। मुझे सिगरेट पीने में हिस्सा मिलेगा और मैं शिकायत नहीं करूँगा। मैंने पूरी सिगरेट पीने की माँग की। कुल दो सिगरेट ख़रीदी गई थी। हम लोग 6 लोग थे। यह माँग अन्यायपूर्ण थी पर क्या करते मजबूरी थी। अंत में यह तय हुआ कि आधी मैं पिऊँगा। उनका तर्क यह था कि मैं सिगरेट बर्बाद करता हूँ, धुआँ गले के अंदर लेकर

नाक से नहीं निकाल पाता; इसलिए सिगरेट के साथ न्याय नहीं हो पाता। मैं कोशिश करता था पर मुझसे होता नहीं था। मेरी उम्र कम थी; इसलिए थोड़ी मुश्किल होती थी। पर ऐसा कौन सा काम है जो मैं कर नहीं सकता, यह मेरी सोच तब से थी। मैं कोशिश करता रहा और एक दिन सफल हो गया। मुझे याद है अपना वह दिन, जब मेरे पास असीम विजय भाव था। मैं चिल्ला पड़ा, "हो गया", "हो गया"... आर्किमिडीस क्या शोर किया होगा... "यूरेका"... "यूरेका"... जो मैंने किया था।

इस बीच मैंने एक नायाब सलाह बाबा भैया को दी। यह घर से अनाज चोरी करने में तमाम ख़तरे हैं। हम खलिहान से अनाज चोरी करते हैं। इतना बड़ा खलिहान है, हर ओर अनाज ही अनाज है। दस-दस बैल दँवाई में लगे हैं। कहीं से भी चोरी हो जाएगी। दादू बोला, बहुत मज़दूर काम कर रहे हैं, जमुना-जरिबंधन तो सोते ही नहीं हैं, यह काम कैसे होगा? मैंने कहा, जमुना-जरिबंधन भी आदमी ही हैं, उसकी आँख लगेगी ही। जैसे ही उन दोनों की आँख लगेगी हम लोग यह काम कर लेंगे।

दादू— "यह कैसे पता लागे कि ओ लोग सोइ गएन?"

"उनके नाक से आवाज़ निकलती है जब वह सोते हैं। जैसे ही आवाज़ निकलेगी अंजाम दे देंगे।"

"पर हम पचे इहाँ रहब कैसे रात में?"

"उसकी तरकीब बनाते है।"

मैंने नानी से खलिहान में सोने की इच्छा ज़ाहिर की। वह मेरी सारी बात तक़रीबन मान जाती थी। उसने कहा, अकेले मत सोओ। मैंने कहा भैया भी रहेंगे। नानी ने भैया से कहा, इसका रात में ध्यान रखना यह बहुत छोटा है। दो बोरी घर से लेकर हम लोग गए। जैसे ही जमुना के नाक से आवाज़ निकली हम लोग काम पर लग गए। हम लोग खेतों की तरफ़ से होकर पानी की चक्की के पीछे वाले जानवरों के पुराने घर में अनाज रख आए, जहाँ अब कोई नहीं जाता था। योजना सटीक थी, कई दिन का इंतज़ाम हुआ था। अगले दिन से वह अनाज हर दिन निकाल-निकाल कर बेचने का सिलसिला दिमाग़ में था। पहले दिन का अनाज बेंचा गया। मुझे इतना बड़ा दिमाग़ देने के लिए दो सिगरेट मिली। मैंने जेब में रख ली। पर विधाता को कुछ और मंजूर था। मेरी माँ मेरे बग़ैर रह नहीं पाती थी, उसका मन लगा रहता था मेरे पर। वह अपने ससुराल से मायके आई, यह सोचकर चलें मुन्ना को देख आते हैं। मेरी नानी मुझे देखना चाहती थीं; इसलिए कुछ दिन के लिए मैं भेजा जाता था गर्मी की छुट्टी में अपने ननिहाल। मेरा घर और ननिहाल पास ही था। मेरी माँ आई उसने मुझे गले लगाया और कहा, "मेरा बागड़बिल्ला है यह" और पता नहीं कैसे उसको लगा कि मेरे जेब में कुछ है और वह सिगरेट उसके हाथ में आ गई। फिर उसके बाद तमाचों की बौछार और रहस्य दर

रहस्य से पर्दा उठता हुआ। मेरी माँ ने एक-एक करके सबकी बलभर ठुकाई की और वह छिपाए हुए अनाज सब पकड़े गए। रहस्य से पर्दा उठा, एक 6 साल का बच्चा इतना बड़ा चोर-डकैत-झूठा... मुझ पर आरोप लगा यह सब बच्चों को बर्बाद कर रहा। मेरी माँ मुझको लेकर अपने ससुराल चली गई और पूरी रात रोई। तभी मेरे बाबा ने मेरी बागडोर सँभाली और पढ़ाने लगे।

मामा को वह सब याद था। यह घटना बहुत दिन तक चर्चा का विषय रही थी। मामा के दिमाग़ में यह बात घूम रही थी। उनके क्रोध और विवशता की कोई सीमा न थी। मामी ने पूछा, "क्या हुआ?"

"एक साँप जन्मा है, परिवार में, मुन्नवा पूर साँप बा।
यह उम्मीद न थी मुन्नवा से...।"

18. बेआबरू

असंतुष्टि एवं अलगाव की अनुभूति के साथ समर्पण

मामा उड़ती चिड़िया के पंख भी पहचान लेते थे और उसमें कितने पंख टूटे हैं यह भी गिन लेते थे। मामा को यह समझते देर न लगी कि बाज़ी हाथ से छूट ही नहीं रही; वरन वह तक़रीबन हार चुके है; पर वह हार मानने वालों में न थे। इस हारी हुई बाज़ी को भी बचाने का यत्न करना चाहते थे; हलाँकि कोई ज़मीन ही नहीं बची थी जिस पर खड़े होकर वह लड़ सके। यह निष्कर्ष निकालने के लिए किसी अनुसंधान की आवश्यकता थी ही नहीं-कमिश्नर के सामने उनकी इज़्ज़त उतरवाने की पूरी साज़िश हुई। दादू के झूठ पर मामा का कोप हर घड़ी बढ़ता ही जा रहा था। मामा को अँधेरे में रखने में दादू की बड़ी भूमिका थी। मामा यह भी समझ गए कि यह अंतिम कार्यवाही उर्मिला के कहने पर मैंने ही की होगी। शर्मा जी अगर करते तो मुझसे कह कर करते, वह ऐसा नहीं कर सकते। इतने शातिर तरीक़े से उर्मिला का दिमाग़ नहीं चला होगा कि चिट्ठी बनाए, लिफ़ाफ़े पर मेरा नाम लिखे, कमिश्नर की ग़ैरमौजूदगी में मेरा स्टाफ़ बनकर जाए और दे आए। वह अधिक से अधिक कही होगी, यह रिश्ता अब मैं नहीं करूँगी। इस तरह का अंजाम मैं ही दे सकता हूँ। मामा को रिश्ता न होने का फ़ायदा-नुक़सान की आशा-निराशा के साथ-साथ कमिश्नर की वह पंक्ति खल रही थी, "आपके अपने बहन-बहनोई से कैसे रिश्ते हैं?" जैसे किसी ने सरे बाज़ार उनकी इज़्ज़त-आबरू पर हाथ लगा दिया।

यह पंक्ति मामा से बर्दाश्त ही नहीं हो रही थी। जिस कमिश्नर के आवास में वह बहुत शान से एक रिश्ते की बैसाखी लेकर प्रवेश किया करते थे, कमिश्नर साहब ने उस बैसाखी के उपयोग करने के हक़ पर ही सवाल खड़ा कर दिया। यह रिश्ता शर्मा जी-उर्मिला को अस्वीकार ही करना था तो मुझको करने देते। यह रिश्ता मैं लेकर आया था, यह मुझे ही निपटाने देते। यहाँ तो सारा हक़ ही छीन लिया और सरे-बाज़ार तौहीन

कर दी। मामा के मुँह से निकला, "तुमसे यह उम्मीद न थी उर्मिला।"

मामी ने यह सुन लिया और पूछा, "भवा का, पूरा विस्तार से बतावऽ। आधी अधूरी बात बतावत हऽ, पूर बात बतावऽ।"

मामा ने और विस्तार से पूरी बात बताई।

"अब का होये?"

"पहले उस झूठ के जंगल दादू के इलाज होये। ओकर हाथ-पैर तोड़ के रखि देब। उसकी इतनी हिम्मत बढ़ि जाए, कभौं सोचा नाहीं।"

"पिताजी ओकर इलाज बहुत जरूरी होई गवा बा। ओकर मन बहुत बढ़ि गवा बा। सब के ऊ बेवकूफ समझत हऽ। हम गऽ रहे बुआ के इहाँ, हमसे मिला शास्त्री पुल पर हम पर टांट कसत रहा, भैया इ तऽ तोहार सोवै के समय बा। अब तक तऽ एक नींद तू मार लेत हऽ। डिस्प्लिन होई तऽ भैया ऐसन। चेहरा चमकत बा, इही डिस्प्लिन के माथे। बर्दाश्त होत नाहीं रहा पर करे पड़ा ओह समय, पर गुस्सा बहुत आई रहा। ऐसन-ऐसन व्यंग्य मारत रहा कि का कही। ई मुन्नवा के संगे रहत-रहत अपने के बड़ा आदमी समझै लाग बा। हमरे हिस्सा के खेत जोति के कुल गल्ला-पाती लै लेत बा और हमहिं से रार, हमरै बिल्ली हमहिं से म्याऊँ। पिताजी अब खेत बटि जाई चाही, चाहे जौन होई जाए। बुआ के मन होई लड़ाई के तऽ ओऊ लड़ि लेईं; पर खेत तऽ अब बँट के रहे। ऐतना हिम्मत ई ददुआ के बढ़ि गई बा, हम सपनौं में नाहीं सोचे रहे। ओका ऊँहि बुआ के इहाँ मारब, हमार खून खौलत बा पिताजी।"

मामी— "तबई भगवान छोटवार मनइन के कुछ नाहीं देत हऽ। जैसई दुइ जून के रोटी दऽ मोटाई सूझै लागत हऽ। उर्मिला के उहै हाल होई गै बा। दरिद्रापन सात पुश्त नाहीं जात हऽ। ई मुन्नवा है तऽ दरिद्रै के घरे के, ओकर बाबा-परबाबा का रहेन केहू से छिपा बा का। ओकर परबाबा के खाई के नाहीं अटत रहा। ओकर बाबा मास्टरी करत रहेन और महीना के अंत में उपवास के नौबत रही। गाँव के दबंग ठाकुर खेत पर कब्जा केहे रहेन। उर्मिला के बियाहे के बाद बाबू कोर्ट-कचेहरी-थाना-दुआरा कै के जमीन दियायेन। पर जमाना ऐसन बा कि केऊ एहसान कहाँ मानत हऽ। बाबू जमीन दियाई देहेन उहीं जमीन पर उर्मिला कब्जा केहे हईं, नाहीं तऽ का कब्जा करतिन, ठेंगा।"

यह कहते समय कुपित-आक्रोशित मामी ने ठेंगा अपने दायें हाथ के अंगूठे से बना भी दिया। उनका पूरा चेहरा उनके क्रोध और विवशता को अभिव्यक्त कर रहा था। रोष इतना था कि मामी के होंठ सूख गए थे-क्रोध की अतिशयता में, मामी के चेहरे पर अमर्ष ही अमर्ष था और आवेशमयी मामी का चेहरा लोहित हो रहा था।

"आज बेटवा आईएएस होई गवा बा पगलाई गै बा। इहई हालत रहे तब ओका पागलखाना में भर्ती केहे पड़े एक दिन।"

"अम्मा हम जात हई, ददुआ के घसीट के लै आउब।"

तब तक मामा का दिमाग़ शांत हो गया था। वह अपने ऑफ़िस का मूल्यांकन करने लगे। उनके दिमाग़ में चालें बनने लगीं। वह दिमाग़दार थे, इसमें कोई दो राय तो थी ही नहीं।

"रूकऽ अबहीं, ओकर इलाज जरूरी बा पर सँभाल के करब, अबऽ रूकि जा। अगले महीना दुई ठीका और बा, अगर अबहिं बवाल करबऽ तब ठीक नाहीं बा।"

"का हाथ पे हाथ धरे बैठा हऽ, ऑफिस के स्थिति पे ध्यान दऽ, दुई दिना के आमदनी नाहीं आई बा घरे, पहिले ऊ तऽ लै आवा। पता नहीं कब फरमान आई जाय ट्रांसफर के। ई कुलक्षिनी उर्मिला तऽ हमऽ बर्बाद करै में लगी बा।"

मामा ने योजना बनाई, मामी से कहा, "साहब-मेम साहब मुन्ना से कहीं मिले हैं। मुन्ना बा तऽ मायावी। ई सोने के घड़ा में केतना जहर अंदर भरा बा ई तऽ लोंगन के पता बाद में चलत हऽ पर ई माया फैलाय के मोहि लेई में माहिर बा। इहै मृग बनि के सीता जी के हरण कराए रहा होए त्रेता युग में, एहमें अब हमका कौनौं संदेह नाहीं बा। ई साहेब-मेम साहेब दुइनौं के मोहि लेहे बा। अब साहेब कतौं और बियाह नाहीं करा चाहत हयें। आज के बातचीत से लग गवा कि कौनौं हालत में ओनका मुन्ना चाही। ऐतना बड़ा अफसर एह तरीके से फोटो वापस कै देहे के बाद एतना झुकि के बात करै, ई साधारण बात नाहीं बा। तू चली जा उर्मिला के घरे, पता तऽ करऽ कहाँ साहब से मुन्ना मिला रहा, का बात भै रही। सब पता करब जरूरी बा। उर्मिला बा दिल के साफ, सब बताई दे, ओकरे में छल-कपट नाहीं बा। ऊ मन से खराब नाहीं बा, बस मुँहफट बा। असली तिकड़मी ई मुन्नवा बा, अब ओका कंट्रोल उर्मिला कै पाए और केऊ न कै पाए। जरा बढ़िया मिठाई-उठाई लेत जाऊ, सारा दिन घरे रहू, प्रेम से बात करू, हम शाम के अउबै। ददुआ से कुछ न कहू। हम ओका तब तक जूतै-जूता मारब जब तक हमार दुइनौ पैर के नागरा टूट न जाए, तनिक कुछ दिन धीरज धरऽ।"

"ऐसन का बा मुन्नवा में, न देखई लायक न सुनै लायक। हरिकेश के मेहरारू अलगै पगलान हईन, जीजी हमका मुन्नै चाही। अब कमिश्नराइन कहत हईं, हम और मिला चाहित हऽ, एक बार। कौनों जड़ी-बूटी सुँघावत हऽ का ई। औरतन पर ओकर जादू ढेर चलत बा।"

बाबा भैया— "कुछ ओका आवत-जात नाहीं, बा निरा बेसहूर बस पेपर में नाम छपि गवा बा कुल दुनिया पागल होई गै बा। रटि के लिखि देहे बा, कुछ दम नाहीं बा ओकरे में, हमहूँ जानित हऽ ओका।"

"तुहूँ छपवाय लऽ नाम आपन। पाँच-सात साल से तऽ लगा हऽ। ओकर नाम छपा तोहार आज तक रोल नंबरौ नाहीं छपा। तू घरे के बीस हजार रुपिया दै के उहीं ब्राइट

कोचिंग में पढ़ै जात रहऽ जहाँ ऊ पढ़ावै जात बा। कुल कोचिंग-ओचिंग केहे तू और भवा का, निल बटे सन्नाटा। जेका बेसहूर कहत हऽ रोज दुई सौ रुपिया पावत बा उहीं ब्राइट कोचिंग में पढ़ाई के। तू तऽ ददुऔ से गया गुजरा हऽ, ऊ कम से कम मुन्ना के संगे रहि के चार बात सीखत तऽ बा, तू रहि जाबऽ अपने शेखी में। सूप तऽ बोलै तऽ बोलै चलनी का बोलै जेहमें बत्तीस छेद।"

बाबा भैया की सारी गर्मी उतर गई। मामा ऑफ़िस की ओर चल दिए और मामी मेरे घर के लिए तैयार होने लगीं।

19. समर्पण

खिन्नता के बावजूद समझौते की विवशता

दोपहर में मेरी मामी आ गईं। दो किलो मिठाई, देहाती रसगुल्ले वाले का गुलाबजामुन की दो बड़ी हांडी, एक पूरी तरह से घी पिए काग़ज़ का बड़ा खोखा जिसमें समोसा ही समोसा। आते ही मेरी मामी ने सारा सामान मेज़ पर रखकर मेरी माँ को गले से लगा लिया और कहा, "उर्मिला हमका नींद नाहीं आवत बा जबसे हम गऽ हई, ओह दिना से। जब तोहार महतारी के लोग काँधे पर उठाये रहेन, तू जमीन पर लोट-लोटकर रोवत रहू, तब हम कहे रहे, हम हई उर्मिला। जब हमार गौना भऽ रहा, तब तोहार उमर आठ साल के रही, हमरे संगे तू रही हउ कई साल। जहाँ-जहाँ तोहरे भइया के पोस्टिंग रही— भरथना, बलिया, इटावा, ज्ञानपुर हर जगह तू हमरे संगेन रहू। तोहार भइया खाना नाहीं खायेन दुई रोज जब से ऊ हादसा भवा बा। अब हम का कही ऊ घटना पर। तोहार भैया तोहरे पर जिउ छिड़कत हऽ पर कभौ-कभौ गलती इंसान से होई जात हऽ, अब ओका दिल पर न लऽ। तोहार भैया कहेन, हम मोह देखावय लायक नाहीं रहि गऽ हई कतौं। हम खुदै आपन मोह शीशा में देख नाहीं पावत हई। हम कहा, हमार बिटिया बा उर्मिला, हम जाब सब ठीक होई जाए। हम सोचा कि तोहका गुस्सा होए एह बरे दुई-चार दिन बाद आवा। हमऽ पूर्ण विश्वास बा कि हमसे बाहर हमार बिटिया कहाँ जाए।"

माँ मेरी सहज थी-स्पष्टवादी थी, वह तीन-पाँच नहीं करती थी, चीज़ों को जो जैसा कहता था वैसा ले लेती थी। वह भावुक हो गई उसकी आँखों में आँसू आ गए, "हम तऽ भौजी कुछ कहे नहीं, हम बस एतनै कहे रहे कि हम बड़े घर में बियाह न कै पाउब, एकरे अलावा तऽ कुछ कहा नहीं। हमारा घर देख लऽ भौजी एहमें कौनौं बड़े घर की लड़की नाहीं रहि सकत हऽ।"

"रोवऽ न उर्मिला।"

"भौजी, हमका डर लागत बा, कतौ गलत बियाह होई गवा और हमार लड़िका हमसे दूरि चला गवा तब का होए। दुई उदाहरण घरे में बा, हमरे ससुर केहेन हमरे जेठ के और बाबू केहेन बड़कऊ भैया के बेटवा झुलई के। तू भौजी दुइनौं के हालत देख लऽ, का मिला बाबू के, का मिला हमरे ससुर के। महामाई सकाई जाय ऐसन धन-सम्पदा पर, हमका न चाही। हमका सांझ के मुन्ना मिल जात हऽ, चार बात प्रेम से कै लेइत हऽ हमार जिउ जुड़ाई जात हऽ। भौजी हम कौशल्या ऐसन महान नाहीं हई कि दशरथ कहि देहेन हमरे वचन के रक्षा बरे वन जा और कौशल्या कहेन, पिता कहत हऽ तऽ जा। हम तऽ कहि देइत कि तू न जा, हमार मन न लागे तोहरे बिना अब फैसला कै लऽ केकर बात मनबऽ, माता के कि पिता के। हम ओका छोटवार से जानत हई, ऊ बहुत जिद्दी बा। एक बहुत बड़े घर के शान-शौकत वाली लड़की लायक ऊ नाहीं बा। एक बात तऽ भौजी तुहूँ जानत हउ कि केहू के देहे से केउ रईस नाहीं होइ जात, दहेज के रुपिया से टाटा-बिड़ला आज तक तऽ केउ न बना बा न बने।"

मेरी माँ बहुत खुश थी कि सुलह-सफ़ाई हो रही है, भले ही मंशा कुछ और हो। माँ गुड़िया से बोली जाओ मुन्ना को बुला लाओ, बता दो शहर वाली मामी आई हैं। मैं नीचे आया, मामी का पैर छुआ। मामी ने मेरा सिर पकड़कर मेरा माथा चूमा और कहा, मेरा राज दुलारा है।

मैं कुछ देर मामी से बात किया। मेरा कोचिंग जाने का समय नज़दीक आ रहा था, मुझे पढ़ना था पढ़ाने के लिए। मैंने मामी से कहा, मुझे पढ़ाने जाना है, अगर आप रहेंगी तब लौटकर मिलूँगा। मामी ने कहा, मैं इंतिज़ार करूँगी।

मामी ने माँ से सारी सूचना निकाल ली, मैं कहाँ कमिश्नर से मिला, क्या बात हुई। शाम को मामा आए। पिताजी ने सारा मामला सँभाला, माँ पृष्ठभूमि में चली गई। पिताजी ने मामा को निराश कर दिया यह कहकर कि अभी विवाह का कोई विचार नहीं है, जब विचार होगा तब आपसे राय ज़रूर लेंगे। आपकी राय के बग़ैर फ़ैसला नहीं करेंगे, आप जो भी राय देंगे हित में ही देंगे। आपको नज़रंदाज़ करें यह संभव ही नहीं है। जो उस दिन हुआ वह आवेश में हुआ, आप उसको भूल जाएँ, उर्मिला भूल गई है, वह खुश है कि मामला ख़त्म हो गया। परिवार में यह सब होता रहता है, यह आपका बड़प्पन है कि आप आए और मामले को ख़त्म करा दिया, नहीं तो आप चाहते तो न आते। आपकी हैसियत हमसे बहुत ज़्यादा है और आप बड़े भी हैं पर आपने सदाशयता दिखाई उसका असर बच्चों पर भी पड़ेगा और दोनों परिवार के बच्चे यह सीखेंगे कि कैसे व्यक्ति को सर्वसाधन-संपन्न होकर भी झुककर चलना चाहिए। मुन्ना को तो सीख अवश्य मिलेगी, उसको अभी-अभी सफलता मिली है और जिस तरह के परिवेश का

वह लड़का है उसमें छोटी-छोटी उपलब्धियाँ ही अहंकार को जन्म दे देती हैं, यह तो एक बड़ी उपलब्धि है उसके लिए। मामा-मामी लाख कोशिश करते रहे पर पिताजी विवाह के मुद्दे पर बात करने को तैयार न हुए। मामा ने कमिश्नर साहब के घर मुझको लेकर जाने की बात को एक याचक की तरह कहा। उस पर पिताजी ने कहा, यह आपके और मुन्ना के बीच की बात है, मुझे या उर्मिला को इसमें कोई आपत्ति नहीं आप जहाँ चाहें ले जाए उसको, वह आपका भाँजा है। अगर वह लोगों से मिलेगा तो कुछ सीखेगा ही, इसमें कोई आपत्ति की बात तो बनती नहीं। मामा ने मेरी तरफ़ देखा और मेरी राय जाननी चाही, मैंने माँ की तरफ़ देखा। वह भाई की सदाशयता से प्रफुल्लित थी, आज एक विजेता जो थी। इस समय सब वही हो रहा था, जो वह चाह रही थी। वह दयावान और बड़े दिल की थी इसमें कोई संदेह नहीं। वह अपने भाई की याचक-मुद्रा देखकर पसीज गई थी। अब जब विवाह का मुद्दा ख़त्म हो गया तब आने-जाने में कौन सा परहेज। उसने कह दिया, "भैया के आदेश होए त मुन्ना काहे न जाए।"

मामा-मामी के चेहरे पर संतोष के भाव थे, डूबते को तिनके का सहारा।

दादू मामा के सामने नहीं आया। यह कह दिया गया कि वह गाँव चला गया है। मामा ने भी कुछ नहीं पूछा उसके बारे में। वह उसका इलाज अपने तरीक़े से करना चाहते थे, नागरे का नया जूता ख़रीदना लगभग तय ही था, जब भी दादू हाथ लग गया, क्योंकि पुराना तो टूटना ही था।

20. नवोन्मेष

ख़तरों का निर्भीक स्वागत और स्वीकरण ही जीवन का सार्थक लेखन है...

मैं अगले दिन ब्राइट कोचिंग पढ़ाने गया। शोभनाथ मिश्रा ने मुझसे कहा, "आप इतिहास भी पढ़ा दो। एक क्लास नियमित इसके साथ और ले लो। बेहतर होगा आप पूरे इतिहास को पढ़ाने का क़रार कर लो, आप जिस तरह की शर्त चाहें हम उसके लिए तैयार हैं।"

वह मुझको मालिक के पास ले गए। मैंने कहा था कि मैं पैसा क्लास ख़त्म करते ही लूँगा; इसलिए उनको लगा कि मुझे पैसों की सख़्त आवश्यकता है। कोचिंग मालिक ने कहा,"मैं आपको पैसा पहले ही दे दूँगा, आप पूरा इतिहास पढ़ा दें और सामान्य अध्ययन का भी थोड़ा-बहुत भाग कर दें, आपके क्लास की बहुत माँग हो रही। आप तो जानते ही हैं प्रारम्भिक परीक्षा में आधा शहर इतिहास लेता है और इधर कुछ सालों से ट्रेंड ऐसा हो गया है कि कहाँ से सवाल पूछे जा रहे कोई पकड़ नहीं पा रहा और परिणाम ख़राब आ रहे, आप क्लास लेंगे तो छात्रों को सहूलियत होगी। आप हमें अपना नाम प्रचारित भी करने दें, आपके नाम और तस्वीर का इस्तेमाल हम अपने कोचिंग के प्रचार में करेंगे, आप हमारे यहाँ पढ़ा रहे हैं, यह एक तथ्य है वही हम लिखेंगे अपने प्रचार में।"

"दो क्लास अगर लूँगा तब मुझसे न्याय नहीं हो पाएगा।"

"न्याय कौन करने को कह रहा बस क्लास ले लीजिए, आप जो भी पढ़ाएँगे अच्छा ही पढ़ाएँगे।"

"कल बताता हूँ।"

मैं क्लास ख़त्म करके अपनी साइकिल से घर की तरफ निकला। कोचिंग मालिक की अंतिम दो पंक्तियाँ मेरे अंदर घूमने लगीं— "आप हमें अपना नाम प्रचारित भी करने दें, आपके नाम और तस्वीर का इस्तेमाल हम अपने कोचिंग के प्रचार में करेंगे, आप

हमारे यहाँ पढ़ा रहे हैं, यह एक तथ्य है वही हम लिखेंगे अपने प्रचार में।"

यह मेरे नाम से लोगों को इकट्ठा करके दोहन करेगा, मैं इसके शोषण का हथियार क्यों बनूँ; अंदर से आवाज़ आई, इस नाम में बहुत ताक़त है, अगर न होती तब वह क्यों यह कहता-नवोन्मेष कर-मुझे हनुमान मंदिर के ऊपर भीष्म का रथ दिखा और वह प्रेरक पंक्ति भी जो मैं गुनगुनाता रहता हूँ...

आजु जौ हरिहि न सस्त्र गहाऊँ।

भीष्म-रथ को हनुमान मंदिर के तोरण द्वार पर देखते-देखते एक विचार आया और अपने जीवन का सबसे साहसिक फ़ैसला कर लिया। मैं सर्जक बनना चाह रहा था... एक समाज का सर्जक-नया नायक-एक नयी दास्तान लिखने को बेताब नायक...

चल पड़ा एक नये सफ़र की तरफ़।

पुरानी राहें छोड़ दीं, किसी और के लिए। मेरे अंदर एक फ़ैसला हो चुका था। संसाधन के नाम पर पिछले लेक्चर का बचा हुआ 90 रुपया और आज का 200 रुपया इसके भरोसे एक अलग कोचिंग चलाने का बहुत बड़ा फ़ैसला ले चुका था... अनुभव के नाम पर था दो दिन की क्लास का अध्यापन। मैंने घर पहुँच कर माँ को अपने निर्णय से अवगत कराया। माँ चौंक गई, तुम कोचिंग खोलोगे, कहाँ से पैसा आएगा खोलने का, कहाँ पढ़ाओगे, कौन सँभालेगा! उसने सवालों की झड़ी लगा दी।

मुझसे पिताजी की मुलाक़ात शाम को नहीं हुई, सुबह हुई...

"जो मैं सुन रहा हूँ वह एक फ़ैसला है या एक विचार मात्र?"

"अभी तो एक विचार है।"

"तब ठीक है, इस विचार को त्याग दो।"

"विचार है, पर निरा विचार भी नहीं है, इसको अमली जामा पहनाना चाहता हूँ।"

"वह कैसे करोगे?"

"इसी पर विचार कर रहा हूँ।"

"यह जो शाम को लड़के इकट्ठा होते हैं उन्होंने अनुराग सर... अनुराग सर... कहकर तुम्हारा दिमाग़ ख़राब कर दिया है, यह सब नॉन प्रैक्टिकल आइडियाज़ हैं।"

"इसमें उनका क्या दोष?"

"वह ही कह रहे होंगे, हमको पढ़ाओ और तुम को लग रहा होगा कि इससे हमारा नाम होगा। तुमको नाम-प्रसिद्धि-ख़्याति की भूख अतिशय हो गई है। तुम्हारा अति-विश्वास तुमको ले डूबेगा, तुम आत्म-श्लाघा और आत्म-प्रवंचना के शिकार हो गए हो।"

"वह कैसे पिताजी?"

"लोग तारीफ़ करते हैं तुम सुनते हो और अपने अंदर ही अंदर एक महामानव की

छवि बना बैठे हो। यह छवि कितनी बड़ी हो जाए, इस पर ही लगे हो।"

"इसमें आत्म-श्लाघा और आत्म-प्रवंचना कहाँ से आ गई?"

"जब व्यक्ति को अपनी तारीफ़ सुनने का शौक़ बहुत हो जाता है तब वह इन प्रवृत्तियों का शिकार हो जाता है। मैंने दुनिया देखी है और पिछले 20-22 दिन से तुमको देख रहा, कितना फ़र्क़ आ गया है तुममें, यह कोई भी देख सकता है।"

"हाँ पिताजी फ़र्क़ आया है विश्वास बढ़ा है अपने ऊपर और उत्साह जीवन में तो आ ही गया है। यह उत्साह मेरे ही नहीं सबमें आया है। आपमें, माँ में, बहन में, भाई में, रिश्तेदार में, सभी में फ़र्क़ है। सफलता मादकता तो देती ही है, इसमें कोई दो राय है ही नहीं।"

"इस मादकता को नियंत्रित करो, कोई क़दम ऐसा न उठाओ कि तुमको ही बाद में लग जाए यह एक दुस्साहसिक क़दम था, मुझे नहीं उठाना चाहिए था। विवेक का इस्तेमाल करो। मेरे ख़्याल से यह उचित नहीं है, हर बात पर ज़िद नहीं करते।"

पिता जी के ऑफ़िस जाने का समय हो रहा था। मैंने सोचा क्यों इनका मूड ख़राब करूँ।

"बद्री सर से राय ले लेता हूँ, नहीं होगा तब विचार त्याग दूँगा।"

पिताजी थोड़ा संयत हो गए पर वह मेरी ज़िद को बचपन से जानते थे। शाम को फिर समझाएँगे, यह सोचकर चले गए।

मैं अपने घर से बद्री सर के पास गया। उनसे सारी योजना बताई। सर भी चौंक गए।

"यार कोचिंग वाले नोट्स देते हैं, पचास तरह का ड्रामा करते हैं, लड़कों को लबझियाना पड़ता है, लड़कियाँ आती हैं पढ़ने, इस शहर की हालत जानते हो। इतने मुद्दे होते हैं यार, यह सब काम हमारे बस का नहीं है।"

"सर, यह करना चाहता हूँ, आप थोड़ी मदद करो।"

"क्या मदद करें?"

"आप भी थोड़ा पढ़ाना। एक से ज़्यादा लोग रहेंगे तब मदद मिल जाएगी।"

"मैं पढ़ा नहीं पाऊँगा।"

"क्यों सर"?

"मेरे पास दो समस्या है, एक तो पब्लिक स्पीकिंग की है। मैं सहज नहीं हूँ कई आदमियों के सामने बोलने में, मेरे सामने कोई बैठ जाए तो मैं बता सकता हूँ, समझा सकता हूँ पर एक मंच से संबोधन जहाँ सामने बहुत लोग बैठकर मेरी ओर देख रहे

हों उनको संबोधित करने का मेरे पास कोई अनुभव नहीं है। पढ़ाना एक विशिष्ट काम है, इसमें एक अलग तरह का मानसिक नियमन चाहिए होता है, यह काम मुझसे नहीं हो पाएगा। मेरे पास अपने ऊपर विश्वास ही नहीं है कि मैं यह काम कर पाऊँगा। दूसरी बात, भाषा की बात तो है ही। मेरे पास तुम्हारी तरह भाषा पर अधिकार नहीं है। हम न तो रहे हिंदी के न अंग्रेज़ी के। लिखते अंग्रेज़ी में थे बीएससी और विधि में फिर यूपीएससी भी अंग्रेज़ी में लिखे, पर तकनीकी टाइप का लिख लेते हैं, प्रवाह न लिखने में है न बोलने में। यह पढ़ाने का काम है, इसमें थोड़ी बेहतर भाषा चाहिए। हम कोई गणित-विज्ञान तो पढ़ाएँगे नहीं जिसमें सूत्र काम करता है और भाषा से निरपेक्ष माहौल होता है। हम ह्यूमिनिटीज़ के विषय पढ़ा रहे वह भी इतिहास, सामान्य अध्ययन। इसमें थोड़ा भाषा का चमत्कार आए तभी बात बनेगी। वैसे एक अध्यापक की भाषा बेहतर होनी ही चाहिए। वह सिर्फ़ पढ़ाता ही नहीं है कक्षा में एक संवाद की स्थापना करता है, छात्रों को उत्प्रेरित करता है। उसकी अभिव्यक्ति बहुत मायने रखती है चाहे वह चेहरे की हो या भाषा की। उसकी अभिव्यक्ति उसके मौन में भी है, उसके जीवन-चरित्र में भी है, वह एक आदर्श की स्थापना करता है। हम लोग बचपन से लेकर आज तक जितने अध्यापकों से पढ़े हैं, आप उन पर विचार करो और स्वयं बताओ हम और तुम कहाँ तक उनके क़दमों के निशान पर चल पाएँगे,अगर एक अध्यापक का चोला ओढ़ते हैं। तुम हिंदी माध्यम में ही लिखे-पढ़े हो और हिंदी पर ध्यान दिया है; इसलिए तुम्हारी हिंदी बेहतर हो गई और थोड़ा बोलना तो आम लोगों से बेहतर है ही। पर क्या यही एक अकेला मापदंड है एक सफल अध्यापन कर लेने का? अगर यही है एक मात्र मापदंड तब भी मेरे साथ यह सुविधा नहीं है; हालाँकि मेरी समझ से यह ही एकमात्र मापदंड नहीं है। आप एक ऐसा काम करना चाह रहे हो जिसमें ज्ञान के साथ-साथ एक सम्प्रेषण-दक्षता की, एक अभिव्यक्ति-क्षमता की आवश्यकता है वह भी एक बेहतर क़िस्म की, एक काम चलाऊ क्षमता से काम न होगा। अगर तुमको लगता है कि सिविल सेवा की रैंक के नाम पर कोचिंग चल जाएगी तब यह आपकी ग़लतफ़हमी है। हो सकता है रैंक के नाम पर लोग आ जाएँ पर आने के बाद यह रैंक नहीं कक्षा में अध्यापन-कार्य आपके भविष्य का निर्धारण करेगा। हर छात्र अपने तरह का एक अलग जौहरी होता है। वह वक़्त न लेगा आपको स्वीकार या अस्वीकार करने में। वह पहली ही कक्षा में आपके भविष्य का निर्धारण कर देगा। आप उसके लिए बाज़ार का एक उत्पाद हो वह आपको उसी नज़रिये से देखेगा जैसे बाज़ार का कोई और सामान होता है। हमको जो कक्षा नियत की जाती है हम उस कक्षा को छोड़कर दूसरे अध्यापक की कक्षाओं में चले जाते हैं, ऐसा क्यों होता है? यह भी एक बाज़ारवादी सिद्धांत ऐसा है। हम अपना समय गुणवत्ता देखकर देंगे न कि विश्वविद्यालय के आवंटित नियम के

अनुसार। मैं अपनी क्षमताएँ जानता हूँ, मेरा इस अभियान में कोई ख़ास योगदान न हो पाएगा, वैसे आप जहाँ कहो वहाँ हम खड़े रहेंगे।"

"सर कुछ तो पढ़ा देंगे, संविधान ही पढ़ा दीजिए, सामान्य अध्ययन के लिए, चार-छः क्लास ले सकते है ?"

"कोई पैनल डिस्कशन टाइप करना चाहो तो कर सकते हैं, पर कोई बहुत बड़ी मदद संभव नहीं हो पाएगी। नोट्स का क्या करोगे, वह कैसे दोगे, कैसे छपाओगे ? यार यह सारा काम बहुत झंझटिया है, बहुत जंजाल है इसमें। ऐश करो, चौराहे-चौराहे घूमो, यूनिवर्सिटी रोड पर अपना गान सुनो, विवाह के लिए सुंदर-संस्कारी कन्या तलाशो, अपने ख़्वाबों में कन्याओं को बेधड़क विचरण करने दो। यह बहुत ही जानमारू काम है, इसको रहने दो। इस समय अपनी कन्या तुमको सौंपने की होड़ लोगों में लगी ही होगी, उस होड़ पर ध्यान दो।

"सर, यह विवाह का मामला बाद का है, अभी इसका कोई वक़्त नहीं है, इस पर राय दो सर।"

"नोट्स अपना ही फ़ोटो कॉपी करा करके दोगे" ?

"मैं कोई नोट्स नहीं दूँगा, सिर्फ़ पढ़ाऊँगा। जो लिखाना होगा क्लास में लिखा दूँगा, वैसे भी कोचिंग के नोट्स किसी काम के तो होते नहीं।"

"क्या पढ़ाओगे ?"

"इतिहास पूरा करूँगा, कुछ भाग जीएस का और हिंदी का दूसरा पेपर।"

"प्रारम्भिक परीक्षा या मुख्य परीक्षा ?"

"सर दोनों, इंटरव्यू पर भी गाइडेंस कर दूँगा।"

"इतिहास प्रारम्भिक और मुख्य परीक्षा का पूरा करने का वायदा दोगे और बाक़ी सब में मदद। कोई नोट्स नहीं देना सिर्फ़ पढ़ाना। यही है पूरा प्लान ?"

"हाँ सर।"

"पढ़ने वाले कहाँ से और कैसे मिलेंगे ?"

"सर विज्ञापन पेपर में दूँगा और पोस्टर शहर में चिपकाऊँगा।"

"कितने दिन में कोर्स करोगे ?"

"दो महीना, 60 दिन, 180 घंटे। इसमें तो हो जाना चाहिए ?"

"मोटा-मोटी हो जाएगा-महत्त्वपूर्ण भाग पढ़ा देना, बाक़ी पर दिशा-निर्देशन कर देना।"

"पैसा कितना लोगे" ?

"इस पर अभी नहीं सोचा।"

"पहली बात तो मैं कहूँगा आप यह काम मत करो, मुझे कोई भविष्य ख़ास दिख

नहीं रहा। पर अगर करो तो पैसा ज़्यादा माँगो। सबसे बड़ी क़ीमत माँगों इस शहर में। सस्ती और मुफ़्त के चीज़ों की क़ीमत कम होती है। इस शहर को तुम्हारी क़ीमत पता होनी चाहिए।"

"सर क्या माँगू?"

"तुम माँगो 2000 रुपया इन साठ दिनों का। इस शहर को पता तो चले गुणवत्ता की क़ीमत, बेंचो तो ढंग से बेंचो।"

"सर यह तो थोड़ा ज़्यादा है।"

"चलो चाय पीते हैं, इस शहर की सबसे गुणवत्ता-परक कोचिंग के एकलौते मालिक अनुराग शर्मा के साथ चाय पीते हैं। मज़ाक़ ही नहीं मसखरी भी अच्छी करते हो, यह सब कहाँ से फ़ितूर पाले हो यार। इसमें कुछ नहीं होना जाना। मैं चाय पी रहा था पर मेरा दिमाग़ कहीं और काम कर रहा था। इतने में सर ने कहा, नाम सोच लो कोचिंग का उसका रजिस्ट्रेशन करा लो। बाद में उसकी गुडविल बिकेगी। क्या पता बोली ही लग जाए, यह नौकरी-चाकरी की ज़रूरत ही न पड़े।"

"सर आप मज़ाक़ उड़ा रहे हो मेरा।"

"जब काम ही कर रहे मज़ाक़ उड़ाने वाला तब वही करेंगे। जुम्मा-जुम्मा कुछ दिन हुआ तुम्हारा नाम हुए। पूरे शहर में एक ओपिनियन यह भी है कि तुमको आता-जाता कुछ नहीं बस तक़दीर से हो गए हो। इस ओपिनियन वाले भी कम संख्या में नहीं है, भले ही उसमें ईर्ष्या का पुट क्यों न हो। तुम्हारी अकादमिक उपलब्धि भी कोई ऐसी नहीं कि किसी विभाग में तुम्हारे नाम का दीपक जल रहा हो। यह एकमात्र परीक्षा दिए और यहाँ तक पहुँच गए। मेंस का जब रिज़ल्ट आया था तब तक़रीबन सब लोग पूछते थे, यह अनुराग शर्मा कौन हैं। यही सवाल दोहराया गया अंतिम परिणाम के बाद, यह अनुराग शर्मा कौन हैं जो इतनी ऊँची रैंक पा गए? मेरे पास बहुत लोग आते हैं और कहते हैं, तक़दीर बुलंद हो तो अनुराग की तरह हो। इस पंक्ति का मतलब समझो और कहने वालों का मंतव्य पढ़ो। मैं कहने वालों का नाम बता दूँगा तो तुम झगड़ा करने लगोगे उनसे। उनमें से कई लोग ऐसे हैं जिनसे तुम नज़दीकी का दावा करते हो। वह ही यह कोचिंग फ़ेल करा देंगे। तुम ब्राइट कोचिंग में पढ़ा रहे हो, इस पर ही लोग कह रहे कि रैंक बेच रहे हैं वह। तुम हँसी का हसारथ कराओगे और कुछ नहीं। यह इतना आसान है पढ़ाना, कहाँ पढ़ाया है, क्या अनुभव है पढ़ाने का?"

मुझे सर की बात सच लगने लगी। वह सच ही कह रहे थे, मुझे पढ़ाने का अनुभव नहीं है, मेरी अकादमिक उपलब्धि कोई ख़ास नहीं है, यही एक परीक्षा है जिसमें मैं सफल हुआ हूँ, तक़दीर तो नि:संदेह मेरे साथ है और मुझसे बेहतर लोग असफल हुए हैं। मैं निराश होकर घर आ गया। एक ख़्याल तो आ ही गया मस्तिष्क में, मैं पढ़ाने

लायक़ नहीं हूँ।

मैं ब्राइट कोचिंग गया। किसी तरह उस दिन की क्लास ली, पर क्लास क्या लिया सिर्फ़ समय बिताया। मैंने क्लास लेने के पहले ही यह फ़ैसला कर लिया था यह मेरे जीवन की अंतिम क्लास होगी। मैं क्लास के बाद शोभनाथ मिश्रा के कमरे में गया और दरवाज़े के पास से ही कहा, "अब मैं नहीं पढ़ाऊँगा, बहुत-बहुत धन्यवाद अवसर देने के लिए।"

मैं कमरे से निकल कर चल दिया। वह मेरे पीछे चलते हुए रुको-रुको की आवाज़ देते रहे पर मैं सीढ़ियों से उतरकर साइकिल पर पैडल मार चुका था। मैंने अपना उस दिन के क्लास का दो सौ रुपया भी नहीं लिया। मैं अपनी सफलता बेंच रहा था यह बात मेरे अंदर तक समा गई थी। मैं घर आया और माँ से कहा कि यह पढ़ाने का काम बंद कर दिया है मैंने। मैं 'ना' कह आया ब्राइट कोचिंग से। शाम को पिताजी आए वह मेरे एक फ़ैसले से खुश थे और एक से नाराज़। वह बोले कोई परिपक्वता नहीं है। ब्राइट कोचिंग में पढ़ाना चाहिए था, उससे क्या नाराज़गी, अपनी कोचिंग न चलाने का फ़ैसला ठीक है।

मैं बहुत दुखी था। मेरे मन में बद्री सर की पंक्तियाँ घूम रहीं थीं।

21. असफलता

हार-जीत सत्य नहीं है... सत्य तो कुछ और है...

शाम को मैं बद्री सर के पास गया। उनको बताया कि मैं दिल्ली जा रहा हूँ सर।

"कुछ खास बात, दिल्ली में कोचिंग खोलबे हऽ का महराज।"

"अरे नहीं सर।"

"हमको लगा कि इलाहाबाद में पैसा कम मिले। यहाँ के अभ्यार्थी ग़रीब हैं और मुफ़्तख़ोर हैं; इसलिए दिल्ली बेहतर कर्म क्षेत्र होए। एक बात बा अनुराग, हम सुने रहे जहाँ न जाए रवि वहाँ जाए कवि, पर तुम नया मुहावरा दे दिए, जो न सोचै कोई उ सोचै अनुराग।"

"सर, आप भी मज़ाक़ उड़ा रहे मेरा, वह सब मुद्दा ख़त्म हुआ। मैंने ब्राइट कोचिंग भी छोड़ दिया, अब इस जंजाल से मुक्ति मिली।"

"ठीक किया, यह बहुत जंजाल का काम है। पढ़ो फिर पढ़ाओ और कोई अनुभव भी नहीं अध्यापक होने का हम सबके पास। यह एक प्रशिक्षित-दीक्षित आदमी का काम है, यह काम सबके लिए नहीं बना है।"

"सर, वह इतिहास की बात हो गई। जा रहा दिल्ली सोचा आपसे मिलकर जाऊँ।"

"यह तो ठीक सोचा, पर एकाएक कैसे विचार आया?"

"सर यह विचार एकाएक नहीं आया, मैं दिल्ली में आंटी के यहाँ रुका था, उनका बेटा अमेरिका से आया है, आंटी दूर के रिश्ते से मौसी लगती है, आंटी चाह रहीं हैं मैं आकर मिल जाऊँ, बस यही कारण है जाने का।"

"अब चयन हो गया है बाज़ार बस गया है, सब पूछ रहे हैं; नहीं तो आज कोई नामालेवा न होता। हमने असफलता तीन साल देखी है और इस साल सफलता। तुमको असफलता का दंश नहीं पता, कितना दुखद होता है वह। रामचन्द्र शुक्ल जैसे ईर्ष्या पर लिखे वैसे ही असफलता पर लिखना चाहिए था उनको। क्या पता लिखे ही हों हम

कौन सा पूरा रामचन्द्र शुक्ल पढ़ गए, हम तो बस चिंतामणि पढ़े हैं। असफलता पर हर कोई ताना मारता है, हर कोई क्षमता पर सवाल उठाता है। जिसको इस परीक्षा की ए, बी, सी भी नहीं आती वह भी कह देता है; इनके बस के ई काम बा नाहीं नाहक समय बर्बाद करत हएन। रेलवे के फार्म निकला बा उहै भरि देहे होतेन कम से कम रेलवे के पास लै के बाबू-माई के तीरथ कराई देहे होतेन... परसासन बहुत गंभीर विसय है एका अनाड़िन के हाथे सरकार न दे... अखाड़ा में माटी हर साल चाटत हएन पर जब तक देह न तोरवाई लेइहिं तब तक न मनिहिं।

इस बार वही लोग वंदना कर रहे, वही लोग कह रहे, इनका तो होना ही था। जाओ इस सफलता का सुख लो, थोड़ा लड़कियाँ भी देखना शुरू करो इतने लोग विवाह के लिए आ रहे हैं। आंटी के कौनौ बिटिया तऽ नाहीं बा, सावधान रहऽ लोग लफझियावै के चक्कर में रहत हऽ एह समय, कब तक वापस अउबऽ ?"

"सर, आप तो मेरी माँ की तरह बात कर रहे हो, तीन-चार दिन में आ जाऊँगा।"

"भाई, माता जी के अनुभव होए, उन्होंने देखा-सुना होगा। वैसे हो तुम बहुत चालू आईटम, तू ऐसन गुड़ नाहीं हऽ कि चींटा खाई जाईं, पर कई बार सेर के सवा सेर मिल जात हऽ।"

"ज़रूर ध्यान रखूँगा सर।"

"नाते-रिश्ते के जो अमीर लोग होते हैं वह पहले आप पर ध्यान नहीं देते अब सब कहेंगे हमार मन शुरू से इसी लड़के पर था। ऐसे लोगों के यहाँ बिल्कुल न करना, यह सब बहुत स्वार्थी होते हैं। पर मशरब की लड़की मिले तो कोई ख़राबी नहीं है, इसीलिए कह रहा देखना शुरू करो, देखोगे तभी मिलेगी।"

"यह बात तो है सर।"

"अगर समय मिलेगा तब जवाहर बुक स्टोर चले जाना और कुछ क़िताब लिख देता हूँ लेते आना, मेरा साला भी ज़ोर मार रहा परीक्षा देने को, अब मेहरारू से तो शांति चाहिए ही।"

"ज़रूर सर, एक बात रह गई आपको बताने से।"

"कौन सी ?"

"अमित चौधरी विषय बदल रहे ?"

"कैसे पता ?"

"मुझसे ही बताया था।"

"कब कहा था ?"

"सर, प्रारम्भिक परीक्षा के समय यूपीपीएससी के हॉल में मुझसे कहा था।"

"क्या कहा ?"

"मैं विषय बदलकर हिंदी लेना चाह रहा हूँ, सत्य प्रकाश मिश्रा सर के पास गया था उन्होंने मुझसे मिलने की सलाह दी।"

"वह उसके बाद मिला"?

"नहीं सर।"

"तुम्हारे साथ कितना बदमिज़ाजी किया था, अब सहयोग चाह रहा। किसी काले चोर की मदद कर देना पर उसकी मत करना।"

"ठीक है सर।"

"तब तो बहुत बड़े क़ाबिल के पेड़ बने थे, हिंदी जैसे नंबर बरसा रही है। इसमें भी लोग ख़राब अंक पाते हैं। हिंदी जैसे कामधेनु गाय है, जो चाहे दुहि ले। बड़ा अंग्रेज़ बना घूमता था; I am not comfortable in Hindi... यही बोलता था न। यह सब ठग हैं, इनको और ठगो, उल्टा-सीधा बताय के, शठे शाठयम समाचरेत।"

"अगर मेरे पास आया तो क्या करें?"

"निकालो लाठी और लाठिन-लाठी हन दो, इसी लायक़ है।"

"सर, इतना ग़ुस्सा नहीं करते।"

"बहुत दया-धर्म जीवित न हो जाए, यह सब उसके लायक़ नहीं हैं, चिंतन से मिलोगे?"

"मिलूँगा सर।"

"उनको ले आना इलाहाबाद।"

"ठीक है।"

मैं चलने लगा, बद्री सर ने कहा एक बार और चाय पीकर जाओ। मैंने उनकी सबसे कमज़ोर नस छू दी थी। मैं रुक गया। चाय पीते-पीते सर ने पूछा,

"कुछ बताया तो नहीं?"

"किसको?"

"अरे उसी चौधरिया को।"

"नहीं सर।"

"जो पाठ्यक्रम में नहीं है, वह पढ़वा दो।"

"सर, उसको अभिज्ञान शाकुन्तलम पढ़वा देते हैं, नहीं तो चिंतन सर से कहते हैं कि उसके अच्छे ग्रहों की चोरी कर लें कुंडली देखते समय।"

"सत्य प्रकाश मिश्रा सर को भड़काओ, कह दो यह पापी है।"

"सर यह कैसे कहें?"

"कुछ दिमाग़ लगाओ।"

"ठीक है सर।"

"उनसे आज मिलके जाओ।"

"वह कहाँ किसी को भाव देने वाले हैं, आप और अमर गुप्ता सर भी गए थे, क्या हश्र किया, आपको पता ही है। अमर गुप्ता सर को तो कह दिए थे तुम्हारे ऐसे लोग हिंदी का नाम बर्बाद किए हैं; जबकि सर की कोई ग़लती न थी, बस इतना ही कहा था हिंदी साहित्य के इतिहास पर डॉक्टर नागेन्द्र की क़िताब मोटी है, कोई पतली क़िताब बता दें, इसी पर वह भड़क गए। वह अमित चौधरी की हिंदी सुनकर ही भगा देंगे।"

"नहीं यार, और दिमाग़ लगाओ, किसी भी तरह वह घुसने न पाए, सब साले साँप हैं-मायावी राक्षस हैं-बहुतै कमीने हैं-किसी भी तरह रोको, यह सत्य प्रकाश सर के यहाँ घुसने न पाए। बाप ससुरा पीसीएस से आईएएस हुआ है, वह बहुत भ्रष्ट और कमीना है, वह माया फैलाएगा।"

"सर वापस आकर दिमाग़ लगाता हूँ।"

"यार, कुछ इलाज करके जाओ।"

"सर, आपने कह दिया कर दूँगा, पक्का इलाज। आप बिल्कुल चिंता न करें, आते ही पहला काम यही करूँगा।"

"कितने दिन में आओगे?"

"तीन-चार दिन में।"

"तीन कि चार?"

"सर, तीन दिन रुकूँगा और चौथे दिन आ जाऊँगा।"

"यह हिंदी बनाम अंग्रेज़ी की लड़ाई है। जिसने हिंदी का अपमान किया, वह हिंदी से सफल होने का हक़ नहीं रखता।"

"सर, चिंता न करो, इस मुद्दे पर लौटकर विचार करते हैं।"

मैं सर के यहाँ से साइकिल चलाते घर की ओर चला। मुझे अपनी पराजय लग रही थी, जिसे मैं स्वीकार नहीं कर पा रहा था।

हार असत्य है जीत ही सत्य है... नहीं न जीत सत्य है न हार सत्य है संघर्ष सत्य है... यह वाक्य-विन्यास एक नज़्म की तरह मेरे अंदर बनने लगा।

हमारे आगे
हमारे पीछे
रास्ते सब मस्दूद
सारी सम्ते मुंजमिद
हार-जीत के दर्मियाँ

22. संवाद—एक आंतरिक प्रस्फुटन

किसी निश्चित दर्शन या सिद्धांत की अपेक्षा परिस्थिति की सकारात्मक स्वीकार्यता जीवन को एक नवीन दृष्टि के साथ गतिशीलता देती है

मैं शाम को ट्रेन पकड़ने को तैयार हुआ, माँ ने मिठाई का डिब्बा और आंटी के लिए एक साड़ी दी। एक साड़ी और शगुन शालिनी के लिए दिया, यह कहते हुए कि शालिनी को दे देना और कहना मैं याद कर रही थी। मैं प्रयागराज ट्रेन पकड़कर अगले दिन आंटी के पूसा रोड के कैम्पस में पहुँचा। आंटी के घर की घंटी बजी, आंटी मुझे देखकर चौंक पड़ी। इक उम्र हो गई थी इस घर में किसी भूले-बिसरे के आए हुए। आंटी की आँखों में कबूतर के परों ऐसा रेशमी उजाला हो गया।

मैंने आंटी के पैर छुए, आंटी ने मेरे माथे को अपने होंठों से स्पर्श किया। आंटी के लम्स से ही एक आकार का अनुभव मुझे मेरे अंदर होने लगा, एक भावना संचरित होने लगी। वह पूरा परिदृश्य मेरे सामने घूमने लगा जब मैं आंटी से पहली बार एक अपरिचित के तौर पर मिला था। फिर साहचर्य ने हम दोनों के बीच नज़दीकियों को जन्म दिया, उसने यह कहकर मुझे भावुक कर दिया था कि मेरे सारे सत्कर्म तुझे मिलें। कितने दु:ख-दर्द आंटी ने अपने मेरे साथ साझा किए थे। मैं एक अजनबी था जब पहली बार मिला था पर अब बहुत क़रीब आ गया हूँ और उसका पुत्र न होकर भी एक पुत्र सदृश हो गया हूँ। मैंने घर में एक शांति देखी। घर में कोई न था, आंटी के सिवाय। मैंने पूछा, "ऋषभ-शालिनी कहाँ हैं?"

"वह लोग अभी आएँगे।"

"कहीं गए हैं क्या?"

"हाँ।"

"इतने सुबह-सुबह?"

"वह सब बारह बजे के आस-पास आते हैं।"

"कहाँ से?"

"शालिनी के घर से।"

"क्या रात वहाँ रुके थे आज?"

"हाँ।"

"क्या वह शालिनी के यहाँ ज़्यादातर रात रुकते हैं?"

"हाँ, वहीं रहते हैं वे लोग, दिन में आते हैं कुछ देर के लिए, फिर चले जाते हैं शाम को।"

"यहाँ नहीं रहते?"

"नहीं, मैंने लिखा भी था।"

"मैंने सोचा कभी-कभार रुकते होंगे वहाँ, क्यों नहीं रुकते यहाँ?"

आंटी मायूस हो गई, उसने मायूसी छुपाने की बहुत कोशिश की पर वह असफल रही।

"मेरे पास बहुत सुविधाएँ हैं नहीं। यह लोग विदेश में रहकर एक अलग जीवन शैली के आदी हो चुके हैं। यह सरकारी मकान है, इसकी बनावट आदिम ज़माने की है। इसके बाथरूम पुराने तरह के हैं, दीवारों में थोड़ा सीलन रहती ही है। कमरे भी सरकारी घरों के बहुत बड़े बनाये जाते नहीं, ड्राइंग रूम बड़ा बना देते हैं और कमरे छोटे बनाते हैं, हर कमरे के साथ बाथरूम होता नहीं, घर में पूरे वक़्त काम करने वाला कोई नौकर है नहीं। यह सब असुविधाजनक होता है। आहूजा साहब की बहुत बड़ी कोठी है। दर्जनों कमरे हैं, आगे-पीछे लॉन है, नौकरों की भरमार है, दरवाज़े पर कारों-ड्राइवरों का क़ाफ़िला खड़ा है। मेरा जितना बड़ा कमरा है उससे बड़ा बाथरूम है, बाथरूम आधुनिक तरीक़े के हैं। यह सब देखकर कोई भी वहीं रहना चाहेगा।"

मैं सोचने लगा... मेरी माँ होती आंटी की जगह तो क्या करती? इस हरकत पर वह तो हाथ घुमाकर ही तोड़ देती, मेरा ही नहीं मेरी पत्नी का भी। आहूजा साहब और मिसेज़ आहूजा का तो एक कर्म न छोड़ती। हर सुबह-शाम कहती कि कैसा संस्कार दिया है बहू ससुराल रहना नहीं चाहती। मुझे याद है झुलई भैया जब घर-दमदा हुए थे तब उसने कितना हंगामा किया था। झुलई भैया वाली भाभी को भी उसने बहुत सुनाया था यह कहते हुए, "संपत्ति के गुरूर में न रहऽ, सास-ससुर के सेवा करऽ भगवान के तोहकौ जवाब देई के बा।"

झुलई भैया से कहा था, "पढ़ाई-लिखाई करऽ जीवन बनावऽ, ई तीस बिघल्ली खेते में कुछ न होई जाए।"

मुझे कुछ नहीं सूझ रहा था कि मैं इस संवेदनशील मुद्दे पर क्या कहूँ, मैंने विषय बदलने की चाहत से कहा,

"सामान किस कमरे में रख दूँ?"

"किसी भी कमरे में रख दो सारे कमरे तो ख़ाली ही हैं। चाय बनाती हूँ तुम नहा लो।"

मैं वापस आया तब तक आंटी चाय बना चुकी थी। उसने पूछा कैसा अनुभव रहा सेलेक्शन के बाद, तुम बहुत तनाव में थे जब इंटरव्यू देने आए थे। जिस दिन रिज़ल्ट आया था मैंने सुबह-सुबह ही देख लिया था। शाम को आहूजा साहब अपनी पत्नी के साथ आए और बोले, "आप बहुत भाग्यवान हैं, आपका एक बेटा आईएएस हो गया।" मैंने भी कहा, "इसमें कोई दो राय नहीं है, मैं भाग्यवान तो हूँ ही। ईश्वर ने मेरे हिस्से में दुःख दिए हैं तो सुख भी दिया है। ऋषभ-शालिनी-अनुराग सब एक से बढ़कर एक प्रतिभाशाली हमारे यहाँ हैं। यह तो इनायत परमपिता की है ही, नहीं तो प्रतिभाओं का ज़ख़ीरा कहाँ सबके नसीब में होता है। वह अपने साथ बहुत मिठाई लाए थे, मैंने पूरे पूसा में उसको बँटवा दिया था। आहूजा साहब की पत्नी ने कहा, बहन जी शालिनी अकेली बेटी थी। मैं सोचती थी एकाध बच्चे और होते तो कितना अच्छा होता, ईश्वर ने इतना कुछ दिया है एक बच्चा और दे देता मुझको, पर तक़दीर में जितना लिखा होता है उतना ही मिलता है। पर उसने सुन ली, ऋषभ ऐसा बेटा मिला अब तो अनुराग भी मिला हम सबको। आप कहती ही हैं कि वह जीवन में बहुत आगे जाएगा, माता रानी की कृपा बनी रहे सब बच्चों पर। वह दोनों पति-पत्नी बहुत खुश थे और कह रहे थे इस बार अनुराग आएँगे तब हमको ज़रूर मिलवाना, पिछली बार आए थे तब मुझे पता न था। मैंने भी कह दिया कि ज़रूर मिलवाऊँगी इस बार आएगा तब। तुम्हारे चिंतन सर से कुछ इनका संबंध हो गया है। यह चिंतन सर के ऑफ़िस भी गए थे और चिंतन सर भी इनके यहाँ गए थे।"

"क्यों इतना आना-जाना बढ़ा?"

"पता नहीं, पूछना उनसे। यह बताओ सेलेक्शन के बाद कैसा अनुभव रहा। उर्मिला तो बहुत खुश हुई होगी, बात भी प्रसन्न होने वाली है, तुम्हारे पिता ने क्या कहा, उनका पहला रिएक्शन कैसा रहा, कैसे रिज़ल्ट पता लगा और पता लगने के बाद तुम्हारा रिएक्शन क्या था, बहुत सुखद विस्मय हुआ होगा, एक अभूतपूर्व अहसास हुआ होगा?"

आंटी ने एक साथ कई प्रश्न दाग़ दिए।

"आंटी, जिस परिवेश में मैं पला-बढ़ा और जो मेरी अकादमिक उपलब्धियाँ थीं उसको देखते हुए यह मेरे लिए निःसंदेह एक बड़ी उपलब्धि थी। मैं एक धूमकेतु की तरह अँधेरों में उजाला करते हुए उभरा। ईश्वर की कृपा थी, होती भी क्यों न... आपने और माँ ने अपने सारे सत्कर्म मुझे दे दिए थे, शायद मेरे भाग्य और परिश्रम से ज़्यादा

उसका यह परिणाम है।"

"बग़ैर मेहनत के तो कुछ होता नहीं बेटा। तुमने परिश्रम किया और भाग्य ने साथ दिया। लोग तुमको देखकर यह हौसला कर सकते हैं कि एक सामान्य से अकादमिक पृष्ठभूमि का व्यक्ति भी एक दुर्गम दुर्ग पर विजय प्राप्त कर सकता है। तुम्हारी उपलब्धि निःसंदेह बहुत प्रेरक होगी।"

आंटी का ध्यान और हटाने के लिए मैंने कहा कि आप लिख रही हो, कुछ पढ़ा जो ख़रीदा था?

"काफ़ी पढ़ लिया है, फिर चलूँगी तुम्हारे साथ दुकान पर मुझे और दिला देना।"

"ज़रूर आंटी... मैं आपके मायके गया था। रामदीन मामा से मिला और जो सामने वाले हरिशंकर मामा हैं जिनके बच्चों का नाम फ़ौजदार, सूबेदार, तहसीलदार, जिलेदार, रौबदार हैं उनसे भी मिला। वह सब भी आईएएस बनना चाह रहे और दूध पीकर ख़ब दिमाग़ मज़बूत कर रहे। आंटी, कोई दुबरी नाना को बता दिया है कि गाय का दूध पीने से दिमाग़ तीक्ष्ण होता है; इसलिए सुबह-शाम दूध की नदी बहाए हैं। मुझसे दुबरी नाना पूछ रहे थे, तोहार दूध के खपत केतना रही? अब आंटी शहर में तो दूध बहुत महंगा है कौन पी सकता है, जिस तरह दुबरी नाना पिला रहे। मैंने कहा कि मैं दूध नहीं पीता तब वह बोले, का कहत हऽ बगैर दूध के खपत के आईएएस बनि गए।"

"यह गाँव वाले ऐसे ही भ्रम पाल लेते हैं, रामदीन का क्या हाल है"?

"आंटी, ठीक तो नहीं ही है। ग़रीबी है हर तरफ़, खेती से कुछ होता तो है नहीं, खेत भी कुछ ख़ास नहीं है। दरवाज़े वाला खेत बेच दिया था बेटी के विवाह के समय। दामाद भी कुछ नहीं करता, वह मुझसे कह रहे थे कहीं दामाद को लगा दो। मैं कहाँ लगा दूँ, मेरा बस सेलेक्शन हुआ है पर भ्रान्ति ऐसी है कि मैं कहीं भी कुछ भी करा सकता हूँ। मेरे ददिहाल-ननिहाल में सबकी एक ही माँग, कहीं लगा दो रोज़ी-रोटी का ठिकाना हो जाए।"

"यह बात तो है, हर ओर बेरोज़गारी है। सरकार कितना रोज़गार पैदा करे, जिस तरह जनसंख्या बढ़ रही है कहाँ सबको सरकार रोज़गार दे सकती है। निजी क्षेत्र तो इलाहाबाद में कुछ ख़ास आए नहीं। एक नैनी है जहाँ कुछ प्रयास हुआ पर सुना है वहाँ भी फ़ैक्ट्रियाँ दम तोड़ रहीं। शिक्षा भी तो रोज़गारपरक नहीं हो रही हैं, हर जगह शिक्षा एक ढर्रे की है जिसका बदलती व्यवस्था से कोई सरोकार नहीं। कृषि विज्ञान एक अच्छा क्षेत्र है पर न तो ज़्यादातर लोगों को इसके बारे में पता है और न ही पढ़ने की ज़्यादा सुविधा है।"

"आंटी, पूरे शहर इलाहाबाद में एक पॉलीटेक्निक है और एक आईटीआई। इतने बड़े शहर को देखते हुए वह कुछ भी नहीं है। किसी के पास कोई सोच ही नहीं है कि

किस तरह से रोज़गार और शिक्षा को जोड़ा जाए। इस निरुद्देश्य बीए-एमए की पढ़ाई से क्या होगा। कितने लोग इस सरकारी नौकरी में खप सकते हैं। पूरा शहर इलाहाबाद आईएएस-पीसीएस की परीक्षा देता है। सीट कितनी आती है, आईएएस में 800 और पीसीएस में 300-400। हज़ार-बारह सौ सीट और एक लाख से अधिक परीक्षा देने वाले उसी शहर में, अधिकांश को तो निराश होना ही है।"

"अब नौकरियाँ तो हैं नहीं उसके लिए क्या किया जाए, देश की व्यवस्था ही ऐसी है, नौकरियों का सृजन नहीं हो रहा, जनसंख्या लगातार बढ़ती जा रही।"

"यह बात तो है आंटी, अभी बहुत कुछ प्राप्त करना है राष्ट्र को, एक नवोदित देश की अपनी समस्या होती ही है।"

"यह नवोदित देश नहीं रहा अब, हमने वह किया ही नहीं जो हमें करना चाहिए था।"

"ऋषभ कब तक आएँगे

"बहुत सी ज़िम्मेदारियाँ ओढ़ रखी है उसने। आहूजा साहब का भी कुछ-कुछ काम देखता है। उनका पूरा सिस्टम कम्प्यूटराइज़ कर रहा, इससे पारदर्शिता आ जाएगी और यह लोग न्यूयार्क से भी थोड़ा बहुत मदद कर देंगे।"

"क्या आहूजा साहब का काम ऋषभ सँभालने लगे ?"

"मुझे नहीं पता, मैं पूछती भी नहीं। यह लोग कुछ बता देते हैं, मैं सुन लेती हूँ, बाक़ी मैं तो कोई रुचि रखती नहीं उसमें।"

"आपने ही कहा था कि विवाह की शर्त थी आहूजा साहब की... ऋषभ काम देखें, वह शर्त विवाह में अड़चन डाल रही थी।"

"वह सब बात पुरानी हो गई। कौन सँभालेगा अगर बेटी-दामाद नहीं सँभालेंगे, कोई और तो है नहीं। विदेश भी गए हैं पैसा ही कमाने, अब यहाँ भी पैसा बरस ही रहा है, अब इस बरसात को क्यों छोड़ेंगे। जब जीवन का एक लक्ष्य निर्धारित हो चुका है तब उसकी प्राप्ति जैसे भी संभव हो वैसे करनी ही है, कोई छोटा-मोटा पैसा तो आहूजा साहब के पास है नहीं। तुम भी जाकर देखना हवेली और उनकी शानो-शौकत, एक दिन तुम भी रुक जाना उनके यहाँ देखना ऋषभ की ससुराल, जो विश्वकर्मा ने बनाई है।"

"आंटी, ऋषभ ने बहुत प्रगति की है। बहुत योगदान है उसका अपने क्षेत्र में, आपने भी बहुत तपस्या की उसे यहाँ तक पहुँचाने में।"

"कौन सा कार्य समाज के लिए कर दिया, किसके आँसू पोंछ दिए। अपने ही आँसुओं को बहाकर खुद ही पोंछ लेना यह कहाँ की उपलब्धि है! ईश्वर का वरदान था, वह मिट्टी को हाथ लगाए तो सोना हो जाए, ईश्वर ने प्रतिभा दी थी। एक उत्तम

मिट्टी वाले खेत की मिट्टी को सधे हुए चाक पर चलाकर एक आकृति बना देना और एक तालाब की चिपचिपी मिट्टी को टेढ़े चाक पर चलाकर गणेश को सुमुख रूप से ज़माने के सामने रख देना इन दोनों में बहुत फ़र्क़ होता है। कार्य तो उर्मिला ने तुम पर किया वह तुमको कहाँ से कहाँ ले आई।"

"आंटी आप क्या शब्द गढ़ने लगे हो, यह कब सीखा?"

"जब से तुम कहकर गए कि कम से कम दो हज़ार शब्द रोज़ पढ़ो और 500-700 शब्द रोज़ लिखो तब से वहीं कर रही, हो सकता है वह फ़र्क़ लाया होगा।"

"आंटी, यह एक ऐसी विधा है जो फ़ेल हो ही नहीं सकती। आप भी उसके एक उदाहरण हो।"

"अनुराग, तुम अध्यापक भी अच्छे होते, तुम हर चीज़ को नये तरीक़े से देखते हो।"

"आंटी, जो व्यक्ति जिस काम के लिए बना है यह उसको खुद ही पता नहीं होता और न ही वह काम मिलता है। अब एक ज़िंदगी की दौड़ है, हम सब दौड़ रहे हैं जैसे ज़माना दौड़ा रहा है।"

"एक बात है अनुराग तुम्हारे होने से किसी और को कोई फ़ायदा हुआ हो या न हुआ हो, मुझे बहुत मान-सम्मान मिला-पूसा कैंपस में, ऑफ़िस में और समधियाने में। पहले यह आहूजा साहब झाँकते भी न थे। अब कहते हैं, बहन जी आप से मिले बग़ैर मेरा मन नहीं लगता। मिसेज़ आहूजा कहती हैं, बहन जी जैसे ही यह ऑफ़िस से आते हैं मैं कहती हूँ चलो बहन जी से मिल आते हैं वह अकेली ही हैं, हमारा फ़र्ज़ है कि उनका ध्यान रखें। यह सब तुम्हारे आने और उस चिंतन के आदमियों के उनके घर जाने के बाद हुआ, जब आहूजा साहब घर से भागे थे।"

कुछ देर बाद मकान की घंटी बजी। मैंने दरवाजा खोला और...

सामने एक बहुत ही सुंदर-बर्फ़ जैसे सूरज की रौशनी में चमक रहा हो... ऐसा दूधिया रंग, होंठों पर लालिमा, काजल आँखों के किनारे से तीक्ष्णता लिए, आँखों की अभिव्यक्ति बढ़ाते हुए। ईश्वर की एक नायाब कृति... काव्य के लिए गढ़ी गई, सलवार-कुर्ते में बालों को हाथ से पीछे करती हुई शालिनी और उसके पीछे आता हुआ ऋषभ... सिर पर कम बाल, चौड़ा माथा, ऊँचा क़द चेहरे से ही तेज़ चमकता हुआ।

पर मेरी निगाहें शालिनी पर।

"मैं अनुराग हूँ... शांति मिश्रा का बेटा।"

"ओह अनुराग... क़िस्सा सुनाने वाला... यही माँ ने तुम्हारा नाम रखा है...।"

मेरी आँखों में अब्र का एक टुकड़ा आ गया जिस पर शालिनी की ख़ूबसूरती तैरने लगी। ऋषभ की खोज नायाब थी—ज़िंदगी को एक आँचल में समाने की क्षमता—शालिनी के दुपट्टे में थी—जिसमें ऋषभ क़ैद हुआ—

ऋषभ बहुत आत्मीयता से मिला और कहा, पता नहीं कितने क़िस्से तुम्हारे मैंने माँ से सुने हैं। हम लोग जब आए तब पता चला तुम यहाँ आए थे इंटरव्यू देने और बहुत समय माँ के साथ बिताया। माँ को तुम्हारे बारे में बात करना सबसे ज़्यादा अच्छा लगता है।

मैंने ऋषभ को ध्यान से देखा। वह एक तेजस्वी व्यक्तित्व से अपने को आभासित प्रथमदृष्ट्या ही करा देता है। उसके पहनावे चाल-ढाल से ही एक अभिजात्यतता टपक रही थी। एक सुंदर लंबी लाइनदार आसमानी कलर की क़मीज़, नीले रंग की पैंट सेल्फ़ चेक की, चमाचम चमकते जूते, बड़े डायल की घड़ी, पैंट के जेब से झाँकती हुई रूमाल, परफ़्यूम का आवरण, कफलिंग से सजी हुई शर्ट की कलाई, चमकदार बेल्ट—सब उसको सुशोभित कर रहे थे। एक अमीरी सिर्फ़ परिधान से ही झलक रही थी। उसका व्यक्तित्व बहुत ही आकर्षक था। उसको देखकर एक विद्वान व्यक्ति का आभास होता है और वह बहुत ही नपा तुला बोलता है न कि मेरे और चिंतन सर की तरह कि कोई मिला नहीं कि भाषण चालू। वह किसी को भी पसंद आ जाए—उसका ऊँचा क़द, बोलने के तरीक़े, मुद्रा में एक अहंकार विहीनता और नम्रता का पुट था, जिसमें एक सम्मोहनयुक्त आकर्षण था।

शालिनी एक सफ़ेद रंग का कुर्ता, काले रंग की सलवार, काले रंग का दुपट्टा बड़ी-बड़ी बोलती आँखें... नफ़ासत टपकती हुई और बोलती तो ऐसा जैसा मधुमक्खियाँ मकरंद लेकर जा रहीं हों और टपक रहा हो मकरंद उनके शरीर से। भाषा पर उसका नियंत्रण ऋषभ से बेहतर था और बोलने से पहले शब्दों को होंठों से झंकरित कर देती थी। ऋषभ का उसको पाने के लिए ज़माने से लड़ना पूरी तरह जायज़ था। वह ईश्वर की एक तराशी हुई कृति थी और परमपिता ने दोनों की एक बहुत नायाब जोड़ी बनाई थी। शालिनी ने कहा, "अनुराग हम लोग बहुत दिन से इंतिज़ार कर रहे थे, मैंने तुम्हारी सारी चिट्ठियाँ माँ जी से माँग कर पढ़ी। मैंने वह सारी किताबें देखीं जो तुमने माँ जी को ख़रीदवाईं और कई क़िताबों के पहले पेज पर तुमने काफ़ी कुछ लिखा भी है, जो क़िताब के प्राक्कथन सरीखा हो गया है, एक और प्राक्कथन जो लेखक के अलावा ख़रीददार ने भी लिखा जो लेखक से रह गया हो कहना। माँ जी उन क़िताबों को लेकर बहुत आग्रहशील हैं। मुझे भी लिखने का शौक़ है पर तुम्हारे या माँ जी की तरह मैं

लिख नहीं पाती। सबसे अच्छा मुझे लगा तुम्हारा और माँ जी का स्पीड पोस्ट करना। जल्दी लिखो-जल्दी भेजो-जल्दी पढ़ो, कहीं देर न हो जाए। तुम्हारी तारीफ़ के पुल माँ जी बाँधती रहती ही हैं। एक तुम्हारे वह भी तो हैं चिंतन सर जिनके आदमियों के आने पर मेरे पूरे घर में हंगामा हो ग़या था, पुलिस आ गई-पुलिस आ गई।"

"चिंतन सर! आप लोग उनसे नहीं मिले होंगे। वह भी ईश्वर की नायाब कृति हैं। वह विवाह कराने में सिद्धहस्त हैं। आंटी ने कहा था कि मैं ऋषभ-शालिनी का विवाह एक बार फिर से चिंतन से करा देती हूँ उनके द्वारा आह्वानित-आराधित मन्त्रों से, ताकि जीवन और प्रेममय रहे।"

"वह तो पुलिस की नौकरी करते हैं।"

"वह उनका पास टाइम काम है मेन काम है जजमानी करना।"

"ऋषभ यह अच्छा आइडिया है एक बार फिर से विवाह करते हैं, पिछली बार मज़ा कम आया था। इतना पैसा तुमने कमाया है कुछ ख़र्च करो। मैं वह सारे संस्कार-रीति-रिवाज फिर से करना चाहती हूँ और शादी का कार्ड फिर से छपाऊँगी और कार्ड पर लिखुँगी, एक परिपक्व फ़ैसला पुनर्विवाह का फिर से उसी के साथ जिससे किया था पिछली बार। अनुराग तुम थोड़ा और इसको अच्छा लिख देना। लहंगा-ज़ेवरात-हाथ की मेंहदी, पाँवों की पायल सब अलग और मैं वही होकर भी वह नहीं रहूँगी। एक नयी दुल्हन बनना चाहती हूँ मैं फिर से, अनुराग यह आइडिया अच्छा है!"

इतने में आंटी की बाई आ गई। शालिनी उसको दिन के खाने के बारे में निर्देश देने लगी। उसके निर्देशन से यह लगने लगा, यह लोग अक्सर दिन का खाना यहीं खाते हैं। शालिनी ने पूछा कि चाय पियोगे या कॉफी, मैं कभी कॉफी पिया ही नहीं था, मुझे क्या पता कॉफी का। हमारे लिए तो दूध भर कर मीठी चाय ही सबसे बड़ी विलासिता थी। पूरे दूध की चाय, 'नीलू चाय' दाम दो रुपया। यह इलाहाबाद के छात्रों की सबसे पसंदीदा वस्तु और साथ में बंद-मक्खन। मैंने कहा, मैं चाय पियूँगा और ऋषभ से शालिनी ने कहा, "आप तो ब्लैक कॉफी ही लेंगे।"

ऋषभ ने सकारात्मकता में सिर हिलाया। जब ब्लैक कॉफी आई तब उसमें दूध था ही नहीं। हम लोग कभी-कभी नींबू की चाय पीते थे जब दूध नहीं होता था। चाय बनाकर उसमें नींबू निचोड़ देते थे, मुझे कुछ वैसे ही देखने में लगी। अब मेरे जीवन का एक अलग ठेंठ दृष्टिकोण था, जो न्यूयार्क के रईसों से कहाँ साम्यता रख सकता था। मेरे अंदर एक जिज्ञासा थी, यह सब कितना माल पीट रहे होंगे अमेरिका में? आहूजा पीट रहा सरिया-सीमेंट बेंच कर वह भी सीमेंट में रेत मिलाकर, यह पीट रहे कम्प्यूटर

में कुछ आकृति घुमा-फिराकर-प्रोग्राम बनाकर-हर ओर मालै-माल, हम लोग छूछै हाथ लिए घूम रहे। ऋषभ बड़े चाव से वह काली कॉफी धीरे-धीरे छोटी-छोटी चुस्की के साथ पी रहे थे। वह ऐसा पी रहे कि एक बार में कुछ बूँद ही मुँह में जा रही, चाय आई और मैं एक दरिद्र की तरह घोंट गया। ऋषभ मेरा चाय पीना देख रहा था, वह भी सोचा होगा-इतनी भी क्या जल्दी थी, चाय को इतने जल्दी हलक़ में उतारने की।

आंटी ने शालिनी से पूछा, "क्या बोला खाना बनाने के लिए?"

"दो सब्ज़ी, दाल, चावल और रोटी।" आंटी ने बुलाया बाई को और कहा, "मैं बनाती हूँ तुम तैयारी करो, अनुराग को कढ़ी अच्छी लगती है वह भी बना देते हैं।"

ऋषभ ने पूछा, "कौन सी सर्विस मिल रही है, कुछ पता चला?"

"रैंक 102 है, इस पर आईएएस मिलेगा कि नहीं मिलेगा यह कहना मुश्किल है। आईपीएस, आईएफ़एस भरा नहीं है, उसमें जाना है नहीं। आईआरएस ही भरा है आईएएस के बाद। अब आईआरएस ज्वाइन करें या फिर से आईएएस के लिए पुनः परीक्षा दें, अगर आईएएस नहीं मिलती है, यह एक फ़ैसला करना होगा।"

"आईएफ़एस एक बहुत अच्छी सेवा है, वह क्यों नहीं चाहिए?"

"मुझे विदेश नहीं जाना है।"

"क्यों?"

"मेरे पास ज़िम्मेदारियाँ हैं। मेरी माँ मेरे बग़ैर रह नहीं पाती। अगर मैं घर कुछ घंटे देर से पहुँचू तब वह घर के चबूतरे पर खड़ी होकर गली के मोड़ से मुड़ती हर साइकिल को देखती रहती है, एक आशा के साथ, वह मेरी साइकिल होगी। मेरी छोटी बहन है उसकी शादी करनी है। इतने नाते-रिश्तेदार-परिचित-हित-संबंधी हैं जो मेरी तरफ़ एक आशा भरी नज़रों से देख रहे हैं। मैं भले ही उनके लिए कुछ कर सकूँ या न कर सकूँ पर उनकी आशा जीवित रहनी चाहिए। मैं अगर विदेश चला गया तब उनकी आशाओं पर तुषारापात हो जाएगा। मुझे ईश्वर ने यहाँ तक पहुँचाया है; सिर्फ़ इसलिए नहीं कि मैं अपने ही बारे में सोचूँ। उसकी उदारता का एहसान है मुझ पर, जिसका सम्मान करना मेरा कर्तव्य है। परमपिता ने बहुत से बेहतर लोगों पर मुझे अधिमानता दी है, उसको यह नहीं लगना चाहिए उसका निर्णय ग़लत हो गया।"

"बहुत बेहतर सर्विस है भारतीय विदेश सेवा। मेरे आईआईटी का एक बंदा वाशिंगटन में है। मैंने उसका जीवन देखा है, बहुत आराम है, बहुत ठाठ है, काम भी क्या है; मुख्य रूप से लोगों से औपचारिक मिलन करना, सरकार की अन्तर्राष्ट्रीय परिप्रेक्ष्य में बनी नीतियों का प्रचार-प्रसार करना ताकि देशहित में बेहतर अन्तर्राष्ट्रीय संबंधों का माहौल बने, नयी परिस्थितियों में देश के वाणिज्य और व्यापार के विस्तार पर ज़ोर देना। आप शहर के सबसे पॉश इलाक़े में रहते हो, आपके पास सारी

डिप्लोमेटिक इम्युनिटीज़ उपलब्ध हैं, फ़ॉरेन एलाउंस अच्छा मिलता है, पूरा विश्व आप घूमते हो। एक बहुत ही शानदार जीवन होता है, इस जीवन को त्यागने का कोई कारण तो दिखता नहीं।"

"यह सारी बातें आपकी सही हैं पर यहाँ फ़र्क़ एक प्राथमिकता का है—एक अकेला अपना जीवन बनाम समाज का जीवन। मुझे ईश्वर ने यहाँ तक सिर्फ़ अपना अकेला जीवन जीने के लिए नहीं पहुँचाया है। मैं इतना क़ाबिल हूँ नहीं जितनी बड़ी सफलता मुझे दी गई है। मेरे परिवेश की मुझसे बहुत सी आकांक्षाएँ हैं, वह सब बहुत ही वाजिब इच्छाएँ हैं उनकी। मेरा विदेश सेवा में चला जाना उनके लिए एक मानसिक आघात होगा, यह उनके लिए असह्य हो जाएगा। मेरी माँ ने, मेरे पिता ने, मेरे साथ के लोगों ने, मेरे अपने लोगों ने बहुत से स्वप्न देखे हैं, वह सब धूल धूसरित हो जाएँगे। उनके ख़्वाबों की ताबीर मिले न मिले पर एक मक़तल की ज़मीं से तो कम से कम वह न गुज़रें। उनके ख़्वाबों को एक सामान्य मौत मिले उनके क़त्लेआम का पापी तो मैं न बनूँ, मेरी अक्षमता साबित हो यह बेहतर है बनिस्बत इस बात के कि वह कहें, मुझे मेरे हालात पर छोड़कर वह चला गया। हर सियाह रात मुझे एक शांतिमय नींद की ओर ले चले-डूबते सूरज के बाद... न कि रात की तन्हाई में... मेरी अपनी अन्तरात्मा का धिक्कार... उसकी चीख़... तुझे चैन से सोने का हक़ नहीं है, तड़पना तेरा भवितव्य है, तूने नाउम्मीद किया है उनको, जिनके लिए परमपिता ने तुझे आशीर्वाद दिया था।"

ऋषभ जितना मुझे सुन रहा था उससे अधिक मुझे देख रहा था।

"मुझे यह ख़्याल ही विपर्यस्त कर देता है कि मैं सबको नाउम्मीद करके चला गया।"

ऋषभ के चेहरे पर भाव बदलने लगे, वह विचारवान मुद्रा में आ गया, सोचते-सोचते बोला,

"यहाँ रहकर भी कोई ख़ास मदद तो की नहीं जा सकती, नौकरियों की सीमाएँ भी हैं और समस्याएँ भी हैं।"

"यह बात सच है कि नौकरियों की अपनी समस्याएँ हैं और सीमाएँ तो हैं ही, पर जहाँ से मैं आता हूँ वहाँ आशा का मर जाना बहुत पीड़ा देगा। मैं कुछ करूँ या न करूँ, मेरा होना ही बहुत है—उनके अपने अस्तित्वमान होने के लिए। एक दिलासा भी जीवन को पार लगा देती है। ख़्वाब बनकर मर जाएँ यह तो जीवन का एक भाग है, पर ख़्वाब बनने की प्रक्रिया ही बंद हो जाए, इससे ख़तरनाक कुछ और नहीं होता। मैं इस ख़तरनाक परिणाम के सृजन-प्रक्रिया का उत्तरदायी नहीं बनना चाहता हूँ, अपने व्यक्तिगत जीवन के आमोद-प्रमोद के लिए। आपने दिल्ली शहर देखा-पूसा कैम्पस देखा-आईआईटी कैम्पस देखा... ईश्वर का आशीर्वाद था सीधा अमेरिका देख लिया।

आपने कभी ग़रीबी नहीं देखी, कभी अनुभव नहीं की वह पीड़ा जो उपजती है अभाव से और चिरंतन असहायता का बोध कराती रहती है। आप के सामने कोई ऐसा आदमी नहीं पड़ा जो बचपन में आपके साथ रहा हो और आप से कहे कि मेरे पूरे शरीर में हमेशा दर्द रहता है पर मैं डॉक्टर के पास जा नहीं सकता क्योंकि मेरे पास संसाधन नहीं हैं। मेरी माँ एक बात कहती है कि मैं ऐसा कोई काम न करूँ कि मुझे मंदिर में भगवान की मूर्ति से आँख मिलाने का साहस न हो सके। मेरे लिए विदेश जाकर रहना मेरे अपने ईश्वर अपनी माँ से आँख मिलाने का हक़ गवाँ देना होगा।"

आंटी ने आवाज़ दी, खाना खा लेते हैं तब बात करते हैं। ऋषभ की प्रतिक्रिया से लग गया कि मेरी बातों का असर उस पर हो गया है। वह कुछ सोचने ऐसा लगा था। शायद कहीं न कहीं आंटी की पीड़ा मेरे अंदर थी जो मेरी अपनी विचारधाराओं में घुलकर अभिव्यक्त हो रही थी। पूरे दिन वह लोग रहे और देर शाम की चाय पीकर चले गए।

उनके जाने के बाद मैं पूसा कैंपस में टहलने लगा। मेरी सारी यादें वापस आने लगीं; जब मैं पिछली बार यहाँ आया था, मेरे ही सामने मेरी एक नज़्म उतरकर मुझसे यहीं संवाद करने लगी थी। कैंपस की इन्हीं सड़कों पर मैंने अपनी सबसे कठिन रातें गुज़ारी थीं, इंटरव्यू के दिन की ओर ले जाने वाली रात को मैंने यहीं जिया था। यहीं पर मैंने अपने कमल व्यूह के असफल हो जाने पर हताशा में कहा था, "लगता है मैं समर हार चुका हूँ।"

यहीं माँ का वह अंतिम कथन बार-बार मेरा पीछा करता था, जब मैं इंटरव्यू देने के लिए घर से निकल रहा था, "मुझे मोक्ष नहीं तेरा चयन चाहिए। मैं अपने सारे पुण्य तेरे नाम करती हूँ।" यहीं पर माँ के उस आशीर्वाद की गूँजती ध्वनि-प्रतिध्वनि से परेशान होकर आसन्न असफलता के भय से रोने लगा था। इन्हीं सड़कों पर टूट रहे ख़्वाबों का एहसास हुआ था। उन्हीं लम्हों में मैं वापस पहुँच गया-जहाँ कभी अँधेरा हुआ करता था-कान में पता नहीं कौन (हिक़ारत से) कहता था,

अब ख़्वाबों का पीछा मत कर, अब कोई दीया महफ़ूज़ नहीं है इस शब के सफ़र में—दुनिया चराग़ां से ख़ाली है।

23. तुम बुद्ध बनो

गहरे अर्थों में समझा गया जीवन अपने कलात्मक संगठन में एक अलग पहचान बनाता है और एक समग्रता में अधिक सार्थक होगा-

अगले दिन संदेश पाकर चिंतन सर आए। हम और चिंतन सर पूसा कैंपस में घूमने लगे। चिंतन सर ने पूछा भविष्य की क्या योजना है?

"सर नौकरी करूँगा और क्या?"

"कुछ और भी कर सकते हो।"

"और क्या करूँगा मैं?"

"जितने गुण ईश्वर ने तुमको दिए हैं उसमें तीन-चार लोग और बन सकते थे। ईश्वर ने चार लोगों का गुण एक व्यक्ति में डाल दिया, ऐसा क्यों किया उसने यह सोचो। जब वह एक व्यक्ति को कई प्रतिभाओं से संवरित करता है तब उसकी चाहत होती है कि वह केवल अपने लिए ही नहीं; वरन संपूर्ण समाज के बारे में सोचे। परमपिता हर काम बहुत विचार कर करता है। उसने तुम्हारे अंदर संवेदना-मननशीलता- वाक् क्षमता-संघर्ष-जिजीविषा-अध्ययन आकांक्षा-विश्लेषण की अप्रतिम क्षमता-अपराजेयता-सामाजिक सरोकार-ज़मीन की मिट्टी से तूफ़ान खड़ा करने का जज़्बा क्यों दिया! क्या मात्र इसलिए कि तुम एक धनवान-प्रतिष्ठित परिवेश की माधुर्य-नंदिनी से विवाह करके एक प्रमाद एवं लिप्सा-युक्त स्वत:-जीवन जियो, कदापि नहीं! अगर एक सामान्य जीवन की चाहत परमपिता को तुमसे होती तब वह इस तरह न रचित करता जिस तरह गढ़ा है तुम्हें उसने। वह कोई गाँव का कुम्हार नहीं है, वह विश्वकर्मा है-सर्जक है-प्रजापालक है-त्रिभुवन का पद्धुन्नायक है। वह लोगों के आपदा प्रबंधन के लिए विशिष्ट व्यक्तियों का सृजन करता है। एक नायकत्व के उत्तरदायित्व को वहन करने हेतु हर कल्प-मन्वंतर-देशकाल-भौतिक वर्षों में समाज की आवश्यकताओं के अनुरूप नायकों का सृजन एवं निर्माण करता है और एक

आदेश देकर जगत में प्रस्थापना करता है। वह स्वयं भी हर युग में उपस्थित होता है अपने द्वारा रचित नायकों का नेतृत्व करने के लिए। वह अपनी हर संतान के हित का ख़्याल करता है, उनको न्याय प्रदान करने वाले व्यक्ति को गढ़ता है और अपने सर्जित को परीक्षित करता है, एक नायक का भविष्य देने के पूर्व। यह तुम्हारा परीक्षा-काल है, एक निर्माण का दौर है। वह कुछ भी अनायास नहीं करता, वह सब कुछ सायास करता है। उसने तुमको बनाते समय ही यह सोचा होगा, यह अपने लिए नहीं ज़माने के लिए जियेगा। यह अपना दर्द नहीं दूसरों का दर्द समझेगा, यह कबूतर के रेशमी परों में लुब्ध होने वाला स्वजीवी नहीं होगा। यह परीक्षा जहाँ तक तुमको पहुँचाना चाह रही थी पहुँचा चुकी है, इसके आगे अब रूटीन ज़िंदगी है। अब आगे का जीवन एक लकीर का जीवन है उसमें कोई आह्लादित करने वाला तूफ़ान नहीं है। अब तुम एक आदेश लेकर काम करने वाला ही बनोगे अगर इस नौकरी के पायदानों पर चढ़ना चाह रहे हो तो। अगर अपने अंदर की आवाज़ सुनोगे तब व्यवस्था तुमको एक किनारे कर देगी।"

"क्या करूँ मैं सर, आपके अनुसार।"

"तुम बुद्ध बनो..."

मेरे कानों में चिंतन सर की आख़री पंक्ति झंकरित होने लगी।

तुम बुद्ध... बुद्ध... बुद्ध बनो।

"सर बुद्ध मैं कैसे बन सकता हूँ, यह बुद्धत्व कहाँ सबके भाग्य में है!"

"यह सच कहा, बुद्धत्व न तो सबके भाग्य में है और न ही सब लोग इसे प्राप्त करने की आकांक्षा कर सकते हैं। ओशो का एक किस्सा सुनाता हूँ। एक युवक ओशो के पास गया, उसने ओशो से कहा कि मेरे मन में बहुत ख़राब ख़राब ख़्याल आते हैं। ओशो ने पूछा कैसे-कैसे ख़्याल आते हैं? उस युवक ने कहा, मेरे मस्तिष्क में महिलाओं को लेकर बहुत से ख़्याल आते हैं। ओशो ने कहा कि इसमें ख़राबी क्या है, अगर यह ख़्याल तुम्हारे पिता के मस्तिष्क में न आते तो आज तुम्हारा अस्तित्व न होता। अगर हमारे पूर्वज, परपूर्वज इन विचारों की हत्या कर रहे होते तब इस सृष्टि का विकास कैसे होता? इस ख़्याल को और बढ़ाओ, यह ईश्वर का आशीर्वाद है। हर व्यक्ति बुद्धत्व के लिए नहीं बना होता है। ईश्वर अगर बुद्धत्व देना चाहेगा तब माया-मोह-परिग्रह से मुक्ति का आशीर्वाद वह स्वयं देगा। तुम जीवन का आनंद लो और जैसा जीवन तुम्हारे सम्मुख आ रहा उस तरह उसे स्वीकार करो। अगर यह बुद्धत्व तुम्हारे भाग्य में होता तब परमपिता ने तुमको एक अलग आशीर्वाद दिया हुआ होता और वह आशीर्वचन इस सांसारिक माया में न तो नष्ट होता और न ही व्यर्थ जाता। अनुराग, ईश्वर चुनता है, ईश्वर ने तुमको चुना है।"

यह कहते समय चिंतन सर की वाणी में ओज था। वह थोड़ी देर के लिए शांत हो गए और चार क़दम चलने के बाद पुनः वही दोहराया, "अनुराग, ईश्वर चुनता है, ईश्वर ने तुमको चुना है... सलीबों पर रौशन रखो अनुराग यह दुनिया चराग़ों से ख़ाली न हो।"

सर पुनः शांत हो गए और दो क़दम आगे और चलने के बाद बोले, "यह मैं अपने, बद्री या ऋषभ से उम्मीद नहीं कर सकता जो मैं तुमसे कर रहा।"

"सर ऋषभ से क्यों नहीं, आप से क्यों नहीं, ऋषभ तो एक महान प्रतिभाशाली है।"

"क्या प्रतिभा है उसके पास, बताओ इस जीवन के किस सामाजिक सत्य से साक्षात्कार वह कर रहा, करना चाहता है या कर सकता है?"

"सर, मेरे अंदर क्या है, कुछ तो नहीं दिखता मुझे। आपके हिसाब से ऋषभ के पास कोई ख़ास गुण नहीं है। पर उसने आईआईटी की प्रवेश परीक्षा में तक़रीबन टॉप सा किया है, गणित के वह सिद्धांत हल कर दिए उसने जो लोगों के लिए पहेली बने थे और उसी पर पद्मश्री मिला, अमेरिका में अतिशय पैसा कमा रहा और नये-नये सूत्र-सिद्धांत की खोज कर रहा। मेरी अकादमिक उपलब्धियाँ ऋषभ की तुलना में सामान्य-सी ही हैं, आपकी तुलना में भी कुछ ख़ास नहीं हैं। मुझे हिंदी भाषा-इतिहास-थोड़ा बहुत दर्शन के अलावा और कुछ आता नहीं और हिंदी भाषा में भी कोई निराला आचार्य शुक्ल तो हूँ नहीं, कोई इतिहासवेत्ता भी नहीं हूँ। एक हीन भावना से मैं बचपन से ग्रसित रहा हूँ, आभाव ही रहा जीवन में और उससे उपजने वाली पारिवारिक ज़िम्मेदारियों मुँह बाए खड़ी हैं। मैं बुद्ध की तरह त्याग करूँ इसका सीधा सा अर्थ है कि मैं अपने सब लोगों से कहूँ, तुम स्वप्न मत देखो, तुमको कोई अधिकार नहीं स्वप्न देखने का, मैं तुम सबको त्याग रहा।"

"मैं किसकी व्याख्या पहले करूँ, एक व्यक्ति जो हीन भावना का शिकार है पर बुद्ध बन सकता है या उसकी जो समाज के मानदंडों से एक सफल व्यक्ति है पर संवेदना विहीन है! जो अपनी माँ के वक्ष के दूध के प्रति संवेदनशील न हो वह किस तरह समाज का नेतृत्व कर सकता है। वह अपना जीवन जी सकता है, वह व्यक्तिगत उपलब्धियाँ प्राप्त कर सकता है, वह बैंक के क्लर्क को अपने पासबुक के दाहिनी ओर बहुत से शून्य लगाने और उसको बढ़ाने का कार्य दे सकता है; इसके अतिरिक्त उसकी इस समाज में कोई उपयोगिता नहीं है। उसकी माँ को भी यह धन रास नहीं आ रहा और वह ही कह रही यह धन व्यर्थ है। वह एक उद्देश्य विहीन जीवन की अंधी दौड़ में दौड़ रहा। उससे पूछो, तुम्हारे जीवन का उद्देश्य क्या है, वह नहीं बता सकता। धनार्जन एवं आमोद-प्रमोद ही जीवन का उद्देश्य नहीं होता अनुराग। जीवन की सकारात्मकता त्याग में है, उँगलियों को लहू से तर करके नयी-नयी तहरीरें लिखने में है। क्या जब वह पैदा हुआ था तब एसी कमरे, बीस नौकर, बड़ी कोठी और एक

झौंआ रुपया लेकर माँ के गर्भ से आया था। वह एक मामूली सरकारी कर्मचारी का बेटा है जो बचपन में ही अनाथ हो गया। एक अनाथ को यहाँ तक जिसने पहुँचाया उसको ही वह भूल गया है। इतने भी बाख़बरी न हो जाओ कि अपनी माँ के ख़्वाब में प्रतिपल गहराते अँधेरे से ही बेख़बर हो जाओ। अनुराग... बहुत जानलेवा होती है अपनों की बाख़बरी। आंटी के चेहरे की चमक देखो जब एक भरा-पूरा परिवार दिखता है। वह मेहमानों की तरह आता है और चला जाता है। वह अगर कहे मैं समाज-सेवा करना चाहता हूँ... मैं कहूँगा, इतने पवित्र शब्द को कलंकित न करो, यह शब्द बोलने का अधिकार भी सबको नहीं है। जो किसी की आँखों के अंदर परिस्थितिजन्य सियाही को नहीं देख सकता वह जीवन को व्यर्थ कर रहा। अपने बच्चों के साथ न रह पाने का दर्द एक बड़ा दर्द है अनुराग। आंटी परिस्थितियों से समझौता कर नहीं रही है उसे करने को बाध्य किया जा रहा, यह बाध्यता आरोपित है और आरोपण कोई और नहीं वह व्यक्ति कर रहा जिसके लिए उसने पूरा जीवन समर्पित कर दिया। समझौता उसने पहले भी किया और अब भी कर रही, उसका पूरा जीवन ही समझौते में बीता है। पर पहले के समझौते में एक भविष्य था अब भविष्यहीन होकर परिस्थितियों के सम्मुख समर्पण कर रही। उसके उम्र-इहाते में मायूसी ही मायूसी है, इतनी सलाबत उसके साथ किसने की है... इतनी सुल्बी-सऊबत! क्या है उसकी अज़ली ख़ता... क्या है उसका गुनाहे-अस्ल; क्यों जीवन में समावेश-यंत्रणा ही यंत्रणा का; अज़ीयत पेंच-अंदर-पेंच; सत्हे-माइल की सलासिल में... जीवन में शब ही शब... एक अहसासे-जुदाई... एक अनवरत ज़ुल्म उसके साथ... कौन है ज़िम्मेदार इसका, बताओ अनुराग... वही जो निस्फ़ है उसका अपूर्ण है जिसके बग़ैर वह-उसी ने ताबीर दी है उसको उस स्वप्न की जो उसने कभी दुःस्वप्न में भी न देखे थे-जो अक्स था उसका उसी ने जुदाई ज़िंदगी के नाम से उसे जीने को मजबूर किया है। तुम कह रहे कुव्वतें ही कुव्वतें हैं उसमें जिसने अज़ली- ख़ता का नाम देकर यन्त्रणा की ताबीर से रूबरू कराकर परोक्ष रूप से यह कहकर उसकी ज़िंदगी रची है कि मेरा ज़ीस्त मेरा अपना है, नहीं है कोई स्थान इसमें मेरे सर्जक का।"

मैं सोचने लगा, चिंतन सर ने आंटी की व्यथा को बहुत ही दार्शनिक अंदाज़ में प्रस्तुत किया था।

"सर, आप मेरे में पता नहीं क्या देख रहे, मेरे में कुछ ख़ास करने का सामर्थ्य है नहीं। यह परीक्षा ही आज तक की मेरी एक मात्र उल्लेखनीय सफलता है।"

"मैंने एक दृष्टिकोण तुम्हारे सामने रख दिया, फ़ैसला तुमको करना है। यह हीन भावना तुम्हारे भीतर समस्याओं एवं परिस्थितियों के कारण उत्पन्न हुई है, यह समाज के द्वारा थोपी गई है। तुम्हारी हीन-भावना में तुम्हारी अकादमिक उपलब्धियों की न्यूनता

का भी योगदान है, स्कूल-कॉलेजों की पढ़ाई का जीवन की सार्थकता में योगदान होता है, पर वह सीमित योगदान है एक वृहद् सार्थक जीवन के परिप्रेक्ष्य में।"

"सर, यह काम आप क्यों नहीं कर रहे जो आप मुझे करने को कह रहे, आप त्याग क्यों नहीं करते?"

"तुम यह मत सोचो मैं तुमको किसी समस्या में झोंक रहा। यह मैं क्यों नहीं कर सकता इसका एक कारण मेरी अपनी समस्या है और दूसरा मेरे पास वह क्षमताएँ नहीं हैं जो तुम्हारे पास हैं।"

"सर, मेरा विवाह नहीं हुआ है और मेरे पास अपने बच्चों की ज़िम्मेदारी नहीं है। यह ही एक फ़र्क़ आप कह सकते हैं अपने और मेरे बीच, बाक़ी समस्याएँ तो मेरे पास हैं ही। मेरे पिताजी ने जीपीएफ़ से बहुत एडवांस लिया हुआ है, मकान बनवाने के लिए जीवन की समस्याओं से निपटने के लिए। उनके पास अपने भाइयों की ज़िम्मेदारी रही है। वह जितना कुछ अपनी सीमाओं में कर सकते थे उन्होंने किया, बहुत सी बातें मेरी माँ को नहीं पता है जो उन्होंने अपने भाइयों के लिए किया। मेरे बड़े पिताजी को ससुराल में ज़मीन मिली थी। उस ज़मीन की रजिस्ट्री के लिए उनके पास पैसा न था। अगर उस ज़मीन की रजिस्ट्री न होती तब उस ज़मीन पर उस गाँव के पट्टीदार लोग दावा ठोंकते और कोर्ट-कचहरी का झंझट होता। उस समस्या के निवारण के लिए भी पिताजी ने जीपीएफ़ से पैसा निकाला था जो मैं जानता हूँ पर माँ नहीं जानती। मेरे पिताजी ने मुझसे यह साझा किया था जब मैं अवारागर्दी कर रहा था, यह कहते हुए कि बहुत कच्ची गृहस्थी है इसको ध्यान में रखकर जीवन को आगे की ओर देखो। मेरी बहन का विवाह बहुत ही ज़्यादा सामान्य होता, अगर मैं चयनित न होता। मेरे गाँव के मेरे अपने लोग हैं, मैं सबको छोड़कर बुद्धत्व की खोज में चल दूँ, यह कहाँ का न्याय है"?

"यह एक गाँव के लोग और तुम्हारा अपना एक परिवार तुम इससे बाहर भी सोचो।"

"सर आप जिस बुद्धत्व की बात कर रहे वह है क्या?"

"अपने जीवन को प्राणि मात्र के लिए लगा देना। अपनी इन्द्रियों पर नियंत्रण, अपरिग्रह। बोधिसत्व की संकल्पना शायद बेहतर इसको अभिव्यक्त कर सकती है। संसार का जब तक अंतिम व्यक्ति मुक्ति प्राप्त नहीं कर लेता तब तक अपनी मुक्ति के बारे में विचार ही नहीं करना। खुद्दकनिकाय पढ़ा ही होगा, जातक कथाओं का ज़िक्र है उसमें। वह सब क्या है, बुद्ध के पूर्व जन्म की कथा और बुद्ध का प्राणि मात्र के कल्याण के लिए किया गया कार्य। अहरत्व जो सिर्फ़ स्वयं की मुक्ति की बात करता है उससे आगे बढ़कर बोधिसत्व को अपनाओ जो हर प्राणि मात्र के कल्याण के लिए बार-बार जन्म लेता है और उनकी मुक्ति के लिए आग्रहशील है। वह तब तक जन्म

लेता रहेगा जब तक हर एक प्राणि को मुक्ति की प्राप्ति नहीं हो जाती है। उसको अपनी मुक्ति की कोई शीघ्रता नहीं है। उसका ध्येय है- उसका लक्ष्य है- हर एक को मुक्ति प्रदान करना, वह अपनी मुक्ति को तब तक मुल्तवी करता रहेगा जब तक संसार के अंतिम व्यक्ति को मुक्ति की प्राप्त नहीं हो जाती। वह संसार के हर प्राणी की मुक्ति के बाद स्वयं की मुक्ति का आकांक्षी है। तुम सक्षम हो इस कार्य के लिए, मेरे संज्ञान में इस हेतु तुम्हारे अलावा कोई और सक्षम नहीं दिखता। सब त्याग दो, एक परिवार के बजाय वसुधा के परिवार पर कार्य करो, यही बुद्धत्व है। तुम कोई और नाम देना चाहो तो तुम दे सकते हो पर संकल्पना वही होगी एक त्याग की उनके लिए जो समाज की निचली पंक्ति में हैं और सर्जक ने तुम्हारा सृजन सिर्फ़ अपने सीमित परिवेश के लिए नहीं; वरन एक वृहद् परिवेश के लिए किया है। तुम इस चुनौती को स्वीकार करो, इस चुनौती को स्वीकार करो अनुराग।"

"पर सर यह सुझाव मुझे ही क्यों, मैं ही त्याग क्यों करूँ... वह भी अपनों के अरमानों को सूली पर चढ़ाकर।"

"मैं जो सलाह तुमको दे रहा वह किसी और को नहीं दे सकता, यह मैं पहले ही कह चुका। मैं स्वयं भी तुम्हारे इतना संवेदनशील और बहु आयामी व्यक्तित्व नहीं रखता। यह एक अवसर है, यह दुबारा नहीं आएगा। अभी जो भी फ़ैसला लोगे वह तुम्हारे जीवन को एक नयी दिशा देगा। राम के कुल में बहुत प्रतापी राजा हुए पर यश तीन के ही हिस्से में आया राम, भरत, लक्ष्मण क्यों? इन तीनों ने त्याग किया। यह अवसर है एक त्याग का, सब त्याग दो जगत कल्याण के लिए। यशोधरा बहुत सुंदर थी, शीलवान थी, राहुल बहुत मोहक था; पर बुद्ध ने सब त्यागा, बाक़ी सब इतिहास है।"

"सर, आप चाह रहे हो मैं यह सब कुछ जो प्राप्त हुआ है उसको छोड़कर संन्यास ले लूँ।"

"मैं यह कह रहा तुम इस सेवा को अभी ही अस्वीकार कर दो। तुम समाज के लिए कार्य करो, समाज के लोगों के लिए जियो। ईश्वर तुमको एक बेहतर धन-धान्य से परिपूर्ण घर-परिवार-परिवेश में जन्म दे सकता था पर वह तुम्हें तराशना चाहता था; इसलिए समस्याओं के बीच तुमको जन्म दिया। तुम किस काम के लिए बने हो यह सोचो। तुम्हारा इस सेवा को अस्वीकार करना तुम्हारे लिए ही नहीं, इस समाज के लिए एक बड़ा निर्णय होगा। अब यह संन्यास है या जीवन में रहकर जन-उद्धार इस पर विवेचना की जा सकती है, पर मैं क्या कहना चाह रहा, तुम समझ रहे हो।"

सर ने मुझे सम्मोहित ऐसा कर लिया था। मैंने पूछा, "सर, विवाह, उस पर क्या करूँ?

“बुद्धत्व एवं विवाह में विरोधाभास है। एक में स्वयं का सुख है वह भी क्षणिक-तात्कालिक और दूसरे में दूरगामी एवं चिरातन। एक में जगत का कोई कल्याण नहीं है और दूसरे में कल्याण ही कल्याण। तुम्हारी अपनी माँ ही पहले शोक में जाएगी और फिर कहेगी मैंने जगतनायक को जन्म दिया है। तुम एक क्षेत्रनायक बनकर संतुष्ट क्यों होना चाहते हो जब महानायक बनने का द्वार तुम्हारी प्रतीक्षा कर रहा है... आओ महानायक आओ... इतिहास को प्रत्याशा है तुमसे। अनुराग, इन दुनियावी मसलों से दूर रहने और इन्द्रियों की अशक्तता पर विजय पा सकते हो तभी मेरी राय मानो नहीं तो जीवन तो आमोद-प्रमोद है ही। ईश्वर ने आमोद-प्रमोद का तो वरदान दे ही दिया है। वह तो सहज रास्ता है ही, तुम्हारे सम्मुख। एक सहज रास्ते को त्याग कर एक संघर्ष के रास्ते का चुनाव कठिन फ़ैसला होता ही है, फ़ैसला ले लेना पर निर्णय शीघ्र लेना होगा; अनुराग, मैं यह अवश्य कहूँगा और पूर्ण विश्वास से कहूँगा—इतिहास निर्मित अवश्य होगा अगर तुम विषयासक्ति का त्याग कर सके। अगर तुम इन्द्रियलोलुपता में आ गए तब समाज की बहुत क्षति होगी, तुम एक महानायक बन सकते हो पर एक सफल अधिकारी नहीं बन सकते हो। तुम आदेश संरचित कर सकते हो पर आदेश का अनुपालन नहीं कर सकते, तुम्हारा नवोन्मेष लघुता को प्राप्त करेगा और तुम एक नैराश्य भाव के साथ सम्पूर्ण जीवन जियोगे जिसमें जीवन का अर्थ मात्र साँसें लेना रह जाएगा। अनुराग, कृष्ण स्वयं युद्ध नहीं करते वह युद्ध की संरचना करते हैं, वह व्यूह का निर्माण ही नहीं करते वह व्यूह का ध्वंस भी करते हैं, वह राज्य का भोग नहीं करते राज्य का दान करते हैं। ईश्वर-तुल्य ने सोलह हज़ार कन्याओं से विवाह अपनी आसक्ति के लिए नहीं किया है, यह कृत्य महापुरुष ने उनके उद्धार के लिए किया है। भरत राजा होते तो आज इतिहास में विस्मृत ऐसे होते, यह भरत का त्याग है जिसने चित्रकूट ऐसी पहाड़ी और नंदीग्राम ऐसे गाँव को भी इतिहास में स्तुत्य कर दिया।”

“सर आपकी एक पंक्ति में क्या सलाह है, यह बहुत लंबा उपदेश हो गया।”

“मैं कहूँगा आप यह सेवा अस्वीकार कर दो, ज़मीनी स्तर पर कार्य करो। लोगों के उत्थान में सन्नद्ध हो जाओ, एक दिन एक अलग इतिहास बनेगा। यह नौकरी कोई ख़ास इतिहास बनाने की क्षमता नहीं रखती।”

“सर जीवन कैसे चलेगा?”

“यह क्या चिल्लरबाज़ी की बात कर रहे हो, जिसकी तरफ़ ज़माना एक आशा से देख रहा हो उसके लिए अपने जीवन की क्या समस्या! तुम्हारे साथ चलने वालों का जीवन आसान हो जाएगा, तुम्हारे अपने व्यक्तिगत जीवन की क्या दुरूहता पर जीवन में संघर्ष विकराल होगा, यह पल-प्रतिपल होगा। महानायक ऐसे ही नहीं बनते हैं उनको आग में अपने को तपाना होता है, तुम सक्षम हो एक इतिहास निर्माण के लिए, अब

फ़ैसला तुमको करना है तुम एक थाली में परोसे जीवन से ही संतुष्ट हो जिसमें व्यंजनों का स्वाद आकृष्ट कर रहा या इन्द्र को बाध्य करना चाह रहे नित्यप्रति मानसून प्रदायगी के लिए जगत कल्याण हेतु।

"सर यह बहुत गूढ़ प्रश्न है। यह कभी मेरे मस्तिष्क में आया ही नहीं। आप एक दुनियावी राय दो।"

"क्या ?"

"एक कोचिंग चलाना चाहता हूँ। मैं लोगों को पढ़ाना चाहता हूँ। जो लोग आईएएस की परीक्षा दे रहे उनकी मदद करना चाह रहा।"

"धन की लालसा है या सिर्फ़ मार्गदर्शन करना है ?"

"सर दोनों है, पर मूलतः मार्गदर्शन। इसमें पैसा लगेगा, किराया उस जगह का होगा ही जहाँ पढ़ाना होगा, प्रचार करना होगा, यह सब मैं कहाँ से लाऊँगा ?"

"किसी कोचिंग में भी यह काम कर सकते हो।"

"सर, ब्राइट कोचिंग में पढ़ाया दो-तीन दिन पर मैं नया प्रयोग करना चाह रहा, वह वहाँ नहीं हो सकता।"

"क्या प्रयोग है ?"

"सर मैं मेंस और प्रारम्भिक परीक्षा एक साथ पढ़ाना चाह रहा, यह कोई नहीं करता शहर इलाहाबाद में। गुणवत्तापरक शिक्षा का अभाव है, आपकी क्या राय है ?"

"इसको अवश्य करो, यह उत्तम विचार है। मैं भी आऊँगा पढ़ाने, मेरा थोड़ा बोलने का अभ्यास हो जाएगा।"

"सर मेरे पिताजी और बद्री सर रोक रहे हैं।"

"सुनो सबकी पर करो अपने मन की, अगर दिल कह रहा कि यह करना है तब करना ही है। दिल पर हाथ रखकर पूछ लो, जो आवाज़ आए वह कर दो। यार, यह दार्शनिक बात बहुत हो गई, यह बताओ मुझे आईआरएस मिलने की कितनी संभावना है।"

"सर, लोग कह रहे आपकी रैंक पर वह मिल जाएगी।"

"चलो तुमने मेरा थोड़ा दिल हल्का कर दिया मेरे आईजी साहब कह रह थे टच एंड गो हो सकता है। मैं अब यह पुलिस की नौकरी नहीं करना चाहता। मैं पाँच-सात साल आईआरएस की नौकरी करके सुलतानपुर-अमेठी-इलाहाबाद से चुनाव लड़ूँगा और स्थापित साम्राज्य को ही ध्वस्त करूँगा और मुख्य पृष्ठ पर होगा समाचार पत्रों के एक फ़क़ीर ने क्रांति कर दी।"

मैं और चिंतन सर लौटकर आए। हम लोगों ने रात का खाना खाया। देर रात चिंतन सर चले गए और कहा कि कल दोपहर बाद आऊँगा। रात में मैं आंटी से बात

करने लगा। आंटी ने कहा, "अनुराग जीवन बहुत आसान नहीं होता, कई बार लोगों को लगता है आपके पास सब कुछ है पर कुछ भी नहीं होता। मैं अपनी और उर्मिला की तुलना करती हूँ तो पाती हूँ उर्मिला ने तुमको संस्कार दिए और मैंने ऋषभ को शिक्षा दी। काश मैं भी संस्कार दे पाई होती।"

मैं कुछ कहता उसके पहले ही आंटी ने कहा, "रात बहुत हो गई है अनुराग, अब सोते हैं कल बात करते हैं।"

मैं रात में बहुत देर तक सोचता रहा। मेरी आँख बहुत देर में लगी। मुझे लगा मैं बुद्ध की तरह घर का दरवाज़ खोलकर घर से बाहर जा रहा हूँ। मैंने अंतिम बार अपने घर के बाहर से पूरे मकान को देखा और आख़िरी बार पूरी गली को चलकर देखा। मैं पीछे मुड़कर नहीं देखना चाह रहा था उससे मन कमज़ोर हो सकता था, मैं वापस जा सकता था। मैं धीरे-धीरे चलता जा रहा था। मैं पहाड़ों पर चढ़ रहा... एक बहुत ऊँचे पहाड़ों की ओर... जहाँ से दूर-दूर तक आसमान का शून्य ही शून्य दिखाई दे रहा। मेरे कानों में एक आवाज़ आ रही थी मेरी माँ की... "मुन्ना मिल नहीं रहा कहीं चला गया उसको खोजो, मैंने अपने दोनों हाथों से कान बंद कर लिए ताकि कोई मोहक ध्वनि मुझे कमज़ोर न कर सके।"

आंटी की आवाज़, "अनुराग तुम्हारी चाय... तुम नींद में अपने दोनों कान बंद क्यों कर रहे थे...।"

24. पलायन

जीवन में संबंध का निर्वहन एक यथार्थवादी व्यापार है...

मैं उठकर बिस्तर पर बैठ गया। मेरे बाल बिखरे हुए थे। आंटी ने मेरे बालों को देखते हुए कहा, अनुराग बहुत घने काले बाल हैं तुम्हारे, ऋषभ के तो काफ़ी बाल गिर गए हैं। चाय पी लो नाश्ता बनाती हूँ। वह लोग भी आ ही रहे होंगे, कल कह भी रहे थे कि अनुराग से कुछ बात करनी है।

"कुछ ख़ास बात है क्या?"

"पता नहीं... आहूजा साहब भी मिलना चाह रहे। तुम एकाएक बहुत माँग में आ गए हो और माँ को समय मिल ही नहीं रहा।"

थोड़ी ही देर में ऋषभ आ गए। कुछ देर की औपचारिक बातचीत के बाद ऋषभ ने कहा, "अनुराग मुझे तुमसे कुछ बात करनी है।"

मैं उसकी ओर एक प्रश्नवाचक दृष्टि से देखने लगा संकेत करते हुए... कहो...

"तुम्हें मेरी मदद करनी होगी।"

"वैसे तो मैं आपकी क्या मदद कर सकता हूँ, पर यह मेरी खुशकिस्मती होगी अगर मैं किसी तरह आपके काम आ सका। आंटी से मेरा जो भी संबंध विकसित हुआ है वह नया अवश्य है पर उसमें आत्मीयता ही आत्मीयता है। अगर मैं कुछ तुम्हारे लिए कर सका तब आंटी को बहुत प्रसन्नता होगी और मेरे लिए उनकी प्रसन्नता की बहुत क़ीमत है।"

मेरे इस उत्तर से ऋषभ के चेहरे पर संतोष के भाव देखे जा सकते थे। वह जो सोचकर आए थे वह उनको पूर्णता की ओर जाता दिख रहा था। एक हल्की सी आशा कपोलों को गुलाबरंजित कर देती है। मुझे वह रंजन दिखने लगा। उसने बग़ैर किसी भूमिका के अपना मंतव्य कह दिया एकदम स्पष्ट रूप से,

"तुमको माँ की ज़िम्मेदारी लेनी होगी।"

"अभी ऐसा क्या हो गया कि उनकी ज़िम्मेदारी किसी को उठानी पड़े। उनको किसी की क्या आवश्यकता, वह कई को स्वयं पाल सकती हैं। उन्होंने आपको यहाँ तक पहुँचाया, मेरे मार्ग के बाधा-हनन की प्रक्रिया में सहायक रहीं हैं। ऐसी तेजस्वी महिला पहाड़ों को चीरकर मेरे लिए रास्ता बना दे। अभी उसकी अपनी भुजाओं में इतनी शक्ति है कि वह मुझे सहारा दे दे, उनको सहारा चाहिए... क्यों!"

"मैं आज की बात नहीं कर रहा।"

"कब की कर रहे हो?"

"आज से 10/15/20 साल बाद की। जब वह और वृद्ध होंगी। उम्र की गणना सताएगी, एक सहारे की आवश्यकता महसूस होगी।"

"आप हो, शालिनी हैं... आपका पूरा साम्राज्य है... एक बड़ा साम्राज्य विरासत का है और निःसंदेह उससे बड़ा साम्राज्य निर्माणाधीन है। अब इतने बड़े साम्राज्य के स्वामी की माँ मुझ अकिंचन के रहमोकरम की आकांक्षी हो जाए यह तो किसी तरह से समझ नहीं आ रहा। पर मेरी सेवा का लाभ उन्हें मिले इससे बड़ा बैकुंठ मेरे लिए और क्या हो सकता है।"

"अनुराग, एक बड़ा फ़ैसला हमारे जीवन में आ रहा। यह मैं सिर्फ़ तुमसे अभी साझा कर रहा, माँ से मत कहना। उसको समय देखकर बताएँगे। हमारा काम अमेरिका में बहुत तीव्र गति से बढ़ रहा है और बहुत ही शीघ्र हम और देशों में विस्तारित होंगे। यूरोप में हमारे उत्पाद की माँग आ रही है और कई एजेंट हम लोगों ने वहाँ नियुक्त कर दिए हैं जो कह रहे हैं कि शीघ्र ही हम मार्केट लीडर की दौड़ में शामिल हो जाएँगे, एक इतिहास निर्मित होने की ओर है। हम अमेरिका में बसने की प्रक्रिया में हैं, ग्रीन कार्ड शीघ्र ही प्राप्त हो जाएगा। मेरा भारत आना अब बहुत आसान न होगा, माँ की देखभाल तुमको करनी होगी। तुम इस ज़िम्मेदारी को ले लो, मुझे बहुत सुकून मिलेगा।"

"प्रस्ताव में एक संतोष की तलाश मात्र है!"

"माँ है वह मेरी, उसकी ज़िम्मेदारी मेरी ही है। मेरा देश में वापस आना संभव नहीं, वह विदेश आकर रहेगी नहीं। अब कुछ तो करना होगा। तुमसे वह बहुत नज़दीक है। उसकी आत्मा को बहुत शांति मिलती है जब तुम नज़दीक होते हो, यह मैंने अनुभव किया है। शालिनी ने भी कहा कि अनुराग सबसे उचित होंगे माँ का ख़्याल रखने के लिए।"

"क्या उनसे इस बात की इजाज़त ली है कि मैं तुम्हें किसी को सौंप रहा हूँ? क्या वह एक वस्तु हैं जिसको किसी को सौंप दिया जाए, उनकी सहमति तो होनी चाहिए इसमें।"

"वह कोई वस्तु नहीं है, यह मैं जानता हूँ। वह किस तरह प्रसन्न रहेगी यह जान-

समझकर मैंने तुमसे अनुरोध किया है। यह एक पूर्णतया विचारित निर्णय है। उनकी सहमति मैंने ली नहीं है पर मैं जानता हूँ इसमें उनकी पूरी रज़ामंदी होगी। सार्वत्रिक सत्य का प्रमाण नहीं माँगा जाता।"

ऋषभ ने बात बहुत बड़ी कह दी थी सार्वत्रिक सत्य का प्रमाण नहीं माँगा जाता इतना विश्वास मुझ पर!

"जब व्यक्ति उम्रदराज़ होने लगता है, वृद्धावस्था अपना साम्राज्य व्यक्ति के विवेक पर विस्तारित करने लगता है, व्यक्ति का नीर-क्षीर विवेक लोपित होना आरंभ हो जाता है, जीवन के इस विकास क्रम में एक समय ऐसा भी आता है जब व्यक्ति कोई निर्णय स्वयं नहीं कर पाता, उस समय निर्णय कौन लेगा?"

"तुम लोगे?"

"किस अधिकार से?"

"एक पुत्र के अधिकार से?"

"वह तो मैं हूँ नहीं।"

"तुम उसके पुत्र सदृश हो।"

"सदृश होना और पुत्र होना, दोनों में बड़ा अंतर है।"

"यह कोई ऐसा मुद्दा नहीं है जिस पर दार्शनिक विमर्श किया जाए, उसके लिए कोई अंतर नहीं हमारे-तुम्हारे में। मैं समझा दूँगा उसको; अगर आवश्यकता हुई हालाँकि इसकी ज़रूरत नहीं पड़ेगी।"

"ऋषभ, एक बात मैं कहूँगा। आप अपनी माँ को कम जानते हो। उसको समझाना किसी आम व्यक्ति के बस की बात नहीं है, कम से कम हमारेतुम्हारे बस की बात तो बिल्कुल नहीं है। विवेक एवं तर्क की खान है वह। तुम्हें पता है मैं आंटी से क्यों और कैसे मिला?"

"हाँ, तुम यहाँ इंटरव्यू के लिए रुके थे।"

"अपने स्वार्थ के कारण यह बेहतर अभिव्यक्ति है मेरे आंटी के संबंधों के आरंभन की व्याख्या के लिए। मैं अगर मेंस पास करके इंटरव्यू देने दिल्ली न आता तब मेरा और आंटी का कोई संबंध विकसित ही न होता। मेरी माँ और आंटी का कोई ख़ास संबंध न था, दोनों का विवाह 25-27 साल पहले हुआ। इन 25-27 सालों में यह लोग कभी न मिले। जो भी समाचार एक-दूसरे के बारे में जाना वह पत्र के माध्यम से जाना। अब यह गाँव की परंपरा और संस्कृति है कि एक लुप्तप्राय से संबंध में ऐसा विश्वास था जो आज के दौर के जीवंत संबंधों में भी शायद न हो। इस मेरे स्वार्थ की बुनियाद पर बने संबंध पर तुम्हारी इतनी आस्था है इस पर बहुत आश्चर्य हो रहा मुझे, साथ ही दो बातें स्पष्ट हो रहीं पहली, संभवतः तुम लोगों पर विश्वास बहुत शीघ्र करते हो। पर

आप जैसा दुनिया देखा हुआ व्यक्ति किसी पर इतने जल्दी विश्वास कर सकता हैं थोड़ी बात कम पचती है। दूसरी, अपनी ज़िम्मेदारियाँ आप किसी और को सौंपकर संतोष की प्राप्ति करना चाह रहे, यह अपनी ज़िम्मेदारी से मुँह मोड़ना भी कहा जा सकता है। दूसरी बात मुझे अधिक उपयुक्त लगती है, एक बात बताओ ऋषभ!"

"हाँ।"

"आंटी जब अशक्त होंगी, कमज़ोर होंगी, निर्णय नहीं ले पाएगी तब मुझे ही इनके बैंक-बैलेंस-पैसे-संपदा का ख़्याल रखना होगा। तुम जिस तरह पैसा भेज रहे हो वह शीघ्र ही एक बड़े धन के रूप में परिवर्तित होगा।"

"हाँ सारे फ़ैसले तुमको ही लेने होंगे, पैसा काफ़ी होगा इसमें कोई दो राय नहीं है।"

"ऋषभ, मैं एक दरिद्र-सा व्यक्ति हूँ। मैं पाँच सौ रुपया लेकर दिल्ली आया हूँ। हर रात मैं यह सुनिश्चित करता हूँ कितना पैसा बचा। मैं इस पाँच सौ में से सौ-सौ की चार नोट पैंट के अंदर वाली चोर जेब में रखता हूँ, अति सुरक्षित रखने की आकांक्षा से। आपके नौकरों-ड्राइवरों का जो वेतन होगा तक़रीबन उतना ही मेरे पिता मेरी माँ को प्रति माह घर का ख़र्चा चलाने को देते होंगे। दरिद्रता बहुधा ईमान डिगा देती है, दरिद्रता एवं अभाव में अपराध प्रवृति जन्मने की संभावनाएँ होती ही हैं। एक भरे हुए पेट एवं एक भूखे पेट की सुपाच्यता का स्तर अलग होता है और बहुधा एक भूखा पेट क्षुधा की सतत पीड़ा में अतिवादी हो जाता है, कोई भी अतिवादिता अनैतिकता की ओर ले जाती है। ऐसे व्यक्ति को आप करोड़ों रुपयों का अधिकार दे रहे, किस विश्वास पर! मैं कल पैसा लेकर भाग जाऊँ तब आप क्या करोगे, हक़ीक़त में मैं एक फ्रॉड सा आदमी हूँ। मैं अपने लाभ के लिए कुछ भी कर सकता हूँ। मैंने उस व्यक्ति के साथ छल किया जिसका अंतिम अवसर था सिविल सेवा परीक्षा का। मैंने उस पर प्रयोग किया उत्तर में सवाल डाल कर इंटरव्यू दिलवाने का, यह सोचकर कि अगर इस पर प्रयोग सफल रहा तब मैं यह विधा अपनाऊँगा, नहीं तो कोई और तरीक़ा देखूँगा। एक व्यक्ति के भविष्य को दाँव पर लगा दिया अपना क्लीनिकल ट्रायल बनाकर, जबकि उसको नौकरी की आवश्यकता मुझसे अधिक थी। वह विवाहित था और उसके तीन बच्चे थे। मुझे उन अबोध बच्चों का भी ख़्याल न आया अपराध संकल्पित करते हुए। एक 'मेंस रिया' से परिपूर्ण कृत्य मैंने किया, सब कुछ जानकर अपने स्वार्थ के वशीभूत होकर। मेरे छल, मेरे कपट के क़िस्से कोई और जाने न जाने मैं तो जानता ही हूँ। आप एक बहुत ही अयोग्य व्यक्ति को चुन रहे हैं अपनी देवी सदृश माँ के देखभाल के लिए। मैं आपको आगाह करता हूँ कि यह काम आप न करें, मेरे साथ तो बिल्कुल न करें। आप विदेश होंगे और मैं सारा पैसा लेकर अगर भाग गया, आंटी का बचा जीवन अंधकारमय हो जाएगा। बाद में यह मत कहना, अनुराग तुमसे यह उम्मीद न थी। मुझसे सिवाय छल

के आप कोई और उम्मीद नहीं कर सकते, चुनाव आपका है।"

"अनुराग, तुम मुझे भटकाओ मत। यह उत्तरदायित्व तुमको लेना ही होगा। तुम पर हम सबका बहुत विश्वास है। तुम माँ के बहुत नज़दीक हो, वह तुम्हारे बारे में बात करते ही प्रसन्न हो जाती है। तुम माँ का बहुत ख़्याल रखोगे, मुझसे भी अधिक। मुझे अपने निर्णय पर हमेशा विश्वास रहा है और यह निर्णय मैंने एक लंबे अंतराल के मंथन के बाद लिया है। मेरे पास कोई और चुनाव भी नहीं है।"

"मेरा चुनाव एक विवशता है?"

"यह भी कह सकते हो पर यह चुनाव एक बहुत ही उचित चुनाव है।"

"क्या तुम अब देश वापस कभी नहीं आओगे?"

"ऐसा नहीं है कि मैं नहीं आऊँगा कभी, पर अमरीकी नागरिकता की ओर हम बढ़ रहे लगातार आना आसान न होगा।"

"यह सब फ़ैसला कब हुआ?"

"पिछले कुछ महीनों में।"

"आंटी को कब बताओगे?"

"पता नहीं! अभी सोचा नहीं है।"

"पर बताना पड़ेगा?"

"बग़ैर बताए भी काम चल सकता है अभी, जब समय आएगा तब देखा जाएगा।"

"वह समय कब आएगा?"

"कुछ सालों बाद..."

"तब तक एक भुलावा देते रहोगे वापस आने का! वह तो चाह ही रही तुम वापस आ जाओ।"

"मेरा पूरा जीवन, मेरा पूरा कैरियर एक रोमांचक मोड़ पर है। अपने कैरियर में इस समय मैं कुछ भी आश्चर्यजनक कर सकता हूँ। जीवन के वास्तविक प्रश्नों का उत्तर वास्तविकताओं से दिया जाना चाहिए न कि भावनाओं से। भावनाएँ प्रायः अपरिपक्व निर्णय देती हैं। मेरे लिए भावनाओं में बहने का समय नहीं है। इस समय एक अवसर पूरे विश्व के सम्मुख है। ईश्वर ने उस अवसर में भागीदारी के लिए मुझको चुना है। जीवन में ऐसे अवसर बार-बार नहीं आते। इस प्राप्त हुए अवसर का लाभ उठाना भी एक कला है जो सबको नहीं आता। हर व्यक्ति को अवसर मिलता है पर हर व्यक्ति उस अवसर का सदुपयोग नहीं कर पाता और यहीं से एक फ़ैसला हो जाता है सफल एवं असफल व्यक्ति के मध्य। एक नयी क्रांति-कम्प्यूटर-क्रांति इंतिज़ार कर रही है एक आसन्न क्रांति। मैं उस क्रांति का साक्षी नहीं, एक सह नायक भी नहीं, एक नायक बनना चाहता हूँ... एक सम्पूर्ण नायक। जीवन में कोई और रफ़्तार में दौड़ने लगे उससे

तेज और उससे बहुत तेज, उससे पहले और बहुत पहले मैं दौड़ना चाहता हूँ... एक तीव्र गति, एक बहुत ही तीव्र गति से... वायु से भी तेज, प्रकाश से भी अधिक वेगवान- एक प्रक्षेप्यगति के साथ। उस रफ़्तार के वेग गुरुत्वाकर्षण के सिद्धांतों से संघर्ष करते नभाभिमुख अंतरिक्षगामी उर्ध्वमुखी संवेग को सँभालने के लिए जिस आकाशगामी पथ की आवश्यकता है, वह भारत में नहीं है। मैं भारत रहूँगा तब एक मामूली व्यक्ति बनकर रह जाऊँगा पर अगर मैं अमरीका में रहा तो कम्प्यूटर क्रांति के नायकों में शुमार हो सकता हूँ। मेरी महत्वाकांक्षा के पर बड़े हो चुके हैं और वह एक विशाल क्षितिज चाह रहे उड़ने के लिए, यह जो उफुक़ तुम देख रहे हो ऊपर... इससे ऊपर और ऊपर... मेरे अंतरिक्षगामी डैने निर्बाधता चाह रहे... भावनाओं के आग्रह से... वह निर्बाधता तुम प्रदान कर सकते हो।

"अगर मैं यह कहूँ कि आप माँ के लिए एक वृद्धाश्रम खोलना चाह रहे तो... यह शायद एक उचित अभिव्यक्ति होगी, आपके मंतव्य और प्रयास की।"

"अनुराग, शब्दजाल में बातों को मत उलझाओ, मेरी समस्या समझने का प्रयास करो और मेरी सहायता करो। यह एक बहुत बड़ा एहसान होगा आपका मुझ पर, मेरे भविष्य पर—समाज पर— "

इतने में आंटी आ गई। उसने पूछा "ऋषभ कब आए, शालिनी कहाँ है, वह नहीं आई, मेरी आँख लग गई थी, मुझे पता ही नहीं चला कब तुम आ गए। यह अनुराग से क्या मंत्रणा चल रही है। अनुराग तुम अपनी कोई चाल तो नहीं सिखा रहे इसको? तुम, चिंतन सब ज़माने को चराने में माहिर हो। तुमको सारी माया आती है, यह ऋषभ तो सज्जन है। यह स्पष्ट बात करता है, यह इलाहाबादियों की तरह चीज़ को घुमा-फिराकर नहीं कहता।"

"आंटी, यह जिस स्पष्टता से बात कर गए वह मेरे लिए अकल्पनीय है। मैं नतमस्तक हूँ इस स्पष्टता के सम्मुख और मैं अस्पष्ट रहना चाहता हूँ।"

"क्या स्पष्टता थी इनकी बात में?"

"आंटी, बस यही कहा कि ईश्वर न्यायी है या नहीं इस पर विवेचन होना चाहिए। वह लोगों को उचित देश-प्रदेश-परिवार-परिवेश में उसकी क्षमताओं का आँकलन करके जन्म नहीं देता। यह सामने दिख रही गौरैया उड़ती तो है पर शीघ्र थक जाती है, अमेरिका की गौरैया थकती ही नहीं। वह चील उड़ना चाह रहा है, डैनों में ताक़त भी है पर आसमान तक पहुँचाने की हवा यहाँ मौजूद नहीं है। वहाँ के चील को उत्तम गति वायु का साथ मिलता है और वह आसमान खोदकर खा जाता है। इसलिए अमेरिका के चील भारत के चील से मज़बूत हैं, इसीलिए वह विकसित देश है और

हम विकासशील।"

"तुम क्या कह रहे मुझे कुछ समझ नहीं आ रहा?"

"आंटी, तेरी और माँ की एक ही आदत है, हर वस्तु को जानना, जिज्ञासा-उत्सुकता-व्याग्रता जब बँट रहे थे तब सबसे पहले पंक्ति में आप ही लोग थे। महात्मा ऋषभ का ज्ञानपुंज है, वहाँ अमेरिका में कौन सुनेगा इनकी। वहाँ तो जो सुनेगा वह भी पैसा माँगेगा सुनने का। अब यहाँ हम हैं, आप हो, आहूजा साहब हैं। हम लोग सुनेंगे और पैसा भी नहीं माँगेंगे। पैसा बच रहा और सुनाने का अवसर मिल रहा... चित भी मेरी पट भी मेरी।"

"अनुराग तुम शब्दों का इन्द्रजाल बनाकर भरमाने में माहिर हो। ऋषभ, शालिनी कब तक आएगी?"

"आ रही होगी वह माँ। मैं थोड़ा जल्दी आ गया आप लोगों के साथ समय बिताने।"

इतने में शालिनी आ गई। नाश्ता किया, शालिनी ने शाम को घर आने का आमंत्रण दिया और यह भी कहा कि चिंतन सर को पापा ने आने के लिए कह दिया है। यह कहकर शालिनी अपने घर चली गई।

मैंने पूछा, "आंटी आप ऑफ़िस जाओगे?"

"अगर तुम रहोगे तब मैं नहीं जाऊँगी, नहीं तो कुछ देर घूमकर आ जाती हूँ। यहाँ भी बैठकर क्या करूँगी।"

"आंटी एक बात बताओ।"

"अब कौन सी जिज्ञासा आ गई, मेरे जिज्ञासु के पास?"

"जब सब लोग चले जाएँगे तब कैसा लगेगा आपको?"

"मैं वह सब सोचकर अपना आनंद तनु नहीं करना चाहती। इस समय मैं आनंद की असीमता पर हूँ। मैं उस आनंद की असीमता-दिव्यता-विराटता को भोगना चाह रही हूँ, न कि कुछ और सोचकर उसमें किसी तरह की न्यूनता का समावेश करना। मैं इन्द्रधुनष देख रही और उसका नयनाभिराम आनंदित कर रहा, क्या होगा जब यह रंग हट जाएँगे क्षितिज से इसको मैं क्यों विचारूँ अभी। यह सब जानते हैं जीवन एक दिन समाप्त होगा पर जीवन की क्षणभंगुरता की अवधारणा ही अगर मस्तिष्क में सदैव व्याप्त रहे, तब तो जीवन का प्रमाद रहेगा ही नहीं।"

उसी समय आंटी का ऑफ़िस से बुलावा आ गया किसी काम के लिए। आंटी ऑफ़िस चली गई। मैं और ऋषभ अकेले रह गए। ऋषभ के भीतर एक तुमुल युद्ध

तीव्रमान था, वह इस मुद्दे पर एक समाधान चाहते थे। उन्होंने अपनी बात पुनः आरंभ कर दी, "अनुराग तुम्हें मेरे अंदर एक संवेदनहीनता दिख रही होगी। हो सकता है प्रस्ताव ही तुमसे कह रहा हो कि प्रस्तावक कितना संवेदनाविहीन है। तुम हर एक वस्तु को भावनाओं के चश्मे से देखोगे तब कभी भी जीवन को वास्तविक अर्थों में व्याख्यायित नहीं कर पाओगे। जीवन को एक आदर्शात्मक ढाँचे से निकालकर जीवन के यथार्थ के साथ समाहित करके देखने का प्रयत्न करो, तब मुझे बेहतर समझ पाओगे।"

"मैंने कौन से आदर्श की बात की, मैंने यथार्थ ही कहा, जीवन का यथार्थ।"

"स्पष्ट तो नहीं कहा, पर संकेत तो था ही एक आदर्श की ओर। बहुधा एक व्यक्ति का आदर्श दूसरे से भिन्न होता है, इसका कारण परिस्थितियाँ एवं कालक्रम होते हैं।"

"मैंने ऐसे किसी अकल्पनीय आदर्श का उल्लेख तो किया नहीं। मैंने प्रकारान्तर से सिर्फ़ यही कहा कि हर व्यक्ति का अपना एक उत्तरदायित्व होता है जो उसे स्वीकार करना चाहिए।"

"मैंने अपने किस उत्तरदायित्व को अस्वीकार किया है?"

"तुम विदेश बसना चाहते हो, किसलिए! सिर्फ़ धन के लिए या कोई ओर मंतव्य है! अगर विदेश चले गए सदा-सदा के लिए तब जो माँ के प्रति एक उत्तरदायित्व है वह अधूरा ही रहा। सिवाय धन के और क्या कारण है आपके विदेश जाने का?"

"चलो यह मैं मान ही लेता हूँ कि मैं विदेश बस रहा केवल और केवल धन के लिए तब भी कौन सा अपराध हो गया, मैंने कौन सा ऐसा कार्य कर दिया कि मैं मृत्यु के उपरांत नरक का अधिकारी हो गया!"

"अपरिग्रह एक परंपरा का भाग है, यह निश्चित रूप से तुम्हारे सिद्धांत में लोभ का आवरण देख रही है। त्याग एवं उच्च आदर्शों का अभाव है अगर मात्र अधिक धन प्रदान करने में असमर्थ होने के कारण यह देश त्याज्य है।"

"कौन सी परंपरा है जो मुझे रोक रही है, कौन सा दर्शन है जो कह रहा त्याग मुझे करना चाहिए।"

"त्याग परंपरा का भाग रहा है। बुद्ध ने ज्ञान प्राप्ति एवं जगत कल्याण के लिए त्याग किया। राम ने पिता के वचन के लिए राज्य त्याग दिया। भरत ने भाई के अधिकार एवं नेतृत्व को स्वीकारते हुए राज्य ग्रहण करने से इंकार कर दिया, लक्ष्मण ने भाई की सेवा एवं सुरक्षा हेतु सुख एवं नींद का त्याग किया, सीता ने पति के साथ रहने के लिए राजमहल की जगह बियावान जंगल को चुना। इसके विपरीत तुम धन एवं अपनी व्यक्तिगत सहूलियतों के लिए माँ का त्याग कर रहे।"

"दो अलग-अलग युगों एवं विभिन्न परिस्थितियों की तुलना का कोई अर्थ नहीं। यह तात्पर्य विहीन है। यह एक आत्मप्रवंचना है, अपने पुराने संस्कारों के नाम पर। राम

की कथा की कोई साम्यता हमारे परिप्रेक्ष्य में नहीं है। बुद्ध ने ज्ञान प्राप्ति किया जगत के लिए, त्याग किया जगत के लिए... यही सहस्राब्दियों से कहा जा रहा और आगे भी कहा जाएगा। पर क्या आज मात्र ज्ञान प्राप्ति करके समाज की कोई सेवा की जा सकती है ? तुमने, मैंने, शालिनी ने और हमारे जैसे बहुतों ने ज्ञान प्राप्ति की अपने अपने अर्थों-संदर्भों में पर उनका क्या उपयोग है यह बताओ। कम्प्यूटर इंजीनियर आईएएस बनता है, डॉक्टर आईएएस बनता है... वह कहाँ कौन से ज्ञान का उपयोग करता है। हर समय इतिहास से अवशेष निकाल कर आदर्श की शिक्षा देना कहाँ तक उचित है ? क्या है हमारा इतिहास, एक युद्धों का इतिहास... क्या है वह ? भागते हुए की पीठ पर वार न करो... उसको क्षमा करो... ताकि कल वही मज़बूत होकर हमारी अस्मिता का हनन कर दे... यह पूर्व मध्यकालीन युद्ध नैतिकता क्या आज कोई प्रासंगिकता रखती है। कर्ण ने इन्द्र को कवच-कुंडल दान कर दिया। हमारा इतिहास उसके क़सीदों से भर गया। वह दान यह जानते हुए किया गया कि छल किया जा रहा। वह दान एक आत्महत्या थी, यह वह भी जानता था। कर्ण ने विश्वासघात किया अपने साथ, अपने मित्र के साथ... सिर्फ़ एक थोथी आदर्शवादिता के लिए कि... मैं दानी हूँ... ऐ इतिहास के महान नायक तुमको यह ही नहीं पता है कि तुम्हारा लक्ष्य क्या है तुम दानी बनना चाहते हो या शूरवीर... अगर चुनाव दान और शूरवीरता के मध्य है तब आपको फ़ैसला करना ही नहीं आता। तुम स्वयं मृत्यु को आमंत्रित कर रहे हो एक छद्म दंभ के वशीभूत होकर... तुम चाहते क्या हो, एक आदर्शवादी उदारवादिता या युद्ध जीतना। कृष्ण की अपने लक्ष्य के प्रति एकाग्रता थी और वह लोगों के थोथे आदर्शवाद को एक यथार्थ के शरसंधान से आहत कर रहे थे। युधिष्ठिर प्रत्यक्ष मिथ्या संभाषण कर गए और कह रहे 'किंतु हाथी' 'धीमे स्वर में कहूँगा, क्यों सत्यवादी होने का स्वाँग रच रहे थे महानता के तथाकथित नायक ! तुम्हारी अनैतिकता भी कोई कम नहीं है धर्मराज, पर नहीं मुझे नाटक करना है और आगे आने वाली पीढ़ियाँ कहें वह कितना महान था वह सच तीव्र ध्वनि से बोलता था और मिथ्या मद्धम स्वर में। तुम मुझे इस गीता-महाभारत-पुराण मिथक कथाओं से समझाओगे कि सत्य कहाँ वास कर रहा ! तुमने कभी जानने की कोशिश की है इन सारी घटनाओं के पीछे का सच क्या है ? सिर्फ़ यह कह देना कि ऋषभ नैतिकता विहीन हो गया, वह अपनी माँ को बेसहारा छोड़कर जा रहा, वह धन से भावनाओं का व्यापार कर रहा, वह जीवन का व्यापारी हो गया, यह एक अन्याय होगा मेरे सारे प्रयत्नों-प्रयासों एवं सदाशयता के साथ। मैं उतना ही नैतिक हूँ जितना तुम होने का दावा कर रहे हो, बस परिस्थितियों का फ़र्क़ है। भविष्य बताएगा देश के कौन कितने काम आया, किसने इस ज़मीन के लिए कितना कार्य किया। एक बाबू जो सरकार के आदेशों पर नृत्य करता रहा या एक क्रांतिधर्मी जो क्रांति के पदचाप को सुन

रहा था, जब लोग एक क्रांति की आसन्नता से अनजान थे।"

"कौन सी क्रांति की आसन्नता तुम देख रहे हो, देश-त्याग किस क्रांति के लिए आवश्यक है?"

"मैं समय से आगे की वस्तु हूँ। मैंने दो साल पहले सारी कक्षाओं में पढ़ा है। मैं जिस उम्र में आईआईटी से बाहर निकल रहा था उस समय कई मेरी उम्र के लोग आईआईटी में प्रवेश कर रहे थे। यह शालिनी कहती है कि तुमने प्राइम नंबर की थ्योरम ग़लत गाइड के साथ की। वह सारा श्रेय ले गए, वह पद्मश्री प्राप्त कर गए, तुमको कुछ ख़ास न मिला। मेरी पद्मश्री के तमग़े में कोई रुचि न थी और न है। मैं उसे अस्वीकार कर देता अगर वह मुझको मिलता। मैं पद्मश्री अस्वीकार करके पद्मश्री स्वीकार करने वालों से एक बड़ा नायक बनता। मैंने अपने गाइड से भी कहा, सर इसको अस्वीकार करो, पत्र लिखो राष्ट्रपति को धन्यवाद ज्ञापित करते हुए... राष्ट्र कार्य एवं राष्ट्र गर्व सर्वोपरि है, अनुसंधान करके मैंने मात्र अपने राष्ट्र कर्तव्य का निर्वहन किया है और कुछ नहीं, मैं यह पद्मश्री अस्वीकार करता हूँ। वह नहीं माने... वह सम्मान की क्षुधा से पीड़ित थे, मैं उनकी यह कमज़ोरी भी जानता था और उनकी ताक़त भी। वह सम्मान-प्रशस्ति के आग्रही-अति आग्रही व्यक्ति थे, वह हर समय ख़बरों में बने रहना चाहते थे। यह आग्रह जिसके पास होता है वह बहुधा विवेक खो देता है। वह विवेक खो चुके थे और इतने बड़े कार्य की महत्ता को न्यून कर दिया मान-सम्मान प्राप्त करने की अति आतुरता के वशीभूत होकर, लॉबींग करके। वह तकनीकी रूप से इतने दक्ष न थे पर उनको कार्य प्रचारित करना ख़ूब आता था, इस कला में वह दक्ष थे। मैंने उनका चुनाव किया था न कि उन्होंने मेरा। मैंने प्राइम नंबर की गुत्थी तक़रीबन सुलझा ली थी पर एक छात्र की कौन सुनेगा, वह कैसे उसको बड़े मंचों पर ले जाएगा, यह प्रचार और मार्केटिंग का ज़माना है। मैंने अपने अवलोकन से यह निष्कर्षित किया यही वह व्यक्ति है जो अन्तराष्ट्रीय मंचों पर सारे कार्यों को सफलतापूर्वक ले जा सकता है। वह मिलनसार थे, नम्र थे, अहंकार विहीन थे और विश्व-सम्मेलनों में जाया करते थे। मैंने उनका उपयोग किया, हमारा नाम हुआ न कि सिर्फ़ उनका। विश्व के बौद्धिक मंचों पर सब जानते हैं कि यह कार्य कौन कर सकता है और किसने किया। मैं इन टुच्चे मानद-पुरस्कारों से आगे की वस्तु हूँ। मैंने आज के दिन के लिए कार्य किया था बीते हुए कल का गौरव उनको देकर। तुम, शालिनी मेरे गाइड और ऐसे तमाम लोग सिर्फ़ आज देख रहे हैं और मैं एक संपाती की तरह पहाड़ों के पार, दूर, बहुत दूर, क्षितिज के उस ओर, अनंत की ओर... देख रहा और कल क्या होगा यह समझने का प्रयास कर रहा। शालिनी की एक ही रट है तुम्हारा नाम पद्मश्री के मानद स्तंभों में शुमार होना चाहिए था, उसे क्या पता मैं पद्मश्री लेने वालों में नहीं वितरित करने वालों में शामिल होना

चाहता हूँ। मैं एक मानक की स्थापना करना चाहता हूँ और उसके लिए धन चाहिए। मैं किसी भी क़ीमत पर एक बड़ा धन एकत्र करना चाहता हूँ। अनुराग तुमने जीवन में छल किया है, अपने भविष्य के लिए, मैंने अपनी ज़रूरतों के लिए, अपने भविष्य के लिए, लोगों का उपयोग किया है। अनुराग, मुझे यह स्वीकारने में कोई एतिराज़ नहीं है कि मैं तुम्हारा भी उपयोग करना चाहता हूँ अपने लक्ष्य के लिए। हो सकता है एक दृष्टि से यह अनैतिक हो पर मेरी दृष्टि स्पष्ट है और वह मेरे मानदंडों से ही संचालित है और होगी। मैं आज के दिन के लिए काम कर रहा था, अब मैं आने वाले कल के लिए काम कर रहा हूँ, तुम मेरे कल के लिए सहायक हो सकते हो; इसलिए मैं सहायता माँग रहा। मैं एक बड़ा नाम चाहता था, हूँ और रहूँगा पर इस मेरी चाहत को मेरे स्वार्थपरता के रूप में देखना मेरे साथ एक अन्याय होगा। मैं देश-समाज के लिए तभी कुछ कर सकता हूँ जब मैं स्वयं शक्तिशाली बनूँगा। मैं शक्तिशाली बनने का यत्न कर रहा। तुम्हारा सहयोग बहुत महत्वपूर्ण होगा मेरे सारे प्रयत्नों के लिए मुझे भावना के धरातल पर लड़ने में सहायता दो। अनुराग, यह जीवन एक व्यापार है, एक चौसर का खेल है। इसमें वही विजयी होता है जो दूरदृष्टि रखता है। शतरंज के खेल में जीतता वही है जो चार चालें आगे की सोचता है और विपक्षी को सामने दिख रही चाल में भरमाता है। जो व्यक्ति बाज़ार में किसी उत्पाद के निर्माण में पहले प्रवेश करता है वही उसका अधिकांश लाभ ले जाता है, मुझे अधिकांश लाभ चाहिए... मुझे सम्पूर्ण लाभ चाहिए... मैं सर्वोपरि होना चाहता हूँ, मैं सिर्फ़ और सिर्फ़ विजय चाहता हूँ, बेपरवाह किसी बलिदान से। मैं आईएएस बन सकता था अनुराग, वह एक कठिन कार्य अवश्य था पर मेरी संभावना के दायरे में था। गणित के एक पेपर में 15 में से 5 और दूसरे में 12 में से 5 प्रश्न करने होते हैं, जीएस के एक पेपर में 55 अंक की सांख्यिकी आती है। इसमें मैं शत-प्रतिशत सही कर लेता और दौड़ आरंभ होने के पहले ही मैं 200 मीटर आगे होता। पर मैंने आईएएस बनने से इंकार कर दिया, यह अस्वीकरण मेरा सायास चुनाव था यह जानते हुए कि माँ को कितनी बड़ी निराशा होगी, एक ऐसा स्वप्न माँ का मैंने तोड़ा जो मेरे गर्भ में आते ही वह देखने लगी थी। उस स्वप्न की ताबीर का आश्वासन उसको कई बार मैंने ही दिया था। अनुराग, बात बड़ी लग सकती है पर वह परीक्षा मेरे लिए कुछ न थी। मैंने जिनको पढ़ाया वह सफल हो गए, हर वर्ष के गणित का प्रश्न पत्र मैं चलते-चलते हल कर देता था, जीएस का अधिकांश भाग मैंने इंजीनियरिंग के तीसरे साल तक ही पढ़ लिया था, और यह सब बातें मेरी माँ जानती थी वह आश्वस्त थी परिणाम से, उसे इंतिज़ार था मेरे प्रयत्न का मैंने उसके इंतिज़ार की परवाह न की, किसी वृहद् लक्ष्य को ध्यान में रखकर एक अलग भविष्य देखकर मैंने दिया गया आश्वासन वापस ले लिया, जो उसके स्वप्नों से एकदम अलग था। अनुराग

मैं यह फिर कह रहा हूँ और पूरे उत्तरदायित्व के साथ ज़ोर देकर कह रहा हूँ, यह परीक्षा मेरे लिए कुछ न थी। मैं अगर प्रयास करूँ तब अगले वर्ष सकारात्मक परिणाम प्राप्त कर सकता हूँ, यह मेरा पूर्ण विश्वास है। यह मैं किसी अहंकार के वशीभूत होकर नहीं कह रहा, यह मैं इसलिए कह रहा हूँ कि माँ की हताशा-निराशा का भान था मुझको; पर मैं समय पर 'ना' कहना जानता हूँ चाहे मुझ पर कितना भी दबाव क्यों न हो। शालिनी के पिता ने मेरे सम्मुख एक शर्त रखी शालिनी से विवाह की। शालिनी के पति को मेरा काम सँभालना होगा और तुम इस उत्तरदायित्व को वहन करने को तैयार हो तब बात आगे बढ़ाओ। मुझे शालिनी से असीम प्यार था, मैं उसके रूप-सीरत-नफ़ासत में विषयासक्त हो चुका था; पर मैंने यह कहने में एक पल का समय नहीं लिया, अगर विवाह की यह शर्त है तब मैं शालिनी को अस्वीकार करता हूँ। यह बहुत बड़ा फ़ैसला था पर शालिनी को त्यागने में मैंने कोई वक़्त न लगाया। शालिनी मेरे जीवन में मेरी शर्तों पर आई। मेरे अपने जीवन के कुछ ख़्वाब हैं उन ख़्वाबों से कोई समझौता संभव नहीं है। आहूजा साहब का साम्राज्य हज़ार करोड़ से बड़ा है और उनका प्रतिवर्ष का टर्नओवर कई हज़ार करोड़ है। मुझे संपत्ति का लालच होता तब मैं सोने की पालकी लेकर आए कहार से न कहता मुझे पुल पर से नहीं तैर कर नदी पार करना है, वह भी उफ़ान भरी नदी के लहरों से संघर्ष करते हुए। अनुराग मैं धन का स्वार्थी हूँ और धन के लिए देश-माँ-जननी-जन्मभूमि त्याग रहा, यह बहुत ही सतही व्याख्या है, यह उम्मीद तुम्हारे ऐसे विचारवान प्राणी से मुझे न थी। समय आने दो अनुराग अगर देश को आवश्यकता पड़ी तो मैं यही एकत्रित धन राष्ट्र के महायज्ञ के लिए यज्ञाग्नि में अग्निमेषित कर दूँगा। तुम कुछ साल नौकरी कर लो और फिर मुझे बताना जो पाना मेरे लिए सहज था वह मैंने माँ को निराश करके क्यों त्याग दिया।"

"आप देश में भी कोई और नौकरी कर सकते थे, व्यापार कर सकते थे।"

"मेरा ध्येय नौकरी करना कभी रहा ही नहीं। मैं स्वतंत्र कार्य करना चाहता था। इस देश में व्यापार करना आसान है! लाइसेंस-परमिट राज-सरकार की कड़ी नीतियों का ज़माना है। विदेशी निवेश, एफ़डीआई की कड़ी शर्तें हैं, मेरे पास पूँजी है नहीं, सरकार के संसाधन सीमित हैं और सहयोग संसाधनों के अधीन होता है, बैंक लोन आसानी से अनुकूल शर्तों पर मिलता नहीं। मैं कौन सा व्यापार करता यहाँ पर? कम्प्यूटर में मेरी विशेषज्ञता है, उसका यहाँ अभी नामो-निशान नहीं। यहाँ की व्यवस्था बीस साल पीछे चल रही और मैं बीस साल आगे का आदमी हूँ। यह एक चालीस वर्ष का अंतराल है। मुझे कम समय में एक लंबी दूरी तय करनी है। मैं एक सामान्य जीवन जीना चाहूँ तब उसके लिए यहाँ जगह थी और है पर मैं जिस तरह का भविष्य चाह रहा उसके लिए यहाँ पर कोई स्थान मुझे अपने लिए फ़िलहाल तो नहीं दिख रहा। अनुराग, जीवन को

एक बनी बनाई लकीर से अलग चलाकर दौड़ना सीखो। हर वस्तु को नीर-क्षीर-विवेक की कसौटी पर कसो न कि एक भावना से संचालित आदर्श के धरातल पर। जीवन में अस्वीकार करना सीखो, जीवन में क़ीमत स्वीकार की नहीं अस्वीकार की है, जिसको जीवन में 'ना' कहने का हुनर नहीं आया उसका जीवन सकारात्मक नहीं हो सका। जीवन के बड़े लक्ष्य की तरफ़ देखो। तुम राम-कथा के मर्मज्ञ हो भरत ने क्या किया सारे दबावों के मध्य राज्य को "ना" कह दिया। अनुराग, एक सहज जीवन में कोई रोमांच नहीं है माँ एक सहज जीवन की पक्षधर थी और मैं जीवन में रोमांच चाहता था। एक को समझौता करना ही था, समझौता उसे करना पड़ा, करने को बाध्य होना पड़ा। यह बताओ अनुराग, यह कार्य राष्ट्रहित का कार्य है कि मैं इतनी बड़ी शिक्षा-अनुसंधान-मेधा को किसी गाँव-तहसील- ज़िले के रूटीन से कामों में खपा दूँ, मात्र इसलिए कि मेरी माँ को एक गौरव चाहिए! कुछ को छोड़ दिया जाए तो अधिकांश सिविल सेवा के अधिकारी अपना सारा जीवन सिर्फ़ एक आभामंडल में जीते हैं कि कभी इतिहास की एक सुखद घटना हुई थी और उनको राष्ट्र की एक सबसे बेहतर सेवा प्राप्त हो गई थी। तुम ऐसा मत करना, इस सेवा को अपने आफ़ताब का दास बना देना। यह पनाह माँगे तुम्हारे सम्मुख और कहे यह मेरा धन्य भाग्य आपने मुझे स्वीकारा... जीवन में सार्थकता की तलाश करो, किसी भी मूल्य पर। अगर यह सेवा जीवन में सार्थकता नहीं दे सकती तब त्याग दो यह सेवा। अनुराग भोग के लिए नहीं बना है अनुराग इतिहास-निर्माण के लिए बना है। अनुराग तुम्हारा निर्माण ईश्वर ने सायास किया है, बहुत विचार कर किया है। तुम्हारा जन्म मात्र अपने लिए ही नहीं लोगों के लिए हुआ है; इसको भोग-विलास-सहूलियतों की तलाश में नष्ट मत करना।"

ऋषभ के यह कहते ही चिंतन सर की पंक्तियाँ मस्तिष्क में गूँजने लगीं, "परमपिता हर काम बहुत विचार कर करता है... अगर एक सामान्य जीवन की चाहत परमपिता को तुमसे होती तब वह इस तरह न रचित करता जिस तरह गढ़ा है तुम्हें उसने। वह कोई गाँव का कुम्हार नहीं है, वह विश्वकर्मा है—सर्जक है—प्रजापालक है—त्रिभुवन का पद्धुन्नायक है—वह लोगों के आपदा-प्रबंधन के लिए विशिष्ट व्यक्तियों का सृजन करता है... वह कुछ भी अनायास नहीं करता, वह सब कुछ सायास करता है। उसने तुमको बनाते समय ही यह सोचा होगा, यह अपने लिए नहीं ज़माने के लिए जिएगा... तुम एक क्षेत्रनायक बनकर संतुष्ट क्यों होना चाहते हो जब महानायक बनने का द्वार तुम्हारी प्रतीक्षा कर रहा है... आओ महानायक आओ... इतिहास को प्रत्याशा है तुमसे।"

मैं ऋषभ और चिंतन सर के संवादों में खोया ऋषभ के चेहरे की ओर देख रहा था...

"अनुराग, मेरा सारा प्रयत्न एक जीवन की सार्थकता की तलाश का है उसमें वह भी शामिल है जो तुमको अनैतिक लग रहा है। अनुराग, अगर तुमको लग रहा है कि मैं एक व्यापार तुमसे कर रहा तब वह व्यापार ही सही, तुम मेरे व्यापार में मेरा सहयोग करो। मैं एक महा-अभियान पर हूँ, अभियान सहयोग माँग रहा, तुम सहयोग करो अगर कर सकते हो, नहीं तो स्पष्ट इंकार कर दो।"

"ऋषभ..."

"रुको अनुराग... सिर्फ़ सुनो... मुझे पूरी बात कहने दो। तुमको लगता होगा, मैं विदेश बस रहा हूँ। मेरी कुछ ज़रूरतें होंगी। हक़ीक़त यह है मेरी कोई व्यक्तिगत आवश्यकता है ही नहीं। अनुराग मैं पुनः कह रहा हूँ और वही बात दोहरा कर कह रहा हूँ, 'मैं आहूजा साहब के वृहद् साम्राज्य का अकेला-इकलौता वारिस हूँ। मेरे पास भोग-विलास के सारे संसाधन हैं। मैं जिस शालिनी की असीम सुंदरता पर मोहित था और हूँ, जिसकी सीरत का प्रशंसक था और हूँ, उससे भी मैंने कहा था, तुमको मुझसे प्रेम मेरी शर्तों पर करना होगा, मेरी महत्वाकांक्षाओं के पर कतरने की इजाज़त किसी को भी नहीं है। यह मैंने तब कहा था, जब आहूजा साहब ने विवाह के लिए अपने काम को सँभालने की एक पूर्व-शर्त रखी थी। मैं इसलिए बात दुहरा रहा हूँ ताकि तुम यह समझ सको मेरी महत्वाकांक्षा की उड़ान बहुत बड़ी है और धन एक उप-उत्पाद है न कि मूल उत्पाद, कुछ उसी तरह जैसे संत-सूफ़-दरवेश साहित्य की रचना नहीं कर रहे थे, वह प्रभु-भक्ति में लीन थे, साहित्य एक उप-उत्पाद-एक बाई प्रोडक्ट के रूप में रच गया। तुम सोचते होगे, मैं यहाँ नहीं रुकता, शालिनी के यहाँ रुकता हूँ क्योंकि मैं सुविधा-भोगी हूँ। शालिनी के यहाँ रुकना एक मजबूरी है। वहाँ काम करना पड़ता है। उनकी समस्याएँ हैं जिन पर ध्यान देना मेरा कर्तव्य है। वह व्यापार जिस तरह चलाते हैं, वह एक पुराना तरीक़ा है। मैं उसको कम्प्यूटरीकृत कर रहा हूँ। मेरे पास अपने जीवन के लिए कोई समय नहीं है। मेरी महत्वाकांक्षाओं ने मेरा जीवन मुझसे ले लिया है, यह उचित है या अनुचित एक अलग बहस का विषय है। जिस तरह तुम्हारी माँ ने तुमको अति महत्वाकांक्षी बनाया है वैसा ही मेरी माँ ने मुझको बनाया पर अब उसके लिए यह एक बोझ साबित हो रहा। अमेरिकी नागरिकता का प्रश्न मेरी महत्वाकांक्षा की आवश्यकता है, मेरी बाध्यता है, मेरी मजबूरी है, मेरी विवशता है। मैं कब तक वीज़ा-वर्क परमिट के सहारे काम करूँगा। हर देश अपने नागरिकों को सुविधाएँ देता है, व्यापार-वाणिज्य के विस्तार में। कल अमेरिकी सरकार यह नियम बना दे सारे विदेशी देश छोड़कर जाओ या हम व्यापार में अपने नागरिकों को वरीयता देंगे या बाहर के लोगों के व्यापार पर अतिरिक्त कर लगाएँगे, तब क्या होगा! यह प्रतिस्पर्धा का युग है। इसमें आपको अपने प्रतिस्पर्धी

को देखकर अपनी नीतियों-रणनीतियों का निर्माण करना होता है। एक अमेरिकी सरकार का हमारे विपरीत फ़ैसला हमें ख़त्म कर सकता है। मेरी बढ़ती ताक़त से अमेरिका के व्यापारियों को आज नहीं तो कल आपत्ति होगी ही, मैं उनकी आपत्ति के पहले ही आपत्ति का निदान चाहता हूँ। मैं उनको शस्त्रविहीन कर देना चाहता हूँ। मैं जिस तरह कम्प्यूटर क्रांति में एक अग्रणी भूमिका चाह रहा वैसा वह भी चाह रहे। अमेरिका यह भूमिका एक विदेशी को क्यों देगा! मैं कम्प्यूटर क्रांति का सहनायक भी नहीं, नायक भी नहीं... एक महानायक बनना चाहता हूँ... मुझे अपने रक्त पर चलना पड़े, मैं उस पर भी चलूँगा। यह भावनाएँ एक अशक्तता को जन्म देती हैं, मुझे इस पर विजय पाना ही है। तुम सहयोग दोगे तब मैं इसका आभारी रहूँगा नहीं दोगे तब मैं कोई अन्य मार्ग देखूँगा। मेरे अंदर कृष्ण का वास है नयी संरचना के लिए... नयी व्यवस्था के लिए... नैतिकता और... अनैतिकता की परिभाषा लक्ष्य तय करेगा कोई और नहीं... एक समय मैं ऐसा देखना चाहता हूँ कम्प्यूटर के क्षेत्र में भारत का परचम अमेरिका की क्षितिज पर लहराए और उसके लिए अगर मुझे अपनी माँ की भावनाओं के बहते रक्तधार पर चलने के लिए बाध्य होना पड़े, मुझे वह भी करने में कोई आपत्ति नहीं। इतिहास इस बात का फ़ैसला करेगा, मैंने उचित किया या अनुचित। मेरी माँ ही यह फ़ैसला कर दे परिणाम देखकर... यह सच हो सकता है कि मैंने उसकी भावनाओं की परवाह न की हो पर यह भी सच हो सकता है कि उसको दु:ख देकर मैंने अमेरिकी ध्वज पर भारतीय ध्वज फहरा दिया है... मैंने पाप किया या पुण्य इसका फ़ैसला व्यक्ति नहीं समाज करे... पाप और पुण्य के निर्धारण में परिस्थितिजन्य व्याख्या भी निहित होती है। मुझे खुली बाहों से लड़ने दो... यह भावना के धरातल मुझे कमज़ोर कर रहे हैं... मेरे हाथों में बँधी रस्सियाँ तुम एक झटके में खोल सकते हो। मैं ही नहीं क्या पता इतिहास भी तुम्हारा एहसानमंद हो, अगर मैं सफल रहा। तुम्हारा एक सहयोग आने वाली नस्लों के घोड़ों के लिए एक नायाब रास्ता दे सकता है और अगर मैं असफल रहा तब भावनाओं के आग्रही मेरा पुतला हर दशहरे के रावण की तरह जलाएँगे। तुम्हारे हिस्से में सिर्फ़ यश ही यश आएगा, अपयश का नीलकंठ बनने के लिए मैं प्रस्तुत ही हूँ। पर मैं बेपरवाह हूँ परिणाम से, मैं प्रयत्नशील हूँ भविष्य के लिए..."

ऋषभ भावुक हो चुका था... मैं किंकर्तव्यविमूढ़ था... उसने अपनी जेब से रूमाल निकाली अपनी आँखों को पोंछा... उसके रूमाल में लगे कुछ अश्रुप्रवाह उसकी विवशता को अभिव्यक्त कर रहे थे।

आंटी उसी समय आ गई और उसने ऋषभ को चिन्तित देखा। उसने ऋषभ से

पूछा, "क्या हुआ ?"

"कुछ नहीं।"

"तबियत ठीक नहीं है क्या ?"

"सब ठीक है।"

"ज़रा लेट जाओ, देर रात तक काम किया होगा, आराम करते नहीं। दो-चार दिन कोई काम मत करो बस घूमो-टहलो। जीवन को एक अलग तरीक़े से देखो। तुम शालिनी कहीं चले जाओ, अनुराग को भी साथ लेते जाओ... मन बहल जाएगा थोड़ा।"

"यह तो सुझाव ठीक है माँ। हम सब लोग चलते हैं, आप भी चलो।"

"मुझे कहाँ ले चलोगे... तुम सब चले जाओ।"

"माँ जयपुर नज़दीक है वहीं चलते हैं। एक दो दिन में आ जाएँगे।"

इसी समय शालिनी आ गई वह बोली, "जोधपुर भी चलेंगे। वहाँ का क़िला बहुत ख़ूबसूरत है और एक ड्राइव भी हो जाएगी। काफ़ी दिन हो गए कोई हॉलीडे किए।"

मैंने कहा, "इलाहाबाद ही चलते हैं। इलाहाबाद के कमिश्नर एक पुस्तक लिख रहे उसका विमोचन है। मैंने उनके क़िताब की प्रूफ़ रीडिंग की है, उत्तर प्रदेश के राज्यपाल विमोचन करेंगे। आंटी ने देखा नहीं है कभी विमोचन, आप भी इलाहाबाद कभी आए नहीं हो, अपने माता-पिता का घर देखा नहीं, आप वह भी देख लेंगे।"

"कब है विमोचन ?"

"तिथि तय नहीं है पर है जुलाई के अंतिम या अगस्त के प्रथम सप्ताह में।"

"12 जुलाई को हमारे जाने का टिकट है।"

"पर शायद आप जा नहीं रहे उस दिन।"

"हाँ, यह विचार चल रहा कुछ दिन और रुकने का।"

"आ जाओ इलाहाबाद... आपने इतनी उपलब्धियाँ हासिल की हैं। आपके पूर्वजों को पता तो चले, कितना आगे उनका वंशज गया है।"

आंटी ने आवाज़ दी खाना लग गया है। दोपहर का खाना हम लोगों ने खाया। खाना खाते समय ऋषभ के तर्क मेरे कानों में गूँज रहे थे। शालिनी ने कहा शाम को जल्दी घर आ जाना ताकि हमलोग कुछ अधिक समय साथ गुज़ार सकें।

शाम को आंटी आहूजा साहब के यहाँ जाने को तैयार हुई। मैंने पहली बार उसको इस तरह देखा... श्वेत साड़ी, काला बॉर्डर, चेहरे का दूधिया सफ़ेद रंग, क़रीने से

कढ़े हुए सफ़ेद-काले बालों की अनगढ़ शृंखला रात्रि में चाँद और बदली की तरह का क्षितिज निर्मित करते हुए। सूनी माँग, होंठ प्राकृतिक गुलाबी, एक चोटी बालों को उसके कमर से नीचे ले जाती हुई... चेहरे पर एक शांतिमय प्रकाश सम्मोहित करता हुआ, माथे की लकीरें एक ओज बनाती हुई तेज पुंज बिखरता आंटी के व्यक्तित्व से...

मुझे आभासित सा हुआ चाँद एक आभा लिए पीछे उसके मस्तक के... और हर्फ़ कह रहे मुझसे आज इसी में पिरो दे मुझको एक ग़ज़ल जो दिख रही उसको कहीं उतार दे...

"... आंटी... !"

"हाँ।"

"आप बहुत सुंदर हो माँ की ख़ूबसूरती बयान करना भी एक अलग लुत्फ़ है एक नज़्म बनने को बेताब तुझे देखकर... इसने दुःखों को ज़माने से छुपाकर रखा है अपनी धड़कनों में... इसकी शबनमी आँखों में एक नायाब नज़्म मौजूद है।"

"अनुराग, माँ की सुंदरता तुम नायिकाओं से भी अच्छी करते हो... उर्मिला की भी ऐसी ही करते होगे।"

"आंटी, उसको कब क्या ख़राब लग जाए आप कह नहीं सकते। आप उसकी तारीफ़ करो और कह देगी पढ़ना नहीं है बस फ़िज़ूलबाज़ी है दिमाग़ में। आंटी वह बहुत ही कम सजी-सँवरी है। यदा-कदा ही शादी-विवाह में कभी-कभार, नहीं तो बस संघर्ष ही करती रही। बहुत ही कठिन रहा उसका जीवन। उसके जीवन में बहुत रिक्तता रही है, प्राणायाम बहुत किया पर जीवन का संगीत कम ही मिला।"

"मेरे और उर्मिला के जीवन में बहुत ही संघर्ष रहा, दोनों का संघर्ष अपने-अपने तरह का, उसका संघर्ष मेरे से कठिन रहा होगा पर मेरी तरह भविष्यहीन नहीं है।"

आंटी ने बहुत बड़ी बात कह दी, बहुत ही कम शब्दों में।

"एक बात तो है आंटी। जीवन उसका थोड़ा संगीतमय हो गया है अब, मुझे जो कुछ मिला उसे मुझसे ज़्यादा मिला। पर बहुत यत्न किया उसने इसे पाने के लिए मुझसे भी ज़्यादा। अपने मोक्ष का तर्पण कर दिया इस उपलब्धि की चाहत में।"

"अनुराग, जीवन-संगीत उसको ही मिलता है जो ईश्वर का सामीप्य प्राप्त करता है, उसी को वह अनुगृहीत करता है। उर्मिला से अधिक कौन ईश्वर के समीप हो सकता है।"

"हाँ आंटी, भक्ति की एक पराकाष्ठा है उसके भीतर। वह सस्वर श्लोक-पाठ करते समय सबका मन मोह लेती है अपनी आंतरिक अनुभूति के सम्पूर्ण समर्पण से अभिव्यक्त करती, शायद इसलिए ईश्वर का सामीप्य उसको मिला। श्रद्धा-विश्वास-समर्पण की त्रिवेणी अद्वैत की ओर व्यक्ति को अग्रसरित करती है, वह ईश्वर से

एकाकार हो चुकी है।"

"यह बात तो है अनुराग। उर्मिला की तरह का समर्पण-भाव तो विरला है पर मैं भी भक्ति की पराकाष्ठा का अनुभव सस्वर भक्ति-प्रार्थना में करती हूँ। भक्ति लोकजीवन है और लोकजीवन तो संगीत के बग़ैर अपूर्ण है।"

"आंटी, भक्ति लोकजीवन तो है पर संगीत के बिना अधूरा है। भक्ति को लोकजीवन के केंद्र में लाने में संगीत का महत्वपूर्ण स्थान है, जन-जन तक पहुँचाने में सहायक हुआ है। कबीर हों, तुलसी हों या सूर... सबका लेखन लोकजीवन को ही समर्पित है। इसी लोकजीवन के सस्वर-पाठ ने व्यक्तियों के मध्य सामूहिकता एवं परस्पर-जुड़ाव की प्रक्रिया को उत्प्रेरित करके अन्नयाश्रित भक्ति का विकास किया होगा। आंटी, अगर संगीत का विकास न होता तब क्या आज भक्ति उस रूप में होती जिस रूप में वह हमारे सम्मुख है। संगीत मनुष्य को ईश्वर के और समीप ले गया। शायद मनुष्य जब ईश्वर का अति सामीप्य चाह रहा था तब वह स्वरों के पास गया। गायन का आरंभ तो प्रकृति के तादात्म्य से ही हुआ होगा... कौन सा पहला स्वर रहा होगा, कब संगीत का बोध पहली बार हुआ होगा... जल का आपस में लहरों की टकराहट से उपजा स्वर, जलचरों की तैराकी से उपजा स्वर... जलचरों की जुगलबंदी लहरों के साथ... या नाव के चप्पू का स्वर पानी से खेलता हुआ या हवाओं का शजर से... उसकी डालियों से... पत्तियों से केलि करना... बनाता एक स्वर लहरियाँ और उसी में डूबता मनुष्य... पर ईश्वर की वंदना शायद सबसे पहला लयबद्ध स्वर रहा होगा, उसका गुणगान ही परम ध्येय रहा होगा संगीत के सृजन का। यह संगीत पूरी तरह से एक मानवतावाद और अन्तर्राष्ट्रीयतावाद से जुड़ा है। जब जगत को अन्तर्राष्ट्रीयतावाद की संकल्पना का ज्ञान न था तब संगीत में यह विद्यमान था।"

"यह क्या संकल्पना है?"

"आंटी, संगीत में सीमाओं का कोई विभेद नहीं है। संगीत प्रेम उत्पन्न करता है, व्यक्तियों को जोड़ता है और संकीर्णता का ह्रास करता है। यह सदाशयता चाहता है अगर वह नहीं है तब आपके हाथ से विधा छूटने लगती है।"

इतने में आहूजा साहब की कोठी आ गई, एक विशाल राजप्रासाद ऐसी विराटता को अपने में समाहित करती हुई कोठी, जिसके द्वार पर लिखा था

रमेश आहूजा

ऋषभ मिश्रा

शालिनी आहूजा मिश्रा

ऐसा भव्य महल मैंने कभी देखा न था। आहूजा साहब ने कुछ और लोगों को बुलाया हुआ था। संबंधों में औपचारिकताएँ ही थीं क्योंकि आंटी का भी कुछ ख़ास

संबंध इन लोगों से नहीं था और मैं तो पहली बार उनसे मिल रहा था। सारा इंतज़ाम दिव्य था पर कोई अपनापन नहीं था। मैंने शाम इनके साथ बितायी पर मेरा मन शीघ्र वापस जाने का था आंटी के साथ उसी पूसा रोड के बंगले पर जहाँ से मेरी एक अलग जीवन-यात्रा आरंभ हुई थी।

25. बेनाम रिश्ता

रचनात्मकता एवं सृजनता संबंधों की

आंटी ने वापस आकर पूछा, "तुम सोना चाहते हो ?"

"मेरी आँखों में कोई नींद नहीं है।"

"तब रुको मैं कपड़े बदल कर आती हूँ, कुछ देर बात करते हैं।"

जून के महीने का अंतिम दिन था। दिल्ली की गर्मी अपने चरम पर थी। उमस जान मार रही थी। मैं और आंटी लॉन में आकर बैठ गए। आस-पास के घरों की बत्तियाँ जल रहीं थीं। आंटी ने कहा, "यह सारे घर एक-दूसरे के साथ बने हुए हैं पर तन्हा हैं, जबकि एक-दूसरे की परछाइयाँ भी आपस में हर रोज़ मिलती हैं, गुफ़्तगू भी करती हैं पर एक अजनबीपन है इनके बीच। गाँव के घर दूर-दूर होते हैं परछाइयाँ कभी नहीं मिलतीं पर एक लगाव होता है। यही संस्कार घरों से संबंधों में विस्तारित हो जाता है। शहर और गाँव में यह फ़र्क़ है, आपसी संबंधों के धरातल पर। आज की शाम देखो... पूरा इंतज़ाम था, एक इन्द्र के राज्य की तरह का वैभव था पर अपनापन नहीं था। हम लोग गए, कुछ संवाद किया, खाना खाए और चले आए।"

"आंटी मैं समझा नहीं, आप क्या कहना चाहते हो।"

"एक कृत्रिमता व्याप्त थी हर एक के चेहरे पर। जो आमंत्रित थे वह तुम्हारे और चिंतन से भविष्य की चंद उम्मीद रख रहे थे और आहूजा साहब अपनी विलासिता का प्रदर्शन करते हुए यह कह रहे थे, तुम लोगों की उपस्थिति के द्वारा प्रकारान्तर से, मैं एक निरा व्यापारी ही नहीं हूँ मेरे घर में लक्ष्मी के साथ सरस्वती का भी वास है।"

"अब यह तो आंटी उनका हक़ है। शालिनी ने एक बड़ा काम तो किया ही है पढ़-लिखकर और फिर आपकी बहू बनकर।"

"हाँ यह तो है ही। अनुराग..."

यह कहकर आंटी एक शून्य की ओर निहारने लगी। कुछ देर मौन रही, मैं इंतिज़ार

कर रहा था...

"मेरे जीवन में तीन पुरुष आए... मेरा पति... मेरा बेटा... और तुम... मेरे पति को विधाता ने मुझसे असमय छीन लिया। मैं ईश्वर के कृत्य को एक षड्यंत्र तो कह नहीं सकती वह आदि है अनंत है अनादि है... मेरी कोई अज़ली ख़ता रही होगी जिसका मुझे दंड मिला... दूसरा मेरा बेटा... जिसके पास मेरे लिए सारी इच्छाएँ-सदिच्छाएँ हैं पर वक़्त नहीं है। मुझे समय चाहिए बेटे का न कि मात्र सदिच्छा। तीसरे तुम आए... जिसके पास मेरे लिए स्नेह ही स्नेह है। मेरी तुम्हारी मुलाक़ात आज से क़रीब तीन महीने पहले हुई और आज तुम मेरे सबसे नज़दीक हो। एक नायक-नायिका का इश्क़ एक बेक़रारी लिए हुए... वैसा ही मेरा तुम्हारे साथ वात्सल्य प्रेम विकसित हुआ। मैं अपने अंदर उमड़ रही एक भावना-एक चाहत तुमसे साझा करती हूँ। मेरी और तुम्हारी कोई रिश्तेदारी तो है नहीं। तुम्हारे नाना गद्दी पर तुम्हारे ननिहाल में आए थे। तुम्हारे नाना को उनके मामा लेकर आए थे और तुम्हारे नाना के मामा और मेरे बाबा आपस में पट्टीदार थे। यह संबंध हमारे और उर्मिला की मित्रता से आरंभित हुआ; पर परवान चढ़ा हमारे-तुम्हारे बीच के संवाद एवं साहचर्य से। मैं कई बार सोचती हूँ कि अगर ईश्वर ने एक बेटी मुझको दी होती तब मैं उर्मिला से अनुनय-विनय करके अपनी बेटी के लिए तुमको माँगती; पर ईश्वर ने वह अवसर मुझको न दिया। मेरे मन में हमेशा यह रहता है, कल तुम्हारा विवाह होगा और वह किसी एक अच्छे घर में ही होगा तब तुम्हारे समय के दावेदारों की संख्या और बढ़ जाएगी। उस दावेदारी में सबसे कमज़ोर दावेदारी मेरी ही होगी। यह तुम मेरा स्वार्थ भी कह सकते हो, जो शायद है भी; पर यह मेरे मन में घुमड़ बहुत दिनों से रहा है; इसलिए मैं तुमसे साझा करती हूँ।"

"आंटी, व्यक्ति के जीवन में कई व्यक्ति आते हैं; पर समय के साथ उन संबंधों को कई अग्नि परीक्षाओं से परीक्षित होना होता है। अभी मैं आपकी बचपन की एक सहेली के बेटे के रूप में आया और एक नज़दीकी हो गई। अभी यह एक बेनाम रिश्ता है जिसमें सिवाय एक-दूसरे के प्रति सम्मान-आस्था-विश्वास-प्रेम के और कुछ नहीं है। बेनाम रिश्तों में बहुधा बहुत लगाव होता है क्योंकि वह हक़ की बात नहीं करते। जो नामधारी रिश्ते हैं उनमें अधिकार और कर्तव्य एक साथ समाहित होते हैं और वह कई रिश्तों के त्रिकोण-चतुष्कोण के मध्य संतुलित होते हैं। मेरा आपका संबंध अभी जो आप चाह रहीं वह हो जाए तब संबंध का एक नाम हो जाएगा। मैं आपकी बेटी का पति बन जाऊँगा और यह संबंध वही परिणाम दे सकता है जो ऋषभ-शालिनी-आहूजा साहब उनकी पत्नी और आपका दे रहा है एक दर्द। मुझे आपसे कोई संबंध चुनना हो तो मैं इस बेनाम रिश्ते को ही प्राथमिकता दूँगा न कि रिवाजों की डोर से बाँधे गए किसी संबंध को।"

"वह दर्द क्यों देगा?"

"आंटी, जितना मुझे आप से बात करना अच्छा लगता है उतना अपनी माँ से नहीं लगता। इसके दो कारण है एक, मेरा आपका संबंध माँ-बेटे की सदृशता के साथ-साथ एक मित्रता का भी है। दूसरा, आप बहुत पढ़ी-लिखी हो, विद्वान हो और ज्ञान के प्रति आग्रह भी है। मेरी माँ के साथ मेरा संबंध माँ-बेटे का है पर मित्रता का पुट नहीं है और उसका दुर्भाग्य है कि वह शिक्षा प्राप्त न कर सकी जो आपके नसीब में था। शिक्षा से वंचित रहने से बड़ा कोई दूसरा दुर्भाग्य नहीं; चाहे वह परिस्थितिवश ही क्यों न हो। मेरी माँ का यह सबसे बड़ा दुर्भाग्य रहा। अगर आप की बेटी से मेरा विवाह होता तब विवाह के उपरान्त आपसे नज़दीकी और अधिक होती और मेरी माँ को यह पसंद नहीं आता। संबंधों के त्रिकोण-चतुष्कोण का संतुलन किसी ज्यामितीय सिद्धांत से संचालित न होकर गणितीय सूत्र-सिद्धांत से रहित भावनाओं से संचालित होते हैं; जिसमें एक ही सूत्र होता है समझदारी और विवेक। हमारे जीवन के संबंध बहुधा एक-दूसरे के प्रति परस्पर अधिकार-उत्तरदायित्व को समाहित किए हुए मोह से संचालित होते हैं और यह मोहजन्य संबंध कोई तर्क सुनने को तैयार नहीं होते। ऋषभ, आहूजा साहब के यहाँ रुकता है। मैं यह नहीं कह रहा यह उचित है या अनुचित पर क्या कभी यह जानने की कोशिश की गई, वह वहाँ क्यों रुकता है। अगर तर्क है तो भी कोई माँ स्वीकार न करेगी इसको। इसलिए आंटी यह अच्छा हुआ आपकी कोई बेटी न हुई, नहीं तो आप जैसे ही विवाह का प्रस्ताव रखती संबंधों में एक रस्साकश्शी आरंभ हो जाती। अगर विवाह न होता तब तो यह संबंध आपस में कड़ुवाहट को जन्म देकर ख़त्म सरीखे ही हो जाते और अगर संबंध हो जाता तब पता नहीं वह कितने नये समीकरणों को जन्म दे देते। मैं सीधे-सपाट संबंध का पक्षधर हूँ जो किसी समीकरण और सूत्र से संचालित होने के बजाय हँसी और आँसुओं की भावनाओं से संचालित हों। और आंटी इस बात का कोई सुनिश्चयन भी नहीं है कि मैं आपके बेटी के योग्य होता या वह मुझे स्वीकार करती, उसकी भी कुछ चाहत हो सकती थी जो हमारी-आपकी इच्छा से भिन्न एवं निरपेक्ष हो सकती थी।"

"अब जो है ही नहीं उसके बारे में कयास लगाने का कोई ख़ास मतलब है नहीं। यह मेरे मस्तिष्क में आया; इसलिए तुमसे साझा किया पर तुम क्यों न होते उसके लायक़। तुमको जो भी पति रूप में प्राप्त करेगी वह सौभाग्यशाली होगी।"

"आंटी, मुझसे किसी लड़की ने कभी नहीं कहा कि तुम मेरा चुनाव हो, मुझे नहीं लगता कोई कन्या सकारात्मकता से मेरे जीवन में प्रवेश करने के बारे में गंभीर हुई होगी।"

"तुम एक परंपराओं के शहर में रहे हो, वहाँ खुलापन का आभाव है। अभी भी

वह शहर नयी हवा से दूर है; इसलिए किसी ने न कहा हो। तुममें ख़ूबियाँ ही ख़ूबियाँ है, तुमको पति रूप में प्राप्त करना सौभाग्य होगा किसी भी कन्या का। तुम्हारे विवाह के लिए तो शहर में होड़ लगी है, उर्मिला ने ख़त में काफ़ी विस्तार से ज़िक्र किया है।"

"आंटी यह जून के प्रथम सप्ताह के बाद की घटना है। मेरा अभी पेपर में नाम न छपा होता तब कोई मुझमें किसी गुण को न देखता, अगर होता तब भी। यह होड़ एक छद्म होड़ है जिसमें स्वार्थ ही स्वार्थ है, एक झूठी प्रतिष्ठा को प्राप्त करने की लालसा है। जो लोग मेरे में कमी निकाल रहे थे वह आज मेरे घोड़े की सरपट दौड़ में मुग्ध हैं मेरे घोड़े की टापों की आवाज़ और खुरों से उड़ने वाली धूल एक विस्मय और तिलस्म को जन्म दे रही, लोग सवार की प्रशस्ति का गान कर रहे।"

आंटी मौन होकर कुछ सोचने लगी। सोचते-सोचते दूर लॉन के किनारों के गुलाब की अधखिली पंखुड़ियों की ओर देखती हुई बोली...

"अनुराग..."

मैं कुछ बोलता उसके पहले ही वह बोली,

"तुम चले जाओगे आज...।"

मैं उसके चेहरे की तरफ़ देख रहा था...

"अनुराग, यह घर फिर सूना हो जाएगा...।"

मैं शांत उसकी आभा में खोया हुआ था। आंटी जानती थी फिर भी उसने पूछा...

"कब की तुम्हारी ट्रेन है?"

"आज शाम की है।"

"आज तुम चले जाओगे, फिर मैं अकेली हो जाऊँगी।"

"आप चलो मेरे साथ। कुछ दिन इलाहाबाद रहो। मेरा घर बहुत अच्छा तो नहीं है पर आप थोड़ा एडजस्ट कर लेना।"

"घर के अच्छे-ख़राब होने का कोई मुद्दा नहीं है। वह उर्मिला का घर है। वह जैसा भी है मेरा ही घर है; पर चलना संभव नहीं है। यह ऋषभ-शालिनी आए हैं, इन लोगों का कार्यक्रम पता होता नहीं। इनके साथ समय गुज़ार लेती हूँ, पता नहीं अब कब यह लोग आएँ।"

जैसे ही आंटी ने यह कहा मेरे अंदर ऋषभ की पंक्ति कौंध गईं, "हम लोग अमेरिकी नागरिकता प्राप्त करने की ओर बढ़ रहे हैं।"

मैंने आंटी के चेहरे की तरफ़ देखा, एक शांति व्याप्त थी आने वाले झंझावातों से बेख़बर। एक समुद्र शांत है गुनगुना रहा है एक नग़मा-एक अज़ली तरन्नुम-लयबद्ध

आहंग करता मुख़्तलिफ़ नग़मों की तख़्लीक़ मुम्किन नहीं पता उसे सूर्य और चन्द्र बदल रहे अवस्थिति अपनी नैसर्गिक प्राकृतिक नियम से संचालित, बेपरवाह समुंदर की आवाज़ से देते साहिलों को... सलाबत तो इस समुद्र के साथ होनी है... सदियों से हो रही है... एक जटिल वक्रतल की शृंखला लहरों से बनेगी इसके अंदर शब से लेकर उदिशा तक... इसको नहीं पता इसका गुनाहे-अस्ल क्या है, कौन-सी इसकी अज़ली-ख़ता जो लम्हा-लम्हा कष्ट ही कष्ट, अज़ीयत पेंच-अंदर पेंच।

आंटी ने कहा, "क्या ऐसे देख हो रहे मेरे चेहरे की तरफ़?"

"कुछ नहीं, बस यही देख रहा कितनी लकीरें आपके चेहरे पर हैं।"

"यह लकीरें वक़्त ने बनाई हैं। इन लकीरों में बहुत सी दास्तानें हैं, जितनी दास्तानें तुम देख रहे हो उससे भी अधिक दास्तानें इन लकीरों के पीछे हैं। क्या उर्मिला के चेहरे पर लकीरें नहीं हैं?"

"हैं पर शायद आपसे कुछ कम हैं?"

"ऐसा क्यों है?"

"वह सोचती कम है। उसके मन में जो आता है वह अभिव्यक्त कर देती है। ख़ामोशी अंदर ही अंदर जलाती है और अभिव्यक्ति अंदर की आग को बाहर निकाल देती है। वह अपनी बात बेलौस कह देती है। वह परवाह ही नहीं करती कि सामने वाले पर उसकी बातों का क्या असर होगा। वह सामने वाले की भावनाओं की क़ीमत कम करती है, अपनी बात कहते समय। उसको नींद बहुत अच्छी आती है, दिन भर काम करती है और थककर निश्चिंत होकर सो जाती है। हम लोगों पर शासन तो करती ही है, आस-पड़ोस में कोई मिल जाए, उसपर भी कर देती है। मेरे सर्वेश मामा की आक्रामकता का सारी रिश्तेदारी में आतंक है पर वह माँ के सम्मुख आत्मरक्षा की मुद्रा में रहते हैं। यह शायद एक कारण है सारी समस्याओं से जूझने के बाद भी खुश रहने का। आपकी तुलना में उसका जीवन अधिक कठिन रहा है, आर्थिक-सामाजिक दृष्टि से। आपने एक कम उम्र में पति को खोया पर उसके बाद आप सँभल गईं। एक बेहतर नौकरी मिल गई। आपके पास आर्थिक समस्याएँ बिल्कुल न थीं, एक ही बेटा था और बहुत ही तेजस्वी था, अंकल के घर की कोई ज़िम्मेदारी आप पर थोपी नहीं गई और अनचाहे रिश्तों को ढोने का कोई बोझ न था। माँ के पास घर की ज़िम्मेदारी तो थी ही साथ ही अपने ससुराल का बोझ न चाहते हुए भी कुछ तो सँभालना पड़ा ही पर वह फ़िक्रमंद होकर भी बहुत चिंतित नहीं रहती थी। वह हर बात पर यही कहती थी, होइहिं वही जो राम रचि राखा। मुझे लगता है आंटी यह सूत्र वाक्य उसकी बहुत मदद करता था।"

"उर्मिला की तरह की जिजीविषा कम लोगों के पास होती है।"

"जिजीविषा आपकी और उसकी एक ही तरह की है, बस अंतर समस्याओं को किस तरह देखा जाए, इसमें है। वह चीज़ों को भूल जाती है और आप याद रखती हो। वह आने वाले परिणाम को अपने कर्म करने के बाद हरि की सदिच्छा पर छोड़ देती है पर आप ऐसा नहीं करते हो। एक पति का होना और न होना भी फ़र्क़ तो लाता ही है। मेरी माँ के पास पति का एक सहारा है कि अगर कोई कार्य बिगड़ेगा तब वह सँभालेंगे ही और उसको उनकी परिपक्वता पर बहुत यक़ीन है और वह हैं भी बहुत परिपक्व। आपके पास इस सुविधा का अभाव है और जीवन में यह रिक्तता निःसंदेह एक असुरक्षा की भावना को जन्म देती है और शायद यही फ़र्क़ कर रहा चेहरे पर बन रही लकीरों में आपके और मेरी माँ के बीच। आंटी एक बात कहूँ?"

"कहो... ज़रूर कहो... तुमको सुनना एक संगीत है जिसमें सुमधुरता है जिसमें बग़ैर राग के भी नाद है। तुम कहानी को कविता की तरह कहते हो।"

"आंटी, जब मैं आपको एक बीते हुए कल की तरफ़ से जाता हूँ और कल्पित करता हूँ जब आप उम्र के उस पड़ाव पर रही होंगी जिसमें जीवन की भावनाएँ और संवेदनाएँ हर वक़्त रक़्स करती हैं, आपकी सुंदरता पर तो कुछ कहना ही नहीं, आपके और अंकल के सानिध्य में उपजा प्यार-लगाव समय का आभास ही नहीं होने देता होगा।"

"अनुराग, अब उस समय के बारे में क्या कहूँ! यह ज़िक्र आज तक मुझसे किसी ने किया ही नहीं। मैं सुंदर थी या नहीं यह तो देखने वाले पर है लेकिन मेरा संस्कारजन्य रूप-माधुर्य अधिक चर्चा में था इस पूरे पूसा कैम्पस में। जब मैं विवाह के बाद आई थी तब इनके मित्र लोग आए थे और सब यही कहते थे भाभी जी को कहाँ से आप ढूँढ़कर लाए। जब मैं पढ़ने लगी और दिल्ली विश्वविद्यालय जाने लगी वहाँ भी मेरे साथ के लड़के-लड़कियाँ मेरी तारीफ़ ही करते थे, मेरे अध्यापक कहते थे आपकी उपस्थिति मात्र से कक्षा का वातावरण बदल जाता है। मुझे आधुनिक परिवेश के बारे में मेरे साथ के पढ़ने वाले सहपाठियों ने सिखाया और एक संस्कार जो पीढ़ियों से होता हुआ मुझ तक पहुँचा था वह मैंने उन लोगों को दिया। अब ईश्वर ने जो भी दिया वह सब स्वीकारना ही है, यह उसका फ़ैसला है जिसमें सिर्फ़ न्याय ही होता है अगर मुझे न्याय न लग रहा हो तब भी। मुझे अपने पति का साथ छोटा ही मिला, कुछ वर्षों का ही रहा पर जितना भी रहा उसमें आत्मीयता और प्रेम की पराकाष्ठा रही। मैं एक ग़रीब घर से आई थी। मेरे मायके में कुछ ख़ास न था। जीवन की सहूलियतों के लिए मुझे इनसे वह सब मिला जिसकी मैंने कभी कल्पना भी न की थी। हमारी प्रेम कहानी के सम्मुख तमाम प्रेम आख्यान पनाह माँग सकते हैं। अब तुमको क्या सुनाऊँ, तुम्हारी

पत्नी से कुछ साझा करूँगी शायद तुम्हारे जीवन में वह प्रेम वर्षा कर दे प्रेरणा लेकर।"

आंटी की ध्वनि-लहरियों में खोया उसके चेहरे की ओर देखता उसकी आभा में अभिभूत मैं सोच रहा था, क्या गुज़रेगी आंटी पर जब यह रहस्य खुलेगा कि ऋषभ अब अमेरिकी नागरिक हो गया, वह भारत के लिए विदेशी हो गया। आंटी ने पूछा, "कहाँ खो गए?"

मुझे लगा कि जैसे आंटी ने मेरे अंदर के उद्‌गार को पढ़ लिया है। मैं अंदर के भाव को छिपाने का प्रयत्न करते हुए सहजता की ओर अग्रसरित होने का प्रयास करने लगा और एक विषयांतर की चाहत से बोला,

"आंटी, ऋषभ को मैं जितना जानता जा रहा हूँ उतना ही विस्मित हो रहा हूँ।

मैंने बहुत से लोगों को देखा है पर ऋषभ ऐसा आक्रामक महत्वाकांक्षी नहीं देखा है। मैं-चिंतन सर और तमाम इलाहाबाद के मेरे देखे गए लोग बहुत ही महत्वकांक्षी हैं पर अपनी महत्वाकांक्षा के लिए जो ज़िद ऋषभ के पास है वह विरली ही है, मैंने तो नहीं देखी।"

"ऐसा क्या ख़ास देख लिया?"

"बहुत बड़ी दृढ़ इच्छाशक्ति है उसके पास। आपने कहा आईएएस दो, वह उसने न दिया, जबकि आप ज़िद करती रहीं। उसने पद्‌मश्री अपने गाइड को लेने दी, लोग कहते हैं, ख़ासकर शालिनी, वह ऋषभ की बेवक़ूफ़ी थी पर वह उसकी योजना थी। वह पद्‌मश्री ऐसे मानद-सम्मानों से आगे की वस्तु है। जो हमारे लिए बड़ी चीज़ है वह उसके लिए टुच्ची वस्तु है। वह अपने कार्ड बहुत सँभालकर खेलता है। वह एक दशक बाद आने वाली घटनाओं का पूर्वानुमान पहले कर लेता है। अगर उसको लगेगा कि देश त्याग देने से उसको अपने लक्ष्यों की प्राप्ति हो सकती है तब वह यह भी कर सकता है। उसकी उड़ान इतनी ऊँची है कि आसमान को ऊपर होना पड़ेगा नहीं तो उसके डैने आसमान को आहत कर देंगे।"

"क्या वह वापस नहीं आएगा?"

एक वाक्य मेरे मुँह से ग़लत निकल गया था। यह वाक्य आंटी को लग गया, मैंने भूल सुधारते हुए कहा... वह ज़रूर आएँगे। इतना बड़ा आहूजा साहब का साम्राज्य है, उसका सर्जक यहाँ पर है... इन सबको छोड़कर कहाँ जाएगा।"

"कौन है उसका सर्जक?"

मैंने आंटी की ओर इशारा किया। यह बात आंटी को भावुक कर गई।

"आंटी, समय का इंतिज़ार करो, ऋषभ का नाम पूरे विश्व में होगा।"

"यह तुम किस आधार पर कह रहे हो?"

"आंटी, कई बातों को शब्दों में बताना आसान नहीं, पर आभासित होने लगता

है।"

अपने बेटे के बारे में अच्छा-अच्छा सुनकर आंटी बहुत प्रसन्नवदन हो गई थी।

"अनुराग सोते हैं, सुबह उठना है पूजा के लिए भोर बेला में।"

"हाँ आंटी बहुत रात हो गई।"

"तुमको आज शाम को जाना है, आज कहीं मत जाना, अपना समय मुझको ही देना।"

"ठीक है आंटी।"

मैं अपने कमरे में लौटकर आया। मेरे अंदर एक ही सवाल घुमड़ रहा था, जो प्रस्ताव ऋषभ ने मुझको दिया अपनी माँ की देखभाल का, अगर मैं अस्वीकार कर दूँगा तब वह किसी और को देगा ही। उसका अपनी माँ से बहुत ही लगाव है। वह किसी भी तरह से एक ऐसा व्यक्ति चाहता है जो उसकी माँ की ज़िम्मेदारियों को स्वीकार करे, इस काम के लिए वह कोई भी क़ीमत देने को तैयार है। मैंने अगर उसका प्रस्ताव मानने से इंकार कर दिया और यह प्रस्ताव चिंतन सर के पास चला गया तब तो वह एक वृद्धाश्रम ही खोलने का आश्वासन दे देंगे और सारे विदेश गए हुए मेधावी लोगों की एक सूची तैयार करके सारे बुज़ुर्गों को एक भवन में इकट्ठा करके माल ही माल हीचेंगे। यह सब भाई बेवक़ूफ़ रमाकांत, इन्द्रमणि, चिंतामणि मिलकर एक वृद्धाश्रम का प्रबंधन आरंभ कर देंगे, और वह अपराधी शांतिमणि... आहूजा साहब की कार चलाने लगेगा और कहीं एक्सीडेंट्स में उनको मार ही देगा। यह ऋषभ-शालिनी का भारतीय साम्राज्य सँभाल लेंगे। मुझे भी बुद्ध-बोधिसत्व बना रहे, मेरे त्याग पर अपनी शतरंज की मुहरें चला रहे।

चिंतन सर... मैं दिखता बेवक़ूफ़ हूँ, मैं लगता बेवक़ूफ़ हूँ पर शकुनि के साँचे को विधाता देख रहे थे जब मेरा सर्जन कर रहे थे... मुझे कई शकुनियों से लड़ने के लिए निर्मित किया है विधाता ने...

मेरे ऐसा फ्राड ज़माने में विरला ही होगा... सदाशयता समाहित किया हुआ फ्राड... शठे शाठयम समाचरेत... आपके छल का जवाब मेरा प्रतिछल होगा...

अब तुम्हारी हर चाल पर सिर्फ़ तुम्हारी ही मात होगी।

जब मैं ज़िद पर उतरता हूँ तब रानी को प्यादे से ही मारता हूँ भले ही मेरे हाथी-घोड़ा-वज़ीर शह और मात के खेल में आक्रामक मुद्रा में ही क्यों न हो। देखो कौन सन्यास लेता है और कौन राज्य का भोग करता है! मुझे संन्यास दिला रहे थे... स्वयं के लिए राज्य का भोग करने के लिए...

26. विश्वास

यथार्थ की आभ्यंतरिकता एवं आत्मोपलब्धि का भान

मैं सुबह सो रहा था उसी समय आंटी चाय लेकर आ गई, समय की क़ीमत और अनुशासन आंटी से सीखने लायक़ है। वह कितनी भी देर में सोए पर सुबह ईश्वर की प्रभात आरती करेगी ही। वह संस्कारों की एक पुंजस्वरूपा है, इसका दर्शन मात्र ही संस्कार का आरोपण व्यक्तित्व में करने लगता है। "अनुराग, चाय पी लो अगर और सोने का मन हो तो सो लो।"

मैं आवाज़ सुनकर उठ गया, कुछ न कहा, चाय का प्याला हाथ में पकड़कर समाचार पत्र का इंतिज़ार करने लगा। आज रविवार का दिन था, आंटी की छुट्टी थी, वैसे भी जबसे ऋषभ आया था वह ऑफ़िस कम ही जाती थी।

थोड़ी देर में ही ऋषभ की कार का हॉर्न बज गया। आंटी ने कहा, "आज तो बहुत ही सुबह-सुबह यह लोग आ गए।"

ऋषभ-शालिनी नाश्ता लेकर आए थे। आंटी ने कहा, "मैंने नाश्ते की तैयारी कर ली थी।"

"माँ वह रहने दो बनाने को, तैयारी ही की है अभी बनाया कहाँ है। यह शालिनी की माँ ने अपने महराज से बनवा कर भेजा। कल देर रात हो गई थी और सुबह थोड़ी असुविधा होगी नाश्ता बनाने में इसलिए बनवा कर भेज दिया। दिन का खाना भी महराज को बनाने को बोला है, वह भी तिवारी जी लेकर आ जाएँगे।"

"अनुराग को कढ़ी अच्छी लगती है, वह मैं बना दूँगी।"

"कढ़ी मैंने कहा हुआ है बनाने के लिए। कढ़ी तो माँ जी आपको भी अच्छी लगती है। आज शाम की ट्रेन है अनुराग की; इसलिए आप खाना बनाने में समय मत लगाओ।"

मैं और ऋषभ नाश्ता करके लॉन में बैठ गए, ठंडी हवा चल रही थी। ऋषभ ने

कहा, आओ पूसा कैम्पस में टहलते हैं। जैसे ही हम लोग कुछ दूर गए ऋषभ ने कहा, "क्या सोचा मेरे प्रस्ताव पर?"

"कौन सा प्रस्ताव?"

"माँ की देखभाल का।"

"कुछ बातें शब्दों के बग़ैर ही अपनी गरिमा एवं मर्यादा रखती हैं। इस पवित्र संबंध की गरिमा को ध्यान में रखते हुए मैं इतना ही कहूँगा तुम निश्चिंत रहो और कभी आंटी ही कहेगी, ऋषभ, अनुराग ने मेरा ख़्याल तुम्हारी ही तरह रखा।"

ऋषभ के चेहरे पर संतोष के भाव थे।

"अनुराग, मुझे अमेरिकी नागरिकता बहुत शीघ्र मिल जाएगी। मेरी नागरिकता का प्रश्न शुद्ध रणनीति का है। मैं कई साल आगे की वस्तुस्थिति देख रहा हूँ, जब कोई सरकार आए और अपने लोगों के व्यापारिक हितों को ध्यान में रखते हुए बाहरी लोगों को बहिष्कृत करने लग जाए। यह प्रश्न उठे उसके पहले ही मैं नागरिक बन जाना चाहता हूँ। पर माँ तो यह समझेगी नहीं और आहूजा साहब समझकर भी न समझना चाहेंगे क्योंकि उनके पास एक साम्राज्य है जिसे वह मुझे सौंपना चाह रहे हैं।"

"आप अपनी माँ की समस्या हल करना चाह रहे हो पर आहूजा साहब की देखभाल?"

"उनकी समस्या उतनी नहीं है। वह माँ की तरह भावुक नहीं है और उनके पास एक बड़ा पैराफरनेलिया है। माँ की समस्या के कारण कुछ विशिष्ट हैं। हम लोगों ने जिस तरह का एकाकी जीवन जिया है, उसमें कोई नाते-रिश्तेदार तो हैं नहीं और माँ भी मेरे विवाह से बहुत खुश नहीं है। उसने मेरा आग्रह देखकर यह संबंध स्वीकार कर लिया था। शालिनी समझदार लड़की है, उसने माँ से संबंध सामान्य कर लिया, पर माँ के संबंध आहूजा साहब से कुछ ख़ास ठीक नहीं हैं। आहूजा साहब एक अलग संस्कृति के व्यक्ति हैं। उनके लिए संबंध व्यापार की तरह है, वह भावनात्मक संबंधों के निर्वहन में रुचि नहीं रखते। वह संबंध मुझ तक ही सीमित रखना चाहते हैं। यह संबंधों को अपनाना-स्वीकारना और इनका निर्वहन करना, व्यक्ति स्वेच्छा से करता है, यह कहकर नहीं कराया जा सकता। यह तुम्हारा आईएएस हो जाना और चिंतन सर का ग़ाज़ियाबाद में एक प्रभावशाली पद पर स्थापित होना संबंधों को सुधार रहा, वरना एक ही शहर में रहकर माँ और आहूजा साहब लगभग अजनबी सरीखे ही हैं। इसमें दोनों पक्षों के अपने-अपने संस्कारों का योगदान तो है ही दोनों के व्यक्तित्व भी अपनी अहम भूमिका अदा कर रहे हैं। माँ मिलनसार है नहीं और आहूजा साहब तो बड़े आदमी के दंभ में हैं ही। माँ को समझाना आसान नहीं है और आहूजा साहब को मैं कुछ कहूँ यह मुझे उचित लगता नहीं और अगर मैं कुछ कहूँ तब भी कोई दीर्घकालिक सकारात्मक

परिणाम मुझे नहीं दिख रहा।"

मैं और ऋषभ एक लंबा चक्कर लगाकर वापस घर की ओर आ गए। आंटी इंतिज़ार कर रही थी। उसने मुझसे पूछा, कहाँ गए थे?"

"यूँ ही गप मार रहा था ऋषभ से।"

थोड़ी देर बाद शालिनी आई और बोली...

"मेरे पास शब्द नहीं हैं शुक्रिया अदा करने के।"

"क्या किया मैंने?"

"ऋषभ ने अभी-अभी बताया पूसा कैम्पस यात्रा का विवरण। मैं जानती थी क्या वार्तालाप होगा, मैं इंतिज़ार कर रही थी परिणाम का।"

शालिनी का मेरा वार्तालाप चल ही रहा था कि चिंतन सर की जीप का सायरन बोलने लगा।

चिंतन सर लॉन का गेट खोलकर मकान के भीतर प्रवेश किए। उन्होंने आंटी का चरण पूरी श्रद्धा से स्पर्श करते हुए कहा, आपका दर्शन मात्र ही पापनाशक है। ऋषभ से कहा, ओजस्वी व्यक्ति वंदनीय होता है और समय आपके लिए कई हरिषेण और अबुल फ़ज़ल को जन्म देगा। शालिनी से कहा, सौन्दर्य जीवन में आह्लाद देता है पर सत्यम-शिवम्-सुंदरम् का संगम ही जीवन को सार्थकता प्रदान करता है। अगर सौन्दर्य के साथ सरस्वती का वरदान प्राप्त हो जाए तो उस विदुषी की सुंदरता का गौरवगान होता है और अनुराग सरीखे सौन्दर्याग्रहियों को रचनात्मकता की एक पृष्ठभूमि प्राप्त हो जाती है। मात्र रूप ही माधुर्य को जन्म नहीं देता।"

"चिंतन, अपनी लच्छेदार भाषा से तुमने आज सब की सुबह बहुत ही सुहानी कर दी।"

मेरे मन में भाव आया, "आए और लपेटना-लब्झियाना चालू। आज तो किसी की ख़ैर नहीं, सबको लपेट मारेंगे।"

"सर इस अकिंचन पर भी कुछ नज़रे-इनायत हो जाए।"

"आप तो मेरे हृदय में वास करते हो। आपका रिश्ता चक्षु से नहीं धड़कनों से है। मेरे शब्दों को भी मर्यादा मेरी धड़कनों से प्राप्त होती है, क्या कार्यक्रम है?"

"आज की गाड़ी है, आज शाम को प्रयागराज से चला जाऊँगा।"

"क्या करोगे जाकर, रुको एकाध दिन और।"

"सर, तीन दिन हो गए, आज चौथा दिन है, अब चलता हूँ। आज का रिज़र्वेशन है, अब टिकट भी बदलवाना पड़ेगा।"

"वह कोई ख़ास बात नहीं है। उन्होंने मातादीन को आवाज़ दी,

"मातादीन..."

"जी साहब..."

"साहब को आज जाना था, पर जाने का मन कल है क्या करें?"

"सर, जो गाड़ी आज जा रही वह कल जाएगी।"

"जो यात्री आज जाने वाले हैं उनका क्या होगा?"

"सर, जब गाड़ी कल जाएगी तब वह भी कल जाएँगे, साहब के साथ।"

चिंतन सर हँसने लगे और बोले, "तुम्हारा भी कोई जवाब नहीं, अरे बुद्धिमान प्राणी मैं कह रहा टिकट बदलवाने को।"

"सर, वह भी हो जाएगा।"

"सर चलने दो आज कई दिन हो गए। ऋषभ-शालिनी-आंटी-आप-शालिनी के माता-पिता सबसे मुलाक़ात हो गई है। मेरा प्रयोजन फलितार्थ हो चुका है, अब चलता हूँ।"

चिंतन सर कुछ देकर बैठकर चले गए। शालिनी-ऋषभ भी अभी आता हूँ, कहकर चले गए। आंटी ने पूछा,

"ऋषभ से क्या बात हुई?"

"कुछ ख़ास नहीं।"

"यह कुछ ख़ास नहीं, क्या होता है?"

"यूँ ही इधर-उधर की बातें की।"

"यह इधर-उधर की बात क्या होती है, तुम मुझे क्यों भरमा रहे हो, अगर नहीं बताना चाहते तो कोई बात नहीं।"

मैं झूठ बोलने में महारत हासिल होने का कितना भी दावा करूँ पर माँ-आंटी से झूठ बोलना आसान नहीं होता। मैं कैसे बताऊँ वह राज़ जो खुलते ही मुन्तशिर कर देगा। कैसे कहूँ ऋषभ अब वापस नहीं आएगा, वह भारतीय नागरिकता त्याग कर अमेरिकी नागरिकता ले रहा और आपको एक अजनबी के हाथों सौंपकर जा रहा... एक ऐसा अजनबी-लगभग सम्पूर्ण अजनबी जिसके बारे में उसे कुछ भी नहीं पता। जिससे वह पहली बार मिला और जिससे उसकी माँ का भी परिचय कुछ ही दिन पहले हुआ... उसपर इतना विश्वास! इस बात की संभावना है ही, चाहे कितनी भी क्षीण ही क्यों न हो, अजनबी की नीयत फिर सकती है और वह सब कुछ लेकर भाग भी सकता है। ऊपरी तौर पर मैं कितना भी एक बेहतर इंसान क्यों न लगूँ पर किसी व्यक्ति को जानना एक लंबी प्रक्रिया है और ऋषभ ने मात्र कुछ घंटों के साहचर्य में अपनी सबसे अमूल्य निधि मुझको सौंपने का फ़ैसला कर लिया। ऋषभ वस्तुतः एक संतोष की तलाश कर

रहा था, ऐसा उसने क्यों किया...

वह तलाश रहा शायद... रात के वीरान अँधेरों में आत्मा के धिक्कारने पर एक संवाद की ज़मीन; जब उसका ज़मीर उसे झकझोरे तब आत्मा को जवाब देने के लिए कुछ दलीलें... उसकी रूह जब उससे प्रश्न करे, तूने यह क्या किया... तूने अपने सर्जक को ही बेसहारा छोड़ दिया... एक आत्म-संवाद के लिए आधार... अपने अंदर के उठते हुए धिक्कार से शास्त्रार्थ... अपने ज़मीर से तर्क-वितर्क-कुतर्क के लिए एक रणनीति... आत्मसंवाद में एक फ़लसफ़ा... एक आधार... अकाटयता के आग्रह के साथ उपजे ज़मीर से संवाद का... रात के सियाह अँधेरों में चलने वाले चेतना एवं उप-चेतना के मध्य अनवरत जिरह का एक प्रत्युत्तर। वह जानता है कि उसका कृत्य उसकी अंतरात्मा को स्वीकार्य नहीं; पर वह नियंत्रित-निर्देशित है अपनी महत्वाकांक्षा से... एक अति-महत्वाकांक्षा... जीवन में आगे बढ़ने की अंधी दौड़ जिसमें भावनाओं के लिए कोई स्थान नहीं। ऋषभ एक आत्म-संतोष चाह रहा मेरे ऊपर भरोसा करके मुझे आंटी का उत्तरदायित्व देकर।

"क्या सोचने लग गए?"

"आंटी थोड़ा दुःख हो रहा है?"

"किस बात पर?"

"आज मैं चला जाऊँगा, ऋषभ बारह जुलाई को जाने को कह रहे हैं। इतना अच्छा माहौल चल रहा इस समय, सब उड़ जाएगा। ऋषभ कह रहे थे कि अब कुछ दिन ही रह गए यहाँ पर और अगली बार कब आना होगा, यह नहीं पता।"

"ऋषभ यह कह रहे थे?"

मुझे लगा कि आंटी ने पकड़ लिया मेरी आँखों से कि मैं झूठ बोल रहा। मैं बात सँभालने के लिए वार्तालाप का रुख़ मोड़ने लगा,

"किसको अच्छा नहीं लगता अपनों के पास रहना।"

"यह चुनाव तो ऋषभ का ही था। वह ही विदेश जाना चाहता था। मैं तो चाहती थी वह भी तुम्हारे ही तरह परीक्षा देता। अब विदेश से तो रोज़-रोज़ कोई आ नहीं सकता। यह कोई दिल्ली-इलाहाबाद तो है नहीं, जब मन किया चल दिया। इस आवागमन में पचास तरह की समस्याएँ हैं टिकट लो, वीज़ा लो... एक लंबी यात्रा करो... यह टिकट भी कौन सस्ता मिलता है।"

"आंटी, आप विदेश नहीं जाओगे?"

"ऋषभ यही बात कर रहा था तुमसे?"

"नहीं, यह तो मैं कह रहा कि आप विदेश जा सकते हो, अगर वह नहीं आ सकते।"

"मैं क्या करूँगी वहाँ पर! वहाँ बंद कमरों के मकान, अपने देश-दुनिया से दूर... न कोई जानने वाला न मिलने वाला, मैं नहीं रह सकती वहाँ। तुम्हारे मन में सवाल उठ रहे होंगे... क्या होगा मेरा? मेरा बुढ़ापा कैसे बीतेगा? मैं हरिद्वार चली जाऊँगी, किसी आश्रम-मठ में प्रभु की सेवा करते जीवन काट लूँगी। ईश्वर ने जब जीवन में दुःख दिया है तब वह दुःख तो हमको भोगना ही है। यह जन्म तो गया अब अगला जन्म तो सँवरे... सद्‌गति प्राप्त हो... दामन बग़ैर किसी कालिमा के श्वेत चादरों में सिमट जाए।

"अनुराग..."

आंटी रोने लगी। उसके आँखों से अश्रु-धारा बहने लगी...

"मेरा अंतिम संस्कार तुम कर देना। मुझे मुखाग्नि..."

मैं भी द्रवित हो गया...

"आंटी इस तरह की बात आप क्यों कर रही हो?"

"अनुराग जीवन की वास्तविकता स्वीकार करनी चाहिए।"

"कौन सी वास्तविकता?"

"अब ऋषभ वापस नहीं आएगा।"

"क्यों वापस नहीं आएगा, दो-एक साल की बात है वह वापस आएगा, वह कुछ समय के लिए काम करने गया है कोई बसने तो गया है नहीं।"

"अनुराग, इतने नासमझ तुम हो नहीं जितनी नासमझी की बात कर रहे। आहूजा साहब की शानो-शौकत, जिसमें केवल विलासिता ही विलासिता है, हज़ारों करोड़ का व्यापार जो किसी को भी प्रलोभन दे दे सब ठुकरा कर जाने वाला वापस आएगा, तुम किसको बहला रहे हो!"

मेरा कलेजा मेरे मुँह पर आ गया। जिसको ऋषभ ने एक राज़ की तरह एक पोटली में मज़बूत गाँठ बाँधकर सात संदूक़ों में बंद ऐसा होने का भ्रम पाल रखा है, उसी पोटली की गिरहें खोलकर वह राज़ आंटी ने सरेआम आसमानों में उड़ा दिया।

"जिसमें उसको खुशी हो वह करे। वह आया कुछ दिनों के लिए; पर एक जीवन दे गया। आज सुबह नीली पैंट-आसमानी क़मीज़ पहन कर वह घर में गेट से प्रवेश कर रहा था। मुझे याद आया वह समय, जब वह इंटर में पढ़ता था ऐसे ही कंधे पर बस्ता रखे घर में घुसता था और गेट से ही माँ-माँ हल्ला करता था। एक पूरा वक़्त बीत गया पर अभी भी मुझे वह कालखंड याद आता है। अनुराग, जब तुम एकेडमी के लिए घर से निकलोगे तब उर्मिला भी बहुत रोएगी जैसे मैं रोई थी... ऋषभ जब एयरपोर्ट के लिए निकल रहा था पहली बार कार्नेल यूनिवर्सिटी जाने के लिए तब कहाँ पता था मुझे कि... वह अब वापस नहीं आएगा...।"

आंटी पूरा वाक्य भी न कह पाई और उसका रुँधा हुआ गला उसकी अभिव्यक्ति

क्रम को तोड़ गया। एक ऐसा ग़मगीन माहौल उस वातावरण में बन गया कि कोई भी कुछ बोल नहीं पा रहा था... सिवाय एक कोयल के जो मकान के पीछे के पेड़ पर सुमधुर ध्वनि उत्पन्न कर रही थी, पर उस सुमधुरता में किसी की रुचि नहीं थी।

आंटी थोड़ी देर में सामान्य हुई और उसने फिर पूछा, "तुम्हारी और ऋषभ की क्या बात हुई?"

"बताया तो मैंने।"

"औरों से झूठ बोलना और माँ से झूठ बोलने में फ़र्क़ होता है। तुम झूठ बोलने में कितने भी माहिर हो पर माँ से झूठ बोलने के लिए प्रशिक्षित नहीं हो। एक दीक्षा लेकर आओ, झूठ बोलने में और दक्षता हासिल करो, अगर मुझसे झूठ बोलना चाहते हो।"

"झूठ क्यों बोलूँगा मैं?"

"ऋषभ मेरे गर्भ में नौ महीने से ज़्यादा रहा, नियत नौ महीने से अधिक समय लिया जन्मने में और मेरी आँखों में पिछले पच्चीस सालों से रह रहा है। मैं उसकी एक-एक रग से वाक़िफ़ हूँ। वह निष्प्रयोजन किसी को पाँच मिनट नहीं देने वाला और तुम्हारे साथ पूसा की सड़कों पर घंटों टहल रहा... क्यों? ज्यों ज्यों उसके जाने का समय समीप आ रहा मैं उसकी आँखों में चिंता और शारीरिक चाल-चलन में एक व्यग्रता देख रही हूँ। एक माँ बच्चे के आँख की पलक के झपकने से यह जान जाती है बच्चे के मन में क्या चल रहा है, क्या बात हुई तुम्हारी उससे?"

"उसने कहा, मेरी माँ का ख़्याल रखना, जब मैं यहाँ नहीं रहूँगा।"

"बस इतनी सी बात?"

"बात का मर्म यही था, कहने का ढंग-तरीक़ा अलग हो सकता है, पुनरावृत्ति एक ही बात की कई बार हुई।"

"तुमने क्या कहा?"

"जो मैंने कहा होगा वह आप जानती हो।"

"मैं जानती हूँ। अनुराग, यह संबंध तुम्हारा-मेरा है इसमें ऋषभ का कौन सा निहोरा। तुम मेरा ख़्याल रखो न रखो, इसमें ऋषभ की भूमिका कहाँ से आ गई। यह ध्यान रखना न रखना भावनाओं और लगाव से होता है, यह किसी के अनुरोध या निर्देश से संचालित नहीं होता। वह अपने किसी आईआईटी के सहपाठी से यह अनुरोध किया होता तब मैं सुनती परिणाम... तुम तो हाँ कहोगे ही। वह नहीं कहेगा तब भी मेरी चिंता करोगे। यह किसी से कोई वायदा ले लेना, फ़र्ज़ अदायगी का एक आवरण है। इस संबंध की स्थापना में ऋषभ ही नहीं उर्मिला का भी योगदान तुमको जन्म देने तक सीमित है। गाँव छोड़ने के बाद मैं तुम्हारी माँ से कभी नहीं मिली। पत्र भी दो महीने में या तीन महीने में एकाध बार आते थे। मैं तो यह कहूँगी तुम्हारे कारण मेरे और उर्मिला

के संबंध अब प्रगाढ़ हो रहे हैं न कि उर्मिला के कारण मेरे-तुम्हारे। तुम्हारे कारण उर्मिला का सम्मान मेरे मन में अधिक बढ़ा। यह अमूल्य संस्कार जो टपकते हैं तुम्हारे व्यक्तित्व से उन संस्कारों की ग्राह्यता उसने सुनिश्चित की। मैं कहीं न कहीं चूक गई संस्कारों की ग्राह्यता के सुनिश्चियन में। ऋषभ भी तो वैसा ही है जैसे तुम हो... बस उर्मिला सफल रही और मैं...।"

"आंटी वह वापस आएँगे। उनके लिए इस देश में अभी अनुकूल वातावरण नहीं है। अनुसंधान की जो सुविधा वहाँ है वह यहाँ है नहीं, वह एक लक्ष्य से विदेश गए हैं।"

"किसको बहला रहे हो तुम, किस महान लक्ष्य की बात कर रहे हो! पैसा कमाना ही तो है। कौन सा आर्यभट्ट, सी वी रमन का काम कर रहा वह। कुछ कम्प्यूटर की जगलरी करो, प्रोग्राम बनाओ और बेचो। उस वस्तु का भारत में नहीं विदेशों में ही बाज़ार है। यह ख़रीद-बेंच का धंधा है और है क्या? क्या कोई पाइथागोरस की प्रमेय उचित परिणाम नहीं दे रही उसपर काम कर रहे, क्या कोई मानवता के विकास के लिए अति-आवश्यक अनुसंधान कर रहे... बताओ न मुझे... कौन सा ऐसा नायाब विशिष्ट काम है... शालिनी एग्रीमेंट देखती है ताकि जो यह बनाए उसकी पूरी क़ीमत वसूल हो, धन अनवरत मिलता रहे, और चोरबाज़ारी न हो। यह सीमेंट-स्टील बेचने के व्यवसाय से किस तरह भिन्न है सिवाय इसके कि यह साफ़-सुथरा व्यापार है और ग्राहक थोड़ा पढ़े-लिखे, ऊँचे क़िस्म के आधुनिक एवं विदेशी लोग हैं। एक उत्पाद बनाकर बेचना तो एक क्रय-विक्रय ही हुआ न! तुम एक घंटे से अधिक घूमे यह नहीं पूछा... यह स्पष्ट करो सीमेंट-स्टील-दवा बनाना और कम्प्यूटर प्रोग्राम बनाना एक बनाने की प्रकिया में अलग-अलग हो सकते हैं पर बेचने की प्रक्रिया तो कमोबेश एक ही है, अगर अलग है तो कैसे अलग है?"

आंटी ने मुझे पूरी तरह निरुत्तर कर दिया था। उससे तर्क करने का मतलब उसको और नाराज़ करना था। मैं चाह रहा था बात बदल जाए पर वह बदलने को तैयार न थी।

"आंटी, अब इसका हल क्या है?

"किस बात का?"

"ऋषभ के जाने और आने का।"

"कहाँ आने-जाने का?"

"विदेश।"

"मैं उसकी दुविधा समझ सकती हूँ। वह एक बहुत ही संवेदनशील लड़का है। वह स्वेच्छा से गया इससे अधिक बेहतर शब्द यह कहना है कि वह अवसर की तलाश में अमेरिका जाने के लिए विवश था। उसके लिए इस देश की ज़मीन पर इस तरह

का काम नहीं था, जैसा काम वह चाह रहा। वह त्याग नहीं करना चाह रहा इस देश के लिए, वह अवसर चाह रहा आगे बढ़ने के लिए। वह विदेश गया था अवसर की तलाश में पर अब परिस्थितियों के कारण वह वहाँ रहने के लिए विवश है। मैं अगर कह दूँ उससे, तुम विदेश और मुझमें एक को चुनो तब वह क्या चुनेगा मैं जानती हूँ। मैंने शालिनी से विवाह पर प्रश्न खड़ा किया था उसने शालिनी को त्यागने का निर्णय कर लिया था। इस विवाह के होने में शालिनी का बहुत योगदान है और वह हर शर्त मानने को तैयार थी, जो भी मुझे स्वीकार्य हो। मैं अपने संस्कारों की आग्रही थी और हूँ; पर मैं यह भी देख रही थी सिवाय जाति के बाहर होने के अतिरिक्त शालिनी में कोई कमी नहीं है। मेरे संस्कार-रीति-रिवाज-परंपरा का आग्रह इतना भी संकीर्ण नहीं हैं कि मैं धड़कनों की आवाज़ न सुन सकूँ। मैं माँ हूँ, मैं ऐसा जीवन उसे नहीं दे सकती जो हर रात के अँधेरों में एक दुःस्वप्न की तरह उसके साथ रहे और ज़िंदा रहने का तात्पर्य सिर्फ़ साँसें लेना रह जाए। कोई भी व्यक्ति अपने ख़्वाबों के बग़ैर ज़िंदा नहीं रह सकता, साँस लेकर शरीर को ढोना एक अलग बात है। जीवन में आगे बढ़ना और बहुत आगे बढ़ने की चाहत रखना उसको अपने पिता के रक्त से प्राप्त हुआ है। वह अति महत्वाकांक्षी है और यह वह विरासत में लेकर जन्मा है। मुझसे अधिक उसे कौन जान सकता है। वह जो भी अनुरोध मेरे देखभाल के लिए कर रहा, तुम सब स्वीकार कर लो, चाहे करो या न करो। उसको चैन से अमेरिका जाने दो, उसको उसके ख़्वाबों के साथ जीने दो। उसे इस समय सिर्फ़ एक व्यक्ति संतोष दे सकता है और वह तुम हो। अनुराग, एक माँ की करबद्ध प्रार्थना है-अनुरोध है, तुम उसकी सारी बातें मान जाओ, जो भी कहे। अनुराग मैं यह भी कहूँगी, तुम कुछ ऐसा करो कि उसे यह पूर्ण विश्वास हो जाए कि तुम उसकी सारी बातें मान गए हो और मेरी देखभाल के एवज़ में कुछ शर्तें भी तुम शामिल कर दो।"

"आंटी, ऐसा करने से क्या फ़ायदा होगा?"

"वह एक व्यापारी बन चुका है। उसको लगता है कि सब कुछ ख़रीदा जा सकता है। उसने अकल्पनीय पैसा कमाया है। वह बहुत प्रसन्न होगा, अगर वह तुम्हारे लिए कुछ कर देगा, उसे संतोष प्राप्त हो जाएगा यह सोचकर कि माँ एक सुरक्षित हाथों में है और उस सुरक्षा को प्राप्त करने का उसने समुचित प्रबंध किया है। इस जीवन में एक भ्रम ही है जो जीने का सहारा देता है और हर व्यक्ति एक भ्रम की तलाश में है नाम-प्रतिष्ठा-सत्कर्म-सामाजिक सेवा के आवरण में। वह भी कुछ ऐसा ही तलाश रहा। किसी भी कार्य का सकारात्मक परिणाम एक संतोष देता है। उसका संतोष सम्पूर्ण नहीं हो पाएगा जब तक वह अपनी माँ की देखभाल का समुचित प्रबंध नहीं कर देता। तुम उसको एक सम्पूर्ण संतोष प्रदान करो। उसको एक पूर्ण संतोष के भ्रम का कुहासा दो।

यह भ्रम देने में सिर्फ़ और सिर्फ़ तुम सक्षम हो।"

"आंटी संतोष आपको होगा या ऋषभ को।"

"मेरा संतोष!"

"ऋषभ का संतोष आपका संतोष है। उसके मन का उद्वेलन आपको जीने नहीं दे रहा। आपको लग रहा कि वह परिस्थितियों से विवश है, उसकी इस विवशता से उपजी पीड़ा का निदान हो जाए..."

आंटी एकटक संवाद सुन रही थी। वह कथोपकथन में खोयी हुई थी, उसकी आँखें मेरे चेहरे पर स्थिर थी। मैं कुछ देर के लिए शांत हो गया। आंटी को यह ख़ामोशी बर्दाश्त नहीं हो रही थी।

"बोलो अनुराग बोलो...।"

आंटी, हम कई बार वह करते हैं जो हमें अंदर से झकझोरता है और हमारे कृत्य पर प्रश्न खड़ा करता है और हम उन प्रश्नों के उत्तर देते समय विवशता की दुहाई देते हैं। ऋषभ भी समझौते कर रहा और उसकी आत्मा उसके समझौतों पर प्रश्न कर रही है। कई बार वह अपने आत्म-संवाद से ही विचलित हो जाता है। ऋषभ की पीड़ा, बहुत बड़ी है... एक विचारवान व्यक्ति की पीड़ा एक मूढ़ की तुलना में ज़्यादा कष्ट देती है। वह करे तो करे क्या! ज़ख़्मों के जंगल उसके शरीर पर बन रहे जो उसके सिवाय किसी और को दिखाई नहीं दे रहे... दर्द ज़ब्त कर रहा वह और किसी को उसके ज़ख़्मों की ख़बर नहीं।"

"क्या पीड़ा है उसकी?"

"आपको लगेगा कि ऋषभ का प्रेम आपके प्रति न रहा... आखिर देश छोड़कर चला जाना, माँ को बेसहारा छोड़कर किसी और के सहारे, और कौन सा निष्कर्ष देगा?"

"क्या यह प्रेम का कम होना दर्शाता है?"

मैंने कुछ नहीं कहा मेरे पास कुछ कहने को था भी नहीं।

"अनुराग, अगर यह प्यार माँ-बेटे का कम हो रहा हो तब दोष किसको दोगे?"

"आंटी, कुछ बातों का जवाब सिर्फ़ रुदन है और कुछ नहीं। माँ इस घटते प्यार में कोई तर्क निकाल लेगी जो किसी और संबंध में शायद न निकले।"

"क्या होगा तर्क?"

"परिस्थितिजन्य विवशता।"

आंटी पूरी तरह संवाद में खोई हुई थी। उसकी आँखों में देखकर मैंने कहा,

"इस बार इलाहाबाद जाकर संगम के तट पर आराधना की मुद्रा में हाथ उठाकर कहूँगा ईश्वर से, मेरे इन ज़ख़्मख़ुर्द हाथों को बिलखती हवाओं को सहेजने का काम

देकर जो मजीद भरोसा तुमने मुझ पर किया है यह तेरी एक बड़ी इनायत है मुझ पर... पर सच बताओ यह किसकी परीक्षा का दौर है जिसे सौंपा गया उसके कर्तव्य-पालन का या उस यक़ीन का जो एक अजनबी पर अगाध विश्वास करके सौंपा जा रहा है,किसी और की आँखों की ज्योति पर अपने से ज़्यादा भरोसा करके वह गुमशुदा घाटियों में एक राह की तलाश कर रहा है।

"मैं समझी नहीं।"

"आंटी आप अगर पूछेंगी मुझसे, मेरे जीवन की सबसे बड़ी उपलब्धि क्या है, तब मैं कहूँगा..."

"क्या?"

"विश्वास।"

"कैसा विश्वास?"

"कोई अपनी माँ को आपको सौंप दे एक पूर्ण विश्वास के साथ; इससे बड़ी विश्वसनीयता उस व्यक्ति की और क्या हो सकती है! मैं आने वाली नस्लों को बताऊँगा... किसी ने मुझपर इतना विश्वास किया था... और..."

"और क्या?"

"मुझे एक बहुत बड़ी ज़िम्मेदारी का गर्वपूर्वक एहसास हो रहा है। आंटी, आपने कहा था, अनुराग मेरे गर्भ से जन्मा नहीं है, पर वह मेरा बेटा है जो मुझे बग़ैर प्रसव पीड़ा के प्राप्त हुआ है। यह आपने जेएनयू में कहा था, ऋषभ वहाँ नहीं था। इस बात को आपने शब्दों में कहा था, ऋषभ ने वही बात ख़ामोशी से मुझपर यक़ीन करके कहा है, आपसे भी बेहतर और सशक्त ढंग से। आंटी... कितने लम्हे-कितने साल बीत जाते हैं इस तलाश में कोई मिले जिसपर अटूट भरोसा हो विश्वास हो, कहाँ कोई मिलता है आसानी से जिस पर यक़ीन किया जा सके। ऋषभ ऐसे ईश्वर की नायाब कृति ने मुझ ऐसे व्यक्ति पर भरोसा किया है, यह आंटी मेरे जीवन की सबसे बड़ी उपलब्धि है। आप निश्चिंत रहें, ऋषभ संतुष्ट होकर विदेश जाएगा और...

"और क्या... ?"

"यह यक़ीन एक मिसाल होगी... जिस पर कथाओं का निर्माण होगा और आंटी...।"

मैं थोड़ी देर चुप रहा... आंटी अपलक मुझे निहार रही थी।

"आंटी..."

"हाँ अनुराग।

आंटी, उन कथाओं का नायक मैं ही होऊँगा।"

"अनुराग... बात कहना कोई तुमसे सीखे... तुम्हारे इस वाक्य में दंभ नहीं एक

आश्वासन है न केवल मेरे लिए; वरन ऋषभ के लिए भी।"

आंटी शांत हो गई, मैं इंतिज़ार में...

"शालिनी ठीक कहती है!"

"क्या?"

"अनुराग के बग़ैर हम सबका जीवन अपूर्ण था।"

ऋषभ-शालिनी के आने की गेट पर आवाज़ हुई, मैंने संवाद बीच में ही रोक दिया। आंटी अपने आँसुओं को पोंछने किचेन में चली गई। मैं दरवाज़े की तरफ़ देख रहा एक अपूर्व सुंदरी चलती हुई आ रही थी एक तेज़वान के साथ जिसके सीरत के क़सीदे अभी आंटी ने गढ़े थे... चिंतन सर ने सही कहा था अगर रूपवान पर सरस्वती की कृपा हो जाए तब विदुषी की सुंदरता का गौरवगान होता है।

शालिनी ने कहा, "अनुराग... कहाँ खोए हो...।"

"एक नज़्म गढ़ रहा एक विदुषी के सौंदर्य पर।"

शालिनी— "गढ़ो।"

27. ज़िद

संघर्ष की ओर प्रयाण

मैं शाम को तिवारी ड्राइवर के साथ स्टेशन की ओर चला। मेरे साथ ऋषभ-शालिनी भी थे। ऋषभ के चेहरे पर संतोष के भाव थे, वह बहुत ही प्रसन्न था। वह जो चाह रहा था वह हो गया था, उसको आंटी के अंदर के तूफ़ानों का आभास लेशमात्र न था।

ट्रेन चलने को तैयार हो गई। मैं ट्रेन पर चढ़ गया, ट्रेन धीरे-धीरे प्लेटफ़ॉर्म से चलने लगी... मैंने चलती ट्रेन से ऋषभ से कहा, "इलाहाबाद आना मैं इंतिज़ार करूँगा...।"

ऋषभ ने भी सकारात्मकता के साथ हाथ हिलाया।

ट्रेन ने रफ़्तार पकड़ना शुरू कर दिया दिल्ली-इलाहाबाद...

रात्रि ने अपना कार्य किया, नींद ने अपना और ख़्वाब मेरे तो पर्दे के पीछे खड़े ही रहते हैं... नींद से शिकायत करते... ऐ नींद यह वक़्त मेरे केलि-क्रीड़ा का है, अब और इंतिज़ार न करा। कब आँख लगी और कब ख़्वाबों में मैं खो गया इसका पता ही न चला। सूबेदारगंज पर ट्रेन की तेज रफ़्तार कम होने लगी, घर पहुँचने की व्यग्रता डिब्बे में लोगों की गतिविधियों से झलकने लगी। मैं उतरा उसी रेलवे स्टेशन पर जहाँ की सीढ़ियों पर बैठकर मैंने अपनी रैंक गिनी थी और आसमान की तरफ़ उसी समाचार पत्र को एक रिदा की तरह लहरा कर कहा था... ऐ प्रभु तूने इन पन्नों में मेरी तकदीर लिख दी है। मेरी आँखों के सामने एक पूरा कालखंड पुनः घूमने लगा। मैं ब्रिज से सिविल लाइंस की तरफ़ उतरने लगा... दूर प्लेटफ़ॉर्म नंबर आठ पर दिखा पीले रंग के बोर्ड में काले रंग से लिखा "इलाहाबाद" और रिक्शेवाले मेरी तरफ़ इशारा करते आपस में लड़ते हुए, यह मेरी सवारी है...।"

मैं घर पहुँचा, घर में प्रसन्नता की लहर... मुन्ना आ गया। माँ के पैर छुए, पिताजी घर पर न थे। वह सुबह-सुबह क़िला के परेड मैदान में टहलने चले गए थे। मैं ऊपर

सामान रखने चला गया, अपने कमरे में एक चश्मदीद गवाह एक दौर का, एक न लिखी हुई बोलती डायरी है, मेरे संघर्षों की।

मैं नीचे आ गया। माँ को पूरी कहानी सुननी ही थी। मैंने आंटी के समधियाने के शानो-शौकत, शालिनी की सुंदरता-मेधा, ऋषभ की तेजस्विता की कहानी सुनाई। माँ का कहाँ मन भरने वाला एक बार में। वह तो यह कहानी बार-बार सुनेगी ही घुमा-घुमाकर और फिर फेंट-फेंटकर सुनाएगी सबको। माँ ने बताया कि कमिश्नर साहब मेरी ग़ैरमौजूदगी में अपनी पत्नी के साथ एक बार आए थे और मुझे पूछ रहे थे। यह भी कहकर गए हैं कि जब भी अनुराग आए कहना मैंने याद किया है। माँ इस बात से बहुत प्रसन्न थी कि कमिश्नर साहब ने शादी-विवाह के प्रकरण को छुआ ही नहीं। मेरे मामा और माँ के संबंध भी सामान्यता की ओर बहुत कुछ बढ़ चुके थे, वह मेरी अनुपस्थिति में दो बार आए थे और बहिन-बहिन ही करते रहे, हर बार मिठाई-रसगुल्ला-समोसा-फल प्रचुर मात्रा में लाए थे। एक बार तो सुबह ऑफ़िस जाते समय मामी को मेरे घर छोड़ते हुए गए। मामी सारा दिन मेरे घर ही रहीं शाम को मामा ऑफ़िस से लौटते समय मामी को लेते हुए गए। यह संबंधों को तीव्र गति से सामान्य करने की दिशा में उठाया गया एक रणनीतिक क़दम था। दादू भी माँ के सहयोग से मामा से माफ़ी माँगकर सुलह-सफ़ाई कर चुका था। उसके पास अद्‌भुत कला थी लोगों को अपनी बातों में भरमाने की। वह मामा का पैर दाबकर-सेवा करके सारा दोष मुझपर थोपकर मामा को समझाने की कोशिश कर रहा था, "चाचा, हम तऽ गरीब मनई हई सारा स्वाँग मुन्ना रचे रहेन। का करित हम ई बतावऽ, हमरे पास चारा रहा का, हमार हैसियतै का बा, एक गरीब-बेसहारा मनई कइन का सकत हऽ, हई तऽ हम तोहरै सिपाही, सिपाही पर कभौं शक न करऽ।" उसने सारा क़िस्सा मामा को बता दिया था किस तरह लिफ़ाफ़ा मँगाया गया, चिट्‌ठी बनाई गई, कमिश्नर के यहाँ मामा का स्टाफ़ बनकर मैं गया और पूरे नाटकीय घटनाक्रम को अंजाम दिया गया। मामा को पहले से ही यक़ीन था कि यह फ़रेब मैंने ही किया है, दादू ने उस यक़ीन को तथ्यों का विवेचन एवं आँखों-देखा हाल सुनकार और पुख़्ता कर दिया। मामा का विश्वास अर्जित करने के लिए उसने कई ऐसी बातों को बता दिया जो बताने से मैंने रोका था, "चाचा ई बात कतौ बाहर न जाई चाही नाहीं तऽ तोहार सिपाही मारा जाए, हम मजबूत रहब चाचा तब तोहारै सेवा करब। चाचा तू हमका बाँधि के इहीं घरे में पनहिन-पनहिन मारि लऽ तोहार जिउऔ जुड़ाई जाए और हमरे पापौ के कुछ शमन होइ जाए, हलाँकि जौन पाप परिस्थितिवश भवा बा ओका हमका भोगे पड़बै करे, पर हमरे माफीनामा पर अगर तोहार दया होइ जाए तब कुछ हमरे जिउ के राहत होइ जाए। चाचा हमार मन एतना खिन्न रहत हऽ जैसन हम गउ-हत्या कै देहे होई। जैसे हतियारिन आपन मोह ढाँप के दुइ हफ्ता भीख माँगत

हऽ गउ-हत्या के पाप से मुक्ति बरे वैसइ हमहू के करे पड़े पाप से मुक्ति-विधान बरे।"

ऐसा न था कि मामा को वस्तु-स्थिति का पता न हो। वह बहुत ही शातिर थे पर उनके पास भी कोई चारा न था उसको माफ़ करने के सिवाय, क्योंकि हर दिन पूरे परिवार को माइंस विभाग में मामा की हिलती कुर्सी स्वप्न में भी दिखती थी और एक भविष्य की असुरक्षा सदैव व्याप्त रहती थी। तृष्णा वस्तु ही ऐसी है अपमानजनक समझौतों को बाध्य करती ही रहती है। दादू सहायक था सूचना के आदान-प्रदान के लिए सूचना से बड़ी कोई ताक़त नहीं षड्यन्त्रों के खेल में। दादू ने आश्वासन दिया भी था कि वह पूरी कोशिश करेगा जब तक हो सके कमिश्नर साहब का विवाह प्रस्ताव लटकता रहे और 'ना' न हो। मामा नियम-क़ानून-छवि से बेपरवाह स्पीड से रुपया बना रहे थे और मामी-बाबा भैया रुपया गिनने में दक्षता प्राप्त कर रहे थे। मामी को रुपये की लत लग चुकी थी, हर शाम ख़ुराक चाहिए ही, अब सामान्य ख़ुराक में नशा नहीं होता था, ख़ुराक डबल-डोज़ की चाहिए। वह हर शाम को कहती थीं, "आज एतनै मिला, सब कुछ मँहगा होइ जात बा पर पेशी, शुकराना, नज़राना के रेट नाहीं बढ़त बा।" पिताजी ने मामा की माइंस विभाग की पोस्टिंग पर बात करने से माँ को रोक दिया था। उन्होंने समझा दिया था कि विवाह का प्रस्ताव तो अस्वीकार हो गया है अगर साहब को हटाना होगा तब हटा देंगे। इस बात की कौन सी गारंटी है कि यह पोस्टिंग विवाह के नाम पर हुई है, सर्वेश एक दिमाग़दार अच्छे कर्मचारी तो हैं ही। कमिश्नर साहब भी अपनी चाल में थे, वह मुझसे प्रतीक्षा के साथ विवाह का निश्चयन कर चुके थे और अपने पिता से कह भी दिया था कि जाड़े में विवाह कर देंगे। मेरी और प्रतीक्षा की मुलाक़ात शीघ्र कराने का सारा प्रयोजन बन चुका था। मामा तो मामा ही होता है, किसी भी घर का हो। उसकी बहन-भाँजे पर चलती ही है, यह सोचकर कमिश्नर साहब मामा को पोस रहे थे। वैसे भी माइंस विभाग में जो रहेगा लूटेगा ही, कहाँ से ईमानदार कर्मचारी लेकर आएँ। मामा लूटते थे पर काम भी अच्छा करते थे। वह राजस्व की बढ़ोत्तरी भी करा रहे थे। मामा के पक्ष में तर्क था ही और यह तर्क उनको पद पर बरक़रार किए हुए था। सब अपनी चाल में थे पर सबसे बड़ा चालबाज़ अनुराग शर्मा था... वह दिख रही शह और मात को छोड़ देता था यह कहकर कि तेरे रानी को प्यादे के ज़ोर से प्यादे से ही मारूँगा, यह ज़िद है मेरी, यह और बात है कि बग़ल में ढाई घर का घोड़ा भी है अगर सम्माजनक मौत चाहिए, वह विकल्प है तेरे पास पर वह भी मेरी दया के अधीन है। वह अपनी युक्ति में था इन दुनियावी बातों से निःस्पृह—एक महानायकत्व की तलाश में—

मैं थोड़ी देर बाद बद्री सर के यहाँ चला गया। वहाँ सर से गप मारा और उनको

भी दिल्ली का हाल सुनाया।

मैंने अगले पूरे एक दिन अपनी क़िताबों-नोट्स को सहेजकर ठीक किया, मैं आगे की योजना सोच रहा था। एक चुनौती जीवन में ख़त्म हो जाती है तो दूसरी चुनौती मैं तैयार कर ही लेता हूँ। मुझे बग़ैर चुनौतियों के चैन ही नहीं आता।

अगले दिन सुबह पिताजी की चीख़ने ऐसी आवाज़ आई... उर्मिला... उर्मिला...

माँ दौड़ी-दौड़ी गई और पूछी क्या हुआ?

पिताजी ने कहा, "क्या खाया था तुमने जब यह पेट में था... बहुत ज़िद्दी है... कितना भी समझाओ पर करेगा अपने मन की...।"

"भवा का?"

पिताजी ने पेपर का पन्ना माँ को पकड़ा दिया...

छपा था मोटे अक्षरों में...

"सिविल सर्विसेज़ फ़ोरम... एक नवीन प्रयोग...।"

सिविल सेवा प्रारम्भिक और मुख्य परीक्षा की एक साथ तैयारी

सिविल सेवा के चयनित अभ्यर्थियों द्वारा

दिन- 60,

घंटे- 200,

कोर्स आरंभ होने की तिथि 9 जुलाई, सायंकाल 4 बजे...

संपर्क स्थल के डी मेमोरियल स्कूल गीता निकेतन मंदिर के सामने

संपर्क समय-प्रतिदिन -सायं- 4-6

कोर्स संचालक...

अनुराग शर्मा

सिविल सेवा चयनित रैंक 102

माँ ने आवाज़ दी... मुन्ना-मुन्ना...

मैं उतर कर नीचे गया। एक समाचार पत्र आज का... पूरा खुला हुआ और सिविल सर्विसेज़ फ़ोरम का इश्तिहार सामने पूरी दास्तान कहता हुआ।

पिताजी-माँ-भाई-बहन सब उस इश्तिहार को देखते हुए।

पिताजी— "यह क्या है?"

"यह इतना स्पष्ट लिखा है कि अब और कुछ बताने को बचा ही क्या है, पढ़ लीजिए।"

"तुम तो कह रहे थे कि अब इस काम से मेरा कोई वास्ता नहीं फिर यह कैसे?"

"दिल्ली से वापस आकर सोचा करते हैं प्रयोग।"

"दो दिन में?"

"हाँ।"

"तुम झूठ बोल रहे हो, पहले से ही पूरी योजना बनाकर दिल्ली गए होगे।"

"पहले से कोई योजना नहीं थी, दिल्ली से इलाहाबाद के रास्ते में आते समय कानपुर के आस-पास गाड़ी पहुँची तब यह विचार आया और फिर इश्तिहार आपके सामने है।"

"पैसा लगेगा इस काम में?"

"हाँ"

"कितना?"

"चार हज़ार रुपया क़रीब अभी लगा है और 2000 रुपया महीना किराया है के डी मेमोरियल पब्लिक स्कूल का, जहाँ कक्षा चलेगी।"

माँ— "चार हजार रुपया... इतना पैसा...।"

"कुछ भी सस्ता नहीं है। यह इश्तिहार 2000 रुपये का है। 2000 का पोस्टर छपा है।"

पिताजी— "तो तुम अब नौकरी न करके यह कोचिंग चलाओगे?"

"यह 60 दिन चलेगी, बस।"

"यह पैसा कहाँ से आया?"

"बद्री सर से लिया है। कोचिंग चलेगी वापस कर देंगे, नहीं चलेगी तब तनख़्वाह मिलेगी उस समय वापस कर देंगे। बद्री सर घर से मज़बूत हैं, वह बोले कोई बात नहीं जब मन करे तब देना और नहीं भी दोगे तब भी क्या फ़र्क़ पड़ता है अब तो जीवन साथ ही बीतेगा। के डी मेमोरियल स्कूल का मालिक श्याम जी मिश्रा है। वह जानता ही था मुझको कि मैं एक महान दबंग नामी-गिरामी आत्मा उर्मिला शर्मा का बेटा हूँ और इसी साल सेलेक्ट हुआ हूँ। उसने 1500 रुपया महीना माँगा मैंने कहा, मैं दो हज़ार दूँगा पर मैं एडवांस नहीं दूँगा 15 दिन बाद दूँगा, वह मान गया।"

"यह सारा कार्यक्रम बनाया और मुझसे बात करने की ज़रूरत न समझी।"

"आप तो रोकते ही, आपने रोका ही था पहले। जब फ़ैसला पहाड़ों पर चढ़ने का जज़्बे ने ले ही लिया तब पैरों को चढ़ना ही है, बेवजह पैरों से पूछकर क्यों उनको कमज़ोर करना, वह तो आदेशित ही हैं।"

"मतलब आपके जज़्बे ने जो कह दिया वह मुझे सुनना ही है।"

"पिताजी आप बेवजह भावुक न हों और इमोशनल ब्लैक मेल न करें। आप मुझे करने दो, यह काम। इस काम में अगर घाटा हुआ भी तो सिर्फ़ कुछ हज़ार का ही है पर लाभ की संभावना ही संभावना है।"

पिताजी कुशाग्र बुद्धि के एक परिपक्व व्यक्ति थे। उनको मेरा सारा विचार समझ आ गया और वह यह भी अनुमान लगा गए कि यह बढ़ा क़दम अब वापस नहीं होगा।

"ठीक है जब कर ही रहे हो, सोच ही लिया है तब थोड़ा ध्यान से करना। अब तुम्हारा एक नाम हो गया है, एक प्रतिष्ठा बन गई है उसका ख़्याल रख कर करना। पर तुम अकेले कर लोगे सब?"

"कर ही लूँगा, अभी तो सिर्फ़ प्रचार का कार्य आरंभ किया है, आगे की बात आगे देखेंगे। मेरे कार्य से आप को गर्व ही होगा, बस थोड़ा धैर्य रखें।"

"एहमें केतना पैसा तोहका मिल जाए?"

"कोई रिकरिंग-एफ़डी मैं नहीं करने वाला। पता चला आप चालू हो गए रिकरिंग डिपाज़िट लेकर।"

"केतना पैसा मिलि जाए ई तऽ बतावऽ।"

"25-30 हज़ार तो मिल ही जाएगा।"

"खर्चा काटकर?"

"हाँ।"

"ऐतना पैसा... मास्टरी के काम बढ़िया बा, तोहार पिताजी उहै केहे होतेन।"

"तुम्हारी पैसे की हवस कभी न जाएगी। हर बात पर तोहार पिताजी ई नाहीं ऊ केहे होतेन। रिटायरमेंट की तरफ़ बढ़ रहे और आप अभी इसी पर लगे हो।"

28. रणनीति

जीवन एवं समय की निर्णायक स्थितियों के अस्तित्व का समीकरण

मैं दादू को लेकर बद्री सर के पास गया। मैंने उनसे आर्थिक सहयोग लिया था; इसलिए वह वह सब जानते ही थे। उन्होंने अख़बार में इश्तिहार देख भी लिया था। सर ने बताया कि यहाँ लॉज में भी लोग पूछ रहे हैं, यह क्या है और क्या प्रक्रिया है पूरी पढ़ाने की। मैंने सर से दादू को मिलवाया और कहा कि यह लोगों की इन्क्वायरी का जवाब देगा और आज शाम से यह के डी मेमोरियल स्कूल में बैठेगा। सर ने दो-चार-पाँच सवाल दादू से किए, कुछ देर बात की और दादू को चाय लाने सामने की चाय की दुकान पर भेज दिया।

"यार, तुम इतने समझदार आदमी हो, इस जोकर मार्का आदमी को कहाँ बैठा रहे हो इन्क्वायरी काउंटर पर। यह गंभीर मामला है, गंभीर आदमी तलाश करो।"

"कैसे गंभीर लोग सर?"

"इतने चेले आ रहे होंगे पूछने-जाँचने उसी में से किसी को बैठाओ। सिविल सेवा परीक्षा दिया हुआ आदमी आप बैठाओ, वह सही जवाब देगा और भौकाल बनाएगा। आप कोचिंग को एक व्यावसायिक जामा पहनाओ। इसके बस का भौकाल बनाना नहीं है। किसी दूसरे के जेब से पैसा निकालना सबसे कठिन काम है और यह इलाहाबादी आसानी से एक रुपया नहीं देने वाले। यह भी हो सकता है जो आप ख़र्चा किए हो सब पानी में चला जाए; हलाँकि यह तो ख़तरा लेना ही होगा किसी नये प्रयोग के लिए। हम तो कह रहे थे कि आप मत करो यह काम, आपके घर में भी लोग रोक ही रहे थे पर अब आपकी ज़िद है तो है। मैं आपके प्रयास से असहमत होकर भी ज़ोर देकर 'ना' नहीं कहा, आप यह न सोचो कि रुपया नहीं देना चाहते; इसलिए विरोध कर रहे। इलाहाबाद वालों से पैसा निकाल पाना आसान नहीं है। तुम दिए किसी को एक रुपया... हम दिए... नहीं न... !"

"सर, अब तो वह बात पुरानी हो गई अब तो चलाना ही है।"

"इससे पोस्टर चिपकवाओ... साफ़ सफ़ाई कराओ... पैसा-वैसा रखे... यह भौकाल का काम किसी इलाहाबाद के भौकाली चालू पुर्ज़ा लड़के को दो, जो एक समाँ बाँध सके। इस समय तुम्हारे नाम का दीपक जल रहा... जिससे भी कहोगे दौड़ेगा साथ काम करने को और कह देना पढ़ लेना बैठ कर। अशोक सारस्वत को जानते हो?"

"जो बी.काम... करके हिंदी से एम.ए. किया है?"

"हाँ, उसको बैठाओ, भौकाल बनाएगा... दो-चार सच झूठ बोलेगा। उससे आदमी बात न करना चाहे तब भी वह व्याख्यान दे मारेगा। वह दिमाग़ से तेज है आज नहीं तो कल सेलेक्शन होगा उसका, उसके साथ और दो लोग बैठाओ। डिस्काउंट करना ही नहीं है, जो फ़ीस है वही कहो... न दें कोई बात नहीं पर डिस्काउंट अगर किए तब यह पूरा अभियान उड़ जाएगा। ई इलाहाबादी गजबै प्राणी हयेन पैसा देई में नाकन चना चबवाई देइहिं, ई तऽ तू जनतै हऽ। फ़ीस शहर में सबसे बड़ी माँगों ताकि कम ज़्यादा होकर भी कुछ तो हाथ लगे, तुम्हारी गुणवत्ता पर तो कोई संदेह है ही नहीं। तुम्हारे बस की बात नहीं है कोचिंग की तरह छात्रों से फ़ीस वसूलना; हलाँकि पैसा तुम्हारा ध्येय नहीं है फिर भी अब जो काम कर रहे हो उसका कुछ नियम-क़ानून है ही, उसको पालन करना ही होगा। यह कोचिंग एक माया-जाल का काम है, आप देखो न ब्राइट कोचिंग, कैवल्य कोचिंग... पूरे शहर में कोचिंग का जाल फैला है। तुम उनकी तरह काम नहीं कर पाओगे, जहाँ तक व्यावसायिक लाभ का संबंध है। माना तुम एक नयी हवा ले आना चाह रहे, यह प्रशंसनीय क़दम है पर होम करते हाथ न जल जाए, कम से कम तुम्हारी लागत तो निकल जाए। इस इलाहाबाद की धरती का जो भी छात्र होगा वह पूरी फ़ीस देगा ही नहीं। वह कभी पूरी फ़ीस यूनिवर्सिटी को नहीं देता, फ़ीस माफ़ी का जुगाड़ लगाता रहता है, तुमको क्या देगा! एक बात साफ़-साफ़ कहना... नो डिस्काउंट। अगर पैसा कम-ज़्यादा दें तो दें, पर शुरुआत पूरी फ़ीस की बात से करना, डिस्काउंट का कोई चक्कर रखना ही मत। लाज-शर्म में कुछ ससुरे देबै करिहिं, कौन तुमको टाटा-बिड़ला बनना है, इस कोचिंग के माथे। एक तुमको संतोष चाहिए, वह मिल जाएगा।"

"ठीक है सर।"

"सत्य प्रकाश मिश्रा सर से ताल्लुक़ात तो बढ़िया है आपका।"

"अच्छा है सर।"

"उनको बुलाओ उद्घाटन भाषण के लिए। उनका आना बहुत फ़र्क़ लाएगा, आप उनको साधो। एक हवा बँधनी ज़रूरी है, सिर्फ़ पढ़ाई से कुछ न होगा। यह पढ़ाई तो

तब समझ में आएगी जब लोग आएँगे... पहला काम भीड़ इकट्ठा करो। बड़े-बड़े मगरमच्छों का बोर्ड लगा है, कोचिंग ही कोचिंग है शहर में, उनसे लड़ना है, एक रणनीति से लड़ना पड़ेगा।"

"ठीक है सर।"

मैं अशोक सारस्वत के पास गया, वह भी अल्लापुर में ही रहते थे। वह छोटे क़द के बहुत बोलते हुए बातूनी व्यक्ति थे। उनके पास पूरे शहर की ख़बर रहती थी। वह अपने आप में एक यूपीएससी थे, लोगों का चयन होगा कि नहीं यूपीएससी के पहले ही घोषित कर देते थे। जो हिंदी माध्यम का छात्र अंग्रेज़ी में लिखता था उसके बारे में कहते थे, विधाता इनसे रूठ गया है नहीं तो ऐसी कुबुद्धि क्यों आती! बद्री सर के बारे में कहा करते थे, सर का चयन तब तक नहीं हो सकता जब तक इनकी अंग्रेज़ी समझने वाला योग्य व्यक्ति यूपीएससी में सरकार नियुक्त नहीं कर देती। उनका एक शौक़ था दूसरों के बारे में पता करना और फिर उसको शहर में फैलाना, उनको इलाहाबाद सिविल सेवा परीक्षा क्षेत्र का ऐयार भी कहा जाता था। लोगों के बारे में गुप्त सूचनाएँ भी रखते थे कि कौन पढ़ता तो है पर झूठ बोलता है कि हम पढ़ नहीं रहे, हमारा यह अटेम्पट तो गया, बँधवा वाले हनुमान जी की क़सम। वह हिंदी विभाग में रिसर्च कर रहे थे और बीए की हिंदी की क्लास लेते थे। वह अपना विषय तो पढ़ाते थे ही वह दूसरे अध्यापक का विषय भी पढ़ाने में ही चेंप मारते थे और यह घोषित कर देते थे उसको कुछ नहीं आता है। इनके बारे में एक वाक़या है कि यह किसी दूसरे अध्यापक का कामायनी का लेक्चर भी पढ़ा मारे थे और इस कारण इनको विभागाध्यक्ष की डाँट भी खानी पड़ी थी पर यह यह डाँट-वाँट से ऊपर उठे हुए थे, इनपर इसका कोई फ़र्क़ नहीं पड़ता था। यह कुछ मानिंद अध्यापकों के अतिरिक्त अधिकांश के बारे में कह चुके थे कि उन सबको कुछ नहीं आता। उनको आप शाम को क़िताब की दुकानों पर खड़े हुए पाओगे और आप कोई भी क़िताब ख़रीद रहे हो, वह बिन माँगी राय दे देंगे, अगर राय न मानो और उनसे बहस कर लो तब तो आप गए काम से, आपको यह सुनना ही है-आपका आग अँधियार है, विधाता ही आपकी मदद करे तो करे नहीं तो लक्षण ठीक नहीं। यह क़िताबों का प्राक्कथन बहुत पढ़ते थे। यह मौर्या बुक सेंटर और राजू पुस्तक केंद्र पर क़िताबों का प्राक्कथन पढ़ने बहुत जाया करते थे। इनका कहना था, कहाँ पैसा है क़िताब ख़रीदने का। जिस क़िताब का प्राक्कथन बहुत अच्छा लगता था, उसे वह किसी को ख़रीदवा कर पढ़ लेते थे। वह मुझको देखते ही बोले... सर आप... अपना कमरा ठीक करने लगे। मैंने उनको पूरा क़िस्सा सुनाया। वह आज का अख़बार नहीं देखे थे। मेरे कहते ही खोला और कहा, "सर यह तो बहुत बेहतर क़दम है। इन सब कोचिंग वालों की छुट्टी हो जाएगी। मैं सर बैठूँगा शाम से और लपेट दूँगा

सबको, आप चिंता न करें।"

उनको लेकर मैं दिनेश श्रीवास्तव के पास अल्लापुर गया। दिनेश प्राचीन इतिहास के बहुत ही मेधावी विद्यार्थी थे। वह बहुत ही प्रतिभावान थे पर ईश्वर प्रतिभावान लोगों को आलसी कई बार बना देता है, यही दिनेश के साथ हुआ। यह एक ऐसे छात्र थे जो अवश्य सफल होंगे अगर परिश्रम करेंगे पर कई बार इनके अंत:करण में अध्यापक बनने की लालसा हिलोरे मारने लगती है। इनको अपना लक्ष्य ही नहीं पता है, यह लेक्चरर और सिविल सेवा के बीच घूमते रहते हैं। यह मानसिक भ्रम इनके प्रगति के रास्ते में सबसे बड़ी बाधा है। यह जो भी काम करेंगे अच्छा ही करेंगे; अगर अध्यापक होंगे तब भी समाज का बहुत भला होगा पर कहाँ लेक्चररशिप मिलती है आसानी से आजकल। मुझे इनसे इतिहास पर विमर्श करना सबसे अच्छा लगता था, इसका कारण इनकी विश्लेषण क्षमता है। वहीं राजीव शाही से मुलाक़ात हो गई। वह रुड़की के इंजीनियर थे और इंजीनियरिंग की एक अच्छी-ख़ासी नौकरी से त्यागपत्र देकर सिविल सेवा में भविष्य तलाशने इलाहाबाद आ गए थे। राजीव शाही लंबे क़द के आकर्षक व्यक्ति थे, मृदुभाषी थे और संजीदगी से स्पष्ट-सारगर्भित बात करने के पक्षधर थे। यह तीन बहुत ही प्रतिभाशाली लोग कोचिंग की इन्क्वायरी सँभालेंगे। मुझे लग गया, यह कार्य बहुत ही सुरक्षित हाथों में है। यह सब विषय भी जानते हैं और आने वालों को बातचीत में लपेट लेंगे। अगर ट्रेलर इतना सुंदर होगा तब फ़िल्म की विश्वसनीयता बन ही जाएगी।

मैं सत्य प्रकाश मिश्रा सर के पास गया। वह भी इश्तिहार देख चुके थे और पूछा, "ई कौन सा नया नाटक आरंभ कर रहे हो। आराम करो, जीवन जियो और घूमों-टहलो... यह सब बहुत चिक-चिक का काम है।"

"सर मैं यह करना चाहता हूँ, मैं वाक़ई मदद करना चाहता हूँ। मैं जिन समस्याओं से गुज़रा हूँ उससे कम लोग गुज़रें, यह मेरी चाहत है सर। लोगों को उचित मार्गदर्शन प्राप्त हो, यह मेरी दिली ख़्वाहिश है।"

"पैसा भी लोगे?"

"सर मजबूरी है पैसा लेना। मैं एक निम्न मध्य वर्गीय परिवार का लड़का हूँ; अगर पैसा नहीं लूँगा तब कैसे चलाऊँगा। इसमें सर दसियों हज़ार का ख़र्चा है, मैं कहाँ से लाऊँगा?"

"एक बात मैं कहूँगा।"

"सर।"

"आपकी जो भी फ़ीस-फास हो बता देना, पैसा मत माँगना। जो दे देगा तब भी ठीक, नहीं देगा तब भी ठीक। तुम्हारी ज़िंदगी बन गई है औरों की मदद करो। यह हर्ष

के अपरिग्रह की भूमि है-अपरिग्रह जीवन में ले आओ और इसका समावेश जीवन में अभी से आरंभ कर दो।"

"ठीक है सर। एक अनुरोध है आपसे।"

"कहो।"

"सर पहले दिन आप आकर आशीर्वचन दे देते, उत्साह-वर्धन हो जाएगा।"

"कब है?"

"9 जुलाई शाम चार बजे।"

"ठीक है आ जाऊँगा, पर एकाध घंटे में ही छोड़ देना। एकाध हमारे हिंदी विभाग के अच्छे विद्यार्थी हैं उनको भी पढ़ा देना।"

"जी सर।"

दिनेश श्रीवास्तव, अशोक सारस्वत, राजीव शाही बहुत बेहतर ढंग से लोगों को पूरे कार्यक्रम के बारे में बताते रहे। इनका भी अपना एक रसूख़ था और एक छात्र के रूप में यह तीनों बहुत ही सम्मानित थे। इनके बैठने से कोचिंग के स्तर में प्रारम्भिक दौर में ही सकारात्मक धारणा बनने लगी। रात-रात भर घूमकर मैं, दादू और मेरा छोटा भाई पोस्टर चिपकाते थे।

एक पूरे शहर में शोर हो गया। यह पहला प्रयोग था इस तरह का; इसलिए इसकी चर्चा बहुत थी। जो विरोधी थे वह भी आलोचना करके इस अभियान को लोगों के निगाह में लाने में सहयोग कर रहे थे। एक शहर जहाँ पर स्थापित सफल अभ्यर्थियों की बाढ़ हो वहाँ पर एक नव-जन्मा प्रयोगधर्मी हो रहा, यह भी एक विस्मय की बात थी।

इन्क्वायरी के समय लोगों से यह कहा गया कि अभी फ़ीस देने की कोई ज़रूरत नहीं है। हम फ़ीस अभी लेंगे ही नहीं अगर आप दोगे तब भी, आप एक सप्ताह में फ़ैसला कर लेना। हमारा लक्ष्य एक पथ-ज्योति जलाना है न कि धनार्जन करना। हमारा प्रचार बहुत काम आया। अब पैसा नहीं माँगा जा रहा, एक सप्ताह फ्री है तब तो इलाहाबाद के भाई-बहन टूट ही पड़ेंगे। हर जगह नाम ही बिकता है समाज में... मेरा, बद्री सर, चिंतन सर और सत्य प्रकाश मिश्रा सर का नाम ख़ूब बिका... यह भी कह दिया गया कि पाठ्यक्रम तो अनुराग शर्मा ही पढ़ाएँगे ज़्यादातर पर सहयोग सबका है।

उस स्कूल पर एक बोर्ड लग गया...

"सिविल सर्विसेज़ फ़ोरम-"

"संचालक-अनुराग शर्मा"

मैंने बहुत गर्व से दीवार पर स्थापित वह बोर्ड देखा। मुझे लगने लगा, मैं एक और दास्तान की तरफ बढ़ रहा हूँ। अपने अभियान की सफलता पर मुझे लेश-मात्र भी संदेह न था। पहले दिन मैं विश्वास से लबरेज़ था। यह कहकर आज मैं घर से माँ

का पैर छूकर निकला कि मेरी परीक्षा का दौर है... परीक्षक एक व्यक्ति नहीं एक पूरा समाज है... मुझे शिक्षक होने के गर्व का अहसास हुआ और मेरी आँखों के सामने मेरे शिक्षकों की छवि घूमने लगी जिन्होंने मुझे इस क़ाबिल बनाया और यहाँ तक पहुँचाया।

उद्घाटन दिवस... के डी मेमोरियल स्कूल और पूरे कमरे में तिल रखने की जगह नहीं... अपनी आँखों में अपना ही नहीं एक पूरे परिवेश-परिवार का ख़्वाब लिए बेचैन आत्माओं का शहर बस गया था उस कमरे में जहाँ अगले 60 दिन 200 घंटे सरस्वती का आवाहन होना था।

सत्य प्रकाश मिश्र सर का उद्घाटन भाषण...

"यह एक नवीन प्रयोग है। यह एक साहसिक क़दम है, एक उस व्यक्ति के द्वारा उठाया गया क़दम है जिसने कष्टों को अनुभव किया है और उस अनुभव की पीड़ा को सकारात्मकता के साथ आत्मसात् किया है। आनंद का अमृत और वेदना का विष यह हर व्यक्ति के जीवन में आता है और उसका स्रोत इसी धरती के यथार्थ से होता है। अगर यथार्थ की धरती छोड़कर कल्पना के आकाश में विचरण करना व्यक्ति आरंभ कर दे तब वह और चाहे जो हो वह यथार्थवादी नहीं हो सकता। अनुराग यथार्थवादी हैं, सिर्फ़ एक बात से कि इन्होंने लोगों की पीड़ा को समझा है। कोई भी कार्य जब आरंभ होता है तब उसका एक लक्ष्य होता है और प्राय: यह लक्ष्य धनात्मकता और सकारात्मकता से युक्त होता है। सन 1923 में जब 'मतवाला' प्रकाशित हुआ, निराला ने उसके मुखपृष्ठ के लिए दो पंक्तियाँ लिखीं...

'अमिय गरल शशि-सीकर रविकर राग-विराग भरा प्याला
पीते हैं जो साधक उनका प्यारा है यह मतवाला।'

निराला ने सोचा था, 'मतवाला' ऐसा पत्र होगा जिसमें सनातन द्वंद्व पर रचनाएँ प्रकाशित होंगी पर शायद ऐसा हुआ नहीं। निराला की यह पंक्तियाँ 'मतवाला' सार्थक न कर सका, वह निराला ही सार्थक कर सके। जो आज तक लिखा न गया जबकि हम सबकी चाहत थी कि ऐसा कुछ हस्ताक्षरित हो, हो सकता है यह प्रयोग कर जाए। निराला की ज़मीन पर पुन: कुछ निराला हो जाए। मैं एक बहुत आशावादिता के साथ यहाँ आया हूँ और मैं आशा करता हूँ, कुछ समय बाद मुझे इस बात पर गर्व होगा कि मैं एक कार्यक्रम में गया था और एक नया प्रतिमान उस कार्यक्रम से उद्भूत होकर स्थापित हो गया; पर यह प्रतिमान अनुराग से अकेले स्थापित नहीं होगा। यह काम आपको भी करना होगा, जब आपका समय आएगा। एक बड़ा परिवर्तन एक व्यक्ति से नहीं होता चाहे वह कितना भी योग्य और कर्मठ क्यों न हो। एक परिवर्तन के लिए समाज को आगे आना होगा। परिवर्तन प्रकृति का नियम है, पर सकारात्मक परिवर्तन के लिए प्रकृति योगदान माँगती है। आप हिंदी साहित्य को ही देखें। द्विवेदी

युग की इतिवृत्तात्मकता को छायावाद ने ख़त्म किया और आलोचना को एक नयी ज़मीन दी। छायावाद के बाद का काव्यमय रस प्रगतिवाद बना। छायावाद में ही स्वच्छन्दतावादी कल्पना और यथार्थ का संघर्ष प्रकट होने लगा था और निराला जैसे कवि ने छायावाद के भीतर ही छायावाद का अतिक्रमण करके एक नयी काव्यभूमि का सृजन किया। 'तोड़ती पत्थर', 'कुकुरमुत्ता', 'नये पत्ते' आधुनिक हिंदी कविता में उभरती हुई यथार्थवादी चेतना का स्पष्ट संकेत देते हैं। छायावाद के नवजागरण की मूल्य दृष्टि विचारधारा की नैतिक चेतना विश्व मानवतावाद की स्वीकृति से संदर्भित होती है तो प्रगतिवाद के पीछे एक निश्चित परिस्थितिजन्य वास्तविकता है। 'रूपाभ' और 'तारसप्तक' का प्रकाशन आधुनिक हिंदी कविता के अनुभव और मुहावरे में हो रहे बुनियादी परिवर्तन की दृष्टि से उल्लेखनीय घटनाएँ है। प्रगतिवाद और प्रयोगवाद की उपलब्धियाँ भी हैं और सीमाएँ भी हैं पर नयी कविता में उनके योगदान को नकारा नहीं जा सकता।

यह विकास क्यों संभव हुआ क्योंकि लोगों ने पिटी-पिटाई लकीरों को तोड़कर चलने का प्रयास किया। यह प्रयास लोगों ने न किया होता तो हम द्विवेदी युग की इतिवृत्ति से आगे न बढ़ सके होते और आलोचना को भी नयी ज़मीन प्राप्त न होती।

ऐसा ही प्रयोग उपन्यास में हुआ किंतु कविता और उपन्यास में फ़र्क़ है। कविता का जन्म एक अनिवार्य आशावादिता को लेकर हुआ था, किंतु उपन्यास का जन्म आधुनिक काल के यथार्थवादी परिवेश में हुआ है। उपन्यास का स्वरूप शक्तिशाली है क्योंकि उसमें साहित्य की सारी विधाओं की छवियों को सन्निहित करने की शक्ति है। प्रेमचंद-पूर्व युग के उपन्यास का कोरा मनोरंजन और सुधारवादी भावना प्रेमचंद युग की एक साहित्यिक सोद्देश्यता से भिन्न थी। सोद्देश्यता हिन्दी-उपन्यास क्षेत्र में पहले-पहल प्रेमचंद में ही व्यक्त हुई। प्रेमचंद ने उपन्यास को यथार्थ की ओर मोड़ा। प्रेमचंद के बाद का युग मोहभंग का युग था, स्वतंत्रता के पश्चात् विभाजन से उपजा मोहभंग। लेकिन इस मोहभंग के साथ-साथ यौन का यथार्थ, मनोविज्ञान का विश्लेषण और समाजवादी एवं सामाजिक उपन्यास भी लिखे गए, किंतु हिंदी उपन्यास का मुख्य स्वर सामाजिक रहा। सामाजिक यथार्थ के साथ-साथ मन का यथार्थ भी प्रमुख स्वर रहा। साहित्य के हर क्षेत्र में प्रयोगधर्मिता बनी रही नाटक में भी लेखन और मंच में भी। 'गोदान' और 'राग दरबारी' का नाट्य रूपान्तरण करके मंचित किया गया, साहित्यिक विधाओं के मध्य यह एक बड़ी प्रयोगधार्मिता थी। यह शहर प्रयोगधर्मी हुआ करता था पर वह प्रवृति अब क्षीण हो रही। हम आज भी इतिहास के अस्थिपंजर में अपने श्वासों को तलाश रहे हैं। यह अस्थिपंजर प्रेरणा दे सकता है पर जीवन नहीं। यह शहर आज रफ़्तार में पीछे है, क्यों? कौन ज़िम्मेदार है इसका? इतने लोग यहाँ से सफलता

के क्षितिज को स्पर्श करने का आनंददायक गौरव प्राप्त करके गए और तमाम मानद पदों को विभूषित किया पर कोई लौटकर न आया इस शहर के लिए। आपके अस्त्र मध्यकालीन हो रहे और आप उनसे आधुनिक आयुधों से लैस योद्धाओं से लड़ने का प्रयास कर रहे हैं। यह नायकत्व का संघर्ष है और हम इस संघर्ष के मूक दर्शक न बन जाएँ इसका अंदेशा हमारे सम्मुख खड़ा हो चुका है। यह दर्शन की भूमि रही है, यह शंकराचार्य के शास्त्रार्थ की वसुधा है। यहीं से नेहरू और महामना के दर्शन ने जगत को प्रभावित किया था। हमारे पास सामाजिक सरोकार रहा है। पर आज यह हर्ष का अपरिग्रह, बुद्ध का त्याग, राम की मर्यादा सब क़िताबों की वस्तु बनकर रह गई हैं। मेरे पढ़ाए तमाम अफ़सर यहीं पर तैनात है, वह सिवाय अपने लिए बड़े-बड़े आलीशान मकान बनाने और एक झूठे दंभ का भ्रम पालने के सिवाय कुछ नहीं करते। हर व्यक्ति को अपनी ज़िम्मेदारी का एहसास होना चाहिए। जो उत्तरदायित्व का एहसास इस सिविल सर्विसेज़ फ़ोरम की टीम ने किया है वही कल आप भी करो जब सक्षमता को प्राप्त करो। इस अभियान का कोई विशेष दूरगामी प्रभाव न पड़ेगा, अगर यह 60 दिन के पश्चात् बंद हो जाती है। यह मात्र एक पीढ़ी के लिए ही नहीं; वरन अनवरत आने वाली पीढ़ियों के लिए एक संस्थागत केंद्र के रूप में स्थापित होना चाहिए। यह गौरव एक व्यक्ति का नहीं एक शहर का ही नहीं-समाज का होगा, प्रदेश का होगा, अगर किसी ऐसी संस्था की स्थापना होती है जो दीर्घजीवी हो एवं समाज के लिए समर्पित हो। यह एक सकारात्मक प्रयास है, ऐसा ही प्रयास और दिशाओं में भी होना चाहिए। मेरी सारी शुभकामनाएँ और आशीर्वाद इस नव प्रयोग के लिए, मुझे विश्वास है कि यह बाज़ारवादी सिद्धांतों से संचालित न होकर एक शुद्ध अंत:करण से एक पीड़ा के निदान का प्रयास है। मेरी सारी सदिच्छाएँ, मेरी सारी शुभकामनाएँ आप सबके साथ हैं।

सर के भाषण का जादुई असर हुआ। उनका सम्मान तो था ही और उद्‌बोधन सर ने पूरे अन्त:करण से किया था। सर ने इस नव जन्मा संस्था से लोगों की अपेक्षाएँ बढ़ा दी थीं। मेरे लिए भी एक उच्च मापदंड की स्थापना कर दी थी, वह प्रकारान्तर में कई बातें ऐसी कह गए थे जो मेरे लिए थीं और मुझसे वह आशा कर रहे थे कि यह अभियान बाज़ारवादी सिद्धांतों से नहीं एक शुचिता की भावना से चलाया जाना चाहिए, पर हक़ीकत में मैं अपना कुछ लाभ भी देख रहा था। मैं पूरी शिद्दत से पढ़ाना अवश्य चाहता था पर मुझे पैसे का लोभ तो था ही। मैं सबसे झूठ बोल सकता हूँ, पर स्वयं से नहीं। सर चले गए और योजना के मुताबिक़ बद्री सर ने आने वाले दिनों की रूपरेखा समझाई। यह बद्री सर और मेरे बीच पहले से ही तय हो चुका था कि कक्षा आरंभ राष्ट्रीय आन्दोलन से किया जाए। इसका कारण मेरी राष्ट्रीय आन्दोलन में अतिशय

रुचि, विषय पर नियन्त्रण और आन्दोलन के तिलिस्म में लोगों को बाँध लेने की क्षमता थी। मैं किसी भी क़ीमत पर इस अभियान को एक ऊँचाई पर ले जाना चाहता था। मैं वापस उस दौर में लौट चुका था जब मैं अपने मेंस की परीक्षा के लिए 12/13 घंटे प्रतिदिन पढ़ता था, पर एक छात्र के रूप में पढ़ना और एक अध्यापक के रूप में पढ़ना दो अलग-अलग प्रक्रियाएँ हैं। एक में स्वयं की संतुष्टि होती है तो दूसरे में एक कक्षा में छात्रों को संतुष्टि को प्रदान करना, छात्रों की मानसिक अवस्था का अनुसंधान करते हुए बचैन चेहरों को मुदित चेहरों में परिवर्तित करना। मेरे लिए मुदित चेहरे आगे आने वाले दिनों के लिए एक लक्ष्य बन चुके थे। मैं नयी चुनौतियों के लिए अपने को माँजने लगा... मेरे अंदर एक बात थी ही—नयी-नयी चुनौतियों को स्वीकार करना... मेरे लिए कल का दिन सबसे बड़ा दिन होने वाला था जब मैं एक शिक्षक के रूप में समाज के सम्मुख उपस्थित होऊँगा प्रारम्भिक राष्ट्रवादियों की संघर्ष गाथा के साथ...

मेरी अपनी संघर्ष गाथा का कहीं अन्त नहीं...

29. हतोत्साहन

भविष्यगत लक्ष्य का ध्वंसीकरण

मैं प्रतिदिन 10/12 घंटे पढ़ता था और तीन घंटे पढ़ाता था। इतनी कठिन पढ़ाई के लिए छात्र भी तैयार न थे। जो कभी विश्वविद्यालय में कक्षा किया ही न हो या कहने को किया हो उसके लिए इतनी देर तक बैठना और सारगर्भित लेक्चर सुनना आसान न था। जो संख्या शुरुआती दिनों में 100 के आसपास थी वह क्रमिक रूप से घटते-घटते शुक्रवार तक 50 हो गई। पैसा शनिवार को देना था और कई पहले से ही तब तक का ही मन बनाकर आए थे।

मैं शनिवार को बहुत निराश था। एक भी आदमी ने पैसा न दिया था। रविवार को स्कूल मालिक को किराया देना था। मैंने नाहक़ बड़ा कमरा लिया, मैंने अति उत्साह में सारी बेवक़ूफ़ियाँ की थीं।

मेरी माँ समझ गई, मेरी चिंता। पूछने पर मैंने सब बता दिया। उसने पिताजी को बताया। पिताजी ने मुझे बुलाया और कहा, "मैं रोक ही रहा था, तुम सुनते ही नहीं हो। आपने दो महीने के लिए कमरा लिया है। आप कोचिंग बंद कर दो, आपका नुक़सान एक महीने का ही होगा।"

"एक महीने का भी किराया कहाँ से लाऊँगा, मेरे पास अब एक रुपया नहीं है।"

माँ— "मैं सोमवार को फ़िक्स डिपाजिट तोड़कर पैसा दे दूँगी। तुम स्कूल वाले को पैसा देकर इस झंझट से छुटकारा प्राप्त करो, बद्री का हिसाब कर देना जब तनख़्वाह मिलेगी।"

मैंने कुछ न कहा; पर कोचिंग बंद करने का फ़ैसला हो गया। मैं रात में अशोक सारस्वत के यहाँ गया और उनको लेकर दिनेश के यहाँ गया। उनको सारी कहानी बताई और कहा, इस प्रयोग को कल बंद करने के अलावा कोई रास्ता नहीं है।

अशोक सारस्वत— "सर, किराया क्यों देने का, कोचिंग बंद करके भाग लेते हैं। वह पैसा माँगेगा तब इतने छात्र नेताओं के लिए काम किया है चढ़ जाएँगे स्कूल पर। आप आईएएस हो, इतनी हिम्मत पैसा लेगा! कुंडली गुरू को लगा देते हैं यह उल्टा पैसा देगा।"

"यह सब ठीक नहीं है। मैं कल की क्लास लेकर चला आऊँगा, आप लोग कोचिंग बंद करने की घोषणा कर देना और ईमानदारी से बग़ैर भावुक हुए कारण भी बता देना। मैं सोमवार को स्कूल मालिक का हिसाब कर दूँगा। अब ईश्वर को जो मंजूर है वही होगा।"

मैं यह कहकर भारी मन से धीरे-धीरे साइकिल चलाता अपने भाग्य को दोष देता घर की ओर चला। जिसने कर्म पर इतने बड़े-बड़े व्याख्यान दिये थे वह अपनी असफलताओं का बोझ उस साइकिल के पहियों पर ढोते हुए भाग्यवादी हो चुका था। शायद नियति यही थी मेरी... मुझे सामने दिखने लगा कल का यूनिवर्सिटी रोड जहाँ लोग कहेंगे-वह अपनी रैंक भँजा रहे थे, आता जाता कुछ है नहीं पढ़ाएँगे क्या-घंटा, वह क्लास चला रहे थे सारे लड़के क्लास से उठकर चल दिए जब वह ब्लैक बोर्ड पर लिख रहे थे, भाग्य था नौकरी पा गए नहीं तो गंगा किनारे उनको भीख भी न मिलती। मेरे दुःख की कोई सीमा नहीं, मैं घर जाने का इच्छुक न था, समय व्यतीत करने के लिए मैंने साइकिल परेड ग्राउंड की तरफ़ मोड़ दी। मुझे आज कहाँ नींद आने वाली।

मैं साइकिल चलाते-चलाते थोड़ी देर बाद परेड ग्राउंड की पुलिया पर बैठ गया। उस समय वहाँ कोई न था। मुझे दूर से अकबर का क़िला और हनुमान मंदिर के बाँध पर जल रही बिजली दिख रही थी, पर न तो क़िले की विराटता मुझे आकर्षित कर पा रही थी न ही बिजली की रौशनी मेरे अंदर के अँधेरे को अपने प्रकाश से दूर कर पा रही थी। मुझे इस बात की चिंता हो रही थी कि जब यह कोचिंग बंद होगी तब यूनिवर्सिटी रोड, डेलीगेसी और होस्टलों में क्या प्रतिक्रिया होगी। मेरी सफलता वैसे ही कोई नहीं पचा पा रहा है। यह एक बड़े बहस की बात हर ओर है ही कि अनुराग को यह रैंक मिली कैसे। बद्री सर या चिंतन सर कितने भी मेरे शुभचिंतक क्यों न हों, इनको भी यह अच्छा तो न लगा होगा कि जो कल तक मज़ारों पर भीख माँगता था वह आज बिरयानी बाँट रहा। मेरा समाचार पत्र में कोचिंग का विज्ञापन छपा देना और पूरे शहर में हज़ार पोस्टर चिपका देना लोगों के मन में ईर्ष्या भर ही चुका था। यह सभी कह रहे थे कि सफलता ने इसका मानसिक संतुलन बिगाड़ दिया है। ऐसा कोई करता है कि पैसा लो और पढ़ाओ और यह क्या पढ़ाएँगे, इनको आता ही क्या है। मैं परसों से यूनिवर्सिटी

रोड जाने लायक़ नहीं रहूँगा। यूनिवर्सिटी रोड तो दूर की बात मैं घर से निकलने लायक़ नहीं रहूँगा। मुझे जो आर्थिक नुक़सान हो रहा वह तो छोटा नुक़सान है, पर एक जीवन भर का दंश मेरे साथ रहेगा। यह बात इलाहाबाद के ईर्ष्यालु लोग एकेडमी तक ले जाएँगे और सब मुझपर हँसेंगे, पर अब किया ही क्या जा सकता है! जो होना था वह हो चुका है। मैं परेड ग्राउंड से बद्री सर के घर गया और उनको सारा क़िस्सा सुनाया और यह भी कहा कि मैंने कोचिंग बंद करने का फ़ैसला कर लिया है। बद्री सर थोड़ा चिंतित से लगे, मुझे लगा उनको लग रहा है कि उनका ऋण तो अब गया। मैंने कहा, "सर मैं आपका पाई-पाई चुका दूँगा, आप थोड़ा धैर्य रखें। जैसे ही तनख़्वाह मिलेगी पहला काम होगा इस ऋण से मुक्ति प्राप्त करना।"

"इतनी हल्की बात न करो यार। सवाल इस ऋण का नहीं है, यह कोई ऋण है भी नहीं। इसको भूल जाओ। यह वापस करो या न करो, कोई विशेष बात नहीं है। मुझे अपयश की चिंता हो रही, न केवल तुम्हारी बल्कि मेरी अपनी, चिंतन की और सत्य प्रकाश मिश्रा सर की। यह माना तुम चेहरा हो पर नाम हम सबका भी जुड़ गया है इस अभियान से। मैंने भी लोगों से कहा है कि यह अच्छा प्रयास है। उस दिन मैं भी उपस्थित था उद्घाटन के दिन और मैंने आने वाले पूरे कार्यक्रम की रूप-रेखा समझाई थी। तुम इसको बंद न करो, किसी भी तरह चलाओ।"

"सर, हर कार्य का कुछ प्रोत्साहन केंद्र होता है जहाँ से ऊर्जा का संचार होता है। वह केंद्र अब मुझे हतोत्साहित करते हुए लोपित हो रहा है। अगर आप कह रहे कि पैसा मत लो और पढ़ा दो तब वह मुझसे न हो पाएगा। मैं भी दो पैसे की उम्मीद से ही यह कार्य कर रहा था। जब सारे चयनित लोग सफलता के उन्माद के साज से उत्पन्न अपनी प्रशस्ति-गीत के संगीत में नृत्य कर रहे थे, उस समय मैं एक तपस्या में लीन होकर एक भविष्य तलाश रहा था। पर यह तपस्या मैं किसके लिए कर रहा! कोई भी कार्य किसी न किसी इच्छा से संचालित होता है, जब वह इच्छा पूरित होती नहीं दिखती तब व्यक्ति की आस्था उठने लगती है। मैं अब अपने कार्य के प्रति ही आस्थावान न रहा। मुझे लग रहा यह सब मुझे बेवक़ूफ़ समझ रहे और मेरे अंदर उन लोगों के लिए द्वेष भाव जन्म ले रहा जो मेरे ही सामने बैठकर पढ़ रहे। सर एक भी व्यक्ति पैसा न दिया, यह कहाँ से स्वीकार्य है, मैं क्यों पढ़ाऊँ! मैं बड़ी बात कर रहा यह लगेगा आपको पर साक्षात् सरस्वती को उतारा है कक्षा में मैंने। 15 घंटे से अधिक कक्षा चल चुकी है राष्ट्रीय आंदोलन की, पर अभी मैं गाँधी के ट्रॉयल तक ही पहुँचा हूँ। इतना कठिन परिश्रम और श्रम की कोई क़ीमत नहीं, मुझसे न हो पाएगी यह उदारता उनके लिए जो स्वार्थ में आकंठ लिप्त हैं। मैं अगर स्वार्थी दिख रहा कुछ चंद उम्मीदों को हृदय में संजो कर तब वह कौन से परमार्थी हैं जो एक शर्त के साथ आरंभ हुए अभियान

की शर्तों का सम्मान नहीं कर रहे। यह तो पहले ही कह दिया गया था यह कोई मुफ़्त का कार्यक्रम है नहीं; इसमें धन का आदान-प्रदान एक शर्त के रूप में शामिल है। अब सर अपयश हो तो हो; पर मैं नहीं चला पाऊँगा यह कार्यक्रम। मेरे लिए हर दिन बहुत मुश्किल हो रहा है 10/12 घंटे पढ़ना और तीन घंटे बोलना और वह भी उनके लिए जिनकी नज़र में मेरी कोई क़ीमत नहीं।"

सर चिंतित दिखे। उनको भी आने वाले कल की चिंता होने लगी जब इस अभियान की विफलता से उत्पन्न अपयश का विषपान करने को वह बाध्य होंगे।

मैं सर के कमरे से निकला, मैं साइकिल को यूँ ही घसीटते एक हाथ से हैंडल पकड़े पैदल चलता हुआ घर आया। माँ बाहर चबूतरे पर खड़ी होकर मेरा इंतिज़ार कर रही थी।

"कहाँ चले गए थे?"

मैंने थोड़ा झूठ बोला— "कल कोचिंग बंद करनी है उसी की प्रक्रिया को पूरा कर रहा था। अशोक और दिनेश को समझा रहा था कैसे कल बात करनी है। मेरा कोचिंग बंद करते समय रहना ठीक नहीं है। मैं कल की क्लास लेकर चला आऊँगा और वह लोग कह देंगे कि यह कोचिंग अब नहीं चलेगी। मैं तुम्हारा फ़िक्स डिपाजिट तोड़ना नहीं चाहता, कल कुछ सोचूँगा स्कूल मालिक के किराये के बारे में।"

माँ ने धैर्य के साथ मुझे आश्वस्त करते हुए कहा, फ़िक्स डिपाजिट कराया था बच्चों के लिए ही। तुम कोई जुआ में तो पैसा हारे हो नहीं। एक अच्छे उद्‌देश्य के लिए काम कर रहे थे पर वह न चल सका। तुम बिल्कुल परेशान न हो। मैं सोमवार को फ़िक्स डिपाजिट तोड़कर दे दूँगी। उसने यह भी बताया कि कमिश्नर साहब आए थे। उनकी क़िताब का विमोचन 5 अगस्त को प्रयाग संगीत समिति में है और वह लखनऊ जाकर राज्यपाल से समय ले आए हैं। वह सत्य प्रकाश मिश्रा सर के यहाँ आए थे और यहाँ भी आ गए, कहकर गए हैं कि कल अनुराग को सुबह भेज देना। वह जल्दी में थे; इसलिए बैठे भी नहीं, आए और तुरंत चले गए।

अगले दिन सुबह अशोक सारस्वत और दिनेश श्रीवास्तव आए। वह लोग इसके पक्षधर न थे कि कोचिंग बंद हो। यह दोनों बहुत ही प्रतिभाशाली विद्यार्थी थे, इनको लग रहा था कि कोचिंग चलेगी तब परीक्षा पास करने में बहुत सहूलियत हो जाएगी। दिनेश ने कहा, "सर मैं इतिहास का विद्यार्थी हूँ पर इस तरह इतिहास न कभी पढ़ा और न सोचा।"

दिनेश की चाहत थी कि गाँधी का ट्रॉयल जो पढ़ाना आरंभ ही हुआ था कल उसको पूरा करके तब कोचिंग बंद की जाए। मैंने दिनेश को गाँधी आश्रम अहमदाबाद से छपी

एक क़िताब दे दी जिसमें गाँधी का पूरा मुक़दमा विस्तार से लिखा था। अशोक सारस्वत ने कहा, "सर यह तो बहुत बड़ा है कौन पढ़ेगा इतना। आप संक्षेपण करो जितना परीक्षा के काम का है, हमको वैसे भी घुमा-घुमाकर लिखी बातें समझ कम आती हैं। आप दो-चार दिन और इंतिज़ार करिए हम कोशिश करते हैं पैसा निकालने की।"

"यार देखो, मन उचट गया है मेरा इस काम से। यह काम बहुत लगन का है। जब किसी काम में मन न लगे तब वह काम नहीं करना चाहिए। बग़ैर मन के किए काम में कोई परिणाम नहीं आता।"

मैंने बताया कि मैं कमिश्नर के घर जा रहा उनकी क़िताब का विमोचन है, 5 अगस्त को। सत्य प्रकाश मिश्र सर ने कहा है कि प्रूफ़ रीडिंग कर दो उनकी क़िताब की। अब सर के इतने एहसान हैं मेरे ऊपर उनका आदेश तो मानना ही है।

अशोक सारस्वत, "सर कमिश्नर इलाहाबाद सत्यानंद मिश्रा क़िताब लिख रहे ?"

"हाँ।"

"सर मैं भी चलूँ।"

"चलो।"

"सर, मेरे गाँव में ज़मीन का एक मामला है एसडीएम सुन नहीं रहा, आप एक फ़ोन करा देंगे उनसे ?"

"वह उदारमना हैं। आप कह देना अपनी समस्या, वह समाधान निकाल देंगे।"

मैं, अशोक और दिनेश कमिश्नर के बंगले के अंदर प्रवेश किए। अशोक ने पूछा, "सर ऐसा ही बंगला आप का भी होगा और हम लोग आकर बंगले में पसर जाएँगे और चपरासी से कहेंगे बनाओ आलू-मटर-टमाटर की सब्ज़ी और पराठा। सर, चेंप मारेंगे चार पराठा सुबह-सुबह।"

"तुम्हारा खुद का भी बंगला ऐसा ही होगा, तुम्हारा भी चयन होगा।"

"कैसे होगा सर! आप पढ़ा ही नहीं रहे हो। मैंने तो सोचा था आपका पढ़ाया हुआ ही लिखेंगे परीक्षा में पर यह इलाहाबाद वाले कोचिंग ही बंद करा मारे। यह सब हैं ही ससुरे फ़ेल होने लायक़। जब इनको यह ही नहीं समझ कि कैसे माल को सस्ते दाम पर लिया जाए तब तो यह आईएएस होने लायक़ ही नहीं है। आप जो पढ़ा रहे वह अनमोल है पर कोई क़दर ही नहीं शहर को गुणवत्ता की।"

30. लेखन लालसा

रचनात्मक मूल्यों का क्षरण

मैं कमिश्नर साहब के बंगले पर गया, मेरे आने का संदेश साहब के निवास में गया। मुझे कमिश्नर के ड्राइंग रूम में ले जाया गया। उस ड्राइंग रूम की विराटता देखकर अशोक और दिनेश अचंभित हो गए। अशोक ने कहा, "सर घर के अंदर चलने के लिए मोटरसाइकिल रखे होंगे साहब, इस घर में पैदल तो चल नहीं सकते। हम लोगों के गाँव में जिस तरह कई-कई बच्चे लोगों के होते हैं अगर वैसे ही कई बच्चे साहब के हो जाएँ उसमें से एकाध बच्चा इस बड़े घर में खो ही जाएगा, तब दो-तीन दिन लगेगा उसको ढूँढ़ने में।"

इतने में कमिश्नर साहब की पत्नी आ गईं और उन्होंने कुशल-क्षेम पूछा और कहा कि मैं एक दिन गई थी तुम्हारे घर तब तुम दिल्ली गए थे। उन्होंने चपरासी को आवाज़ दी। वह चपरासी को चाय-पानी के लिए समझाने लगी तभी अशोक ने मेरे कान में कहा, "सर आपने मैडम को भी लपेट मारा है। यह भी आपसे मिलने घर गई थीं। बद्री सर सही कहते हैं अनुराग मायावी है।"

उसी समय कमिश्नर साहब आ गए। मैंने दिनेश और अशोक का परिचय कराया। अशोक एमए हिंदी में टॉप किए थे और दिनेश की एमए-प्राचीन इतिहास में पोज़ीशन थी। इलाहाबाद विश्वविद्यालय के पोज़शन होल्डरों की बहुत प्रतिष्ठा होती ही है। सर ने भी खुशी ज़ाहिर की उनसे मिलकर और कहा, "अनुराग क़िताब को लेकर थोड़ा तनाव है। पाँच अगस्त को विमोचन है और अभी तक क़िताब छपी नहीं है। तुम थे नहीं प्रूफ़ रीडिंग का काम एक हिंदी विभाग के रिसर्च स्कालर को दिया है, वह कर रहा है।"

अशोक— "किसको दिया है सर?"

"विवेक रंजन को..."

"सर उससे तुरंत वापस लीजिए। वह पूरा गोंड देगा। मैं जानता हूँ उसको, कोई

समझ नहीं उसको रचनात्मकता की। अब सर आ गए हैं आप निश्चिंत रहें, पूरी क़िताब का काया -कल्प हो जाएगा। सर, क़िताब का कवर पेज भी बाढ़ियाँ बनाइयेगा, वह भी पुस्तक के सम्पूर्ण कलेवर के लिए महत्वपूर्ण है। सर, पाँच अगस्त को गौरव गान ही होगा।"

उसी समय चपरासी आकर बोला कि मंत्री जी का फ़ोन है। वह अपनी क़िताब की पांडुलिपि मुझको देकर बोले, मैं आता हूँ। चपरासी से कहा साहब लोगों का ध्यान रखना। उनके जाते ही अशोक बोले, "सर, तेल-पानी सही लगाया न?"

"थोड़ा धीरे चलो।"

"सर, यह सब सम्मान के भूखे दंभी लोग हैं। इनको आता-जाता कुछ नहीं बस क़िताब लिखकर साहित्यकार बनना है। देखिए सर यह कविता महान साहित्यकार की...

मैं क्यों आऊँ तेरे पास
यहाँ उगी है सुंदर घास
पवन मगन था सारी रात...

अब इनको इतना भी नहीं आता कि प्रेमिका के लिए लिखे प्रेम-गीत में घास से तुलना... सर प्रेमिका का आने का मन हो तब भी वह नहीं आएगी।

यह दूसरी देखिए

ख़्वाब, ख़्वाहिश... शबनम, चाँद
जहाँ भी देखता हूँ ख़लिश तुम ही हो खुश ही खुश..."

अब "ख़" ही "ख़" लिख मारे... वह भी नुक़्ता वाला ख़। साहब को यह भी नहीं समझ कि नुक़्ता हर ख में नहीं लगता। सर, इनको हिंदी में उर्दू जोतने का बहुत शौक़ लगता है। सर, इनकी इस क़िताब को यहीं आग के हवाले कर देते हैं, कुल 100 कविताएँ हैं ही। आप नयी लिख दो, आप 100 कविता लिख मारेंगे सप्ताह भर में। अगर आपको लग रहा कि कौन लिखे फिर से, तब आप अपनी पुरानी कविताओं को ही चिपका दीजिए। आपको क्या! आप फिर लिख लीजिएगा। आप तो कविताओं के थोक-मार्का लेखक हैं ही, छपा देते हैं इनके नाम से कविता-संग्रह।"

इतने में कमिश्नर साहब पुनः आ गए और पूछा कैसी हैं कविताएँ...

अशोक– "सर, क्या लिखा है आपने! सर, आपकी लेखनी में सरस्वती है। यह क़िताब तो सर हंगामा करेगी। सर, इसकी प्रूफ़ रीडिंग कर देंगे और निखर जाएगी।"

"अनुराग, इस सप्ताह कर दो काम पूरा ताकि जल्दी यह प्रकाशक के पास पहुँच जाए।"

अशोक– "सर आप निश्चिंत रहें। यह काम समझिए हो गया, यह काम अब हम

लोगों का है, एक सप्ताह बहुत है।"

कमिश्नर साहब के चेहरे पर संतोष के भाव थे।

"तुम लोग काम करो... मैं ज़रा लोगों की समस्याएँ सुन लेता हूँ, बहुत लोग इंतिज़ार कर रहे।"

सर चले गए पर थोड़ी देर बाद आए यह देखने कि काम कैसा चल रहा। उन्होंने पूछा भी, कितनी प्रगति हो गई।

वह थोड़ा उतावले हो रहे थे। अशोक ने कहा, "सर विश्वकर्मा को आपने काम सुपुर्द कर दिया है, आप निश्चिंत रहें स्वर्ण युक्त भवन का निर्माण होगा और रत्नाजड़ित कलश शीर्ष पर स्थापित होगा, स्याही में सरस्वती का वास है। सर, ज़रा प्रकाशक को बुला लीजिएगा, उससे भी समझ लें कैसे वह कार्य कर रहा। मैं हिंदी का विद्यार्थी हूँ, मुझे प्रकाशन-विमोचन की समझ है, मैं तो विमोचन समारोहों में जाता ही रहता हूँ।" सर ने अपने पीएस को बुलाया और कहा; जो भी यह लोग कहें कर देना।

मैं कमिश्नर साहब की कविताएँ ठीक करने का प्रयास कर रहा था कि अशोक ने कहा, "सर, साहब हैं बहुत प्रतिभाशाली।"

"कैसे पता लगा?"

"सर, यह पद्य से गद्य की ओर और गद्य से पद्य की ओर ऐसे चले जाते हैं जैसे संगम में गंगा यमुना की ओर और यमुना गंगा की ओर बेधड़क प्रवाहमान होती हैं। यह लगता है कई जन्म पहले हरिषेण रहे होंगे। यह चम्पू शैली में लिखते हैं, जब मन आया गद्य जब मन आया पद्य बस इतना ही है ख़ास इनमें जो इनको हरिषेण से अलग करता है, इनको कोई मतलब नहीं किसी भी शिल्प-शास्त्रीयता से। यह बेधड़का शैली के लेखक हैं। इनको पड़ोसन पिक्चर पहले दिखाइये सर। उसमें सुनील दत्त-महमूद-किशोर कुमार को देखें ठीक से और घोड़-चतुर, चतुर-घोड़ा न करें। सर यह देखें, यह तो किसी और का लिखा लग रहा है हेर-फेर करके लिख मारा अपना नाम देकर। सर, इनको एक राय देते हैं, यह रामधारी सिंह 'दिनकर' की क़िताब का कवर पेज फाड़कर उस पर अपना कवर चिपका लें, कौन रामधारी सिंह जिंदा हैं कि केस कर देंगे। सर यह निराला से भी आगे जाएँगे।"

"वह कैसे?"

"सर, निराला के बारे में कहा जाता है कि वह क्रिया-पद का लोप करके एक नयी तरह की रचना करते हैं, पर साहब तो संज्ञा-सर्वनाम सबका लोप करने में सिद्धहस्त लगते हैं। यह एक सर्वनाश शैली का अविष्कार कर रहे हैं। सर, अच्छा है अक्खड़ साहित्यकार निराला, फ़िराक़, रामवृक्ष बेनीपुरी, भैरव प्रसाद गुप्ता नहीं रहे नहीं तो वह सब इनको इसी बंगले में घुस कर दौड़ा मारते। सर, एक बात और समझ आ गई।"

"क्या ?"

"सर, अब मुझे समझ आया कि सरकारी अधिकारी कैसे क़िताब लिख लेते हैं।"

"कैसे ?"

"किसी से लिखवा लो अपना नाम चेंप दो उस पर, फिर विमोचन करो शहर-दर-शहर। कौन देखने जा रहा कौन लिखा है। एक नया ड्रामा लेखन के क्षेत्र में, विचार हमारा पर लेखन में सहयोग किसी का लिया। "कई बार लोग नाम भी नहीं बताते किससे लेखन में सहयोग लिया है।"

"ऐसी बात नहीं है, आप राग-दरबारी देखो, एक सरकारी नौकर ही थे श्री लाल शुक्ला जी पर कालजयी उपन्यास है। ऐसे बहुत से लेखक हैं जो सरकारी सेवा में रहते हुए लिखे, कई का लेखन बहुत स्तरीय है। राग दरबारी की कहानी का नाट्य-रूपांतरण भी हुआ और कई बार मंचन हुआ।"

"सर, अब इनसे उनकी तुलना तो न ही करें।"

मैं सर की कविताएँ पढ़ रहा था, अशोक ने कहा, "सर एक बात कहें ?"

बग़ैर सिर उठाए कहा, "कहो"।

"इस क़िताब को जलाकर बनी चाय भी बेस्वाद होगी।"

"ऐसा नहीं है, यह देखो... यह कविता..."

"कुछ थोड़ा-बहुत ठीक है, यह बात तो है। यह अर्द्ध-फ़र्ज़ी साहित्यकार हैं, पूर्ण-फ़र्ज़ी नहीं।

दिनेश— "यह अर्द्ध-फ़र्ज़ी क्या होता है ?"

मैं— "अब यह आधा घंटा इसकी विवेचना करेंगे; अगर तुमने कुछ सवाल कर लिया। इनका मोनोलॉग चलने दो, सवाल न करो।"

"सर, आपके ठीक करने के बाद भी कविता कह रही मेरा और श्रृंगार करो। सर, एक बदसूरत शक्ल का अतिशय श्रृंगार भौंडेपन की ओर जाता है। आपकी चुनौती श्रृंगार के साथ-साथ भौंडेपन से बचने की भी है। मेरी राय तो यही है कि आप इनकी क़िताब को मारिए गोली और फिर से नयी लिखिए। यह हैं कमिश्नर, आदमी हैं काम के। इनको घूस देते हैं नयी क़िताब लिख-लिखकर और काम कराते हैं लोगों का। सर, आपको कोचिंग में पढ़ाकर पैसा ही चाहिए न, इन्हीं से ले लेते हैं पैसा, क़िताब की प्रूफ़ रीडिंग के नाम पर। यह आपको ठीक नहीं लग रहा हो तो किसी आसामी को पकड़ कर कोई काम करा लेते हैं और उससे पैसा ले लेते हैं। आपको पैसे से मतलब है वह कैसे आया इससे क्या लेना-देना! आप बस पढ़ाइये, हम लोगों का चयन ज़रूरी है। सर, अब तो यह बंगला और प्रेरित कर रहा पढ़ने को, आज से दो घंटे पढ़ाई का कोटा और बढ़ा देते हैं। सर, आप कोचिंग बंद न करो, आपके बग़ैर पढ़ाए नहीं होगा हमारा,

दिनेश का चाहे हो जाए। यह सुमित सरकार, विदेश नीति, आर्थिक सर्वे, अन्तर्राष्ट्रीय संबंध, संविधान, डेविड थाम्पसन, कैटलबी, बर्नस, विद्या भवन सीरीज़, मोटी-मोटी क़िताबें आप पढ़ो और जितना परीक्षा में लिखने लायक़ हो वह लिखा-समझा दीजिए... कबीर की तरह-सार-सार को गह रहयो थोथा देय उड़ाओ। कोचिंग का प्रतीक चिह्न भी सूप कर देते हैं। हमको सर ज्ञान-वान से कोई लेना-लादना नहीं है, हमको परीक्षा पास करनी है बस। जिस दिन परीक्षा पास किए उसके अगले दिन से क़िताबों की तरफ़ देखेंगे ही नहीं, बहुत जानमारू काम है यह सिविल सेवा परीक्षा की तैयारी। पता नहीं कौन सिलैबस बनाया है जो मन आया वह लिख मारा सिलैबस में। यह डीडी बसु की संविधान की क़िताब समझै नहीं आती जब तक आप हाथ न लगाओ। वैसे सर अब किसी और को दोष क्या दें जब अपनी शिक्षा ही देशज है, देशज शिक्षा का कोई सम्मान ही नहीं है इस देश में आज़ादी के इतने वर्षों के बाद भी। हमारे कर्णधार एक आज़ाद देश के ग़ुलाम मानसिकता वाले नागरिक हैं। हर देश अपनी भाषा के लिए कार्य करता है, उसे सम्मान देता है; सिवाय संस्कारों-मूल्यों-परंपराओं के देश भारत के। सारे देश के कार्यक्रम अपनी भाषा में होते हैं, उनके प्रधानमंत्री-राष्ट्रपति वैश्विक मंचों पर अपनी भाषा में बोलते हैं सिवाय भारत के, हमको तो अंग्रेज़ी ही जोतना है। बद्री सर ठीक ही कहते हैं, एक साज़िश के तहत सिविल सेवा परीक्षा का पाठ्यक्रम बनाया गया है। सिविल सेवा चयन प्रक्रिया अभिजात्यतता से परिपूर्ण जन-विरोधी है। इन अभिजात्य लोगों ने अपने कुत्सित लक्ष्यों की पूर्ति के लिए हिंदी को समाप्त करने का एक पूरा षड्यंत्र बनाया हुआ है। सर, एक आंदोलन चलाना होगा देशज भाषा के सम्मान के लिए, कभी-कभी सर इतना ग़ुस्सा आता है कि मन करता है क्रांति कर दें।"

अशोक की हताशा उसके शब्दों में थी और विवशता उसके भाव-भंगिमाओं से परिलक्षित हो रही थी। वह मेरे कोचिंग बंद करने के फ़ैसले से बहुत निराश था। उसकी पीड़ा मुझे अंदर तक छू गई।

इतने में चपरासी आया पूछने कि मेमसाहब कह रहीं हैं नाश्ता करा दो इन लोगों को, कुछ चाहिए सर?

"चाहिए तो बहुत पर तुम देर से आए हो। थोड़ा आलू-मटर-टमाटर की सब्ज़ी और पराठा बना दोगे?"

"जी सर।"

"ज़्यादा मत बनाना बस बारह-पन्द्रह ही बनाना, हम लोग चार-पाँच से ज़्यादा पराठा नहीं खाते हैं।"

चपरासी जाने लगा तो उसको अशोक ने बुलाया,

"कितनी देर लगेगी?"

"सर बीस मिनट।"

"यार, टाइम थोड़ा ज़्यादा ले रहे हो, चलो तब तक चाय ही पिला दो।"

चपरासी चला गया तब अशोक ने दिनेश से कहा कुछ और चाहिए क्या?

"नहीं, इतना बहुत है।"

"संकोच न करो। यह सब प्रसन्न होंगे अगर कुछ खाएँगे हम लोग।"

चपरासी चाय लेकर आया। अशोक ने पूछा, "सुनो यार कुछ मिठाई भी लाना पराठे के साथ।"

"जी साहब।"

"कौन सी मिठाई है?"

"सर क्या चाहिए, सब है।"

"अगर सब है तब दो-तीन तरह की लाना।"

"जी साहब।"

"ऐसा करो... रसमलाई है ना!"

"जी साहब।"

"उसको तो अभी ही दे दो, बाक़ी तीन-चार तरह की पराठे के साथ लाना।

"जी साहब।"

"अब सर इनकी कविता बढ़िया बनाइये। मैं भी थोड़ा व्याकरण देखता हूँ, साहब को व्याकरण की कोई समझ नहीं है, वैसे भी सर हिंदी व्याकरण आसान नहीं है, ख़ासकर हिंदी का विराम चिह्न। वह हिंदी का मूल रूप तो है नहीं, वह तो अंग्रेज़ी से आयातित है। सर, एक बात बताइए?"

"क्या?"

"कौन साहब को पगलैटी का काम करने की सलाह दिया है?"

"खुद ही कर रहे, शौक़ है इनका।"

"नहीं सर, कोई बरगालाया है। सर कहें तो एक क़िस्सा सुनाऊँ?"

"सुनाओ।"

"एक हमारे इलाक़े के अफ़सर हैं। वह एक काव्य संग्रह लिखे। अब लिखे क्या कुछ शब्दों के साथ अत्याचार किए, उनके बारे में हम लोग मज़ाक़ करते थे कि यह थर्ड ग्रेड से भी नीचे की कविता लिखते हैं। वह मुझसे कहे चलो इस क़िताब को एक उच्च न्यायालय के जज को भेंट करना है। मैं फ़ालतू आदमी मुझको क्या, जहाँ चाहे ले चलो। मैं उनके साथ गया। एक बड़े कमरे के ड्राइंग रूम में बैठे हम लोग, जल-जोग आया। मैं जल-जोग पर केंद्रित हो गया और देखा थोड़ी देर बाद जैसे कुर्ता हैंगर में टँगा हो वैसे ही हैंगर मार्का काया में कुर्ता काँधे पर लटकाए लंबा आदमी चलता हुआ आ

रहा हमारी ओर। मैं मिठाई चेंप रहा था और जज साहब उसी मिठाई चेंपने के दरम्यान पूछे, यह क़िताब किसने लिखी है।

अफ़सर साहब बोले, मैंने। उन्होंने अलटा-पलटा दो-चार पेज और कहा, इतने लोग लिख रहे और ज़्यादातर फ़िज़ूल ही लिख रहे; अगर आप न लिखते तो एक अहसान होता। आपने जितना समय इसको लिखने में लगाया उतना समय पढ़ने में लगाते तो अच्छा होता, इतना अच्छा-अच्छा साहित्य लिखा गया है; पर पढ़ना नहीं है बस बेमतलब का लिखना है। मेरे सामने कोई मामला आया तो मैं एक आदेश पारित कर दूँगा कि इस तरह का फ़ालतू लेखन बंद हो, क्यों यह काम आप लोग कर रहे! सर... मेरे हाथ में मिठाई थी और पानी का ग्लास पर दोनों गले से नहीं उतर रहे। मैं बाहर निकला और अफ़सर साहब से कहा, कोई और न मिला... यह बददिमाग़ ही मिला क़िताब देने को।"

"तुम तो यह समाचार फैला मारे होंगे?"

"सर यह समाचार उनके गाँव-इलाक़े के बच्चे-बच्चे को पता हो गया, मैं कहाँ छोड़ने वाला। आप कमिश्नर साहेब से कह दीजिएगा, उस जज के पास भूलकर भी न जाएँगे।"

"सर, एक और क़िस्सा है, कहें तो सुनाऊँ?"

मैंने कविता का शब्द-विन्यास ठीक करते हुए कहा, बताओ...

"सर, एक बड़े अधिकारी थे, अभी भी बड़े अधिकारी ही हैं, वह जब बड़े हैं तब छोटे कैसे हो जाएँगे। वह कोई पत्रिका भी चलाते थे, शायद अभी भी चलाते हों। उन्होंने एक आयोजन किया और विद्या निवास मिश्र सर को आमंत्रित किया। उसी समारोह में अधिकारी साहब के लेखन पर किसी ने अपने भाषण में चापलूसी करते हुए कह दिया, साहब महान साहित्यकार हैं, इनकी कविता से वेद निकलता है। विद्या निवास मिश्र उठे और बोले-वेद से कविता निकलती है न कि कविता से वेद। इस तरह के आत्म-प्रवंचना के कार्यक्रम की अध्यक्षता मैं नहीं कर सकता और विद्या निवास सर माइक का मुँह नीचे किए और चल दिए।"

"अशोक, तुम कहाँ से लाते हो यह सब मसाला?"

दिनेश— "सर, यह किसी फ़िल्म की स्क्रिप्ट लिखें तो अच्छा होगा, यह सारा दिन ऐसा ही मसाला सुनाते रहते हैं।"

अशोक— "सर, एक बात है।"

"क्या?"

"आपका परिश्रम काव्य को गाँव-तहसील के जल-जल तक ले जाएगा और काव्यमयता जलचरों तक जाएगी।"

"वह कैसे?"

"सर, लेखपाल-कनूनगो-प्रधान-अमीन-कर्मचारी सब पर दबाव होगा सर की क़िताब बिकवाओ। वह बेचारे कैसे बिकवाएँगे, चार-पच-दस प्रति ख़रीदेंगे, सर की कृपा प्राप्ति के लिए। फिर यह क़िताब तालाबों में प्रवाहित होगी, तालाब की मछलियाँ और मेंढक भी काव्यमय हो जाएँगे, अगले बरसात में मेंढकों का टर्र-टर्र काव्यमय होगा। एक बात और है।"

मैं कविता पढ़ते-पढ़ते पूछा, "क्या?"

"मत्स्य से सरकार की आमदनी आप बढ़ा देंगे, मत्स्य-पालन की वृद्धि में आपका महती योगदान होगा।"

"कैसे?"

"जो आप श्रृंगार रस की कविताएँ ठीक कर रहे हैं, वह मछलियों के मध्य इश्क़ में अभिवृद्धि करेगा, जब तालाब में मछलियाँ रूबरू होंगी इससे।"

इतने में रसमलाई आ गई, फिर चाय-दिव्य नाश्ता

"सर कमरे पर कौन खाना बनाए लंच करके चलते हैं।"

"सोने के अंडा देने वाली मुर्ग़ी की कहानी सुनी है न!"

"हाँ सर समझ गया, हम लोग नाश्ता तक सीमित रहते हैं। इस चपरासी को पटा लेंगे काम हो जाएगा।"

मैंने चपरासी से मैडम को बुलवाया और कहा, "इसको मैं ले जा रहा। सर से कह दीजिएगा कल आऊँगा और बताऊँगा कितना समय और लगेगा पर एक सप्ताह में कर दूँगा।"

"अनुराग, तुम आ गए हो, यह कार्य हो ही जाएगा। यह पहले तनाव में थे, काम ऑफ़िस का इतना रहता है कि समय मिलता ही नहीं, यह एक समस्या है नहीं तो लिखते यह अच्छा हैं।"

अशोक— "मैडम, साहब अच्छा ही नहीं बहुत अच्छा लिखते हैं। हिंदी साहित्य के साथ न्याय नहीं हुआ जो सर साहित्यकार नहीं बनें पर कोई बात नहीं... देर से ही सही पाँच अगस्त के बाद तो प्रशस्ति-गान साहब का होगा ही।"

हम तीनों लोग कमिश्नर साहब के बंगले से यूनिवर्सिटी रोड होते हुए घर आ गए। माँ ने चाय पिलाया। मैंने पहले सोचा था, आज की क्लास करके कोचिंग को बंद करूँगा फिर सोचा, अब आज भी पढ़ाने की क्या आवश्यकता जब बंद ही करना है, बेवजह क्यों जाकर दो-तीन घंटा ख़ून जलाऊँ।

"अशोक, आप लोग चले जाना, मैं नहीं आऊँगा, ईमानदारी से स्पष्ट रूप से

कोचिंग के असमय समापन का कारण बता देना। आप लोग कोचिंग बंद करके आना, शास्त्री पुल चलेंगे और वहाँ का बंद मक्खन खिलाऊँगा।"

"सर कमिश्नर साहेब के बंगले चलिए, वहाँ की चाय बढ़िया है। मिठाई भी लोग लाते ही हैं, कोई खाने वाला तो है नहीं। हम लोग न्याय कर देंगे।"

"कल चलेंगे आज यह कोचिंग निपटा कर आओ।"

अशोक और दिनेश कोचिंग बंद करके आने की बात कहकर चले गए पर मन में एक व्यग्रता... क्या होगा आज शाम को जब सिविल सर्विसेज़ फ़ोरम के समापन की घोषणा होगी... क्या प्रतिक्रिया होगी लोगों की... समाज की...

एक मेरा ख़्वाब मेरे सामने ही टूटकर बिखर रहा था...

न कोई आवाज़ न कोई चीख़ न कोई हलचल

वह टूटकर बिखर गया सामने मेरे
जिसे संजोया था मुद्दतो से मैंने

किसी को न दिखा वह टूटकर गिरते हुए

सिर्फ़ अपने बहते अश्कों के साथ मैंने महसूस किया उसका ज़मींदोज़ होना

वह मेरा ख़्वाब था मेरे सामने ही बिखर रहा।

31. पुनर्विजय

आत्मजयी नायक की विजययात्रा

अशोक— "दिनेश-शाही कोचिंग बंद करने की घोषणा करने गए। अशोक ने दिनेश से कहा, "यार यह ठीक नहीं हो रहा।"

"भाई साहब के पास रास्ता ही क्या था, कोई पैसा ही नहीं दे रहा।"

"यार, आईएएस बन गए हैं, पैसा कमा लेंगे। मुफ़्त में ही पढ़ा देते तो कौन सा पहाड़ टूट जाता। हम तीनों लोग तो मुफ़्त में ही पढ़ रहे, सत्य प्रकाश मिश्रा सर के दो चेले भी मुफ़्त में पढ़ रहे, दो लड़कियों को भी मुफ़्त में पढ़ा रहे... कुछ लोग और पढ़ लेंगे... हैं तो सब ग़रीब-गुरबा हीं। महामायी सकाय जाए ऐसी लालच में।"

"कौन सी दो लड़कियाँ मुफ़्त में पढ़ रहीं?"

"कौन दो हैं यह तो नहीं पता पर दो मुफ़्त में होंगी हीं। यह लड़कियाँ पैसा देंगी, तुम भी बेवक़ूफ़ाना बात कर रहे हो, एक पैसा न देंगी। सर की फ़ीस भी ऐसी है कि देने का मन करे तब भी देने की हालत नहीं। पाँच सौ रुपया लिए होते, लोग खुशी-खुशी देते। माँग भी रहे हैं दो हज़ार रुपया, इससे अच्छा होता, खेत का रुक्का ही लिखा लेते।"

"जब कोई पैसा नहीं दे रहा तब क्यों पढ़ाएँ भाई साहब?"

"कौन नहीं दे रहा! कह तो सब रहे हम देंगे, हम तीन और सत्य प्रकाश सर के चेलों के अलावा सब देंगे ही देर-सबेर, चलो एक-दो लड़कियाँ गोल कर जाएँगी, कुछ आधा-अधूरा देंगे। पचास लोग आज हैं ही मानो दस-पाँच और भाग गए, हमारे-तुम्हारे ऐसे पाँच-सात मुफ़्तख़ोर पैसा न दिए तब भी कम से कम तीस-पैंतीस लोग तो हैं हीं, पैसा देने के लिए। माना ससुरे सब पूरा पैसा न दिए; अगर हज़ार रुपिया की एवरेज फ़ीस निकालो तब भी तीस-पैंतीस हज़ार हुआ न! चलो ख़र्चा काट-पीटकर तीस हज़ार के आस-पास मिला न, साठ दिन का। चलो कुछ और कम दो तब भी कम से कम

पच्चीस हज़ार तो इसी भीड़ से पीट ही लेंगे। 2200-4000 की स्केल है आईएएस की, दो महीने में पच्चीस-तीस-पैंतीस हज़ार कमा गए, इसमें क्या ख़राबी है! जिस तरह पढ़ा रहे ऐसा न भूतो न भविष्यतो पढ़ाया गया, नाम बढ़ेगा ही आगे और लोग आएँगे ही। अभी बहुतों को नहीं पता है इस अभियान के बारे में और जो लोग पढ़ रहे वह ही प्रचारित करेंगे कोचिंग को। इनके पास एक बढ़िया रैंक है और लफ़्ज़ों से माया फैलाने वाले तो मायावी हैं ही यह। लोग देर-सबेर दें देंगे पैसा; पर इनको तो लूटना है और रविवार तक ही लूटना है, जैसे सोमवार को पैसे का अवमूल्यन हो जाएगा, कितना लूटेंगे! अब यह तो सभी जानते ही हैं कि इलाहाबाद के लोगों की अंटी ढीली कराना कोई आसान काम तो है नहीं। यह सब रज़ाई भी तब ख़रीदते हैं जब जाड़ा चहेटता है नहीं तो अस्थिपंजर-अस्थिमज्जा और कुछ किलो शरीर के माँस को चादर के सहयोग से शीत से संघर्ष करते रहते हैं। पर नहीं इनको सारा पैसा रविवार तक ही चाहिए-जैसे कोई अंग्रेजों भारत छोड़ो की तरह गाँधी ने समयबद्ध कार्यक्रम तय कर दिया हो। इतना ज़िद तो गाँधी-भगत सिंह भी न किए थे आज़ादी के लिए, जितना सर कर रहें कोचिंग की फ़ीस के लिए। हमको सिखा रहे आंदोलन के अंदर आंदोलन और स्वयं कुछ नहीं सीखना, यह आईएएस क्या हो गए हर आदेश ब्रह्मा सदृश दे रहे, शनिवार तो शनिवार रविवार भी नहीं। अरे थोड़ा धैर्य रखो, राष्ट्रीय आन्दोलन ही पढ़ा दिए होते, बंद करने से पहले। कुछ न करते गाँधी का ट्रॉयल ही पूरा कर दिए होते, पर नहीं जिदिया गए छोटे हठी बच्चे की तरह हम मेला में खेलौना लेबै करब। हमको आज ही पैसा दो नहीं तो आज ही बंद करेंगे कोचिंग। आज की क्लास भी निरस्त कर दिया, यही चला दिया होता। एक बात बताएँ!"

शाही— "बताओ।"

"इतने ग़रीब छात्रों की हाय लेना बिल्कुल ठीक नहीं है, लड़कियों की तो बिल्कुल ही नहीं। यह सब ग़रीब-गुरबा लोग हैं, पढ़ाया होता यह सोचकर जो दे उसका भी भला जो न दे उसका भी भला। सत्य प्रकाश मिश्रा सर कहे थे पहले ही दिन, यह हर्ष के अपरिग्रह की भूमि है अपरिग्रह का अपने व्यक्तित्व में समावेश करो, पर जो उनके साथ बैठा है वह ही अपरिग्रह विरोधी है तो औरों से उम्मीद क्या करना। अभी यह दहेज में लेंगे पच्चीस-पचास लाख रुपया नक़द, बड़ा बंगला-गाड़ी-टीवी-फ्रिज-झौआ भर सामान। आंटी जी-अंकल जी पूरी रात रुपिया गिनेंगे और गिना हुआ रुपिया बिना गिना रुपिया आपस में मिल जाएगा और बार-बार गिनेंगे। इनको कोई अनुभव रुपिया गिनने का है नहीं, हो सकता है सर गिनने का अनुभव लेना चाह रहे हों इस कोचिंग से रुपया कमा कर। दान-दया-धर्म का ह्रास हो गया है इस कायनात में। यह सब समाज के आदर्श पुरूष हैं...

निराला कहे थे—हे पुरूष सिंह तुम भी यह शक्ति करो धारण-यह कौन सी शक्ति धारण कर रहे इस तृष्णा के आवरण में, कौन से आदर्श की स्थापना कर रहे, कौन से आराधन का दृढ़ आराधन से उत्तर दे रहे-सिवाय एक गुणवत्ता के आवरण में बाज़ारवाद का। अभी आप पूछो बुद्ध-बोधिसत्व-राम-भरत-अयोध्या-काण्ड तीन घंटा बोलेंगे, राम पर सैकड़ों कविताएँ लिखे हैं। भरत-चित्रकूट-नंदीग्राम-प्रयाग-त्याग-राम-कैकेयी को फेंटकर पूरा भरत-खंड लिख मारे हैं। अपनी एक कविता बेंच मारे है भरत की फ़र्ज़ी साहित्यकार सत्यानंद मिश्रा को यह नैतिकता है इनकी। आप इनसे पूछो कितना समावेश है जीवन में बुद्ध-राम-भरत का तब दोष देंगे समाज को। यह पानी पी-पीकर सीनियरों को गरियाए हैं पर खुद क्या कर रहे यह कौन पूछे इनसे! यह एक नया धंधा सरेआम चालू कर दिए, हम बताने का पैसा लेंगे। यह पहली बार पूरे भूमंडल पर हो रहा सफलता को भुनाने का नग्न-नृत्य; इसीलिए इलाहाबाद से अब चयन कम हो रहा। ऐसे व्यापारी मार्का अफ़सर अगर समाज में जन्म लेंगे तब तो ईश्वर नाराज़ ही होगा और कहेगा मैं किसी को अब आशीर्वाद नहीं दूँगा। हम लोगों का अगर चयन न हुआ तब यह जान लो दोष सर का है, हमारा नहीं। सर का पाप है, दंड हम लोगों को मिलेगा।"

दिनेश— "पर भाई साहब भी क्या करें। इतना पैसा ख़र्चा हुआ, पेपर में इश्तहार दिया, पोस्टर छपाया, पूरी-पूरी रात पोस्टर चिपकाया गया, मकान का किराया कितना अधिक है, यह सब कहाँ से आएगा?"

"देखो तुम लोग सर से मत बताना पर एक बात कहूँगा, हैं यह बहुत लालची।"

"यह कैसे कह सकते हो?"

"पेपर में विज्ञापन दिया, दिया कि नहीं?

"हाँ।"

"पूरे यूनिवर्सिटी रोड, पूरे शहर में पोस्टर क्यों लगाया, सारा ड्रामा अधिक से अधिक भीड़ इकट्ठा करना और माल खींचना। लक्ष्मी टाकीज तो चलो ठीक है यह कटरा में है पर यह मानसरोवर-रूपबानी-मोतीमहल-प्लाज़-पैलेस टाकीज तक पोस्टर चिपका मारा, लगता है पोस्टर कम पड़ गया था नहीं तो गौतम-संगीत-दर्पण में भी लगा देते, क्या पता नैनी में भी लगा आए हों, हनुमान मंदिर को पूरा पोस्टर से पोत दिए, होस्टलों-अल्लापुर-सोहबतियाबाग-बघाडा-कटरा में तो घुस-घुसकर लगाए। सर का छोटा भाई बड़ा ख़ुराफ़ाती है। उसको लग रहा लोग पिक्चर न देखकर कोचिंग में ही पैसा दें। उसका बस चले तो सारे पिक्चर देखने वालों को कोचिंग में ही पढ़ा मारे। लक्ष्मी टाकीज जाओ पिक्चर लगी है मेरा गाँव मेरा देश। पोस्टर में धर्मेन्द्र, विनोद खन्ना घोड़े पर दौड़ रहे और बग़ल में लगा है पोस्टर- 60 दिन... 200 घंटे... पूरा

पाठ्यक्रम... अनुराग शर्मा, ऐसा लगता है धर्मेन्द्र, विनोद खन्ना, अनुराग शर्मा तीन हीरो हैं पिक्चर में... । विनोद खन्ना एक डाकू और अनुराग शर्मा दूसरे डाकू ऐसी फ़ीलिंग आती है दोनों पोस्टर देखकर। एक बात तो है... सर हैं बहुत मायावी, यह जीवन में बहुत आगे जाएँगे—माया महाठगिनी हम जानी। चलो अब हमसे क्या लेना-लादना... सोचे थे मुफ़्त में पढ़ लेंगे पर अब तृष्णा का कोई इलाज आज तक हुआ नहीं। बुद्ध और उनके चेले कहते रहे... लालच न करो... बचपन में पूरा पेज सुलेख में लिखाते रहे मास्टर... लालच पाप का मूल है... पर ऐसे-ऐसे लोग आईएएस बनेंगे तब क्या हला-भला होगा इस देश-समाज का। यह सब आईएएस बनकर भूल जाते हैं सारी आदर्शवादिता, बस मियाँ-बीबी-बच्चे और काला धन; इसके अलावा किसी बात से कोई सरोकार नहीं।

"यह मकान मालिक भी कितना किराया माँग रहा, यह भी तो देखो?"

"यह तो सबसे बड़ा पापी है। पहली बात तो मेरा चयन होगा नहीं और होने की जो उम्मीद थी उसके ख़ात्मे में यह श्याम जी मिश्रा सबसे बड़ा ज़िम्मेदार है; अगर मैं आईएएस हो गया तो मैं अपने हाथ से इसको लाठी-लाठी पीटूँगा। ससुरे ने टूटहे कमरे का किराया ऐसा माँगा जैसे आनंद भवन का प्रांगण हो। मैं किसी दिन कमिश्नर साहब के बड़े बाबू को पटाकर इसको जार्जटाउन थाने में बंद कराकर पिटवाऊँगा। चलो कोचिंग आ गई इस भीड़ को भगाते हैं। यह ससुरे देना-लेना एक नहीं तीन बजे से आकर बैठ जाते हैं। श्याम जी मिश्रा किराया इसीलिए बढ़ा दिया कि कोचिंग चार बजे से है और तीन बजे से बत्ती-पंखा चालू। थोड़ा गरिया लेते हैं तब कोचिंग का दाह-संस्कार करते हैं।"

लड़के अशोक को आता देख सोचने लगे कि अब क्लास आरंभ होगी और सर आ गए। अशोक ने कहा, "बैठ जाओ आप लोग थोड़ा जीवन का यथार्थ ज्ञान ले लो। एक शब्द है हिंदी का, 'आग-अँधियार' आप सबने सुना होगा पर देखा न होगा। आज आप देख भी लो, वह आपके सामने है। हर कोई सामने देखो आग-अँधियार दिख जाएगा। आप लोग अपना ही सर्वनाश करने पर आमादा हो। आप पिछले साल तो फ़ेल हुए ही, इस साल तो होगे ही और अगले साल भी होना ही है। यह जो आप लोग कहते हो, देब तऽ सिबिलै नाहीं तऽ करब खेती। आप सबके घर में कितना खेत है और कितना बिगहा पुदीना झुरा रहा है, यह एक बार और पता कर लो। इस जन्म में आपका आईएएस बनना असंभव है। अगले जन्म हम सब पता नहीं क्या बनेंगे, कुकुर-सियार-मेंढक। अब कुकुर-सियार-मेंढ़क तो आईएएस की परीक्षा देने से रहे क्योंकि आईएएस बनने की पहली शर्त है मानव बनना, चाहे बेवक़ूफ़ मानव ही क्यों न हो। अब परीक्षा देने का अवसर इस जन्म के बाद चौरासी लाख योनि के बाद मिलेगा।

उस समय पता नहीं यह परीक्षा रहेगी या नहीं। इस इलाहाबाद में कोई कुछ नहीं करता क्योंकि आप सब-हम सब आग अँधियारी हैं। आप लोग फ़र्ज़ी ब्राइट कोचिंग, कैवल्य कोचिंग लायक़ हो, जहाँ पढ़ाने वाला बेवक़ूफ़ और पढ़ने वाले तो आप हो ही महानता के पौराणिक स्तंभ, अब आपकी महिमा का बखान तो काकभुशुंडी ही कर सकते हैं।"

एक छात्र— "क्या हो गया?"

"बताते हैं क्या हुआ? इस कोचिंग की लागत है पन्द्रह हज़ार रुपया। अभी तक सिर्फ़ 6000 रुपया जमा हुआ। देने वाले कौन मैं एम ए हिंदी का टापर और रिसर्च स्कॉलर के तौर पर हिंदी पढ़ा रहा, दिनेश, एम ए प्राचीन इतिहास में दूसरा स्थान, शाही रुड़की के सिविल इंजीनियर। हम तीनों प्रारम्भिक परीक्षा पास कर लेते हैं, मुख्य परीक्षा में समस्या है। न देने वाले कौन-आप जैसे पचास आग-अँधियारी, जिसमें से अधिकांश इस जन्म तो प्रारम्भिक परीक्षा पास करने से रहे, अगर यह कोचिंग न चली। हम तीन लोग पैसा दिए बाक़ी तो कोई न दिया न नीयत है देने की। मैं सर के यहाँ गया था आज। सर ने हम लोगों का पैसा वापस कर दिया और कहा कि अब यह कोचिंग मैं नहीं चला सकता, जब कोई पैसा नहीं देना चाह रहा। मेरे पास पैसा है नहीं कोचिंग चलाने का; इन स्थितियों-परिस्थितियों में इस अभियान को समाप्त करने के अलावा और कोई विकल्प बचता नहीं। मैंने बहुत कहा कि यह पैसा आप वापस न करें, यह पैसा रख लें। हम लोग इस पर भी तैयार थे कि 6000 रुपये में राष्ट्रीय आन्दोलन ही पढ़ा दें पर आपकी ज़िद है पैसा न देने की और उनकी ज़िद है बग़ैर पैसा लिए न पढ़ाने की, अब दो पक्ष का सिद्धांत आड़े आ रहा। दो सिद्धांत प्रिय लोग हैं, हम क्या कर सकते हैं, सिवाय यह कहने के कि... ईश्वर हम सभी को विमल बुद्धि दीजिए... चलो कोई शोक गीत गाते हैं और कोचिंग बंद करते है...

"नमस्कार...

कोचिंग बंद और शहर के अंधकारमय भविष्य का स्वागत..."

एक पूरा शोर कक्षा में...

अशोक के कोचिंग बंद करने की घोषणा ने सबके चेहरे पर एक विस्मयादिबोधक आश्चर्य भाव ला दिया। यह एक अप्रत्याशित क़दम था, इस क़दम के लिए न तो कोई तैयार था और न ही यह किसी की कल्पना में था। लोग कारण पूछने लगे और जानना चाह रहे वह पृष्ठभूमि जो इस निराशाजनक उद्घोषणा के लिए उत्तरदायी है।

दिनेश— "इसमें कोई ख़ास अन्वेषण की आवश्यकता तो है नहीं। यह एक परस्पर सहमति से चल रहा अभियान था। इसमें धन की बात तो शामिल ही थी। अब जब वह पूरी नहीं हो रही तब इसको बंद ही होना होगा। यह पूरा कार्यक्रम एक धन की माँग

करता है और कोई छात्र यह धन कहाँ से ला सकता है। सर का चयन हुआ है; पर वह हैं तो अभी छात्र ही। उनके पास कोई आमदनी का ज़रिया है नहीं कि वह दस-पन्द्रह हज़ार रुपये ख़र्च करके यह फ़ोरम चलाएँ। उनका अपना लाभ तो बहुत दूर की बात है वह एक ऋण-चक्र में आ चुके है। यह ऋण कैसे उतरेगा यह भी एक समस्या है। यह प्रयोग बहुत ही सदाशयता से संकल्पित, विस्तारित और संचालित किया गया और हमें इसे आगे ले जाना चाहिए था, पर वैसा नहीं हो रहा। मैं इतिहास का परंपरागत एवं गंभीर विद्यार्थी हूँ और मैं पिछले कई साल से इतिहास पढ़ रहा, मेरे साथ पढ़े कुछ लोग इस कक्षा में हैं भी। मैंने स्नातकोत्तर परीक्षा में, प्राचीन इतिहास के दो प्रश्नपत्र में सम्मान पत्र प्राप्त किया है और सम्पूर्ण स्नातकोत्तर परीक्षा में द्वितीय स्थान, फिर भी मुझे बहुत सी नयी बातें और एक नया दृष्टिकोण इस कक्षा में मिल रहा है। मैं सर से पिछले एक साल से जुड़ा हूँ और इनकी अप्रतिम विश्लेषण क्षमता से मुझे बहुत फ़ायदा हुआ है। आप लोगों का भी पिछले कुछ दिनों में कक्षा की उपयोगिता-उपादेयता के बारे में अपना एक निश्चित मन बना ही होगा। मैं चाहता था और चाहता हूँ कि यह फ़ोरम चले पर आप लोग नहीं चाह रहे तो क्या किया जा सकता है। इसका इस तरह अंत हम सबने शायद नहीं सोचा होगा, एक बेहतर समापन कार्यक्रम की कल्पना मैंने की थी पर जीवन में वही सब कुछ कहाँ होता है जो आपने-हमने जीवन में चाहा हो। मैं अशोक की तरह की कठोर भाषा का प्रयोग तो नहीं करूँगा पर यह ज़रूर कहूँगा कि जीवन में हम लोग सर के साथ चलते तो शायद उनके क़दमों के निशान हर दिन देखते और कुछ प्रेरणा हमें निःसंदेह प्राप्त होती। यह फ़ोरम आरंभ करने का सुझाव भी मेरा था और अतिशय आग्रह भी। सर ने मेरे आग्रह का सम्मान किया नहीं तो कौन है जो दस-बारह घंटे पढ़े और उसके बाद तीन घंटे पढ़ाए, वह भी एक बड़ी सफलता के बाद। मैं अभी भी चाहता हूँ यह नव-प्रयोग अपनी एक सार्थक परिणति को प्राप्त करे पर जो संयोग होता है, होता वही है।"

दिनेश की बात का बहुत असर हुआ। अशोक ने कहा, "यह संस्थान चल सकता है वह भी अश्व के वेग से, बस शर्त यह है इनके हिस्से का पैसा भी हम ही दें और यह लोग बैठकर कॉपी में लिखें। मुफ़्तख़ोरी की हम लोगों की आदत पड़ चुकी है। चलो अब मजमा हटाओ। आप लोग चंदा करके इस कमरे का किराया दे दो, इतने दिन तक एक सज्जन परमार्थी व्यक्ति का रक्त पिया है। अब आप लोग आदमख़ोर शेर की तरह हो गए हो सारा दिन भटकते रहोगे सज्जन-परमार्थी धमनियों से उपजे रक्त के स्वाद के लिए। पर एक बात मैं बता दूँ तुम्हारी रक्त-पिपासु क्षुधा का अब कोई भविष्य नहीं है, आपकी प्यास का कोई अंत नहीं होने वाला। यह शहर बिगवों का शहर है। यहाँ बोर्ड लगाकर लोग शिकार ढूँढ़ते हैं और हम सब लोग हर वर्ष घास से ढँकी खाई में गिरते

हैं। अब बहुत हो गया, तीन कप चाय पीनी पड़ेगी मुझे इस बकवास में ख़र्च हुई ऊर्जा को वापस लाने के लिए।"

कक्षा में हर ओर शोर ही शोर... कोई इसका पक्षधर न था कि फ़ोरम बंद किया जाए। कक्षा में दो भाई श्याम नंदन और प्रेम नंदन थे। इन लोगों ने इस साल मेंस दिया था पर पास न कर पाए थे। वह उठ खड़े हुए और अनुरोध किया कि सर को बुलाया जाए, हम बात कर लेते हैं। जब ईश्वर फ़र्ज़ीगीरी, बातूनीपन, ज़हीनियत बाँट रहे थे तब अशोक राहू-केतु की तरह कई बार लाइन बदल-बदल कर लूट ले गए थे। उनके पास व्यक्ति के अंदर के उमड़ते तूफ़ानों को समझने की नायाब क्षमता थी। उनको लगा कि मेरा काम फ़्री का हो रहा है, अब इसको अंतिम पायदान पर ले जाते हैं। वह लोगों से बोले कि मैं सर को लेकर आता हूँ। वह मेरे पास आए और कहा, "सर चलिए... वहाँ समस्या हो रही। जब समस्या उत्पन्न होती है तब कार्य संपादित होने के शुभ संकेत का आभास होने लगता है।"

मैं के डी मेमोरियल स्कूल की तरफ़ चला। अशोक ने कहा, "सर एक भी आदमी को मुफ़्त नहीं पढ़ाना है, काम बन गया है।"

"एक भी आदमी को मुफ़्त नहीं पढ़ाना है"—यह वाक्य आपके ख़िलाफ़ जा रहा।"

"सर इसको ठीक कर देते है, पाँच लोगों को ही मुफ़्त पढ़ाना है—बाक़ी सबसे पैसा लेना है।"

मैंने के डी मेमोरियल स्कूल के भीतर के क्लास रूम का माहौल देखा, सारे लोग चिंतित थे। श्याम नंदन ने कहा, "सर, पढ़ाइए बाक़ी काम हम लोगों का है। यह हमारी ज़िम्मेदारी है लोगों से पैसा लेना और आपको देना। आपको पूरा पैसा मिलेगा, चाहे जहाँ से पैसा लाना पड़े।"

मुझे इस पंक्ति के पीछे छिपी विवशता ने झकझोर दिया। मुझे अपनी लघुता का एहसास होने लगा। मैं उन सारे घटनाक्रमों का पुनरावलोकन करने लगा जब से मैंने कोचिंग को खोलने का विचार किया था। यह संकल्प मैंने तब लिया था जब मैं हर दर पर एक ही अरदास लिए जाता था, कोई मेरी मदद करे। मैंने हर निराशा पर कहा था, अगर मैं सफल हुआ तब मैं लोगों की एक आशा बनूँगा, मैं एक नयी आस्था को जन्म दूँगा। मैंने अपनी माँ से भी कहा था, अगर मुझे ईश्वर का आशीर्वाद प्राप्त हुआ तब मैं लोगों के कष्ट को दूर करने का प्रयास करूँगा। मैंने ही हिंदी विभाग में कहा था, मेरा सूत्र वाक्य इसी यूनिवर्सिटी रोड पर क़िताब की दुकानों पर सजी क़िताबों को देखते-देखते बना था... मैं जन्मा हूँ एक ग़ैर मामूली दास्तान के लिए और तुम भी यही एक सूत्र वाक्य बनाओ अपने लिए, मैं जन्मा हूँ एक ग़ैर मामूली दास्तान के लिए...

अपनी सफलता के बाद मैं प्रयोगधर्मी होकर कहने लगा था... दास्तान और भी है... एक ग़ैर मामूली दास्तान के बाद।

मैंने पता नहीं कितनी बार यह पंक्ति स्वयं से ही कही थी... क्या यही है मेरी, दास्तान और भी है... जिसमें मेरी तृष्णा को स्पष्ट रूप से देखा जा सकता है।

नायक बनने की ख़्वाहिश रखना एक बात है पर उसकी तरह जीवन जीना एक अलग बात है। राम नाम रख लेने से ही कोई राम नहीं बन जाता, उसके लिए राम ऐसा संयम, त्याग, पौरूष होना चाहिए। यह अपरिग्रह की भूमि है... पर यहाँ परिग्रह का साम्राज्य हर ओर विद्यमान है। मेरी माँ ने अपने सारे सत्कर्म मेरे नाम कर दिए, एक मामूली सी भौतिक उपलब्धि के लिए... मुझे कक्षा में सारे निराश चेहरे दिख रहे थे। मेरे बहुत से परिचित लोग कक्षा में बैठे थे। मैं उनका नायक था, पर उन सबका चेहरा देखकर मुझे लगा... मैं अपना सारा नायकत्व खो रहा हूँ। मैं भाव-विभोर हो चुका था,

"मुझे आपसे पैसा नहीं लेना चाहिए, यह किसी भी तरह उचित नहीं है कि जिस भूमि का एहसान मुझ पर हो मैं उस भूमि के साथ व्यापार करूँ; पर मैं भी आपकी ही तरह एक अति सामान्य परिवेश की उपज हूँ। यह एक बाज़ार है यहाँ पर सदाशयता के लिए भी बाज़ारवादी सिद्धांतों की तरफ़ देखना होता है। मैं क्या करूँ कोई भी प्रयत्न बाज़ार के सिद्धांत से निरपेक्ष नहीं हो सकता। इस बाज़ारवादी सिद्धांत के विरूद्ध एक बग़ावत है यह नव-प्रयोग; अगर इतना पैसा भी मिल जाए कि इस जगह का किराया और संस्थान चलाने का ख़र्च निकल जाए तब भी मुझे संतोष होगा, मैंने किसी अनुलाभ की आशा में तो यह अभियान आरंभ किया नहीं है। आज के बाद धन का फ़ैसला आप करें, कक्षा में अनुशासन बना रहे, यह कक्षा के सुचारू रूप से चलने के लिए आवश्यक है। हम कक्षा आरंभ करते हैं इस संकल्प के साथ,

मुझे अपने चिराग़ों पर भरोसा है
डूबने दो इस सूरज को
यह मियादों से बँधा कब अँधेरों में काम आया है...

गाँधी ने अपने ऊपर लगाए आरोपों को स्वीकार किया यह एक नैतिक फ़ैसला था या सामरिक... गाँधी ने न्यायाधीश से कहा, मैं अपने ऊपर लगाए आरोपों को स्वीकार करता हूँ... अब आपके पास दो ही विकल्प हैं... या तो आप अपने पद से इस्तीफ़ा दें नहीं तो क़ानून के प्रावधानों में लिखी हुई कड़ी से कड़ी सज़ा मुझकों दें, मुझको अगर मुक्त किया गया तब मैं पुनः वही करूँगा जिसके कारण मुझ पर राजद्रोह का आरोप लगा है...

यह न्याय के इतिहास की एक अभूतपूर्व घटना थी, यह उठाया गया क़दम-एक अभूतपूर्व क़दम, गाँधी की नैतिकता से उपजा था या यह आन्दोलन की एक सामरिक

रणनीति थी और क्यों चौरी-चौरा कांड के ट्रॉयल के बाद कभी भी गाँधी पर कोई भी ट्रॉयल अंग्रेज़ हुक्मरानों द्वारा नहीं चलाया गया, यह हम समझने की कोशिश करते हैं... 1922 से 1947 के बीच के घटनाक्रमों की विवेचना के सहारे..."

एक रफ़्तार जीवन की... फिर कभी पीछे मुड़कर देखने की ज़रूरत ही न पड़ी सिविल सर्विसेज़ फ़ोरम को।

इस जगत में अनादि काल से यह स्थापित रहा है और आगे भी स्थापित रहेगा कि गुणवत्ता की अधिमानता रहेगी, प्रचार-तंत्र का योगदान अल्पकालिक होता है, एक सच्चे हृदय एवं अथक परिश्रम से उत्पन्न हुआ उत्पाद प्रचार तंत्र के श्वासों से जीवन पा रहे उत्पाद पर भारी ही पड़ेगा और यही हुआ सिविल सर्विसेज़ फ़ोरम के साथ। दिन-रात की परिश्रम अपना रंग दिखाने लग गई और जो लोग पढ़ रहे थे वह ही प्रचारक बन चुके थे। ब्राइट कोचिंग में मैं दो ही दिन गया और कोचिंग के छात्र मेरे बारे में पूछ भी रहे थे कि अनुराग सर क्यों नहीं आ रहे पढ़ाने, उन छात्रों को ब्राइट कोचिंग की दीवारों से लेकर हनुमान चौराहे तक मेरी कोचिंग के पोस्टर दिख गए और वह उन पोस्टरों के सहारे मेरे क़रीब आ गए। यह कोचिंग फ़ीस के मामले में श्रद्धा पर आकर स्थापित हो गई, कोई फ़ीस नहीं जो श्रद्धा हो वह दे दो; हलाँकि फ़ीस दो हज़ार रुपये नियत की गई थी पर अगर देने में अक्षमता हो तो कोई बात नहीं। अशोक ने इस मामले में एक चाल चल दी कि आप पैसा दोगे तब नैतिक दबाव बना रहेगा पढ़ाने का और कोर्स पूरा करने का नहीं तो कभी भी बंद करके चल देंगे और आप कुछ नहीं कर पाओगे। एक बार कोचिंग बंद करने की उद्घोषणा एक नज़ीर के रूप में बढ़ा-चढ़ाकर बताई जा रही थी और अशोक इस कोचिंग को पुनः शुरू कराने का श्रेय भी ले चुके थे। यह युक्ति काम कर गई, लोग पैसा भी देने लगे पर कौन पैसा दिया, कौन नहीं दिया, कितना दिया इस पर कोई न हिसाब था न ही निगरानी। छात्रों की बढ़ती भीड़ और उनके द्वारा दिया पैसा एक बड़े पैसे का शक्ल अख़्तियार कर रहा था, कम से कम मेरी कल्पना और आशा से बहुत ही ज़्यादा था। मैं वास्तव में अंदरूनी तौर पर अपरिग्रह की विचारधारा का समर्थक था। अब इतना बड़ा पैसा कैसे सँभले यह भी एक समस्या थी। मैंने पूरा जीवन सौ-पचास रुपये को एक निधि की तरह सँभाल कर काटा था और यह पचासों हज़ार रुपया कोचिंग के आरंभ के कुछ ही दिनों में आ गया यह मेरे लिए एक स्वप्न की तरह था। इस कोचिंग ने मेरी प्रसिद्धि में बहुत इज़ाफ़ा किया। मेरे समर्थक डोलीगेसी और छात्रावासों में दिन-प्रतिदिन बढ़ने लग गए और वह मेरे नाम पर मरने-मारने को तैयार हो जाते थे। वह एक फ़ौज थी मेरी और मैं उनका नायक। मैं अब एक सफल छात्र ही न रहा; वरन अपनी कश्ती में लोगों को बैठाकर लहरों को परास्त करने का

संकल्प लिए समुद्र के भयावह उफ़नते तूफ़ान में कूद चुका था, वह भी जब जहाज़ होने का दावा करने वाले किनारों पर सुस्ता रहे थे। पूरा शहर किंकर्तव्यविमूढ़ देख रहा एक रोचक क्षितिज यात्रा जिसमें मैं उनका भगीरथ था ज्ञान-गंगा को धरा पर उतारने का उतावलापन दिखा रहा था। मेरी शख़्सियत को नकारना अब आसान नहीं था। मेरा सूत्र वाक्य शहर में गाया जाने लगा-एक ग़ैर मामूली दास्तान की चाहत छात्रों के कमरों में पनाह पा रही थी। हर कोई एक जज़्बे से भरा हुआ था और अपनी बैसाखियों को घोड़ों से तेज भगाना चाहता था। मुझे पढ़ाने में असुविधा का अनुभव होने लगा। मैं कोई अध्यापक तो था नहीं और मुझे तीन घंटे रोज़ बोलने में समस्या होने लगी। मैं बीच में पन्द्रह मिनट का अंतराल लेने लगा। हर दिन नये छात्र आ रहे थे और मैं क़रीब आठ-दस दिन पढ़ा चुका था और स्वतंत्रता संग्राम पर मेरा व्याख्यान बहुत प्रसिद्धि प्राप्त कर चुका था, अनुरोध हुआ कि नये छात्रों को ध्यान में रखते हुए इसको फिर से पढ़ाया जाए और पुनः मैं पढ़ाने लगा भारत का राष्ट्रीय आन्दोलन...

छात्र अपने लिए एक ग़ैर मामूली दास्तान लिखना चाह रहे थे और मैं दास्तान और भी है, एक ग़ैर मामूली दास्तान के बाद...

32. भौकाल

अनुभूति एवं अनुभव के सामंजस्य का दार्शनिक रूमानीकरण

आंटी का पत्र आया। वह विमोचन समारोह में आ रही थी और यात्रिक होटल में रुकेगी, उसने यह भी लिखा था, ऋषभ-शालिनी और मिसेज आहूजा भी साथ आ रहे हैं। मेरी माँ इस विमोचन-समारोह से बहुत उत्साहित थी। उसने जीवन में कोई ख़ास जलसा न देखा था, सिवाय इलाहाबाद के दशहरे के। यह तो शहर के सबसे सामर्थ्यवान व्यक्ति का आयोजन था; जिसमें प्रदेश के प्रथम नागरिक मुख्य आतिथि थे और उसका बेटा प्रमुख अभिकर्ताओं में से एक।

सर की क़िताब लगभग अंतिम रूप से तैयार हो गई थी। सर ने अपने ऑफ़िस में मुझे बुलाया और भीड़ जुटाने के लक्ष्य से कहा, "प्रयाग संगीत समिति का हॉल काफ़ी बड़ा है और राज्यपाल ने कहा है कि हॉल नहीं भरता तब उद्‍बोधन में आनंद नहीं आता। अनुराग, छात्रों की भीड़ के अलग मायने होते हैं, वह प्रबुद्ध वर्ग का प्रतिनिधित्व करते हैं, उनको ज़्यादा से ज़्यादा संख्या में ले आओ। तुम्हारी कोचिंग चल रही है उसको उस दिन बंद कर देना और सबको आमंत्रित कर देना। तुम ख़ासे लोकप्रिय हो तुम्हारे कहने पर लोग आ भी जाएँगे। जो सिविल सेवा में इस वर्ष चयनित हुए हैं उनको भी लाने का प्रयास करो, उनके आने से कार्यक्रम की गरिमा बढ़ जाएगी। राज्यपाल से अनुरोध करूँगा कि दो शब्द उनके सम्मान में बोल दें। एक तरह से यह तुम लोगों का नागरिक-अभिनंदन समारोह भी हो जाएगा।"

"जी सर।"

शाम को अशोक घर आए। मैंने सर की छात्रों की भीड़ जमा करने की इच्छा से अवगत कराया और कहा कि लोगों को आने के लिए बोलो, आज क्लास में भी कह देना आने के लिए और हर कोई प्रचार करे ताकि अधिक लोग कार्यक्रम में शिरकत

कर सकें।

"सर, बस बढ़िया खाने का इंतज़ाम कराइये लड़के कूद पड़ेंगे उनसे क्या मतलब इस क़िताब का विमोचन हो रहा या वेद व्यास की महाभारत का। सर, आप भी बोल रहे हैं इसमें।"

"अभी तय तो नहीं हुआ है पर बोलना चाह रहा, पूछूँगा सर से।"

"पूछना क्या है, वह 'ना' कहने की हालत में हैं क्या! सर, आप जो चाहोगे वह हो ही जाएगा। अभी आप सोच लो कि यह विमोचन समारोह सत्यानंद मिश्रा का न होकर अनुराग शर्मा का हो तब वह भी हो जाएगा। आप ऐसी माया फैलाएँगे कि वह मंच आपका ही लगेगा। सर, शिव की चाट वाला काउंटर सुनिश्चित करिएगा। सात-आठ पत्ता तो टिकिया खाएँगे ही, साला शहर की सबसे मँहगी चाट बेचता है।"

चिंतन सर का बहुत मन था क्लास में उद्‌बोधन देने का, वह भी आए एक दिन। इतनी बड़ी भीड़ देखकर वह विस्मित थे। क्लास ख़त्म होने के बाद पूछा, "इतनी बड़ी भीड़ कैसे इकट्‌ठा कर लिए?"

अशोक— "सर, अब यह मुफ़्त मार्का कोचिंग है, जो दे उसका भी भला जो न दे उसका भी भला। तिनकोनिया की सब्ज़ी मंडी इससे बेहतर है। पचास-सौ-डेढ़ सौ जो मन करे देकर घुस जाओ फिर कौन पूछता है, एकाध तो दस रुपिया भी लेकर आए थे और कहा यह रख लो बाक़ी बाद में देंगे। बहुतै पहुँची चीज़ हैं इलाहाबाद के आईएएस बनने वाले।"

यह कहकर अशोक हँसने लगा...

"सर, अवधेश पांडवा को जानते हैं न!"

"कौन?"

"अरे सर, वही एसएसएल वाला... जो बंगलों में घुसकर यह कहकर कुत्तों को मारता है कि हम लोग भूखों मर रहे यह ससुरे बिस्कुट खा रहे और एसी में सो रहे। अरे सर, जो ससुरा नेतराम के यहाँ पकड़ा गया था कचौड़ी खाकर बग़ैर पैसा दिए भाग रहा था। पुलिस आ गई थी फिर आपने ही फ़ोन किया था थाने पर उसको छुड़ाने के लिए।"

"अब याद नहीं आ रहा फ़ोन तो रोज़ लोग कराते ही रहते हैं... आगे बताओ..."

"सर वह दस-दस रुपिया निकालता है हर बार जब भी दादू आँखों से तकादा करता है, और सर देता वह भी नहीं, सर उसकी नोट भी विचित्र होती है, एकदम मुड़ी मुट्‌ठी में समाई हुई नोट। सर, इस शहर में मुफ़्त का काम बहुत सुहाता है।"

"अशोक तुम दिये कुछ?"

"यह पैसा देंगे, रोज़ शाम को कक्षा के बाद समोसा-इमरती-चाय इनकी तय है।

दादू भी कहता है इनके बारे में कि पैसा नहीं दिए पर पूरे पाठ की लाइन बाई लाइन लिख लेते हैं। यह मेरे साथ कमिश्नर साहब के यहाँ जाते हैं और ऐसा आदेश देते हैं खाने का जैसे ससुराल आ गए हों—पराठा-सब्ज़ी-दही-गाजर का हलवा-चाय... बस ठोंकते जाओ।"

"कौन कमिश्नर... ई सत्यानंद मिश्रा... इनको भी पटा लिए हो...।"

"सर उनकी क़िताब सुधार रहे और पाँच अगस्त को विमोचन है।"

"यार, आजकल तुम बिल्कुल हवा नहीं दे रहे हो। इसको साधना ज़रूरी है। इसकी मेरे डीजीपी से बहुत पटती है। यह काम का आदमी है। हमको भी विमोचन में आना है।"

"कमिश्नर साहब सर की चेलागीरी कर रहे हैं। पर सर विधाता ग़ज़बै बनाए हैं इनको और मेम साहब को।"

"यह मेम साहब कौन हैं?"

"लखनऊ के चीफ़ कमिश्नर के यहाँ जन्मी और मुफ़्तख़ोरी में पली।"

"ई बी के चतुर्वेदी की बिटिया हैं?"

"हाँ सर।"

"यार, मुझको जरा ठीक से मिलाओ इनसे, थोड़ा भौकाल बनाकर। इतना बड़ा आसामी हाथ आया और तुम बताए नहीं।"

मैं समझ गया आपरेशन आहूजा के बाद आपरेशन सत्यानंद मिश्रा...

रात में चिंतन सर बोले— "यार... यह बताओ तुम अफ़ीम का व्यापार शुरू कर दिए क्या?"

"यह क्यों कह रहे सर?"

"आंटी-ऋषभ-आहूजा-शालिनी-इलाहाबाद के परीक्षार्थी और अब सत्यानंद... कौन सी गोली देते हो...

बहुत ऊँचा क़िस्म का कार्यक्रम चला रहे हो... पैसा कितना कमाए कोचिंग से..."

"बेहिसाब सर... !"

"मतलब... !"

"इतना है कि गिनने में ही थक जाऊँ, कौन गिने सर!"

यह कहकर मैंने दोनों हाथ गवा में उठाकर शरीर की हड्डियाँ स्ट्रेच करने लगा।

"सर एक बात है।"

"क्या?"

"यह पैसा बहुत बड़ा बवाल है... कबीर ठीक कहे थे...

साईं इतना दीजिए, जा में कुटुंब समाय ।

मैं भी भूखा न रहूँ साधु न भूखा जाय ।।

यह इतना बड़ा पैसा कहाँ रखो, क्या करो... समस्या ही समस्या सर।"

चिंतन सर की उत्सुकता जग चुकी थी, वह पैसा-पैसा ही सारा दिन करते रहते थे, उपदेश देते थे अपरिग्रह का; पर जो भी पाएँ लील जाएँ, और लीलें ऐसे कि किसी को हवा ही न लगे, परफ़ेक्ट माल-हींचू प्रवृत्ति, और इनके भाइयों का क्या कहना-वह तो साले पूरे डकैत हैं, सारा दिन चिंतन सर का नाम बेंचना। सब पढ़ाई लिखाई बंद करके थाने की दलाली करते थे, यह सब इनकी जानकारी में होता था।

"कितना कमा लिए बाबा!"

मैंने फिर वही दुहरा दिया— "सर, कौन यह फ़ालतू काम करे, कौन गिने बेमतलब का। सर, देते भी हैं सब सौ-सौ के नोट में, कुछ नोट पचास की भी होती है। अब पूरा दिन बैठकर गिनना पड़ेगा, इतना समय मेरे पास हैं कहाँ! सर, गिनने से फ़ायदा भी क्या होगा, अगर वह अस्सी हज़ार है तो एक लाख गिनने से हो नहीं जाएगा और अगर एक लाख है तो अस्सी हज़ार तो हो नहीं जाएगा।"

मैंने जानबूझकर एक लाख कहा था, क्योंकि यह हर बात पर कहते थे लखपति-लखपति।

अशोक ने चिंतन सर की आँखों से नींद ही उड़ा दी थी, मेरे संवाद उसकी मानसिक-विपर्यस्तता में अभिवृद्धि कर रहे थे। उनको विश्वास ही नहीं हो रहा था कि इतना पैसा मैंने कमा लिया है। इलाहबाद विश्वविद्यालय का कोई भी छात्र हो उसके लिए सौ रुपया एक बड़ी निधि हुआ करती है, यहाँ तो यह दरिद्र लखपति बन गया, इतना अतिशय धनार्जन हो गया है कि वह सँभाल नहीं पा रहा, और सत्यानंद मिश्रा ऐसा यशस्वी अधिकारी क़ब्ज़े में आ गया है। अशोक की आदत है चीज़ों को नमक-मिर्च लगाकर बताने की, उसने जितना उनसे मेरा संबंध था उससे बढ़ा-चढ़ाकर बता दिया था। मैं रात में सो गया, मुझे सुबह जल्दी उठना होता था।

मैंने जैसे ही बत्ती जलाई चिंतन सर उठ गए। मैंने पूछा, सोएँगे या जगेंगे; अगर सोना नहीं हो तो आवाज़ दे देता हूँ, माँ आपकी भी चाय लेती आएगी।

"यार सोने थोड़े ही आए हैं।"

मैंने आवाज़ दी और कहा, "सर की भी चाय ले आना।"

मैं जैसे ही पढ़ने लगा सर ने पूछा, "आज क्या पढ़ाओगे?"

"सर, आज भारत के स्वतंत्रता आंदोलन को संविधान से जोडूँगा।"

"वह कैसे?"

"सबसे बड़ी बात संविधान में क्या है! लोकतंत्र, समानता, धर्मनिरपेक्षता, कल्याणकारी राज्य। मैं इसको भारत के स्वतंत्रता संग्राम से जोड़ दूँगा, सन 1885

के कांग्रेस की स्थापना से लेकर 1947 तक के कांग्रेस के अधिवेशनों, गाँधी-नेहरू-सुभाष-टैगोर-भगत सिंह की विचारधारा, 1922 -1930 -1942 के आंदोलन इन सबकी व्याख्या करते हुए मैं यह सिद्ध कर दूँगा कि यह संविधान एक दिन में नहीं बना बल्कि यह राष्ट्रीय आंदोलन में हर दिन बनाया जा रहा था। यह कोई काग़ज़ का टुकड़ा नहीं है बल्कि यह एक विचारधारा है, एक ऐसी विचारधारा जो हमारे नायकों ने हमारे अंदर कूट-कूट के भर दी है और इसीलिए यह राष्ट्र समग्र भी है और एक भी है। इस देश के भीतर विवाद हो सकते हैं बहस हो सकता है पर यह टूट नहीं सकता। देश की अखंडता जो भारत की प्रस्तावना में है वह हमारे रक्तों से निकलकर वहाँ गई है, यह हमारी ऐतिहासिक धरोहर है, वैदिक काल से आज तक की चिरातन-निरंतर यात्रा को अभिव्यक्ति करती। सर क्लास का पहला 90 मिनट तो यही पढ़ाऊँगा कि संविधान में भारतीय दर्शन-अशोक महान-वैदिक काल-चोल काल-गाँधी-नेहरू-टैगोर कहाँ-कहाँ हैं।"

"यह सब तुम कब सीखे?"

"सर, समस्या सब सिखा देती है, तकलीफ़ों से बड़ा कोई गुरू नहीं होता।"

"सत्यानंद मिश्रा को ठीक से जानते हो तुम!"

मैं शांत सर को निहार रहा था...

"वह मुख्यमंत्री के बहुत नज़दीक है। पता है तुमको!"

"क्या सर?"

"वह मुख्यमंत्री का सचिव रह चुका है। इस समय प्रदेश का सबसे मज़बूत आईएएस है। मेरे डीजीपी की पोस्टिंग कराने में इसका ही योगदान है।"

"सर, आप तो कह रहे थे कि मैंने पोस्टिंग कराई।"

"अरे यार, वह कुंडली देखकर मैंने बाँच दिया था कुछ, वह संयोग से सही निकल गया। अब अफ़वाह फैलाने में मैं भी तुम्हारी तरह ही एक्सपर्ट हूँ। मैंने अफ़वाह फैला दी और कई बड़े जजमान मिल गए। मेरी एक मदद करो।"

"क्या सर?"

"ई सत्यानंद को मेरा जजमान बनवाओ।"

"सर, अगर वह मेरी तरह हो गए जिसका कुंडली में कोई यक़ीन नहीं तब वह जजमान कैसे बनेंगे?"

"तुम्हारी कुंडली ही नहीं है, अगर होती तो तुम भी लपेटा जाते इस कुंडली की माया में। ऐसा कौन सा अधिकारी है जो इस कुंडली के फेर में न पड़े और अगर नहीं पड़ा तब हमारी एक कुंडली-विशेषज्ञ के रूप में विफलता है। जैसे नशा बेचने वाले ढूँढ़-ढूँढ़कर नशेड़ी बनाते हैं वैसे ही कुंडली वाले खोज-खोजकर कुंडली का नशा

चढ़ाते हैं। बस ले चलो मुझे, मेरा भौकाल बनाकर परिचय करा दो, बाक़ी काम मेरा है, मैं साध लूँगा। इस काम में मेरा लंबे वर्षों का अनुभव है।"

"ठीक है सर।"

मैं पढ़ने लगा, इतने में चिंतन सर ने सत्यानंद मिश्रा की छपी क़िताब की प्रति मेरी आलमारी में देखी और पढ़ने लगे।

"यार इसको लपेटना तो बाँयें हाथ का काम है।"

"सर, वह कैसे!"

"यह चारण-भाट का आकांक्षी ही नहीं प्रचंड आकांक्षी है।"

"यह कैसे कह रहे आप सर?"

"जो आदमी बग़ैर साहित्य का कोई ख़ास ज्ञान रखे क़िताब छपाने पर आमादा हो वह तो चारण-भाट खोजेगा ही, वह तारीफ़ की क्षुधा से पीड़ित है, इसका जितना भी प्रशस्ति-गान करो प्रशस्ति के लिए बुभुक्षित ही रहेगा। स्तुति-चाह की असाध्य बीमारी से ग्रसित है। इसको चूतिया बनाना बहुत आसान काम है चिंतन उपाध्याय के लिए, असल में इसको बनाना क्या है यह बना हुआ ही है; बस इसका शोषण करना है इसका ही झंडा इसके सामने लहराकर। इनके माध्यम से डीएम-एसडीएम सबको गेयर में ले लूँगा और अपने क्षेत्र की विकास योजनाएँ चालू करा दूँगा।"

सर से बड़ा जीवट का आदमी कम ही होगा। वह पूरी क़िताब घोंट मारे। यह घोंटाई एक ही लक्ष्य से हो रही थी कैसे कमिश्नर को साधा जाए। पढ़ते-पढ़ते वह प्राक्कथन के उस पेज पर पहुँच गए जहाँ मेरा नाम लिखा था।

"अनुराग तुम तो बहुत बड़ा दुर्ग गिरा दिए।"

"अब क्या हो गया सर?"

"साहब तो क़िताब में तुम्हारा नाम भी लिख दिए हैं।"

"सर यह क़िताब मैंने पूरी संपादित की है, आप यह भी कह सकते हो इस कृति के निर्माण में मेरा बड़ा योगदान है, कई कविताएँ प्रकारांतर से मेरी ही हैं, एक-दो मेरी ही लिखी हुई हैं।"

"यार यह ऑपरेशन बहुत ज़रूरी है।"

यह कहकर सर आज का समाचार पत्र लेने नीचे चले गए। समाचार पत्र लेकर वह वापस ऊपर आ गए।

वह समाचार पढ़ रहे थे और अपनी योजना बना रहे थे कि हल्ला हुआ नीचे से कि कमिश्नर साहब की कार आई है और ड्राइवर कह रहा साहब ने अनुराग को याद

किया है। चिंतन सर बोले यह साहब की कार तुमको लेने आती है... ।

सर के चेहरे की तरफ़ देखता, पढ़ता उनके अंदर के भाव...

"सर, मैंने उनको अपने पर निर्भर बना दिया है...।"

यह कहकर शांत हो गया। मेरी शांति सर को बेचैन कर गई।

"कैसे बना दिया है?"

"सर, अभी आप चलेंगे ही मेरे साथ, देख लीजिएगा।"

मैं सर के साथ कमिश्नर साहब के यहाँ गया।

कमिश्नर साहब इंतिज़ार कर रहे थे। उनकी क़िताब तक़रीबन तैयार हो गई थी। वह बहुत प्रसन्न थे। उन्होंने क़िताब दिखाई, प्रकाशक क़िताब की तारीफ़ करने लगा, "क्या लिखा है साहब आपने, आपमें सरस्वती का वास है, यह क़िताब तहलका मचा देगी, भारत-भारती पुरस्कार मिलेगा...।"

कमिश्नर साहब तारीफ़ सुनकर प्रसन्न हो रहे थे, पर ऐसा दिखा रहे थे जैसे वह प्रकाशक की बात को कोई तरजीह नहीं दे रहे।

मैं क़िताब देख रहा था।

"कुछ कमी रह गई क्या, अनुराग?"

"छप गई है।"

"अगर छप भी गई है साहब तब भी कौन सी बड़ी बात है फिर से छप जाएगी, आप बताएँ क्या बदलना है।"

मैंने सर की तरफ़ देख कर कहा सर इस क़िताब को आप अपने माता-पिता को समर्पित कर दें और पहले पेज पर कुछ उनके बारे में लिख दीजिए।

"क्या लिख दें?"

"मुझे कुछ कहना था
कहने में बरसों लग गए मुझको,
जो कह न सका,
वह लिख दिया है इसमें
काश मैं और बेहतर लिख सका होता
मुझे तुमसे ही कुछ कहना था
पूज्य बाबू जी और स्वर्गीय माँ को समर्पित..."

आप मंच पर विमोचन के समय यही पढ़ते हुए समर्पित कर दीजिएगा। माँ तो है नहीं पर जहाँ भी होंगी प्रसन्न होंगी।"

सर भावुक हो गए और कहा, "अनुराग तुम मानव नहीं हो ईश्वर के दूत हो। तुम न होते तो यह क़िताब इस रूप में तो न छपती।"

सर ने प्रकाशक से कहा, "आप यह प्राक्कथन के पहले वाले पेज पर छाप दो।"

प्रकाशक के जाने के बाद मैंने चिंतन सर का परिचय कराया। चिंतन सर मेरी और साहब की वार्तालाप और नज़दीकी से अभिभूत हो चुके थे। बहुत उतावले थे कुंडली देखने के लिए। सर की पत्नी भी आ गई थीं, चिंतन सर पा गए तीन कुंडली देखने को। साहब-मेम साहब और प्रतीक्षा की। साहब-मेम साहब के देदीप्यमान भविष्य का तो बखान किया ही उनके कुंडली चक्र में स्थापित ग्रह-नक्षत्रों की दशा-अवस्था-अवस्थिति से चिर-परिचित नाटकीय अंदाज़ में व्याख्यायित करते हुए। प्रतीक्षा की कुंडली को थोड़ा गंभीरता से देखने-बाँचने लगे, "कन्या बहुत सौभाग्यशाली है, कन्या की कुंडली में बृहस्पति उच्च स्थान पर है, गज केसरी दशम भाव में है, कन्या बहुत उच्च स्थान को प्राप्त करेगी।"

"यह बताओ इसके विवाह का योग कब है, मैं इसका विवाह करना चाहता हूँ, जल्दी।"

"साहब हर कन्या का पति उस कन्या के निर्माण प्रक्रिया के पूर्व ही सुनिश्चित हो जाता है। कन्या की कुंडली में पंच-महापुरुष योग है, गुरू-मंगल-बुध-शुक्र-शनि मिलकर यह योग बना रहे और यह मूल में त्रिकोण बना रहे, यह ग्रह केंद्र में है। यह स्वयं भी पराक्रमी और शौर्यवान है पर इसका पति अति-पराक्रमी एवं मानक-स्थापक शौर्यसेन होगा। कन्या की कुंडली के अनुसार... पति विद्वता-विवेक-तर्क की खान, नवोन्मेषी प्रवृति का रचनात्मकता से युक्त, नम्रता से सुशोभित, श्री लक्ष्मी युक्त यशस्वी व्यक्ति होगा और जीवन में बहुत उन्नति करेगा... पति कृष्ण सदृश होगा, वह सरस्वती पुत्र होगा।"

मेम साहब— "चिंतन जी आप ने जितनी ख़ूबियाँ प्रतीक्षा के पति में बताई हैं वह अनुराग में तक़रीबन हैं ही। आप अनुराग की कुंडली प्रतीक्षा से मिला दीजिए सारा काम ख़त्म।"

चिंतन सर आवाक... विस्मय उनके चेहरे पर... उनको इसका लेश-मात्र भी आभास न था... वह समझ ही नहीं पा रहे थे कि क्या जवाब दें... मेरी तरफ़ चिंतन सर ने देखा... मेरे अंदर फिर वही भाव आया... कहो सुल्तानपुर... मुझे आपकी तबीयत नासाज़ लग रह रही है।

"मैडम संयोग तो अच्छा है पर अनुराग की कुंडली ही नहीं है, नहीं तो मिला देता।"

"बना दीजिए अगर नहीं है, अगर अनुराग की कुंडली नहीं है तब भी प्रतीक्षा की

कुंडली से तो आपने अनुराग को ही कह दिया।"

सर ने कुंडली और बाँची, पर उनके मानस पटल पर मेम साहब की अंतिम कुछ पंक्तियाँ अपना स्थान बना गई थीं और उनके नक्षत्र अवलोकन-विधा की चिर-परिचित धार का सम्मोहन कहीं खो गया था।

वापसी में चिंतन सर ने जीप यूनिवर्सिटी रोड के चाय के दुकान पर रोक दी। चाय पीते-पीते चिंतन सर थोड़ा गंभीर हो गए...

"यह तुमने बताया नहीं?"

"क्या सर?"

"साहब की बहन के विवाह का प्रस्ताव आया था।"

"सर वह आया और रिजेक्ट हो गया। अब पता नहीं कितने प्रस्ताव रिजेक्ट हुए सबका लेखा-जोखा कौन रखे।"

"क्यों अस्वीकार किया यह रिश्ता?"

"माँ से पूछ लीजिएगा, उसी ने अस्वीकार किया।"

"तुम जानते नहीं हो, सत्यानंद मिश्रा कौन जनावर है। यह बहुत जुगाड़ू चीज़ है। यह सबको साधकर रखता है। मुख्यमंत्री के कमरे में बेधड़क बग़ैर समय लिए घुस जाता है और इसके जाते ही लाल बत्ती जल जाती है। तुम देखना जैसे ही इलाहाबाद का कार्यकाल पूरा होगा, यह लखनऊ के कमिश्नर बनेंगे। मेरे डीजीपी साहेब सड़ रहे थे पीटीसी मुरादाबाद में, इन्होंने ही मुख्यमंत्री से कहकर उद्धार कराया।"

"सर यह मुख्यमंत्री के विश्वासपात्र कर्मचारी हैं, यही इनकी पहचान है न।"

"यह छोटी बात है क्या?"

"कल यह मेरे विश्वासपात्र कर्मचारी होंगे, बस समय का इंतिज़ार करिए।"

"तुम वही कह रहे हो जो मैं समझ रहा हूँ।"

"जी सर।"

"यह फ़ैसला कब लिया?"

"अभी लिया नहीं, सोच रहा।"

"तुम चुनाव लड़ना चाहते हो?"

"पता नहीं।"

"तब?"

"एक बड़ा लक्ष्य है, अब उस लक्ष्य की प्राप्ति के लिए जो करना होगा करेंगे, बाक़ी जैसी ईश्वर की इच्छा होगी, हमारे बस में तो प्रयास करना ही है।"

"तुम फ़ुल टाइम राजनीति करोगे?"

"पता नहीं सर।"

"यह उचित क़दम है?"

"क्यों नहीं है सर, आप भी तो यही सोच रहे हैं।"

"मैं बीस साल बाद यह काम करूँगा।"

"सर मैं बीस साल ख़राब नहीं करूँगा, अभी से यह काम चालू कर दूँगा।"

"मतलब सेवा ज्वाइन नहीं करोगे?"

"मैंने अभी कुछ नहीं सोचा सिवाय इसके कि कुछ अलग करना है। अब जब करूँगा तब बताऊँगा। यह भी हो सकता है, यह एक ख़्याली पुलाव बनकर रह जाए।"

"नहीं, यह ख़्याली पुलाव नहीं होगा, तुम जो भी करोगे जी-जान से करोगे, मैं इतना तो तुमको जान चुका हूँ।"

सर की चाय ठंडी हो गई वह चाय पीना ही भूल गए। मैंने चाय वाले से कहा, "दूसरी चाय दो सर को।"

सर को चाय पीते देखकर फिर मन में ख़्याल आया... कहो कादीपुर-सुल्तानपुर करछना-इलाहाबाद के दाँव कैसे हैं... अभी प्यादों की ही तो चाल चली है... बहुत परेशान कर रहे हैं मेरे प्यादे... ।

चिंतन सर को यक़ीन ही नहीं हो रहा था कि घटनाक्रम इतनी तेजी से बदल गया, वह छोटी-मोटी कुंडली के घिसे-पिटे शगूफ़े के सहारे लोगों को साधते थे यहाँ तो सत्यानंद मिश्र जैसे प्रतापी के बहन के विवाह का प्रस्ताव अस्वीकार हो गया, प्रस्ताव अस्वीकार होने के बाद भी पूरा घर विवाह करने के लिए लालायित है, इतने शौर्यवान अधिकारी को कर्मचारी बनाने का खेल दिमाग़ में चल रहा।

"बाबा हमको भूल न जाना अपनी उड़ान में।"

"सर कैसी बात करते हैं, आप मेरे गुरू हो।"

"मैं गुरू था अब नहीं रहा, अब चेलागीरी तुम्हारी मिल जाए वही एक उपलब्धि होगी। एक बात बताओ, यह सब कैसे हुआ"?

"क्या सर?"

"यह कोचिंग, यह क़िताब-लेखन, क़ब्ज़ा कमिश्नर, राजनैतिक महत्वाकांक्षा... जब हम पिछली बार मिले थे तब तो गौरैया की उड़ान थी, यह गरुड़ की उड़ान कब हुई।"

मैंने आसमान की ओर देखकर कहा, "सर वह चुनता है लोगों को अपने लक्ष्य के लिए, मैं तो निमित्त-मात्र हूँ। उसका कोई लक्ष्य होगा। मुझे वह शायद एक निमित्त बनाना चाह रहा है। सब उसकी माया है, मैं तो बस एक प्रत्यक्षदर्शी हूँ और उसके

आदेश का अनुपालन कर रहा।

एक नज़्म सुनेंगे सर।"

"कब लिखा?"

"अभी लिखा कहाँ, बस सीधा सुना रहा आपको...।"

"सुनाओ।"

"मैं जैसा माँ के गर्भ में था
वैसा बचपन में न था
जैसा बचपन में था वैसा अब नहीं हूँ
खिले बाग़ को देखकर तब मैं विस्मित होता था
आस-पास क्या हो रहा इससे अनजान रहता था
पर अब विस्मय वह नहीं रहा जो कभी हुआ करता था
एक दिन मैं कश्ती लेकर समुंदर में उतर गया
तूफ़ान-विकराल आ गया
जहाज़ डूब रहे थे लोग चीख़ रहे थे
पर कश्ती मेरी तूफ़ानों से लड़ रही थी
कश्ती ने कहा मुझसे
वह सब जो कूद रहे जहाज़ों से
जहाज़ के डूबने के पहले
मौत उनसे दूर है अभी शायद
पर इनका जहाज़ों पर यक़ीन नहीं
क्या पता यह तूफ़ान ही थक कर रुक जाए
मुझ पर भरोसा कर
देख यह पतवार टूटी हुई दिख रही
पर लहरों को उनकी हद बता रही
मत कर समर्पण जब तक काल
स्वयं चलकर तेरे पास आता नहीं है
काल को भी थका कर अपने प्राण लेने दे
क्या पता उसकी साँसें तुझसे पहले उखड़ जाएँ
मैंने सीख लिया अपने पर भरोसा करना
मैं चुपचाप गुज़रे ज़माने की क़ब्रों की तरह
बेवजूद होकर मरने नहीं आया हूँ
मेरी क़ब्र पर कोई मेला लगे यह अरमान लेकर जन्मा हूँ।"

"क्या कहना चाह रहे हो?"

"सर, अपने पर भरोसा होना चाहिए। अपने पर विश्वास सबसे बड़ी चीज़ है। शकुनि को पाँसों के खेल में हराना असंभव था; इसलिए नहीं कि वह पाँसे उसके पिता की हड्डियों से बने थे; बल्कि इसलिए कि उसे अपनी उँगलियों पर यक़ीन था। देवराज इन्द्र दधीचि की हड्डी माँगने इसलिए नहीं आए कि हड्डियाँ वज्र की थीं; बल्कि इसलिए कि उनको महर्षि दधीचि के तप पर भरोसा था। इन्द्र युगपुरुषों से भिक्षा माँगने यूँ ही नहीं जाते उनकी आस्था है दानवीरों पर और विश्वास है दानवीरों की सदाशयता एवं त्याग पर। मैं कोचिंग में सफल इसलिए नहीं हुआ कि मेरी रैंक 102 थी; बल्कि इसलिए कि मुझे अपनी विश्लेषण क्षमता एवं सामर्थ्य पर आस्था है। आपके सारे कुंडली-आंकलन ग़लत हो रहे। आप बीस साल पुराना फ़ार्मूला आज भी आज़मा रहे हो। आप हर व्यक्ति की कुंडली में तक़रीबन एक ही बात कहते हो। आपमें तप की शक्ति होनी चाहिए; अगर अनुमान की सुनिश्चितता चाहिए। एक बात कहूँ सर अगर आप बुरा न मानें!"

"कहो।"

"आप स्वयं अपने ही आँकलन से इत्तिफ़ाक़ नहीं रखते, आपका अपने अवलोकन पर यक़ीन नहीं रहता; इसलिए अब आपके नक्षत्र-अनुमान पर लोगों का यक़ीन कम हो रहा और आपके भविष्य-वाचन की तीक्ष्ण-धार कुंद हो रही, यह कुंडली-गुरू नाम की आभा विलोपित हो रही।"

चिंतन सर चिंतित मुद्रा में आ चुके थे। मैंने वही कहा था जो कभी सर ने मुझसे कहा था अपने बारे में और उनको याद नहीं था। जो व्यक्ति बहुत फ्राड करता है, मिथ्या भाषण करता है, अति वाचाल होता है उसको अपना ही कथन याद नहीं रहता। यही चिंतन सर के साथ था।

एक शांति-सम्पूर्ण प्रत्यक्ष शांति हम दोनों के मध्य; पर दोनों के मस्तिष्क में आने वाले संवाद चल रहे थे...

"मैं क्या करूँ?"

"आप संन्यास ले लो, जीवन को समाज को दे दो, आप देखो आप जो कहेंगे वही सत्य होगा।"

"मेरी ज़िम्मेदारी का क्या होगा?"

"बुद्ध किवाड़ खोलकर निकले थे तब अगर यह सोचते तब किवाड़ बंद करके वापस आ जाते, नव-जन्मा राहुल मोहक था उसकी ओर देखते तब खुली किवाड़ ही उनको रोक देती, पत्नी यशोधरा असीम रूपवान थी उसके रूप को निहारते तब

आसक्त हो जाते-आप बुद्ध बनो... सब त्याग दो, पुत्र-पत्नी-मोह-माया। बुद्ध को किसी ने कोई आश्वासन न दिया था; पर मैं आपको दे रहा। मैं आपके बच्चों की परवरिश आपसे बेहतर करूँगा। आप बोधिसत्व बनो, संसार के हर प्राणी की मुक्ति के लिए कार्य करो, अपनी तृष्णा का नाश करो। आप मुझे यह फ्राडगीरी-यह दुनियावी माया का कार्य करने दो। मुझे एक ग़ैर मामूली दास्तान पर चलने दो, दास्तान और भी हैं यह राग मुझे रचने दो। जब वक़्त आएगा तब मैं आपकी भूमिका बताऊँगा।"

"बाबा यह यात्रा कब आरंभ हुई?"

"कौन सी?"

"क़ब्र पर मेला लगाने वाली... ग़ैर मामूली दास्तान, ग़ैर मामूली के बाद दास्तान और भी है।"

"सर यात्रा जारी है, यह कोचिंग क्या मैं पैसे के लिए चला रहा हूँ, यह उन लोगों की ग़लतफ़हमी है जो यह सोचते हैं कि मैं पैसे के लिए पढ़ा रहा। मैं न तो पैसा माँगता हूँ, न लेता हूँ। मैं उन पैसों की तरफ़ देखता भी नहीं। मैंने अपने हाथ से एक भी रुपया नहीं लिया और न किसी से माँगा। मैं एक अभियान की तरफ़ हूँ जो मेरे अलावा कोई और नहीं देख पा रहा।"

"वह कौन सा अभियान है?"

"सर, थोड़ा सब्र कीजिए।"

चिंतन सर पूरी तरह अव्यवस्थित हो चुके थे। थोड़ी देर शांत रहने के बाद चिंतन सर बोले, "अनुराग, सद्दी की पतंगबाज़ी वाला लोग तुमको कहते थे पर तुम तो काँच से तराशा मंझा रखे हो और एक साथ कई उड़ती पतंग को खींचकर, ढील देकर और खींच-ढील, ढील-खींच करके काटने में माहिर हो।"

"सर मैं मंझा ही बनाता हूँ, लोगों को ग़लतफ़हमी है कि सद्दी है यह, जब मुझसे साबिक़ा पड़ता है तब उनके अपने मंझे रहम की गुहार लगाते नज़र आते हैं।"

"यह सब प्रक्रिया किस लक्ष्य से कर रहे... दूरगामी लक्ष्य क्या है?"

"विजय... भोग...।"

"कैसी विजय-कैसा भोग?"

"मैं विजय का भोग करना चाहता हूँ—राज्य-विजय का भोग—विजय किसी और के लिए नहीं—स्वयं के लिए—एक अपराजेय समर—अनिमेष संकल्प विजय हेतु— "

"समझा नहीं तुम क्या करना चाहते हो?"

"शक्तिमान बनना चाहता हूँ!"

चिंतन सर मेरी ओर विस्मय से देख रहे थे—

"सर, इन्द्रियाँ लोलुप हैं, विषयासक्त हूँ मैं।

"कैसी विषयासक्ति?"

"शक्तिमानता के लिए मैं आसक्त हूँ, मुझे शक्ति चाहिए-एक परम शक्ति। मेरी अनुकम्पा का आग्रह व्यक्ति-समाज को हो, मेरे प्रसाद-पर्यन्त समाज में सुख-प्राप्ति हो, मैं सुख का समाज में वितरण करूँ, हर विप्रलब्ध को मेरे अस्तित्व पर विश्वास हो, महाशक्ति का आह्वान हो, विपुलता की समाज को प्राप्ति हो। सर, राज्य जीतूँगा भोग के लिए नहीं, वितरण के लिए, अश्वमेध-यज्ञ होगा राजा को प्रजा बनाने के लिए, मैं सर्वोपरि बनना चाहता हूँ, पराजित होकर भी इतिहास बनाना चाहता हूँ। सर, मुझे विजय से अधिक रुचि संघर्ष में है, जय ही नहीं पराजय भी एक वीर के जीवन का गर्व है, बशर्ते वीरत्व का युद्ध-भूमि में हुंकार हो, मुझे गर्व चाहिए, जय में हो या पराजय में।"

"अनुराग..."

सर बोल ही रहे थे, मैंने बीच में ही कहा "सर... अभियान है स्वयं की संतुष्टि का न कि भोग का, पर सर संतुष्टि भी एक भोग है... स्वयं अनिकेत-जगत निकेत, यही है संतुष्टि अकिंचन की।"

"तुममें अहंकार आ रहा, इन नव-उपलब्धियों के कारण।"

"नहीं सर, आत्मविश्वास आ रहा, मैं हीन-भावना से उबर रहा।"

"नहीं, तुम हीन-भावना से और ग्रसित हो रहे।"

"सर, मैं एक-एक क़दम आगे बढ़ रहा, मैं मात्र अपनी योजना एवं लक्ष्य आपसे साझा कर रहा, साझा करने में कैसा अहंकार? सर, मैं जीत चाह रहा समाज के लिए, उपलब्धि वितरण करना चाह रहा समाज में, हर विप्रलब्ध के लिए मेरी सदाशयता है। सर, मैं विजय अपने लिए नहीं समाज के लिए चाह रहा, मुझे विजय-फल को समाज में वितरित करने में संतोष की प्राप्ति होगी। मेरे भाग्य में पराजय की संभावना अधिक है विजय की कम; पर मैं बेपरवाह हूँ परिणाम से। मैं पराजित होकर एक पराजय-पीड़ा का जीवन जीने को बाध्य हो सकता हूँ, पराजय-जनित वेदना की संभावना जीवन में प्रबल है, पराजय का दंश मुझे ही स्वीकारना होगा; पर अगर विजयी हुआ तब समाज को विजय-प्रसाद का आह्लाद प्राप्त होगा। लक्ष्य बताना अहंकार कैसे हुआ सर! आप यह कह सकते हैं कि अनुराग तुममें स्वयं-प्रशस्ति की चाहत है। वह है सर, मुझे प्रशस्ति चाहिए, मुझे इतिहास में अपना सशक्त हस्ताक्षर करना है, एक कालखंड ऐसा हो जिसमें मैंने समाज में परिवर्तन का प्रयास किया, यथास्थितिवाद को संघर्ष के लिए आमंत्रित किया गया। मेरी विजय से अधिक रुचि संघर्ष में है, इतिहास अनुराग को संघर्ष के लिए याद करे, मात्र मेरी यह चाहत है, जय-विजय-पराजय से निरपेक्ष हूँ, संघर्ष का आकांक्षी हूँ। मुझे कर्ण की तरह अंग का राज्य नहीं चाहिए, मुझे हस्तिनापुर चाहिए, दान से नहीं रण से। हस्तिनापुर का राज्य जीतकर वैभव का समाज में अर्पण

करूँगा...

मुझे कर्ण की तरह अंग का राज्य मत दो
मुझे अपनी ज़मीं जीतने दो
मुझ पर तरस खाकर मुझे अपना दिल मत दो
मेरे प्यार को मेरी क़िस्मत में लिखा पलटने दो
मुझे ऐसे मत मारो
मेरी बाँहें खोल दो
मुझे लड़कर मरने दो।

सर की विपर्यस्तता में वृद्धि हो रही थी, चेहरे पर चिंता की रेखाओं का क्रमिक निर्माण हो रहा था। उनकी महत्वाकांक्षा की उड़ान को मिलने वाली हवा में मेरे डैने की ताक़त भी शामिल थी और वह मेरे ऊपर एक अधिकार समझते थे पर वह भी देख रहे थे कि कुछ दिनों से मेरे तेवर बदले-बदले से नज़र आ रहे थे।

"बाबा, मैं भी विप्रलब्ध हूँ, मैं भी अकिंचन हूँ।"

"सर ऐसा न कहें, समाज को आपसे बहुत उम्मीद है, आप आसक्ति-विहीन व्यक्ति हैं, ईश्वर आपको लिप्सा एवं अनुरक्ति से मुक्त रखे।

मैंने सुभाष को आवाज़ दी कि ज़रा एक चाय और पिलाना...

मैं और चिंतन सर चाय पी रहे थे... चिंतन सर वाक़ई चिंतन कर रहे थे...

मैंने स्वयं से मन में कहा

"... मुझे संन्यास दिला रहे थे... यहीं गेरुआ वस्त्र पहनाकर बालों का जूड़ा बनाकर संन्यासी बना दूँगा... तुम भी मेरे रहमोकरम पर होगे... मेरी कृपा के आकांक्षी।"

सर ने कहा, "कुछ कहा क्या अनुराग तुमने..."

33. परिवर्तन

व्यक्ति, समाज, मानसिकता एक नियम के अधीन है जो समय से संचालित है

मैंने माँ के रुख़ में एक परिवर्तन देखा, वह पहले कमिश्नर साहब के बहन के प्रस्ताव की घोर विरोधी थी पर अब वह उसके बारे में सकारात्मक बात करती थी।

"मुन्ना कमिश्नर की बहन कैसन बा?"

"तुम इतना जान खा गई थी कि उसकी फ़ोटो भी ठीक से नहीं देखा। तुम पीछे ही पड़ गई कि अभी वापस करके आओ नहीं तो मैं उनके घर फेंककर आ जाऊँगी। ऐसे माहौल में किसको रुचि होगी फ़ोटो देखने में।"

"कमिश्नर साहब तऽ गोर-नार हयें, ऐसे बहिनौ होये।"

दादू— "बुआ बा बहुत सुंदर।"

"तोहका कैसे पता?"

"बुआ, जब मुन्ना कमिश्नर के बहिन के फ़ोटो लिफ़ाफ़ा में पैक करत रहेन तब हम ध्यान से देखे रहे।"

"दादू, पर बा ऊ बड़े घरे के, हमरे लायक बा नाहीं।"

"बुआ, अब अइहिं तऽ बड़-बड़वारै, इहाँ छोटवारन के तऽ लात अब लागे नाहीं। बुआ हमार तऽ नीति कहति बा कि मजबूत होई के समय आई गवा बा और अउसरौ हाथे बा।"

"तोहरे अनुसार हमार फैसला फोटो-कुंडली वापस करै के ठीक नाहीं रहा?"

"बुआ एक बात कही?"

"कहऽ।"

"तू मोहन बरम-हरषू बरम होई के एक बार आवऽ। तोहरे सिरे भवानी-बरम-ठाकुर सब एक संगे आवत हऽ और तब तू केहू के सुनतू नाहीं। फूफा समझाए कि

मुन्ना कहाँ जाए वापस करै, मुन्ना कहेन कि हम न जाब पर तू लागू अभुवाय, नाहीं अबहिं जा इहीं समय जा नाहीं तऽ हम कमिश्नर के दरवाजा पर फेंकि अउबै।"

"अरे ऊ शांति के रणरोवान पढ़ि के हम घबड़ाई गए। शांतिउ कौनौ कम बा का, एक हाथ ककरी नौ हाथ बिया।"

"पर बुआ तोहसे बहुत डेरात हऽ मुन्ना, गऽ फोटो-कुंडली तुरंतै जुगुत लगाई के लौटाई देहेस।"

"डेरात नाहीं, लेहाज करत हऽ।"

मैं अब अक्सर कमिश्नर साहब के यहाँ जाता था। आज शाम को गया तो ड्राइंग रूम में एक वृद्ध से व्यक्ति बैठे थे। मेरे पहुँचते ही मैडम ने उनका परिचय कमिश्नर साहब के पिता के रूप में कराया। मैंने उनके चरण छुए। मेरे चरण-स्पर्श के समय मैडम ने कहा, "यह अनुराग शर्मा हैं।"

यह पंक्ति साहब के पिताजी को संयत कर गई और वह मुझे ध्यान से देखने लगे। मैं उनके देखने के पीछे की छिपी भावना को साफ़ पढ़ सकता था-पुत्री के लिए यह कितना योग्य होगा यह विचार उनके भीतर मंथित होने लगा था। उन्होंने मेरे बैठते ही कहा, "बधाई हो, आपका चयन हुआ है, यह मैंने सत्यानंद से सुना था। आपके माता-पिता बहुत ही प्रसन्न होंगे, उनके पुण्यों का कर्म आपको मिला है। मेरे दो बच्चे सफल हुए हैं, मैं समझ सकता हूँ कि एक आम परिवेश का बच्चा जब सफल होता है तब कितनी प्रसन्नता परिवार में होती है। मेरे दो बच्चे तो जीवन में दिशा पा गए हैं, यह बेटी ही रह गई है। सुना है तुम लोगों को पढ़ा भी रहे हो, उसको भी कुछ बता दो। वह परिश्रमी है अभी तक की सभी परीक्षाओं में बेहतर किया है। सुबह की गाड़ी से दिल्ली से आई है।"

उन्होंने आवाज़ दी और कहा, "प्रतीक्षा को बुलाओ।"

ड्राइंग रूम में प्रवेश करती हुई एक गौर वर्णीय-छरहरे क़द-दुबली-पतली काया-बालों को हाँथ से पीछे करते हुए-दुपट्टे को सँभालते-गुलाबी रंग की क़मीज़-काले सलवार के साथ यह कहते हुए "क्या है पापा!"

एक नज़्म चलते हुए; जैसे पहाड़ पर चिनार में फँसी बर्फ़ से दूधिया रौशनी टपक रही हो कुछ वैसी ही आभा कमरे में बिखेरते-मेरे सम्मुख प्रतीक्षा-जो स्पंदित कर रही थी-मेरे जीवन को, गाहे-बेगाहे-जिसकी ख़बर किसी को न थी। मैं कितना भी नियंत्रण करना चाहूँ अपने अंदर के उमड़ते तूफ़ानों को पर वह कहाँ मानने वाले किसी बाँध की लकीरों को, उफ़ यह पल यहीं ठहर जाता तो अच्छा होता...

मैंने दोनों हाथ जोड़कर अभिवादन की मुद्रा में कहा,

"मैं अनुराग शर्मा..."

उसने भी दोनों हाथ जोड़े और आँखों से कहा, "... बहुत खुशी हुई आपसे मिलकर..."

"प्रतीक्षा, यह सिविल सेवा की परीक्षा के लिए पढ़ाते भी हैं, तुम इनसे कुछ पूछ लो तुमको लाभ होगा। यह ताज़ातरीन सफल हुए हैं, इनको सारे ट्रेंड का पता होगा।"

"आप क्या पढ़ाते है?"

"मूलतः इतिहास पढ़ाता हूँ पर हिंदी भी पढ़ा देता हूँ, सामान्य अध्ययन में पॉलिटी-इतिहास- क्लचर-विज्ञान पढ़ाने में सहज हूँ, थोड़ा भूगोल एवं अर्थशास्त्र में मेहनत करनी पड़ती है, उस पर नियंत्रण अपेक्षाकृत कम है, आप क्या कर रही हैं?"

"हिस्ट्री से मैंने आनर्स किया है और एमए का दूसरा साल है। इस बार प्रिलिम्स लिखा है। हिस्ट्री और सोशियालजी से मेंस लिखूँगी, अगर पास हो गई तब।"

"कुछ बता दो अनुराग यह कैसे पढ़ें, तुमको अनुभव है। यह भी हो सकता है जब तक यहाँ पर हैं यह तुम्हारी कोचिंग में ही पढ़ लें।"

"जैसी इनकी इच्छा, मेरी कोचिंग के द्वार तो सारे लोगों के स्वागत को इच्छुक रहते ही हैं, स्वागत है।"

मैंने घर आकर माँ से बताया कि प्रतीक्षा और उसके पिताजी से मुलाक़ात हुई थी और प्रतीक्षा को हिंदी कम आती है। उसके पिताजी कह रहे थे कि तुम अनुराग की क्लास कर लो जब तक यहाँ पर हो।

"तोहार पचे के अगर बियाह होई गऽ तब कैसे करबऽ, तोहका अंग्रेज़ी नाहीं आवत, ओका हिंदी कम आवत हऽ। तू पचे लडबऽ कैसे? ऊ अंग्रेजी में लड़े तू हिंदी में, केहू के कुछ समझै न आए।"

"क्या लड़ना ज़रूरी है?"

"इहै तऽ जिंदगी हऽ मुन्ना। अबऽ तू लड़िका हऽ, तोहका जीवन के सीमित अनुभव बा। अब विधाता तोहका समस्या मुक्त कै देहे हयेन, तोहका शायद जिंदगी के आम जरूरत के एहसास न होये। महीना के अंतिम सप्ताह में पैसा खत्म होई जात हऽ, बच्चन के फीस जमा नाहीं होई पावत बा, गाँव में लागत कैसे लगाई खेते में, घर-परिवार के जिम्मेदारी मोह बाये खड़ी बा एहिं सब बातन से तोहका रूबरू शायद न होए पड़े। अगर पड़े तब ई लड़ाई-झगड़ा होबै करे। ई सारा लड़ाई-झगड़ा हताशा में होत हऽ। भगवान बड़ा कृपालु बा, बहुत संभावना बा तोहका ई सब समस्या से न जूझे पड़े। थोड़ा समझदारी देखायऽ जीवन में। तोहार भाई-बहन तोहरे ऐसन काबिल नाहीं हयेन। हम एक गलती केहे हई तोहरे पिताजी से बहुत लड़े हई, जब ए मदद केहे हयेन

गाँव में, पर अब हम चाहत हई कि तू बहिन के बढ़िया बियाह करऽ, अब जेतना बढ़िया बियाह तू कै सकत हऽ ऊ तोहरे पिताजी से तऽ होये नऽ। अब तोहार छोटवार भाई तोहरे एतना काबिल तऽ बा नाहीं, हम चाहब तू ओकरे अड़े-गड़े काम आवऽ। अब हमार विचार और तोहरे दुलहिन के विचार इहाँ टकराई सकत हऽ और जौन दुविधा में तोहार पिताजी पूरा जीवन रहेन उहीं में तुहुँ जियै के बाध्य होई सकत हऽ।"

माँ भावुक हो गई थी। उसकी बड़ी-बड़ी आँखों में बूँदें बनने लगी थीं। वह बूँदें धीरे-धीरे और मोटी हो रही थीं। मैं बनती बूँदों का बढ़ता घनत्व देख रहा था, मैंने कभी इतनी तल्लीनता से बूँदों का आकार परिवर्तन देखा ही न था... कुछ पानी के छीटों का इकट्ठा होकर एक गोलाकार छोटी बूँद का शक्ल लेना फिर भावनाओं के प्रवाह के साथ उनका बड़ा होना, घनत्व और गुरुत्वाकर्षण के सिद्धांत का पालन करते हुए नीचे लुढ़कना... मैंने उन दोनों आँखों से लुढ़कते संवेदी-संवेगी प्रेमाश्रु-मुक्तादल की ऊर्जा और संवेदना का रूपांतरण अपने दोनों हाथों की ऊँगलियों से कर दिया। वह भावना के अतिरेक में थी और मुक्तादलों की संख्या का क्रमिक विकास हो रहा था, वह विकास एक धारा के रूप में रूपांतरित हो रहा था। वह प्रवाहमान धारा मेरी अँगुलियों से टकराकर उनके सहारे गालों पर रिस-रिसकर टपक रही थी। उसकी आँखों में जैसे पयोधि हो, प्रवाह बंद होने का नाम ही नहीं ले रहा था, मेरी अँगुलियाँ भीग गईं।

"माँ तेरी ऐसी आँखें विधाता ने दूसरी न बनाई। ऐसी आँख किसी सुंदरी के पास नहीं है... न शालिनी के पास न आंटी के पास न प्रतीक्षा के पास..."

माँ ने आँसू पोंछते हुए कहा,

"शांति के चिट्ठी आई बा। ओ लिखे हईं कि हम पचे भिंसारे चलि देब और दुई तारीख के सांझे के चार-पाँच बजे तक पहुँच जाब।"

मैंने चिट्ठी माँगी और आंटी की चिट्ठी पढ़ने लगा। वह हमेशा लंबा ही लिखती थी पर इस बार संक्षिप्त लिखा। अनुराग लिखकर आगे!!!!! लगाती थी। कभी-कभी तो वह कई बार लगाती थी, इस बार कुछ ज़्यादा ही लगा दिया।

"अनुराग!!!!!!!!!!!!!!!

तुम्हारे कारण मेरे सम्मान में बहुत अभिवृद्धि हुई है। आहूजा साहब कह रहे थे मेरे पास दो दामाद हो चुके हैं और यह बहन जी आपके प्रताप और तपस्या का परिणाम है नहीं तो ऋषभ-अनुराग ऐसे तेजस्वी लोगों का मेरे जीवन में समावेश कहाँ संभव था। ईश्वर ने शालिनी को हमें इसीलिए दिया कि उसे मुझे गर्व देना था। वह भी आना

चाहते थे, पर जानते ही हो व्यापार में कितनी समस्या है। मैं गाँव जाना चाहती हूँ, वह इंतज़ाम तुमने कर ही दिया होगा, तुम वैसे भी एक बहुत ज़िम्मेदार लड़के हो ही। जल्दी ही मिलती हूँ...

शुभाशीष..."

आंटी के पत्र के साथ मैं विमोचन कार्यक्रम में रमने लगा। मैं अब अक्सर विचार-तन्द्रा में आ जाता था। मुझे कभी जीवन में इतना बड़ा मंच मिलेगा यह सोचा ही न था, वह भी 23 साल की उम्र में मिल जाना-जब कमिश्नर, राज्यपाल, स्पीकर मंच पर और प्रदेश के नामचीन लोग सामने विशाल कक्ष में टकटकी लगाए नयन सुरों से सुनने को उत्कंठित हों, एक न देखा हुआ स्वप्न साकार हो रहा था। शायद इसीलिए कहते हैं कि अगर समय ठीक चल रहा हो तब उल्टे हाथ से फेंकी गई कौड़ी भी सही परिणाम देती है। मेरे सामने पूरा मंच घूम रहा था और मुझे अपने चढ़ते क़दमों के साथ-साथ तालियों की गड़गड़ाहट की आवाज़ सुनाई पड़ रही थी। मेरी कक्षा के सारे छात्र मुझे सामने की कई क़तारों में बैठे दिखाई दे रहे थे और मेरी माँ सामने की पंक्ति में विस्मयादिबोधक आवरण चेहरे पर लिए हुए तथा पिताजी एक गंभीर मुद्रा में मुझे सुनने को बेताब। मेरी आँखें भीड़ में सुरुचि, प्रतीक्षा, शालिनी, आंटी को तलाश रहीं थी। एकाएक दादू की आवाज़ सुनायी दी,

"कहाँ खोई ग रहऽ ?

मेरी तन्द्रा टूटी और मैं अपने कमरे में लेटा सोच रहा था।

"कहीं नहीं बस दिमाग़ कई तरह की योजना बनाता रहता है।"

"भैया कम सोचा करऽ, तू आजकल बहुतै सोचत हऽ।"

मैंने उसकी ओर देखकर कहा, "जब जीवन में बहुत दूरी तक दौड़ना होता है तब सुस्ताने का समय कम ही मिलता है। यह जीवन की लंबी दौड़ एक रफ़्तार की चाहत रखती है, मैं बहुत दूर तक दौड़ना चाहता हूँ और वह भी तेज... बहुत तेज, मेरे पास वक़्त कम है और दास्तानें कई बेताब हैं, स्याहियों के लिए।"

"अब कौन सी लिखबऽ ?

"इंतिज़ार करो।"

शाम को घर के बाहर छात्रों की बड़ी भीड़ इकट्ठा होने लगी। मेरे पहुँचते ही दिनेश और अशोक ने मेरे पैर छुए और कहा, "सर पहला दुर्ग तो गिर गया अब अगले का संधान और तीक्ष्णता से करें, हमारी नाव आपके हाथ में है।"

मैं समझ गया कि अगले साल के प्रारम्भिक परीक्षा का परिणाम आ गया है

और यह लोग पास कर चुके हैं। प्रेम नंदन ने कहा कि सर इस बार आपको मेरी नाव पार लगानी होगी। मैंने मन ही मन सोचा, यह परीक्षा दी तो मैंने भी थी, पर मेरा क्या हुआ? अब मैं कैसे पूछूँ अपना परिणाम, कितना कुछ बदल गया इन कुछ महीनों में। अब मैं सहजता से यह पूछ भी नहीं सकता, क्या है मेरा परिणाम? मेरी अपने बारे में अपनी ही विचारधारा बदल गई थी, जो एक सादगी और मासूमियत थी मेरे अंदर वह कहीं खो गई। यह सच है सबसे कठिन होता है सरल और सहज रहना वह भी तब जब सफलता दर सफलता आपको अंगीकृत कर रही हो। मैं तो इस समय लहरों के उफ़ान पर चढ़ा शंकर के नृत्य-मंत्रों को उच्चरित करता ख़ुदा होने का भ्रम पाले गा रहा अज़ली तरन्नुमन किसी ने गाया होगा यह गीत समुद्र की उच्चतम तरंगों से नभ को संबोधित करते हुए। इन प्रारम्भिक परीक्षा पास किए गए चेहरों में से कुछ चेहरे ऐसे भी थे जिनको मैं जानता न था, कुछ आशा लेकर वह पहली बार मेरे पास आए थे। बहुतों की नज़रों में मैं एक सामान्य व्यक्ति से देवत्व की ओर बढ़ रहा था। वह सारे अनजान चेहरे उसी तरह परेशान मुझको दिख रहे थे जैसे कभी मैं परेशान घूमा करता था। मैं भी प्रारम्भिक परीक्षा पास करने के बाद हर दरगाह, हर मंदिर टहलता था आशीर्वाद के लिए और उस समय हर पत्थर के प्राचीर में बैठा ख़ुदा समझने का भ्रम पालने वाला हेय दृष्टि से देखता था मुझको।

मैंने सबको बधाई दी और कहा, "इस साल इतिहास को दोहराना नहीं, इतिहास का नव-निर्माण करना है सर्जित करना है एक प्रतिमान जो आने वाले वर्षों के लिए एक नज़ीर हो। मैंने कहा, "कोचिंग में मिलते है, वहाँ विस्तार से बात करते हैं।" जो नये लड़के पढ़ना चाहते थे उनसे कहा, "वैसे तो बहुत कुछ पढ़ाया जा चुका है; पर जो भी पढ़ना चाहे ज़रूर आएँ, पैसे देने की कोई बाध्यता नहीं है।"

मैं उदार होने का अगर ढोंग नहीं कर रहा था, तब भी मैं इसको रेखांकित अवश्य करना चाह रहा था। वह सारे लोग शाम को आने को कहकर चले गए। दिनेश, शाही, अशोक घर के अंदर आए और मैंने पूछा, "मेरा रिजल्ट देखा?"

अशोक, "सर आपका न हुआ हो इसकी कोई संभावना है क्या? अब आपका रिज़ल्ट देखने की ज़रूरत पड़ गई तब तो सर अंधेर हो गई।"

मैं शाम को कोचिंग गया। मेरे तो होश ही उड़ गए, एक मेला ऐसा लगा था। सौ से ज़्यादा लोग थे। जो लोग पैसा दिए थे उनके बैठने की जगह न थी और जो आज आए थे वह सीट क़ब्ज़ियाये बैठे थे। यहाँ तो क़ानून-व्यवस्था की समस्या उठ खड़ी हुई। मैंने किसी तरह कक्षा को संयोजित किया, बहुत से लोग खड़े ही थे। बात को अंतिम पंक्ति के व्यक्ति तक पहुँचाने के लिए मुझे बहुत ऊँची आवाज़ में बोलना पड़ रहा था। मैंने सामान्य सी बात की। मेंस की एक रूपरेखा बताई, नोट्स की फ़ोटोकॉपी

देने का आश्वासन दिया।

मैं थोड़ा संयत था, एक संजीदा अध्यापक की तरह दिखने का प्रयास कर रहा था। मैंने अपना उदबोद्धन भाषण दिया। मैं हक़ीक़त में अपने विमोचन भाषण का अभ्यास करने लगा। मैंने सबको पाँच अगस्त को सायंकाल प्रयाग संगीत समीति में आमंत्रित किया। मैंने कक्षा ख़त्म की और घर आ गया।

मैं यात्रिक होटल गया। मैं पहली बार किसी होटल के प्रांगण में गया था। यात्रिक होटल शहर का सबसे नामी होटल था, बाहर एक सुंदर लॉन, अंदर बड़ा सा बरामदा, सामने रिसेप्शन... सब कुछ बहुत ही मनोहारी लग रहा था। मैंने आंटी-ऋषभ-शालिनी से देर तक संवाद किया, वापस चला यूनिवर्सिटी रोड की तरफ़...

रात का आँचल फैल चुका था, ख़ामोश, उबासी लेते उँघते कुत्ते किसी आवाज़ पर भौंकने लगते थे। यूनिवर्सिटी रोड पर दुकानें बंद हो रही थीं। चाय की दुकान वाले अपना गल्ला गिन रहे थे और अपने बर्तन सहेज रहे थे, ऐसे अंधकारमय बुझी हुई बत्तियों की सड़कों से गुज़रकर मैं कृष्णा कोचिंग के गेट पर पहुँचा, गेट बंद हो चुका था। मैंने दरवाज़े के ऊपर से चढ़कर गेट को पार किया। मैंने अपना रिज़ल्ट हृदय की धड़कनों को नियंत्रित करते हुए देखा। एक सफलता की चाहत जिसका अब मूल्य प्रमुखतया इसलिए था कि मेरी विश्वसनीय बनी रहे। जो रिज़ल्ट कभी देखकर मैं उल्लसित हुआ था, आज उसको एक निःस्पृह भाव से देखा। मैं सफलता चाहता था... पर कारण आज उसका कुछ और था... मैं महानायक बना रहना चाहता था। मैं रात को घर पहुँचा और माँ से आंटी-ऋषभ-शालिनी का सारा क़िस्सा साझा किया।

"तू एतना नज़दीक होई गऽ हऽ ?"

"माँ संबंध रक्त-संबंधों से ही मात्र नहीं बनते उनको पोसना पड़ता है। आप अपने ही भाई से कुछ दिन न मिलो संबंधों में दूरी आने लगती है। इसीलिए पुराने लोग कहते थे, मिलते-जुलते रहना चाहिए। यह जो हमारे सारे रीति-रिवाज हैं वह भी इसी उद्देश्य से बनाए गए हैं। यह अलग बात है कि हम नयी हवा में उनको भूलते जा रहे और हमारे बीच जो एक संबंधों का ताना-बाना है वह कमज़ोर होता जा रहा है। मैं दिल्ली गया आंटी के साथ रहा। मैं दिल्ली के पूरे प्रवास में कहीं नहीं जाता था उसके साथ ही रहता था। अब साहचर्य में एक अलग गोंद तो होता ही है जो जोड़ देता है लोगों को। ऋषभ के साथ रहा, उसने ऐसी ऐसी बातें मुझसे साझा की जो उसने अपनी माँ को भी न बताईं कभी। आंटी ने तो पूरा जीवन ही खोलकर मेरे सामने रख दिया। यह तुम्हारा और आंटी का संबंध ज़रूर था पर वह मात्र औपचारिकताओं तक सीमित था, पर मेरे दिल्ली जाने से एक नया जीवन आ गया उसमें।

34. आत्मसंकेंद्रण

जीवन के खोखलेपन का तर्क

अगले दिन ऋषभ ने मुझसे कहा, "अनुराग कुछ बात करनी है मेरे साथ चलो।"

"ठीक है, ज़रा चिंतन सर को निपटा देता हूँ फिर चलता हूँ।"

"ठीक है।"

मैं चिंतन सर को टरकाने की कोशिश करने लगा पर वह बहुत सवाल करने लगे, कहाँ जा रहे, क्यों जा रहे, मैं भी साथ चलूँगा। वह आहूजा साहब के पूरे परिवार-पोटन अभियान में लगे हुए थे। वह इतने बड़े जोंक हैं कि जहाँ लटक गए ख़ून चूस मारा और सिफ़त इनकी ऐसी है कि जिसका यह ख़ून चूसते हैं उसको पता ही नहीं चलता कि बोतलों ख़ून निकल गया। यह हमेशा मोटा मज़बूत आसामी देखकर ही उस पर धावा बोलते हैं, यह कमज़ोर आसामियों पर कोई वक़्त ज़ाया नहीं करते। इनकी इच्छा थी कि यात्रिक होटल में बैठकर इनकी ही कॉफी-चाय पी-पीकर इनको ही ज्ञान पिलाएँ।

मैंने कहा, "सर, आप घर चलें मै इनको सुनकर आता हूँ। हर बात को जानने का प्रयास नहीं करना चाहिए, हो सकता है कुछ ऐसी बात हो जो गोपनीयता की चाहत रखती हो।"

"यार, मैं भी चलूँगा अब मुझसे क्या छिपाना।"

"सर, मैं तो आपको बता ही दूँगा पर यह लोग शायद थोड़ा सहज न हों। मैं आकर सब बताता हूँ।"

सर किसी तरह मान गए, वह मेरे घर चले गए और मैं ऋषभ के साथ यात्रिक होटल की तरफ़ चला।

यात्रिक होटल पहुँच कर ऋषभ ने कहा, "हम लोग यहीं लॉन में बैठते हैं शालिनी तुम चेंज करके आ जाओ।" शालिनी चली गई और ऋषभ ने दरबान से कॉफी लाने को कहा।

"हमको चाय पिलाओ, यह कॉफी मैं नहीं पी सकता।"

"ट्राई तो करो।"

"मैं चाय पिऊँगा और वह भी अदरक वाली मसाला चाय, यह चोंचले मुझे रास नहीं आते।"

ऋषभ ने बैरे से कहा, "साहब के लिए अलग से चाय बनाओ देशी स्टाइल में अदरक ज़रूर डालना।

बैरा— "जी सर।"

"कुछ ख़ास बात है ?"

"हाँ।"

"क्या ?"

"यार माँ ज़िद किए हैं बच्चा-बच्चा... अब मेरे पास कहाँ वक़्त है बच्चे-कच्चे के लिए।"

"क्यों नहीं करना चाहते बच्चा ?"

"समय ही नहीं इस काम के लिए।"

"कह दो जब वक़्त आएगा वह हो जाएगा, अभी वक़्त नहीं आया है।"

"वह वक़्त कभी नहीं आएगा।"

"समझा नहीं मैं।"

"मैं बच्चा पैदा ही नहीं करना चाहता।"

"क्यों ?"

"मैं अपनी ज़िंदगी जीना चाहता हूँ, बग़ैर किसी दबाव के, बग़ैर किसी ओढ़ी हुई ज़िम्मेदारियों के। मैं तुमसे अपनी माँ के लिए सहयोग माँग रहा उसकी देखभाल के लिए, मैं यह समस्या अपने बच्चे को नहीं देना चाहता। तुम सोचो एक क्षण के लिए कि अगर तुम न होते तब आज कितनी बड़ी समस्या खड़ी हो गई थी, मेरे सम्मुख। मैं कैसे सुलझाता माँ के देखभाल की समस्या! अब यही इतिहास फिर से दुहराया जाए बीस-तीस साल बाद वह मैं नहीं चाहता।"

मैं आवाक रह गया। मुझे कभी स्वप्न में भी यह ख़्याल न आया जो ऋषभ ने एक झटके में कह दिया। मेरी माँ तो अभी से हल्ला किए है और बच्चे का नामकरण किए पड़ी है जबकि मेरा विवाह भी नहीं हुआ है। वह एक सुंदर, विद्वान लड़की मेरी पत्नी के रूप में इसलिए चाह रही ताकि बच्चा सुंदर और मेधावी हो। उसने शालिनी की भूरि-भूरि प्रशंसा करते हुए यह कहा भी था, ऋषभ का बच्चा अति कुशाग्र दिमाग़ पाएगा और शालिनी की सुंदरता-नफ़ासत-मेधा। पर यहाँ तो सारा मामला ही नये ऊबड़-खाबड़

रास्ते पर। शालिनी तब तक आ गई और वह भी बग़ल की एक कुर्सी पर बैठ गई, बैरा कॉफी और चाय लेकर आ गया। मैंने शालिनी की तरफ़ देखा।

"शालिनी, जो ऋषभ ने कहा है क्या इस बात पर तुम तैयार हो, तुम्हारी स्वतंत्र रज़ामंदी है इस पर? शालिनी, मातृत्व एक अलग सुख होता है। बच्चे के जन्म के दिन दो आत्माओं का जन्म होता है। एक पुत्र-पुत्री का और दूसरा माँ का। वह जन्मदिवस सिर्फ़ बच्चे का ही नहीं है वह माँ का भी जन्मदिवस है। मेरे अनुसार दोनों को उस दिन अपना जन्मदिवस मनाना चाहिए। एक स्त्री बग़ैर संतान के अपूर्ण है, क्या तुम एक अपूर्ण जीवन जीना चाहती हो! यह फ़ैसला तुम्हारा है पर मैं बिन माँगे सलाह दे रहा और मैं इस फ़ैसले पर पुनर्विचार का अनुरोध करूँगा। आंटी तुम्हारा यह फ़ैसला स्वीकार नहीं कर पाएगी, बहुत दुःख होगा उसको। यह तुम नहीं कर सकते ऋषभ, तुम शालिनी को एक अपूर्ण जीवन नहीं दे सकते। तुम सप्तशती के मन्त्रों को याद करो, तुमने क्या वायदा किया था अग्नि के सम्मुख शालिनी से और समाज से... तुम उस वायदे से मत मुकरो, उसका सम्मान करो। तुम अपनी महत्वाकांक्षाओं के लिए एक स्त्री को अपूर्ण एवं खंडित जीवन जीने के लिए बाध्य मत करो। यह शालिनी की इच्छा हो ही नहीं सकती, यह तुमने थोपी है उसके ऊपर।"

"यह उसकी भी इच्छा है, सिर्फ़ मेरी ही नहीं।"

शालिनी चुपचाप काठवत थी, वह सिर्फ़ सुन रही थी। वह कुछ बोल नहीं रही थी।

"शालिनी क्या ऋषभ सच कह रहे हैं?"

शालिनी मौन थी।

"ऋषभ कभी पूछना अपनी माँ से उसका अपना सफ़रनामा, उसके ख़्वाब जो देखे थे उसने तेरे लिए जब पहली बार उसको पता लगा होगा कोई उसके अंदर स्पंदित हो रहा। तुम जब उखड़ती साँसों के साथ उसके आग़ोश में पहली बार आए होगे, तब उसने देखे होंगे वह तमाम ख़्वाब तेरे लिए। तुम पूछना उसकी ख़्वाहिश तुम्हारे लिए जो तुमसे अलग रहे होंगे; पर वह उसके जीने का सहारा थे। कैसा महसूस किया होगा उसने जब तुम्हारे बचपन की तोतली भाषा में तुम्हारे ख़्वाबों को उसने सुना होगा, वह आह्लाद जब तुमको पहली बार संख्या-अक्षर-वर्णमाला का ज्ञान हुआ होगा, तुमको तमाम लोरियाँ-कहानियाँ सुनाकर उसने सुलाया होगा यह लोरियाँ आज भी महफ़ूज़ होंगी तुम्हारे भीतर और उसके भी अंदर, कितने तारे उसकी आँखों में जगमगाए होंगे जब उसने तुझे गिरकर उठकर चलते हुए देखा होगा, कितना आनंद हुआ होगा उसे तुम्हारे उस घुटनों से पैरों पर चलने की प्रक्रिया के अवलोकन में... तुम इस देवत्व के आह्लाद से इस दैवीय क्षण के भोग से शालिनी को वंचित नहीं रख सकते, तुमको यह अधिकार भी नहीं है। पिता का योगदान बच्चे के जन्म

में बहुत ही छोटा होता है, उस छोटे योगदान का व्यक्ति एक बड़ा फ़ैसला ले रहा, माँ की चाहत से निरपेक्ष होकर। ऋषभ संस्कारों में आज तहज़ीब ज़िंदा है, तमाम विनाशकारी विचारों के बाद भी आज यह दुनिया रहने लायक़ बची है तो सिर्फ़ इसलिए कि माँ के ख़्वाब आज भी पाकीज़ा हैं, वह माँ किसी की भी हो। माँ हर बच्चे को स्वप्न में आकर ताकीद करती है और इसीलिए हर व्यक्ति को ग़लत काम करने से डर लगता है। हर माँ कहती है राम बनना तो आसान नहीं है पर रावण के अवगुणों से तो तू दूर रख अपने को। मेरी माँ ने मेरे सिविल सर्विसेज़ की परीक्षा के दौरान गंगा-स्नान की यात्रा में चप्पल पहनना बंद कर दिया, जाड़ा हो गर्मी या बरसात पैरों में उसके चप्पल नहीं होते। वह उसके छोड़े हुए चप्पल मेरे कमरे में सुरक्षित हैं और कई बार लगता है मेरे में कुछ न था इसके त्याग ने मुझे गढ़ पर गढ़ गिराने की ताक़त दी है। तुम देखना अपना स्कूल का वह बस्ता जिसमें नसीहतें क़िताबों में ही नहीं थी उस बस्ते को सजाकर तेरे काँधे पर टाँगने वाले की अँगुलियों में थी। यह तुमको गुमान हो सकता है, मैं क़ाबिल था; इसलिए यहाँ तक पहुँचा पर हक़ीक़त यह है हमसे और तुमसे ज़्यादा क़ाबिल लोग सड़कों पर घूम रहे, दो वक़्त के जुगाड़ के लिए। मैं तुम्हारे सारे कार्य का भागी बन सकता हूँ पर इस कार्य का भागी नहीं बन सकता। अगर तुम यह सोच रहे हो, मैं किसी तरह से आंटी को समझाऊँ कि यह आज के जीवन की रीति है, ऐसा पश्चिमी देशों में होता है और अब यह हवा हमारे देश में भी आ चुकी है, यह देश के परिवार-नियन्त्रण-नियोजन अभियान में मदद देगा, यह ऋषभ-शालिनी के महत्वाकांक्षा के उड़ान के लिए आवश्यक है... आदि... आदि... मैं नहीं दे सकता कोई तर्क। तुम तीन महिलाओं को अपनी महत्वाकांक्षा की बलि मत चढ़ाओ, तुम तीन महिलाओं को अपूर्ण जीवन नहीं दे सकते... यह सरासर अन्याय है। क्या शालिनी की माँ की कोई इच्छा नहीं होगी! नानी को अपनी बेटी के बच्चे अपने बेटे के बच्चों से ज़्यादा प्रिय होते हैं, यह मैंने अपने ही जीवन में देखा है। यह विचार त्याग दो आप, यह विनाशकारी विचार है। यह सभ्यता-संस्कृति के विपरीत है। यह मात्र विज्ञान की पढ़ाई बहुत बेकार होती है। यह सूत्र-सिद्धांत के लोग भावना के धरातल से उठ जाते हैं। उनको जीवन में सारा कुछ गणितीय सूत्र ऐसा लगता है, जहाँ भावनाओं का कोई स्थान नहीं होता है। हर विज्ञान के पाठ्यक्रम के साथ-साथ ह्यूमिनिटीज़ का भाग... समाज-इतिहास-साहित्य-दर्शन भी पढ़ाया जाना चाहिए। पता तो चले जीवन की संश्लिष्टता क्या है। मुझे कई बार लगता है कि यह साइन, कास, टैन थीटा जो पढ़ा वह काम कब आएगा। मैं अपने स्कूल-कॉलेज में जाकर यह पूछना चाहता हूँ, यह विद्या कब काम आएगी! मैंने जीवन में जो कुछ भी हासिल किया इसमें इसका योगदान एक सीमा तक है। तुम देख ही रहे हो इस अपने क़द और हैसियत से बड़े कार्यक्रम को मैं

नियंत्रित-संचालित कर रहा हूँ, इसमें मेरे जीवन के अनुभवों और संघर्षों का योगदान ज़्यादा है बनिस्बत मेरी पढ़ाई के। यह जीवन इतना आसान नहीं है जितना तुम आज समझ रहे हो। तुमने आंटी का सारा काम मुझको सौंप दिया, मुझपर विश्वास करके। पर मुझपर विश्वास करने का आधार क्या है, मैं आंटी से भी दो-तीन महीने पहले ही मिला हूँ और तुमसे तो उनकी तुलना में काफ़ी कम। मैंने पहले भी कहा था कि मैं सारा पैसा लेकर भाग जाऊँ उसकी वृद्धावस्था में तब क्या फ़ायदा तुम्हारी उस डॉलर छापने की मशीन का जो आपकी माँ को घिसटन दे दे। मैं जब अपने भाई पर नाराज़ होता हूँ कि यह कुछ पढ़ता-लिखता नहीं है, यह क्या करेगा? मेरी माँ कहती है, मुन्ना कोई आदमी भोगने के लिए भी चाहिए। तुम बहुत बड़ा साम्राज्य खड़ा कर लो पर उस साम्राज्य का सुख प्राप्त करने वाला कोई न हो तब वह सब निरर्थक हो जाएगा। जीवन में आनंद तभी तक है जब तक आपकी खुशी में शरीक होने वाले लोग हैं। यह बताओ तुम्हारी खुशी में कौन शरीक होने वाला है! माँ सास-ससुर की देखभाल के लिए एक अभिकर्ता की तलाश है। आप उनके जीवन एवं स्वास्थ्य का देखभाल नहीं कर सकते। एक अनुराग शर्मा पर यक़ीन कर रहे हो जिसको आप जानते नहीं, यह भरोसा इसलिए कर रहे कि अपकी महत्वाकांक्षा ने परिस्थितियाँ ऐसी उत्पन्न कर दी हैं कि उस पर आश्रित होना जीवन की एक बाध्यता बन चुकी है। ऋषभ, आप बच्चा न करने का फ़ैसला लेकर जीवन को भविष्यहीन कर रहे हो। यह डॉलर छापने की मशीनी जीवन प्रक्रिया जीवन को कोई सुख नहीं देगी, यह सिर्फ़ पीड़ा देगी। आप यह मशीन अंधाधुंध चलाना बंद करो। आप एक सामान्य जीवन जियो न कि यन्त्रवत भविष्यहीन जीवन। आपकी महत्वाकांक्षाओं में मात्र आपका ही नहीं अपनों का सुख भी शामिल है, और यह सुख त्याग के बिना संभव नहीं है। आप थोड़ा सा राम कथा पढ़ो। औरंगज़ेब राज्य चाहता था, वह नृशंस हो गया, भरत त्याग चाहते थे वह महामानव हो गए। औरंगजेब-मुराद-दाराशिकोह सामूगढ़ और धरमट में भाई-भाई के ख़ून के प्यासे राज्य प्राप्ति का संघर्ष कर रहे थे वहाँ चित्रकूट की पहाड़ियों पर चार भाई त्याग के लिए संघर्ष कर रहे थे, जिसमें राज्य-प्राप्ति नहीं राज्य-त्याग मूल बिंदु था। राम राज्य नहीं चाहते थे पिता की आज्ञा सर्वोपरि थी, भरत राज्य स्वीकार करना नहीं चाहते थे क्योंकि उसे राम ऐसा योग्य व्यक्ति ही सुशोभित कर सकता था। यह औरंगजेबी राज्य-धन-लिप्सा का त्याग करो, अपने अंदर भरत का वास कराओ।

एक बात बताओ, तुम क्या करोगे इतने धन का, तुम अपनी महत्वकांक्षाओं का दास बनाकर शालिनी को भी एक सामान्य जीवन नहीं दे रहे हो। शालिनी आप इनकी एक बात मत सुनो, आप मातृत्व के सुख का इंतिज़ार करो, वह इंतिज़ार ही आह्लादित करता है। मेरी माँ ने मुझसे मेरे नौ महीने की जन्म की प्रक्रिया को कई बार बताते हुए

अपने उस आह्लाद को साझा किया है ऋषभ कभी माँ से मैंने कहा था तेरी हर चीज़ सहेज कर रखी है मैंने, बचपन की अपनी तस्वीर जिसमें छवि है तेरी, स्कूल का वह बस्ता जिसमें तेरी तालीम है, फटी-जर्जर किताबें जिसके कवर पर तूने मेरा नाम लिखा था, जब मैं लिख नहीं पाता था, मंदिर में तेरी बजाई घंटी की आवाज़, गूँजते श्लोक के स्वर मेरी कानों में महफ़ूज़ हैं, तेरा वह आख़िरी चप्पल जो तूने अंतिम बार पहना था गंगा स्नान के लिए यह शपथ लेते हुए अब कभी न पहनूँगी चरण-पादुका गंगा स्नान की यात्रा के लिए, तेरे आँसू तेरी खुशी... हर चीज़ सहेज कर रखी है, मुंजमिद है मेरे मस्तिष्क की शिराओं में माँ तेरी हर चीज़ सहेज कर रखी है।

यह सुनकर माँ भावुक हो गई थी। ऋषभ कौन कहेगा यह शालिनी से तुम्हारे इस निर्णय के बाद... बताओ ऋषभ एक माँ के साथ अन्याय क्यों?"

शालिनी की आँखें डबडबा गईं। वह एक स्त्री ही थी, उसके अपने अरमान थे ही। वह बोली, "अनुराग तुम्हारे बग़ैर मेरा ऋषभ का जीवन अपूर्ण था। तुम न मिलते तब जीवन में एक कमी रह ही जाती।"

ऋषभ, आंटी बहुत सज्जन है जो तुम कहते हो मान जाती है। मेरी माँ होती तो कान के नीचे एक घुमाकर देती सारी तबीयत हरी हो जाती। अगर तबीयत हरी करानी हो तो मैं कल तुम्हारा प्रस्ताव उसको बता देता हूँ, इस होटल के बैरे भी जान जाएँगे कि उर्मिला शर्मा कौन है।"

इतने में आंटी और शालिनी की माँ गेट से बाहर आते हुए दिखे। मैंने कहा, "यह बात यहीं बंद करते हैं। इस पर फिर बात करेंगे।"

आंटी ने आते ही कहा, "अनुराग क्या कहानी सुना रहे हो।"

"कोई कहानी नहीं सुना रहा आंटी, वही कल के कार्यक्रम पर बात कर रहा। कमिश्नर साहब ने कहा है कि ऋषभ को राज्यपाल से मिलाते हैं और ऋषभ को राज्य सरकार से पुरस्कार दिलाते हैं इनकी उपलब्धियों पर।"

शालिनी की माँ— "कमिश्नर साहब मिलवाएँगे राज्यपाल से?"

"हाँ ज़रूर।"

शालिनी की माँ— "हम लोग भी मिल सकते हैं?"

"ज़रूर... क्यों नहीं?"

शालिनी की माँ— "बेटा फ़ोटो खिंचवा देना, ले जाऊँगी यादगार के तौर पर। मैं कभी किसी बड़े अफ़सरान से मिली नहीं हूँ। जब से तुम लोग ज़िंदगी में आए तभी से कुछ पता चला पहले तो मैं कुछ जानती ही न थी।"

"आंटी जी खाने का कार्यक्रम उन लोगों का अलग से है। आप लोगों को उसी में ले चलूँगा, परिचय भी करा दूँगा।"

"अनुराग मुझे आगे बैठाना, मैं तुमको बोलते हुए नज़दीक से देखना चाहती हूँ।"

"आंटी आप चिंता न करें।"

ऋषभ की कार से मैं घर की तरफ़ चल दिया। सीएमपी डिग्री कालेज के आगे के डाट के पुल पर ड्राइवर से कहा मुझे उतार दो मैं पैदल चलना चाहता हूँ कुछ दूर, तुम घर से चिंतन सर को लेकर आ जाओ शास्त्री पुल पर। ड्राइवर चला गया और मैं मन में अपना भाषण संरचित करते हुए शास्त्री पुल की तरफ़ बढ़ने लगा। मेरे पहुँचने के पहले ही चिंतन सर पहुँच गए थे। वह बेताब थे जानने को कि क्या ख़ास बात थी जो ऋषभ करना चाहते थे।

"कौन सी गुप्त बात हुई तुम्हारी और ऋषभ की?"

"सर मेरे तो होश ही उड़ गए उनकी बात सुनकर।"

"क्या बात थी जो होश उड़ा गई!"

"वह लोग पाश्चात्य मॉडल पर अपना जीवन जीना चाहते हैं। वह बच्चा पैदा करना जीवन का एक अनावश्यक कार्य समझते हैं और इसको एक बोझ की तरह देखते हैं और नि:संतान रहना चाहते हैं।"

"यह फ़ैसला ले चुके हैं?"

"तक़रीबन।"

"तुमने क्या कहा?"

"यह एक बहुत ही बेवक़ूफ़ाना सोच है, इस विचार को मस्तिष्क से निकाल दो।"

"यार, अगर वह संतान-विहीन रहना चाहते हैं तब क्या बुराई है, वह तो समाज का कल्याण कर रहे हैं। वह जनसंख्या-नियंत्रण में सहायक हो रहे हैं।"

"सर, इतनी धन-संपदा-नाम-यश सब इकट्ठा करने का क्या फ़ायदा जब कोई उसका वारिस न हो, कोई उसको भोगने वाला न हो!"

"भोगने वालों की कहाँ कमी है... हम लोग हैं न। हर व्यक्ति अपना नसीब लेकर जन्म लेता है और संपदा पर भोगने वाले का नाम लिखा होता है। हो सकता है हम लोगों का ही नाम लिखा हो।"

"आपके हिसाब से उनका निर्णय उचित है?"

"हर निर्णय का मूल्यांकन देश-काल-परिस्थिति के अनुसार होता है। अब उनकी परिस्थिति में यह शायद ठीक ही हो।"

"सर यह बताओ आपके मन में उनकी संपत्ति हथियाने का विचार पहली बार कब आया?"

"यह जजमानी का अपना व्यवसाय है, हम लोग जजमान की ही कृपा पर ज़िंदा रहे हैं और मालदार जजमान तलाश करना हमारा जन्मजात काम है। यह आहूजा बहुत ही मालदार जजमान है, अब यह बग़ैर वारिस के निपट गया तब इसका कर्मकांड वैकुंठ यात्रा का विधान हमको ही करना होगा। हम अगर यह कार्य नहीं करेंगे तब पाप के भागी बनेंगे। हम तो अपना कर्तव्य निर्वहन कर रहे, फ़ैसला इनका है संतान करने न करने का पर उस फ़ैसले पर कर्मकांडीय विधान तो हमको करना ही होगा।"

"आप मेरी जगह होते तब आप क्या कहते?"

"मैं कहता मानव ईश्वर की इच्छा से संचालित होता है, उसकी जो इच्छा होगी वही होगा। वह बहुत दयालु है, सब पर दया करेगा।"

"सर मतलब इस फ़ैसले में ईश्वर आप पर दया कर रहा है।"

सर हँसने लगे और बोले चलो अब यह मामला तुम अपने स्तर पर निपटा ही दिए होगे, अब यह बताओ कल का क्या जाल फैलाए हो?

"आप बताएँ क्या जाल बिछाएँ?"

"कबूतर को जाल में लो।"

"कौन?"

"राज्यपाल।"

"उनका क्या करना?"

"यार उनसे विद्यालय की स्वीकृति पर काम कराना है। सत्यानंद बहुत मायावी है। पता नहीं कौन सी घुट्टी पिलाता है सब मुरीद हो जाते हैं।"

"सर अफ़सर अच्छे होंगे, काम अच्छा करते होंगे।"

"कोई ऐसे नायाब परवरदिगार की बनाई एकलौती शख़्सियत तो है नहीं जिनको ही सिर्फ़ काम आता है, ऐसे बहुत से लोग हैं। यह अलग बात है मैनेजमेंट में यह बग़ैर एमबीए किए महारत प्राप्त व्यक्ति हैं। अब हमारे लिए तो अच्छा ही है हमारा साला शक्तिशाली है, विवाह कर लो। यह सर्वथा करने योग्य प्रस्ताव है।"

"सर, विवाह एक बहुत ही दुरूह मामला है वह किसी की शक्ति और प्रभाव से ही निश्चित नहीं किया जा सकता। एक बात और कहूँ सर?"

"कहो।"

"सर, मैं कई सत्यानंद को जन्म दूँगा। मेरे क्लास में कई भावी सत्यानंद पढ़ रहे हैं। मैं चाणक्य-द्रोणाचार्य के रास्ते पर चल रहा हूँ जिसको मन करेगा चन्द्रगुप्त बना दूँगा और जिसको मन करेगा अर्जुन बनाकर जगत विजेता घोषित कर दूँगा नहीं तो कर्ण की तरह अभिशप्त कर दूँगा, अँगूठा ही काट दूँगा मन करेगा अगर। मैं शिक्षक बन चुका हूँ, मैं राष्ट्र-निर्माण के रास्ते पर हूँ। सत्यानंद मेरी दया पर होंगे न कि मैं उनपर। यह

लग सकता है अहंकारपूर्ण कथन पर यह सत्य के समीप है।"

"अनुराग..."

"सर!"

"यह दूर गंगा की शांत लहरों के ऊपर से उठती हुई संवेगी हवाओं को देख रहे हो यह हवाएँ कुछ कह रही हैं।"

"क्या कह रही हैं सर?"

"इस गंगा के तट पर तुम्हारे ऐसा जीर्णोद्धार आज तक किसी का न हुआ होगा। जिस व्यक्ति को कुछ महीने पहले उसकी गली भी न जानती थी कल वह प्रदेश को संबोधित करेगा और लोग पूछेंगे यह दुबला-पतला लड़का कौन है।"

"सर, सब ईश्वर की माया है, उसकी दयालुता है और उसकी प्रजा-वत्सलता का मैं हमेशा से क़ायल रहा हूँ।"

मैंने आसमान की तरफ़ आँखें गड़ाईं उस ढाबे की चारपाई पर लेटकर और एक नज़्म बनने लगी..."

"सर, एक नज़्म सुनाऊँ?

"सुनाओ!"

"जाने दीजिए सर!"

मैंने उसी ढाबे की खाट पर लेटे-लेटे आवाज़ लगाई, एक चाय मुझको और देना। इस बार ढाबे का मालिक आ गया और उसने कहा, "साहब मैं आपको बहुत महीनों से देख रहा, आप कई बार रात बारह बजने के बाद ही आते हो। मुझे पता चला कि पहले आप पढ़ते थे पर अब आप बड़े साहब हो गए हो। यह हमारे ढाबे का सौभाग्य है कि आप यहाँ आते हैं, आगे भी आते रहिएगा।"

वह लड़के से बोला, "छोटू चाय साहब की मैं अलग से बनाकर ले आऊँगा, तू रुक।"

मैं उसका चेहरा देखने लगा... मेरे एकटक देखने पर ढाबे मालिक ने पूछा, "क्या देख रहे हो साहब?"

"तुम्हारे माथे पर लिखी हैं कुछ लकीरें जो कह रहीं कितना कर्म किया है तुमने और कितना करना बाक़ी है।"

"साहब आप पंडित हो, आप भविष्य देख लेते हो?"

"हाँ, मैं भविष्यद्रष्टा हूँ। मैं लोगों के कर्मों से उनका भविष्य देखता हूँ। मुझे इन अन्तरिक्ष के ग्रहों के चक्र पर, हाथ में बनी रेखाओं पर यक़ीन कम है, मुझे कर्म से उपजे पसीने से बनने वाली लकीरों को पढ़ना आता है।"

"आपने कहाँ से सीखी साहेब ?"

"अपने ही पसीने से बनने वाली रेखाओं को पढ़-पढ़कर।"

"साहब आपके पसीने की लकीरों ने आपकी क़िस्मत लिख दी पर ऐसा सबके साथ कहाँ होता है। यह सामने ट्रक की क़तारें देख रहे हैं, इन ट्रकों पर क्लीनर चला करते हैं ड्राइवरों के साथ। मैंने पिछले बीस साल से किसी क्लीनर की तक़दीर बदलते न देखी जबकि लकीरें उनके पसीने भी बनाते हैं और वह भी बहुत मोटी और मज़बूत लकीरें।"

ढाबे मालिक ने मुझको निरुत्तर कर दिया था। उसने एक बहुत बड़ी बात कह दी थी।"

"आप सही कह रहे हो, परमपिता की इनायत मेरे साथ थी, नहीं तो क्या पता मैं भी एक क्लीनर के रूप में ही तुमको मिलता।"

"ऐसा न कहें साहब, आप तो बड़े आदमी हैं और पढ़े-लिखे भी।"

"अब ईश्वर की कृपा है उसका आशीर्वाद मिला नहीं तो मेरे में और इन ड्राइवरों में शायद कोई फ़र्क़ न होता।"

मैं पैदल ही चिंतन सर के साथ घर की ओर चल दिया। घर पहुँचकर हम लोग ऊपर के कमरे में चले गए। मुझे नींद नहीं आ रही थी। मैंने चिंतन सर से कहा, मेरा भाषण सुनेंगे ?

सर ने कहा, "सुनाओ।"

"रहने दीजिए सर... इसको सीधे मंच से ही प्रवाहित होने दीजिए।"

"वैसे ही जैसे भगीरथ ने महादेव की जटाओं से गंगा को प्रवाहित किया था।"

"सर काश वैसा ही हो जाए कल।

"होगा विश्वास रखो।"

"सर..."

"बोलो!"

"कल जो राख दिखेगी वह इस चिराग की होगी
जिसने अपने को जलाकर रात को रौशन किया होगा।"

35. विमोचन

एक आत्मप्रवंचना की यात्रा

मुझे रात में नींद कहाँ... मैं पेट के बल लेटकर दोनों हाथों की हथेलियों के ऊपर, कुहनी को बिस्तर पर टिकाए, अपने मस्तक को ऊपर किए, कमरे में जल रही अखंड ज्योति को देख रहा था। मैं उस दीपक की पीली लौ को देखता अपना भाषण अपने मन में उच्चारित कर रहा था। मैं यह वक़्त पूरी तरह जीना चाहता था। मैं एकाग्रता से घड़ी की चलती सुइयों को देख रहा एक विचार प्रवाह के साथ वक़्त कुछ ही रह गया है आज की ऐतिहासिक संध्या में। मेरा ज़िक्र, सिर्फ़ मेरा ज़िक्र कल होना चाहिए, मेरे प्रतिद्वंद्वियों को इतनी ईर्ष्या हो जाए मुझसे कि उनको मेरे ख़्यालों से फ़ुर्सत ही न मिले। मेरी पलकों को चूमते मेरे ख़्वाब बेताब ताबीर के लिएसमाने लगे मेरी आँखों में। मेरी बंद आँखें स्थिरता प्राप्त करने लगीं, मस्तिष्क धड़कनों के साथ था, एक बेचैनी-बेक़रारी ख़्वाब में मंच एक बड़ी भारी भीड़... वह दैवीय क्षण मेरा उदबोद्धन... मेरी आँखों में नज़्म उतरने लगी। मेरा स्वप्न मेरे साथ पूरे रात चलता रहा। सुबह उठा अपने भाषण का पुनः अभ्यास करने लगा। मैंने कई घंटे अभ्यास किया था और सुबह के अभ्यास ने आत्मविश्वास में वृद्धि की परिणाम के प्रति संतुष्टि का भान होने लगा।

सायंकाल मंच सज गया। राज्यपाल और विधान सभा स्पीकर पहले ही आकर सर्किट हाउस में रुक चुके थे। पूरा हॉल भरा हुआ था। हॉल के एक ओर छात्र ही छात्र, आगे की पंक्तियों में इस साल के चयनित लोगों को आसीन कराया गया था। इनका नागरिक सम्मान राज्यपाल द्वारा जो कार्यक्रम की बौद्धिकता को गांभीर्य प्रदान करेगा। बद्री सर, अमर गुप्ता, राजेश्वर सिन्हा, सुरुचि, शशि, धनंजय, रचना दीक्षित... लगभग सभी लोग थे। लोग घूम-घूमकर देख रहे थे कि कहीं कोई सामने की कुर्सी ख़ाली दिख जाए तो बैठ जाएँ। जैसे-जैसे समय बीत रहा था लोगों का सैलाब बढ़ता जा रहा था। यह पूरा आयोजन एक सुहाने स्वप्न ऐसा था न केवल मेरे लिए वरन् मेरे

पूरे परिवार-परिवेश के लिए। मंच संचालक राम प्रकाश सिंह सर ने मुझे सबसे पहले बोलने के लिए बुलाया। मैं मंच पर एक करतल ध्वनि के साथ गया और तालियों के रुकने का इंतिज़ार करने लगा... थमते शोर के बीच मैं बोलने लगा,

"जहाँ देवता भी जन्म लेकर धन्यता को प्राप्त करते हों, जिसे इतिहास-ग्रन्थ में कर्म-भूमि कहा गया हो, जहाँ के शौर्य से डरकर आततायी सत्ता पनाह माँगती हो, जहाँ से राष्ट्र-राज्य की कल्पना सबको एक सूत्र में बाँधते हुए राष्ट्रवाद की अवधारणा को मूर्त रूप देती हो, भारतीय संस्कृति के इस मुख्य केंद्र जहाँ से गुज़रने वाले श्री राम ने एक स्त्री शबरी को यह अधिकार दिया कि वह राम को जूठे बेर खिलाए, निषाद को इतना बड़ा भाग्य मिला कि राम उन्हीं से कहते हैं तुम मम प्रिय भरतहिं सम भाई, और इसी शहर की सीमा पर स्थित चित्रकूट की पहाड़ियों पर चार भाइयों का इतिहास का एक ऐसा अविस्मरणीय अनूठा त्याग हेतु संघर्ष हुआ कि वह विश्व के जन मानस को आज तक आह्लादित करता है। ऐसे शहर इलाहाबाद में आप सबका स्वागत है...

यह काव्य-संग्रह एक सायास प्रयास का परिणाम नहीं है पर अनायास भी नहीं है। लेखन एक सहज प्रक्रिया है वह अनायास होकर भी सायास होती है। यह विमोचन का इंतिज़ार करती पुस्तक एक ख़्वाबों का खत है जो लिखी गई है रौशनी के मुहाने पर जब आसमाँ फ़ुरसत में था और चाँद व्यग्र था। उस चाँद की व्यग्रता को लेखक ने अवलोकित किया था जब चाँद झील में रिहाइश कर रहा था और शबनम का तक़ातुर उसी झील की सतह पर शांत वातावरण में कर्ण प्रिय संगीत का सृजन कर रहा था।

महाभारत एक युद्ध काव्य ही नहीं है वह हमारी सांस्कृतिक चेतना को हमारे अंदर तक छूता है। यक्ष प्रश्न एक हमारा जीवन-दर्शन बन चुका है। पर लेखक ने उस जलकुंड के समीप युधिष्ठिर की नैतिकता के सम्मुख एक स्त्री के स्वाभिमान को एक अलग ढंग से अवलोकित किया है, द्रौपदी के विद्रोह को मुखर करते हुए...

पूछो यक्ष पूछो...
मैं उत्तर दूँगी
मुझे अर्जुन-भीम चाहिए
मुझे उसका रक्त चाहिए
मुझे मेरा आत्म-सम्मान चाहिए।

इनके लेखन में... एक तेवर है, एक विद्रोह है, एक क्रांति-धर्मिता है, एक संघर्ष है, एक आत्मदीप्ति है, एक प्रस्फुटन है, एक स्वाभिमान का स्वर है...

हर ओर तालियाँ बजने लगीं... मैं शांत होकर सभाकक्ष के भीड़ से उपजे विस्मय में खो गया...

थमते शोर पर मैंने दो ही पंक्ति बोली
संदेश जो उपजा आचरणों से
वह विस्मृतियों में कहीं सिमट गया।

यह सर की राम के प्रति आस्था है जो इसी काव्य-संग्रह में अभिव्यंजित हुई है। मैं पुनः चुप हो गया, कुछ पल की शांति के बाद बोलने लगा,

बहुत प्रिय है जन्म तेरा
पर कर्मों के तुम शासक हो
हे राम तुम्हारा दर्शन अभिलाष ही मेरा सौभाग्य है
मंदिर बनना महज एक कृत जीवन का संतोष मात्र है।"

मैं रुक गया, मैंने देखा पूरा हाल खचाखच भरा था। मैंने बग़ल की तरफ़ बैठे अतिथियों को देखा। उनके चेहरे पर विस्मय था। मैंने भीड़ में माँ को देखा वह हर्षातिरेक में थी, वह आँखों को पोंछ रही थी।

मैं सर की कविताओं में खो जाता हूँ, इनका लेखन मुझे किसी और लोक में लेकर जाता है। कोई भी महानायक अपने महानायकत्व से जाना ज़रूर जाता है पर उसका महानायकत्व लोगों की पहचान में आने से पूर्व ही जन्म ले लेता है। कोई भी विचारक किसी शिक्षा संस्थान में नामचीन होने से पहले ही एक सैलाब एक स्वतंत्र सैलाब के रूप में उभरने लगता है और उपलब्धियाँ साकार रूप लेने के पहले ही एक आकार ग्रहण करने लगती हैं जब एक संकल्प व्यक्ति के भीतर जन्म लेने लगता है और वह आसमानों की तरफ़ देखकर उड़ते हुए अपने ख़्वाबों के साथ यह कहता है

ऐ नीला आसमाँ कुछ और ऊपर हो जा
मेरे हौसलों की उड़ान कुछ ऊँची है।

यह पुस्तक आज हमारे सामने है पर यह एक आकार बहुत पहले ले चुकी थी जब सृजन का पहला कार्य सर की दिवंगत माँ ने सर को सिखाया होगा। यह संकलन इनकी तोतली भाषा से एक सारगर्भित भाषा तक का सफ़रनामा है। यह एक उड़ते ख़्वाबों की कहानी है जिसकी ख़्वाहिश आसमान के नीले रंग को नज़दीक बहुत नज़दीक से अनुभवित करने की है।

मेरी सारी शुभकामनाएँ इस लेखन प्रकिया के साथ हैं... यह ख़्वाबों की दास्तान

है...

इस रचना में उदिशा है, दिन की तपिश है, सायंकाल की लालिमा है, चाँद की ठंडी रौशनी है, चिराग़ का हवाओं के साथ लड़कर सियाह रातों को दी गई सांत्वना है तो जुगनुओं का शोर है। एक क्रांतिधर्मिता है...

शिकस्त हो गई आज हमारी तो क्या हुआ
आज हम लहुलुहान हैं तो क्या हुआ
जिन्होंने कभी हराया था मुझको जाकर पूछो उनसे
जीत का जश्न कितने दिन चला था उनका।"

मैंने दोनों हाथ हवा में उठाकर जोड़ते हुए धन्यवाद दिया... मेरे छात्रों का हुजूम एक साथ खड़ा हो गया। उनके खड़े होते ही खड़े होने का क्रम आरंभ हो गया। राज्यपाल भी खड़े हो गए, उनके साथ सब खड़े हो गए। मैं भीड़ के सम्मोहन में आ चुका था। राम प्रकाश सिंह सर पीछे से आए और मैं माइक से हटने लगा। मैं मंच से नीचे उतर रहा था। मेरी निगाह मेरे पिता जी पर पड़ी, उनका चेहरा अति तेज़वान था। माँ के आँखों का बाँध टूट चुका था अश्रु-प्रवाह अविरल थे। मैं मंच पर एक सामान्य से व्यक्ति के रूप में चढ़ा था पर मैं एक महानायक सदृश नीचे उतर रहा था। मुझे कुछ भी याद नहीं उस वक़्त सिवाय इसके कि लोग मेरे बैठने का इंतिज़ार कर रहे थे।

मैं जीआईसी, ईसीसी, इलाहाबाद विश्वविद्यालय के एक गुमनाम छात्र के आवरण से बाहर आ चुका था। मैं प्रतीक्षा को भी जीत चुका था, शायद वह अकेली न थी, मैं किसी और को भी जीत चुका था। मेरी ग़ैर मामूली दास्तान का शायद यह दूसरा पड़ाव था।

मेरी भाषा का कौशल और वक्तव्य-क्षमता उफ़ान पर थी। वाक्यों की तीव्रता का आरोह-अवरोह शब्द-विन्यास के सम्मोहन में अभिवृद्धि कर रहा था। शब्द झंकरित हो रहे थे, एक लयबद्ध विन्यास में। मेरा उद्‌बोधन लोगों के सिर चढ़कर बोल रहा था।

मेरे बाद कमिश्नर साहब आए, वह बोले छोटा सा ही पर था प्रभावपूर्ण। उन्होंने अपने पुस्तक पर अपने माँ-पिता के लिए लिखा अपना उद्‌गार पढ़ा। सर का भाषण भावुक था और पुस्तक को अपनी माँ और पिताजी को समर्पित करते हुए उनके योगदान को अपने जीवन में याद किया। सर ने अपनी तीन कविताएँ पढ़ीं और कहा मैं महामहिम को सुनना चाहता हूँ आज, न कि बोलना।

राज्यपाल रमाकान्त शास्त्री एक स्थापित वक्ता थे और उनको इतिहास और साहित्य की गहरी समझ थी। उन्होंने राम को एक जनतांत्रिक नायक स्वीकार करते हुए कहा, राम समाज के पिछड़े वर्ग के हितकारी तो थे पर राम की विशिष्टता यह थी उनकी आस्था जनतंत्र से अधिक अपनी नैतिकता पर थी। राम के व्यक्तित्व के इस

पक्ष को उकेरते हुए उन्होंने एक बहुत ही सारगर्भित व्याख्यान दिया। उन्होंने बुद्ध और राम की अप्रतिम तुलना करते हुए कहा कि जीवन का मूल त्याग में है और पाश्चात्य देशों के लोगों को जो धन-अर्जन की अंधाधुंध दौड़ में शामिल हैं राम से शिक्षा ग्रहण करनी चाहिए। राम के जीवन में नैतिकता का आग्रह सर्वोपरि था। राम की नैतिकता के आग्रह की व्याख्या को विस्तारित करते हुए कहा, राम इस धरती के पहले कम्युनिस्ट थे अगर कम्युनिस्ट विचारधारा को जनता के कल्याण एवं लोकहित के रूप में देखा जाए। सत्यानंद की राम पर लिखी कविताएँ बहुत उच्च कोटि की हैं और जो भरत पर उन्होंने कविता पढ़ी वह तो विस्मय है। माँ पर लिखी हुई सत्यानंद की कविताएँ मुझे सबसे बेहतर लगीं। पुत्र द्वारा माँ के त्याग पर लिखी कविता जिसमें माँ अपने अंदर अपनी पीड़ा को ज़ब्त कर लेती है जब पुत्र उसका त्याग कर रहा मुझे द्रवित कर गई। यह वृद्धाश्रम है क्या, अपने जनक-जननी का त्याग या कुछ और... कविता की यह पंक्ति हमें मंथित करती है। मेरी संकल्पना में एक ऐसा समाज है जिसमें पारिवारिक मर्यादाओं का जीवन में समावेश हो और वृद्धाश्रम का समाज में कोई अस्तित्व न हो। इस वर्ष के नव-चयनित छात्रों का नागरिक अभिनंदन करते हुए राज्यपाल महोदय ने उनकी माताओं को धन्यवाद ज्ञापित करके सबका मन मोह लिया। राम प्रकाश सिंह के कुशल मंच संचालन ने एक समाँ बाँध दिया था।

पुस्तक का अनावरण-कार्यक्रम मंच पर हुआ। साहब का पूरा परिवार मंच पर था। साहब ने मुझे भी इशारे से मंच पर बुलाया। मैं मंच पर गया। मैंने भी क़िताब हाथ में लेकर पुस्तक का अनावरण करते हुए विमोचन कार्यक्रम में शिरकत किया। प्रतीक्षा मेरे बग़ल ही खड़ी थी। मेरी माँ बहुत ध्यान से मुझे और प्रतीक्षा को देख रही थी। वह आज बहुत ही आह्लादित थी। कार्यक्रम के बाद प्रतीक्षा मेरे पास आई और बोली, "आपने बहुत अच्छा बोला। आपकी हिंदी इतनी साहित्यिक है कि समझना आसान नहीं है। मुझे भी आप कुछ मेंस के बारे में बताइये। मेरी तैयारी बहुत अच्छी नहीं है, मुझे डर लग रहा कहीं मेरा यह अवसर व्यर्थ न हो जाए। मैं आज की रात्रि एक सफलता के रथ पर सवार था, उस रथ के पहिये से बनने वाले निशान भी स्तुति-गान के योग्य हो चुके थे। मैंने ठीक से प्रतीक्षा को आज तक देखा न था। आज पहला अवसर था जब मैं उसको एक पूर्णता से देख रहा था... काव्यात्मकता भीतर प्रकाशित होने लगी... तैरने लगी आँखों की शबनम में। वह हल्के नीले रंग की साड़ी में थी। उसकी भौंहें काली, हल्के गुलाबी लिपस्टिक से सजे होंठ, काजल आँखों को आकार देते हुए... कालिमायुक्त केश क़रीने से सजे हुए... आज उसकी आँखों में मेरे लिए भाव कुछ अलग थे स्वीकार्यता के भाव टपकाते बोलती आँखों से अभिव्यक्त होते हुए... पढ़ने वाले के लिए यह मुलाक़ात एक कविता थी... अब आज की रात मुझसे बड़ा पाठक

कौन होगा जो निहार रहा एक श्रृंगार अभिव्यंजना जो सिर्फ़ उसके लिए है... खोया सौन्दर्य में... ।

मेरी माँ दूर से मुझे निहार रही थी जब मैं प्रतीक्षा के नज़दीक उससे बात कर रहा था। मेरी आँख घूमी, मेरी माँ... पिताजी... भाई... बहन सब देख रहे थे मेरी ओर, यहाँ तक कि प्रतीक्षा के पिता भी देख रहे स्वयं से कहते यह संयोग बन जाता तो कितना अच्छा होता...

मैं असंयत हो गया।

अगले सुबह माँ की आवाज़...

"मुन्ना-मुन्ना तोहार फ़ोटो पेपर में बा..."

मैं अपने कमरे से निकल कर सीढ़ियाँ उतरने लगा।

सारे पत्रकारों ने पूरी निष्ठा सत्ता के साथ दिखाई और मुखपृष्ठ को भर दिया था विमोचन कार्यक्रम के क़सीदों और चित्रों से...

कमिश्नर इलाहाबाद सत्यानंद की पुस्तक का अप्रतिम विमोचन राज्यपाल रमाकान्त शास्त्री के कर कमलों द्वारा।

न भूतों न भविष्यतो एक साहित्यिक कार्यक्रम शहर इलाहाबाद में...

पूरा लखनऊ इलाहाबाद में साहित्यकार सत्यानंद मिश्र के कार्यक्रम में...

मंच पर विमोचन की तस्वीर मुखपृष्ठ पर थी। मैं भी विमोचन कार्यक्रम में पुस्तक हाथ में लिए खड़ा था। मैं भी बहुत प्रमुखता से तस्वीर में था। मेरे यहाँ दो पेपर आते थे, एक हिंदी और दूसरा अंग्रेज़ी का। अंग्रेज़ी का अख़बार आता था अंग्रेज़ी सुधारने के लिए, पर अंग्रेज़ी किसी की न सुधरी पेपर का बिल बस बढ़ता रहा। मेरी माँ हिंदी का लिखा तो पढ़ गई पर अंग्रेज़ी पढ़ नहीं पाती थी; इसलिए पूछ रही थी, "का लिखा बा अंग्रेज़ी वाले में?"

मेरे पिताजी बता रहे थे क्या लिखा है अंग्रेज़ी में। दोनों अख़बारों में लिखा कमोबेश एक ही था पर उसे पूरा सुनना था। समाचार पत्र ने मेरा भी नाम प्रमुखता से लिख दिया था और मेरे भाषण को बहुत ओजवान और प्रभावी बताया। उस बोसीदा गली में हंगामा हो गया, "मुन्ना की फ़ोटो अख़बार में है।"

उस पेज में मेरे बारे में लिखने के साथ-साथ मेरे भाषण का अंश भी छाप दिया था और मेरी छपी हुई फ़ोटो बहुत ही प्रभावी थी... मंच पर हवा में हाथ लहराता हुआ और नीचे दो लाइन

हे राम कहाँ है वह राजतंत्र जो लोकतंत्र से बेहतर था...

मुझे अपने अंदर नायक जैसा गर्व आने लग गया, वह तस्वीर देखकर।

दादू— "बुआ, काल मुन्ना भैया कुल मंचै लूटि लेहेन।"

माँ— "हाँ सभै के मोहि लेहे रहा।"

एक फिर मौक़ा आ गया मेरे घर पर लोगों के आने का। यह शायद उपलब्धि क्रम की विकास यात्रा थी। मुझसे जुड़े हुए लोग आज एक गौरव को आभासित-अनुभवित कर रहे थे। मैं आंटी के पास गया। वह भी पेपर ही पढ़ रही थी। उसने हर बार की तरह अपने दोनों हाथों से मेरा सिर पकड़ कर मेरा माथा चूमा। मैंने उससे कल उसके मायके-ससुराल चलने की बात कही।

मैं वहाँ से यूनिवर्सिटी रोड आया। मैं सीधा ए.एन.झा होस्टल में अमर गुप्ता सर के पास गया। वह बाराबंकी से मेरे आमंत्रण पर आए थे। मुझको देखते ही बोले, "अनुराग तुम तो बहुधंधी हो यार। सारी फ्राडगीरी तुमको आती है। सब रेल मारा मंच से। यह बताओ कल चिलम लिए थे कि कोई अंग्रेज़ी ब्रांड।"

"सर, सुबह से कोई मिला नहीं क्या?"

"मिले तो कई पर तुमसा कोई न मिला। एक बात है, हो तुम बहुत बड़े छोडू। ऐसा छोड़ते हो कि लपेटने वाला लपेट ही न पावे। तुम शहर के असली सलोथर बकैत हो। यह बताओ, मंच से कितना बोलना था, जितना सब बोले उससे ज़्यादा तुम अकेले बोले। जब तुम्हारा भाषण ख़त्म हुआ तब हम कहे बद्री से यह मध्याह्न है। यह अभी पानी-वानी पीकर फिर बोलेंगे, पर तुम तो बैठ गए। राम प्रकाश सिंह सर जब अंतिम समय समापन की घोषणा करने आए तो हमको लगा वह कहने आ रहे हैं अब आपका इंतिज़ार ख़त्म हुआ, अब अनुराग के भाषण का बचा हुआ भाग आप सब सुनें। पर ईश्वर दयालु था खाना पानी मिल गया। अब आप खाना खिला रहे इसका मतलब यह तो नहीं कि आप हमारा मानसिक शोषण के साथ-साथ शारीरिक अत्याचार भी कर दो। मैं किसी विमोचन समारोह में नहीं जाता। इन सारे विमोचन समारोहों में केवल एक काम होता है लिखने वाला कबीर होते-होते रह गया पर है आस-पास ही। मेरा काम तो यार हुआ नहीं।"

"सर थोड़ा चाय-पानी कर लीजिए। आप तो पिल पड़े। अब अगला आक्रमण चाय पीकर करिए।"

"चलो सुभाष के यहाँ चाय पीते हैं। पर तुम बोले अच्छा, थोड़ा और वक़्त मिला होता तुमको बोलने का तब अंबेडकर साहब के संविधान सभा के भाषण की तरह तुम्हारा भाषण होता।"

"क्या सर...!"

सर हँसने लगे। इतने में एक लड़का बग़ल के कमरे से आ गया। वह मुझको देख रहा था। सर ने कहा, "ठीक से देख लो, नहीं तो चुटकी काट के देख लो। यह वही हैं

जो कल मंच पर अंगद की तरह पैर जमाकर खड़े हो गए थे।"

सर फिर हँसने लगे और बोले जाओ जरा राजेश्वर को बुला लाओ... बता देना... महान पराक्रमी, मंच मर्दन, शहर गौरव, हिंदी प्रबोध, इतिहास मर्मज्ञ, संस्कृति संरक्षक अनुराग शर्मा आए हैं और वह भागते हुए आएँगे।

मैंने सर के पाँव पकड़ लिए, "सर अब और लोगों के सामने बेइज़्ज़त मत करिएगा मेरी।"

"यार अभी तो कुछ कहा ही नहीं। मैं तो तारीफ़ ही कर रहा।"

इतने देर में राजेश्वर सिन्हा आ गए। सर ने कहा, देखो सही कहा था न... यह भागते हुए आ गए। अरे भाई पैजामा पहन लो चलते हैं बाहर का नज़ारा देखते हैं।

हम लोग बाहर आए। ए एन झा से सीधी सड़क से क़रीब 300 मीटर पर सुभाष की चाय की दुकान थी। छात्रों की भीड़ ही भीड़ रहती है यहाँ ख़्वाब हर ओर बिखरे रहते हैं। एक के आँखों का ख़्वाब दूसरे से कुछ ख़ास भिन्न नहीं होता। हर एक की आँखों में ख़्वाबों का एक रक़्स होता रहता है और एक तरन्नुम हर ओर शांत माहौल में न बजकर भी वातावरण को आह्लादित करती रहती है। मुझे आज महसूस हुआ वाक़ई मैं वह अब न रहा जो पहले था। जितने लोग वहाँ पर थे वह सब मुझे ही देख रहे थे। समाचार पत्रों ने मेरी कोचिंग के बारे में भी लिख दिया था। लोग मेरी क्लास करने की इच्छा ज़ाहिर कर रहे थे। मैंने सबसे कहा, ज़रूर आइए। अमर गुप्ता सर बोले, "अनुराग मज़ाक़ की बात तो अलग है पर मुझे बहुत गर्व हो रहा तुम पर। जो-जो काम तुमने किए वह सब कोई सोच नहीं सकता था। तुमने एक नयी दिशा दी है और एक ऐसा मानदंड बना दिया है जिस पर चलना तो दूर की बात उसकी कल्पना करने का साहस करना भी आसान न होगा। इस शहर ने बहुतों को आईएएस बनाया और आगे भी बनाएगा पर आईएएस बनने के बाद क्या किया जाए यह सिर्फ़ तुमको आता है। अनुराग एक बात कहूँ... यह बहुत गौरवशाली क्षण था कल जब तुम बोल रहे थे। तुमने सब का ख़्याल किया, सबको आमंत्रित किया जो चयनित हुए थे। सम्मान दिलाया और नागरिक अभिनंदन कराया वह भी तब जब इनमें से ज़्यादातर चयनित लोगों का व्यवहार तुम्हारे साथ अच्छा न था।"

मैंने पहली बार यह महसूस किया कि कितने संजीदा व्यक्ति हैं सर। एक मज़ाक़िया स्वभाव के व्यक्ति के अंदर कितनी गंभीरता है। पर वह अपनी रौ में फिर वापस आ गए।

"यार मेरा काम तो हुआ नहीं। तुम मेरा कोई काम नहीं कराते। बाराबंकी से आया पर जो सोचकर आया वह तो हुआ नहीं।"

"क्या नहीं हुआ सर?"

"यार मैं तेलू आदमी हूँ। मेरे चेहरे से ही लगता है कि यह एकाध किलो तेल तो लगा मारेगा, अगर कोई काम का आदमी मिला। कमिश्नर साहब से मिलवाओ, थोड़ा तेल-पानी लगा दें। क्या पता कब काम पड़ जाए। अब तुम्हारे तो वह बहुत ही ख़ास हैं। बस मिलवा दो, तेल-पानी मार कर चलें अपने तहसील। डीएम चिकचिक कर रहा था छुट्टी पर लेकिन कमिश्नर साहब व्यक्तिगत रूप से बुलाए हैं यह कहानी बनाकर छुट्टी जुगाड़ा, पर ससुरा जानता था कि मैं आने में दो-चार दिन लगा दूँगा; इसलिए शर्त लगा दी कि अगले दिन आ जाना। अब बदनामी तो हमारी है ही कि मैं ए.एन.झा से जाने का नाम नहीं लेता।"

"ठीक है सर।"

लोग इकट्ठा होने लगे। मुझे शाम की क्लास लेनी थी। मैं बग़ैर पढ़े क्लास लेता ही नहीं था। मैं घर जाकर पढ़ना चाहता था। वहाँ से सीधा घर आया और शाम का लेक्चर तैयार करने लगा। मैं शाम को कोचिंग पहुँचा। आज वहाँ और भीड़ थी।

विमोचन कार्यक्रम में सुरुचि के माता-पिता भी थे। अगले दिन वह भी अपनी कन्या का विवाह-प्रस्ताव लेकर मेरे घर आए। सुरुचि के पिताजी ने कहा कि इलाहाबाद का लोकल रिश्ता है और जो भी विवाह के रिवाज हैं सब हम करेंगे ही। लड़की शहर की ही है अब उसके बारे में क्या बताना। लड़के के मामा मेरे ससुर के अधीन कार्य कर चुके हैं, वह हमारे परिवार के बारे में सब जानते हैं, बाक़ी जो आप आदेश करें। यह संयोग हो जाए तो बहुत अच्छा होगा। प्रतीक्षा का विवाह प्रस्ताव लेकर उसके पिता भी अपने छोटे बेटे के साथ एक बार पुनः आए। प्रतीक्षा के भाई ने प्रकारांतर से विवाह में दहेज देने की बात भी कह दी। माँ के लिए यह अति गर्व का विषय था। प्रतीक्षा एवं सुरुचि के तुलनात्मक अध्ययन का कार्य आरंभ हो गया। दादू हल्ला करने लगा, "मुन्ना बरे सुरुचि मिश्रा ऐसन नामी आईएएस लड़किउ के बापौ तैयार हयेन बियाहे में दहेज देइ बरे; कमिश्नर साहेब के बाबू और भाई दुइनौ कहेन, हम कुल रीति-रिवाज निभाउब, हमका आशीर्वाद दऽ।"

मामी ने ईर्ष्या से परिपूर्ण (निराशाजनक स्वर में) कहा, "घूरौ कि दिन लौटत हऽ, पर हमार कौनौ सम्मान नाहीं भवा, हर घर में मामा-मामी के इज्जत बा, एक हमरै परिवार विचित्र बा जहाँ नात-हित के कौनौं कीमत नाहीं बा।"

36. संबंध-चित्रण

गतिशीलता जिसमें गर्व के साथ पीड़ा भी है

मेरा अब इस कोचिंग से मन भर ऐसा गया था। बहुत लोग बढ़ते जा रहे थे और भीड़ सँभालना भी एक बड़ा काम हो चुका था। मैं भी पढ़ाते-पढ़ाते थक चुका था। यह पढ़ाने का काम बहुत ही दुरूह होता है, यह मुझे समझ आने लग गया था। एक दिन की कक्षा ख़त्म हुई नहीं कि अगले दिन का तनाव आरंभ हो जाता था। मैंने अपनी क्लास ख़त्म की और यात्रिक होटल आंटी के पास गया। वह मेरा इंतिज़ार ही कर रही थी।

"कल हम लोग चले जाएँगे। तुम कब आओगे, अगर ऋषभ के जाने से पहले दिल्ली एक बार आ जाओ तो अच्छा रहेगा।"

"आंटी, यह लोग सत्रह अगस्त को जा रहे उसमें कितना दिन है ही। यह कोचिंग चल रही है कोर्स पूरा अभी हुआ नहीं। मुझे ट्रेनिंग पर भी जाना है, आना थोड़ा मुश्किल लग रहा।"

"ट्रेनिंग पर जाने के पहले आओगे?"

"ट्रेनिंग पर जाने के पहले ज़रूर आऊँगा।"

मैं आंटी के कमरे से निकल कर ऋषभ के पास आया। इन कुछ दिनों में मेरा ऋषभ से लगाव बढ़ गया था। मैंने थोड़ी देर ऋषभ से बात की और घर वापस आ गया। अगले दिन वह लोग कार में सामान रख रहे थे और मैं एक विलगाव की पीड़ा का अनुभव कर रहा था। जब जाने का समय आया तब आंटी ने वही बात फिर कही, "अनुराग हो सके तो ऋषभ के जाने के पहले तुम दिल्ली आना।"

"कोशिश करूँगा आंटी।"

ऋषभ मेरे पास आया और मेरे गले लग कर कहा,

"अनुराग मेरे जीवन के तुम अभिन्न अंग हो। तुम्हारे साथ का जीवन बहुत महत्वपूर्ण है। मैं दिल्ली पहुँचकर बात करता हूँ। यह यात्रा मेरे जीवन की एक बहुत

ही उल्लेखनीय यात्रा है। तुमसे मुलाक़ात होना जीवन-दर्शन को समझना है, तुम स्वयं में एक दर्शन हो। यह माँ का मेरे ऊपर एक अहसान और है कि उसने मुझे एक भाई दिया मित्र के शक्ल में जो मुझे हर उस समय सहारा देगा जब मैं कमज़ोर पड़ूँगा।"

मैं ऋषभ की बातें सुनकर भावुक हो गया था। शालिनी ने माहौल को हल्का करते हुए मज़ाक़िया लहजे में कहा, "हमारे-ऋषभ और अपनी सामूहिक संपत्ति के 33% के हक़दार सँभालना साम्राज्य, और देखते रहना मेरा भी हिस्सा उसी अपनी भरत की कविता की तरह, माँ का ध्यान रखना शीघ्र मिलेंगे।"

मैं और दादू साइकिल से घर की ओर चल दिए, मेरा जीवन एक पुराने ढर्रे पर आ गया। मैं रोज़ कोचिंग पढ़ाने लगा। इसी बीच हम परीक्षार्थियों के बीच एक सूचना सार्वजनिक हुई, सर्विस का एलॉटमेंट हो गया और मेरी रैंक से ऊपर भारतीय प्रशासनिक सेवा ख़त्म हुई थी। मैं कोर्स जल्दी ख़त्म करना चाहता था ताकि ट्रेनिंग पर जाने के पहले मैं इस उत्तरदायित्व से मुक्त हो सकूँ। वह दिन आ गया जिसके इंतिज़ार में एक लंबे समय से महावीर सदृश तपस्या हर इलाहाबाद का लड़का-लड़की करता रहता है। वह पत्र आ गया जो अधिकार दे रहा था उस जगह की आबो-हवा का जो एक ध्येय था मेरा। मुझे भारतीय राजस्व सेवा एलॉट कर दी गई थी और मुझे पाँच सितम्बर को फ़उंडेशन कोर्स के लिए मसूरी एकेडमी ज्वाइन करना था। मैंने पत्र को माँ के हाथ में दे दिया। उसने पूछा, "यह क्या है ?"

"एक खुशी का पैग़ाम जिसमें दर्द भी है।"

"ई अंगरेजी में बा, हमै का समझि आई।"

"पाँच सितंबर को एकेडमी ज्वाइन करना है।"

"तू बीस रोज बाद चला जाबऽ, मुन्ना हम कैसे रहबै, तोहरे बिना।"

"यह समस्या तुम्हारे ही नहीं मेरी भी है। यह सुबह चार बजे उठना तुम्हारा चाय लेकर आना गंगा-स्नान के लिए जाना, वापस आकर सामने के मंदिर में पूजाघर में शिव स्तुति, गणेश आरती, सूर्य अर्घ्य, शंख ध्वनि सबका सब यहीं छूट जाएगा। माँ करती यह सब तुम हो पर जीता इसको मैं भी हूँ, कुछ नहीं है जीवन में तेरे बिना।"

मैंने चार दिन बाद कक्षा बंद कर दी और कहा कि कोर्स तक़रीबन हो गया है अब अंतिम रूप से एक सितंबर को मिलेंगे।

सबको परीक्षा की शुभकामनाएँ देकर शाम को घर लौटा माँ वहीं चबूतरे पर खड़ी मेरा इंतिज़ार कर रही थी। उसका मन ही नहीं लग रहा था। मैंने पूछा, "यहाँ क्यों खड़ी हो ?"

"हमार मन नाहीं लागत बा। तू देर कई देहऽ आज कक्षा में।"

"देर तो नही हुई है, हाँ तुम्हारी मानसिकता बदल गई है; जैसे-जैसे मेरे जाने का

दिन नज़दीक आ रहा है।"

"इहौ बात होई सकत हऽ... "हाँ!"

"मुन्ना अब केतना दिन बचै बा। हमार शासन, हमार देखभाल सब ख़त्म। अब तऽ चिड़िया के बच्चा उड़ै सीख लेहे बा। अब चिड़िया के चिंता ख़त्म होई गै बा कि कतौं घोंसला में साँप न आई जाय।"

माँ भावुक हो गई। वह इस सत्य को स्वीकार नहीं कर पा रही थी कि अब कुछ दिन ही शेष हैं मेरे यहाँ पर। माँ ने पूछा, "मुन्ना तोहार कमरा अब तोहरे बग़ैर कैसे रहे। कमरौ के दर्द होये। हम उ कमरा अब कैसे देखब, हमार तऽ कमरा में जातै बाँध टूट पड़े।"

"गुड़िया या चुन्नू को वह कमरा दे देना।"

"मुन्ना, तू तऽ रामकथा के जानकार हऽ। भरत राजगद्दी पर नाहीं बैठि पायने, सारी काबिलियत के बादौ... कारण ई रहा कि गद्दी हरदम ताकीद करत कि तू गद्दी के साथ राम के नाहीं नियाय नऽ कै पउबऽ। इहै हाल तोहरे कमरा के बा मुन्ना। गुड़िया-चुन्नू कमरा के अंदर तोहार आभा देखि के घबड़ाई जइहिं। मुन्ना तोहरे ऐसन हमरे परिवार में न केऊ भऽ बा न केऊ होये, तोहरे कमरा में केऊ प्रवेश करे ओकर हम परीक्षा लेब ई कहि के एहमें एक जीवन से लड़ई वाला रहत रहा, अगर ओकरे ऐसन लड़ै के माद्दा होई तब कोशिश करऽ..."

माँ रोने लगी... मुझे नहीं पता था उसके पास मेरे प्रति इतना सम्मान है... माँ अपने बच्चे के बारे में जितना जानती है शायद विधाता भी न जानता होगा।

... मेरे आँसू गिरने लगे...

37. पीड़ा

अवरुद्ध, आकांक्षा, आकुलता की अभिव्यक्ति...

आंटी का पत्र आया। आंटी ने एक कहानी की शक्ल में अपनी बात कही थी। ऋषभ विदेश चला गया पर वह शीघ्र वापस आने की बात कहकर गया है; पर आंटी को लगता है कि वह कभी नहीं आएगा। उसे बेटे के विदेश चले जाने की बहुत पीड़ा थी। अभिव्यक्ति कितनी भी सशक्त क्यों न हो, वह सम्पूर्णता से सम्प्रेषित नहीं हो पाती जब व्यक्ति स्वपीड़ा का सम्प्रेषण करने लगता है, विशेषकर ऐसी स्वपीड़ा जो हर समय रक्त-शिराओं को अंदर तक चोटिल कर रही हो। आंटी आज तक यह स्वीकार ही नहीं कर पाई थी कि ऋषभ ऐसा आज्ञाकारी बेटा सब कुछ छोड़कर सदा-सदा के लिए अमेरिका चला गया। कोई कितना भी कहे कि ऋषभ वापस आएगा पर उसके हृदय का अंतरतम उसी से आत्म-संवाद करके उसको ही अनुत्तरित कर देता है-यह प्रश्न करते हुए, कौन आज तक लौटकर वापस आया है! उसने एक अपना अवलोकन लिखा, "अनुराग मेरे कमरे के बग़ल में एक आम का पेड़ है। उस पेड़ पर एक चिड़िया का एक घोंसला है। चिड़िया का जीवन सँवरा उसके तीन छोटे-छोटे बच्चे हुए। चिड़िया हर दिन सुबह घोंसले से निकल जाती थी और बच्चे उसका इंतिज़ार करते थे। शाम को चिड़िया के आने के वक़्त बच्चे बहुत शोर करते थे, माँ के आने की खुशी में। वह चूज़े चिड़िया के आने के पहले से ही शोर शुरू कर देते थे और दूर से आती चिड़िया को देखकर और तेज हल्ला करने लगते थे। समय बीता बच्चे बड़े होने लगे, चिड़िया उनको उड़ना सिखाने लगी, एक डाल से दूसरी डाल... एक पेड़ से दूसरे पेड़... धीरे-धीरे बच्चे उड़ने में पारंगत हो गए और एक दिन विछोह हो गया, वह बच्चे उड़ना सीख चुके थे और फिर... चिड़िया अकेली हो गई। अब कोई शोर नहीं होता, चिड़िया के जीवन में कोई उत्साह नहीं रहा, वह शाम को अनमने ढंग से आती है, एक नीरस सा जीवन जीती है। अनुराग, मेरे जीवन और चिड़िया के जीवन में कितनी साम्यता है।

मुझसे ऋषभ कह रहा था कि तुम एक बड़ा मकान ख़रीद लो, दिल्ली में अनुराग... मुझे पैसे-मकान की कोई ज़रूरत नहीं है। मेरे पास अपने लिए पर्याप्त धन है। यह घर भी मेरे रहने के लिए बहुत बड़ा है। मैं किसके साथ रहूँ, किससे अपना सुख-दुःख-दर्द साझा करूँ। यह घर मुझे काटने को दौड़ता है, जबसे ऋषभ चला गया है मैं टूट सी गई हूँ। मैं अपने पैसे को ख़र्च कर सकूँ, इसके लिए मुझे अवसर मिलना चाहिए, मेरे जीवन में उल्लास के लिए कोई जगह नहीं है। जो वस्तु मुझे चाहिए वह तो मिल नहीं सकती और जो मुझे दिए जाने की बात कही जा रही उसकी मुझे आवश्यकता नहीं है। इस देश में क्यों नहीं रह सकता था वह, यह बात आज तक मुझे समझ नहीं आ रही। अनुराग एक ज़ख़्म है ज़ख़्म ख़ामोश है लोगों के लिए भर गया; पर दर्द इसका आज भी मेरे अंदर ज़िंदा है, अनवरत शोर करता है। अगर मैं धन की अतिशयता की विचारधारा को हटा दूँ तब कोई और कारण मुझे नहीं दिखता इन दोनों के विदेश जाने का। पर यह मेरी समझ है, मेरी समझ सम्पूर्ण है इसका दावा तो मैं नहीं कर सकती। मेरी सारी बातों में एक वात्सल्य एवं मातृत्व का पुट है, हो सकता है वह पुट वह न देख पा रहा हो या देखना न चाह रहा हो जो एक हक़ीकत है जीवन की। अनुराग, ऋषभ-शालिनी में बहुत प्यार था पर वह कम हो रहा, यह लोग अक्सर आपस में तकरार कर लेते है, कल शाम को फ़्लाइट के वक़्त भी तकरार हो गई। शालिनी ने ऋषभ से कहा कि अगर जाकर वापस आना है तब जाने का कोई मतलब नहीं, मैं अकेले ही सब सँभाल लूँगी। मैं कोई बात-बात पर रोने वाली और पति के क़दम-क़दम पर सहयोग की आकांक्षी नारी नहीं हूँ। ऋषभ थोड़ा कम बोलता है उसने चुप रहकर बात सँभाल ली नहीं तो जिस तरह शालिनी आक्रमक हो गई थी मुझे लगा कि आज की यात्रा तो इन लोगों की होने से रही। अनुराग, मुझे कुछ समझ नहीं आ रहा कि क्या हो रहा है, तुम मुझसे मिलकर एकेडमी जाना मैं इंतिज़ार करूँगी।"

ऋषभ ने भी पत्र लिखा था। उसका पत्र मार्मिक था और मुझे चौंका गया। उसके ऊपर राज्यपाल रमाकान्त शास्त्री के उद्‌बोधन का गहरा असर पड़ा था।

"अनुराग, मुझे अपने पतित होने का एहसास होने लगा है। मैं इस आदर्श परंपरा वाले देश का एक गिरा हुआ आदमी हूँ। मैं इस अपरिग्रह की विचारधारा को पोषित करने वाली ज़मीन का परिग्रही व्यक्ति हूँ। मेरी माँ ने जीवन में कितने कष्ट झेले मुझे पालने के लिए और मैं उसके ख़्वाबों को बेसहारा छोड़कर चल दिया जबकि वह पीछे से चीख रहे थे; इस तरह मत जा मुझको छोड़कर। मैं जीना चाहता हूँ तू अगर चला जाएगा तब मैं जी नहीं पाऊँगा। मेरी माँ ने हर रात ख़्वाबों का क़त्ल किया होगा बड़ी बेदर्दी से। उसके सारे ख़्वाब चीखते होंगे मुझे मत मारो पर वह एक धारदार कटार से उनका क़त्ल करके हर रात लहू से सने बिस्तर पर सोई होगी और कई रातें लगी होंगी

इन अनगिनत ख़्वाबों को क़त्ल करने में और सुबह की पूजा से पहले उसने अपने शरीर से रक्त के एक-एक छींटों को पता नहीं कैसे धोया होगा...

अनुराग, मेरा जीवन एक अजीब मोड़ पर है। मैं क्या करूँ मुझे कुछ समझ न आ रहा। मैं विदेश से वापस कैसे आऊँ इसका कोई रास्ता दिख नहीं रहा, पर मैं वापस आना चाहता हूँ।"

उसका पत्र छोटा ही होता है, वह कम शब्दों में अपनी बात कहता है पर उसके कहने में प्रभावपूर्णता रहती है। उसकी बातों से एकदम साफ़ था कि उसके इरादों से उसको डिगाना अगर असंभव न भी हो तब भी बहुत ही मुश्किल है। उसने साफ़-साफ़ लिखा था कि वह तीन महीने से ज़्यादा अमेरिका नहीं रहेगा। मुझे समझ न आ रहा था यह क्या हो गया और कब हो गया।

38. विराट युगबोध

मन का अनेक स्तरों पर आकलन एक सामाजिक प्रतिफलन हेतु...

मेरी कोचिंग बंद हो चुकी थी। मैं समय काटने के लिए यूनिवर्सिटी रोड, मनमोहन पार्क, नलिनी फ़ोटो स्टूडियो, हिंदू होस्टल, हाथी पार्क, लोक सेवा आयोग होता हुआ सिविल लाइंस पहुँचा। कॉफी हाउस में संयोगवश एक आईआरएस अधिकारी अशोक त्रिपाठी से मुलाक़ात हो गई। मैंने अपना परिचय दिया और बताया कि मुझे भी इस वर्ष आईआरएस मिली है। सर ने बधाई दी और कहा, "विभाग में आपका स्वागत है। यह विभाग नयी आर्थिक नीति के साथ एक नयी संश्लेषण-प्रक्रिया से गुज़र रहा है और नयी-नयी चुनौतियाँ हम सबके सम्मुख आ रही हैं। हमें बेहतर लोगों की आवश्यकता है और आईआरएस के प्रति रुझान व्यक्ति, समाज और अभ्यार्थियों का बदल रहा है, जो आने वाले वर्षों में देशहित में एक सकारात्मक परिणाम देगा।"

मैंने सर से नौकरी के बारे में जानने की इच्छा ज़ाहिर की।

"नौकरियों के बारे में अभी न जानो तो अच्छा है, हो सकता है वस्तुस्थिति जानकर आपकी खुशी में बट्टा लग जाए। अभी आप एक स्वप्न-लोक में विचरण करो, यह एक बड़ी उपलब्धि हैं जीवन के इस पड़ाव पर। आप इस उपलब्धि से उपजे नव-जीवन का आनंद लो, हर चीज़ का एक समय होता है, समय से पूर्व घटनाओं का हो जाना उचित नहीं होता। अभी आप सफलता के रूमानी आवेग में हो, अभी हम कह दें नौकरियों में क्या-क्या दिक़्क़तें हैं, तुम बेवजह उस पर विचार करके अपना आनंद कम करोगे, अभी खुश रहो जब आना तब देखना सब, देखोगे ही सब कुछ।"

मैं सर की ओर थोड़ा आश्चर्य के भाव से देख रहा था। सर ने कॉफी का एक सिप लेते हुए कहा,

"अनुराग, जो दिखता है, कई बार वह होता नहीं है। मानव सब कर रहा पर कराता कौन है वह जगत नियंता। ऐसे ही सरकारी कार्यों में दिखता चेहरा किसी एक व्यक्ति

का, या दो-चार व्यक्तियों के समूह का या एक उप-प्रभाग-विभाग का, पर कार्य एक व्यवस्था की प्रक्रिया से संचालित होता है। कई बार आपकी संतुष्टि पर व्यवस्था की संतुष्टि प्रभावी पड़ती है क्योंकि व्यवस्था की परिपक्वता पर शासन का विश्वास अधिक होता है।"

"व्यवस्था बाध्य कर सकती है आपको?"

"ईश्वर तो ईश्वर ही होता है। सर्वाधिकार उसके पास सुरक्षित है, वैसे ही सरकारी सेवाओं में एक अधिमानता क्रम होता है, वह सबसे महत्वपूर्ण होता है, क्योंकि बहुत से मुद्दों पर निर्णय का अधिकार आपके पास नहीं व्यवस्था-क्रम के पास होता है।"

"आप अपनी मर्ज़ी से कुछ नहीं कर सकते?"

"ऐसा मैंने कब कहा, आप अपनी मर्ज़ी से कुछ नहीं कर सकते। मैं सिर्फ़ यह कह रहा सीमाएँ हैं वैसे भी जीवन सीमाओं में संचालित होता ही है, और एक सीमा के बाद आप विवश हो।"

"कैसी विवशता?"

"आप यह सब क्यों जानना चाह रहे अभी, व्यक्ति के जीवन में आशा-निराशा-अवसाद के क्षण आते ही हैं, आप उसको नियत समय पर आने दो, क्यों उसको आप प्रीपोन करना चाह रहे। आप चाहते क्या हैं नौकरियों से?"

"एक समाज के लिए कार्य, एक कार्य की स्वतंत्रता, जीवन के उच्च आदर्शों के लिए।"

"आप कम्युनिस्ट हो क्या?"

"क्यों सर?"

"ऐसी बहकी-बहकी बातें वही करते हैं। भइया शर्मा जी यह एक नौकरी है, कोई उन्नीसवीं शताब्दी का समाज-सुधार आंदोलन चलाने का आवेदन पत्र नहीं दिया था आपने और न ही यूपीएससी ने कोई विज्ञप्ति दी थी उसकी। आप एक बार फिर से मेंस का फ़ॉर्म पढ़ लो और इस बात को सुनिश्चित कर लो कि किस आधार पर आप परीक्षा में बैठे थे और शासन की क्या चाहत है आपसे। यह सब आप कहाँ से सीखकर आए हो! व्यवस्था को चलाने के लिए एक समुचित-विचारित-परिपक्व कार्य-पद्धति बनी है, जो समय-समय पर विचारित-पुनर्विचारित होती रहती है व्यवस्था के द्वारा। आप उस व्यवस्था के अंग हो। अब हर कोई अपने कार्य की स्वतंत्रता माँगने लगे तब तो अराजकता हो जाएगी। आपने लोकतंत्र और अराजकता को इस परीक्षा को तैयार करते समय पढ़ा ही होगा! आपकी सारी बातों से एक बात स्पष्ट है।"

"क्या सर?"

"आप एक भावुक व्यक्ति हो, और आप वस्तुओं को एक दार्शनिक आधार पर

देखते हो, पीड़ा आपके जीवन में भवितव्य है। पर एक ख़ास बात है आपमें, जीवन में कुछ ज़बरदस्त करने की चाहत रखते हो, यह इलाहाबादियों की ख़ास पहचान है। अच्छी बात है जीवन में कुछ करने की चाहत रखना पर आइडियाज़ प्रैक्टिकल होने चाहिए, तभी कुछ होने की संभावना बनती है।"

"सर, अपने मन से हम कुछ भी नहीं कर सकते; जो भी करना है वह एक आदेश लेकर ही करना होगा और अगर आदेश ठीक नहीं हुआ तब... ?"

"यार, तुम चाहते हो तुम्हारा जो मन आए वह करो, कोई तुमसे कुछ न पूछे, ऐसा किसी परिवार-समाज-सभ्यता में होता है क्या, अगर नहीं तब यहाँ क्यों होगा या होना चाहिए! रही आदेश ठीक होने न होने की बात अब इस पर अंतिम निर्णय आपका तो होता नहीं, वह तो जो क़ानून में विहित है वही होगा, क़ानून अगर सही नहीं है तब उसको बदलवाओ।"

"कैसे बदलेगा?"

"अब इसका कोई जवाब तो मेरे पास इस समय है नहीं, आपके इस प्रश्न का उत्तर या तो विधाता दे सकते हैं या उच्चतम न्यायालय की संविधान पीठ। अनुराग, जितना मैं तुमको समझा हूँ इतनी देर में, यह नौकरी तुमको पीड़ा देगी। यह सिविल सेवा की नौकरियाँ एक अलग तरह के व्यक्ति की माँग करती हैं।"

"किस तरह के व्यक्ति?"

"या तो आप कबीर की तरह बेपरवाह हो या दुनियावी मामलों में लीन हो, आप मुझे दोनों नहीं दिखते हो। यह सेवा एक स्तरीय जीवन जीने में सहायक होती है, एक सम्मान समाज में रहेगा, आपकी ज़रूरतों का ध्यान यह व्यवस्था रख लेती है, समय-समय पर व्यवस्था कमेटी बनाकर आपकी ज़रूरतों को ध्यान में रखकर सुविधाओं-सेवा शर्तों में सकारात्मक परिवर्तन करती रहती है। कार्य की संतुष्टि प्राप्त हो ऐसे अवसर आपको अपने सेवा-काल में अवश्य मिलेंगे, कितने मिलेंगे और कितना आप उनका उपयोग कर पाएँगे, यह समय बताएगा।"

"सर, मुझे सिर्फ़ अपने लिए ही नहीं जीना है।"

"तब किसके लिए जीना है?"

"समाज के लिए।"

"क्या करना चाहते हो समाज के लिए?"

"व्यवस्था-परिवर्तन, यथास्थितिवाद से संघर्ष, एक आमूलचूल परिवर्तन-शिक्षा एवं आर्थिक क्षेत्र में एक नवोन्मेष।"

"तुम तो यार खोपड़ी ही गर्म कर दिए, इतने भारी-भारी शब्द बोलकर, तुम छात्र राजनीति करते थे क्या?"

"ऐसा क्यों कहा सर?"

"यार, जेएनयू के छात्र-संघ चुनाव-भाषण में यह सब राग अलापा जाता था, पर चुनाव के बाद होता जाता कुछ नहीं था। पर हो तुम बहुत इन्टरेसटिंग कैरेक्टर, मनोरंजन अच्छा करते हो, एकेडमी में माहौल गुलज़ार रखोगे। थोड़ा समझाओ, यह एक आमूलचूल परिवर्तन क्या है, क्या करना चाहते हो, क्यों करना चाहते हो, किसलिए करना चाहते हो?"

"समाज में एक बदलाव आए, लोगों की समस्याओं का निदान हो, लोगों के जीवन-स्तर में सुधार हो, समाज में व्यक्ति का शोषण कम हो, रोज़मर्रा की तकलीफ़ों से निजात मिले।"

"वाक़ई यार तुम बहुत मज़ेदार आदमी हो। तुम कहानीकार-उपन्यासकार बढ़िया होगे; वैसे भी हिंदी साहित्य लेखन पर लोग कहते हैं, आजकल अच्छा-स्तरीय लेखन कम हो रहा है। आपकी ग़ज़ब की कल्पनाशीलता है, लिखो कुछ अपनी कल्पना की उड़ान। तुम पिक्चर में काम क्यों नहीं करते बढ़िया-बढ़िया सामाजिक घटनाक्रम पर समाजोन्मुखी कहानियाँ लिखो, फ़िल्म बनाओ वैसे भी सामाजिक घटनाक्रम पर चलचित्र कम बनते हैं, आजकल। यह मारधाड़ की पिक्चरों से लोग उकता गए हैं। तुम्हारी बातचीत से लग रहा तुम्हारी कल्पनाशीलता की उड़ान अम्बरमुखी है और अगर आसमान ऊपर न गया आप जिदिया गए, तब आप नभ को छील दोगे, अपने डैनों से। एक बात और है!"

"क्या सर!"

"आप ख़्वाब बहुत देखते हैं, नींद आपको कम आती है आप आँख बंद होने का इंतिज़ार ही नहीं करते हो कौन इंतिज़ार करे नींद का, खुली आँखों से ही ख़्वाब देख डाला। मैं संक्षेप में बता देता हूँ यह सेवा कुछ अवसर देती है इसमें कोई दो राय नहीं है, पर किसी क्रांति की अगर चाहत है और नीतिगत स्तर पर बहुत बड़ा आमूलचूल क्रांतिकारी परिवर्तन चाहते हो; तब यह सेवा तुम्हारे लिए नहीं है। एक शासनादेश होता है जो समाज की आवश्यकताओं को ध्यान में रखकर किया जाता है। शासनादेश समाज के अनुकूल है या नहीं, इसका फ़ैसला आप नहीं करते। आपका कार्य मूलत: क्रियान्वयन का है, नीतिगत फ़ैसले आप कम ही लेते हो। आप एक स्वप्नलोक से बाहर निकलो और वास्तविक जीवन की हक़ीक़त को स्वीकार करो, जैसा व्यवस्था चाहती है।"

"अगर मैं हक़ीक़त स्वीकार करने से इंकार कर दूँ सर तब?"

"अनुराग बाबू, बैल कितना भी बदमाश हो वह खेत जोतेगा ही, घोड़ा कितना भी बिगड़ैल हो जीन चढ़ेगी और लोहे का स्वाद उसको लेना ही होगा, जीना सबको है।

एक होता है तोता जो पिंजरे में बंद होता है, पिंजरे में बंद तोता फड़फड़ा तो सकता है पर उड़ नहीं सकता। वह फड़फड़ाता भी एक सीमा तक है ज़्यादा फड़फड़ाएगा तब उसका पंख पिंजरे की दीवार से चोटिल होने लगता है। वह तोता शुरू में चोंच से पिंजरे की दीवार काटना चाहता है पर धीरे-धीरे उसे लगता है कि उसकी चोंच भोथरी हो रही है। वह अगर और प्रयास करेगा इस पिंजरे के लोहे को काटने का तब उसकी चोंच भोजन योग्य भी नहीं रह जाएगी। वह नियति से समझौता कर लेता है और लोहे से बैर बंद कर देता है पर फड़फड़ाता है वह।"

"सर, आप कहना क्या चाह रहे?"

"कुछ नहीं, सोचा कुछ हम भी दार्शनिक ज्ञान रेल देते हैं। छोड़ो यह सब बात, मुझको भी बेवजह दार्शनिक बना रहे हो और मैं भी ज्ञान बेवजह दे रहा वह भी उसको जो जन्मना ज्ञान प्राप्त किए है। तुम हो बहुत पहुँची चीज़, इसमें कोई दो राय है नहीं, बग़ैर नौकरी ज्वाइन किए पूरा अन्वेषण कर मारा। कॉफी पियो ऐश करो। विवाह हुआ है कि नहीं? अपना पता दो लोग पूछते रहते हैं लड़कों के बारे में, तुम्हारा नाम मैं रिकमेंड करता हूँ लोगों को। जो कन्या तुमको जीवन में ग्रहण करेगी वह धन्यता को प्राप्त होगी।"

सर यह कहकर ज़ोर-ज़ोर से हँसने लगे। उन्होंने कई दिलचस्प क़िस्से अपने अनुभव के सुनाए और कहा फिर मिलना, आना कभी ऑफ़िस में।

मैं अशोक त्रिपाठी सर से मिलकर घर आया, मन अशांत हो चुका था। अशोक त्रिपाठी सर ने जो कुछ कहा वह मुझे अंदर से हिला गया। मैं समझता था अब आगे के जीवन में एक स्वतंत्रता मेरे पास होगी, कार्य विवेकानुसार कर सकूँगा। मेरी मेधा, मेरे विवेक से उचित-अनुचित का निर्धारण होगा, पर यहाँ तो निर्देश बहुधा व्यवस्था की मशीन से प्राप्त करना होगा। मैं इस व्यवस्था को सुधारना चाहता था पर उनके अनुसार मुझे उसका एक अंग बनकर व्यवस्था के मानदंडों के अनुसार जीवन में आगे बढ़ना होगा और कई बार ऐसा करना पड़ सकता है जो मुझे स्वीकार्य न हो। जिस जीवन की प्राप्ति के लिए इतना संघर्ष किया वह जीवन तो मुझे मिला पर वह दुनिया न मिल रही थी जिस दुनिया को सोचकर संघर्ष किया था। सर की अंतिम कुछ पंक्ति मस्तिष्क में चोट करने लगी...

"आप एक स्वप्नलोक से बाहर निकलो और वास्तविक जीवन की हक़ीक़त को स्वीकार करो... अनुराग बाबू, बैल कितना भी बदमाश हो वह खेत जोतेगा ही, घोड़ा कितना भी बिगड़ैल हो जीन चढ़ेगी ही, और लोहे का स्वाद उसको लेना ही होगा; जीना सबको है।"

इन चंद अल्फ़ाज़ों में सर ने सब कुछ कह दिया था।

अगले दिन मैं कमिश्नर साहब के यहाँ गया। वहाँ एक नये उम्र के अफ़सर बैठे थे पार्थ घोष। वह कमिश्नर साहब का इंतिज़ार कर रहे थे। मैंने अपना परिचय दिया, पता चला वह अभी-अभी स्थानांतरित होकर आए थे। वह शहर इलाहाबाद के नये मुख्य विकास अधिकारी थे। मैंने उनसे भी तक़रीबन वही प्रश्न किए जो अशोक त्रिपाठी से किया था। उन्होंने एकतरफ़ा संवाद ही कर डाला, "तुम्हारे जो प्रश्न आज हैं वह बहुत ही वाजिब प्रश्न हैं। सेवा की शर्तें स्थानान्तरण नीति-कार्य प्रदान करने की प्रक्रिया इन सबकी अपनी एक बनायी हुई नीति है जिसमें आपकी कोई भूमिका नहीं होती। व्यवस्था आपका कैसे उपयोग करना चाहती है यह आप पर नहीं व्यवस्था के विवेक पर निर्भर करता है। इस बात की संभावना है कि आपको कार्य करने का पर्याप्त अवसर मिले और इसकी भी संभावना है कि आपको सीमित अवसर ही मिलें एक सकारात्मक कार्य करने को, अब यह आज के दिन तो कुछ कहा नहीं जा सकता कि आपको कार्य करने के क्या अवसर मिलेंगे। जो कार्य आपको करना है उसकी अपनी शर्तें होती हैं और वह आपके विवेक के साथ-साथ दूसरे के विवेक से भी निर्धारित होती हैं। अगर दोनों के विवेक में टकराहट हो जाए तब कई बार आपको न चाहते हुए भी समझौता करना पड़ता है। यहाँ ग़लत-सही को निर्धारित करने का कोई गणितीय सूत्र तो है नहीं, रही समाज के लिए कुछ करने की बात तब यह भी एक सीमा तक तो हो सकता है; पर तुम अगर बुद्ध-गाँधी-विनोबा भावे बनना चाह रहे तब इसकी गुंजाइश यहाँ कम ही है। क्या तुम गाँव की सड़क बनवा सकते हो, अपने गाँव में हैंड पंप लगवा सकते हो, कोई स्कूल खोल सकते हो, किसी डिस्पेंसरी में कोई सुधार कर सकते हो, अगर हाँ तो कैसे... यह आप पता कर लो। आप यह भी जानने का प्रयास करो कि किस तरह सड़क बनती है, हैंड पंप लगता है-शहर के अस्पतालों के क्या हालात हैं, गाँव की डिस्पेंसरी में मरीज़ों को किस समस्या से रूबरू होना पड़ता है, डॉक्टर दूर-दराज़ के अस्पतालों में जाता है कि नहीं कुछ हक़ीक़त का एहसास हो जाएगा। अगर कोई बहुत उच्च आदर्श हैं, समाज में कोई बड़ा परिवर्तन-आमूलचूल परिवर्तन करना चाहते हो, समाज-व्यवस्था में कोई क्रांतिकारी परिवर्तन करना चाहते हो, तब इस सेवा को स्वीकार करने के बजाय आप समाज में उतरो, त्याग करो, लोगों की दिक़्क़तें समझो, समाज-सेवा करो। एक बड़ा परिवर्तन त्याग की माँग करता है अपनी सहूलियतों का त्याग। मुझे नहीं पता तुम समाज की क्या सेवा करना चाहते हो; पर नौकरियाँ समाज के लिए कार्य अवश्य करती हैं पर वह उन अर्थों में समाज सेवा नहीं है जो हमारे महानायकों ने की हैं। मेरी सेवा काल का 6 वर्ष हुआ है। इन 6 वर्षों में मेरा नौ बार स्थानान्तरण हुआ है...।"

"सर, इतना स्थानान्तरण आपका क्यों हुआ है?"

"यह एक लंबे विवेचन का विषय है; पर संक्षिप्त में बात इतनी सी है कि मेरे विचार अक्सर लोगों से टकरा जाते हैं और मैं समझौता नहीं करता। अगर तुम यथास्थितिवादी नहीं हो तब विचार टकराएँगे और परिणाम प्रतिकूल हो सकते हैं।"

"सर, हो सकता है आप हठवादी हों और आप दूसरे की विचारधारा से सामंजस्य न बना पाते हों?"

"हो सकता है, मैंने यह तो कहा नहीं कि कौन ग़लत है और कौन सही, मैंने तो अपना पक्ष रखा है। इस बात की संभावना से इंकार तो नहीं किया जा सकता कि मेरे विवेक की परिपक्वता की तुलना में दूसरे पक्ष का विवेक अधिक परिपक्व हो और उसका फ़ैसला व्यवस्था के अधिक हित में हो, यह तो समय-परिस्थिति-देश काल-व्यवस्था की आवश्यकता से निर्धारित होता है, जिसका कोई गणितीय सूत्र-सिद्धांत तो है नहीं।"

"पर सर कमिश्नर साहब का नहीं होता! यह एक अपवाद की तरह हैं। इनके बारे में प्रदेश में क्या विचारधारा है, यह सर्वविदित है।"

"क्या विचारधारा है?

"यह यथास्थितिवादी हैं और समझौता इनकी प्रकृति भी है और नियति भी।"

यह कहकर पार्थ घोष थोड़ी देर के लिए शांत हो गए और ख़ामोशी को तोड़ते हुए बोलने लगे, "लोगों की पीड़ा को समझना भारतीय संस्कृति के दर्शन का अभिन्न अंग रहा है और उसके निदान के लिए एक नायक की आवश्यकता सदैव रही है और रहेगी। अगर तुमको लगता है कि यह सेवा तुमको एक नायक-महानायक बनने का अवसर देगी; तब तुम जीवन से निराश होगे। क़िताबी दार्शनिकता और नव-उम्र के थोथे-अप्रासंगिक आदर्शवाद से बाहर निकलो। हर कोई छात्र-जीवन में आदर्श की बात करता है, त्याग की बात करता है पर अंत में होता क्या है-इससे हम-तुम अनजान तो नहीं हैं। तुम किस दुविधा में हो-आईआरएस एक अच्छी नौकरी है, कई बार मैं भी सोचता हूँ कि मुझे आईएएस की जगह आईआरएस ज्वाइन करना चाहिए था।"

"सर, मैं जीवन में कुछ करना चाहता हूँ।"

"क्या करना चाहते हो?"

"समाज में एक परिवर्तन-एक जन कल्याण का कृत्य-जीवन की सार्थकता पाने का प्रयास।"

पार्थ घोष थोड़ी देर तक विचार की मुद्रा में आ गए...

"आईआरएस ज्वाइन नहीं करोगे तब क्या करोगे, कुछ तो करना होगा जीवन के लिए; मात्र समाज-कल्याण की विचारधारा से जीवन चल नहीं सकता!"

"सर, मैं बच्चों को पढ़ाता हूँ जो सिविल सेवा की परीक्षा दे रहे।"

"कितने बच्चे हैं?"

"सर, बहुत हैं। अस्सी के आस-पास हैं, इससे अधिक मुझसे नियंत्रित नहीं होते, नहीं तो और भी बहुत पढ़ना चाहते हैं।"

"पैसा लेते हो?"

"सर, जिसकी श्रद्धा होती है देता है नहीं तो मत दो। पैसा लेना इसलिए पड़ता है क्योंकि अभियान चलाने का कुछ ख़र्च भी है।"

"अगर पैसा नहीं है तब भी व्यक्ति पढ़ सकता है; इस तरह की व्यवस्था है आपके अभियान में, और पैसा देना स्वेच्छा पर है?"

"जी सर।"

"तुम जीवन में त्याग कर सकते हो?"

"जी सर।"

"तुम बग़ैर सुविधाओं के या न्यूनतम संसाधनों में रह सकते हो-जीवन का निर्वाह प्रतिकूल परिस्थिति में कर सकते हो?"

"जी सर।"

"त्याग दो यह नौकरी, इसमें संतोष की प्राप्यता सीमित है। जो संतोष तुम प्राप्त कर रहे हो वह दैवीय है, ऐसा संतोष बहुत नसीब से लोगों को मिलता है।"

"सर, अगर नाराज़ न हों तो एक बात पूछूँ?"

"ज़रूर!"

"सर, जब कुछ ख़ास नहीं है इस नौकरी में, तब आप क्यों नहीं त्याग देते?"

"मैं कापुरूष हूँ!"

"सर, मैं समझा नहीं।"

"मैं नपुंसक हूँ!"

यह कहते समय पार्थ घोष के चेहरे पर विषाद-नैराश्य-भाव स्पष्ट देखा जा सकता था।

"मैं एक आईएएस अधिकारी की बेटा हूँ। मैं सुविधा भोगी हूँ, मैं स्वार्थी हूँ। मुझे बग़ैर एसी के नींद नहीं आती, मैं गर्मी से घबराता हूँ, मुझे जनरल डिब्बे की ट्रेन देखकर उल्टी आती है, ग़रीब लोगों के शरीर की दुर्गन्ध मुझे परेशान करती है। मेरे मन में विचार तुम्हारी तरह आते हैं पर जैसे ही कार्यान्वयन की ओर बढ़ता हूँ मेरा सुविधाभोगी मन मुझे रोकने लगता है। जानते हो जीवन में सबसे ख़तरनाक क्या है?"

"क्या सर!"

"एक सम्पन्न परिवार में जन्म लेना, वह आपकी जिजीविषा को कुंद कर देती

है। आत्मा कहती है संघर्ष कर, मन कहता है सुविधा में रह, ज़मीर कहता है सब कुछ त्याग दे आत्म-सम्मान सबसे बड़ा है, उससे बढ़कर जीवन में कुछ नहीं है; पर तन कहता है..."

"क्या कहता है सर?"

"तुम ईश्वर को धन्यवाद दो उसने तुम्हें एक आम परिवार में जन्म दिया। तुमने जीवन की सुविधाएँ नहीं देखीं और संघर्ष करके यहाँ तक पहुँचे। तुमको लोगों की पीड़ा का क़िताबी नहीं वास्तविक ज्ञान है। एक बात बताओ?"

"जी सर।"

"तुम अपना यह शिक्षा अभियान गाँव में ले जा सकते हो, आईएएस की परीक्षा जगह प्रारम्भिक शिक्षा-साक्षरता एवं स्कूली शिक्षा के लिए समर्पित कर सकते हो?"

"कर सकता हूँ।"

"त्याग दो यह सेवा-जीवन समाज को दे दो।"

मैं सम्मोहित देख रहा था पार्थ घोष सर के चेहरे की ओर...

"तुमको एवं तुम्हारे परिवार को इस झूठे दंभ-अहंकार को त्यागने की पीड़ा नहीं होगी?"

"मुझे तो नहीं होगी पर मेरे परिवार को होगी।"

"क्या तुम उनकी पीड़ा से नि:स्पृह हो सकते हो?"

मैं शांत हो गया। मुझे माँ की वह पंक्ति याद आई, "मुझे मोक्ष नहीं तेरा चयन चाहिए।"

"अनुराग, जीवन सिर्फ़ त्याग में है। गाँधी-बुद्ध ने अपनों का त्याग किया समाज के लिए। अगर जीवन के वृहद् आदर्श हैं तब त्याग करो, एक सामान्य जीवन जीना हो तब मसूरी चले जाओ। तुम एक प्रतिभाशाली व्यक्ति हो, ईश्वर ने तुम्हारा निर्माण सायास किया है। ईश्वर को निराश मत करना। जानते हो ईश्वर अवतार क्यों और कब लेता है?"

मेरे जवाब का इंतिज़ार किए बग़ैर वह आगे बोलने लगे,

"जब वह मनुष्य से निराश एवं हताश हो जाता है। जब उसे लगता है कि मेरे बनाए हुए नायक अधर्म एवं अनीति के रास्ते पर चल रहे हैं। रावण को सारा वरदान तो महादेव ने ही दिया था तब क्यों उसी महादेव को हनुमान रूप में, विष्णु को राम और शेष को लक्ष्मण के रूप में जन्म लेना पड़ा! अनुराग, जितना तुम्हारे बारे में मैं जान रहा, यह मुझे स्पष्ट हो रहा कि तुम एक निमित्त हो ईश्वर की पूरी संरचना में। क्रांतिकारी विचार यूँ ही नहीं आते और वह भी प्रतिभाशाली लोगों के मस्तिष्क में।

पार्थ घोष के यह कहते ही ऋषभ की लाइनें मेरे मस्तिष्क में गूँजने लगीं, "जीवन में अस्वीकार करना सीखो, जीवन में क़ीमत स्वीकार की नहीं अस्वीकार की है... जीवन के बड़े लक्ष्य की तरफ़ देखो... अनुराग, एक सहज जीवन में कोई रोमांच नहीं है-माँ एक सहज जीवन की पक्षधर थी और मैं जीवन में रोमांच चाहता था। एक को समझौता करना ही था-समझौता उसे करना पड़ा-करने को बाध्य होना पड़ा। यह बताओ अनुराग, यह कार्य राष्ट्रहित का कार्य है कि मैं इतनी बड़ी शिक्षा-अनुसंधान-मेधा को किसी गाँव-तहसील-ज़िले के रूटीन से कामों में खपा दूँ; मात्र इसलिए कि मेरी माँ को एक गौरव चाहिए! कुछ को छोड़ दिया जाए तो अधिकांश सिविल सेवा के अधिकारी अपना सारा जीवन सिर्फ़ एक आभामंडल में जीते हैं कि कभी इतिहास की एक सुखद घटना हुई थी और उनको राष्ट्र की एक सबसे बेहतर सेवा प्राप्त हो गई थी। तुम ऐसा मत करना... जीवन में सार्थकता की तलाश करो, किसी भी मूल्य पर। अगर यह सेवा जीवन में सार्थकता नहीं दे सकती तब त्याग दो यह सेवा। अनुराग भोग के लिए नहीं बना है-अनुराग इतिहास-निर्माण के लिए बना है। अनुराग तुम्हारा निर्माण ईश्वर ने सायास किया है, बहुत विचार कर किया है, तुम्हारा जन्म मात्र अपने लिए ही नहीं लोगों के लिए हुआ है-इसको भोग-विलास-सहूलियतों की तलाश में नष्ट मत करना।"

... चिंतन सर की पंक्तियाँ मस्तिष्क में गूँजने लगीं, "परमपिता हर काम बहुत विचार कर करता है... अगर एक सामान्य जीवन की चाहत परमपिता को तुमसे होती तब वह इस तरह न रचित करता जिस तरह गढ़ा है तुम्हें उसने। वह कोई गाँव का कुम्हार नहीं है, वह विश्वकर्मा है-सर्जक है-प्रजापालक है-त्रिभुवन का पद्धुन्नायक है। वह लोगों के आपदा-प्रबंधन के लिए विशिष्ट व्यक्तियों का सृजन करता है... वह कुछ भी अनायास नहीं करता, वह सब कुछ सायास करता है। उसने तुमको बनाते समय ही यह सोचा होगा, यह अपने लिए नहीं ज़माने के लिए जिएगा... तुम एक क्षेत्र-नायक बनकर संतुष्ट क्यों होना चाहते हो जब महानायक बनने का द्वार तुम्हारी प्रतीक्षा कर रहा है... आओ महानायक आओ... इतिहास को प्रत्याशा है तुमसे।"

मैं ऋषभ और चिंतन सर के संवादों में खोया पार्थ घोष के चेहरे की ओर देख रहा था...

"क्या हुआ... यह सोचकर बहुत पीड़ा हो रही है न... माँ को बहुत दुःख होगा कि तुमने उसके अरमान ध्वस्त कर दिए। माँ इमोशनल ब्लैकमेल करेगी जैसे ही तुम कहोगे, मैं समाज के लिए कार्य करूँगा। मैं इंडियन स्कूल ऑफ़ साइसेंस का अंतरिक्ष वैज्ञानिक हूँ, मुझे देश के लिए अंतरिक्ष-अनुसंधान में कार्य करना चाहिए था, पर मैंने किया क्या! विज्ञान-कम्प्यूटर-तकनीक में रुचि है पर वह काम मुझे मिलता नहीं। मैं

उसी मोड़ पर कभी था जहाँ आज तुम हो। मेरी माँ भी आईएएस है, मैं सेवा त्यागने पर पहुँच चुका था पर उसने अपने मातृत्व का हवाला देकर मुझे मजबूर किया यहाँ आने को। सरकारी नौकरियों की अपनी सीमाएँ हैं, यह तंत्र कई बार आपको मुख्य धारा में रखता है तो कई बार आपको मुख्य धारा से बाहर रहना पड़ता है, वह भी अनिच्छा से। यह अनिच्छा के दौर का जीवन आप में विषाद का जन्म कर देता है और आपका व्यक्तित्व प्रभावित होने लगता है। अगर आप सेवा ज्वाइन करते हो तब आपको एक सलाह दूँगा आप कोई रुचि-हॉबी विकसित करो, यह आपको अवसाद के क्षणों में बहुत सहायता करेगी। तुम्हारी बातों से तुम्हारा जो व्यक्तित्व झलक रहा उससे यह स्पष्ट हो रहा, तुम्हारे जीवन में अवसाद के क्षण शीघ्र आएँगे और वह दीर्घकालिक होंगे। आपमें समाज के लिए कुछ करने की भावुकता भरी चाहत है, चाहत से अधिक आपकी भावुकता ख़तरनाक है—आपके लिए। आपमें महत्वाकांक्षा एवं भावुकता दोनों है, यह बहुत ही पीड़ादायक संयोजन होता है। ईश्वर तुम्हें शक्ति दे एक उचित निर्णय पर पहुँचने के लिए, अपने लिए नहीं, समाज के लिए।"

मैं पूरी तरह भ्रमित हो चुका था। मैं सोच क्या रहा था और हक़ीक़त क्या दिख रही है। मैं अगले पूरे दिन एक विचार-प्रवाह में रहा। सायंकाल तक़रीबन आठ बजे अपने कमरे में मैं लेटा था, मेरी दोनों आँखें बंद थीं, दोनों कुहनियाँ मेरी आँखों पर थी। मैं एकाएक उठा और बद्री सर के कमरे की तरफ़ चल दिया। मैं सर के कमरे में पहुँचा। वह गर्मी में कमरे का दरवाजा खोलकर बैठे थे। मुझको देखते ही बोले, "अच्छा किए तुम आ गए, मैं सोच ही रहा था, चलता हूँ तुम्हारे पास।"

"सर एक समस्या है।"

"अब कौन समस्या आ गई। बढ़िया आसामी देखकर विवाह करो, तगड़ा प्रभावशाली ससुर-साला चुनो, अपनी तो कराना ही हम लोगों की ट्रांसफ़र-पोस्टिंग में भी मदद करवाना। बढ़िया पोस्टिंग मिले हम लोग जीवन का आनंद लें। अनुराग, यह लक्ष्य ध्यान में रखकर बारात कराओ जाड़े तक।"

"सर नौकरी में कुछ नहीं है।"

"कौन बताया ?"

मैंने पूरी कहानी सुनायी। सर बोले, "कहाँ तुम आलतू-फालतू लोगों से मिलते रहते हो। वह जिन लोगों की बुराई कर रहे वही तो अपने आदर्श हैं। वही काम तो अपने को करना है। मैं जानता हूँ त्रिपाठी जी को, वह जेएनयू के पढ़े है, ज्ञान-दर्शन पिलाना उनका परम-धर्म सरीखे है। वह सोहर सुनाए कि नहीं, मेडिकल के दिन राम मनोहर लोहिया अस्पताल में वह सोहर गा रहे थे मेज़ पर थाप देकर। मेरे पहले इंटरव्यू में मेरे साथ थे, वह निकल गए मैं रह गया था। वह ऐसी ही बहकी-बहकी बातें तब भी करते

थे। उनको लगता है वह सबसे क़ाबिल हैं और बॉस उनके हिसाब से काम करे। हम अगर त्रिपाठी जी के बॉस हों हम उनकी एक फ़ाइल साइन न करें। वह कुछ कम्युनिस्ट मार्का व्यक्ति हैं, उनकी नस-नस मैं जानता हूँ, बेवजह उनके चक्कर में पड़े हो। हम लोग बॉस को पटाकर रखेंगे अमर गुप्ता की तरह, अरे भाई बॉस अपना अभिवावक है, उसको प्रसन्न रखना हमारा कर्तव्य है। आप बेवजह परेशान हैं महाराज। बढ़िया घर-परिवार-कन्या देखकर विवाह करो, हनीमून मनाओ ऐश करो। हम तो हनीमून मना नहीं सके क्योंकि जब हमारा विवाह हुआ तब यह सब ख़ुराफ़ात पता ही न था। आपकी तकदीर है सब परोसकर मिल रहा है।"

"सर, यह सब दुनियावी मामले हैं।"

"दुनिया में रहोगे तब दुनियावी मामले ही देखोगे। अब नौकरी नहीं करना, साधु-संत बनना है, हिमालय जाकर तपस्या करनी है तब बात अलग है।"

"सर, यह जीवन इसलिए तो नहीं चाहा था मैंने, जैसा आप कह रहे।"

"किसलिए चुना था?"

"समाज के लिए।"

"हमने कब कहा कि हम चुन रहे यह जीवन समाज के लिए, तुम्हारी बात मैं नहीं जानता। एक बात कहूँ अनुराग अगर बुरा न मानो?"

"जी सर।"

"तुम वह अनुराग नहीं रह गए जो पहली बार मेरे पास आए थे। वह अनुराग सहज था, सरल था, माँ के लिए चिंतित था और कहता था मेरी माँ की आँखों की शबनम में एक चाँद उतर आया है जिसकी रौशनी में वह जीवन जीना चाहती है। अब अनुराग एक संश्लेषण की प्रक्रिया से गुज़र कर दुरूह हो चुका है। उसको वह चाँद प्राप्त हो गया है और माँ उस चाँद को सहेज रही है, रोज़ निहारती है, पर अनुराग को अब उसकी आँखों की शबनम में रिहाइश कर रहे चाँद की कोई परवाह नहीं। अनुराग तुम पूरी तरह बदल चुके हो।"

"वह कैसे सर?"

"बुरा न मानो तो साफ़-साफ़ कहूँ।"

"जी सर।"

"अनुराग स्वार्थी हो चुका है।"

"कैसे सर?"

"अब इस नये अनुराग को प्रशस्ति का, स्वयं के सम्मान का, एक ग्रंथि से संचालित होकर इतिहास से बदला लेने का जुनून सवार हो चुका है। अनुराग, तुम्हारे किसी कृत्य में कोई सदाशयता नहीं है। यह कोचिंग तुमने पैसे के लिए चलाई, जो पैसा

तुमने नहीं लिया वह मिल ही नहीं सकता था क्योंकि लोग इससे ज़्यादा पैसा देने की न तो हालत में थे न ही तैयार थे। तुमने विवशता को बाज़ार में सदाशयता में परिवर्तित कर दिया। यह कोचिंग सिर्फ़ धन एवं सम्मान की आकांक्षा से थी न कि कोई भला करने की तीव्र इच्छा शक्ति से। तुमने जो भी कार्य किया उसमें सिर्फ़ तुम्हारा स्वार्थ था। तुमने हिंदी उपन्यास का सत्य प्रकाश मिश्रा सर का नोट्स मुझको दिया, वह तुम्हारी नीति थी। मुझसे हिंदी में इंटरव्यू दिलवाया वह भी तुम्हारी एक सोची समझी चाल थी। तुमको व्यवस्था का संचालन आता है, तुम एक बहुत चालू-पुर्ज़ा अफ़सर बनोगे, आप सब कुछ भूलकर चार सितंबर की ट्रेन पकड़ो मसूरी की।"

मैं अवाक् रह गया यह सब सुनकर, बद्री सर को जितना मैं गहरा समझता था वह उससे भी गहरे निकले। मैंने कहा, "सर आपकी बात सब सही है। मैं सफलता के लिए आग्रहशील था। मैं कुछ भी करना चाहता था, पर आपने मेरी बात क्यों मानी।"

"तुम मात्र आग्रहशील थे, मैं अति-आग्रही एवं लालायित था... । मेरे पास कोई और रास्ता न था। मैं अंग्रेज़ी में इंटरव्यू देकर सफल हो ही नहीं सकता था। वह चक्रव्यूह की तकनीक नायाब थी। मैं सारी ज़िंदगी तुम्हारा ऐहसान मानूँगा, जबकि मैं साफ़ कह रहा तुम स्वार्थी हो और सिर्फ़ अपना ही हित देखते हो।"

"सर, अगर मैं स्वार्थी होता तब मैं यह सब करने की बात क्यों करता, यह नौकरी स्वार्थ के लिए तो बहुत अच्छी है।"

"तुम एक अलग रास्ते पर चल चुके हो। तुम मदांध हो चुके हो। तुमको लगता है मैं कुछ ऐसा जीवन में करूँ जो किसी ने न किया हो।"

"यह बात आपकी सही है सर, मैं कुछ ऐसा करना चाहता हूँ जो किसी ने न किया हो, पर स्वार्थी नहीं हूँ।"

"एक बात और कहूँ, थोड़ा ज़्यादा कड़ी है।"

"जी सर।"

"तुम इतना स्वयं में खो चुके हो कि तुमको अपनी माँ की भी परवाह नहीं है। उसने ईश्वर की असीम भक्ति करके जो सत्कर्म एकत्रित किए थे अपने मोक्ष के लिए, उसे न्योछावर कर दिए तुम्हारे चयन की संभावना में अभिवृद्धि के लिए। अगर तुमने सेवा अस्वीकार कर दी उसको क्या मिलेगा, यह बताओ ? वह तो कहीं की न रही। एक बार सोचो उसपर क्या गुज़रेगी जब वह तुम्हारा यह निर्णय सुनेगी। जो व्यक्ति अपनी माँ के बारे में बग़ैर सोचे निर्णय ले ले उससे बड़ा स्वार्थी दूसरा कौन होगा! एक माँ को मिलता ही क्या है जीवन में, सिवाय संतोष के। तुम उसका संतोष छीन रहे हो... अनुराग... ।"

यह कहकर सर शांत हो गए।

मैंने उनकी ओर एक भरी हुई आँखों से देखा...

"तुम उसके अपराधी हो।"

यह बात सुनकर मैं हिल गया। सर ने मुझे चिंतित देखकर कहा, "यह सब फ़ितूर दिमाग़ में आता रहता है। यह सब जीवन प्रक्रिया का भाग है। व्यक्ति संवेदनशील होता ही है, तुम कुछ ज़्यादा हो। तुम्हारे आदर्श अवधारणा की समाज और व्यवस्था को आवश्यकता है। मैं करूँगा नौकरी दुनियादारी से तुम करना आदर्श से, एक संतुलन बना रहेगा हम दोनों के बीच। कल से लड़कियों की फ़ोटो देखो उसमें मन को रमाओ। हमारे यहाँ भी बहुत विवाह वाले आ रहे हैं, उनको क्या पता कि हम धनुष बचपनै में तोड़ बैठे हैं। मैं उसमें से बढ़िया-बढ़िया आसामी आपके पास भेजता हूँ। तुम बाज़ार के सबसे खाँटी माल हो भी, थोड़ा समय प्राणायाम-पूजा में लगाओ, मन की अशांति दूर होगी।"

मेरी चिंता बद्री सर ने और बढ़ा दी। उन्होंने माँ को बीच में डाल दिया। अब यह एक नयी समस्या माँ की आकांक्षाओं की। माँ तो कभी मानेगी ही नहीं, मेरी बात। मैं बद्री सर के यहाँ से निकला। मेरी चेतना-उपचेतना का संवाद आरंभ हो गया।

चेतना— "यह उचित फ़ैसला नहीं है।"

उपचेतना— "कौन सा फ़ैसला?"

चेतना— "यह पाया हुआ राज्य त्याग देने का।"

उपचेतना— "भोग में कोई जीवन नहीं है।"

चेतना— "भोग ही जीवन है, भोग स्वयं भी करो और अपनों को भी करने दो।"

उपचेतना— "त्याग ही जीवन है।"

चेतना— "त्याग किसके लिए करना चाहते हो?"

उपचेतना— "समाज के लिए।"

चेतना— "यह नौकरियों के माध्यम से भी कर सकते हो।"

उपचेतना— "सीमाओं में त्याग नहीं होता।"

चेतना— "तुम पाश्चाताप करोगे अगर निर्णय ग़लत ले लिया।"

उपचेतना— "एक सदाशयता से समाज के लिए लिया हुआ निर्णय कभी ग़लत नहीं होता। अनुराग, तुम निर्णय लो... कठोर निर्णय लो। इतिहास का निर्माण क्रांति से होता है। यह क्रांति पहले विचारों में आती है फिर विचारों में ही इसका विरोध होता है। जब विचारधारा से निकलकर मूर्त रूप लेने का यह प्रयास करती है तब समाज विरोध करता है पर अंततः समाज स्वीकार करता है, अगर क्रांतिधर्मी अडिग रहता है। तुम अडिग रहो, एक कठोर निर्णय लो।"

मैं अपने घर कब पहुँच गया पता ही न चला, किसी तरह रात काटी। मैं सुबह उठा और अपने कमरे से पिताजी के पास गया। वहाँ सब लोग बैठे थे। पिताजी ने पूछा,

"चार सितंबर को जाने की सारी तैयारी कर ली है?"

"क्या करना तैयारी में?"

"मुझे क्या पता, बहुत से लोग जा रहे हैं उनसे पूछ लो वह क्या कर रहे, तुम भी वैसा कर लो।"

"ठीक है पूछ लूँगा।"

"विवाह के बारे में क्या सोचा है, कब करना चाहते हो?"

माँ— "जाड़ा में कै देई, ऐनसे का पूछै के बा। एनका का समझ होये बियाहे के।"

पिताजी— "अगर जाड़े में करना है तब प्रस्ताव पर विचार करना आरंभ करो। देख लो-मिल लो; जो भी ठीक लग रहा हो।"

माँ— "मुन्ना तोहार सुरूचि पे मन बा, सुरूचि से मिल लऽ। लोकल बियाह बा, लड़किऊ आईएएस बा। नाती दुई-दुई आईएएस के तमगा लै के पैदा होइहिं।"

मेरा इन सब वार्तालापों में कोई मन नहीं लग रहा था। मैं नाश्ता करके मन बहलाने के लिए यूनिवर्सिटी रोड की तरफ़ जाने के लिए निकला तो देखा मेरा छोटा भाई एक बोर्ड लगवा रहा था। मैंने पूछा, "यह क्या है?"

भाई— "आपका नेम प्लेट।"

उसने दिखाया काले ब्लैक ग्राउंड में सुनहरे अक्षरों लिखा था

"अनुराग शर्मा आईआरएस"

"यह क्यों लगा रहे हो?"

"यह तो लगाना ही है।"

"अभी मैं आईआरएस कहाँ हूँ, मैंने अभी सेवा ज्वाइन भी नहीं किया।"

"पाँच सितंबर को ज्वाइन कर लेंगे।"

"उसके बाद लगाना।"

"ठीक है।"

मैं यूनिवर्सिटी रोड गया। साइकिल एक जगह रोककर रोड पर घूमने लगा। मेरी कोचिंग ने एक अलग पहचान मुझको दे ही दी थी। मैं सुभाष की चाय की दुकान पर रुककर चाय पीने लगा। बहुत से लोग मेरे पास आ गए पूछने के लिए कि मेंस कैसे लिखें। मैंने कहा, "आज शाम की कक्षा मेंस पर है। आप लोग आओ। सारे होस्टल से लोगों को लेकर आओ। आज मेंस की गुत्थी सुलझाते हैं। मेरा हिंदी बनाम अंग्रेज़ी का अभियान लोगों के सिर चढ़कर बोल रहा था। सबके भीतर की ग्रंथि एक अलग अभिव्यक्ति प्राप्त कर चुकी थी।

मैं घर वापस आया। शाम को चार बजे कोचिंग गया, एक अप्रत्याशित भीड़ थी। वह भीड़ मुझे संचालित कर गई, मैं दुविधा से बाहर आ गया। भीड़ को संबोधित करने

लगा,

"मैंने इस ईश्वर प्रदत्त वरदान को त्यागने का फ़ैसला कर लिया है। मैं सेवा ज्वाइन नहीं करूँगा। मैं लाल बहादुर शास्त्री एकेडमी मसूरी को इलाहाबाद के हिंदी माध्यम छात्रों से पाट दूँगा। अब संघर्ष भाषा का ही नहीं शहर की अस्मिता का भी है, पुराने गौरव की प्राप्ति का भी है...।"

अनुराग क्रांतिधर्मी हो चुका था, बेपरवाह सभी से। पता नहीं यह उसके अंदर की ग्रंथि थी या समाज की पीड़ा जो उसे निर्देशित कर रही थी। कुछ सवालों का जवाब समय देता है। समय भी इंतिज़ार में... मेरी उद्घोषणा पूरी कक्षा में एक नीरवता व्याप्त कर गई। जिस लक्ष्य को ध्येय रखकर अपने गाँव-देहात से यह सब चले थे, उस लक्ष्य की प्राप्ति के बाद कोई सेवा अस्वीकार कर रहा, वह भी सहर्ष यह पूरी कक्षा को विस्मय में डाल गया। दिनेश ने खड़े होकर कहा, "सर यह फ़ैसला बड़ा है और यक़ीन नहीं आ रहा, पर यह कब लिया आपने?"

"यह फ़ैसला बड़ा हो सकता है पर यह जितना बड़ा दिख रहा उससे अधिक यह कठिन है। मैं इसको बड़ा फ़ैसला नहीं एक कठिन फ़ैसला कहूँगा। मेरे पास कोई व्यावसायिक डिग्री नहीं है। मुझे जीवन-यापन के रास्ते तो तलाशने ही होंगे। इन सारी बातों के कारण यह फ़ैसला लेना बहुत ही कठिन था।"

"सर एक आदर्शवाद तो हमेशा स्तुत्य होता है पर अगर वह यथार्थ के धरातल से हटा हुआ हो तब वह अप्रासंगिक ऐसा होता है, आदर्श यथार्थवादी होना चाहिए। मैं आपके निर्णय पर कुछ नहीं कह रहा और न ही कहने की हालत में हूँ। आप एक बहुत ही समझदार और परिपक्व व्यक्ति हैं। आपकी सोच पूरे शहर को भावना के अपार सागर में बहा ले जाएगी, ऐसा शहर में कभी किसी ने किया नहीं पर यह कितना प्रैक्टिल होगा इस पर विमर्श एवं चिंतन की आवश्यकता है।"

अशोक— "सर बिल्कुल ही उचित क़दम नहीं है। अगर आपको लगता है यह नौकरी त्याग कर कोचिंग चलाएँ ज्ञान बाँटे और पैसा कोचिंग से कमाएँ तब आपको ग़लतफ़हमी है सर। यह इलाहाबाद है, यहाँ फ़्री वाले भरे पड़े हैं। पढ़ेंगे पर वह मुफ़्त का होना चाहिए। आपने एक सत्र चलाकर देख लिया है और इस क्लास में पैसा देने वालों से ज़्यादा बड़ी संख्या मुफ़्तख़ोरों की है। वैसे सर मुझको तो बहुत फ़ायदा होगा अगर आप मेंस की तैयारी करवाएँगे पर मैं अपने स्वार्थ को दरकिनार करके कह रहा, यह निर्णय उचित नहीं है।"

मैं— "निर्णय हो चुका है, यह सही है या ग़लत इस पर एक न ख़त्म होने वाली विवेचना चलती रहेगी। यह ज़िंदगी कोई शकुनि का पाँसा नहीं कि हर बार जो चाहो वह हो जाए, इसका मतलब यह भी नहीं कि असफलता के भय से प्रयोगधर्मिता का

त्याग कर दो। कोई बेबस नहीं होता पर बेबस हो जाता है, जब यह सोचने लगता है कि कहीं मैं हार न जाऊँ। कोई सफ़र में मेरा साथ दे या न दे, मैं अकेला ही चलता चला जाऊँगा जहाँ तक जाऊँगा औरों के लिए रास्ता बना जाऊँगा। मैं एक प्रयोग करना चाहता हूँ समाज के लिए, शायद सेवा छोड़ भी इसीलिए रहा हूँ। मेरे अपने कैरियर से ज़्यादा महत्वपूर्ण है शहर का गौरव जिसकी आभा दिन-प्रतिदिन क्षीण हो रही है। इस शहर में दर्द सबका अभी भी वही है, किसी ने कुछ न किया इस शहर के लिए। सब अजनबी हो गए शहर मे यहाँ के होकर भी, यह बात शहर मेरी ओर देखकर कह रहा है। हम लोग कल से नियमित कक्षाएँ चलाएँगे। कक्षा में स्थान सीमित ही होते हैं और अगर अभ्यार्थी पर थोड़ा व्यक्तिगत ध्यान देने का उद्देश्य हो तो कम छात्र बेहतर होते हैं। जो लोग इस वर्ष मेंस दे रहे वह ही क्लास करें बाक़ी लोगों के बारे में बाद में विचार किया जाएगा।"

यह कुछ छात्रों को रास कम आया क्योंकि बहुत से लोग जो प्रारम्भिक परीक्षा पास नहीं कर पाए थे वह भी कक्षा में थे। यह तब और कम रास आया जब मैंने कहा, "कोई निश्चित फ़ीस नहीं है जिसका मन करे दो जिसका मन करे न दो। अगर कुछ लोग भी फ़ीस दे देंगे तब संस्थान चलाने में थोड़ी आसानी होगी पर यह मैं आप पर छोड़ता हूँ आप क्या करना चाहते हैं।"

यह कहकर मैं बद्री सर के कमरे पर गया। वह मसूरी जाने के लिए ज़रूरी सामनों की लिस्ट बना रहे थे। वह ज़मींदार घर से आते थे। घर में खेती-बाड़ी भी थी और क़ालीन का व्यापार भी होता था। मसूरी जाने की तैयारी के लिए उनके बाबा ने उनको बहुत पैसा दिया था। उन्होंने लिस्ट वहीं पर रोक दी और पूछा, "क्या अंतिम फ़ैसला है?"

"फ़ैसले बदला नहीं करते सर। वह तो जो हो गया वह हो गया।"

"घर में बताया?"

"अभी नहीं।"

"मतलब आपको किसी की नहीं पड़ी है, आप एकदम स्वतंत्र हो, आपके लिए किसी की ख़्वाहिशों एवं भावनाओं की कोई क़ीमत नहीं है?"

मैं शांत बैठा रहा।

"बताओ अनुराग!"

वह फिर बोलने लगे,

"अनुराग, भावावेश का निर्णय अगर सदैव नहीं तो बहुधा अपरिपक्व ही होता है। यह एक क्षणिक आवेश का निर्णय है, यह घर में भूचाल ला देगा। मेरे गाँव में मेरे नाम का नेम प्लेट लगा दिया गया है। तुम पुनः विचार करो अपने उतावलेपन से परिपूर्ण

निर्णय पर, यह सब एक झटके में ख़त्म कर रहे हो तुम।"

"सर, मेरा छोटा भाई भी नेम प्लेट बनवा कर ले आया है। वह लगा रहा था, मैंने रोक दिया।"

"अनुराग, बहुत ही ग़लत क़दम तुम उठा रहे हो। करोगे क्या यह छोड़कर, यह सोचा है?"

"अभी नहीं।"

"कौन से तुम आईआईटी के इंजीनियर या मेडिकल के डॉक्टर हो जिसके पास कोई विकल्प होता है कुछ करने का। तुम्हारी सारी समस्या उस कोचिंग से आरंभ हुई है। वह अगर तुम न आरंभ किए होते तब यह नौबत न आती। उसी के कारण तुम्हारा दिमाग़ फिर गया है। चलो जब आपने अंतिम फ़ैसला कर ही लिया है तब उस पर क्या बहस करना।"

मैंने सर से एकेडमी जाने की सारी तैयारियाँ पूछीं। सर ने सब विस्तार से बताया। वह ट्रेन से देहरादून तक जाएँगे उसके बाद मसूरी से सवारी आएगी एकेडमी ले जाने के लिए। शहर से बहुत से लोग जा रहे थे; इसलिए साथ की कोई समस्या थी नहीं और देहरादून तक सब एक ही ट्रेन से जा रहे थे। मैंने कहा, "सर मैं आऊँगा आपको स्टेशन विदा करने। यह बहुत ही महत्वपूर्ण क्षण है जीवन का।"

"अच्छा होगा अगर तब तक आपका दृष्टिकोण बदल जाए और आप भी हमारे साथ चलो।"

मैं कुछ न बोला, चाय पीकर सर के यहाँ से अपने घर आ गया। मेरे घर पहुँचने के पहले ही हंगामा हो चुका था। दिनेश और अशोक घर आकर पूरी कहानी सुना चुके थे। कहानी सुनकर सब सकते में आ चुके थे, किसी को यह यक़ीन नहीं आ रहा था। मेरे घर पहुँचते ही पिताजी ने पूछा, "दिनेश और अशोक ने जो कहा वह सही है?"

"क्या कहा?"

"तुम नौकरी नहीं करोगे और तुमने सेवा त्यागने का निर्णय ले लिया है।"

"हाँ।"

"कब लिया फ़ैसला?"

"आज ही।"

"किसी को बताने की भी ज़रूरत नहीं समझी।"

मैं मौन रहा। मेरे मौन रहने पर पिताजी ने पूछा, "यह फ़ैसला क्यों, क्या करोगे आगे, यह सोचा है?"

"अभी नहीं।"

"मुन्ना सारी समस्या की जड़ यह तुम्हारी कोचिंग है। तुम शहर के ग़रीब-कमज़ोर

छात्रों की प्रशस्ति-गाथाओं से अभिभूत हो चुके हो। तुमको यह याद रखना चाहिए कि अगर तुम्हारी यह रैंक हटा दी जाए कोई क्लास में नहीं आएगा। इस समय तुम्हारे द्वारा उछाला हुआ पत्थर अगर गिर भी रहा हो तो लोग उसे संवेगी कहते हैं पर पाँच सितंबर के बाद भी पत्थर यही उपमा पाएगा, यह कहना मुश्किल है। यह जीवन तुम्हारा है तुम स्वतंत्र हो फ़ैसले के लिए, पर यह मैं ज़रूर कहूँगा यह भावावेश में लिया गया निहायत ही बेवक़ूफ़ाना फ़ैसला है। जीवन को वास्तविकता के धरातल पर जीना चाहिए न कि भावनाओं को जीवन की रास पकड़ा कर मनमर्ज़ी से संचालित करने की स्वतंत्रता दी जानी चाहिए। एक बात याद रखना यह फ़ैसला तुमको जीवन में आगे ले जाएगा, इसकी संभावना कम है पर यह फ़ैसला तुमको बहुत पीड़ा देगा इसकी संभावना बहुत ज़्यादा है। मैं इसके आगे और कुछ न कहूँगा, ईश्वर ने तुम्हारी मति हर ली है।"

माँ-"मुन्ना तोहरे बेवकूफी के कौनों इंतिहा हइयै नाहीं बा। बगैर केहू से राय-बात केहे तू एकतरफा निर्णय लै लेहऽ। बद्री सर से पूछे रहऽ?"

"हाँ।"

"का कहेन ओ?"

"कमोबेश वैसा ही कहा जैसा पिताजी ने।"

"भवा का एकै रात में ई तऽ बतावऽ, कौन बरम, ठाकुर, प्रेत, डाइन तोहरे ऊपर सवार होई के तोहार मति भ्रष्ट कै देहेन, आखिर भवा का?"

"नौकरी में कुछ नहीं है।"

"के बताएस?"

"एक सीनियर हैं वह बताए।"

"का ओ नौकरी छोड़ि देहेन?"

"नहीं।"

"ओ नौकरी के मजा लेत हयेन और दूसरे के लड़िका के बहकावत हयेन। ओनसे कहऽ पहिले ओ नौकरी छोड़ि के गंगा किनारे भीख माँगै तब केहू और से कहई भीख मागऽ।"

"वह थोड़ी कह रहे कि तुम इस्तीफ़ा दो। वह तो हक़ीक़त बताए उस बताई गई हक़ीक़त में कोई आकर्षण नहीं है।"

"मुन्ना तू पहिले खुद नौकरी कै लऽ, खुद तजवीज लऽ नौकरी के भितरे से तब फैसला लऽ। ई पगलन के नाहीं घामे में न दौड़ऽ जब तरूवर के छाँह मिलत बा। मसूरी जाई के तैयारी करऽ, ई समाज-सेवा के भूत जौन चढ़ा बा सब उतरि जाए जब विपरीत परिस्थिति आए। सारी मोटाई तबै चढ़त हऽ जब पेट भरा रहत हऽ। ई दुई पैसा कोचिंग से कमाई का लेहऽ हऽ तोहार दिमागै फिरि गवा बा। इहीं बरे भगवान दरिद्रन

के कुछ देतेन नाहीं। अब तोहार बियाह करब जरूरी बा। तोहका चाही एक डैना, तू होई गऽ हऽ छुट्टा साँड़। तोहरे गरदने में बाँधब मजबूत डैना तब तोहार दिमाग़ सही रहे।"

पिताजी की तरफ़ देखकर कहा, "एनका बरे सुरूचि ठीक रहे। एनकर आईएएस के नसौ उतरा रहे और सीधे रास्ते पर चलिहिं। जब हाथी पगलात हऽ तब महावत बेमुरव्वत वाला चाही। मुन्ना ई कोचिंग के ड्रामा आपन बंद करऽ बहुत होई गवा। जा सबसे मिलब शुरू करऽ। मसूरी जाईं के पहिले सबसे मिलबौ जरूरी बा।"

मैं कुछ न बोला, बस सुनता रहा। मैं शांत अवश्य था पर अंदर एक तूफ़ान हिलोरे ले रहा था। मैं वापस अपने कमरे में आया। मैं सोचने लगा अब कैसे यह मामला सुलझाऊँ तभी चिंतन सर के घर आने का शोर हो गया। भाई आया और बताया चिंतन सर आए हुए है। मेरे पहुँचने के पहले ही माँ ने सारा ग़ुस्सा चिंतन सर पर उड़ेल दिया...

"चिंतन तुहीं ओकर दिमाग खराब केहे हऽ। तुहिंन कहत रहऽ समाज बरे एक बड़ा निर्णय लेब जरूरी बा। तू काहे नाहीं लेतऽ, काहे ओका बरगलावत हअऽ। न ओकर बियाह भऽ बा न ऊ दुनिया देखेस। तू तऽ कुल देखि लेहे हऽ और ओका भरमावत हऽ।"

चिंतन सर— "माता जी हुआ क्या?"

"ओनहीं से पूछऽ। बुद्ध बना हयेन।"

मैं नीचे पहुँचा।

"क्या हुआ बाबा?"

"कुछ नहीं।"

"बतावऽ न तू समाज के हित में कमंडल-दंड लै के गली-गली भीख मगबऽ।"

"माँ, जो मन आ रहा तुम कहे जा रही हो।"

"मुन्ना हमसे जबान न लड़ावऽ। हमार खून बहुत गरम बा।"

"मैं भी तुम्हारा बेटा हूँ, मेरा भी ख़ून गर्म है। बग़ैर कुछ जाने-समझे जो मन आ रहा बोल रही हो।"

"माता जी ज़रा समझने तो दीजिए। थोड़ा ग़ुस्से पर क़ाबू रखिए।"

"हमरे ग़ुस्सा पर नऽ काबू बा नऽ काबू करब। समझाई द ई कलेक्टर-कमिश्नर के...।"

"चलिए सर ऊपर चलते हैं।"

मैं और चिंतन सर ऊपर अपने कमरे में आ गए। चिंतन सर को सारी कहानी सुनाई। सर बहुत प्रसन्न थे कि उनको भी आईआरएस मिल गई है। वह बोले, "यार सारी खुशी काफ़ूर कर दी। मैं पुलिस की नौकरी को गरियाता था, अब आईआरएस भी अपनी नौकरी को गरिया रहे हैं। यार, एक बात तो है सब नौकरियाँ हैं मिथ्या ही।

तुमको कौन बताया यह पूरी कहानी नौकरी की।"

"अशोक त्रिपाठी सर-पार्थ घोष सर।"

"यह फ़ैसला अंतिम है?"

"कौन सा?"

"सेवा ज्वाइन न करने का।"

"जी सर।"

"एकदम अंतिम?"

"सर अंतिम ही है। कोचिंग में घोषणा कर दी है। इस समय सारे यूनिवर्सिटी रोड पर हल्ला हो चुका होगा।"

"क्या करोगे, मतलब अब आगे क्या इरादा है?"

"अभी तो कोचिंग चलाऊँगा, बाद में देखता हूँ।"

"क्या कोचिंग चलाना एक कैरियर के रूप में सोच रहे हो?"

"सर, इतना बड़ा त्याग करके सिर्फ़ कोचिंग चलाऊँगा, यह पूरे घर के अरमानों की हत्या करके बाज़ार में खुद को बेचूँगा, यह आपने कैसे सोच लिया।"

"यह तो मैं समझ रहा पर जानना चाह रहा।"

"सर, अभी भविष्य का कुछ पता नहीं पर मैं समुद्र में प्रवेश करके लहरों पर सवार हो चुका हूँ। अब लहरें मेरे आदेशानुसार मुझे क्षितिज की ओर ले जाएँ या हठधर्मिता करके मुझे अतल गहराइयों में समाप्त कर दें, यह फ़ैसला मैं वक़्त पर छोड़ देता हूँ। एक संघर्ष है मेरे जज़्बे की आक्रमकता एवं लहरों की ज़िद के बीच, मैं लहरों से उत्पन्न होने वाले तूफ़ान के सम्मुख समर्पण करता हूँ या उनको साहिल की ओर निर्देशित-आदेशित करके ले आता हूँ। सर, फ़ैसले की सार्थकता तो समय ही बताएगा पर मैं लड़ना चाहता हूँ, एक खुली बाहों से लड़ना चाहता हूँ। मैं लड़कर मरना चाहता हूँ, मैं जीतने से अधिक आकांक्षी लड़ने का हूँ। मेरी बाँहें खोल दी जाएँ और मुझे लड़कर मरने दिया जाए, अगर पराजय मेरी नियति है तब भी। यह सेवा एक बंधन है जो मुझे सीमित करेगी। मैं एक नयी कहानी लिखना चाह रहा, इस सिविल सेवा से भी बड़ी कहानी।"

"स्याही तैयार है, काग़ज़ भी बेताब है नयी कहानी के लिए पर लफ़्ज़ तो चाहिए। मुझे वह लफ़्ज़ नहीं दिख रहे जो स्याही को आह्लादित कर सकें।"

"सर, इंतिज़ार कीजिए।"

मैं चुप हो गया। कमरे में शांति स्थापित हो गई। कुछ देर कोई कुछ न बोला... मैंने कमरे की शांति भंग की...

"सर, आपकी क्या राय है इस फ़ैसले पर?"

"मैं तो पहले से ही कह रहा एक बड़ा फ़ैसला लेना होगा पर इतनी जल्दी एक बड़ा फ़ैसला होगा, यह मेरी कल्पना के बाहर है।"

"सर, समय का हम लोग इंतिज़ार करते हैं, देखते हैं विधाता ने क्या लिखा है। आपकी तैयारी हो गई मसूरी जाने की।"

"पुलिस सेवा से त्यागपत्र दे दिया है। इसको स्वीकार कराते हैं जल्दी। कल लखनऊ जाऊँगा डीजीपी से मिलने, सोचा है कमिश्नर साहब से भी मिल लूँ। तुम भी साथ चलना।"

"नहीं सर, आप जाओ अब मैं किसी से नहीं मिलूँगा।"

रात कठिन थी, मेरी आँखों में नींद के आते ही माँ आ गई यह कहते हुए, "मुन्ना ऐसा न करो। गुड़िया का अच्छा विवाह करने का तूने वायदा किया है। तूने ही कहा था जो पैसा जोड़ा है उसको उड़ाओ-खाओ मैं गुड़िया का विवाह कर दूँगा। एक झटके में ही तू सब समाप्त न कर।"

मेरी आँख खुली, माँ चाय का कप लेकर खड़ी थी। वह गंगा नहाने जा रही थी। उसने कहा, "मुन्ना एक जवान बेटे से ऐसी बात नहीं करनी चाहिए जो मैंने कल की, पर तू मेरी परिस्थिति समझ।"

यह कहकर वह चली गई। मैं बारजे पर खड़ा देख रहा उसको नंगे पाँव गंगा स्नान की यात्रा पर जाते हुए। रात के अँधेरों ने अपना काम कर दिया था, सुबह पूरे यूनिवर्सिटी रोड पर एक ही चर्चा... अनुराग शर्मा ने इलाहाबाद के लिए आईएएस की नौकरी को त्याग दिया। कोई कह रहा यह नाटक है तो कोई कह रहा वह ज़मीन के लिए समर्पित हैं।

चिंतन सर ने सुबह मुझे पुनः समझाने का प्रयास किया। मैंने उनका प्रयास देखकर कहा, "सर इस मुद्दे पर बात नहीं करते हैं। एक फ़ैसला हो गया है वह आप बदलवाने की कोशिश न करें।"

मैंने थोड़ी देर में उनके वार्तालाप से यह समझ गया कि चिंतन सर की वृहद् योजना का चौसर गड़बड़ा गया है। उनकी चाहत थी कि मैं नौकरी करूँ, असामी तलाशूँ, आहूजा की संपत्ति क़ब्ज़ियाने में मदद करूँ और वह आठ-दस साल बाद मछलीशहर, सुल्तानपुर, इलाहाबाद, अमेठी में से कहीं से चुनाव लड़ें। उन्होंने अपनी अति महत्वाकांक्षा भी बता दी, "बाबा यह सारा प्लान गड़बड़ा रहा है।"

"कौन सा सर?"

"मेरी योजना थी कि तुम सेवा करो, धन संग्रह का कार्य करो। यह आहूजा निरबंसी हो ही चुका है। शालिनी-ऋषभ आएँगे नहीं। तुम शालिनी को पटा ही लिए हो।

वह स्वयं ही कह दी है कि तुम एक तिहाई के मालिक हो, यह 300-400 करोड़ के मालिक तुम हो ही गए हो। एक बात बताओ बाबा?"

"क्या सर?"

"कहीं तुम्हारा दिमाग़ आहूजा की सम्पत्ति का वारिस होने की आशा से तो नहीं फिर गया है?"

"सर, मैं दिखता बेवक़ूफ़ हूँ, मैं लगता बेवक़ूफ़ हूँ, पर बेवक़ूफ़ बिल्कुल नहीं हूँ।"

"तुम बहुत चतुर सयाने हो, बेवक़ूफ़ जो तुमको समझे वह महामूर्ख है।"

"सर, यह जो शालिनी ने प्रीतिवश कह दिया इसका आप ज़रूरत से ज़्यादा अर्थ निकाल रहे हैं। यह लोगों का ख़ून चूसकर, कर चोरी करके, सारे ग़लत कार्य करके अर्जित किया धन किसी को देने वाले हैं!"

"यार, एक बिटिया ससुरा आहूजा और जन्माया होता, हम मंत्र पर मंत्र मारकर तुम्हारा बियाह करा देते।"

"सर धीरे बोलिए... माँ का वैसे ही पारा चढ़ा है, अगर यह सुन लिया कि आप अन्तर्जातीय विवाह की सलाह दे रहे हो, हम दोनों का बाजा बज जाएगा।"

"एक बात बताओ।"

"जी सर।"

"कहीं तुम्हारा चुनाव लड़ने का तो इरादा नहीं है?"

"यह क्यों कहा सर?"

"यह सारी क़वायद हिंदी बनाम अंग्रेज़ी, मैं अंग्रेज़ी को परास्त करूँगा, मसूरी को हिंदी माध्यम से भर दूँगा। धर्म-जाति-क्षेत्र-मज़हब के बीच एक नया नारा भाषा का। यह नारा तो लोगों के सिर चढ़कर बोलेगा ही।"

"सर, मुझे अपनी ज़मीन और अपनी हक़ीक़त का एहसास है। मैं क़द से बड़े ख़्वाब ज़रूर देखता हूँ पर महामानव होने का भ्रम नहीं पालता। सर, मेरे पास कोई आफ़ताब नहीं था मैंने जुगनुओं के परों से अपने लिए रौशनी तलाशी है, यह रौशनी मिली भी बहुत मुश्किल से है। यह रौशनी आह्लाद दे रही थी मेरे अपनों को, मैंने बेवजह छीन लिया। मेरी पीड़ा मैं ही जानता हूँ। मेरी माँ पूरी रात रोई होगी, वह जितना हताश और निराश मुझे आज सुबह दिखी है उतना कभी नहीं दिखी। मैंने सारे जीवन इसी बारजे पर खड़े होकर उसको गंगा-स्नान के लिए जाते देखा है। वह सुबह मुझे चाय देकर जाती थी और मैं इसी बारजे पर खड़े होकर गली के मोड़ तक उसको जाते हुए देखता था। जब वह मोड़ पर ओझल हो जाती थी तब मैं पढ़ाई आरंभ करता था। उसकी चाल में एक उत्साह हुआ करता था। पर आज उसकी चाल में कोई उत्साह

न था। वह यंत्रवत चल रही थी। वह सड़क पर किसी टैम्पो से टकरा भी सकती है। उसने अपने सारे सत्कर्म मेरे नाम कर दिए जिसका यह परिणाम आप देख रहे हैं। सर, मेरी पीड़ा का आपको एहसास नहीं है। मेरे भीतर एक भरत जन्म ले चुका है जो सारी समस्याओं की जड़ स्वयं को मानता है और उसे अयोध्या ऐसा राज्य प्राप्त हो जाने के बाद भी एक आत्मग्लानि हो रही है।"

"क्यों है तुमको आत्मग्लानि, क्या ग़लत किया है ?"

"सर सभी लोगों को आशा देकर एक ख़्वाब दिखाया, उस ख़्वाब की ताबीर मिली। एक झटके में मैंने सब ख़त्म कर दिया। उनकी आँखों में सहेजकर ख़्वाब मैंने ही भरे थे। उन बेचारों की आँखें तो इतने बड़े ख़्वाब देखने को तैयार ही न थीं।"

"मेरी समझ में बिल्कुल नहीं आ रहा है, तुम नौकरी क्यों छोड़ रहे।"

"सर, कुछ नहीं है नौकरी में, एक समझौतापूर्ण जीवन है। लोगों के लिए आप कुछ नहीं कर सकते, अपना जीवन जीने के लिए ठीक है पर अगर सामाजिक संदर्भों के साथ जीवन में सार्थकता की तलाश है, तब इसमें कोई ख़ास अवसर नहीं है।

"मत करो समझौता, सही काम करो, वही काम करो जो आत्मा कहती है करने को।"

"सर, यह बहुत बारीक महीन रेखा होती है ग़लत-सही के मध्य, यह आसान नहीं विवेचित करना। मैं समझता था देश-समाज के लिए कुछ कर सकता हूँ पर मुझे कुछ करने की कोई विशेष संभावना नहीं दिखती, मुझे सीमित संभावनाओं में कोई रुचि नहीं है। मुझे परिणाम से अधिक संभावनाओं की बहुलता-अपरिमितिता में दिलचस्पी है।"

"यह आदर्शवाद छोड़ो। चलो सेवा आरंभ करो, चेले बनाओ और फिर मेरे सांसद-मंत्री बनने का रास्ता सुझाओ। अमेठी से चुनाव जीतकर मैं देश-दुनिया में तहलका मचा दूँगा, बस तुम्हारे ऐसा कृष्ण साथ रहे।"

"सर, अब मैं तो नहीं ज्वाइन करूँगा सेवा। आपको मेरी सारी शुभकामनाएँ।"

सर कमिश्नर साहब से मिलने लखनऊ चले गए। दादू ने अपना सूचना फैलाने का काम कर दिया था, दिन में ही रिश्तेदारियों में सुगबुगाहट आरंभ हो गई कि मुन्ना आईएएस की नौकरी छोड़ रहे हैं। बाबा भैया प्रसन्न थे और वह यह भी कह रहे थे, लगता है मुन्ना मेडिकल में रिजेक्ट हो गए। मैंने सायंकाल की कोचिंग आरंभ की। भीड़ अनियंत्रित थी, इसका कारण कोचिंग मुफ़्त ऐसी थी। जो दे उसका भी भला और जो न दे उसका भी भला। पर कुछ छात्र थे जो इस बात पर लोगों को कनविंस कर रहे थे कि फ़ीस दी जानी चाहिए। इसके पीछे वह दो तर्क दे रहे थे, पहला, मेहनत कोई आदमी इतना कर रहा वह भी अपने जीवन का सुख त्याग कर तब उसकी मज़दूरी बनती है... दूसरा, अगर फ़ीस दे देंगे तब दबाव बना रहेगा नहीं तो जब मन आएगा

कोचिंग बंद कर देंगे। वैसे भी यह अस्थिर दिमाग़ के मूडी मानुस हैं, कब क्या करेंगे कुछ पता नहीं। इनके दिमाग़ की अस्थिरता तो जग ज़ाहिर ही हो गई है। अगर हम पैसा दे देंगे तब कोर्स पूरा करने का दबाव होगा और इनका नोट्स भी प्राप्त हो जाएगा। यह दूसरी युक्ति काम कर गई और लोगों ने पहले ही दिन पैसा देना आरंभ कर दिया। इस बार मेरे पास कोई सहायक भी न था। दादू भी साथ छोड़ चुका था। अशोक पैसा लेने और रखने का काम करने लगे। मैं अनमयस्क था इस काम से। मैं कोचिंग से वापस आया, इस बार माँ ने एक बार भी नहीं पूछा कोचिंग कैसी चली, पैसा कितना मिला। अशोक पैसा लेकर आया तब तक मैं बद्री सर के पास जा चुका था। उसने माँ को पैसा देना चाहा पर उसने लेने से इंकार कर दिया यह कहकर, "मुन्ना के दै देहऽ, हम का करब ओनकर रुपिया।"

मैं रात लौटकर आया, बहन ने सारा वार्तालाप सुनाया। वार्तालाप सुनकर बहुत दुःख हुआ।

39. उल्लास

आत्मानुभूति की अभिव्यक्ति

आखिर वह शाम आ ही गई जिसका सबको इंतिज़ार था-मसूरी की ओर प्रयाण की शाम। मेरी कोचिंग के छात्रों ने स्टेशन पर मसूरी जाने वाले लोगों को स्टेशन पर विदा करने की इच्छा व्यक्त करते हुए कहा, "सर, तहेदिल से इच्छा थी आपको गर्वपूर्वक विदा करने की, पर आपने हमारे लिए सबकुछ त्याग दिया। हम सब चाहते हैं उन ऐतिहासिक क्षणों का चश्मदीद गवाह होना और भोगना उस आनंददायी पल को, जब इलाहाबाद का जत्था मसूरी की ओर एक नवजीवन की यात्रा आरंभ करे। हम लोगों ने आज तक किसी आईएएस को मसूरी की ओर जाते हुए नहीं देखा है। सर हम कभी कह सके भविष्य में, हमने उनको विदा किया था जिनके नाम की चर्चा है बहुत, कल क्लास न चलाई जाती तो बेहतर होता।"

मैंने बता दिया कि किस ट्रेन से वह लोग जा रहे और किस प्लेटफ़ॉर्म से ट्रेन जाएगी।

चार सितंबर की शाम, कुछ के घर में एक उजाले की संध्या तो मेरे घर में एक सियाह डरावनी शाम-जिसकी उद्‌भावना किसी ने मेरे यहाँ कभी न की थी; कभी तसव्वुर में न आया था सूरज को यूँ ढलते हुए देखना होगा; इस अंजाम की-ताबीर की कल्पना किसी ने न की थी, ख़्वाबों की लहलहाती फ़सल देखकर। इस शाम का इंतिज़ार मेरे पूरे घर को पता नहीं कब से था, सबके असंख्य अरमान थे; आज की शाम के लिए पर भवितव्य तो कुछ और ही था। मशालें जितनी जलाई थीं एक विजय-जुलूस के लिए सब धुआँ हो गईं, सबका जीवन से इश्क़ सादिक़ था पर रूदाद कुछ और ही नियति में था। मैंने घर में कहा, "जा रहा लोगों को छोड़ने, थोड़ी देर लगेगी आने में।"

किसी ने मेरी बात पर कोई ध्यान न दिया। मैं घर से निकला और जैसे ही सिविल लाइंस के हनुमान मंदिर पहुँचा एक बड़ा बैंड-बाजे का कारवाँ सड़क पर चल रहा

था। वह ताराचंद होस्टल का समूह था। शांत स्वभाव के धीर-गंभीर सुरेन्द्र भूषण माला पहने सबसे आगे पैदल चलते दिखे, इनके पीछे एक छात्रों का उल्लासित-उत्साहित समूह-एक भीड़ की शक्ल बनाता हुआ। भीड़ इलाहाबाद ज़िंदाबाद, ताराचंद छात्रावास ज़िंदाबाद के नारे लगा रही थी। बैंड-बाजे वालों के साथ-साथ लड़कों के पास ढोलक-मंजीरे थे। वह ढोलक की थाप और मंजीरे बजा रहे थे। हनुमान मंदिर पर कारवाँ रुका, सुरेन्द्र भूषण और कुछ साथी मंदिर के अंदर गए हनुमान जी का दर्शन किया प्रसाद चढ़ाया और क़ाफ़िला स्टेशन की ओर। मैं स्टेशन पहुँचा, स्टेशन के बाहर छात्रों की बड़ी भीड़ थी। हर होस्टल के छात्र थे। इतनी देर में चिंतन सर की पुलिस की जीप को पुलिस वाले धकेलते हुए लेकर आ रहे थे। मुझे पता चला कि पुलिस में परंपरा है कि जब अधिकारी का स्थानान्तरण होता है तब गाड़ी को धक्का मारकर ले जाया जाता है। दसियों पुलिस वाले जीप को धक्का मार रहे थे। चिंतन सर के साथ डीजे होस्टल के बहुत से छात्र थे। ए.एन.झा वाले थोड़ा संयत थे। वह हल्ला कम कर रहे थे, जबकि उस छात्रावास से सेलेक्शन हमेशा बहुत होता था, इस बार भी दस से अधिक लोग यहाँ से चयनित हुए थे। इतने में हवा में गोलियों की आवाज़ गूँजने लगी, पता चला बाबू विनोद सिंह भी पुलिस की नौकरी पा गए हैं और बाबू विनोद सिंह के चाचा त्रिपुरी सिंह राइफ़लधारियों के साथ आए हुए थे। उनकी खुली जीप में दो नली बंदूक़ें और राइफ़लें थी। ग़ाज़ीपुर के ज़मींदार घराने के बाबू विनोद सिंह के सम्मान में बंदूक़ों-राइफ़लों से सलामी दी गई। चाचा त्रिपुरी सिंह ने पुलिस वालों को बुलाया और बोला सलूट मारो तुम्हारा अफ़सर जा रहा-सलामी दो।

चिंतन सर— "मातादीन सलामी दो बाबू विनोद सिंह को, यह सीधा एसपी ग़ाज़ियाबाद बनेंगे।"

पुलिस वालों ने सलूट मारा। चाचा त्रिपुरी राइफ़ल को पेट पर टिकाकर बोले, "हम तो दरोग़ा को अगलेन दिन बुलवाय लिए घर पर जैसै पता चला। अब बच्चा घर का हुआ है तब घर-दुआर की इज्जत तऽ होई चाही।"

शशि त्रिपाठी, रचना दीक्षित भी वोमेंस होस्टल की लड़कियों और अपने घर वालों के साथ आ गयीं। सुरूचि अपने पिता और कुछ रिश्तेदारों के साथ थी। सुरूचि के पिता जी ने पूछा, "आप कौन से डिब्बे में हैं?" मैंने यह सोचकर उनकी बात अनसुनी कर दी कि कौन कहानी सुनाए इस समय।

हम लोग प्लेटफ़ॉर्म की तरफ़ बढ़ने लगे। कपिदल की तरह छात्रों का समूह नारे लगा रहा था, एक ऊर्जा पूरे स्टेशन पर व्याप्त थी। बद्री सर मेरे पास आए, वह भावुक थे। उन्होंने मेरे गले लग कर कहा, "मुझे कई जन्म लेने होंगे तुम्हारा ऐहसान उतारने के लिए। मैं घर से चल रहा था मेरे बाबा फफक-फफक कर रोने लगे और कहा, बद्री

बेटा मैं इसी दिन के लिए ज़िंदा था। अब मैं शांति से मृत्यु को प्राप्त कर सकता हूँ। अनुराग, तुम न होते मैं सफल नहीं हो सकता था। मैं हर रात तुम्हारे बारे में सोचता हूँ। क्या करिश्मा था, नियम-क़ानून पर अपना विश्वास अधिमानता पा गया। यह हमारा हक़ है... अपनी ज़मीन-भाषा-माँ के साथ रहना। ईश्वर तुमको जहाँ की सारी यश-गाथाओं का नायक बनाए। मैं पहले सोचता था तुम ग़लत कर रहे हो सेवा अस्वीकार करके, पर मुझे लग रहा ईश्वर ने तुम्हें मेरे ऐसे बहुतों के कल्याण के लिए निर्मित किया है।"

बद्री सर की आँखों में आँसू आ गए। सर के साथ मैंने बहुत वक़्त बिताया था। हम दोनों की आपस में बहुत बनने लगी थी। सर ने मेरी तरफ़ देखकर कहा, "अनुराग जीवन में मैं तुम्हारे लिए कुछ कर सका तो यह मेरा सौभाग्य होगा। मैंने बाबा से सारा क़िस्सा साझा किया है। वह तुमसे मिलना चाहते हैं, समय निकाल कर कभी भदोही चले जाना।"

मैं भी भावुक हो चुका था।

"सर, जीवन कहाँ मुझे ले जाएगा, यह तो मुझे नहीं पता पर मैं अपनी माँ का अपराधी हूँ। वह मुझसे बात नहीं करती है, मुझसे मिलने नहीं आती है, वह उत्साहहीन होकर गंगा नहाने जाती है। वह वहाँ से देर में आती है, वह वहाँ पर क्या करती है मुझे नहीं पता।"

मेरे आँखों से आँसू झरने लग गए। मेरे रोने की आवाज़ आने लग गई। मेरी ओर लोग देखने लग गए। सर ने यह कहकर बात सँभाली कि हमारा अनुराग का साथ लंबा रहा है यह मुझको विदा करते समय थोड़ा भावनाओं में आ गए हैं।

चिंतन सर ने पास आकर कहा, "अनुराग एक बड़ा फ़ैसला है यह थोड़ा तकलीफ़ देगा।"

"सर फ़ैसला कोई तकलीफ़ नहीं दे रहा। यह तो मैंने सोच-समझकर ही लिया है, किसी उद्देश्य से ही लिया है; किसी ने मुझे बाध्य तो किया नहीं। किसी ने अपना संभावित मोक्ष त्यागा मेरी एक भौतिक उपलब्धि के लिए और वह भी काम न आया, मुझे जीने नहीं दे रहा। हर समय मेरे मस्तिष्क में एक ही लाइन गूँजती रहती है... मुझे मोक्ष नहीं तेरा चयन चाहिए... , और वह व्यक्ति जिसने यह कहा था वह मेरे स्वप्न में मुझे तड़पता दिखता है, एक असीम वेदना उसकी तड़पन में है और उसकी कराह मुझे सोने नहीं देती, मेरी जीवन में कोई प्रत्याशा नहीं रह गई।"

चिंतन सर समझ गए और इतना ही कहा, "कल्याण होगा, थोड़ा धैर्य रखो।"

ट्रेन इलाहाबाद स्टेशन का प्लेटफ़ॉर्म छोड़ने लगी, इलाहाबाद ज़िंदाबाद के नारे लगने लगे। दूर ओझल होती ट्रेन मैं देख रहा था। मैं वापस सीढ़ियों पर चढ़ने लगा। मैं उसी जगह आकर रुक गया जहाँ पर राजीव त्यागी ने मेरा परिणाम मुझे बताया था और

मैं वह सीढ़ी निहारने लगा जिस पर मैंने अपनी रैंक गिनी थी और स्वयं से कहा था,

"वह सारे ख़्वाब जो मुकम्मल होने का इंतिज़ार कर रहे थे, वह सारे ख़्वाब जो मेरे सीने में साँस ले रहे थे, वह सारे ख़्वाब जो मेरे क़द और हैसियत से बड़े थे, वह सारे ख़्वाब जो मैंने संजोए थे, वह मेरे सारे अरमान जो बिखर कर भी मेरे पास थे... वह सब मुंजमिद होकर एक साथ इस अख़बार के आधे पेज पर मेरे नाम के छः अक्षरों में।"

मुझे याद आया वह क्षण जब मैंने अपने दोनों हाथों में उस आधे पन्ने को एक रिदा की शक्ल देकर ऊपर उठाया था। मेरा हाथ आसमान की तरफ़ था और कहा था मैंने, ऐ परवरदिगार तेरी महती कृपा इस अकिंचन पर... मेरे पास कोई अल्फ़ाज़ नहीं जो कह सकें शुक्रिया तेरी इस इनायत पर...

यह कहकर मैं इन्हीं सीढ़ियों पर चढ़ा था; किंतु आज मैं उन्हीं सीढ़ियों पर सब कुछ त्याग कर उतर रहा था नीचे उन्हीं चढ़ती सीढ़ियों से।

40. दास्तान और भी है

रूढ़ियों को तोड़ने की गाथा...

मैं सीढ़ियों से सिविल लाइंस की तरफ़ उतर रहा था और मेरे पीछे छात्रों का हुजूम था, छात्रों के ढोलकों की थाप-मंजीरे की आवाज़, गायन की आवाज़ मेरे कानों में ध्वनित हो रही थी; मैंने पीछे मुड़कर देखा एक भीड़ थी; एक ऊर्जान्वित भीड़, जो पता नहीं मेरा नेतृत्व चाह रही थी या नहीं; पर मैं उनका नेतृत्व करना चाह रहा था।

मैं स्टेशन से देर रात घर वापस आया। मैं बीच वाले कमरे में गया, सब लोग बैठे थे। मैंने पूछा, "क्या हो गया, सब लोग शांत बैठे हो?"

माँ– "अब का बचा रहि गवा होई के, सब तऽ बरबाद कै देहेऽ तू।"

मेरे भाई ने बताया कि रामराज के अगुआ ओम प्रकाश पाठक आए थे और रामराज की बेटी की फ़ोटो-कुंडली वापस ले गए। मैंने कहा, "क्या हो गया अगर वह वापस ले गए?"

पिताजी– "बात फ़ोटो-कुंडली वापस लेने की नहीं है, बात पूरे शहर में फैल रही अफ़वाह की है।"

"कैसी अफ़वाह?"

"हर तरह की अफ़वाह।"

"नौकरी मैं नहीं करने जा रहा यह तो सच है अब इसमें कौन सी अफ़वाह है?"

पिताजी– "लोग कह रहे तुम मेडिकल में रिजेक्ट हो गए।"

"पिताजी, लोग तो कहेंगे ही कुछ न कुछ, कहना ही है लोगों को, किस-किस का मुँह पकड़ेंगे आप।"

"मुन्ना तुमने नौकरी क्यों छोड़ दी, कुछ तो कारण होगा, क्या करना चाहते हो?"

"पिताजी, नौकरी से जो मुझे प्राप्त करना था मै प्राप्त कर चुका हूँ। यह नौकरियाँ

कुछ नहीं देती सिवाय जीवन-यापन के, मात्र जीवन-यापन ही मेरा ध्येय नहीं है। मैं कुछ करना चाहता हूँ जीवन में। हर व्यक्ति पाँच-सात साल में नौकरियों से निराश होने लगता है। या तो आप इस नौकरी में रम जाओ और एक ठहराव का जीवन बिताओ नहीं तो एक किनारे पर पड़े रहो। यह नौकरी आपकी ज़बान को तालू से चिपका देती है और क़लम देकर क़लम में अपनी स्याही भरकर मनमाना रंग चलवाती है। जीवन में एक विवशता व्याप्त हो जाती है, मैं विवशता में जीवन नहीं जीना चाहता।"

"अशोक त्रिपाठी ने ऐसा क्या कह दिया कि तुम्हारा पूरी व्यवस्था से ही मोह भंग हो गया।"

"उनको बे-वजह सब लोग दोष दे रहे हैं। उन्होंने सिर्फ़ बताया था जो मैंने पूछा। मैं आयकर विभाग, कस्टम विभाग, पुलिस मुख्यालय, कलेक्टर संजीव रंजन, मुख्य विकास अधिकारी पार्थ घोष, कमिश्नर सत्यानंद मिश्र सबसे पूछा; बग़ैर यह बताए मैं क्या करना चाहता हूँ। सबका यही कहना था व्यवस्था के अनुसार कार्य करो, शासन-तंत्र की अपनी परंपराएँ-रूढ़ियाँ-रिवाज हैं, एक सफल अफ़सर बनने के लिए उनका अनुपालन आवश्यक है। मैंने कहा, मैं सफल नहीं सार्थक व्यक्ति बनना चाहता हूँ। कमिश्नर साहब ने कहा, जिस सार्थकता की तलाश तुम कर रहे हो वह इन सेवाओं में अगर असंभव नहीं है तब भी मुश्किल ज़रूर है। जीवन में सार्थकता की तलाश एक अलग तपस्या है, वह तपस्या बहुत कठिन है। एक बहुत बड़ी क़ीमत चुकानी पड़ती है जीवन को चलाने के लिए, जैसा आप चलाना चाहते हो। आपकी महत्वाकांक्षा आपको बाध्य करती है और कई बार बाध्यता में ऐसे निर्णय आप लेते हो, आइने में अपना चेहरा नहीं देख पाते। ज़मीर अक्सर कहता है मुझसे, तू वह नहीं रहा जो कभी हुआ करता था। एक बात और कही उन्होंने..."

"क्या?"

"मेरी आत्मा-मेरा ज़मीर कहता है यह सब छोड़ दो तुम। पर मैं अब छोड़ नहीं सकता, एक नशे की लत लग चुकी है, वह मजबूर करती है मुझको। अनुराग, जीवन में मूल्यों से समझौता करते समय आरंभिक दौर में आपके पास चुनाव होता है पर एक बार मनुष्य उस प्रवृति के शिकंजे में आ जाता है, तब बाहर निकलने का कोई रास्ता नहीं होता। तुमको मेरा सुझाव है कि तुम आरंभ से ही अपनी एक अलग राह बनाना, तुम्हारे ऐसा प्रतिभाशाली व्यक्ति अगर दुश्चक्र में आ गया तब समाज की बहुत हानि होगी, समाज को तुमसे बहुत उम्मीद है। तुम पूछ लेना जब वह फ़ोटो-कुंडली लेने आएँगे। वह भी ले ही जाएँगे अपनी फ़ोटो वापस।"

माँ यह सब सुन ज़रूर रही थी पर वह पूरे ग़ुस्से में थी और उसे यह सब अनर्गल

प्रलाप लग रहा था।

माँ— "मुन्ना तू सब बरबाद कै देहऽ, हमका कतौं के नाहीं छोड़े हऽ, हमार धरम-करम कुल लगि गवा पर का मिला!"

माँ ने जैसे ही कहा, "हमार धरम-करम कुल लगि गवा पर का मिला!" मेरे आँखों के सम्मुख वह परिदृश्य घूमने लगा जब मैं इंटरव्यू के लिए इसी घर के दरवाज़े से निकल रहा था-मेरे मस्तिष्क की हर शिराओं से एक ही आवाज़ उठने लगी, "मेरे सारे व्रत, उपवास, पुण्य तुझको लगें। मुझे मोक्ष नहीं तेरा चयन चाहिए।" वह आवाज़ लगातार तीव्र हो रही थी और मुझे लगने लगा कि मेरा सिर फटा जा रहा है और मेरी चेतना विलुप्त सी होने लगी। इसी बीच माँ की आवाज़ मेरे कानों में पुन: गूँजने लगी, "मुन्ना तू हमका बरबाद कै देहऽ, हमही के नाहीं अपने बहिन-भाई सबके भविष्य खाई गयऽ, अब तोहार बियाह तऽ होए नऽ, तोहरे बहिनौ के केहू के हाथे ऐसै अटकाए पड़े, जैसे हम सारी ज़िंदगी रोआ अब उहै ओकरौ नसीब में बदा बा, का सोचा का होई गवा।"

यह कहकर माँ चिंतित मुद्रा में आ गई, उसके दोनों हाथों पर उसके माथे का भार था, उसके पूरे शरीर की भाव-भंगिमा से हताशा-निराशा के भाव स्पष्ट झलक रहे थे।

मैं चेतना-शून्य ऐसा होने लगा। मैं किसी तरह उठकर अपने कमरे में चला आया। पूरे कमरे में एक अजीब नीरवता व्याप्त थी। माँ की कही गई पंक्तियाँ मस्तिष्क में गूँजने लगीं...

"... मुझे मोक्ष नहीं तेरा चयन चाहिए..."

"... मुन्ना हमार धरम-करम कुल चला गवा..."

"... अपने बहिन-भाई सबके भविष्य खाई गए..."

"... जैसे हम सारी ज़िंदगी रोआ उहै ओकरे नसीब में बदा बा।"

लगा बद्री सर मुझे धिक्कार रहे हैं...

"... अनुराग स्वार्थी हो चुका है।"

"... तुम वह अनुराग नहीं रह गए जो पहली बार मेरे पास आए थे। वह अनुराग सहज था, सरल था, माँ के लिए चिंतित था और कहता था मेरी माँ की आँखों की शबनम में एक चाँद उतर आया है जिसकी रौशनी में वह जीवन जीना चाहती है। अब अनुराग एक संश्लेषण की प्रक्रिया से गुज़र कर दुरूह हो चुका है। उसको वह चाँद प्राप्त हो गया है और माँ उस चाँद को सहेजे है, रोज़ निहारती है, पर अनुराग को अब

उसकी आँखों की शबनम में रिहाइश कर रहे चाँद की कोई परवाह नहीं। अनुराग तुम पूरी तरह बदल चुके हो।"

"... अनुराग तुम इतना स्वयं में खो चुके हो कि तुमको अपनी माँ की भी परवाह नहीं है। उसने ईश्वर की असीम भक्ति करके जो सत्कर्म एकत्रित किए थे अपने मोक्ष के लिए उसे न्योछावर कर दिये तुम्हारे चयन की संभावना में अभिवृद्धि के लिए। अगर तुमने सेवा अस्वीकार कर दी उसको क्या मिलेगा, यह बताओ। वह तो कहीं की न रही।"

"... जो व्यक्ति अपनी माँ के बारे में बग़ैर सोचे निर्णय ले ले उससे बड़ा स्वार्थी दूसरा कौन होगा! एक माँ को मिलता ही क्या है जीवन में, सिवाय संतोष के। तुम उसका संतोष छीन रहे हो, अनुराग..."

मैं विचलित हो गया, मेरे भीतर का अपराध-बोध मुझे बेचैन करना लगा, मुझे भी लगने लगा कि मैं सबके अरमानों का हत्यारा हूँ, लगा मेरे सामने ख़ून ही ख़ून बह रहा और उस ख़ून से कोई अस्पष्ट सी आकृति प्रकट हो रही है, आकृति अस्पष्ट थी, पर स्पष्ट आवाज़ें उठ रहीं, तू पापी है-तू हत्यारा है-तू सबके दुःखों का कारक है। अस्पष्ट लोहित-लोचित-विपर्यस्त काया तीव्र आरोही-अवरोही स्वरों में मुझे धिक्कार रही थी। एकाएक वह आकृति अदृश्यमान हो गई उस बहते ख़ून की धारा से और बंद दरवाज़ों के भीतर मुसलसल जानलेवा घुटन भरे माहौल में साँस लेना मुश्किल हो रहा था। वह आकृति पुनः दिखी कमरे के छत पर, इस बार उसकी अस्पष्टता कुछ कम थी, रक्त की धारा उसके शरीर से और तेज बह रही थी, पूरे कमरे में लहू ही लहू बह रहा था, वह और तीव्र स्वरों में बोलने लगा; तू हत्यारा है मेरा, तूने मेरी हत्या की है, उस काया के चक्षु से रक्त-प्रवाह होने लगा और समय के साथ प्रवाहित रक्त का रंग और गाढ़ा एवं रक्त-धार तीव्र होने लगी। उसका विपर्यस्त प्रतिलट और अस्त-व्यस्त होने लगा। मेरी साँसें तेज चलने लगीं, मेरी मुट्ठियाँ हताशा में भिंचने लगीं। मुझे सियारों की आवाज़ें कानों में सुनायी देने लगीं। मैंने चौंककर देखा यह सोचते हुए कि यह क्या हो रहा है। मैं भ्रमित होने लगा, मैं भयग्रस्तता की ओर उन्मुख हो रहा था, मेरे कानों में सियार की आवाज़ें पल-प्रतिपल तीव्र होने लगीं। मैं कमरे से बाहर निकलने का प्रयास करने लगा पर सामने का ही दरवाज़ा मुझे नहीं दिख रहा था, जब दिखा तब वह मुझसे खुल ही नहीं रहा था। मैं ज़ोर-ज़ोर से चीख़ने लगा... बचाओ... बचाओ... यहाँ ख़ून बह रहा है... मेरा दम घुट रहा है। मेरी आवाज़ सुनकर सब लोग भागते हुए मेरे कमरे में आ गए। मेरी माँ ने मेरा हाथ पकड़कर पूछा, "क्या हुआ?"

"सियार शोर कर रहे हैं... देखो मेरे सामने ख़ून बह रहा... मैंने हत्या की है।"

माँ ने कहा, "कुछ तो नहीं है।"

"नहीं, देखो और तेज हो रहा शोर, यह ख़ून बह रहा है... ख़ून मेरे कपड़ों में... इन सियारों को चुप कराओ..."

यह कहकर मैं अपने दोनों कान अपने हाथों से बंद करने लगा, मेरे चेहरे पर घबराहट बढ़ती जा रही थी और मेरी साँसें तेज चल रही थीं। मुझे बहुत प्यास लग रही थी... बार-बार पानी माँग रहा था। कितना भी पानी दो सब एक साँस में पी जा रहा था और पूरा शरीर पसीने से लथपथ था, मुझे लग रहा था मेरे सीने पर कोई पत्थर रखा हुआ है, मैं उस पत्थर के बोझ का अनुभव कर रहा था। मैं बार-बार एक ही बात कह रहा था... "सियार बहुत शोर कर रहे हैं और मेरे कपड़े से ख़ून टपक रहा है, देखो वह कह रहा तूने मेरी हत्या की है... देखो ख़ून ही ख़ून मेरे कपड़ों पर गिर रहा।"

पिताजी ने मेरे सर पर हाथ रखकर कहा, "धैर्य रखो, कुछ नहीं है, देखो हम सब यहाँ पर हैं। तुम तनाव मत लो, तुम एक बहादुर बच्चे हो, तुमको देखकर मुझे साहस आता है। देखो... यह तुम्हारी माँ है, यह चुन्नू, यह गुड़िया, यह मैं... देखो यह तुम्हारी क़िताबें... देखो ध्यान से...।"

"मुझे कुछ दिखाई नहीं दे रहा, अंधकार छा रहा मेरे सामने, बत्ती चली गई, अँधेरा ही अँधेरा हर ओर है, मेरे कपड़ों पर ख़ून ही ख़ून है।"

माँ चीख़ने लगी—"मुन्ना... मुन्ना... कुछ नाहीं बा, सब तोहार भरम बा।"

पिताजी— "मुन्ना, तुम्हारे ऊपर एक दबाव बन रहा है जो तुमसे नियंत्रित नहीं हो रहा है। थोड़ा धैर्य से काम लो, सब कुछ भूलकर एक नये सिरे से आगे का जीवन सोचने का प्रयास करो, जो हो गया सो हो गया, जो होगा अच्छा ही होगा।"

मुझे सब लोग नीचे लेकर आए, मैं थोड़ा सामान्य हुआ पर मेरे चेहरे पर बदहवासी अभी भी थी।

रात में पिताजी ने माँ को समझाया, "उसपर हम सब लोग दबाव बना रहे और वह उस दबाव को झेल नहीं पा रहा है। वह एक अलग लड़का है, इसमें तो कोई संदेह है नहीं। वह बहुत ही शौर्यवान व्यक्ति है, कुछ न कुछ जीवन में कर ही लेगा, जहाँ भी हाथ लगाता है वहाँ परिणाम ले ही आता है। वह बहुत समझदार है, उसका यह क़दम बेवक़ूफ़ी भरा हमको लग रहा है, शायद हो भी, पर अब कर क्या सकते हैं जब उसको नौकरी नहीं करनी है। उसने तो कुछ विचार करके ही फ़ैसला लिया होगा, वह कोई काम बग़ैर पूर्ण विश्लेषण के करता नहीं है, उसने बार-बार मुझे ग़लत साबित किया है, अपने कार्यों एवं प्रयत्नों से। एक भावुकता उसके निर्णय में दिख रही है; पर

उसने कुछ सोचा ही होगा, आखिर जीवन तो उसका है; जो भी फ़ैसला लेगा उसका परिणाम तो उसी को झेलना होगा। उस पर विश्वास करते हैं और; जो भी करना चाहता है उसमें सहयोग करते हैं, क्या पता ईश्वर कुछ उससे कराना चाह रहा हो और वह उसका निमित्त हो। कमिश्नर साहब इससे बीस साल सीनियर हैं, पर वह इसके निर्देशों पर काम करते हैं, यह कोई छोटी बात नहीं है। इसका इतना प्रताप है कि इसके सम्मान के कारण सर्वेश जैसे व्यक्ति के लिए भी कमिश्नर साहब ने सब कुछ कर दिया। वह कोचिंग चलाएगा तब भी अपना जीवन अच्छे से काट लेगा। 23 साल की उम्र में बड़ी-बड़ी कोचिंग संस्थाओं को चुनौती दे रहा है। एक ओर वह अकेला है और दूसरी ओर पूरा कोचिंग का साम्राज्य पर वह अकेला सब पर भारी पड़ रहा है, कुछ तो विशेष है ही उसमें। वह बहुत ही ज़िद्दी है, ऐसा न हो कि वह ज़िद्द में कोई ग़लत क़दम उठा ले, उस पर अनावश्यक दबाव कोई अनहोनी घटना न करा दे, ऐसा न हो जाए कि हम उसको खो दें। तुम अपनी आक्रमता नियंत्रित करो।"

पिताजी की अंतिम लाइन ने, "ऐसा न हो जाए कि हम उसको खो दें", माँ को पूरी तरह से अंदर से हिला दिया था, वह रोने लगी।

माँ मेरे पास अगले दिन सुबह आई और पूछा, "मुन्ना का होइ गऽ रहा?"

उसने पहली बार मुझसे प्रेम से बात की थी, जबसे मैंने नौकरी छोड़ने का फ़ैसला लिया था। उसकी इस एक लाइन ने ही मुझे बहुत प्रसन्न कर दिया।

"... मैं कमरे में गया मेरे कानों में कुछ गूँजने लगी। मुझे एकाएक याद आया कि जब राम के वन जाने के बाद भरत अयोध्या आ रहे थे तब पूरे रास्ते सियार की आवाज़ उनके कानों में आ रही थी और वह विचलित हो गए थे। मुझे वह प्रसंग याद आने लगा और सहसा मुझे लगा सियार हुक्की-हुआ की आवाज़ निकाल रहे और वह आवाज़ तेज होने लगी। मुझे पता नहीं क्यों लग रहा था मैंने किसी का ख़ून कर दिया और कमरे में ख़ून ही ख़ून बह रहा, किसका ख़ून किया यह पता नहीं पर कोई मेरे सामने ही कह रहा, तूने मेरा ख़ून किया है। मेरे कपड़ों पर ख़ून लगातार गिर रहा था। मैं घबड़ाकर बाहर निकलना चाहता था पर दरवाज़ा मुझे मिल ही नहीं रही था, जब वह मिला तब खुल ही नहीं रहा था। माँ, मेरे पास कुछ न था और न कुछ है सिवाय तेरे आशीर्वाद के, तू मुझे उससे वंचित न कर। मुझे अपनी जगह समाज में बनाने दे। मुझे नींद नहीं आती; सिर्फ़ इसलिए कि तू मुझसे बात नहीं करती, तू मुझे डाँटती नहीं, तूने कोचिंग के पैसे लेने से इंकार कर दिया, तू मेरी चिट्ठियों को फाड़कर अब पढ़ती नहीं, तू गंगा स्नान के लिए ऐसे जाती है जैसे लुढ़क रही है, तेरे चाल का उत्साह चला गया है। तूने मुझे

त्याग दिया है, तू मत त्याग मुझको। मैंने मात्र नौकरी छोड़ी है यह दुनिया नहीं छोड़ी है। मैं विजय की ओर अग्रसर होना चाहता हूँ। एक रण जीतकर उससे जो भी प्राप्त होना था वह मैं प्राप्त कर चुका हूँ। अभी तक मैं पैदल लड़ रहा था अब मैं रथ पर सवार हूँ, मेरे पास दिव्यास्त्र हैं, एक बड़ी सेना मेरे नाम पर मरने-मारने को अमादा है और वह सेना कह रही तू विजय का भोग करना चाह रहा या उत्तरोत्तर विजय-दिग्विजय। माँ, मैं दिग्विजय करना चाहता हूँ, तू मुझे करने दे। यह नौकरी जिसमें आप के पास कार्य की सीमित स्वतंत्रता है, व्यवस्था का तंत्र अपको संचालित करता है, उस चक्र में जीवन जीने के लिए तू मुझे मौत से छीनकर नहीं लाई थी, तू ही कहा करती थी तुझे मेरा ही नहीं हर माँ का दर्द समझना होगा, तुझे अपने लिए ही नहीं औरों के लिए भी जीना होगा, तूने जो मुझे बचपन से सिखाया है, मैं वही करना चाह रहा और यह फ़ैसला उसी को ध्यान में रखकर लिया है। मुझे कोशिश करने दे एक और दास्तान लिखने की। मैं अगर न लिख पाया तब भी माँ तू मेरा यक़ीन कर, मेरी असफलता की कहानी भी लोगों को प्रेरित करेगी। यह भी हो सकता है, मेरी असफलता की कहानी बहुत सी विजय गाथाओं पर भारी पड़े।

माँ अगर मैं पराजित भी हो गया तब भी पराजय कोई लज्जा नहीं है, कोई कलंक नहीं है, कोई अपमान भी नहीं है। मैंने यह संघर्ष किसी मजबूरी में तो चुना है नहीं, यह मेरा सायास चुनाव है यथास्थितिवाद से संघर्ष करने का। मैं बेपरवाह हूँ संग्राम की नियति से-परिणाम से। इन बोझिल अँधेरों से निकलने की चाह है, एक रौशनी के मुहाने पर पहुँचने की एक चाहत है।

बेहद घुटन है सब कुछ जैसा चल रहा है वैसा ही स्वीकार करने में, एक खुली हवा के लिए लड़ रहा न केवल अपने लिए; वरन औरों के लिए भी। माँ, चलो हार गए तो क्या हुआ, पराजय भाग्य में थी तो क्या हुआ, कहाँ है यह लिखा हुआ, लड़ना है ज़रूरी सिर्फ़ जीत के लिए।

हाँ लड़ना है ज़रूरी स्वाभिमान के लिए, ज़रूरी है लड़ना ज़िंदा रहने के लिए-ज़मीर के साथ ज़िंदा रहने के लिए। संभावना इसकी भी है कि मैं समाप्त हो जाऊँ पर मेरे समापन की प्रक्रिया भी लोगों को रोमांच देगी। इतिहास जितना विजयों से बना है उससे अधिक संघर्षों से बना है, मुझे संघर्ष करने दे पर अगर तूने मुझे त्याग दिया तब मैं कुछ नहीं कर पाऊँगा। मेरी श्वास में कोई शक्ति नहीं है, मेरे अस्तित्व में कोई तेज़ नहीं है, जो कुछ भी है मेरे में है वह तेरी उस पंक्ति से है, हौसलों को और तराश... तेरे में सिकंदर भी है सुकरात भी है...

माँ तू मुझे अपनी ज़मीन जीतने दे, अगर मेरा समापन ही मेरी नियति है तो तू मुझे लड़कर मरने दे, मेरी बाँहें खोल दे, अगर तूने मुझे त्याग दिया तब मैं बिना लड़े

ही मर जाऊँगा..."

मैं और अधिक बोलने की हालात में नहीं था, पिताजी और भाई भी आ गए थे जब मैं बोल रहा था। मेरा गला रूँध गया था। मेरे आँखों से आँसू अविरल बह रहे थे। सब लोग शांत सुन रहे थे। कोई कुछ न बोला। मैं उठा अपने कमरे की तरफ़ चलने के लिए सीढ़ियों पर चढ़ने लगा। माँ घबरा गई कि कहीं फिर उसको सियार की आवाज़ न सुनाई देने लगे, वह मेरे साथ आकर मेरे कमरे में बैठ गई। मैं अपनी कल की कक्षा के लिए पढ़ने की कोशिश करने लगा पर कोशिश नाकामयाब हुई। मुझे नौकरी त्याग देने का कोई दुःख न था पर माँ का दुःख मुझे जीने नहीं दे रहा था। वह सामान्य हो ही नहीं पा रही थी, कोशिश वह भी कर रही थी सामान्य होने की पर इतना बड़ा सदमा उससे बर्दाश्त नहीं हो रहा था। मेरे जन्म के पूर्व का देखा गया ख़्वाब जो फलित भी हो गया पर नसीब न हुआ वह इस अनहोनी घटना पर विश्वास नहीं कर पा रही थी। मैंने माँ के ही सामने आंटी को एक छोटा सा पत्र लिखा और अपने इस निर्णय से उनकों अवगत कराया।

मैं लेट कर छत की ओर देखकर सोचने लगा अपना भावी अनिश्चित जीवन।

अगले दिन सुबह माँ चाय लेकर नहीं आई, वह गंगा नहाने भी नहीं गई। थोड़ी देर में भाई आया और बोला मामा-मौसा दोनों आए हैं और बुला रहे हैं। मैं नीचे गया। जैसे ही उन्होंने यह पूछा कि नौकरी तुम क्यों नहीं करना चाहते, मैंने कहा कि मैं इस मुद्दे पर कोई बात नहीं करना चाहता। उन्होंने बहुत कोशिश की बात करने की पर मैं टस से मस न हुआ और वह लोग थोड़ा नाराज़ होकर चले गए। मुझे किसी की नाराज़गी की कोई परवाह न थी। उन लोगों के जाने के बाद माँ आई और बोली, "थोड़ा सँभाल कर बोला करऽ। ऊ सब घरे के बड़वार हयेन लेहाज होई के चाही।"

मैं उसके बोलने से ही बहुत खुश गया, उसने बहुत ही प्रेम से बात की, मेरे बालों पर हाथ फिराते हुए बोली, "मुन्ना तू कुछ न करऽ बस हमरे संगे रहऽ, हमका छोड़ि के कतौं न जाए, हम तोहरे बिना न रहि पहुबै।" वह बहुत दिन बाद इस तरह बोली थी और बोलते-बोलते रोने लगी। मैंने कहा, "क्या कुछ ग़लत बोल दिया?"

"बताई दऽ कि न करब नौकरी। हम कुछ और करब। पर ऐसन कहब नाहीं ठीक बा कि हम बातै न करबऽ।"

मैं शाम की क्लास अपनी समाप्त करके सत्य प्रकाश मिश्र सर के पास गया। उनको यह बात पहले ही पता चल गई थी। चिंतन सर ने कमिश्नर साहब को बताया

था और कमिश्नर साहब ने सर को। सर ने फ़ैसले के बारे में कुछ न कहा। एक सलाह दी— "अनुराग तुम ऐसा करो एमए हिंदी में एडमिशन ले लो। एमए कर लो क्या पता कल लेक्चरर बनने का ही तुम्हारा मन कर जाए। अब विधाता ने एक अस्थिर दिमाग़ तुमको दिया है तो अस्थिरता को ध्यान में रखकर कार्य करो। तुम चौराहे के चारों रास्ते देखते रहो पता नहीं कब एक रास्ते से मन उचट जाए। अनुराग तुम सीधा चलते हो, उल्टा चलने का भी अभ्यास करो, पता चले कल तुम्हारा मन कर जाए की अब मैं उल्टा चलूँगा। चलो अब जो हुआ सो हुआ, एमए कर लो फिर देखना आगे। एडमिशन चल रहा है कल फ़ॉर्म भरकर आना विभाग में। मैं अगले दिन गया एमए हिंदी का फ़ॉर्म भर दिया और एमए में प्रवेश ले लिया। मेरे एमए हिंदी में प्रवेश लेने से हिंदी विभाग का सेंसेक्स बढ़ा गया। सर ने कहा तुम नियमित क्लास करो और ठीक से एमए करो। तुम टॉप तो करोगे ही पर ज्ञान बढ़ाओ। तुम्हारे लिए डिग्री से ज़्यादा ज्ञान महत्वपूर्ण है। इसी बीच एक सनसनीख़ेज़ ख़बर आ गई जो कई हादसे कर गई। कलेक्टर संजीव रंजन का तबादला हो गया और अशोक प्रियदर्शी नये कलेक्टर होकर आ गए। नये कलेक्टर ने आते ही मामा का स्थानान्तरण बग़ैर कोई विभाग दिए कलेक्टरेट से अटैच कर दिया और उनके ऊपर अनियमितताओं का आरोप लगाकर जाँच बैठा दी, कई लोग जाँच के दायरे में आ गए। पिछले छः महीने के सारे बालू के ठीके रद्द कर दिए और सारे संबंधित काग़ज़ात सघन जाँच हेतु ज़ब्त कर लिए। मलाईदार माइंस विभाग एकाएक मामा के हाथ से चला गया और हर ओर हल्ला पावरफ़ुल सर्वेश मिश्रा बहुत बड़ी पार्टी रहेन पर उड़ि गएन। क़यासों के बाज़ार में राम सजीवन ने पूछा, "फरगैंया भैया का समाचार बा, तोहरे लगे कुल खबर होइबै करे।"

"सजीवन ख़बर तगड़ी बा। अब टरबाइन बिजली कैसे बनाए अगर बहत तेजधार पानी न मिले।"

"भैया तनिक विस्तार से बतावऽ।"

"मँगाई लऽ पहिले तनिक मीठ चाहि तब बताई, पहिले स्विच आन होई जाई।"

"... ऐ छोटे, दुई मीठ चाहि लै के आवऽ जल्दी...।"

"सजीवन तोहका पता बा!"

"का भैया?"

"भयेनवा ऐसन काम कै देहे बा जौन काम आज तक केऊ नाहीं करेस।"

"अब कौन नवा खेला खेल देहेस?"

"ऊ नौकरी के लाति मारि देहेस, तियाग देहेस राज-पाठ, जौन नौकरी बरे कुल दुनिया कलपत हऽ तौन नौकरी के ऊ ठोकराई देहेस।"

"हम समझा नाहीं फरगैंया भैया।"

"भयनवा आईएएस के नौकरी तियाग देहेस।"

"का कहत हऽ फरगैंया भैया; ऐसन केहेस ऊ!"

"हाँ सजीवन, बा बहुत बहादुर।"

"भैया ऊ बा मदारी, कौनौ खेला खेलत होये।"

"ई बात त हमरेऊ समझ में नाहीं आवत बा कि ऐसन काहे केहेस ऊ, का करा चाहत बा, ओकर खोपड़ी बहुतै बिचितर बा।"

"का लागत बा तोहका भैया?"

"कुछ समझ आवत बा नाहीं।"

"भैया तनी ई सर्वेस वाला मामला फ़रियावऽ।"

"सर्वेस अंधेर कै देहे रहेन। अब जौन नियम कानून से मिलत रहा ऊ तू लै लऽ, पर नया-नया आपन अध्यादेश जारी करबऽ तब तऽ लतियावै जाबऽ। ओनकर कुल कदरशना तू जनतै हऽ। हरषू महराज पटायेन दुई-तीन विधायकन के, मामला ऊपर लेबल में उठि गवा। सरकार जाँच के आदेश दै देहेस। अब केहू के बलि चढ़ै के रहा। कमिश्नर बा पावरफुल, सज्जन कलेक्टर संजीव रंजन पड़ि गएन फेरा में बेमतलब। नवा कलेक्टर ई आदेश लै के आई बा ऊपर से कि सारा भ्रष्टाचार खतम करऽ। अउतै ऊ मिला कमिश्नर से और कहेस ससपेंड करब सर्वेस, राम सरूप के। कमिश्नर बा पहुँची चीज़। ऊ कहेस पहिले ट्रांसफ़र कै दऽ, जाँच बैठाई दऽ तब एक्शन लऽ। तगड़ी जाँच बैठि गई बा, कुल कागजात जब्त होई गवा बा, अब ए बल भर पैइहिं पनही।"

"अब होये का इ बतावऽ?"

"ए होइहिं ससपेंड। सारी पावर रही भयेनवा से। भयेनवा होई गवा पावरलेस। जब भयेनवै पावरलेस होई गवा तब एनकरे पास का रहि गवा।"

"भयेनवा कैसे पावरलेस होई गवा?"

"हऽ तू पूर बेवकूफ सजीवन, भयेनवा के पास कौन पावर रही, इहै न कि ऊ कमिश्नर के बहनोई बनै जात रहा। अब जब ऊ बहनोई न बनि पाए तब पावर कहाँ से पाए ऊ?"

"का अब बियाह न होये कमिश्नर के इहाँ?"

"बियाह होत रहा एक आईएएस से। अब जब ऊ आईएएस नाहीं बा तब का कमिश्नर के पागल कुत्ता काटे बा कि अपने बहिन के भरसाई में झोंक देय।"

"का बियाह कौंसिल होई गवा?"

"होईन जाए, अब केऊ न फटके ओकरे दुआरे। अब जिला कचेहरी के वकील भगवाने शुकुल के बेटवा सत्य प्रकाश शुकुल के बजार गरम होये। कुल टूट पडिहिं भयेनवा से ओकरे ओर।"

"का भयेनवा के बियाह न होये?"

"होये पर टुटहा-टमार बियाह होये। अब बड़-बड़वार के इहाँ बियाह तऽ नऽ होये। रहि गऽ सूरज शर्मा के घर चूड़िहारै के। अब तकदीर से तऽ केऊ आज तक लड़ि पाएस नाहीं, विधाता सब देहेन पर दै के छीन लेहेन। एक बात बा बयवसथा के बहुत नुक़सान भऽ भयेनवा के रिजाइन कै देहे से।"

"का नुकसान भवा?"

"ई रहत नौकरी में तऽ अलगै तरह के अफसर होत। चलऽ तनिक एक और खौलत मीठ चाहि मँगावऽ पहिले।"

"ऐ छोटे तनिक एक और खौलत मीठ चाहि लै आउ रे... फरगैंया भैया भयनवा कैसन अफसर होत?"

"- एक दासगुप्ता साहेब आई रहेन कलेक्टर बनि के। बंगाली बाबू सुबहै-सुबह नौ बजे ऑफिस में घुसि जाईं और सांझि के घरे से फोन आवई लागै कि कब अउबौ, साहेब कहइ 'बाबा रे बाबा बहुत काम पड़ा हैय, अभी कैसे आईगा।' मेम साहब फोन करत रहैं पर साहब जात-जवात आठ बजाई देईं। ओनकरे लगे केउ मिठाई लै के जाई तऽ कहैं, इतनी मिठाई खायेगा तो शुगर हो जाएगा, 'ऐसा करो बच्चा लोग सड़क पर होगा उनको दे दो', बीस रुपिया ऊपर से देईं कि हमारे तरफ से भी चॉकलेट दे देना। मजाल बा कि केउ ओनके रहत गलत काम कै देइ। ऐ सब अफसरान पंख कटावै के तैयार नहीं होतेन और अपने उड़ान की आशा के जिंदा रखा चाहत हये। समाज में जौन कुछ मानवीयता जिंदा बा, ऐसन अफसरान के कारण। हम बहुत इज्जत करित हऽ ऐसन अफसरान के। भयनवा ऐसन अफसर होत। कुछ के चरित्र विखंडित होत हऽ।"

"उ कैसे?"

"ओनका लागत हऽ अगर बदमिजाजी स्टाफ-गरीब रियाया के साथ न किया तब अफसर हम न भये, पर ई बदमिजाजी करै वाले लोग विखंडित चरित्र के लोग होत हऽ, अपने स्वार्थ में लीन। ई हैं दुनियादारी वाले अफसर, सर्वेस इहीं कटेगरी में हयेन।"

"कुछ अफसर कबीर टाइप के होत हऽ"

"कबीर टाइप वाले कैसन होत हऽ भैया?"

"पढ़े होबऽ... कबिरा खड़ा बाज़ार में लिए लुकाठी हाथ जो घर फूकैं आपनो, चले हमारे साथ। ई परमार्थ के रास्ते वाले अफसरान होत हऽ। एक फालतू चार्ज से दूसरे फालतू चार्ज में टहरत रहत हऽ, बेपरवाह ट्रांसफर-पोस्टिंग के गेम से। जब बयवसथा में ईमानदार-दक्ष लोगन की खोज होई लागत हऽ, तब एनकर सुधि बयवसथा लेत हऽ, जैसन नवा कलेक्टर अशोक प्रियदर्शी, भेजा गवा बा गंदगी साफ करै बरे। पर ई सब बड़े सम्माननीय लोग हैं। एनकर इज्जत जरूर होई चाही। ई बेहया

बयवसथा के संतुलन स्थापन में महत्वपूर्ण अवयव हैं।"

"भैया तोहार अनुभव वृहद् बा।"

"अब जिंदगी बीति गई कलेक्टर-कमिश्नर-जिला प्रसासन के देखत-देखत, हमरे सामने केतना आईन और चला गएन, हमरे देखतै-देखत; सुनें हऽ नऽ नीरज के कवि सम्मेलन में, कारवाँ गुजर गया गुबार देखते रहे... । चलऽ एक और खौलते चाहि मँगाई लऽ तब चलि अपने काम-धंधा के ओर-सिरीमीन सैलरिऔ जस्टिफाई करब जरूरी बा।"

मैं तीन दिन बाद मामा के घर गया। मेरा सारा रुतबा ख़त्म हो चुका था। मैं जिस घर में कभी पहुँचकर उस घर को धन्य कर देता था उस घर में आज कोई मुझे पूछने वाला ही न था। मामा के घर में हर ओर उदासी ही उदासी। पता चला मामा अपने कमरे से बाहर ही नहीं निकलते हैं। वह अपना चार्ज तो पहले ही खो चुके थे, अब सस्पेंड होने का भी भय सता रहा था। मैं उनके कमरे में गया पर उन्होंने मुझसे बात करने में कोई रुचि न दिखाई। बाबा भैया ने भी कोई बात न की। मामी ने इतना ही कहा, "सब लुटि गवा।" मैंने कोई जवाब न दिया और थोड़ी देर बाद वहाँ से चल दिया, आज किसी ने औपचारिकतावश भी न पूछा, चाय पियोगे।

नया कलेक्टर भ्रष्टाचार के मुद्दे पर बहुत तेज कार्य कर रहा था। वह कमिश्नर की भी कम सुनता था। उसने सारे लोगों को, जो भी तीन साल से शहर में थे, जिले से बाहर तहसील की तरफ़ ट्रांसफ़र कर दिया। मामा का भी स्थानान्तरण हो जाता पर शायद बड़ी विपदा इंतिज़ार में थी; इसलिए छोटी विपदा न आई। सारा माइंस का कार्य कलेक्टर ने अपने कार्यालय से संबद्ध कर लिया और किसी एसडीएम को कार्य न देकर सीधे एडीएम नजूल को सौंप दिया। मामा का एक नाम-रुतबा था, वह सब एक झटके में समाप्त हो गया। मामा सारी समस्या की जड़ मुझको मान रहे थे। उनको लग रहा था अगर मैं नौकरी न छोड़ता तब यह सब न होता और कमिश्नर साहब कुछ न कुछ करके उनको बचा लेते। शायद इस बात में कुछ सच्चाई भी थी। कमिश्नर साहब ने प्रतीक्षा से मेरे विवाह का विचार त्याग दिया था। मैं एक अस्थिर दिमाग़ का व्यक्ति हूँ यह बात सब लोग कह रहे थे। एक व्यक्ति जो सारा वैभव एक झटके में त्याग दे वह क्रांति कर सकता है, देश के काम आ सकता है पर वह परिवार के लिए उपयुक्त नहीं होता। वह परंपरागत पतिधर्म एवं सामाजिक मान्यताओं से पारिभाषित जीवन के लिए अनुपयुक्त होता है। पारिवारिक ज़िम्मेदारियों का निर्वाह कर पाना उसके लिए आसान न होगा। पारिवारिक ज़िम्मेदारियों एवं समाज के लिए त्याग के मध्य एक विरोधाभास होता ही है। समाजोन्मुखी व्यक्ति बहुधा अपने परिवार के प्रति लापरवाह होता है और

वह किसी कन्या के लिए उपयुक्त वर नहीं हो सकता।

मेरे बारे में चाहे जितनी अफ़वाहें-ख़बरें मेरे विरुद्ध उड़ रहीं हों, मेरी मानसिक अस्थिरता की चाहे जितनी विवेचना हो रही हो पर एक बात के सब क़ायल थे कि एक बड़ा फ़ैसला उसने समाज के लिए लिया है और बड़े फ़ैसले बहुधा सकारात्मकता से प्रेरित होते हैं। मेरे समर्थकों की संख्या भी कम न थी, वह संख्या दिन-प्रतिदिन बढ़ती जा रही थी। कोचिंग में तक़रीबन मुफ़्त ऐसा पढ़ाने की घोषणा और गंगा के किनारे के मंदिर की तरह श्रद्धा से जो चाहे दे दो का सूत्र वाक्य और सत्य प्रकाश मिश्र सर का मेरी कक्षा में आकर पढ़ा देना मेरे क़द और हैसियत को बढ़ा गया था। सर ने यह भी आश्वासन दिया, "मैं पुनः आऊँगा और अगर अनुराग ने शहर के छात्रों के लिए स्वयं की उपलब्धि को समाज के हित में गौण समझा है तब हम सब का सामूहिक कर्तव्य है इस यज्ञ को सफल बनाएँ। यह शहर की प्रतिष्ठा और सम्मान के लिए किया गया त्याग है, आप सब पूरी ताक़त लगाओ। आप इतिहास के आलोक की खंजड़ी बजाने के बजाय अपनी प्रशस्ति गाथा स्वयं लिखो।"

सर की यह पंक्तियाँ हर ओर गंभीर विमर्श को जन्म दे रहीं थीं। मुझे नकारना किसी के लिए भी आसान न था, चाहे वह मेरा घोर विरोधी ही क्यों न हो। मैं एम. ए. की कक्षाएँ करने लगा। मैं प्रकृति से ही बहुत ही अनुशासन प्रिय था। मैं नियत समय पर कक्षा में जाता था, लाइब्रेरी में देर-देर तक बैठता था। मैं अंधाधुंध क़िताबें ख़रीद और पढ़ रहा था, मैं एक योजना के तहत कार्य कर रहा था। पूरी कक्षा मुझे मुड़-मुड़कर देखती थी। मेरे द्वारा कक्षा में उठाए अनुत्तरित प्रश्नों से अध्यापक असहज हो जाते थे। मेरा कक्षा के अध्ययन के दौरान विश्लेषण और सवालों का खड़ा करना अध्यापन के स्तर को ऊपर उठा रहा था। मेरा ज्ञान और मेरी भाषा हिंदी विभाग में सर चढ़कर बोल रही थी। मैंने एक दूरगामी लक्ष्य को ध्यान में रखकर बीए की कक्षा पढ़ाने की अनुमति माँगी। वह अनुमति सहर्ष दे दी गई। मेरी पहली ही कक्षा में रिकार्ड भीड़ हुई। अन्य अध्यापकों के समक्ष अस्तित्व का संकट उत्पन्न होने लगा। मैं पूरी ताक़त से बेहतर से बेहतर पढ़ाने की कोशिश कर रहा था। मैं जान-बूझकर बीए के पाठ्यक्रम के साथ-साथ सिविल सर्विसेज़ का भी पढ़ा रहा था। मेरे इस बीए के साथ-साथ सिविल सेवा के पाठ्यक्रम को पढ़ाने की युक्ति के कारण अन्य विभागों के छात्रों के साथ-साथ बाहर से शहर में आकर तैयारी करने वाले छात्रों का भी मेरी कक्षा के प्रति आकर्षण बढ़ रहा था। मुझे अध्यापक की असीम ताक़त का एहसास था ही, मैं वह ताक़त लेकर आगे बढ़ने की योजना बनाने लगा। मैं सर्वश्रेष्ठ भी होना चाह रहा था और सर्वोपरि भी, उसके लिए आवश्यक था सारे अध्यापकों की प्रतिष्ठा के ऊपर अपने को स्थापित करना, अब उनकी आभा के विलोपन का समय आ रहा था। मैं नित्य-प्रति एक अनियंत्रित भीड़

को अपनी कक्षा में संबोधित एवं नियंत्रित कर रहा था, मेरी चाहत और अधिक भीड़ की हो रही थी और दिन-प्रतिदिन मेरी चाहत पूर्णता से सम्पूर्णता की ओर अग्रसरित हो रही थी। मैं पूरी मेहनत कर रहा था अध्यापन के स्तर को एक अलग मुक़ाम पर ले जाने के लिए। मुझे यह साबित करना था कि मैं ही सब कुछ हूँ। मैं कृष्ण बनना चाह रहा था... सर्वोपरि। मेरी एक बड़ी योजना थी जिससे सब अनजान थे। मैं दूरदर्शी था, यह मेरी सबसे बड़ी ताक़त थी। मैं वक़्त के इंतिज़ार में था और समय भी आतुर था... मेरे पराक्रम-गाथा के लिए। मेरा विजय-अभियान आरंभ हो चुका था। मेरा आक्रमण गुरुओं पर हो रहा था, मैं उनको चुनौती देने लगा था। उनकी कक्षाओं को मैं निर्जीव करने लगा। मेरे पास कई दिव्यास्त्र थे, मेरी रैंक, मेरी भाषा, मेरा त्याग और सबसे बड़ी वस्तु मेरा लगन-संकल्प और बारह-पन्द्रह घंटे प्रतिदिन पढ़ने की क्षमता। सीधे घर से कक्षा में बग़ैर तैयारी के चले आने वाले अध्यापक एक अंधकार में लक्ष्य भेद करने वाले दिव्यास्त्र युक्त योद्धा से युद्ध नहीं कर सकते थे। मेरे पास एक ही नैतिकता थी, वह थी मेरी विजय. चाहे वह किसी के ध्वंस पर ही क्यों न हो। अब अध्यापकों के ध्वंस का वक़्त था। मेरे कक्षा-समय के साथ चलने वाली कक्षाएँ हतोत्साहन में होती थीं- एक ओर अनियंत्रित छात्रों की भीड़, अनुशासित होती मेरे उद्बोधन से तो दूसरी ओर छात्रों को तरसती कक्षा। मैं उनके ध्वंसावशेष पर अपनी गाथा लिख रहा था, पर यह संघर्ष नैतिक था। मैं युक्ति ज़रूर लगा रहा था अपने दिग्विजय के लिए पर कोई छल अभी नहीं कर रहा था। मानिंद अध्यापक भी मेरी प्रतिभा के क़ायल थे और शिक्षकों से कह रहे थे आप लोग उसकी तरह की विश्लेषण-परक दृष्टि रखकर अध्यापन करो। मेरा इतिहास का ज्ञान भी उच्च कोटि का था। इलाहाबाद विश्वविद्यालय परिसर में हुए आल इंडिया हिस्ट्री कांग्रेस में मैंने झंडे गाड़ दिए। मैंने मध्यकालीन इतिहास पर अलीगढ़ विश्वविद्यालय की स्थापित मान्यताओं पर आक्रमण कर दिया, वह भी नामचीन इतिहासकारों के सम्मुख। जो मान्यताएँ सर्वमान्य थीं एक सार्वत्रिक सत्य की तरह, जिस मान्यता को आज तक चुनौती न मिली थी, उसको एक 23 साल के लड़के ने, वह भी जो इतिहास का परंपरागत विद्यार्थी न रहा हो, एक शास्त्रार्थ के लिए सबको आमंत्रित कर दिया था, यह कहते हुए कि इतिहास पुनरीक्षण माँग रहा, नये तथ्यों एवं तर्कों के आलोक में। एक भीषण बौद्धिक संघर्ष छिड़ गया। वह इतिहासकार मेरे समर्थन में खड़े हो गए जो स्थापित मान्यताओं से इत्तिफ़ाक़ नहीं रखते थे; पर इतिहास के मठाधीशों से लड़ने का साहस नहीं कर पा रहे थे। सवाल बहुत दिनों से यह था, बिल्ली के गले में घंटी बाँधे कौन? मैंने हिस्ट्री-कांग्रेस के मंच पर खड़े होकर न केवल बिल्ली के गले में घंटी बाँध दी; वरन उसको ऐसा बाँधा कि बिल्ली जब-जब चलेगी उसके पैरों से घंटी बजेगी ही। मेरी चुनौती इलाहाबाद विश्वविद्यालय के बाहर भी पेंगे

बढ़ाने लगी। यह अनुराग शर्मा कौन है, इसमें लोगों की उत्सुकता दिन-प्रतिदिन बढ़ रही थी। मेरे झूले की रफ़्तार तीव्र हो रही थी, पेंग आवेगी हो रहा था; प्रदत्त संवेग झूले को नभाभिमुख कर रहा था। मैं शिक्षा के स्तर को ऊपर उठाने का एक सार्थक प्रयास कर रहा था, साथ ही मैं स्थापित परंपराओं का ध्वंस भी कर रहा था। मैं ध्वंस क्यों कर रहा था, क्या मात्र शिक्षा के स्तर के लिए, नहीं! मैं बिस्मार्क बनना चाह रहा था... एक साथ पाँच गेंदें हवा में और सब के सब मेरे दोनों हाथों के मध्य...

सब अनजान थे मेरे आने वाले कल से... पर मैं अनजान न था... मैं अपने कौशल-विशेष द्वारा रचित व्यूह देख रहा था जो मैं प्रतिपल परिवर्तित कर रहा था, एक सायास परिवर्तन... चक्रव्यूह... कमल व्यूह के बाद एक 'व्यूह-विलक्षण-विशेष' का निर्माण हो रहा था... यह ज़रूरी नहीं था कि यह आने वाला कल विजय-उद्घोष का ही हो पर यह निश्चित था एक परिवर्तन का प्रयास अवश्य था-पराजय भी हो सकती है पर परिवर्तन की चाहत थी, ख़तरा सबकुछ खोने का है... पर संघर्ष का संतोष है, यह संघर्ष-गाथा भी गाई जाएगी यह कहते हुए...

इतिहास इंतिज़ार कर रहा एक और दास्तान का... एक ग़ैर मामूली दास्तान को आच्छादित करती दास्तान... दास्तान और भी है...

एक आत्मजयी नायक की विजय यात्रा जारी है...

नहीं, एक आत्मजयी नायक की संघर्ष यात्रा जारी है...

लेखक परिचय

वीरेन्द्र ओझा प्रयागराज के रहने वाले हैं। वर्ष 1993 की सिविल सेवा परीक्षा के माध्यम से यह भारतीय राजस्व सेवा में चयनित हुए। सम्प्रति यह प्रधान आयकर आयुक्त, मुम्बई के पद पर पदमान हैं। इनका एक कविता-संग्रह, 'कुछ शब्द मेरे' एवं एक उपन्यास, 'इलाहाबाद डायरी-एक ग़ैर मामूली दास्तान' प्रकाशित हो चुके हैं।

'दास्तान और भी है' इनका दूसरा उपन्यास है। यह एक प्रयोगधर्मी उपन्यास है जिसमें आंचलिक भाषा का शिल्प के स्तर पर प्रयोग किया गया है। कई लेयरों की समानान्तर कथा से युक्त यह उपन्यास सामाजिक संदर्भों को अपने आप में समाहित करता हुआ संवादों के माध्यम से जीवन के बहुमुखी पक्षों को उजागर करता है।

आप एक अल्ट्रा रनर भी हैं और देश-विदेश की कई मैराथन-अल्ट्रा मैराथन स्पर्धाओं में भाग लिया है। संघ लोक सेवा आयोग एवं राज्य सेवा आयोग द्वारा संचालित सिविल सेवा परीक्षा एवं राज्य सेवा परीक्षा में अभ्यर्थियों के सहायतार्थ एक यूट्यूब चैनल 'pathjyoti IAS' एवं एक app 'Margdarshaneducation. com" संचालित करते हैं, जिसमें नियमित कक्षाओं को चलाकर छात्रों का मार्गदर्शन किया जाता है।

संपर्क विवरण—

Email -virendraojhair@gmail.com

A7 पश्चिम रेलवे अधिकारी निवास

आईएमसी रोड चर्चगेट मुंबई -400020

दूरभाष -9869280000